中國古典文學基本叢書

曾鞏集

上册

陳杏珍
晁繼周　點校

中華書局

圖書在版編目(CIP)數據

曾鞏集/(宋)曾鞏撰;陳杏珍,晁繼周點校. —北京:中華書局,1984.11(2023.11 重印)
(中國古典文學基本叢書)
ISBN 978-7-101-01679-6

Ⅰ.曾… Ⅱ.①曾…②陳…③晁… Ⅲ.古典文學-中國-南宋-選集 Ⅳ.I214.42

中國版本圖書館 CIP 數據核字(98)第 08455 號

責任印製:陳麗娜

中國古典文學基本叢書
曾鞏集
(全二册)
〔宋〕曾 鞏 著
陳杏珍 晁繼周 點校
*
中華書局出版發行
(北京市豐臺區太平橋西里 38 號 100073)
http://www.zhbc.com.cn
E-mail:zhbc@zhbc.com.cn
大廠回族自治縣彩虹印刷有限公司印刷
*
850×1168 毫米 1/32 · 27⅝印張 · 6 插頁 · 567 千字
1984 年 11 月第 1 版 2023 年 11 月第 8 次印刷
印數:25001-25900 册 定價:128.00 元

ISBN 978-7-101-01679-6

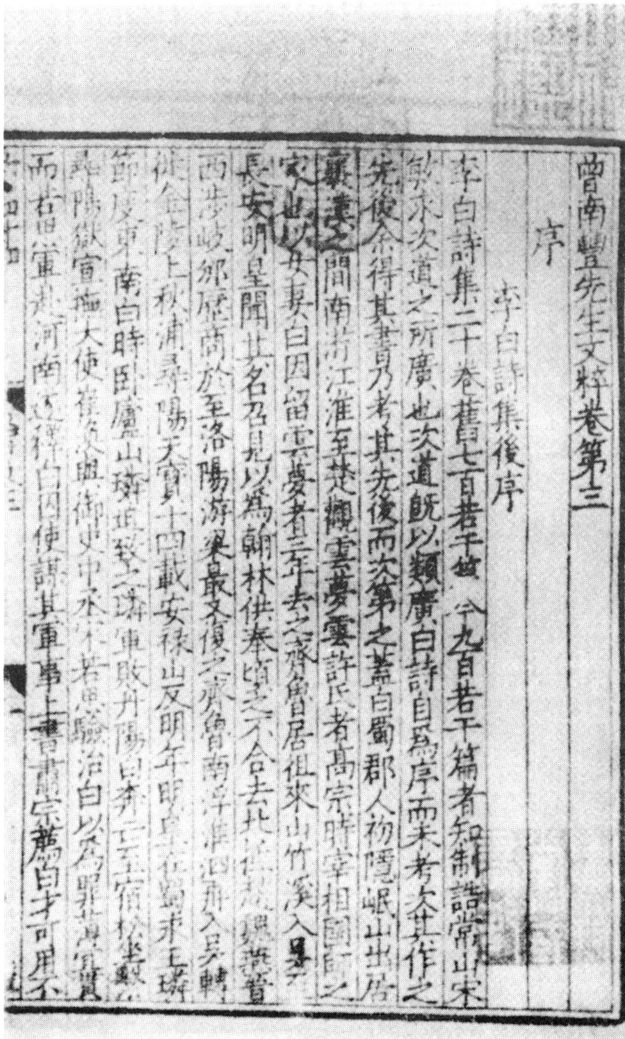

曾南豐先生文粹卷第三

序

李白詩集後序

李白詩集二十卷舊七百若干故今九百若干篇者知制誥常山宋敏求次道之所廣也次道既以類廣白詩自爲序而未考次其作之先後余得其書乃考其先後而次第之蓋白蜀郡人初隱岷山出居襄漢之間南游江淮至楚觀雲夢雲夢許氏者高宗時宰相圉師之家也以女妻白因留雲夢者三年去之齊魯居徂徠山竹溪入吳至長安明皇聞其名召見以爲翰林供奉頃之不合去北抵趙魏燕晉西涉岐邠歷商於至洛陽游梁最久復之齊魯南浮淮泗入吳轉徙金陵上秋浦潯陽天寶十四載安祿山反明年明皇在蜀永王璘節度東南白時臥廬山璘迫致之璘軍敗丹陽白奔亡至宿松坐繫尋陽獄宣撫大使崔渙與御史中丞宋若思驗治白以爲罪薄宜貰而若思軍赴河南遂釋白囚使謀其軍事上書肅宗薦白才可用不

宋刻本《曾南豐先生文粹》

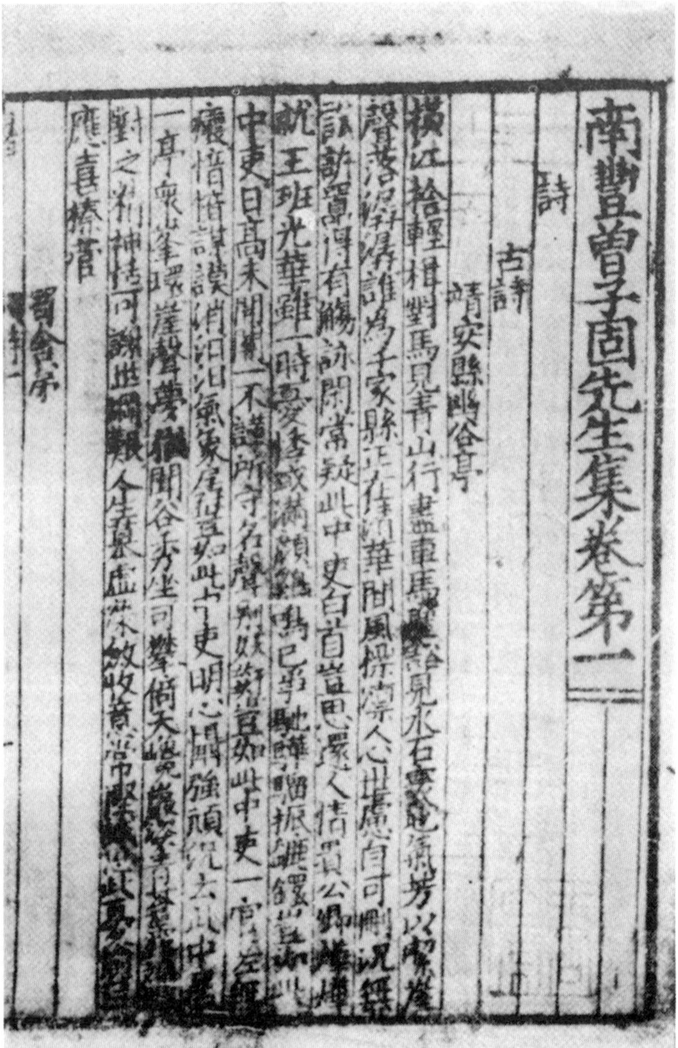

南豐曾子固先生集卷第一

詩

古詩

靖安縣幽谷亭

金刻本《南豐曾子固先生集》

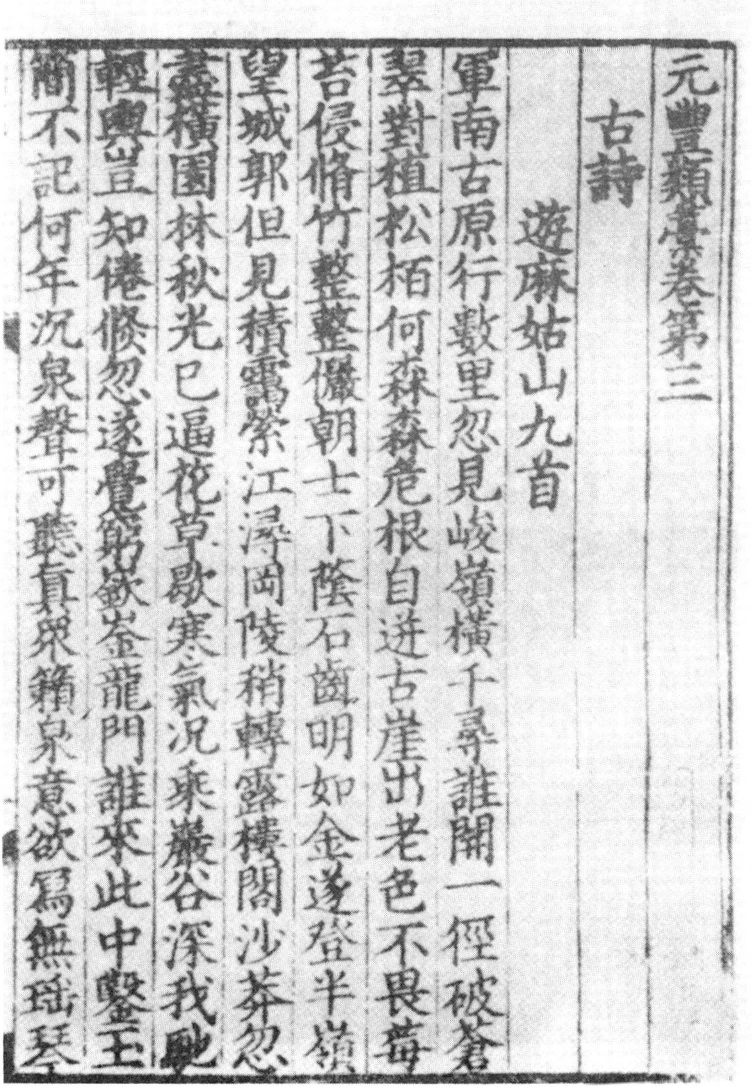
元豐類稾卷第三

古詩

遊麻姑山九首

軍南古原行數里忽見峻嶺橫千尋誰闢一徑破蒼翠對植松栢何森森危根自迸古崖出老色不畏莓苔侵脩竹聳鬱儼朝士下蔭石齒明如金遂登半嶺望城郭但見積靄縈江潯岡陵稍轉露樓閣沙莽忽蓊積園林秋光已遍花草歇寒氣況乘巖谷深我馳輕輿豈知倦倏忽遂覺窮嶔崟龍門誰來此中鑿玉竇不記何年沉泉聲可聽真衆籟泉意欲寫無瑤琴

元大德八年丁思敬刻《元豐類稿》

宋林希撰曾鞏墓志銘

（1970年出土于江西省南豐縣源頭村）

前言

曾鞏字子固，北宋建昌軍南豐縣（今江西省南豐縣）人。生於宋真宗天禧三年（公元一〇一九年），登仁宗嘉祐二年（公元一〇五七年）進士第。歷官太平州司法參軍、館閣校勘、集賢校理、英宗實録院檢討官。出通判越州，歷知齊、襄、洪、福、明、亳諸州。元豐三年（公元一〇八〇年），留判三班院，遷史館修撰。五年（公元一〇八二年），拜中書舍人。六年（公元一〇八三年），病逝於江寧府。後人稱爲南豐先生，死後很久，追謚文定。他的作品，有《元豐類稿》和《隆平集》傳世。

曾鞏是北宋中期著名的文學家，他和歐陽修等人一起，爲當時的詩文革新運動作出了傑出的貢獻，生前享有盛名，身後受到推重，是「唐宋散文八大家」之一。

曾鞏的文學成就主要在散文方面。他的散文繼承、發揚了我國古代散文「文以載道」的傳統。他認爲世之「大賢者」，要「明聖人之心於百世之上，明聖人之心於百世之下」，「口講之，身行之，以其餘者又書存之，三者必相表裏」（《上歐陽學士第一書》）。他說：「孰爲其人而能盡公與是歟？非畜道德而能文章者，無以爲也。」（《寄歐陽舍人書》）又說：「古之所謂良史者，其明必足以周萬事之理，其道必足以適天下之用，其智必足以通難知之意，其文必足以發難顯之情，然後其任可得而稱也。」（《南齊書目録序》)曾鞏未嘗爲著述而著述，他的文章「皆因事而發」(《曾鞏行狀》)。他的作品宣傳儒家思想，闡述自己對時政的見解和對解決社會問題的主張，因而内容充實，絶少空談。這些作品，既是珍貴的文學遺產，又具有重要的史料價值。

曾鞏的作品「言古今治亂得失，是非成敗，人賢不肖，以至彌綸當世之務，斟酌損益，必本於經」(《曾鞏行狀》)。他主張用儒家之道「扶衰救缺」(《上歐陽學士第一書》)，在「合乎先王之意」的前題下，對「法制度數」進行一些改易更革(《禮閣新儀目録序》)。針對朝政得失，民生疾苦，曾鞏寫下許多指陳時弊、爲民請命的奏疏、議論、表狀，其内容涉及邊防、水利、財政、賦税、教育、宗教、外交等諸多方面，這些著述可以説是他的政治活動的重要組成部份。

曾鞏和王安石有很深的交往。從曾鞏的作品中，既可以看到他們早年的真摯友誼，又可以看到他們晚年的深刻分歧。曾鞏的作品爲研究王安石和王安石變法提供了重要資料。

曾鞏的散文創作在藝術上獲得了很高成就。他的散文以「古雅」、「平正」見稱，講究章法的嚴謹和布局的分明，敘事、議論委曲周詳，節奏舒緩平和，用詞素樸有分量，表現沉着，思致明晰，形成了自己獨特的風格。

曾鞏長於敘事。他的敘事散文文字簡潔凝煉，善於用簡短的文字清楚地敘述事情的始末梗概。在《李白詩集後序》裏，作者僅用短短的三百字便記述了唐代偉大詩人李白一生曲折坎坷的經歷。《禿禿記》敘述了五歲小兒禿禿生母被父遺棄，自己又慘遭生父和庶母殺害的經過，全文僅五百餘字，有聲有色，有情有感，堪稱敍事散文的佳篇。《越州趙公救災記》記述的是熙寧八年越州知州趙抃主持救災的始末。災情發生前的種種布置，救災過程中的妥善安排，以及趙抃「蚤夜憊心，力不少懈，事細鉅必躬親」的負責精神，內容雖然千頭萬緒，文章卻敍述得層次分明，不枝不蔓，細密而有條理。

說理透徹，是曾鞏散文的又一突出特點。他的議論文章立論明確，善於用充足的論據，圍繞中心步步深入，從不同的側面和角度反復闡明道理，有很强的說服力。曾鞏的散文，還常常寓說理於敍事之中，把說理與敍事有機地結合起來。這種夾敍夾議的手法，既使道理得到透徹的說明，又避免了平鋪直敍，使文章有起伏，有興味。《墨池記》、《宜黃縣學記》等，都是體現了這些寫作特點的名篇。

曾鞏還善於運用歷史故事來說明現實問題。他學有根底，博古通今，具有較高的史學修養。他的許多文章都旁徵博引，借古喻今，使說理周密嚴謹，因而曲盡事理，於平淡中見透辟。

除散文外，曾鞏還有相當數量的詩歌作品，現存在《元豐類稿》中的就有四百多首。他的詩歌同他的散文一樣，有着充實的思想內容。曾鞏一生，逆境多於順境，仕途的崎嶇坎坷，使他心中鬱積着憤懣和不平。這種感情如果說在他的散文中還較少流露，那末在他的詩作中則得到充分的表現。「我生智出豪俊下，遠迹久此安蒿萊」（《冬望》），「著書豈即遽有補，天下自古無能才」（同上），「酒酣始聞壯士歎，丈夫試用何時遭」（《一鶚》），這類發自肺腑的慨歎，在曾鞏的詩中常常可以讀到。在《橙子》一詩中，詩人借香橙所遭的冷遇，感慨自己懷才不遇。曾鞏憂國憂民的真摯而深沉的感情在詩歌中也有突出的反映。《胡使》描寫了北宋王朝與遼和西夏的緊張關係，以及由於政策失當，「斗食尺衣皆北輸」的不正常局面，並提出「何不用胡藩北隅」的建議。《追租》是一首比較深刻地反映社會矛盾、表達對貧苦農民深切同情的好詩。在「赤日萬里灼」、「禾黍死磽确」的災荒年景下，飽食「天禄」的公卿追逼租稅非但沒有停止，反而變本加厲，造成了「奈何呻吟訴，卒受鞭捶却」、「飢羸乞分寸，斯須死笞縛」的悲慘景象。詩人滿懷憂憤地大聲疾呼：「暴吏禮宜除，浮費義可削！」表達了對貧苦農民的同情和對暴吏貪官的憎惡。

曾鞏的詩歌努力追求詩意與哲理的結合，吸收了韓愈、歐陽修詩歌議論化、散文化的特點，形式古樸典雅，格調超逸。他詩歌創作的成就雖然遠不能和散文相比，但是，他的詩歌的實實在在的內容，清新自然的風格，以及樸實流暢的語言，同歐陽修等人的詩作一樣，仍爲後人所稱道。

曾鞏一生創作了大量的詩歌、散文，主要收輯在《元豐類稿》裏。據韓維撰《曾鞏神道碑》的記載，曾鞏身後，有《元豐類稿》五十卷、《續元豐類稿》四十卷、《外集》十卷行世。宋南渡後，《續稿》和《外集》散佚不傳。《郡齋讀書志》只著録《元豐類稿》五十卷。《直齋書録解題》著録了建昌守趙汝勵、丞陳東重行校刊的《續稿》四十卷及朱熹所撰《年譜》一卷。元季兵燹，又皆亡佚。留存下來的，只有《元豐類稿》五十卷。

現存《元豐類稿》最早也最完整的刻本是元大德八年東平丁思敬刻本。這個刻本紙質細潤，版式寬大，字畫精整，是元刻本中的代表作。尤爲可貴的是，它校勘精審，比之明刻諸本，較能反映曾鞏著作的原貌。如第七卷《水西亭書事》詩一首，第四十七卷《太子賓客致仕陳公神道碑銘》中的四百六十八字，明刻諸本俱闕，而此本保存完整。綜觀全書，訛誤也較少。明清諸刻，都源出於此書。可惜此本也不多見，明時藏於秘閣，連士大夫也很少能見到。

現存最早的明刻本，當推正統十二年宜興縣令鄒旦刻本。此本卷後有大德八年丁思敬後序，可知源出大德本。此本傳世亦少，校勘也欠精。

成化八年，南豐令楊參取宜興本重刻成書，但踵謬承謬，錯訛之處頗多。成化刻本在明代曾多次修版補刻，印本甚多，在當時和後世都有比較大的影響。

自成化刻本行世，《元豐類稿》開始廣爲流傳，此後的翻刻本也多起來，明代較有影響的有嘉靖四十一年黄希憲刻本、嘉靖王抒刻本、隆慶五年邵廉刻本、九世孫曾文受刻本、萬曆二十五年曾敏才等刻本、崇禎十一年曾懋爵刻本等。入清以後，除重修明刻本外，又校刻新本，如康熙四十九年長嶺西爽堂刻本、康熙五十六年長洲顧崧齡刻本等。其中顧崧齡刻本校刊最精，流通最廣，影響也最大。顧崧齡自稱以何焯所校宋本參校，他不僅對《元豐類稿》作了文字上的補正，而且從《聖宋文選》、《能改齋漫録》等書中輯録了集外文二卷，使全書體制爲五十三卷（本集五十卷，集外文二卷，續附一卷），是保存曾文最多的版本。

康熙三十二年，南豐人彭期將《元豐類稿》重行分類編排，合併卷帙，刻成《曾文定公全集》二十卷。此書增添評點，又補充了幾篇集外文（均見於顧崧齡刻本），較《元豐類稿》易於查檢。但有些地方因臆改而致誤，句讀也有不甚精當之處。

除《元豐類稿》外，曾鞏的文集，還有宋刻本《曾南豐先生文粹》十卷傳世。明嘉靖二十八年，無錫安如石刻《南豐曾先生文粹》十卷，其篇目多於宋刻本。《文粹》所收的文章，均見於顧崧齡本。

曾鞏的詩文集，流傳下來的還有一部極爲珍貴的孤本，這就是金代中葉臨汾（即平水）刻本《南豐曾子固先生集》三十四卷。此本源出北宋舊槧，保留了北宋的避諱字。該書世間極爲罕見，也未見翻刻本傳世。書中所收詩文很多是現存《元豐類稿》中所缺的，《聖宋文選》、《曾南豐先生文粹》及一些類書、筆記中收録的曾文，大都見於此書。最可寶貴的是，此書保留了其他書中不見的散佚詩文，這些詩文很可能就是《續元豐類稿》和《外集》中的作品。可惜該書脱誤較甚，多有蠹蝕、殘破、漫漶之處。盡管如此，因世無二帙，《南豐曾子固先生集》仍然可以幫助我們推測《續元豐類稿》和《外集》的面貌，對於全面了解曾鞏及其著作很有裨益。

我們這次整理《曾鞏集》，考慮到清康熙五十六年長洲顧崧齡刻本《南豐先生元豐類稿》校刊精、流傳廣、影響大，因而選用顧崧齡刻本作爲底本。考慮到元大德八年東平丁思敬刻本《元豐類稿》（以下簡稱元刻本）時代較早、文字精審、較能反映曾鞏著作的原貌，因而把它列爲最主要的校本。清代學者何焯對《元豐類稿》作過精細的校勘，他用徐乾學傳是樓藏大小兩宋本來校通行本，寫下許多精當的校語，我們在點校中重點參考了《義門讀書記》（以下簡稱《讀書記》）以及顧之逵等人所録何焯批校，吸收了他的校勘成果。

除元刻本外，其他主要校本有：

1《南豐先生元豐類稿》五十卷，續附一卷，明正統十二年鄒旦刻本（簡稱正統本）。

2《南豐先生元豐類稿》五十一卷，明嘉靖四十一年黄希憲刻本（顧之逵跋並録何焯批校）（簡稱顧校本）。

3《南豐先生元豐類稿》五十一卷，明嘉靖王抒刻本（吴慈培録何焯校跋）（簡稱吴校本）。

4《南豐先生元豐類稿》五十卷，續附一卷，明隆慶五年邵廉刻本（傅增湘據宋刻《文粹》、《皇朝文鑑》、嘉靖刻本校跋並録何焯校跋）（簡稱傅校本）。

5《南豐先生元豐類稿》五十卷，續附一卷，明萬曆二十五年曾敏才等刻本（簡稱萬曆本）。

6《南豐先生元豐類稿》五十卷，續附一卷，明萬曆二十五年曾敏才等刻清順治十五年重修本（章鈺校並録何焯、姚椿校）（簡稱章校本）。

7《元豐類稿》五十卷，清光緒十六年漁浦書院刻本（傅增湘校並跋）（簡稱傅校漁浦書院本）。

8《曾南豐先生文粹》十卷，宋刻本。

9《南豐曾先生文粹》十卷，明嘉靖二十八年安如石刻本（傅增湘校並跋）（簡稱《文粹》）。

10《南豐曾子固先生集》三十四卷，金刻本（簡稱《曾子固集》）。

此外，部份篇章還參校了下列幾種版本：

1《南豐先生元豐類稿》五十卷，《四庫全書》本。

2《元豐類稿》五十卷，清乾隆二十八年查溪曾氏刻本（簡稱乾隆本）。

3《南豐先生元豐類稿》五十卷，《四部叢刊》本。

4《曾文定公全集》二十卷，首一卷，末一卷，清康熙三十二年彭期刻本（簡稱《曾文定公集》）。

除以上校本外，在某些篇目的校勘中也參考了一些總集、類書、筆記、專著等，主要的有：《十三經》、《老子》、《荀子》、《韓非子》、《宋史紀事本末》（以上用排印本，必要時參考明、清刻本），《揚子法言》（清刻本）、《荔枝譜》（蔡襄撰，明刻叢書本）、《緯略》（高似孫撰，明、清抄本）、《能改齋漫録》（吴曾撰，清抄本、清臨嘯書屋活字印本）、《鷄肋篇》（莊綽撰，清刻本）、《聖宋名賢五百家播芳大全文粹》（明、清抄本）、《新編事文類聚》（明刻本）等。

關於校勘記的撰寫，簡要説明如下：

1 底本與校本文字不同，如底本文字正確，校本有誤，或底本文字優於校本，不改底本，也不出校記；底本與校本文字均可通的，不改底本，將有參考價值的異文寫入校記；底本文字脱誤，校本正確，以校本文字來補正底本，並將改字情況寫入校記。在補正時，着重反映元刻本的情況以及何焯的校語。

2 底本中顯見的誤字逕改，不出校記。避諱字徑改，不出校記；某些專用名詞中的避諱字酌情出校，如「真水」，據元刻本改成「湞水」，並出校記，注明是避宋仁宗諱。常見的異體字徑改，不出校記；某些人名、地名中的異體字不予改動，如「留畊公」，「畊」字保留不改。

3 對各種版本的序跋，如校勘時遇有異文，盡量依從原版文字。但如原版文字有誤，或底本文字優於原版，則酌依底本。如正統本趙琬序，原版作「遂屬其回任取梓刻焉」，「取」，底本作「所」，今從底本，並出校；正統本姜洪序，原版作「而爲世學者之楷範也」，「範」，底本作「模」，今從底本，並出校。

在整理《曾鞏集》時，從《南豐曾子固先生集》、《羣書校補》等書中輯録了散佚詩文，計有詩三十三首，詞一首，文七十八篇。周密《浩然齋雅談》稱曾鞏有《彌陀閣記》及《答黄漢傑書》，查此二文均爲李覯著，分別見於《直講李先生文集》卷二十四和卷二十八，疑周密記載有誤，本書不再收録；又楊慎《太史升庵文集》卷五十五録《曾子固享祀軍山廟歌》，實爲曾肇之作，本書也不收録。《隆平集》作爲史學專著，本書也没有收録其中的作品。

輯佚部分脱、衍、訛誤之處頗多，凡能查到依據的，悉予補正；有些可從上下文意上作出判別的，也予改正。這兩種情況，均在校記中加以説明。輯佚部分的某些異體字也予以保留，以供閲讀研究時參考。

輯佚中，詩《疏山》、《石門》、《清風閣詩》、《薛老亭晚歸》四首，由南豐縣紀念曾鞏活動辦公室的同志提供，謹在此表示感謝。

整理點校工作中的錯誤之處，敬希讀者指正。

陳杏珍　晁繼周　一九八二年十月

曾鞏集總目

目次

卷第一　古詩三十六首

卷第二　古詩三十三首

卷第二　古詩三十九首

卷第四　古詩四十三首

卷第五　古詩四十首

卷第六　律詩七十一首

卷第七　律詩六十八首

卷第八　律詩八十首

卷第十二　序九首

卷第十三　序九首

卷第十四　序十一首

卷第十五　書十首

卷第十六　書十八首

卷第十七　記十二首

卷第十八　記十三首

卷第十九　記九首

卷第二十　制誥三十七首

卷第二十一　制誥三十六首

卷第二十二　制誥四十七首

卷第二十三　制誥擬詞二十八首

卷第二十四　制誥擬詞三十首

卷第二十五　制誥擬詞三十八首

卷第二十六　制誥擬詞十六首

詔四首　策三首

卷第二十七　表十三首

卷第三十一　劄子六首

卷第三十二　劄子九首

卷第三十三　奏狀十七首

卷第三十四　奏狀八首

卷第三十五　奏狀三首

卷第三十六　啓二十一首

卷第三十七　啓狀二十三首

卷第三十八　祭文十八首

卷第三十九　祭文二十六首

卷第四十　祭文三十一首

卷第四十三　誌銘八首

卷第四十四　誌銘十一首

卷第四十五　誌銘十八首

卷第四十六　誌銘十五首　墓表一首

卷第四十七　碑銘三首　行狀一首

卷第四十八　傳二首

卷第四十九　本朝政要策五十首

卷第五十　金石録跋尾十四首

卷第五十一　南豐先生集外文卷上

卷第五十二　南豐先生集外文卷下

輯佚　詩三十三首　詞一首　文七十八篇

附録

曾鞏集卷第一

古詩三十六首

冬望

霜餘荆吴倚天山，鐵色萬仞光鋩開。麻姑最秀插東極，一峰挺立高嵬嵬。我生智出豪俊下，遠迹久此安蒿萊。譬如驊騮踏天路，六轡豈議收駑駘。巔崖初冬未冰雪，蘚花入履思莫裁。長松夾樹蓋十里，蒼顔毅氣不可迴。浮雲柳絮誰汝礙？欲往自尼誠愚哉。南窗聖賢有遺文，滿簡字字傾琪瑰。旁搜遠探得户牖，入見奥阼何雄魁〔一〕。日令我意失枯槁，水之灌養源源來。千年大説没荒冗，義路寸土誰能培？嗟予計真不自料，欲挽白日之西頹。嘗聞古者禹稱智，過門不暇慈其孩。況今尫人冒壯任，力蹶豈更餘纖埃。龍潭瀑布入胸臆，歎息但謝宗與雷。著書豈即遽有補，天下自古無能才。

〔一〕「阼」，原作「作」，據《讀書記》、章校本改。

一鶚

北風萬里開蓬蒿，山水洶洶鳴波濤。嘗聞一鶚今始見，眼駛骨緊精神豪〔一〕。天昏雪密飛轉疾，暮略東海朝臨洮。社中神狐倏閃内，腦尾分磔垂弓櫜。巧兔狰獰失草木，勇鷙一下崩其毛。窟穴呦呦哭九子，帳前活送雙青猱。啁啾燕雀誰爾數，駭散亦自亡其曹。勢疑空山竭九澤，殺氣已應太白高。歸來礧嵬載俎豆，快飲百瓮行春醪。酒酣始聞壯士歎，丈夫試用何時遭。

〔一〕「駛」，元刻本、正統本、顧校本、章校本、傅校本作「駿」。

宿尊勝院

朝寒陟山砠，宵雨集僧堂。蔽衣蓋苦短〔一〕，客卧夢不長。鳴風木間起，枯槁吹欲僵〔二〕。向來雪雲端，葉下百仞隍〔三〕。起攀蒼崖望，正受萬慮戕。歲運忽當爾，我顔安得芳。傳聞羨門仙，飛身憩蒼蒼。誰能乞其靈，相與超八方〔四〕。

〔一〕「蔽」，元刻本、《讀書記》、顧校本、傅校本、《曾子固集》作「敝」。
〔二〕「吹」，元刻本、章校本、《曾子固集》作「籟」。
〔三〕「向來雪雲端，葉下百仞隍」，章校本、《曾子固集》作「向來雲端葉，下飛百仞隍」。
〔四〕「方」，《曾子固集》作「荒」。

苦雨

霧圍南山鬱冥冥，狹谷荒風驅水聲。祇疑日失黄道去，又見雨含滄海生。如催病骨夜寒入，似送客心衰思驚。揚州青銅不在照〔一〕，應有白鬢添數莖。

〔一〕「在」，章校本作「任」；《四庫全書》本作「忍」。

里社

郊天社地君所重，蒻秸封匏微得供。秦皇漢帝陋古初，桀時殊壇傾力奉。年年屬車九重出，羽衛千人萬人從。黃金日搜盡崖窟，飛檣走篚華夷動。馬蹄一作鳥啼路南村有社，里老邀神迎且送。荒林破屋風雨入，野鼠山狐狼藉共。何言茅箸古瓦甌〔一〕，稻飯豚蹄人得用。

〔一〕「言」，章校本作「年」。

南源莊

床上不廢看青山，門前便踏南澗路。繞牆頓失車馬喧，岸幘日得滄洲趣。嘗嗟秋蓬轉，未有茅屋據。對此耳目新，始覺精爽聚。滄溟未可泛舟入，雁蕩誰能胝足去。醫閭在夷蠻，羅浮苦煙霧。子真自愛谷口家，孔丘老亦洙泗住。吾能放意遊八極，此興久與前賢附。悄然怪我思慮深，已欲摧倒聞猿樹。眼前了了破青坂，屈椽小棟隨時具。野柔川深春事來，筍鞋暝戛青雲步。秫田試犢耕早風，茗圃分籃摘宵露。竹林掃月散絺葛，雪艇搜溪出魴鱮。帽塵便可臨水濯，里門何妨閉門拒。介推母厭俗，久思顛崖住不顧。梁鴻妻亦高，能快穿衣與藜茹。成家儻已嫁諸妹，有立不憂吾弟孺。攘攘天地間，萬類殊好惡。歡合無一非，睽窮有百牾。吾獨安能逐毛髮，飲泉食力從所慕。

論交

德操龐公林下時，入門豈復知客主。夷吾鮑叔貧賤間，分財亦不辭多取。相傾頓使形迹空，素定已各肝膽許。世間未信亦論交，得失秋毫有乖忤。

南軒

木端青崖軒，慘淡寒日暮。鳴鳩已安巢，飛鵲尚求樹。物情限與奪，兹理奚以據。諒知巧者勞，豈得違所賦。久無胸中憂，頗識書上趣。聖賢雖山丘，相望心或庶。

兵間

大義缺絶久未圖，小人輕險何不至。世上固自有百爲〔一〕，兵間乃獨求一試。趙括敢將亦已危，李平請守那復議。吁嗟忍易萬人生，冀幸將徼一身利。

〔一〕「有」，《曾子固集》作「或」。

種園

於陵爲人灌園蔬，我今園地不自種。悄痡苟恃鄉井助，緩急孰與朋友共？支離有疾上雖恕，陳平不事家焉用？著書儻得一言利，長者或許酬内訟。

歎嗟

夜歎不爲絺綌單，晝嗟不爲薇蕨少。天弓不肯射胡星，欃槍久已躔朱鳥[一]。徐揚復憂羽蟲孽[二]，襄漢正病昭回杳。力能懷畏未足憂，憂在北極羣陰繞。

[一]「欃槍」，原作「攙搶」，今改。「久已」，《曾子固集》作「已久」。

[二]「徐揚」，王抒本作「徐楊」。「羽蟲孽」，《曾子固集》作「羽孽孽」。

寄孫之翰

孫侯腹載天下書，崔嵬豈啻重百車。伏羲以來可悉數，孰若自作何有餘。更能議論恣傾倒，萬里一瀉崑崙渠。誰爲胸中斡太極，元氣浩浩隨卷舒。昔來諫官對天子，何穢不欲親芟鋤。不容乃獨見磊落，出走並海飄長裾。孫侯風節何所似？雪洗八荒看太虛。親如國忠眼不顧，舊若張禹手所除。歸來已絕褒貶筆，進用祇調敫倉儲。合持《詩》《書》《白虎論》，更護日月金華居。萬世根深固社稷，百年舊叟休田閭。素識孤生愛茅屋，久將老母求山砠。秋歸願事九江穫，夜出未倦安豐漁[一]。孔明苟欲性命遂，孟子豈病王公疏。塵埃未得見此樂，太息一付西江魚。

〔一〕「倦」，原作「捲」，據元刻本、顧校本、章校本改。

豪傑

老哺薇蕨西山翁，樂傾瓢水陋巷士。不顧無復問周公，可歸乃獨知孔子。自期動即重丘山，所去何啻輕糠秕？取合悠悠富貴兒，豈知豪傑心之趾？

侯荆

侯嬴夷門白髮翁，荆軻易水奇節士。偶邀禮數車上足，暫飽腥膻館中侈〔一〕。師迴拔劍不顧生，酒酣拂衣亦送死。磊落高賢勿笑今，豢養傾人久如此。

〔一〕「腥膻」，元刻本、吴校本、傅校本、《曾子固集》作「羶腥」。

黄金

陳侯坐收百戰楚，吕氏行取萬乘秦。田生立顧開兩國，陸公微辭交二臣。道旁白日忽再出，囊中黄金如有神〔一〕。何須首陽二夫子，不是九鼎輸西鄰〔二〕。

〔一〕「囊」，元刻本、正統本、《曾子固集》作「橐」。

〔二〕「西」，《讀書記》、章校本、《曾子固集》作「諸」。

揚顔

揚雄纂言準仲尼，顔氏爲身慕虞舜。千里常憂及門止，爲山更欲一簣進。小人君子在所蹈，烈士貪夫不同徇。安得蠢蠢尚自恕，百年過眼猶一瞬。

橙子

家林香橙有兩樹，根纏鐵鈕湊坡陀。鮮明百數見秋實，錯綴衆葉傾霜柯。翠羽流蘇出天仗，黄金戲毬相蕩摩。入苞豈數橘柚賤，芼鼎始足鹽梅和。江湖苦遭俗眼慢，禁籞尚覺凡木多。誰能出口獻天子，一致大樹湊滄波。

山檻小飲

變秋長雲豪，灑雨北風壯。餘熇尚争威，積晦頗異狀。山回攢楓顛，屋立懸狖上。飲檻聚石爲，歌筵注溪當。歡言久喧嘩，罷興一悄悵。旅人正飄飄，豈得諧放蕩。

胡使

南粟鱗鱗多送北，北兵林林長備胡。胡使一來大梁下，塞頭彎弓士如無。折衝素恃將與相，大策合副艱難須。還來里閭索窮下[一]，斗食尺衣皆北輸。中原相觀歎失色，胡騎日肥妖氣粗。九州四海盡帝有，何不用胡藩北隅？

〔一〕「下」，顧校本、吴校本、傅校本注「一本作骨」。按：作「骨」較勝。

上翁嶺

放車秋厓望，所得過舊聞。初疑古軸畫，山水秋毫分。時見厓下雨，多從衣上雲。濯足行尚側[一]，心憂踏天文。八荒正摇落，獨餘草木薰。但覺耳目勝，未知筋力勤。顛毛已種種，世患方紛紛。何當嘯吟此，日與樵蘇羣。

〔一〕「尚」，正統本作「上」。

雜詩四首

張陳貧時交，干戈忽相逐。范蔡憎嫌人，卒自歸鼎軸。害奪怨爲欣，利驅愛成戮[一]。世間不可料，人事常反覆。

日磾斷内訌，坐享七世榮。霍光徇所愛，兩忘家與名。卓闊俱抗志，纖微獨紆情。得失萬世視，長令壯夫驚。

皇皇謁荆人，伈伈遵陽虎。及覺一禮亡，翩然遂違魯。全身有遜接，直道無苟處。故稱聖如龍，屈伸兹可睹。

揮袂謝幽側，騰身集崔嵬。心胎太極氣，手揚斗間魁。荒荆忽成桂，蟄鱗冬有雷。君看九州寶，自入朱門來。

〔一〕「驅」，原作「敺」，據顧校本、章校本改。

欲求天下友

欲求天下友，試爲滄海行。風來冥冥内，擺觸怪浪生。突兀萬里怒，勢疑九州傾。鯨鵬不自保，況此一舟輕。我徒幸來即〔一〕，可留石根耕。日將書上客〔二〕，共須天地清。

〔一〕「來」，《曾子固集》作「未」。

〔二〕「上」，傅校本、章校本作「止」。

冬暮感懷

荒山未有雪，野水不見冰。一臘今已半，浮陽壯猶矜。奈至一歲除〔一〕，未有嚴氣升。坐思崆峒間，負雪山千層。雖受栗冽僵〔二〕，愈此穢濁蒸。感激崑崙祇〔三〕，一氣吹丘陵。炎埃滅無遺，古色萬里輿。我病一洗濯，懷抱失所憎。因思大羽獵，屬車上崚嶒。六軍騎皆駿，争先雪中登。天時傾人意，踴躍士氣增。大義雖不殺，四方懾兵稜。今此效安在？東南塞猶乘。將帥色凋槁，蚍蜉勢趫騰。慘錯天運內，止戈信誰能？

〔一〕「至」，元刻本、正統本、《讀書記》作「此」。
〔二〕「栗」，正統本、顧校本作「凜」。
〔三〕「祗」，原作「祇」，據吳校本改。

寄舍弟

新霖洗窮臘〔一〕，東南始知寒。驚我千里意，覺汝征途難。空江挂風席，扁舟與誰安？羇旅費亦久，橐衣豈無單。念汝西北去，壯心始桓桓。竟逢有司惑，斥走懷琅玕。士固有大意，秋毫豈能干。所憂道里困，久無一樽歡。我意生惻惻，爲之却朝餐。人生飄零內，何處懷抱寬。已期採芝樂，握手青霞端。無令及門喜，淹留雪霜殘。

〔一〕「窮」，《曾子固集》作「殘」。

至荷湖二首

鐵色對我馬，林林路南山〔一〕。草根已變緑，冰雪尚滿顔。解鑣蒼烟脚，我棲就柴關。乖時遭飄蹟，豈免生事艱。夙意待周孔，此士豈可還。濁醪且斟酌，收心一瓶間。

悲風我眼澀，酸狖我耳愁。我顛水没馬，我起雪滿裘。百里不逢人，豈有烟火投。却倚青壁望，白霧滿九州。蒼蒼運乃爾，何地放我憂〔二〕。夜卧夢成魘，猶疑拔山湫〔三〕。

〔一〕「路」，元刻本、顧校本、傅校本注「一作露」；《讀書記》、章校本作「露」。

〔二〕「放」，元刻本、顧校本、章校本作「寬」。

〔三〕「拔」，《讀書記》、章校本作「沃」。「湫」，原作「秋」，據元刻本、《讀書記》、章校本改。

送徐竑著作知康州〔一〕

溪蠻昔負命，殺氣淩南州。城郭漲烟火，堂皇嘯蜉蝣。被髮盡冠巾，吾人反縲囚。行剽至杪忽，歸載越山丘。驅攘事雖定，收合信瘡疣。不有異澤霑，何令餘患瘳。寒風在林鳴，君馬不能留。初佩太守章，慨然任人憂。問俗灰燼餘，咄唶令心謀。士材爲世用，因難乃知尤。煩苛一蕩滌，幽遠遍懷柔。四封鳴雞犬，五穀被原疇。里閭多娱宴，歌鼓震溟陬。明義每所希，古人不難侔。日月有常運，志士無安輈。山川自茲始，努力千里遊。

〔一〕「竑」，元刻本注「一作紘」；《讀書記》、章校本作「紘」。

詠雪

北風蕭蕭鳴且歇，短日悠悠生復滅。朝含滄海滿天雲，暮斷行人千里雪。初通壑谷氣先冷，漸蔽郊原路疑絶。併包華夷德豈薄，改造乾坤事尤譎。驅除已與塵滓隔，濯溉終令枯槁悦。相持始信竹柏勁，易敗可嗟萑葦折。垂條巧綴如自愛，眢井隨形呀且缺。飛檐巘巘駕長浪，巨壁林林倚精鐵〔一〕。弊衣或有肝猶凍，荒宴誰能耳偏熱。壯夫撫劍生鋭氣，志士扃門養高節。已開襟胸絶煩憒，更足溝塍慰空竭。雖無酒醴發嘲笑，亦有詩謡恣搜抉。新陽仿佛送鑱鏨，舊徑參差分曲折。留當屐齒印崖石，徙倚長松看寥泬。

〔一〕「壁」，原作「璧」，據顧校本、吴校本、章校本改。按杜甫《鐵堂峽》詩：「硤形藏堂隍，壁色立積鐵」。

寫懷二首

羣生各有趣，營慮自纏結。名網智已羅，利械愚所紲。古今遞主客，真贋兩興滅。洸然大人意，杳與能者别。不必條蔓榮，中自老根節。曾非故饒培〔一〕，獨得較霜雪。蛟龍無安舟，虎兕有危轍。將能此人追，得匪合明哲。

荒城絶所之，歲暮浩多思。病眼對湖山〔二〕，孤吟寄天地。用心長者間，已與兒女異。況排千年非，獨抱六經意。終非常情度，豈補當世治？幽懷但自信，盛事皆空議。氣昏繁霜多，節老寒日駛。局促去朋友〔三〕，咄唶牽夢寐。將論道精粗，豈必在文字？

〔一〕「饒」，章校本作「澆」。

〔二〕「湖山」，元刻本、正統本、章校本作「山湖」，顧校本注「宋本山湖」。

〔三〕「朋友」，元刻本作「友朋」。

茅亭閑坐

荆門常晝掩，不必雲山深。豈敢尚孤絶，自能收寸心。草萌被遠徑，鳥語變喬林〔一〕。散帙味新趣，鳴弦嘆餘音。脱粟幸可飽，一瓢方獨斟。顔從緬雖卓〔二〕，非此誰爲尋。盛服纏紫艾，重印鑄黄金。信使憂惴息，詎無勤苦侵。埃塵緇冠蓋，霜露泫衣衿。脇肩已自昔，俯首微獨吟〔三〕。豈惟智所拙，曾是力難任。爲樂聊在此，焉知玉山岑？

〔一〕「變」，正統本作「遍」。

〔二〕「從」，正統本、顧校本、章校本作「徒」。

〔三〕「吟」，元刻本、顧校本、章校本作「今」。

靖安縣幽谷亭〔一〕

横江捨輕楫〔二〕，對面見青山。行盡車馬塵，豁見水石寰。地氣方以潔〔三〕，崖聲落潺潺。雖爲千家縣，正在清華間。風煙凜人心，世慮自可删。況無訟訴嚚，得有觴詠閑。常疑此中吏，白首豈思還。人情貴公卿，煒煒就玉班。光華雖一時，憂悴或滿顔。雞鳴已争馳，騂騮振鑣鐶。豈如此中吏，日高未開關。一不謹所守，名聲别妖奸。豈如此中吏，一官老無瘝。愔愔謀謨消，汩汩氣象孱。豈如此中吏，明心懾强頑。況云此中居，一亭衆峰環。崖聲夢猶聞，谷秀坐可攀。倚天巉巖姿，青蒼雲斒斕〔四〕。對之精神恬一作帖，可謝世網艱。人生慕虛榮，斂收意常慳。誠思此憂愉，自應喜榛菅。

〔一〕正統本題作「靖安幽谷亭」。

〔二〕「楫」，原作「揖」，據正統本、顧校本、章校本、《曾子固集》改。

〔三〕「方」，《讀書記》、《曾子固集》作「芳」。

〔四〕「雲」，元刻本、顧校本、傅校本、章校本、《曾子固集》作「露」。

青雲亭閑望

一登此亭高，復脱藩廡擁。開顔廣軒闢，吹面驚飆動。城回石崖抱，山亂寒潮湧。谷草晚更芳，沙泉細猶洶。峥嵘四封壯，縹緲佳氣捧。連天廣衢走，拂日長簷聳。區區射聲利，浩浩奔蹄踵。趨營衆所便，冒涉吾久恐。緬想山水宅，環觀松檜拱。屬耳天籟樂，脱身人事冗。幽閑味雖薄，放蕩愚所勇。窮凶勢猶競，殺伐聲更詾。揚揚斂臣貴，燁燁兵官寵。諒知草茅微，無補社稷重。牧放手幽鞭，耕鋤躬瘦隴。尚或此心諧〔一〕，豈云吾道壅。

〔一〕「尚」，章校本作「倘」。

曾鞏集卷第二

古詩三十三首

寄子進弟〔一〕

憶子去家日，南風始吹衣。今來日未幾，蠅蚊已羣飛。思子兼晝夜，何啻如渴飢。喜聞遠客至，手自排荆扉。客送書一紙，翰墨子所揮。上言山居惡，萝寐接庭闈。次言服畎畝，禾黍膴已肥。其餘業文字，頗測幽與微〔二〕。題詩在紙尾，語老意不非。我喜何所似？大似客得歸。我與子事親，未飽藿與薇。常苦去左右，辛勤治鞍鞿。子行何時反？我眼日已睎〔三〕。應須畢秋刈，相見慰依依。

〔一〕「子進弟」，元刻本、《讀書記》注「一本作牟弟。牟，子進名也」。

〔二〕「幽」，顧校本、吴校本、傅校本注「一作深」；正統本作「隱」。

〔三〕「睎」，原作「晞」，據《讀書記》、傅校本改；章校本作「眯」。

喜寒

純一作沌陽四時行，無復氣節勁。日火相吐吞，乾離力還併。玄冥失所安，恇怯擅操柄。我行東南野，憒憒若酣醬。喜逢青林長，葉蔓可韜映。正嗟天之高，玉色萬里净。忽驚西山雲，毫末生一鏡。須臾油然合，點滴飛雨迸。颼颼漸相扶，霧霈一何盛。積陰類潛師，形勢久已偵。乘時出幽墟，奮發精爽競。亙天逐炎官，顥面修火令。威加乾坤從，冽冽氣貌正。人無焦煩憂，冰釋天下病。豈須雪包林，已壓朱鳥横。南方天精兵，瘴濕災可屏。争難奪刀殳，發巧搜塹穽。收功當在今，殺伐順天正。況云辭麥祥，已覺閭里慶。高歌叩吾轅，上頌天子聖。

詠史二首

京室天下歸，飛甍無餘地。國士憂社稷，塗人養聲利。貴賤競一時，峩冠各鱗次。子龍獨幽遠，聘召漠無意。

子雲無由歸，俯首天禄閣。君平獨西南，抗顏覯寥廓。無猜到沉冥，有故驚寂寞。用心豈必殊，拘肆事終各。

江湖

江湖俗畏遠，幽好自相宜。淪迹異驚衆，辭囂如避時。優遊可以學，薇蕨易爲私。胡然棄回櫂，霜雪有驅馳。

將之浙江延祖子山師柔會別飲散獨宿空亭遂書懷別〔一〕

蜀客向何處？欲觀浙江潮。艤舟吴門柵〔二〕，況會故人招。置酒吴亭上，無人吹紫簫。浩觀萬物變，颯爾生涼飆。遂恐時節晚，芳蘭從此凋。功名竟安在？富貴空寥寥。鴻鵠舉千里，鸞鳳翔九霄。胡爲蓬蒿下，日夜悲鷦鷯。車馬夕已還，行人亦飄飄。浩然滄海志，寂寞守空宵。

〔一〕「空」，正統本、顧校本、傅校本、章校本作「孤」。
〔二〕「艤」，原作「擬」，據顧校本、章校本改。

詠雪

嚴嚴層冰塞川澤，洶洶北風鳴木石。黃雲半夜滿千里，大雪平明深一尺。兩儀混合去纖間，萬類韜藏絕塵迹。蛟龍岌起抱巒岡〔一〕，江海橫奔控阡陌。野林縹緲苦難狀，庭樹鮮妍疑可摘。開門更覺山市靜，散帙偏宜紙窗白。精光蕩射遍巖谷，氣象峥嶸見松柏。少年登望就臺觀，壯士衡淩向砂磧。飢鼯嗥臥伏牙爪，獵隼飛挐矜羽翮。茅簷客聚滿幽缶，桑徑人行沒雙屐。高堂暖熱厭羅綺，環堵蕭條尚絺綌。何當仰見白日照，坐看先從沙際釋。漸涵溝畎兆豐富〔二〕，洗濯閭閻消瘴疫。便乘東北生氣起，自駕疲牛理墝埆。

〔一〕「巒岡」，正統本、章校本作「岡巒」。

〔二〕「䋎」，原作「䋎」，據元刻本、正統本、顧校本、章校本改。

答裴煜二首

拙者羞强合，因成杜門居。豈知公相尊，一室若有餘。愛子富文行，顧爲己不如。所以子之黨，頓見我僕車。歡誠激孤緒，合若水縱魚。新詩八十言，筆端産璠璵。屑屑委地蓬，清風爲吹嘘。相期在規誨，庶以輔頑疏。

寥寥今非古，感激事真妄。曾誰省孤心？秖以餌羣謗。參差勢已甚，決起意猶强。親朋爲憂危，議語數鐫蕩。久之等聾眊，兀矣坐閭巷。長嗟貧累心，更苦病摧壯。微誠豈天與，今晨子來貺。顧慚小人愚，未出衆夫上。狂言屈子吟，浩歌仍子倡。相歡匪貌濟，所得實心尚。時節雖已晏，梅柳幸欲放。過從勿厭倦，相遲非譸盎。

寄王介卿

憶昨走京塵，衡門始相識。疏簾挂秋日，客庖留共食。紛紛説古今，洞不置藩域。有司甄棟榦，度量棄樗櫟。振轡行尚早，分首學壖北〔一〕。初冬憩海昏，夜坐探書策。始得讀君文，大匠謝刀尺。周孔日已遠，遺經竄牆壁。倡佯百怪起，冠裾稔回慝。君材信魁閎，議論恣排闢。如川流渾渾，東海爲委積。如躋極高望，萬物著春色。寥寥孟韓後，斯文大難得。嗟予見之晚，反覆不能釋。胡然蘊環堵，不救謀者感。明朝渡江還，念念非可抑。如酲冒炎暑[二]，每進意愈塞[三]。維時南風薰，木葉晃繁碧。頹雲走石瀨，逆坂上文艦。欣聞被檄來，窮閻駐鑣軾。促榻叩其言，咸池播純繹。行身抗淵損，及物窺龍稷。綢繆指疵病，攻砭甚針石。淺沚有停沙，亦可洗珠璧。論憂或共嚬，遇愜每同欬。正值祝融橫，金隅未提職。高樓豁可望，命載屢攀陟。一不羅俗嬉，怡然洽紈墨。露注尚忘疲[四]，更待蟾蜍昃。雅愛張與余，挽之置茵席。羣兒困不酬，吽嚬聚譏謫。仁義殊齟齬，昧者尊惡音烏砳一作跖。霿草變衰黃，吟蛩鬧朝夕。君子畏簡書，薄言返行役。商歌孺子別，失淚染衣褋。自從促櫂去，會此隆冬逼。何神鼓陰鞴？萬竅動謞激。城顛睨江浪，蛟怪助掀射。仁賢保無恙，所想挂驚惕。燁燁多隸從，良已匱蔾鹽。迨茲尺書至，疑念始冰析。蘭滲沓慈祥，筠梧肆諧適。繽紛衆胥士，署壘各嬉息。其餘書牘背，粟密縷機織。卷書勞來幹，寸懷良自懌。野泊轉平綠，梅梢弄繁白。金緡引柳荑[五]，芳氣滿原澤。出門無所抵，歸臥四楹寂。術學頗思講，人事多可惻。含意不得發，百憤注微臆。搖搖詠顏色，企足闕途隔。自慚兒女情，宛轉抱悽慼。吾念非吾私，何當託雲翼。奇偶轉如輪，終期援焦溺。

[一]「首」，吳校本注「一本作手」。

[二]「酲」，原作「醞」，據《讀書記》、章校本改。元刻本、顧校本、吳校本注「醞，一作酲」。

[三]「塞」，元刻本、《讀書記》、章校本作「寂」。

[四]「注」，元刻本、顧校本作「泫」，並注「一作注」；吳校本作「泫」。

[五]「緡」，《讀書記》作「緍」。

上人

金節橫光馬珂鬧，瑞鶻宮袍腰玉繞。烟沙轣轆高軒過，路上千人瞻羽纛。瑤魁精彩浮蒼龍，江城四面生春風。城中壞屋書籤碧，有客苦吟連旦夕。麻衣塵暗抱書泣，歲暮黃粱不供食。白日曈曨望龍坂，坐上一言寒可暖〔一〕。西入天關灑霖雨，須惜窮鱗在泥土。

〔一〕「可」，原作「口」，據《讀書記》改。

初夏有感

我從得病臥閭巷，三見夏物争滋榮。紅英紫萼逐風盡，高榦密葉還陰成〔一〕。山亭水館處處好，朱碧萬實相駢擎。林烏梁燕各生子，翅羽已足争飛騰。雉雞五色繡新翮，鷕鷕慕匹相隨鳴。穴蜂露蝶亦有類，欻往復聚何翾輕。箔蠶滿室事方盛，繭綴下上如連星。麥芒秧穎錯雜出，高壠大澤填黄青。物從草木及蟲鳥，無一不自盈其情。嗟我獨病不如彼，胸氣臥立常怦怦。筋酸骨楚頭目眩，强食豈得肌膚盈。我身今雖落衆後，我志素欲希軻卿。十年萬事常坎壈，奔走未足供藜羹。愁勤未老鬢先白〔二〕，多學只自爲身兵。自然感疾憊形體，後日雖復應伶傳。非同世俗顧顏色，所慕少壯成功名。但令命在尚可勉，眉細詎足傷吾平。

〔一〕「陰成」，吳校本、傅校本注「宋本陰城」。

〔二〕「愁勤」，元刻本、顧校本、吳校本、傅校本注「一作窮愁」；《讀書記》、章校本作「窮愁」。「鬢」，正統本、章校本作「鬒」。

送人移知賀州

溪石膠船秋瀨微，南山巉空勢峩巍。風露氣嚴花草腓，天色寥寥初雁飛。君子往守東南圻，旗旛綵錯如翔翬。象茜照地榮笏衣，先後隸從何頎頎。初君治縣參德威，吾人涵濡樂以肥。念今奪去失所依，出者遮行居者希。我思羣公坐天闈，心與星斗爭光輝。薦賢絀否言無違，迅若發石乘高機。何此茂器時所稀，噤無一語爲發揮。敢作此什傳王畿，旦暮璽書來敕歸。

之南豐道上寄介甫〔一〕

應逮冒煩暑，驅馳山水間。泥泉沃渴肺，沙風吹汗顔。疲驂喘沫白，殆僕負肩殷。仰嗟旱雲高，俯愛芳陂潺。空郵降塵榻，淨館排霞關。城隍壯形勢，岡谷來回環。紅芰姹相照，翠樹鬱可攀。野苗雜青黃，雨露施尚慳〔二〕。巫覡謁羣望，簫鼓鳴空山。憂農非吾職，望歲竊所嘆。憩當午日烈，行瞻月初彎。星斗弄光彩，羅絡竈火斑〔三〕。跋履雖云倦〔四〕，桑梓得暫還。林僧授館舍，田客攀鞍鐶。吾心本皎皎，彼詬徒嚬嚬。方投定鑑照，即使征馬班。相期木蘭楫，蕩漾窮川灣。

〔一〕元刻本、顧校本、吴校本題作「南豐道上寄介甫」。
〔二〕「尚」，元刻本、《讀書記》注「一作何」。
〔三〕「竈」，元刻本、正統本、顧校本、章校本作「竈」。
〔四〕「跋」，萬曆本作「跂」，章校改作「展」。

謝章伯益惠硯

人生對門東西陌，口耳一間心誰傳。況乃天地相去遠，一在南海一在燕。古今萬世復萬世，彼亦居下此在前。是非得失錯且繁，以情相話何由緣。造化豈不大且淵，到此縮縮智且慳。聖人智出造化先，始獨俯仰模坤乾。一人詰曲意百千，以文寫意意乃宣。簡書軸載道相聯，馳夷走貊通百蠻。羲皇向今谷屢遷，言語應接旦暮間。聖人不死一作能術以此，又與其類殊蚑蠕。外之君臣内父子，仁義禮樂定筆端。硯與筆墨乃舟船，論功次第誰能攀？伯益於文敏且顓，字向紙上生戈鋋。與硯出入宜不捐，胡乃贅我璧棄泉。作詩知硯功小大，報不充賜心焦然。

送劉醫博

小人久病如愁慼，每歎地僻無良醫。窮居索寞俗事少，坐對荏苒風光移。深冬山城萬木落，陰氣蕩射生寒颸。東方吐日光入户，素壁閃閃含清輝。臨汀劉君落落者，六伎絶偉如天資。潛心密與造化會，布指夐有精靈隨。馬蹄所至病魔屈，我於此時欣得之。一來握手與我語，委曲衰王肺與脾。囊中珍丸撮星斗，俾我嚼咀心顏怡。灑然沉疴一日解，始免未老爲枯骸〔一〕。越人湔腸術已緩，仲景納餠術可卑。劉君與我德至大，拱璧巨鼎非酬裨。我嗟劉君乃士類，進退婉婉無瑕疵。況又新承太守薦，羈鞅日背東門馳。禁林侍從務周慎，君挾所有直相宜。貴人四難真可患，去去足以爲時規。

〔一〕「骸」，元刻本、顧校本、傅校本注「一作骴」。

送陳商學士

柳黃半出年將破，溪溜浸苔强萬個。溪頭蒲葦各萌芽，山梅最繁花已墮。物色撩人思易狂，況躋別館情何那〔一〕。城東日晚公將去，纛影未離愁四座。公於萬事不雕鐫，心意恢恢無坎坷。來從奎壁光鋩下，笑倚樽筵成郡課。嗟予齪齪才性下，棄置合守丘樊餓。公持姓名動人主，祓飾寧嫌筆端挫。從今清夜思江路，夢送公船先北過。

〔一〕「情」，正統本作「清」；章校本作「清」。

送錢生

天下學校廢，師生無所依。子來滿橐書，璨璨璧與璣。一字未得讀，叩門忽言歸。憐子甚有志，事時與子違。吾無一畝宮，留子爲發揮。去矣善自立，毋使嗣音稀。

雪詠

雪花好潔白，不待詠説知。區區取相似，今古同一辭。薛能比衆作，小去筆墨哇。誰能出千載，爲雪立傳碑？四座且勿歌，聽我白雪詩。天地於降雪，其功大艱難。去年暖風日，冬在春已還。山屏盡深碧，危溜聲亦潺。草萌各已動，梅花開最繁。爐火殆可謝〔一〕，衣絮誰復言？推排臈已過，一變天更寒。飄風動木石，激射難出關〔二〕。深房擁高燎，領肘曾不温。仰視雲壓疊，垂欲藉屋山。元氣不復呵，飛鳥折羽翰。誰排河漢流？欲墮莽蒼間。道爲黑風遮，凝凍無住著。紛紛成片縷，六出非刻削。初時漏餘滴，雜雨猶可惡。迤邐縱飛灑，態狀不可名。或稀若有待，或密似相縈。或弱久宛轉，或狂自軒騰。羣來信汗漫，孤飄亦零丁。屋角初漸斑，瓦溝忽皆平。坳窪一已滿，茅茨壓將傾。樹木遍封裹，岡山助崢嶸。階除斷纖穢，池臺有餘清。流塵寂已掩，物象窅皆明。廚烟或中鑊，里表仍孤擎。長街隱缺甃，荒城混觚棱。沙水渺相合，扁舟在圖屏。啄草鳥雀蹤〔三〕，篆字遺縱横。頓驚宇宙内，侈麗皆天成。引望誰倚樓，秀色亂目睛。永懷衡門士，辛苦守六經。山藜不充腹，筆硯久已冰。柔茵坐中堂，誰問公與卿。世事泊無意，燭換猶飛觥。文犀壓朱箔，陽春謝秦箏。所處殊處所〔四〕，苦樂固異情。誰致此不齊？上天意何營？蒼蒼不可問，奕奕灑未停。明晨起相處，寒日已滿窗。井甃破圓素，砌苔還故蒼。萬物去覆冒，顔色皆復常。融爲大田水，其流日滂滂。方塘接深甽，澄徹碧玉光。豈惟癘疫消〔五〕，庶驗百穀祥。顧彼守經士，幸可繼糗糧。憂民既非職，空致新詩章。

〔一〕「爐」，原作「鑪」，今改。元刻本、正統本、顧校本、章校本作「鑪」。
〔二〕「激」，原作「漖」，據元刻本、正統本、顧校本、章校本改。
〔三〕「踪」，正統本作「聚」。
〔四〕「所處」，章校本作「所居」。
〔五〕「癘疫」，元刻本、顧校本、吴校本、傅校本作「疫癘」。

送僧晚容〔一〕

飛光無停芳歲闌，羣陽不行寒氣動。疏篁有韻窗含雪，重幕無温筆棲凍。蕭條山草葉始枯，綽約江梅蕊先弄。無人爲我取酒斟，有客來前乞詩送。多情爲客不能已，捲紙連書筆鋒縱。七言百字拙且卑，俗眼方憎汝休重。

〔一〕「晚」，元刻本、正統本、《讀書記》作「曉」。

送叔延判官

北風吹空雪花冷，平鋪雲濤冒峰頂。江長水闊飛鳥絶，沙樹參差動波影。君子從戎碧油下，緑髮青瞳笏袍整。大馬高車府中罷，一船沿流背丁丙。魴魚勝銀尊酒美，物色當前若圖屏。危帆健櫓醉中去，千里奔過猶一頃。明年隨春到京國，紅紫燒空折桃杏。獻書又謁蓬萊宫，新斷豪曹試鋒穎。况遇朝廷方急材，驥騄騤騤足當騁。

山茶花

山茶花開春未歸，春歸正值花盛時。蒼然老樹昔誰種？照耀萬朵紅相圍。蜂藏鳥伏不得見，東風用力先噓吹。追思前者葉蓋地，萬木慘慘攢空枝。寒梅數綻少顏色，霰雪滿眼常相迷。豈如此花開此日，絳豔獨出淩朝曦。爲憐勁意似松柏，欲搴更惜長依依。山榴淺薄豈足比，五月霧雨空芳霏。

辛亥三月十五日〔一〕

茫茫月色如溪沙，萬里不有纖雲遮。今年寒氣争春來〔二〕，雪大如掌隨驚雷。臨川城中三月雨，城東大丘汩爲渚。天地慘慘無開時，常恐蟄死和與義。此時謂月水中没，溺入蛙腸那復出。豈知今夜月光圓，照徹萬物無遺偏。人間有人司重輕，安得知汝有時明？

〔一〕「辛亥」，原作「丁亥」，據《讀書記》改。《讀書記》云：「按丁亥乃慶曆七年，是時公尚少，恐筆力未能至是。若大觀元年之丁亥，則公没已久矣。玩末二句，似指熙寧用事之人，意者作于熙寧四年辛亥，訛辛爲丁也。又按王介甫曾易占墓誌，易占以慶曆丁亥卒于南京，時公方侍疾。而詩中云『臨川城中三月雨』，則丁亥之爲誤尤明矣。」

〔二〕「争」，元刻本、顧校本、吴校本作「逐」。

舍弟南源刈稻

買田南山下，禾黍忽已秋。糟床待此注，豈止衣食謀。窮陰迫霜霰，不可遲揫收。吾黨二三子，晨行已寒裘。久苦城中囂〔一〕，至山諒優遊。況已除險穢，新堂置岩幽。窗軒衆峰出，階墀水淙流。良材未成種，草樹亦已稠。寒花開照耀，谷鳥樂啾啁。心與珍境接，佳興固已遒。而況饋朝夕，甘美日可搜。黄雞肥落俎，清酤湛盈甌。時鮮鱠冰鯽，餘滋拆丹榴〔二〕。此味何以侑？文辭頗賡酬。晝務誠遺滯，夜工督春揄。因觀稼穡勞，始覺奉養優。此樂詎非幸，人生復何求？送子固自起〔三〕，往意不可留。

〔一〕「中」，元刻本作「市」。

〔二〕「拆」，元刻本、《讀書記》、傅校本、章校本作「析」；顧校本作「折」，並注「宋本析」。

〔三〕「固」，元刻本、《讀書記》作「因」。

奉和滁州九詠九首并序〔一〕

先生貶守滁。滁，小州。先生爲之，殆無事。環州多佳山水，最有名瑯琊山。近得之曰幽谷，先生散遊其間〔二〕，又賦詩以樂之。鞏得而賡之者，凡九章。

瑯琊泉石篆

陽冰絶藝天下稱，瑯琊石篆新有名。初留泉涯俗誰顧？一日貴重繇先生。古今書法不可數，猶有字本存於經。我於八體未曾學，雖得此字寧能評？高文老筆又所愛，欲敍仿佛辭非精。筆端應驅鬼神聚，筆妙敻與陰陽争。刻雕萬象出冥昧，不見刀斧曾經營。奇形挺若聳崖巘，險勢直恐生風霆。雨來莽蒼龍蛟起，秋入寥泬星斗明。先生七言載其側，爲地自與丘山平。先生抱材置荒郡，有若此字存岩扃。當還先生坐廊廟，悉引萬事歸繩衡。遂收此字入秘府，不使日灼莓苔縈。高材重寶不失一，唐舜湯禹寧非朋。

遊瑯琊山

飛光洗積雪，南山露崔嵬。長淮水未緑，深塢花已開。遠聞山中泉，隱若冰谷摧。初誰愛蒼翠，排空結樓臺？巘巘架梁棟，輝輝刻瓊瑰。先生鸞鳳姿，未免燕雀猜。飛鳴失其所，徘徊此山隈。萬事於人身，九州一浮埃。所要挾道德，不愧丘與回。先生逐二子，誰能計垠崖？所懷雖未寫，所適在歡咍。爲語幕下士，殷勤羞瓮醅〔三〕。

歸雲洞

洞遠人言接滄海，洞幽晴始見莓苔。天下顒顒望霖雨，豈知雲入此中來。

瑯琊溪

野草山花夾亂流，橋邊旌旆影悠悠。卽應要地無人見，可忍開時不出遊[四]？

班春亭

山亭嘗自絶浮埃，山路輝光五馬來。春滿人間不知主，誰言鑪冶此中開？

庶子泉

瑯琊石泉清照人，裹無泥沙表無塵。風翻日炙夏潦盡，古練一匹常𠊱淪。

石屏路

石屏不見刀斧痕，石下初誰得行徑？千騎來時停管絃，月明更覺山中静。

慧覺方丈

七言老意蒼松蟠，百金古字青霞鐫。儒林孟子先生是，墨者夷之後代傳。

幽谷晚飲

先生卓難攀，材真帝王佐。皎皎衆所病，蜿蜿龍方卧。卷彼天下惠，赴此一郡課。幕府既多暇，山水乃屢過。旌旗拂蒙密，車馬經坎坷〔五〕。愛此谷中泉，聲響遠已播。槎横勢逾急，雨點緑新破。旁生竹相圍，竦竦碧千個。遥源窅難窺，盤石坦如磋。遊鱗戢可數，飛鳥嚶相和。援琴薰風後，結宇寒岩左。觥筵已得月，金紈尚圍坐。心如合逍遥，語不綴招些。一時聳傳觀，千載激柔懦。《甘棠》詩之懷，峴首淚嘗墮。況此盛德下，襦袴人所荷。不假碑刻垂，棟牖敢隳挫。當今甲兵後，天地合轗軻〔六〕。先生席上珍，豈忍溝中餓？毋徐黑幡召，當馳四方賀。

〔一〕元刻本題作「和滁州九詠九首並序」，顧校本、吴校本注「宋本無奉字」。
〔二〕「散遊其間」，元刻本、顧校本、傅校本作「數遊於其間」；正統本、章校本作「數遊於間」。
〔三〕「殷勤羞瓮醅」，元刻本、《讀書記》、顧校本、吴校本注「一作勤羞瓮中醅」；章校本作「勤羞瓮中醅」。
〔四〕「開」，《讀書記》云「疑作閑」。
〔五〕「經」，正統本、章校本作「驚」。
〔六〕「合」，元刻本、顧校本、吴校本、傅校本注「一作含」。

曾鞏集卷第二

古詩三十九首

遊麻姑山九首〔一〕

遊麻姑山

軍南古原行數里，忽見峻嶺横千尋。誰開一徑破蒼翠？對植松柏何森森。危根自迸古崖出，老色不畏莓苔侵。修竹整整儼朝士，下蔭石齒明如金。遂登半嶺望城郭，但見積靄縈江潯。岡陵稍轉露樓閣，沙莽忽盡横園林。秋光已逼花草歇，寒氣況乘岩谷深。我馳輕輿豈知倦，倏忽遂覺窮嶔崟。龍門誰來此中鑿，玉簡不記何年沉。泉聲可聽真衆籟，泉意欲寫無瑶琴。斗迴地勢平如削，穲稏百頃黄差參。横開三門兩出路，却立兩殿當崖陰。深廊千步抵岩腹，桀木萬本摩天心。碑文磊嵬氣不俗，筆畫縹緲工非今。世傳仙人家此地，天風泠泠吹我襟〔二〕。今人豈解不老術，可怪緑髮常盈簪。根源分明我能説，一室傾里輪瑯琳〔三〕。相高既不擁耒耜，方壯又不持戈鐔。我丁轗軻豈暇議，直喜虚曠開煩襟。清謡出口若先構，白酒到手無停斟。山人執袂與我語，留我饋我山中禽。玲瓏當窗急雨灑，窈窕隔溪孤笛吟。未昏已移就明燭，病骨夜宿添重衾。神醒氣生目無睡，到曉獨愛流泉音。起來身去接塵事，片心未省忘登臨。

桃花源

來時秋不見桃花，空樹寒泉瀉石涯。争得時人見鸞鳳，不教身去憶烟霞〔四〕。

丹霞洞

麻姑石壇起雲霧，常意已極高峰顛。豈知造化有神處，别聳翠嶺參青天。長松桀柏枝嵬砢，中畫一道如流泉。林風颼颼滿丘壑，山鳥嘲哳淩飛烟。山腰古亭豁可望，下見秋色清無邊。忽驚陰崖勢回合，中抱幽谷何平圓。初誰鑿險構樓觀？更使遶舍開芝田。令人到此毛骨醒，欲構老筆丹青傳。羌夷干戈今未解，天地瘡痏誰能痊？大厦棟梁置沙莽，肯復顧眄桷與椽？吾徒於時直何用，欲住未得心茫然。

半山亭

樹杪蒼崖路屈盤，半崖亭榭午猶寒。平時舉眼看山處，到此憑欄直下看。

顏碑

碑文老勢信可愛，碑意少缺誰能鐫〔五〕？已推心膽破姦宄，安用筆墨傳神仙？

碧蓮池

神仙恍惚不可明，空有池蓮變紅碧。清香冷落秋風前，似被麻姑妬顔色。

流杯池

行盡壇前石崖路，忽見一曲清泠泉〔六〕。酒行到我不辭醉，安用了了分愚賢？

七星杉

古杉蒼蒼横斗文，其幹十圍陰蔽野。應到夜深山月來，林色天光迷上下。

瀑布泉

飛泉一支天上來，寒影沉沉瀉龍穴。山靈欲以怪動人，山路先冬積霜雪。

〔一〕原標題無「九首」，據元刻本、顧校本、吴校本、傅校本增。下行小標題「遊麻姑山」爲點校者所加。

〔二〕「泠泠」，原作「冷冷」，據元刻本、《讀書記》改。

〔三〕「里」，章校本作「倒」。

〔四〕「教」，正統本作「見」。按作「教」爲勝。

〔五〕「少」，元刻本、《讀書記》、顧校本、吳校本、章校本作「小」。

〔六〕「泠」，原作「冷」，據四部叢刊本改。

秋懷

天地四時誰主張？縱使羣陰入風日。日光在天已蒼涼，風氣吹人更慘慄。樹木慘慘顏色衰，燕雀啾啾羣侶失〔一〕。我有愁輪行我腸，顛倒回環不能律。我本孜孜學《詩》、《書》，《詩》《書》與今豈同術？智慮過人祇自讐，聞見於時未裨一。片心皎皎事乖背，衆醉冥冥勢陵突〔二〕。出門榛棘不可行，終歲蒿藜尚誰恤？遠夢頻迷憶故人，客被初寒卧沉疾。將相公侯雖不爲，消長窮通豈須詰？聖賢穰穰力可攀，安能俯心爲苟屈？

〔一〕「侶」，四部叢刊本作「似」。

〔二〕「陵」，原作「淩」，據元刻本、顧校本、吳校本、傅校本改。

送歐陽員外歸覲滁州舍人

病卧不出門，非關避塵土。深秋影雖清〔一〕，孤懷共誰語。辱子問吾廬，煇如就賓廡。足音固可喜，況久捉松麈。子生何其祥，家庭坐軻愈。顧我齒諸生，漸磨苦頑魯。有如仰天潢，勢豈識津渚。又若馬牛然，安能望熊虎。空摇在門心，常若風中羽。羨子筋骨輕，歸飛得其所。從今夢無南，隨子渡江艣。

〔一〕「影」，元刻本作「景」。

一晝千萬思

一晝千萬思，一夜千萬愁。晝思復夜愁，晝夜千萬秋。故人遠爲縣，海邊勾踐州。故人道何如，不問孔與周。我如道邊塵，安能望嵩丘？又若澗與溪，敢比滄海流。景山與學海，汲汲强自謀。愁思雖爾勤，故人得知不〔一〕？

〔一〕「不」，元刻本、正統本作「否」。

送鄭秀才

鄭生雙瞳光欲溢，我意海月藏其中。齒清髮紺心獨老，秋厓直聳千年松。來趨學宫業文字，進退佩玉何玲瓏。一朝束書别我去，馬蹄脱若風中蓬。當今文人密如櫛，子勿浪漫西與東。處身不可不擇處，一跳萬里無還踪〔一〕。

〔一〕「跳」，元刻本、正統本作「趹」。

答所勸灸

灸灼君所勸，感君書上辭。勿難火艾痛，要使功名垂。我道世所背，君知餘有誰？筋骸倘且健，學行肯教隳。

菊花

菊花秋開只一種，意遠不隨桃與梅。遊人有幾愛孤淡〔一〕？零落野水空岩隈。層層露蕚問枝葉，金靨萬個圍蒼苔。直從陶令酷愛尚，始有我見心眼開。爲憐清香與正色，欲搴更惜常徘徊。當携玉軫就花醉〔二〕，一飲不辭三百杯。

〔一〕「愛」，元刻本、顧校本、吳校本、傅校本作「看」，並注「一作愛」。

〔二〕「軫」，正統本作「枕」。

答石秀才月下

今宵月色明千里，秋水與天無表裏。樹木嬌嬌蛟龍蟠，屋瓦鱗鱗雪霜洗。林下病人毛骨醒，目愛清光不知已。秋風自作竽籟聲，更送城笳夜深起。客衾初寒睡未能，忽得子詩哦以喜。子求我和何勤劬，我知枯疏少知己〔一〕。子真愛我常存心，安用燕辭煩筆紙。

〔一〕「枯」，正統本、顧校本、吳校本作「苦」。

冬曉書懷

羣雞啁哳天始明，東方吐日霜尚冰。長簾高褰掃落葉，短机背立吹殘燈〔一〕。昔時氣鋭過奔浪，今日病減真無蝿〔二〕。南箕翻翻世所效，白璧皎皎誰非憎？屠龍破産習已妄，畫蛇著足棄未能。不容當時孔何病，更譽衆列顔非朋。坐知天下書最樂，心縱塵土酒可憑。莫過二事賢且聖，胡不學外常騰騰？

〔一〕「立」，元刻本、顧校本、吴校本、傅校本注「一作倚」。

〔二〕《讀書記》注「真下疑脱一行」。

代書寄趙宏

憶承昨歲致書召，遂入江城同一笑。羸奴小馬君所借，出犯朝寒鞅頻掉。從來萬事固已拙，況乃病敦顔不少。去隨衆後已自枉，更苦世情非可料。一心耿耿浪誠直，百口皤皤競訶誚。獨君踴躍於我顧，譬於真玉火空燒。别來未幾歲云換，楊柳得春還窈窕。東溪最好水已渌，桃李萬株紅白照。當時病卧不能出，日倚東風想同調〔一〕。逡巡紅白委地休，新葉可書陰可釣。君持使傳入南師，忽領貔貅過蓬翟。僧堂取酒就君飲，不覺乘歡盞頻釂。屋西明月過簾白，簾角有時飛熠耀。明聞鉦鼓催軍發，共上高樓看旗旐。日高行忽又别君，從此閉門誰可嘯？秋風已盡始得書，喜聽車輪返窮徼。身欲追隨病未能，目斷珊瑚遮海嶠。是時肺氣壯更惡，日以沉冥憂不療。豈其艱苦天所憫，晚節幸值巫彭妙。放心已保性命在，握手猶驚骨骸峭。今年霜霰雖未重，室冷尚無薪可燎。一畝酸寒豈易言，局促不殊魚在罩。勞君書札數問訊，深愧薄材無象肖。君心卓犖衆未識，安得辨口聞廊廟。

〔一〕「想」，正統本、四部叢刊本作「愁」。

東津歸催吴秀才寄酒

荒城懶出門常掩，春氣欲歸寒不斂。東隣咫尺猶不到，況乃傍溪潭石險。風光得暖才幾日，不覺溪山碧於染。欣然與客到溪岸〔一〕，衣幘不避塵泥點。谷花洲草各萌芽，高下迸生如刻剡。梅花開早今已滿，若洗新妝競妖臉。柳條前日尚憔悴，時節與催還荏苒。沙禽翅羽亦已好，争趁午暄浮翠瀲。從今物物已可愛，有酒便醉情何慊。君厨山杏舊所識，速致百壺須灩灩。心知萬事難刻畫，惟有醉眠知不忝。預愁酩酊苦太熱，已令灑屋鋪風簟。

〔一〕「溪」，黄希憲刻本、萬曆刻本作「西」。

送吴秀才

一年過臘已十日，餘日到春能有幾。春來遠近不可問，冷碧先歸在流水。梅花向今獨已繁，玉艷都占春風間。草萌出土亦過寸，衆芳次第掛清寒。虚堂盡日對風影，我獨此守青瑯玕。故人遠來未一醉，車軼欲去今誰攀〔一〕？憐君滿腹富文彩，倦尾赤色無波瀾。連年禮部試多士，白羽捨置操榛菅。君今忽忽負壯節〔二〕，我亦春色羞衰顔。況逢離别可奈何，憶人日老情日多。

〔一〕「今」，元刻本、顧校本作「令」。

〔二〕「忽忽」，原作「怱怱」，據元刻本、顧校本、吳校本、傅校本改。

和章友直城東春日

東流抱孤城〔一〕，雨洗見春色。風吹百草根，道路千里碧。莫盡溪漫漫去聲，波瀾散無迹。遥林缺見山，冉冉蒼藹積。沙禽有遺蹤，文字不可識。青松對桃李，桃紅李花白。紅白勢方競，青青守岩側。君意無不諧，研談欲俱得。賦詩多所陳，炳若觀龜坼。城東不待到，衆物已歷歷。

〔一〕「流」，元刻本、顧校本、吳校本、傅校本注「一作溪」。

簡如晦伯益

一年孟春月已晦，思去去騰如須臾。春事競在二月間，急景豈與正月殊。今看桃李花未出〔一〕，不知花開能幾日。日尋桃李不暫停，恐未十回花已失。筋骸縱病心尚壯，酒醴雖無隣可乞。城東欲與君試行，莫嫌冷落逐書生。

〔一〕「未」，元刻本、顧校本、傅校本、吳校本注「一作争」。

高松

高松高干雲，衆木安可到？湯湯鳴寒溪，偃偃倚翠纛。側聽心神醒，仰視目睛眊。風雨天地動，一葉不攲倒。豈同澗中萍，上下逐流潦。豈同牆根槐，卷卷秋可掃。鳳凰引衆禽，此木陰可燾。君求百常柱，星日此可造。般匠世有無，方鍾野人好。

青青問青青

青青問青青，盡望密如鏬。風柔聲自和，草縟陰可藉[一]。遊蜂不暫去，啼鳥時獨下。繚牆隔深園，高枝出虛榭。貴人無餘事，歡言持玉斝。茅簷亦自好[二]，吾廬四如畫。故人儻可邇，倒屣不辭迓。

[一]「縟」，正統本作「蓐」。

[二]「簷」，正統本、章校本作「屋」。

洪州

洪州城中荒且遠，每到弱馬常驅馳。交朋顧我亦已厚，謝詞有禮寧當違。人生有累乃汲汲，萬事敦迫如銜羈。山中無塵水清白，安得去吟梁甫辭？

詠史二首

仲尼一旅人，吳楚據南面。不知千載下，究竟誰貴賤？

賜也相國尊，子思終不慕。乃知古今士，輕重復內顧。

泝河

客舟泝河西北行，日夜似與河流争。不知洶洶竟何爲，怒意彼此何時平。但疑天地送秋至，惡雨疾風相觸聲。我病入寒饒睡思，歸夢正美還遭驚。東南水鄉我所住，楊花散時春水生。湖江渺邈不見岸，汩汩自流無可憎。石泉百丈落山觜，此縱有聲清可聽。莫如此水極凶驚，土木暫觸還轟轟。吁嗟造化何厚薄，惡物受禀無由更。

哭尹師魯〔一〕

衆人生死如塵泥，一賢廢死千載悲。漢初董生不大用，厥政自此慚隆姬。至今董生没雖久，語者爲漢常嗟欷。尹公素志任天下，衆亦共望齊臯伊。文章氣節蓋當世，尚在功德如豪氂。安知蔓草蔽原野，雪霰先折青松枝。百身可贖世豈惜，訃告四至人猶疑。悲公尚至千載後，況復悲者同其時。非公生平舊相識，跽向北極陳斯詩。

〔一〕原題作「尹師魯」，元刻本、《讀書記》注「一上有哭字」，今增。

發松門寄介甫

南風夜發吹孤舟，起視北極星辰稠。曉開征帆破長浪，挾以兩艣當中流。松門東面見廬阜，其上少日烟氣浮。舟人指我極四望，黑處無底蛟龍湫〔一〕。槠溪左蠡信浩蕩，兩涘若粒分岡丘〔二〕。落星困困孰可狀？清漢夜獨垂牽牛。故人曾期此同載，捨櫂直抵雲山遊。念今五載負斯語，心獨動蕩風中斿。況聞肥遯須山在〔三〕，早時事力胡能謀。所嗟親老食未足，安得一畝操鋤耰。此言此笑吾此取，非子世孰吾相投。今諸與子脱然去，亦有文字歌唐周。

〔一〕「湫」，正統本作「啾」。

〔二〕「涘」，元刻本、顧校本、吴校本、傅校本注「一作溪」。

〔三〕《讀書記》云「句疑有訛」；顧校本、傅校本注「聞，一作開，疑有訛」；吴校本注「須山，疑有譌」。

北風

北風動地江翻天，我坐極浦維空船。浮雲冥冥下無日，老樹自擺相樛纏。薰琴空聞不可見，應已久絶朱絲絃。遂令陰飆自回斡，安得歲物無疵愆。江頭酒賤且就醉，勿復著口問陶甄。

過彭澤

淵明昔抱道，爲貧仕兹邑。幡然復謝去，肯受一官縶〔一〕？予觀長者憂，慷慨在遺集。豈同孤蒙人，剪剪慕原隰。遭時乃肥遯，兹理固可執〔二〕。獨有田廬歸，嗟我未能及〔三〕。

〔一〕「肯」，元刻本、顧校本、吴校本注「一作不」。

〔二〕「固可執」，元刻本、顧校本、吴校本、傅校本注「一作可固執」。

〔三〕「我」，元刻本作「哉」。

江上懷介甫

江上信清華，月風亦蕭灑。故人在千里，樽酒難獨把。由來懶拙甚，豈免交遊寡。朱絃任塵埃，誰是知音者？

讀五代史

唐衰非一日，遠自開元中。尚傳十四帝〔一〕，始告曆數窮。由來根本强，暴戾豈易攻？嗟哉梁周閒，卒莫相始終。興無累世德，滅若燭向風。當時積薪上，曾寧廢歌鐘。

〔一〕「帝」，元刻本、顧校本、吴校本、傅校本注「一作葉」。

庭木

庭中有佳樹，清影四面垂。往往風雨夜，蛟龍此投依。留之待鸞鳳，未許燕雀窺。誰謂烏鳥惡？安巢最高枝。不顧白日照，直傍陰虹飛。自恃棲託穩，豈憂彈射危。三春獨翱翔，百鳥斂羽儀。鳳凰不能争，況乃梟雁微。既務志意得，都爲世可欺。白晝攫鼎肉，從容擇牲犧。近人不肯避，一怒終夜啼。遭其瞰牆屋，禍患豈可移。聽之欲占赦，婦女固已癡。忿害乃其所，何肯報福釐。行路指之嘆，童稚争罵譏。鸜鵒獻至尊，言語固可奇。翡翠輸太府，器服所取資。雉雞美文章，贄贈理亦宜。鷹鸇逐惡鳥，天威得施爲。關雎於周室，耿潔配后妃。莫如此鳥頑，飽食無所裨。一善不能有，醜聲日交馳。但知擇嘉處，巍然治其棲。衆怒未易忽，徼幸亦有斯。安知無刀斧，崩分棄毛皮。且勿引蠹蟲，使樹心本披。亦有愛搏擊，鉤連梟與鴟。亦勿樂順己，窟穴藏狐狸。凡能致大患，尠不自豪氂。未知引避去，此語足自規。惜哉種樹意，長與事乖違。古來亦如此，壯士徒嗟悲。

發彭澤

卧聞櫓聲知雨來，起見江流與天合。山回風吹霧不盡，帆健船衝浪相沓。歸雲難乘望空斷，落日乍掩涼可納。去家今夜一千里，誰見愁來坐方榻？

菊花

東籬菊花今已開，萬物各自相驅催。却尋桃杏那復有，舊樹慘慘空牆隈。年光日日已非昔，人世可能無盛衰。朱顔白髮相去幾，勢利聲名相抑排。三公未能逃餓死，九鼎竟亦爲塵埃。乃知萬事皆自枉，有便只宜持酒杯。

落葉

秋雨與風相噴薄，樹木可能無葉落。琅玕散漫不可收，野步滿船誰掃掠。垂楊千樹舊所惜，顏色易衰由力弱。空條尚舞不自休，物意豈能知索寞。菊花雖開能幾許？新酒縱酸猶可酌。朱顏久已攃銷減，豈有功名堪寫貌。衣冠塵土欲更洗，其奈滿堤河水濁。花開葉落須强醉，壯士豈憂常落魄。

舞鶴

蓬瀛歸未得，偃翼清溪陰。忽聞瑶琴奏，遂舞玉山岑。舞罷復嘹唳，誰知天外心？

曾鞏集卷第四

古詩四十三首

降龍

降龍左右施襟裾，兩廊夾廟深渠渠。禮下天子一等爾，衣服居處何其殊。文旛列戟照私第，青紫若若官其孥。先後熒煌首珠翠，侍者百十顔温瑜。凝寒墮指熱侵骨，一宴百盞傾金壺。窮民疾首望雨露，太上欲倚攀姚虞。君胡爲乎目時病，橐針襆艾恬以愉〔一〕。生前赫赫浪自重，身後没没寧非愚？

〔一〕「襆」，原作「樸」，據元刻本、《讀書記》改。

湘寇

衡湘有寇未誅剪，殺氣凛凛圍江潯。北兵居南匪便習，若以大舶乘高岑。傖人操兵快如鶻〔一〕，千百其旅集深林。超突溪崖出又伏，勢變不易施戈鐔。能者張弓入城郭，連邑累鎮遭驅侵。羣黨争誇殺吏士，白骨棄野誰棺衾？貔貅數萬直何用？月費空已逾千金。楚爲貧鄉乃其素，應此調發寧能禁？捷如馬援不得志〔二〕，强曳兩足登嶔崟。烏蟻睢盱倚岩險，此慮難勝端非今。較然大體著方册，唯用守長懷其心。祝良張僑乃真選〔三〕，李璟道古徒爲擒。嗚呼廟堂不慎擇，彼士齪齪何能任？大中咸通乃商鑒，養以歲月其憂深。願書此語致太史，獻之以補丹扆箴。

〔一〕「快」，元刻本、吴校本、傅校本、章校本作「決」，《讀書記》云：宋本作「決」。

〔二〕「捷」，《讀書記》作「健」；吴校本、傅校本注「疑作健」；章校本改作「健」。

〔三〕「僑」，元刻本、顧校本、吴校本、傅校本作「喬」。

地動

吾聞元氣判爲二，升降相輔非相傷。今者無端越疆畔，陰氣焰焰侵於陽。陽收剛明避其勢，陰負捷勝尤倡佯。地乘是氣亢於下，震盪裂拆乖其常。齊秦晉代及荆楚，千百其堵崩連牆。隆丘桀屋不自定，翩若猛吹摇旌幢。生民洶洶避無所，如寄厥命於湖江。有聲四出嘻可怕，誰擊萬鼓何雷硠？陰爲氣静乃如此，天意昧密寧能詳。或去蠻夷尚侵軼，已事豈必垂災祥。意者邪臣有專恣，氣象翕翕難爲當。據經若此非臆決，皎如秋日浮清霜〔一〕。祖宗威靈陛下聖，安得直語聞明堂。朝廷肅穆法度治，豈用懔懔憂胡羌？

〔一〕「如」，元刻本、顧校本、吴校本、傅校本作「若」。

邊將

太祖太宗能得人，長壘横邊遮虜塵。太傅李漢超，侍中何繼筠，二子追接吴與孫，鎮齊撫棣功業均。卓哉祖宗信英特，明如秋泉斷如石。一朝出節合二子，口付心隨斷纖惑。磨笄之旁郡城下，酒利商租若山積。二子開庫啗戰士，以屋量金乘量帛。洪濤入坐行酒杯，牛截羊蒸委若灰。歲費巨萬不計籍，戰士歡酣氣皆百。二子按轡行邊隅，牙纛宛轉翻以舒。汛掃沙磧無纖埃，塞門千里常夜開。壯耕老餔安且愉，桑麻蔽野華芬敷。濟南遠清書樂石，百井夜出摧穹廬。神哉祖宗知大體，趙任李牧真如是。漢文齷齪豈足稱，郎吏致激面污騂。當今羌夷久猖獗，兵如疽癰理須决。堂堂諸公把旄鉞，碩策神韜困羈紲。祖宗憲度存諸書，燿若白日明天衢。國容軍政不可亂，薦此以爲陛下娱。

多雨

嗟江之濱地多雨，冬雷不收開蟄户。陰氣濁晦化爲霧，或雲於山水於礎。雜花萬株紅與紫，臘風吹開不可數。入春十日寒始至，春氣欲歸寒格住。羣山巉空雪相亘，摧折草木何可禦。霖傾潦洶那復止〔一〕，穹林大丘滅無渚。及今孟夏理宜熱，重裘無温坐當午。四時云然了安謂，吁吾有愁誰可語？

〔一〕「潦洶」，萬曆本作「潦雨」；影印顧崧齡本作「滂雨」。

秋日

陰氣先贏縱秋熱，時節有幾相與奪。情知赫日不可久，須聽西風生木末。浮雲滿天明復暗，天意自然如慘怛。園林秀色已漸失，次第豈能無葉脱。南山獨佳不可挫，氣象更清連日月。燕飛度海向何處？今去昔來真可劣。繡簾錦幕不算重，從此朱門戒霜雪。誰憐丱角歌者哀？歲歲苦貧思短褐。

山水屏

吴縑落寒機，舒卷光亂目。秋刀剪新屏，尺寸隨折曲。搜羅得珍匠，徙倚思先屬。經營頃刻内，千里在一幅。定視乃漸通，紀一作悉數難迫促。山亂若無窮，負抱頗重複。高棱最當中，桀大勢尤獨。回環衆峰接，趨向若奔伏。矜雄跨九州，争險掛星宿。深疑雪霜積，暗覺烟霧觸。泉源出青冥，漲潦兩厓束。歷遠始紆徐，派別輸衆谷。輕舟漾其間，沿泝無緩速。微尋得修逕，側起破蒼麓。遠到無限極，窮升犯雲族。遊子定何之？顧眄停馬足。盤石長自閑，空原偶誰築〔一〕？塵氛見荒林〔二〕，物色存古俗。粲粲弄幽花，蒼蒼蔭嘉木。遺牛上岩顛，驚麏出槎腹。鮮明極萬狀，指似才一粟。雖從人力爲，頗類陰怪續。深堂得欹眠，高枕生遠矚。餘光耀衾幬，清意凝幔褥。愚訶世幸略，慵卧嗜尤酷〔三〕。因能助佳夢，肯顧躋杲旭。將相有時材，溪岩真我欲。儒林耻未博，俗弃思自贖。婚嫁累苟輕，耕釣吾已卜〔四〕。圖屏持自慰，寤寐心思逐〔五〕。

〔一〕「原」，原作「源」。《讀書記》云：盤石、空原，暗用吕傅事無迹，即爲「溪岩」、「耕釣」伏脉。據此改。

〔二〕「林」，《讀書記》作「村」，注云：從《聲畫集》本改正。

〔三〕「慵」，元刻本作「偃」，並注「一作慵」。

〔四〕「已」，元刻本作「日」，並注「一作已」。

〔五〕「思」，《讀書記》作「逐」，注云：從《聲畫集》本改正。

八月二十九日小飲

陰陽在天地，鼓吹猶橐籥。煩蒸翕已盡，灝氣乃浮薄。羣山翠相抱，塵靄如洗濯。川源亦虛徹，派別歸衆壑。囂音滅蛙蚓，勁意動鵰鶚。蠅蚊自不容，雖有類鉗縛。驅之舊苦衆，忽去寧匪樂。俯仰自醒然，意適忘體瘼。天運雖已晏，生物固未剥。蓳芋圃可掘，禾黍田始穫。脱苞紫栗迸，透葉紅梨渥。幽花媚清景，鮮叢耀新萼。西風動孤格，露曉愈修擢。能終犯寒沍，詎可忽纖弱。况當九日近，家釀成已昨。温顔几杖適，弱質衣冠恪。閨門自可會，非必千里約。箏匏出人指，邐迤奮宫角。初嚴小人獻，終拜長者酢。清言喜自洽，細故憂可略。幸無職事顧，况荷租賦薄。讀書有休暇，得醉且吟噱。

食梨

今歲天旱甚，百穀病已久。山梨最大樹，屬此亦乾朽。當春花盛時，雪滿山前後。常期摘秋實，穰穰落吾手。忽驚冰玉敗，不與膏澤偶。清朝起周覽，映葉才八九。閑居問時物，此説得溪叟。貧齋分寂絶，塵抱徒噎嘔。寧知蕭條內，把握忽先有。食新恐非稱，分少覺已厚。開苞日星動，落刃冰雪剖。烟湯擇新汲，遠負盈素缶。英華兩相發，光彩生户牖。初嘗蜜經齒，久嚼泉垂口。蠲煩慰諸親，愈渴忻衆友。肯視故畦瓜，寧論濁泥藕。歲晚迫風霜，人飢乏藜糗。真味雖暫御，未許置樽酒。

追租

耕耨筋力苦，收刈田野樂。鄉鄰約來往，樽酒追酬酢。生涯給俯仰，公斂忘厚薄。胡爲此歲暮，老少顔色惡？國用有緩急，時議廢量度。內外奔氣勢，上下窮割剥。今歲九夏旱，赤日萬里灼。陂湖礱埃壒，禾黍死磽确。衆期必見省，理在非可略。謂須倒廩賑，詎止追租閣。吾人已迫切，此望亦迂邈〔一〕。奈何呻吟訴，卒受鞭捶却。寧論救憔悴，反與争合龠。問胡應驅迫，久已罹匱涸。計須賣强壯，勢不存尫弱。去歲已如此，愁呼遍郊郭。飢羸乞分寸，斯須死笞縛。法令尚修明，此理可驚愕。公卿飽天禄，耳目知民瘼。忍令瘡痍內，每肆誅求虐。但憂值空虚，寧無挺犁钁。暴吏理宜除〔二〕，浮費義可削。吾卧避囂喧，兹言偶斟酌。試起望遺村，霾風振墟落。

〔一〕「亦」，元刻本作「豈」。

〔二〕「理」，元刻本、顧校本、章校本作「體」；影印顧嵆齡本作「禮」。

桐樹

棄地瓦礫間，茲桐偶誰樹？憶見擁西牆，俄成劃烟霧。得時花葉鮮，照影清泉助。當軒蔽赤日，對卧醒百慮。惜哉稟受弱，妄使鸞凰顧〔一〕。商聲動猶微，秀色觸已沮。低摧亂繁條，逼迫畏清露。暄晴幸未闋，飄落儻可拒。噫號衝飆回，激射陰霰聚。此勢復可言〔二〕，瞪視空薄暮。

〔一〕「凰」，元刻本作「鳳」。

〔二〕「可」，元刻本、顧刻本、章校本作「何」。

九月九日

凄凄風露滋，靡靡塵靄屏。已忻廬舍清，未苦裘褐冷。眠食味尤嘉，起坐日尚永。虚天照積水，精鑑出幽礦。石瑩見山稜，林疏覺窗冏。黄花宿蕊破，艷艷晨粧靚。頻尋遠逕香，每愛蒼池影。爲誰佳色鮮？慰我貧齋静。寒醅出家法，異果得他境。甘腴饌新兔，醜怪薦修䗪蒲猛反。幽閑重時節，老大珍物景。獻酬興未薄，比諷思猶騁。况同親戚歡，詎匪田野幸。俱醉任棲鴉，燭炬尚可秉。

路中對月

山川困遊人，而不斷歸夢。其餘惟日月，朝夕南北共。日光驅人身，擾擾逐羣動。鄉思須暫忘，世事那想知吾在止重。豈如月可喜，露坐息倥傯〔一〕。清明入襟懷，萬里絶纖霧。愛之不能飧，但以目睛送。想知吾在廬〔二〕，皎皎上修棟。慈親坐高堂，切切兒女衆。憐其到吾前，不使降帷幪。豈不映時節〔三〕，荏苒更季仲。而我去方急，其能計歸鞚。我非土木爲〔四〕，耳目異聾瞢。念之曷由安？腸胃百憂中。何言月可喜〔五〕，喜意亦有用。爲其同此時，水木光可弄。猶勝夢中事，記之聊一誦。

〔一〕「息」，正統本、顧校本、章校本作「惜」。

〔二〕「吾在」，元刻本、吴校本、傅校本作「在吾」；吴、傅注「宋本作在吾」。

〔三〕「映」，元刻本、顧校本、傅校本作「應」，並注「一作映」；章校本作「快」。

〔四〕「土木」，元刻本、顧校本、吴校本、傅校本作「木土」。

〔五〕「可」，章校本作「下」。

聽鵲寄家人

鵲聲喳喳寧有知？家人聽鵲占歸期。物情固不等人事，爾意自驚思別離。秋花粲粲正可愛，黄菊芙蓉開滿枝。春楓千樹變顔色，遠水静照紅霞衣。梧桐楊柳豈知數？沙步露冷銀床敧。新黄暗緑各自媚，爛漫未減春風時。誰言秋物不可賞？人意自移隨盛衰。山田正冷酒味美，禾黍半收雞雁肥。霜梨野栗處處有，雪蜜薦口清香隨。鄉園物物可想見，我意祇隨魂夢飛。家人未用占鵲語，應到歸時春亦歸。

讀書亦云「辛卯歲讀書」

吾性雖嗜學，年少不自強。所至未及門，安能望其堂？荏苒歲云幾〔一〕，家事已獨當。經營食衆口，四方走遑遑。一身如飛雲，遇風任飄揚。山川浩無涯，險怪靡不嘗。落日號虎豹，吾未停車箱。波濤動蛟龍，吾方進舟航。所勤半天下，所濟一毫芒。最自憶往歲，病軀久羸尪。呻吟千里外，蒼黃值親喪。母弟各在遠，計歸恐驚惶。凶禍甘獨任，危形載孤艎。崎嶇護旅櫬，緬邈投故鄉。至今驚未定，生還乃非常。憂慮心膽耗，馳驅筋力傷。況已近衰境，而常犯風霜。軀之久如此，負疴固宜長。朝晡暫一飽，百回步空廊。未免廢坐卧，其能視縑緗。新知固云少，舊學亦已忘。百家異旨趣，六經富文章。其言既卓闊，其義固荒茫。古人至白首，搜窮敗肝腸。僅名通一藝，著書欲煌煌。瑕疵自掩覆，後世更昭彰。世久無孔子，指畫隨其方。後生以中才，胸臆妄度量。彼專猶未達，吾慵復何望？端憂類童稚，習書倒偏傍。況令議文物，規摹詎能詳？輪轅孰撓直？冠蓋孰纁黃？珪璋國之器，孰殺孰鋒鋩？問十九未諭，其一猶面牆。幾微言性命，萌兆審興亡。茲尤覺浩浩，吾詎免倀倀。因思幸尚壯，曷不自激昂。前謀信已拙，來效庶云臧。漸有田數畝，春秋可耕桑。休問就醫藥，疾病可消禳。性本反澄澈，情田去榛荒。長編倚修架，大軸解深囊。收功畏奔景，窺星起幽房。虛窗達深暝，明膏續飛光。搜窮力雖憊，磨礪志須償。譬如勤種藝，無憂匱囷倉。又如導涓涓，寧難致湯湯。昔廢漸開闢，新輸日收藏。經營但亹亹，積累自穰穰。既多又須擇，儲精棄其糠。一正以孔孟，其揮乃韓莊。賓朋顧空館，議論據方牀。試爲出其有，始如宫應商。紛紜遇叩擊，律吕乃交相。須臾極萬變，開闔争陰陽。南山對塵案，相摩露青蒼。百鳥聽徘徊，忽如來鳳凰。乃知千載後，坐可見虞唐。施行雖未果，貯蓄豈非良。何殊廐中馬，縱齕草滿場。形骸苟充實，氣力易騰驤。此求苦未晚，此志在堅剛。

〔一〕「幾」，正統本作「暮」。

雜詩五首

三季已千載，古道久荒榛。紛紛東漢士，飛鳴不當辰。經營救氛沴，此志卒埃塵。士生有進退，何必棄其身。其道雖褊迫，其行絶緇磷。公心不吾誑，復求無此人。

貧仕任固小〔一〕，會計未可失。方今備千品，内外有卑秩。孰當責在己，施設能自必〔二〕。拘文已難騁，避世固多屈。細云且可略，於大復何實？所就正如斯，與古豈同術？雖非萬鍾富，苟冒歸一律。焉能示朋友，學仕空自咄〔三〕。

韓公綴文辭〔四〕，筆力乃天授。並驅六經中，獨立千載後。謂爲學可及，不覺驚縮手。如天有日月，厥耀無與偶。當之萬象瑩〔五〕，所照百怪走。此其自然光，萬物安得有？其人雖已歿，其氣著星斗。窮天破大惑，更覺功業久。其餘施諸小，未負風義厚。當身止自善，所遇時則不。致官九列齊，此理嗟亦苟。去就惟用舍，士固無常守。孔孟非其稱，斗禄應未取。惜哉天下才，甘受外物誘。

少年百事鋭，豈謂身力孱。心笑古時士，樹立勢苦難。差池歲月邁，自照失朱顔。初心不復道，齟齬常未安。紛紛憂與勞，幾不傷肺肝。人生省己分〔六〕，靜默固其端。《詩》《書》可自喜，施設諒漫漫。相去幾年今與古〔七〕，睢陽幾人朱與紫？嗟哉二子獨有名，義烈乃能長不死。當時美人歎未足，一日蒼皇行萬里。豈無公卿尊且寵，急反與胡爲眼耳。丈夫感激世莫測，二子引身蒿下起。忠驅義激鬼神動，漠漠胡沙來此止。

〔一〕「仕」，萬曆本作「士」。

〔二〕「施設」，顧校本、吳校本、傅校本作「設施」。

〔三〕「仕」，正統本、章校本作「士」。

〔四〕「公」，元刻本、吳校本、傅校本作「於」；《讀書記》云：「公」，宋本「於」。

〔五〕「瑩」，正統本作「縈」。

〔六〕「生」，正統本、章校本作「自」。

〔七〕元刻本、正統本、傅校本「少年百事銳」與「相去幾年今與古」兩詩次第互換。

與舍弟別舟岸間相望感嘆成詠

涕淚昨辭親，酸心今別子。舟陸空相望，摻袂即千里。

戲呈休文屯田

陳侯雋拔人所羨，歲晚江湖初識面。已聞清論至更僕，更讀新詩欲焚硯。天子無由熟姓名，諸公固合思論薦。烏鞾況已踏臺省，黑綬未得辭州縣〔一〕。落落逢人愈難合，欣欣顧我能忘倦。跬步粗官別經歲，角巾廣坐今相見。繞郭青山疊寒玉，縈堤遠水鋪文練。明紅靚白花千樹，隔葉跳枝鶯百囀。佳時苦雨已蕭索，落蕊隨風還面旋。縱無供帳出郊野，尚有清樽就閑燕。脱遺拘檢任真率，放恣嘲諧較豪健。東廊解榻不共語，明日離亭空眷眷。

〔一〕「黑」，元刻本作「墨」。

送宣州杜都官

夜聞陵陽峰上雨，曉見宛溪春水平。畫船不待雙櫓挾，歸客喜成千里行。牧之文采宜未泯，夫子風流今有聲。篇什高吟鳳凰下，翰墨醉灑烟雲生。撥置簿書有餘力，放意樽罍無俗情。忠義非徒勸風俗，愷悌固可交神明。餘休比户得涵泳，嚚訟累歲皆澄清。薦章交論付丞相，士行如此宜名卿。江湖一見十年舊，談笑相逢肝膽傾。鷦鷯一枝亦自得，去矣黃鵠高飛鳴。

麻姑山送南城尉羅君

麻姑之路摩青天，蒼苔白石松風寒。峭壁直上無攀援，懸磴十步九屈盤。上有錦繡百頃之平田，山中遺人耕紫烟。又有白玉萬仞之飛泉，噴崖直瀉蛟龍淵。豐堂廣殿何言言，階脚插入斗牛間〔一〕。樛枝古木不記年，空槎枿然卧道邊。幽花自嬋娟，林深爲誰妍？但見塵消境静翔白鶴，吟清猿，雛禽乳鹿往往嗥荒顛。却視來徑如緣絙，千重萬疊窮岩巒。下有荆吴粟粒之羣山，又有甌閩一髮之平川。弈棋縱衡遠近布城郭，魚鱗參差高下分岡原。千奇萬異可意得，墨筆盡秃誰能傳？丈夫舒卷要宏達，世路俯仰多拘牽。偶來到此醒心目，便欲洗耳辭囂喧。羅夫子一日遠補東南官，愛此層崖峻壑之秀發，開軒把酒可縱觀。喜此披霄插漢之敻起，出門舉足得往還。羅夫子一尉龍蛇方屈蟠，此邦人人衣食足，闔境年年枹鼓閑。几案剸裁得休暇，山水登躋遺紛煩。我行送之思故園，引領南望心長懸。

〔一〕「階」，元刻本、吴校本、傅校本注「一作陛」。

東軒小飲呈坐中

二年委質繫官次，一日偷眼看青山。念隨薄禄困垂首，似見故人羞滿顔。及門幸得二三友，把酒能共頃刻間。海魚腥鹹聊復進〔一〕，野果酸澀誰能删。談劇清風生麈柄，氣酣落日解帶鐶。瑰材壯志皆可喜，自笑我拙何由攀。高情坐使鄙吝去，病體頓覺神明還。簡書皇皇奔走地，管庫碌碌塵埃間。功名難合若捕影，日月遽易如循環。不如飲酒不知厭，欲罷更起相牽扳。

〔一〕「鹹」，原作「鹽」，據元刻本、正統本、顧校本、吴校本、傅校本、章校本改。

明妃曲二首

明妃未出漢宫時，秀色傾人人不知。何况一身辭漢地，驅令萬里嫁胡兒。喧喧雜虜方滿眼，皎皎丹心欲語誰？延壽爾能私好惡，令人不自保妍媸。丹青有迹尚如此，何况無形論是非。窮通豈不各有命，南北由來非爾爲。黄雲塞路鄉國遠，鴻雁在天音信稀。度成新曲無人聽，彈向東風空淚垂〔一〕。若道人情無感慨，何故衛女苦思歸？蛾眉絶世不可尋，能使花羞在上林。自信無由污白玉，向人不肯用黄金。一辭椒屋風塵遠，去託氈廬沙磧深。漢姬尚自有妬色，胡女豈能無忌心？直欲論情通漢地，獨能將恨寄胡琴。但取當時能托意，不論何代有知音。長安美人誇富貴，未央宫殿競光陰。豈知泯泯沈烟霧，獨有明妃傳至今。

〔一〕「東」，元刻本作「春」。

喜二弟侍親將至京師書多言二弟爲縣之美〔一〕

嗟予懷抱徒螽螽，二弟胸中何落落。政如魯衛各馳騁，文似機雲飽磨琢。坐曹風義動江淮，爲縣聲名到京洛。鴻雁峨峨並羽儀，棠棣韡韡聯跗萼。我於兩處抱饑渴，恨寄一官如束縛。周南留滯勿復論，平陸可來無厭數。慈親况不倦行役，官長幸復寬期約。似聞笑語已仿佛，想見追隨先踴躍。共眠布被取温暖，同舉菜羹甘淡薄。山花得折隨好醜，村酒可醉無清濁。屈伸有命更勿疑，細故偶然皆可略。春風爲子送帆檣，遠放船頭來此泊。

〔一〕注文中的「二」原作「六」，據《曾文定公集》改。

七月一日休假作

初秋尚苦暑，歸沐乃君恩。地閑少來客，日晏猶閉門。家乏念藜藿，開顔無一樽。況復辭貌拙，敢隨車馬奔。盥濯何所事？讀書坐前軒。豈堪當世用，空味古人言。頗喜市朝内，獨無塵土喧。終年但如此，真竊太官餐。

秋夜

秋露隨節至，宵零在幽篁。灝氣入我牖，蕭然衾簟涼。念往不能寐，枕書嗟漏長。平生肺腑友，一訣餘空床。況有鵠巢德，顧方共糟糠。偕老遂不可，輔賢真淼茫。家事成濩落，嬌兒亦彷徨。晤言豈可接，虚貌在中堂。清淚昏我眼，沉憂回我腸。誠知百無益，恩義故難忘。

七月十四日韓持國直廬同觀山海經

高閣在清禁，長軒憑廣虚。御幄閟圖象，依然臨幸餘。翠甓布天路，黄簾分直廬。一雨清景早，稍涼秋與初。解帶就君坐，臨牀閲素書。山海所錯出，飛潛類紛如。此語果虚實，遺編空卷舒。自笑正豕亥，更微注蟲魚。君材合遠用，就此固已疏。如我乃斯幸，地閑容誤居。竹影散良席，花香浮廣裾。俯仰自足適，歸時更當徐。

李氏素風堂

丞相事唐室，獨馳三絶名。家世在圖史，詩書傳後生。即位逮流澤，出令箴輩驚。歲暮謷燕坐，高居遺世情。翠竹帶書幌，青山臨酒皏。已使襟韻適，况聞吟誦聲。自可化鄉里，豈唯門户榮。果有過庭子，穎然材思精。抱璞已三獻，驚人當一鳴。風義故常在，兹堂非偶成。

秋聲

喬柯與長谷，秀色故未浼。秋風來吹之，聲如振江海。怒號無晨夕，唱和若有待。翏翏遍坳窪，豈獨緣嵓嵬。百川亦相投，取鬧不知悔。竹籬更謞然，吕律焉足采。蜩螿豈知微，切切如怨愍。惟人亦吟哦，沸若烹鼎鼐。八荒同一鳴，静裏安得在？獨有虚室翁，恬然故無改。

戲書

家貧故不用籌算，官冷又能無外憂。交遊斷絶正當爾，眠飯安穩餘何求？君不見、黄金滿籯要心計，大印如斗爲身讎。妻孥意氣賓客附，往往主人先白頭。

李節推亭子

盱江郭東門，江水湛虚碧。東南望羣峰，連延倚天壁。長林相蔽虧，蒼翠浮日夕。青冥窗户寒，居者非咫尺。子初得從誰？有此烟霧宅。燕坐遠世喧，及門無塵客。築亭更求深，緩帶聊自適。時花笑婀娜，山鳥吟格磔。家釀熟新樽〔一〕，歡言命良席。故已輕華簪，寧論珍拱璧。我亦有菑田，相望在阡陌。安得巾柴車，過從佇三益。

〔一〕「新」，吴校本、傅校本作「清」，顧校本注「宋本清」。

秋夜露坐偶作

白雲飛尚低，清露泫猶早。風來亦依微，濁暑焉得掃？客堂虚四楹，灑水恨枯槁。喜茲宵漏初，露坐散襟抱。河明帶飛觀，月白通馳道。顧眄塵慮銷，瓶泉謝頻倒。恨無同聲人，詩義與探討。踟躕拂方床，歸卧夢亦好。

韓玉汝使歸

顧命逮殊隣，輶軒遵此道〔一〕。公府戒行期，禁庭頒重寶。積雪正東流，度河盛前導。士勇踐胡塵，馬驕嘶塞草。玉節所鎮臨，氊廬先汛掃。赫爾示威靈〔二〕，坦然布懷抱。國倚材實優，虜得聲名早。慷慨服天驕，從容問遺老。光華反原隰〔三〕，沆碭看西顥。迎勞動都門，旌旗風亦好。

〔一〕「此」，黄希憲刻本、傅校本作「北」。

〔二〕「赫」，原作「赤」，據元刻本改。

〔三〕「反」，《讀書記》作「及」，並云：宋本作「反」。

苦熱

憶初中伏時，怫鬱炎氣升。赫日已照灼，赤雲助軒騰。積水殆將沸，清風豈能興？草木恐焚燎，窗扉似炊蒸。冰雪氣已奪，蚊蠅勢相矜。發狂憂不免，暑飲詎復勝。

過介甫

日暮驅馬去，停鑣叩君門。頗諳肺腑盡〔一〕，不聞可否言。淡爾非外樂，恬然忘世喧。況值秋節應，清風蕩歊煩。徘徊望星漢，更復坐前軒。

〔一〕「頗諳」，章校本作「傾諸」。

過介甫歸偶成〔一〕

結交謂無嫌，忠告期有補。直道詎非難，盡言竟多迕。知者尚復然，悠悠誰可語？

〔一〕元刻本、章校本題下有小字「熙寧初」。

合醬作

孺人捨我亡，稚子未堪役。家居拙經營，生理見侵迫。海鹽從私求，廚麪自官得。揀荳連數晨，汲泉候將夕。調撓遵古書，煎熬需日力。庶以具藜羹，故將供饘食。豈有寄徑憂，提瓶無所適。但慚著書非，覆瓿固其職。

送章婺州

方擁使君節，駕言自東還。又聞白丞相，懷紱出九關。遂縱大船去，欲追詎能攀。已喜所寄徑，幽尋足谿山。仍誇越西部，迥在雲林間。屋瓦遍高下，青蒼更回環。穿路竹梟梟，鳴沙水潺潺。會有樽酒適，每需庭訟閑。況席鼓琴舊，政行故非艱。歲暮當趨召，馳歸復玉班。

瞿秘校新授官還南豐

柳色映馳道，水聲通御溝。雖喜芳物盛，未同故人遊。叩門忽去我，躍馬振輕裘。佩印自兹始，過家當少留。中園何時到？薇蕨亦已柔。山翠入幽屐，渚香浮迴舟。阡陌有還往，壺觴時獻酬。應笑天禄閣，寂寥誰見求？

曾鞏集卷第五

古詩 四十首

送程公闢使江西

程侯昔使西山下，金印出懷光滿把。坐馳雷電破姦伏，力送春陽煦鰥寡。袴襦優足遍里巷，禾黍豐穰馨郊野。訟庭終日自虛曠，德宇平生本瀟灑。龍淵決水漲清沼，鳥背誅林開廣廈〔一〕。蒼顏擁檻四山出，翠色横欄大江瀉。掌平百里露州郭，髮密千甍銜屋瓦。雲裘數曲秀蘭蕙，鳳蓋相摩擢梧檟。客來尚喜井投轄，主禮寧論燭飛炧。三吴月出照金戟，百越風來吹玉斝。羽釵絶艷舞回雪，寶劍諸儒談炙輠。一尊放意受天籟，萬累回頭真土苴。我思飛步綴登躡，又欲生綃乞圖寫。身縻東觀願雖阻，日注漳門心豈捨。過臨有幸破氛霧〔二〕，奮厲方欣入陶冶。齋航又自日邊去，信節初從天上假。舊邦往靖寄揮麈，新穀來輸付流馬。遥知素譽在民口，已有歡聲騰里社〔三〕。却尋泉石引幽士，想憶沙塵笑勞者。何當一解豫章榻，强賦土風令中雅。

〔一〕「誅」，正統本、顧校本、章校本作「株」。

〔二〕「霧」，元刻本、顧校本、吴校本、傅校本注「一作霿」。

〔三〕「騰」，元刻本、吴校本、傅校本作「傳」。

遊金山寺作

候潮動鳴艣，出浦縱方舟。舉箔見兹山，巋然峙中流。朱堂出烟霧，縹緲若瀛洲。十年入夢想，一日恣尋遊。屐履上層閣，披襟當九秋。地勢已瀟灑，風飆更飀飀。遠挹蜀浪來，旁臨滄海浮。壺觴對京口，笑語落揚州。久聞神龍伏，況睹鷙鳥投。行緣石徑盡，却倚巖房幽。頗諧雲林思，頓豁塵土憂。昏鍾滿江路，歸榜尚夷猶。自揚子渡以兩小舟夾引所乘舟，故云方舟。

答葛藴

我初未識子，已知子能文。春風吹我衣，暮召入九閽。衆中得子辭，默許非他人。方將引飛黄，使出萬馬羣。差之在須臾，氣沮不復論。大明臨萬物，我亦傍車塵。相逢扶桑側，一揖意自親。屈子果由我，相示以無言。同行千步廊，攬轡金馬門。歸來客舍中，未及還往頻。東舟載子去，千里不逡巡。今者坐甌越，相望若參辰。忽有海上使，問我及牆藩。得子百篇作，讀之爲忻忻。大章已逸發，小章更清新。遠去筆墨畦，徒識斧鑿痕。想當經營初，落紙有如神。勉哉不自止，直可闚靈均。我老未厭此，持誇希代珍。朝吟忘日昃，暮吟忘日曛。發聲欲薦子，自笑不足云。

南湖行二首

二月南湖春雨多，春風蕩漾吹湖波。著紅少年里中出，百金市上裁輕羅。插花步步行看影，手中掉旅唱吴歌。放船縱櫂鼓聲促，蛟龍擘水争馳逐。倏親忽遠誰可追？朝在西城暮南溪。奪標得隽唯恐遲，雷轟電激使人迷。紅簾彩舫觀者多，美人坐上揚雙蛾。斷瓶取酒飲如水，盤中白笥兼青螺。生長江湖樂卑濕，不信中州天氣和。

東南溪水來何長，若耶清明宜靚粧。南湖一吸三百里，古人已疑行鏡裏。春風來吹不生波，秀壁如奩四邊起。蒲芽荇蔓自相依，躑躅夭桃開滿枝。求羣白鳥映沙去，接翼黄鸝穿樹飛。我坐荒城苦卑濕，春至花開曾未知。蕩槳如從武陵入，千花百草使人迷。山回水轉不知遠，手中紅螺豈須勸。輕舟短楫此溪人，相要水上亦湔裙。家住横塘散時晚，分明笑語隔溪聞。

種牡丹

經冬種牡丹，明年待看花。春條始秀出，蠹已病其芽。柯枯葉亦落，重尋但空槎。朱欄猶照耀，所待已泥沙。本不固其根，今朝謾咨嗟。

西湖二月二十日

平生拙人事，出走臨東藩。紛此獄訟地，欣乘刀筆閑。漾舟明湖上，清鏡照衰顏。春風隨我來，掃盡冰雪頏。花開滿北渚，水淥到南山。魚鳥自翔泳，白雲時往還。吾亦樂吾樂，放懷天地間。顧視彼誇者，錙銖何足言？

北湖

常時泛西湖，已覺烟水永。北堤復誰開？長涵一川静。久幽繇地偏，跬步人迹屏。我初得之喜，指顧闢榛梗。種花延妙香，插柳待清影。飛梁通兩涯，結宇臨四境。包羅盡高卑，開拓極壬丙。灑然塵滓消，恍爾心目醒。與物振滯淹，如人出奇穎。日携二三子，杖屨屢觀省。念時方有爲，衆智各馳騁。獨此得逍遥，固知拙者幸。

百花堤

如玉水中沙，誰爲北湖路？久翳荒草根，未承青霞步。我爲發其枉，修營極幽趣。髮直而砥平，驊騮可馳騖。周以百花林，繁香泫清露。間以緑楊陰，芳風轉朝莫。飛梁憑太虚，嶢榭躡烟霧。直通高城顛，海岱歸指顧。爲州乏長材，幸歲足秔稌。與衆飽而嬉，陶然無外慕。

芙蓉臺

芙蓉花開秋水冷，水面無風見花影。飄香上下兩嬋娟，雲在巫山月在天。清瀾素礫爲庭户，羽蓋霓裳不知數。臺上遊人下流水，柱脚亭亭插花裏。闌邊飲酒櫂女歌，臺北臺南花正多。莫笑來時常著屐，緑柳牆連使君宅。

秋懷二首

流水寒更澹，虚窗深自明。褰帷遠鍾斷，擁褐晨香清。油然素心適，緬彼外物輕。因時固有應，在理復何營？隱几公事退，卷書坐南榮。以兹遠塵垢，何異山中情？

爲州詎非忝，即事亮何成？幸兹桑麻熟，復爾倉箱盈。閭里凶黨戢，階除嚚訟清。日携二三子，飽食中園行。念非形勢迫，免有彈弋驚。幽閑固可樂，勿慕高遠名。

送李撰赴舉

湖水碧，槐花黄，山川摇落窗户凉。宿雲星稀日東出，青冥風高雁南翔。華堂昨夜讀書客，匹馬今朝遊大梁。鋒鋩拂塵見飛影，把握驚人持夜光。康衢四闢通萬里，天駟得地方騰驤。我留東山意頗卓，屏棄外慮無毫芒。子能相從味冲漠，捉筆勿暫遲歸裝。

送韓玉汝春日，城東送韓玉汝赴兩浙轉運，以「池塘生春草，園柳變鳴禽」爲韻，得「生」字。

野岸漲流水，名園紛雜英。旭景冠蓋集，清談樽酒傾。重此臺省秀，駕言江海行。已喜懷抱粹，況推材實精。衆許極高遠，時方藉經營。詎止富中廪，固將澤東氓。還當本朝用，不待芳歲更。功名自兹始，勿嘆華髮生。

招隱寺

一徑入松下，兩峰横馬前。攀緣緑羅磴，飛步蒼崖巔。昔人此嘉遯，手弄朱絲絃。想當林間月，獨寫山中泉。此樂非外得，肯受世網牽？我亦本蕭散，至此更怡然。偏憐最幽處，流水鳴濺濺。

延慶寺會景純正仲希道介夫明叟納涼同觀建鄴宫中畫象翰林墨迹延慶寺者劉裕故宅中有壽丘山

禪方壽丘山〔一〕，平昔宋公宅。好風吹雨來，暑氣一蕩滌。我與二三友，歡言同几席。神清軼埃壒，趣合盡肝膈。嶺竹翠尚新，水花紅可摘。以此侑樽酒，隤然岸巾幘。建鄴舊丹青，金鑾餘翰墨。綽約桃李顔，超遥龍虎迹〔二〕。縟矣霸王業〔三〕，信哉文章伯。感古已躊躇，嘉奇復嘆息。泊無勢利心，自覺衿慮適。起坐相扳牽，遲留日將夕。

〔一〕「方」，顧校本、傅校本注「疑作坊」。
〔二〕「超」，章校本作「迢」。
〔三〕「縟」，元刻本、顧校本、吴校本、傅校本注「一作炳」。

送豐稷

桃花染破南山青，漢江此時春水生。客舟相語人夜起，勁艣亂江羣雁聲。之君飄泊動歸思〔一〕，告我舉裝千里行。閎材壯思風雨發，緑鬢少年冰雪清。讀書一見若經誦，下筆千言能立成。精微自得有天質，操行秀出存鄉評。嗟從薄禄困流滯，能誘鄙俗銷紛争。絃歌躬勸士强學，田里堵安人力耕。嗟予據桉但畫諾，遇事縮手方蒙成。雖知璞玉難强獻，欲挂塵榻空含情。歲寒不變乃知確，物理先否終當亨。維舟且盡今夕語，明日帆隨白鳥輕。

〔一〕「之」，《讀書記》云「作夫」；顧校本注「疑作夫」；章校本作「知」。

不飲酒

不飲酒，不善謔，少年醒眼看花開。況從多病久衰耗，自顧白髮垂毶毸。縱遇花時少情思，經春不曾銜酒杯。布穀但憂天雨少，提壺謾聞山鳥催。且坐蒲團紙窗暖，兩衙退後睡敦敦。

初發襄陽携家夜登峴山置酒

維舟沔南岸，置酒峴山堂。入坐松雨濕，吹衣水風凉。煙嶺火明滅，秋湍聲激揚。乍釋塵垢累，況餘燈燭光。羊公昔宴客，爲樂未遽央。而我獨今夕，携家對壺觴。頗適麋鹿性，頓驚清興長。歸去任酩酊，詎期誇阿强？

高陽池

山公昔在郡，日醉高陽池。歸時誇酩酊，更問并州兒。我亦愛池上，眼明見清漪。二年始再往，一杯未嘗持。念豈公事衆，又非筋力衰。局束避世網，低回絏塵羈。獨慚曠達意，竊禄誠已卑。

遊鹿門不果

方舟下秋瀨，已遠漢南城。念昔在郡日，苦爲塵網嬰。低心就薄禄〔一〕，實負山水情。鹿門最秀發，十里行松檉。宿幌白雲影，入窗流水聲。龐公昔抱道，遯世此躬耕。風雨塞天地，伺晨獨先鳴。故巖但聞説，已覺醒朝酲。及兹道途出，謂諧猿鶴迎。顧值深濘阻，獨憐幽思并。不踏蘇嶺石，虚作襄陽行。

〔一〕「低」，元刻本作「伭」。

漢廣亭

悠悠漢水長，剡剡楚山密。若與心目期，争從窗户出。太守朴鄙人，迂無適時術。治民務不煩，得以偷暇日〔一〕。北城最頻登，局促諸曠逸。雲根辨毫芒，鳥背臨嵂崒。亦以樂賓遊，豈惟慰衰疾？欲寄别後情，嗟無少文筆。

〔一〕「以」，正統本、章校本作「意」。

聞喜亭

聞喜名自昔，廣亭臨漢津。飛甍出萬屋，地絶無纖塵。盤道城堞古，遠林墟曲新。静覺耕釣勝，幽宜鷗鷺馴。賴此荒僻郡，幸容樸愚人。閣鈐晝常寂，齋釀寒更醇。一樽且勤設，勿負頭上巾。

劉景升祠

景升得二蒯，坐論勝凶殘。正當喪亂時，能使憔悴寬。繽紛多士至，肅穆萬里安。能收衆材助，圖大信不難。諸公龍鳳姿，有待久盤桓。得一固足興，致之豈無端？乃獨采樗櫟，不知取椅檀。蓋元器有極，在理良足嘆。

隆中

志士固有待，顯默非苟然。孔明方微時，息駕隆中田。出身感三顧，魚水相後先。開迹在庸蜀，欲正九鼎遷。垂成中興業，復漢臨秦川。平生許與際，獨比管樂賢。人材品目異，自得豈虚傳？

蔡洲

蔡洲昔人居，遺堵不可尋。青石久埋没，荒烟起空林。昔人依劉表，意氣傳至今。廣路競朱轂，深藏閟黄金。構難琦琮間，咎責積已深。終貽覆宗累，苟得非所欽。爲惡理當爾，足懲誇者心。

谷隱寺

峴南衆峰外，窅然空谷深。丹樓倚碧殿，复出道安林。習池抱隣曲，虚窗漱清音。竹静幽鳥語，果熟孤猿吟。故多物外趣，足慰倦客心。但恨紲塵羈，無繇數追尋。

萬山

萬山臨漢皐，峰嶺頗秀發。王繁舊居處，荒草久埋没。解佩蓋已迷，沉碑終自伐。最宜北城望，正值氛靄歇。縹緲出烟雲〔一〕，清明動毛髮。留連至歸時，長見西林月。

〔一〕「雲」，《讀書記》注「疑作霄，上已有氛靄句也」。

題張伯常漢上茅堂

遠出清漢上，隱然一堤長。槐柳若雲布，連陰入虚堂。架險注鳴溜，分畦殖羣芳。豈惟富桑柘，蓋亦餘囷倉。主人事幽屏，不願尚書郎。卽此徇高志，風騷恣徜徉。强起迫義重，還歸直明光。清風凛然在，素壁盈文章。故棲勿回眄，黄鵠本高翔。

移守江西先寄潘延之節推

憶昔江西別子時，我初折腰五斗粟。南北相望十八年，俯仰飛光如轉燭。子遺萬事遂恬曠，我繫一官尚局促〔一〕。早衰膽氣自然薄，多病顛毛那更緑？人情畦畛阻肝膈，世路風波悸心目。每嗟太守兩朱輪，寧及田家一黄犢？幸逢懷紱入斗牛，喜得披山收寶玉。薄材頑鈍待磨琢，舊學搶攘期反覆。雲鴻可近眼先明，野鹿尚縻顔自忸。長鬚幸未阻誨存，下榻應容拜臨辱。

〔一〕「尚」，正統本、《讀書記》、顧校本、章校本、吴校本、傅校本作「常」。

漢陽泊舟

暫泊漢陽岸，不登黄鶴樓。江含峩岷氣，萬里正東流。驚風孤雁起〔一〕，蔽日寒雲浮。祗役雖遠道，放懷成薄遊。興隨滄洲發，事等漁樵幽。煙波一尊酒，盡室載扁舟。

〔一〕「雁」，元刻本、顧校本、吴校本、傅校本注「一作鴻」。

鄖口昔與宜興君同過此

我行去此二十年，鄖水不改流潺湲。風光滿眼宛如昨，故人乘鸞獨騰騫。今人隨我不知昔，我記昔遊何處言？淚向幽襟落如瀉，況聞江漢斷腸猿。

促促爲物役

促促爲物役，區區迫世情。但嗟束縛急，未覺章綬榮。奈此兩鬢白，顧無一廛耕。所求亦云幾，脱粟與藜羹。

鴻雁

江南岸邊江水平，水荇青青渚蒲緑。鴻雁此時儔侶多，亂下沙汀恣棲宿。羣依青荇唼且鳴，煖浴蒲根戲相逐。長無矰繳意自閑，不飽稻粱心亦足。性殊凡鳥自知時，飛不亂行聊漸陸。豈同白鷺空潔白，俯啄腥污期滿腹。

喜晴

天晴萬里無纖風，江平水面磨青銅。光華逸發萬物上，精氣夐與扶桑通。我行江漢道苦惡，十步九折遺西東。況遭積雨駕高浪，沙翻石走相撞舂。操舟衆工立噤瘁〔一〕，濕櫓鑽火磨星紅。荒蹊成瀦尺寸礙，永日四望無人蹤。一時得意數蛙黽，鳴躍振踞泥塗中。陰消陽勝有先兆，宇宙丹翠含冲融。今晨霾曀一掃蕩，羲和徐行驅六龍。眼明意豁萬事快，預喜來年麰麥豐。

〔一〕「瘁」，元刻本作「瘁」；吴校本、傅校本注「宋本瘁」。

酬王正仲登嶽麓寺閣見寄〔一〕

聞君東南使，攬轡雲松間。皇華照楚甸，吉玉投衡山。幽尋得臨觀，意豁窮躋攀。顧我客斗牛〔二〕，三年疏往還。低心念弱志，引領望衰顏。未共尊酒樂，良嗟人事艱。叱馭犯冰雪，迴鑣馳九關。何足慰離思，德音鏘珮環。

〔一〕元刻本、《讀書記》、顧校本、章校本、吴校本、傅校本題作「酬王正仲太常學士登嶽麓寺閣見寄」。

〔二〕「斗牛」，元刻本、正統本、吴校本、傅校本作「牛斗」。

訪石仙巖杜法師

杜君袖銜丹砂書，一顧訶斥百怪除。聲如翻河落天衢，四方争迎走高車。方瞳秀貌白鬚垂〔一〕，買船東南尋舊居。石巖天開立精廬，四山波瀾勢争趨。君琴一張酒一壺，笑談衮衮樂有餘。我今歸來尚踟躕，羨君決發真丈夫。

〔一〕「白鬚垂」，元刻本、正統本、吴校本、傅校本作「垂白鬚」；章校本作「垂白髮」。

曉出

曉出城南羅卒乘，皂纛朱旗密相映。貔貅距躍良家子，鵝鸛彌縫司馬令。奪標一一飛步疾，盤槊兩兩翻身勁。霸上今朝且兒戲，衛青異日須天幸。

和貢甫送元考元考不至

蓬山有行客，欲上北城舟。學問本閎博，言談非謬悠。嘗陳帝王略，得試紫雲樓。一時驚豪捷〔一〕，況復富春秋。朋遊所欣附，争欲致綢繆。承明動鄉思，歲久道苦修。忽懷淄川組，夙昔願始酬。出餞集儔侶，清歡期少留。酒闌竟不至，睠睠久臨流。微我獨有咎，此詩聊可求。

〔一〕「捷」，顧校本、吴校本作「健」。

京師觀音院新堂

九衢言語亂人耳，三市塵沙眯人目。猿狙未慣裹章紱，魚鳥寧忘慕谿谷？恨無棲宿在清曠，欲弄潺湲愈煩燠。道人誰氏斥佳境？決漢披霄敞華屋。駢羅嶷嶷三秀石，叢迸娟娟兩修竹。雲蒸雨泄被巖壑，海倒河垂動林麓。頓驚俯仰遠囂濁，豈直形骸擺羈束。解衣堅坐瞑忘返，飲水清談心亦足。丈夫壯志須坦蕩，曲士陰機謾翻覆。青鞋赤舄偶然爾，安用區區巧追逐。

曾鞏集卷第六

律詩七十一首

郊祀慶成并進狀〔一〕

右，臣伏以皇帝陛下嗣位之初，郊見上帝，聖意重慎，齋潔謹嚴。始就帷宮，則獨先羣臣，宵興待事。及至壇場，則陟降陛級，徹去裀藉。至於薦獻之際，則又端立以須，不肯卽安，退就便次。所以至誠兢兢如此，故得天地祖宗眷顧臨饗，華夷蠻貊觀聽欣喜。惟初積陰，久而未解。及輅車既駕，則天宇湛然，日光明潤，可謂能得使之主祭而百神享之，福合於天且不違之聖，宜有歌頌，被於聲律。臣與在館閣，以文字爲職，不敢以菲薄自止，謹作五言郊祀慶成詩一首，凡一百二十字。干冒宸嚴，臣無任惶恐激切屏營之至。謹隨狀上進以聞〔二〕。

卽祚謳歌後，欽柴禮數新。盛容超曠代，樂貢盡殊鄰。宿戒臨行殿，宵興絶衆臣。立須空便次，步進却柔裀。外物雖多品，天心在一純。高靈終享德，羣望亦依仁。暗藹如無間，遲延若可親。欲知精意答，預睹太和臻。積曀沉遥甸，浮陽上綺闉。需雲生斐亹，愛景駐逡巡。厚慶歸清廟，餘釐及兆人。還宮動前蹕，喜氣入韶鈞。

〔一〕題中「并進狀」，元刻本、正統本、顧校本、傅校本作「詩進狀」。

〔二〕此句和「即祚謳歌後」之間，元刻本、正統本、章校本、吴校本、傅校本有小標題「詩」。

仁宗皇帝挽詞三首

納諫終無牾，知人久更明。恩波通四海，壽域載羣生。異俗衣裳會，諸儒雅頌聲。威靈空想象，盛德詎能名？

日轉歸人外，天移入畫中。冕旒餘澤在，驚蹕舊儀空。卜宅三川繞，方喪萬里通。初寒石門路，松檜颯悲風。

滄海難回日，青雲如送春〔一〕。服喪三月遍，遏樂四夷均。感格英靈在，褒揚大號新。依然社稷計，王業付真人。

〔一〕「如」，元刻本、吴校本、傅校本作「始」。

英宗皇帝挽詞二首

已應南陽氣，猶遲代邸來。範鎔歸獨化，綱理付群材。禹會方無外，虞巡遂不回。空驚柏城仗，簫鼓送餘哀。

繼文猶旦暮，歸啓已謳吟。畫手傳英氣，書筠見德音。鑄銅餘故鼎，啄草付春禽。試望橋山路，蕭蕭翠柏深。

慈聖光獻皇太后挽詞二首并進狀

右，臣伏以大行皇太后在位四十有七年，身處宮闈，聰明慈恕恭儉之德見於天下，洽於衆論。在仁宗時，有輔佐相成之道；在先帝及陛下之日，非特始終孝愛兩義俱隆，實有援立鎮撫之大功。在先帝之世，從權當國，既而還政以時，明識獨見，出處應理。自二帝三代秦漢以來，母后功德未有巍巍如此。奄盡大期，羣情痛怛。陛下執喪哀慕，外雖易月，内盡至性，報復大恩，誠禮備極，蓋從古所未聞。今山陵有日，臣愚淺薄，無以自效，謹撰成大行皇太后挽詞二首，繕寫上進。臣無任悲哀感咽之至，謹具狀奏聞，謹狀〔一〕。

祖烈鷹揚終食冀，家聲泉湧舊興譙。人倫風化歸三世，王室功勞屬兩朝。長信深嚴餘羽衛，閟宫崇大列宗祧。衣冠藉藉談遺事，不盡鴻名對永昭。

山河德履孚潛顯，江漢仁風被邇遐。已輔乾坤成化育，終符日月繼光華。和熹未寤還威柄，明德猶疏抑外家。欲次徽音難仿佛，空餘流恨入哀笳。

〔一〕此句和「祖烈鷹揚終食冀」之間，元刻本、正統本、章校本、傅校本有小標題「詩」。

送英州蘇秘丞

遠民歌舞戴升平，碧閣朱樓照眼明。鄉饌雨餘收白蕈，客樽秋後對紅英。瀧鳴湞水遥通海〔一〕，路入南山不隔城。材術如君有餘暇，出遊應數擁雙旌。

〔一〕「湞」，原作「真」，據元刻本改。顧校本、吴校本、傅校本云：當作「湞」，宋本作「真」，當是避仁宗諱。

送陳郎中還京兼過九江新宅

鷁舟金碧照溪沙，帆上風吹五兩斜。罷郡紫泥催向闕，過江紅旆引還家。因將舊社人携酒，應喜新林樹見花。莫作山齋久留意，中臺虚位有清華。

遣興安州十首

青燈鬥鼠窺寒硯，落月啼烏送迴笳。江漢置身貧作客，溪山合眼夢還家。百憂忽忽丹心破，萬事悠悠兩鬢華。誰與健帆先度鳥〔一〕，更無留滯向天涯。

〔一〕「健」，原作「建」，據元刻本、顧校本、傅校本、章校本改。

楚澤

楚澤荒涼白露一作霧根，盈虛無處問乾坤。蟲蟲旱氣連年有，寂寂遺人幾户存？盜賊恐多從此始，經綸空健與誰論？諸公日議雲臺上，忍使憂民獨至尊。

西亭

團扇頻揮到此亭，他鄉愁坐思冥冥。空羞避俗無高節，轉覺逢人惡獨醒。歲月淹留隨日老，乾坤狼狽幾時寧？欲知事事今何似，萬里波濤一點萍。

盆池

環環清泚旱猶深，炳炳芙蓉近可尋〔一〕。蒼壁巧藏天影入，翠奩微帶蘚痕侵。能供水石三秋興，不負江湖萬里心。照影獨憐身老去，日添華髮已盈簪。

〔一〕「炳炳」，元刻本、顧校本、章校本作「柄柄」。

羈遊

粗飯寒齋且自如，欲將吾道付樵漁。羈遊事事情懷惡，貧病年年故舊疏。自古幸容元亮醉，凡今誰喜子雲書？何由得洗塵埃盡，忿買滄洲結草廬。

南軒竹

密竹娟娟數十莖[一]，旱天蕭灑有高情。風吹已送煩心醒，雨洗還供遠眼清。新筍巧穿苔石去，碎陰微破粉牆生。應須萬物冰霜後，來看琅玕色轉明。

〔一〕「竹」，元刻本作「節」。

浮雲樓和趙嘏

萬里聊供遠眼開，簷前不盡水聲哀。朝雲尚拂陽臺去，羽獵曾圍夢澤來。解帶欲留長日坐，傾壺難飲故人杯。遭窮萬里飄萍內，到此登臨更幾回？

照影亭

河流縈檻色輝輝，無數幽禽入鏡飛。已映渚花紅四出，更涵沙柳翠相圍。不欺毫髮公雖有，太盡妍媸道恐非。自笑病容隨步見，未衰華髮滿緇衣。

晚望

蠻荆人事幾推移，舊國興亡欲問誰？鄭袖風流今已盡，屈原辭賦世空悲。深山大澤成千古，暮雨朝雲又一時。落日西樓憑檻久，閑愁唯有此心知。

書閣

自憐野性生來拙，誰許交情晚最親？世路因仍憂檻穽，他鄉衰暮傍風塵。惟將菽藿還求志，未有絲毫可爲人〔一〕。一畝蕭然須暫得，欲偷閑日長精神。

〔一〕「絲」，正統本、章校本作「秋」。

贈彈琴者

至音淡薄誰曾賞？古意飄零自可憐。不似秦箏能合意，滿堂傾耳十三絃。

寄孫正之

貌癯心苦氣飄飄，長餓空林不可招。能舉丘山惟筆力，可摩雲日是風標〔一〕。詩篇綴緝應千首，學術窺尋豈一朝？耳冷高談經歲遠，江南春動雪還消。

〔一〕「摩」，傅校本、《曾子固集》作「磨」；顧校本、吴校本、傅校本注「宋本磨」。

秋日感事示介甫

秋日氣已盛，陰蟲朝暮聲。烟雲斷溪樹，風雨入山城。沙磧有遺虜，旌旗多遠行。生民苦未息，吾黨耻論兵。

簡翁都官

倦遊公府曳長裾，笑上扁舟指舊廬。自有文章真杞梓，不須雕琢是璠璵。浮蛆滿瓮嘗春酒，垂露臨窗理素書。況得君賓同壯節，一鄉清問更誰知〔一〕？

〔一〕「知」，元刻本、正統本、顧校本、章校本、傅校本作「如」。

陳祁秀才園亭〔一〕

眼無塵土境殊清，一繞芳蹊病體輕。煙樹疑從古畫見，水軒真在碧天行。君能極巧安山勢，我欲忘歸聽竹聲。只恐主人難住此，弟兄嘉行滿鄉評。

〔一〕「祁」，顧校本、吴校本、傅校本作「忻」。

上杜相公

水爲舟楫旱爲霖，社稷生民注意深。豈謂便辭黄閣議，翻然求就紫芝吟。始終好古儒林士，進退憂時國老心。只有聲名隨日遠，不令功被管絃音。

胡太傅挽詞二首〔一〕

讜言留簡册，恭德載閨門。福履三朝盛，官儀一品尊。九原無復起，萬事付誰論。不必諸儒記，清名久自存。

遠略參基命，雄文入典章。輴車俄就路，瑞節始還鄉。象物陳虚寢，哀歌寄奠觴。惟應九原上，松檜日蒼蒼。

〔一〕元刻本、顧校本題作「胡太傅挽歌詞二首」。

酬材叔江西道中作

枉渚荒源百里間，草根經燒舊痕乾〔一〕。入陂野水冬來淺，對樹諸峰雪後寒。塢笛最宜風外聽，嶺梅初得醉中看。行尋故友心無事，不覺西遊道路難。

〔一〕「經」，元刻本、正統本、吴校本、傅校本、章校本、《曾子固集》作「輕」。

送雙漸之漢陽

楚國封疆最上流，夾江分命兩諸侯。何年南狩牙檣出〔一〕，六月西來雪浪浮。夏口樓臺供夕望，晴川風物待春遊〔二〕。可能頻度漁陽曲，不負當年鸚鵡洲〔三〕。

〔一〕「牙」，原作「東」，據章校本改。
〔二〕「晴」，原作「秦」，據章校本改。按此句與末句化用崔顥《黄鶴樓》詩「晴川歷歷漢陽樹，芳草萋萋鸚鵡洲」語。
〔三〕「年」，元刻本作「時」。

孔明

稱吴稱魏已紛紛，渭水西邊獨漢臣。平日將軍不三顧，尋常田里帶經人。

閑行

草軟沙匀野路晴，竹枝烏帽稱閑行。鳥啼緑樹穿花影，風出青山送水聲。轉覺所憂非己事，儘從多難見人情。閑中我樂人應笑，忙處人争我不争。

贈安禪懃上人

詎知蕭灑吾廬舊，却有高明此寺鄰。水竹迸生剛節老，秋山過抱翠嵐新。惟憐季子歸來困，自笑原思久更貧。深識幽人風義厚，掃軒開榻最相親。

贈護仁監院

人貧舉世今爲甚，僧事新年始更多。食糲衣穿雖擾擾，構虛基險自峨峨。誅茅改築君初有，繫馬長吟我暫過。但覺滿山金碧澗〔一〕，不知誰到爲烟蘿。

〔一〕「澗」，元刻本作「潤」。

送覺祖院明上人

冠石新牆日月回，豐堂瓌殿起崔嵬。鍾隨秋勢金聲壯〔一〕，佛隱寒雲玉座開。流水遠奔雙澗去，平林高擁四山來。麒麟細草南東路〔二〕，一望松門意自哀。

〔一〕「隨」，元刻本、顧校本、吴校本、傅校本注「一作乘」；章校本作「乘」。

〔二〕「南東」，正統本、章校本作「東南」。

謁李白墓

世間遺草三千首，林下荒墳二百年。信矣輝光争日月，依然精爽動山川。曾無近屬持門户，空有鄉人拂几筵。顧我自慚才力薄，欲將何物弔前賢？

送撫州錢郎中〔一〕

名郎元是足風流〔二〕，得郡東南地更優〔三〕。翠幕管絃三市晚，畫堂煙雨五峯秋。黄柑巧綴星垂檻，香稻匀翻雪滿甌。應與謝公資健筆〔四〕，邦人才薄詎能酬〔五〕？

〔一〕《新編古今事文類聚·外集》收此詩前四句，題作「送袁守」。

〔二〕元刻本、顧校本、吴校本、傅校本注「名郎一作賢侯」，「是，一作自」。《曾子固集》此句作「賢侯元自足風流」。

〔三〕「優」，正統本作「幽」。

〔四〕「應」，元刻本、顧校本、吴校本、傅校本注「一作只」。《曾子固集》全句作「只與謝公增健筆」。

〔五〕「能」，元刻本、顧校本注「一作堪」；《曾子固集》作「堪」。

送韓玉汝使兩浙〔一〕

使傳東馳下九天，此邦曾屈試鳴弦。仁聲又向新年入，惠澤猶爲故老傳。翠巘煙雲生席上，滄溟風雨到樽前。經營智略多餘暇，賞燕誰酬白雪篇？

〔一〕原題作「送玉汝使兩浙」，據元刻本、《讀書記》增一「韓」字。

丁元珍挽詞二首〔一〕

翰墨金聲遠，神情玉氣温〔二〕。節廉貧愈見，風義老彌惇。舊學資詳正，新儀屬討論。誰憐一麾出，終不反修門。

從軍王粲筆，記禮后蒼篇。謾有殘書在，能令好事傳。鵩來悲四月，鶴去遂千年。試想長橋路，昏昏隴隧烟。

〔一〕元刻本、顧校本題作「丁元珍挽歌詞二首」。

〔二〕「情」，元刻本、《讀書記》作「清」；顧校本、吴校本、傅校本注「宋本清」。

簡景山侍御

長年心事最相親，一笑相疏忽數旬。柏府地嚴方許國，芸臺官冷但容身。飢腸漫竊公厨膳，病髮難堪客舍塵。還有鹿門棲宿興，想君他日肯爲鄰。

送李莘太博

鄴道鳴弦去，容臺抱蕝初。塵沙開祖帳，冰雪缺征車。久待連城價，誰騰一鶚書。君王覽豪俊，應復召嚴徐。

遊天章寺

籃輿朝出踏輕塵，拂面毵毵柳色新。曲水豈能留往事，南湖空解照行人。最宜靈運登山屐，不負淵明漉酒巾。老去飄零心未折，暫須同醉海邊春。

送闕彥遠

莫辭爲我百分飲，從此送君千里行。物情響屧尚須念，人道交親那可輕？渚梅江柳弄佳色，林鳥野蜂吟好聲。對之但醉餘可置，明日此杯誰共傾？

送闕彥遠赴江西〔一〕

食蘖飲冰廉士操，敝衣穿履古人風。溪堂興足登臨後，滕閣今歸嘯傲中。一榻高懸賓閣峻，二龍俱化縣池空。因過勝境須行樂，驛召方當急詔東。

〔一〕「闕彥遠」，原作「彥遠」；正統本、黄希憲刻本、萬曆本作「闕遠」；據元刻本、《讀書記》、顧校本、章校本、吴校本、傅校本改。

西園席上

省閣名郎國羽儀，瀛洲仙客衆蓍龜。山蹊向日花開早，海聚經寒酒熟遲〔一〕。下榻笑談紅旆偃，引觴醉醒玉釵隨〔二〕。唯慚別乘疏頑甚，滿面塵埃更有詩。

〔一〕「聚」，顧校本作「嶠」，注「一作聚」。

〔二〕「醉醒」，正統本、章校本作「醒醉」。

送孫潁賢[一]在秦州

穰穰秦州鐵馬羣，青衫吾子仕猶屯。高談消長才驚世，藐視公侯行出人。古氣欲遵奔日月，畏塗曾綰滯荆榛。明夷夬決應斟酌，自向窮通有屈伸。

〔一〕「潁」，原作「穎」，據顧校本、吳校本、傅校本改。元刻本題作「寄孫潁賢」。

送鄭州邵資政

江夏無雙譽，菑川第一才。笑談成黼藻，咳唾落瓊瑰。紫氣鋒鋩露，青冥羽翼開。雋遊追幕府，高步集蓬萊。探討篇章洽，研磨術業該。九霄新漢邸，萬目注梁臺。選擇真儒用，招延急詔催。衣冠驚角綺，賓友重鄒枚。每右橫經席，寧虛置醴杯。八荒披日月，萬里散雲雷。始去東山榜，俄參北斗魁。廟堂奇計得，羌虜驚心摧。帝念人求舊，朝須汝作梅。避榮言屢切，請外志難回。際海歸封略，連吳入剸裁。夕冰承命出，晝錦過鄉來。許國風猷壯，容民宇量恢。節旄恩換鎮，京室地稱陪。賜覲親中扆，通班接上台。壺漿空度洧，公位在三槐。

看花

春來日日探花開，紫陌看花始此回。欲賦妍華無健筆，擬酬芳景怕深盃。但知抖擻紅塵去，莫問鬅鬙白髮催。更老風情轉應少，且邀佳客試徘徊。

會稽絶句三首

花開日日去看花，遲日猶嫌影易斜。莫問會稽山外事，但將歌管醉流霞。

花開日日插花歸，酒盞歌喉處處隨。不是心閑無此樂，莫教門外俗人知。

年年穀雨愁春晚，況是江湖兩鬢華。欲載一樽乘興去，不知何處有殘花。

送任逵度支監嵩山崇福宫

漢陽門下士，車騎幕中賓。志節初皆壯，風流久更新。樞庭承遠派，郎位襲清塵。雅淡琴聲古，温純玉性真。《詩》《書》來射策，慈惠起臨人。淮海褰帷久，褒斜叱馭頻。政平無横吏，刑省絶冤民。汴路揚旌出，吴門擁節巡。持權心似水，待物氣如春。懋德垂承詔，遺榮遽乞身。行高寧繫俗，道勝不憂貧。北絶分琳館，西歸近紫宸。鴻飛開羽翼，驥逸露精神。却理煙霞宅，重尋水石鄰。青嵩銷鶴怨，碧洛見鷗馴。故友欣聯璧，諸儒慕墊巾。學兼鴻寶異，興與赤松親。激勸留方册，驚傳動搢紳。浮雲雖抗意，仄席正逢辰。秖恐尊廉退，丁寧致軟輪。

送趙資政

好問逢眞主，能言邁古風。犯顔天意沃，造膝衆情通。彈治心忘勢，澄淸誼匪躬。朝廷推指佞，都邑避乘驄。白簡威方厲，靑規遇更隆。析符霄漢上，開幕斗牛中。里聚追胥息，階庭訟絔空。紀綱官特峻，帷幄地彌崇。吏治連城肅，倉儲絕塞充。錦官淸鎮俗，玉壘靜臨戎。膏澤涵荒阻，春陽煦滯窮。鈞衡求雋望，龜筮協淵衷。問出千齡合，平居一德同。股肱康事力，舟楫濟川功。遠大經綸略，精微獻替忠。夕冰分外閫，晝錦過江東。比户仁聲入，提封喜氣融。信深銷衆僞，明盛破羣蒙。正洽謳歌美，俄更節制雄。保民追呂尚，分土繼逢公。淄水移幢碧，牛山駐旆紅。魚鹽方舸集，綺繡萬箱叢。少憩驅千騎，行歸冠百工。衮衣天下詠，豈獨是倥侗？

過高士坊

一畝蕭然絕世喧，抗懷那肯就籠樊。功名晚更爲餘事，災異初嘗出至言。郡閣已空徐孺榻，里人猶識鄭公門。斯文未喪如繇我，後代當知李仲元。

餘杭久旱趙悦道入境之夕四郊雨足二首

連章天上乞身閑，笑入吴船擁節還。一夜風雷驅旱魃，始知霖雨出人間。

旌旗東下路塵開，六月風雲席上回。正恐一方人暍死，直將霖雨過江來。

錢塘上元夜祥符寺陪咨臣郎中文燕席〔一〕

月明如晝露華濃，錦帳名郎笑語同。金地夜寒消美酒，玉人春困倚東風。紅雲燈火浮滄海，碧水樓臺浸遠空。白髮蹉跎歡意少，强顏猶入少年叢。

〔一〕元刻本題作「錢塘上元祥符寺陪咨臣郎中文燕席」。

送沈諫議

東南經濟得時英，方底除書下漢庭。將幕鼓旗驚白晝，諫垣冠劍動青冥。指撝甌越歸談笑，鎮壓江吳出醉醒。金鼎鹽梅須大用，九霄應已夢儀刑。

酬王微之汴中見贈

黄流渾渾來沙際，佳氣葱葱近日邊。河漢槎雖通遠客，蓬萊風未縱歸船。山城劇飲銷紅燭，水驛高吟襞彩箋。老去相逢情自密，不關清賞合留連。

寄鄆州邵資政蒙問敝邑山水之勝，見索新詩，重意之辱，謹吟二百字上寄〔一〕

鉛筆讎書客，朱轓守土臣。素餐方側席，黄髮已侵巾。喜有山圍郭，仍憐水滿津。清華閑耳目〔二〕。瀟灑長精神。秀色秋來重，寒聲雨後新。宿雲當户牖，流月過松筠。北圃分殊境，西湖斷俗塵。渚花紅四出，沙鳥翠相親。芡老含珠實，魚驚躍錦鱗。飛梁淩窅渺，虚榭壓漪淪。嶺對横修竹，洲分抱白蘋。靜宜人事拙，閑覺道腴真。器小難周物，官微幸庇身。簿書偷暇日，杖屨想幽人。泝險飛遊艇，探奇漾釣緡。形縻甘鶴怨，心泰得鷗馴。督府恩容久，芳箋訊問頻。門庭嚴衛戟，尊俎從華紳。却起烟霞興，還思水石鄰。自嗤田父樂，那可薦鴻鈞？

〔一〕題下小字元刻本作「蒙鄆州知府安撫邵資政書，言入秋已來，甚有游觀之興，而少行樂之地，因問敝邑山水之景，見索新詩。某荒廢文字久矣，惟重意之辱，不能自已，謹吟二百字上寄」。《讀書記》所記同，並注「俗本删節不完，今依宋本改正」。

〔二〕「閑」，元刻本、顧校本注「一作閒」。

和邵資政

拂衣久欲求三徑，竊食聊須把一麾。世路賤貧從所好，老年胸臆固無奇。樊籠偶得滄洲趣，燕類難醻白雪辭。督府繇來恩禮厚，每容商也與言詩。

和孔教授

治煩方喜衆材同，坐嘯南陽郡閣中。几案有塵書檄簡，里閭無事稻粱豐。衣冠濟濟歸儒學，俎豆詵詵得古風〔一〕。幸屈異能來助我，敢將顏色在蜚鴻。

〔一〕「詵詵」，《曾子固集》作「侁侁」。

喜雪二首

欲休還舞任風吹，斷續繁雲作陣隨。已塞茅蹊人起晚，更迷沙渚鳥飛遲。混同天地歸無迹，潤色山川入有爲。太守不辭留客醉，豐年佳兆可前知。

雜雨零初急，因風灑更狂。英華傾月窟，光氣瀉天潢。宛轉花飛密，紆餘舞態長。化材隨大小，成器任圓方。秀已滋山國，清尤助水鄉〔一〕。色嚴齊上下，明盛析毫芒。潤屋情夸誕，埋輪興激昂。收功歸澤物，全德在包荒。預喜倉箱富，潛知海嶽康。蕭晨迎賀客，歌吹趣傳觴。

〔一〕「尤」，《曾子固集》作「宜」。

雪後同徐秘丞皇甫節推孔教授北園晚步〔一〕

沙草正黄瀕海意，江梅還白故園情。循除遠水春前急，繞郭空山雪後明。林影易斜寒日短，角聲吹去暮雲平。最慚佳客忘形契，肯伴衰翁着屐行。

〔一〕《曾子固集》題作「雪後北園晚步上徐丞」。

郡齋即事二首

晝戟森門寵誤蒙，從來田舍一衰翁。囷倉穰穰逢康歲，閭里恂恂有古風。瞯氏宿奸投海外，伏生新學始山東。時大奸周高投海島，而學校講説《尚書》。依然自昔興王地，長在南陽佳氣中。

滿軒山色長浮黛，繞舍泉聲不受塵。四境帶牛無事日，兩衙封印自繇身。白羊酒熟初看雪，黄杏花開欲探春。總是濟南爲郡樂〔一〕，更將詩與屬何人？

〔一〕「濟南」，《讀書記》、章校本、《曾子固集》作「疏懶」；元刻本注「一作疏懶」。

憶越中梅

浣沙亭北小山梅，蘭渚移來手自栽。今日舊林冰雪地，泠香幽艷向誰開〔一〕？

〔一〕「泠」，正統本作「冷」。「向」，《曾子固集》作「爲」。

再賦喜雪

六花飛舞勢蹁躚，點綴寒林態更妍。山險龍蛇盤鳥道，野平江海變畬田。人狂奔月非關夜，馬健乘雲別有天。況值白羊新酒熟，可能相就慶豐年。

寄致仕歐陽少師〔一〕

四海文章伯〔二〕，三朝社稷臣。功名垂竹帛，風義動簪紳。此道推先覺，諸儒出後塵。忘機心皎皎，樂善意循循〔三〕。大畧才超古，昌言勇絶人。抗懷輕紱冕，瀝懇謝陶鈞。耕稼歸莘野，畋漁返渭濱。五年清興屬，一日壯圖伸。北闕恩知舊，東宫命數新。鸞凰開羽翼，驥騄放精神。曠達林中趣，高閑物外身。揮金延故老，置驛候嘉賓。主當西湖月，勾留潁水春。露寒消鶴怨，沙静見鷗馴。酒熟誇浮蟻，書成感獲麟。激昂疏受晚，冲淡赤松親。龍卧傾時望，鴻冥聳士倫。少休均逸豫，獨往異沉淪。策畫咨詢急，儀刑矚想頻。應須協龜筮，更起爲生民。

〔一〕元刻本、《讀書記》、顧校本、章校本、傅校本題作「寄致政觀文歐陽少師」；題下有小字：「固辭寵禄，歸就休閒。進退之宜，四方所仰。」

〔二〕「伯」，元刻本、顧校本、傅校本作「傑」，注「一作伯」。

〔三〕「循循」，正統本作「諄諄」。

曾鞏集卷第七

律詩六十八首

冬夜即事

印奩封罷閤鈴閑，喜有秋毫免素餐。市粟易求倉廩實，邑猺無警里閭安。香清一榻氍毹暖〔一〕，月淡千門霿凇寒〔二〕。聞說豐年從此始，更回籠燭卷簾看。齊寒甚〔三〕，夜氣如霧，凝於木上，旦起視之如雪，日出飄滿階庭，尤爲可愛，齊人謂之霿凇。諺曰：「霿凇重霿凇，窮漢置飯瓮。」以爲豐年之兆〔四〕。

〔一〕「清」，正統本、章校本作「消」。
〔二〕「霿」，正統本作「霧」。
〔三〕元刻本、顧校本、吴校本「齊」下有「地」字。
〔四〕「兆」，元刻本、顧校本、吴校本、傅校本作「祥」。

酬介甫還自舅家書所感

旱氣滿原野，子行歸舊廬。籲天高未動，望歲了何如。荒土欲生火，涸溪容過車。民期得霖雨，吾豈灌園蔬。

西湖二首

左符千里走東方，喜有西湖六月凉。塞上馬歸終反覆，泰山鴟飽正飛揚。懶宜魚鳥心常静，老覺詩書味更長〔一〕。行到平橋初見日，滿川風露紫荷香。

湖面平隨葦岸長，碧天垂影入清光。一川風露荷花曉，六月蓬瀛燕坐凉。滄海桴浮成曠蕩，明河槎上更微茫〔二〕。何須辛苦求天外〔三〕，自有仙鄉在水鄉。

〔一〕「老覺」，《曾子固集》作「閑喜」。

〔二〕「茫」，原作「芒」，據《讀書記》、顧校本、吴校本、傅校本、《曾子固集》改。

〔三〕「天」，原作「人」，據《曾子固集》改。

早起赴行香

枕前聽盡小梅花，起見中庭月未斜。微破宿雲猶度雁，欲深烟柳已藏鴉。井轤聲急推寒玉，籠燭光繁秉絳紗〔一〕。行到市橋人語密〔二〕，馬頭依約對朝霞。

〔一〕「繁」，《曾子固集》作「揚」。

〔二〕「市」，《曾子固集》作「南」。

席上〔一〕

市井蕭條烟火微，兩衙散後雪深時〔二〕。若無一曲傳金盞，爭奈衰翁兩鬢絲。

〔一〕《曾子固集》題作「席上舞六么」。

〔二〕「後」，章校本作「夜」。

和陳郎中〔一〕

材薄安時甘寂寞，身閑乘興喜登臨。每尋香草牽狂思，曾向幽蘭費苦吟。明月幾人非按劍，高山從古少知音。數篇清絶賡歌意，默見馮唐異俗心。

〔一〕《曾子固集》題作「陳郎中惠詩輒奉酬」。

雪後

雪景鮮妍猶弄色，柳條葱蒨已抽萌。風光苒苒流雙轂，人事悠悠寄一枰。射羿未應今獨有，嘲雄何必史能評？且將畫諾供談笑，更選名園載酒行。

舜泉

山麓舊耕迷故壟，井幹餘汲見飛泉。清涵廣陌能成雨，冷浸平湖別有天。南狩一時成往事，重華千古似當年。更應此水無休歇，餘澤人間世世傳〔一〕。

〔一〕《讀書記》、《曾子固集》末兩句作「更應如此無休歇，流澤長令後世傳」。

閱武堂

五朝坏治歸皇極，萬里車書共太平。胡馬不闚光禄塞，漢家常肄羽林兵。柳間自詫投壺樂，桑下方安佩犢行。高枕四封無一事，腐儒何幸偶專城。

環波亭

水心還有拂雲堆，日日應須把酒杯。楊柳巧含煙景合，芙蓉争帶露華開。城頭山色相圍出，簷底波聲四面來。誰信瀛洲未歸去，兩州俱得小蓬萊。

鵲山亭

大亭孤起壓城顛，屋角峨峨插紫煙。濼水飛綃來野岸，鵲山浮黛入晴天。少陵騷雅今誰和？東海風流世謾傳。太守自吟還自笑，歸來乘月尚留連〔一〕。

〔一〕「來」，元刻本、吴校本、傅校本作「時」，注「一作來」；正統本、章校本作「時」。

芍藥廳

小碧闌干四月天，露紅煙紫不勝妍。肯爲雲住陽臺女，恐逐風飛飾室仙〔一〕。洧外送歸情放蕩，省中番直勢拘攣。何如蕭灑山城守，淺酌清吟濟水邊。

〔一〕《讀書記》、傅校本注「飾疑有訛」，章校本改「飾」作「石」。

水香亭

臨池飛構鬱岧嶢，欐檻無風影自摇。羣玉過林抽翠竹，雙虹垂岸跨平橋。煩依美藻魚争餌，清見寒沙水滿橈。莫問荷花開幾曲，但知行處異香飄。

静化堂

修簷轘轘背成陰〔一〕，行盡松篁一徑深。好鳥自飛還自下，白雲無事亦無心。客來但飲平陽酒，衙退常携靖節琴。世路人情方擾擾，一遊須抵萬黄金〔二〕。

〔一〕「成」，元刻本、顧校本、傅校本、《曾子固集》作「城」。

〔二〕「須」，元刻本、顧校本、吴校本、傅校本注「一作已」。

仁風廳

凜凜風生寄此堂，塵埃消盡興何長。朱絲鼓舞逢千載〔一〕，白羽吹揚慰一方〔二〕。已散浮雲滄海上，更飛霖雨泰山傍。誰知萬物心焦日，獨對松筠四座涼。

〔一〕「絲」，《讀書記》、傅校本、章校本作「弦」。

〔二〕「揚」，《曾子固集》作「摇」。

閲武堂下新渠

方渠新鑿北林開，流水遥經畫閣來。洗耳厭聞誇勢利，濯纓羞去傍塵埃。不憂待月乾詩筆，已欲看華泛酒杯。却憶虎溪橋上過，夜涼臨砌尚徘徊。

凝香齋

每覺西齋景最幽，不知官是古諸侯。一尊風月身無事，千里耕桑歲有秋。雲水醒心鳴好鳥，玉沙清耳漱寒流。沉烟細細臨黄卷〔一〕，疑在香爐最上頭。

〔一〕「臨」，《新編古今事文類聚》作「紬」。元刻本、《讀書記》全句注「一作兩衙放罷閑鈴索」，章校本注「一作兩衙散罷閑鈴索」；《曾子固集》此句作「兩衙放罷閑鈴索」。

北渚亭

四楹虚徹地無鄰〔一〕，斷送孤高與使君。午夜坐臨滄海日，半天吟看泰山雲。青徐氣接川原秀，常碣風連草木薰。莫笑一樽留戀久，下階塵土便紛紛〔二〕。

〔一〕「徹」，顧校本、吴校本、《曾子固集》作「澈」。

〔二〕「便」，《曾子固集》作「更」。

芙蓉橋

雁翅横連杜若洲，碧闌干影在中流。蓬萊日日遊人到，誰道仙風解引舟？

百花臺

煙波與客同樽酒，風月全家上采舟〔一〕。莫問臺前花遠近，試看何似武陵遊。

〔一〕「舟」，章校本、四部叢刊本作「州」。

次道子中書問歸期

竊食東州歲未期〔一〕，蓬萊人問幾時歸。凭闌到處臨清泚，開閤終朝對翠微。兩印每閑軍市静，雙旌多偃送迎稀。一枝數粒身安穩，不羡雲鵬九萬飛。

〔一〕「竊食東州」，《曾子固集》作「疏懶爲州」。

霧淞〔一〕

園林初日靜無風，霧淞開花處處同〔二〕。記得集英深殿裏，舞人齊插玉籠鬆。

〔一〕正統本、章校本題作「霧淞」。

〔二〕「開花」，原作「花開」，據元刻本、《曾子固集》改。《讀書記》云：「宋本作開花爲是，蓋惟真花方可云花開也。」

正月六日雪霽

雪消山水見精神，滿眼東風送早春。明日杏園應爛熳，便須期約看花人。

寄顧子敦

清曠亭邊雁欲回，南湖分浪入城來。空山過臘猶藏雪，野岸先春已放梅。三徑未歸聊自適，一尊尋勝每同開。如今試想長松下，玉麈高談豈易陪？

二月八日北城閑步

土膏初動麥苗青，飽食城頭信意行。便起高亭臨北渚，欲乘長日勸春耕。

詠柳

亂條猶未變初黃，倚得東風勢便狂。解把飛花蒙日月，不知天地有清霜。

北園會客不飲

畫橋南北水西東，高下花枝綠間紅。殢得春風人盡醉，獨醒誰似白頭翁？

西湖納涼

問吾何處避炎蒸，十頃西湖照眼明。魚戲一篙新浪滿，鳥啼千步綠陰成。虹腰隱隱松橋出，鷁首峨峨畫舫行。最喜晚涼風月好，紫荷香裏聽泉聲。

喜雨

偶徇一官偷祿計，便懷千里長人憂。桑間舉箔蠶初繭，隴上揮鐮麥已秋。更喜風雷生北極，頓驅雲雨出靈湫。從今菽粟非虛禱，會見甌窶果滿篝。

雨後環波亭次韻四首

次李秀才得魚字韻

候月已知星好雨，卜年方喜夢維魚。從今撥置庭中事，最喜西軒睡枕書〔一〕。

次綰得風字韻

荷芰東西魚映葉，樵舟朝暮客乘風。清泉雨後分毛髪，何必南湖是鏡中。

次維得禽字韻

黄蜀葵開收宿雨，紫桑椹熟囀新禽。看花弄水非無事，猶勝紛紛别用心。

次綜得花字韻〔二〕

丹杏一番收美實，緑荷無數放新花。西湖雨後清心目，坐到城頭泊暝鴉。

〔一〕「最喜」，元刻本、《曾子固集》作「解帶」。

〔二〕正統本、顧校本、章校本、四部叢刊本題作「次維得花字韻」。

去年久旱六月十三日入境得雨今年復旱得雨亦六月十三日也

去年六月焦原雨，入得東州第一朝。今日看雲舊時節，又來農畔聽蕭蕭。

到郡一年

薄材何幸擁朱軒，竊食東州已一年。隴上雨餘看麥秀〔一〕，桑間日永問蠶眠。官名雖冗身無累，心事長閑地自偏。衹恐再期官滿去，每來湖岸合留連。

〔一〕「麥秀」，原作「秀麥」，據元刻本、正統本、章校本、四部叢刊本改。按「麥秀」與「蠶眠」對。

孔教授張法曹以曾論薦特示長箋

緑髪朱顔兩少年，出倫清譽每相先。壁中字爲時人考，圯上書從老父傳。泮水笑談邀法飲，高齋閑燕屬佳篇〔一〕。衰翁厚幸懷雙璧，更起狂心慕薦賢。

〔一〕「齋」，正統本作「臺」。

酬强幾聖

俯仰林泉繞舍清，經年閑卧濟南城。山田雨足心無事，水樹華開眼更明。新霽煙雲飛觀出，晚涼歌吹畫橋横。寄聲裴令樽前客，衹欠高談一座傾。

人情

人情當面蔽山丘，誰可論心向白頭。天禄閣非真學士，玉麟符是假諸侯。詩書落落成孤論，耕釣依依憶舊遊。早晚抽簪江海去，笑將風月上扁舟。

寄王樂道

荆州南走困塵埃，應喜文章意自開。明世正逢多事日，要塗須用出倫材。不回霜雪天應惜，未得風雲衆忍摧。若向沙頭弔杜甫，近詩懸望自書來。

戲書

集賢自笑文章少，爲郡誰言樂事多。報答書題親筆硯，逢迎使客聽笙歌。一心了了無人語，兩鬢蕭蕭奈老何。還有不隨流俗處，秋毫無累損天和。

贈張濟

憶初蘭渚訪沉淪，一畝蕭然里舍貧。節行久窮彌好古，文章垂老更驚人。詩書就我論新意，冠劍投誰拂舊塵。山驛荒凉煩枉道，一觴相屬莫嫌頻。

北渚亭雨中

振衣已出塵土外，卷箔更當風雨間。泉聲漸落石溝澗，雲氣迥壓金輿山。寒沙漠漠鳥飛去，野路悠悠人自還。耕桑千里正無事，況有樽酒聊開顔。

送趙資政

鎮撫西南衆望傾，玉書天上輟持衡。春風不覺岷山遠，和氣還從錦水生。學舍却尋餘教在，棠郊應喜舊陰成。歸來促召調爐冶，莫爲兒童竹馬迎。

趵突泉

一派遥從玉水分，暗來都灑歷山塵。滋榮冬茹温常早，潤澤春茶味更真。已覺路傍行似鑑，最憐沙際湧如輪。曾成齊魯封疆會，況託娥英詫世人。

金線泉

玉甃常浮灝氣鮮，金絲不定路南泉。雲依美藻争成縷，月照寒漪巧上弦〔一〕。已繞渚花紅灼灼，更縈沙竹翠娟娟。無風到底塵埃盡，界破冰綃一片天〔二〕。

〔一〕「寒」，元刻本、正統本、顧校本、王杼本、章校本作「靈」。

〔二〕「綃」，正統本作「消」；黄希憲刻本、萬曆本作「霜」。

北池小會〔一〕

笑語從容酒慢巡，笙歌隨賞北池春。波間鏤檻花迷眼，沙際朱橋柳拂人。金縷暗移泉溜急，銀簧相合鳥聲新〔二〕。幸時無事須行樂，物外乾坤一點塵。

〔一〕顧校本、吴校本、傅校本題下有小注「飲」字。

〔二〕「合」，元刻本、《讀書記》、顧校本、吴校本、傅校本注「一作答」。《讀書記》云「答字勝」。

送韓廷評〔一〕

謝庭冠蓋舊追尋，僻郡相從喜更深。進道由來輕拱璧，傳經知不羨籝金。騏騮要試風沙遠，竹柏須忘霰雪侵。別後壯懷應努力，白頭傾耳聽徽音。

〔一〕《曾子固集》題作「送韓延年」。

寄孫莘老湖州墨妙亭

隆名盛位知難久，壯字豐碑亦易亡。棗木已非真篆刻，色絲空喜好文章。峴山漢水成虚擲，大厦深簷且秘藏。好事今推霅溪守，故開新館集琳瑯。

鵠山

一峯孤起勢崔嵬，秀色挼藍入酒盃。靈藥已從清露得，平湖長泛宿雲回。翰林明月舟中過，司馬虚亭竹外開。我亦退公思蠟屐，會看歸路送人來。

華不注山《水經》：華不注山虎牙桀立，孤峰特起，青崖翠嶺，望如點黛〔一〕。《輿地志》又云：亦名金輿山。

虎牙千仞立巉巉〔二〕，峻拔遥臨濟水南。翠嶺嫩嵐晴可掇，金輿陳迹久誰探。高標特起青雲近，壯士三周戰氣酣。丑父遺忠無處問，空餘一掬野泉甘。

〔一〕「青崖翠嶺望如點黛」，《讀書記》云「宋本作青崖翠嶺望同點黛」，章校本同此；黄希憲刻本作「青崖嶺望點黛」，顧校改作「青峯望同點黛」，並注「宋本青峯翠嶺望如點黛」。

〔二〕「巉巉」，正統本、章校本作「儳儳」；《讀書記》改「儳儳」作「巉巉」。

靈巖寺兼簡重元長老二劉居士

法定禪房臨峭谷，辟支靈塔冠層巒。軒窗勢聳雲林合，鍾磬聲高鳥道盤。白鶴已飛泉自湧，青龍無迹洞常寒。更聞雷遠相從樂，世道囂塵豈可干？

和孔平仲〔一〕

園池方喜共追尋，正是槐榆夾路陰。雙燭縱談樽酒緑〔二〕，一枰銷日紙窗深。波濤萬字驚人筆，塵土千鍾異俗心。佳句從來知寡和，愧將沙礫報黄一作兼金。

〔一〕「平仲」，原作「仲平」，據元刻本、《讀書記》改。按孔平仲字義甫，臨江新喻人，曾鞏友孔延之子，孔文仲、武仲弟，

《宋史》有傳。

〔二〕「緑」，元刻本、正統本、章校本作「渌」。

郡樓

滿眼青山更上樓，偶携閑客此閑遊。飛花不盡隨風起，野水無邊帶雨流。懷舊有情惟社燕，忘機相得更沙鷗。黄金駟馬皆塵土，莫訴當歡酒百甌。

鮑山

雲中一點鮑山青，東望能令兩眼明。若道人心是矛戟，山前那得叔牙城？

鄆州新堂

百尺豐堂汶水濱，魯侯清燕此逡巡。溪寒素礫偏宜月，壁瑩黄金不受塵。引客笙歌行處是，賞心花木四時新。未應久作林泉主，天子今思舊學臣。

垓下

三傑同歸漢道興，拔山餘力爾徒矜。泫然垓下真兒女〔一〕，不悟當從一范增。

〔一〕「兒」，元刻本、正統本作「男」。

離齊州後五首

雲帆十幅順風行，臥聽隨船白浪聲。好在西湖波上月，酒醒還到紙窗明。

畫船終日扒沙行，已去齊州一月程。千里相隨是明月，水西亭上一般明。

文犀剡剡穿林筍，翠靨田田出水荷。正是西亭銷暑日，却將離恨寄煙波。

將家須向習池遊，難放西湖十頃秋。從此七橋風與月，夢魂長到木蘭舟。

荷氣夜涼生枕席，水聲秋醉入簾幃。一帆千里空回首，寂寞船窗祇自知。

寄齊州同官

西湖一曲舞霓裳，勸客花前白玉觴。誰對七橋今夜月？有情千里不相忘。

庭檜呈蔣頴叔〔一〕

樛枝高下秀森森，曾寄名卿一作郎異俗心。草舍一時成往事，松身千尺見新陰〔二〕。聲清不受笙竽雜，氣勁能遺霰雪侵。漢節從來縱真賞，謝庭蘭玉載芳音。

〔一〕元刻本、《讀書記》、顧校本、章校本、吴校本題下有注「蔣堂所植，其姪蔣之奇復爲轉運，乞此詩」。

〔二〕「尺」，元刻本、顧校本、吳校本、傅校本作「里」，並注「一作尺」。

甘露寺多景樓

欲收嘉景此樓中，徙倚闌干四望通。雲亂水光浮紫翠，天含山氣入青紅。一川鍾唄淮南月，萬里帆檣海外風。老去衣衿塵土在，祇將心目羨冥鴻。

孫少述示近詩兼仰高致

大句閎篇久擅場，一函初得勝琳瑯。少陵雅健材孤出，彭澤清閑興最長。世外麒麟誰可係？雲中鴻雁本高翔。白頭多病襄陽守，展卷臨風欲自强。

金山寺

塵外岧嶢鶩嶺宮〔一〕，架虛排險出青紅。林光巧轉滄波上，海色遥涵白日東。夜静神龍聽呪食，秋深蒼鶻起搏風。連荆控蜀長江水，盡在回廊顧盼中。

〔一〕「岧嶢」，原作「苕蕘」，據元刻本、顧校本改。

水西亭書事〔一〕

一番雨熟林間杏，四面風開水上花。岸盡龍鱗盤翠篠，溪深鼉背露晴沙。隴頭刈麥催行饁，桑下繰絲急轉車。總是白頭官長事，莫嫌粗俗向人誇。此詩諸本皆缺，宋本在《戲書》後，今補於此。

〔一〕元刻本此篇在本卷《戲書》之後；《讀書記》次序同元刻本。

曾鞏集卷第八

律詩八十首

高郵逢人約襄陽之遊[一]

一川風月高郵夜，玉麈清談畫鷁舟。未把迂疏笑山簡，更須同上習池遊。

[一]正統本、四部叢刊本題作「高郵逢人約襄道之陽」。

彭城道中

百步洪聲潦退初，白沙新岸湊舟車。一時屠釣英雄盡，千載河山戰伐餘。楚漢舊歌流俚耳，韓彭遺壁冠荒墟。可憐馬上縱横略，只在邳橋一卷書[一]。

[一]元刻本詩末有注「吕梁洪上有雲夢、梁王二城，其旁之人以謂雲夢卽韓信城，梁王卽彭越城是也」；《讀書記》注文同，「以謂」作「以爲」。

送程殿丞還朝

如雲青髮擁朝簪，佳譽喧喧動士林。自重肯悲三獻玉，不欺常慎四知金。芝蘭秀出清門盛，鴻鷺翻飛紫殿深。別後齋中掛塵榻，更將梁甫向誰吟？

送高秘丞

簿書壅處精神健，風俗澆時質性淳。公退種花常滿縣，政成馴雉不驚人，指麾細柳通河外，歌詠《甘棠》付漢濱。惆悵不能留自助，謾將樽酒駐車輪。

康定軍使高秘丞自襄陽司農寺勾業寺丞〔一〕自光化相繼遷拜簽判程殿丞受代還朝預有惜別之意輒書長句奉呈

千里分符漢上城，爲僚方喜得時英。已無楚澤行吟意，便有南陽坐嘯名。驥力用來精爽緊，鵷行歸去羽翰輕。須知別後狂山簡，夢寐清談鄙吝生。

〔一〕「業」，元刻本、《讀書記》作「葉」。

雨中王駕部席上

鳩呼連日始成陰〔一〕，薄雨聊寬望歲心。浴雁野塘新浪細，藏鴉宮柳嫩條深。春寒巧放花遲發，人老嗟辭酒滿斟。英雋並遊知最幸，名園偷暇更追尋。

〔一〕「呼」，元刻本、正統本作「嗚」；吴校本、傅校本注「宋本嗚」。

贈張伯常之郢見過因話荊楚故事仍貺佳什

一見心親十載前，相望南北久茫然。喜傾白髮論文酒，重訪清江下瀨船。志大肯同悲抱璞，識高寧許笑求田。已闕品藻傳荊楚，更味陽春白雪篇。

伯常少留别業寄詩索酒因以奉報

未擁雙騶謁漢庭，暫留車馬憩林坰。多情置驛邀佳客，好事磨鉛勘舊經。芳草連門三徑遠，朝雲臨幌數峯青。春醪有禁無繇寄，誰爲江潭訪獨醒？

贈黄降自宜城赴官許昌

所學從誰得最完？豫章新出已難攀。不摇聲利心能定，欲正哇淫手自删。潁水珠璣來席上，郢城桃李在人間。高齋掛榻驪歌後，坐守塵編少往還。

招澤甫竹亭閑話

偶歸塞馬應何定，粒食鶺鴒頗自安。雲壓楚山春後雪，風吹襄水坐來寒。詩豪已分材難强，酒聖還諳量未寬。賴有佳賓堪下榻，且將清話對檀欒。

和鄭微之

故人容下榻，清宴得傳杯。地秀偏宜竹，天寒未見梅。雲林千嶂出，煙艇一帆開。且醉休言別，歸期信召催。

送陳世脩

沙渚鴻飛入楚雲，遠林樵爨宿煙昏。娟娟野菊經秋淡，漠漠滄江帶雨渾。歸路賞心應駐節，客亭離思暫開樽。莫嗟問俗淹翔久，從此頻繁不次恩。

和張伯常自郢中將及敝境先寄長句

拔薤威名高外服，握蘭風力冠中臺。好音忽有雙魚至，喜氣遥知五馬來。梨顆玉腴含雨重，菊房金粉傍寒開。池邊且欲留同醉，思拙難酬白雪才。

和張伯常峴山亭晚起元韻

揮手紅塵意浩然，夙興招客與扳聯。煙雲秀發春前地，草木清含雪後天。已卜耕桑臨富水，暫抛魚鳥去伊川。更追羊杜經行樂，况有風騷是謫仙。

峴山亭置酒

石磴縈回入杳冥，筠松高下簇虛亭。春歸野路梅争白，雪盡沙田麥正青。馬窟飛雲臨畫棟，鳳林斜日照疏櫺。長年酒量殊山簡，却上籃輿恨獨醒。

韓魏公挽歌詞二首[一]

堂堂風骨氣如春，衮服貂冠社稷臣。天上立談迎白日，握中隨物轉洪鈞。忽騎箕尾精靈遠，長誓山河寵數新。萬里耕桑無一事，三朝功德在生民。

錙銖赤舄無驕志，咳唾黄金有古風。覆冒荒遐知大度，委蛇艱急見孤忠。謀謨邴魏丹青力，擁立昭宣柱石功。御筆新詩在新隴[二]，哀榮誰得似初終？

[一]《曾子固集》題作「韓魏公挽詞二首」。

[二]「新詩」，《讀書記》、章校本、《曾子固集》作「豐碑」；元刻本、顧校本、吴校本、傅校本作「新碑」，「新」下注「一作豐」。

酬吴仲庶龍圖暮春感懷[一]

瑣闈延閣腹心臣，籍甚聲華動搢紳。藥石言行天下雨，袴襦恩逵國中春。召南去後餘思在，綸氏歸來壯志新。莫爲流年嗟白髮，濟時須仗老成人。

〔一〕「暮春」，元刻本、《讀書記》、顧校本、章校本、吳校本、傅校本作「歲暮」，正統本作「歲春」。

陳君式恭軒

不要牆頭俗眼看，故開蒼蘚種檀欒。虚心得處從天性，勁節知來在歲寒。葉養風煙誇酒美，枝留冰雪送歌殘。名郎感慕同桑梓，手植依然一畝寬。

僧正倚大師庵居

蘭裓方袍振錫回，結茅蕭寺遠塵埃。五峯日破朝雲出，三谷花浮澗水來。風散異香禪榻静，鳥窺清唄法筵開。因過舊國枌榆地，松麈高談喜暫陪。

以白山茶寄吳仲庶見貺佳篇依韻和酬

山茶純白是天真，筠籠封題摘尚新〔一〕。秀色未饒三谷雪〔二〕，清香先得五峯春〔三〕。瓊花散漫情終蕩，玉蕊蕭條迹更塵〔四〕。遠寄一枝隨驛使〔五〕，欲分芳種恨無因。初，惟此花與揚州后土廟瓊花天下一株，近年瓊花可接，遂散漫，而此花爲獨出也。

〔一〕「摘」，元刻本、顧校本、吴校本、章校本注「一作色」；《讀書記》云「摘作色」。
〔二〕「秀」，元刻本、顧校本、吴校本、傅校本注「一作素」。
〔三〕「得」，元刻本、顧校本、吴校本、傅校本注「一作占」。
〔四〕「塵」，元刻本、顧校本、吴校本、傅校本、章校本注「一作陳」；《讀書記》云「塵作陳」。
〔五〕「枝」，正統本作「株」。

酬江西運使蔣穎叔

收科同日曳華裾，砉劃驚聞刃有餘。騘馬已騰雙闕路，木牛還實太倉儲。多歧易感千名別，置袖空榮一紙書。欲佩左符甌越去，更從南斗望單車。

刁景純挽歌詞二章

史觀郎闈得謝歸，桓桓筋力未全衰。園林笑傲笙歌擁，山水追尋几杖隨。尺牘百封虛有意，文章十帙更傳誰？餘花自出藏春塢，一點青燈照繐帷。陳遵善書，與人尺牘，莫不藏以爲榮〔一〕。又云：「遵日作書數百封，親疏各有意義。」白樂天無子，其詩云：「文章十帙官三品，身後傳誰與廕誰？」景純善作書，亦無子，故云。藏春塢，景純自名其所居也。

八十登高步更輕，殷勤愛客是平生。能臨緩急敦風誼，不向炎涼逐世情。北岳雲煙思抗志，東門冠蓋羨遺榮。可憐昨日壺觴地，嗚咽唯聞薤露聲。

〔一〕「以」，顧校本、吴校本作「去」，注「宋本以」。

寄留交代元子發

青雲竇構雖同直，白髮魚符各未歸。倚玉詎應公論許，續貂還恐邑人非。莫辭海畔留連久，須惜天涯故舊稀。預想明年雙節召，九霄鵬翼看横飛。

遊東山示客

虞寄庵餘薜徑通，滿山臺殿出青紅。難逢堆案文書少，偶見凭欄笑語同〔一〕。梅粉巧含溪上雪，柳黄微破日邊風。從今準擬頻行樂，日伴樽前白髮翁。

〔一〕「見」，元刻本作「得」。

大乘寺

行春門外是東山，籃轝寧辭數往還。溪上鹿隨人去遠，洞中花照水長閑。樓臺勢出塵埃外，鐘磬聲來縹緲間。自笑粗官偷暇日，暫携妻子一開顔。

聖泉寺

笑問并兒一舉鞭，亦逢佳景暫留連。青冥日抱山腰閣，碧野雲含石眼泉。躡屐路通林北寺，落帆門繫海東船。閩王舊事今何在？惟有村村供佛田〔一〕。

〔一〕「村村」，正統本、顧校本、章校本作「前村」。

昇山靈巖寺

修竹長松十里陰，任敦燒藥洞門深。獨闚金版驚人語，能到青霞出世心。雞犬亦隨雲外去，蓬瀛何必海中尋。丹樓碧閣唐朝寺，鍾唄香花滿舊林。

鳳池寺

經年聞説鳳池山，蠟屐方偷半日閑。笑語客隨朱閣上〔一〕，醉醒身在白雲間。溪橋野水清猶急，海岸輕寒去却還。爲郡天涯亦瀟灑，莫嗟流落鬢毛斑。

〔一〕「閣」，顧校本、傅校本注「一作闕」。

上元

金鞍馳騁屬兒曹，夜半喧闐意氣豪。明月滿街流水遠，華燈入望衆星高。風吹玉漏穿花急，人近朱闌送目勞。自笑低心逐年少，祇尋前事撚霜毛。

元沙院

昇山南下一峯高，上盡層軒未厭勞。際海煙雲常慘淡，大寒松竹更蕭騷。經臺日永銷香篆，談席風生落麈毛。我亦有心從自得，琉璃瓶水照秋毫。

酬柳國博

行止恂恂衆所褒，東南佳譽映時髦。洞無畦畛心常坦，凜若冰霜節最高。朱紱少留居客左〔一〕，白頭難敵是詩豪。須知別後山城守，悵望歸艎送目勞。

〔一〕「左」，元刻本、顧校本、吴校本、傅校本注「一作右」。

閏正月十一日呂殿丞寄新茶 新茶最早者，生處地向陽也。

偏得朝陽借力催，千金一胯過溪來。曾坑貢後春猶早，海上先嘗第一杯。

旬休日過仁王寺

雜花飛盡緑陰成，處處黄鸝百囀聲。隨分笙歌與樽酒，且偷閑日試閑行。

亂山

亂山深處轉山多，此地棲身奈遠何？莫問吾親在何處，舉頭東岸是新羅。福州際海，東岸即新羅諸國，《圖經》

亦云：長溪與外國接界。

親舊書報京師盛聞治聲

自知孤宦無材術，誰道京師有政聲。默坐海邊何計是？白頭親在鳳凰城。

寄獻新茶

種處地靈偏得日，摘時春早未聞雷。京師萬里争先到，應得慈親手自開。

方推官寄新茶

採摘東溪最上春，壑源諸葉品尤新。龍團貢罷争先得，肯寄天涯主諾人。

嘗新茶

丁晉公《北苑新茶詩序》云[一]：茶芽採時如麰麥之大者。

麥粒收來品絶倫，葵花製出樣争新。一杯永日醒雙眼，草木英華信有神。

〔一〕「丁晉公」，元刻本無「丁」字；顧校本、吴校本、傅校本注「宋本無丁字」。

厚卿子中使高麗

並使時推出衆材，異方迎拜六城開。宣風直到東西部，仗節遥臨大小梅。滄海路從三島去，玉山人到二星回〔一〕。黄金白氎饒君用，銅器應餘寄我來。

〔一〕「到」，正統本、顧校本作「待」。

出郊

葛葉催耕二月時，斜橋曲岸馬行遲。家家賣酒清明近，紅白花開一兩枝。

蹇磻翁寄新茶二首

龍焙嘗茶第一人，最憐溪岸兩旗新。肯分方胯醒衰思，應恐慵眠過一春。

貢時天上雙龍去，鬥處人間一水争。分得餘甘慰憔悴，碾嘗終夜骨毛清。

城南二首

雨過横塘水滿堤，亂山高下路東西。一番桃李花開盡，惟有青青草色齊。

水滿横塘雨過時，一番紅影雜花飛。送春無限情惆悵，身在天涯未得歸。

寒食

一麾飄泊在天涯，寒食園林不見花。唯有市亭酤酒客，俚歌聲到日西斜。

夜出過利涉門

紅紗籠燭照斜橋〔一〕，複觀翬飛入斗杓。人在畫船猶未睡，滿堤明月一溪潮。

〔一〕「照」，正統本作「過」。

夜出城南禱雨

海天重疊四山雲，半出星辰亦半昏。上得籃轝是中夜，兩街燈照九重門。

西樓

海浪如雲去却回，北風吹起數聲雷。朱樓四面鈎疏箔，卧看千山急雨來。

荔枝四首

剖見隋珠醉眼開，丹砂緣手落塵埃。誰能有力如黄犢？摘盡繁星始下來。

玉潤冰清不受塵，仙衣裁剪絳紗新。千門萬户誰曾得？只有昭陽第一人。

絳縠囊收白露團，未曾封植向長安。昭陽殿裏才聞得，已道佳人不奈寒。

金釵雙捧玉纖纖，星宿光芒動寶奩。解笑詩人誇博物，祇知紅顆味酸甜。白樂天詠荔枝詩云：「津液甘酸如醴酪。」杜工部詩云：「紅顆酸甜祇自知」。此皆知巴蜀荔枝而已，不知閩越荔枝不酸也。

王虞部惠佳篇敘述昔與湘潭亡弟遊從仍以亡弟舊詩見示〔一〕

薄宦紅塵常拂面，早衰黃髮已盈顛。棣華零落曾誰語？鴻羽蕭條祇自憐。已矣空聞懷舊賦，泫然猶獲濟江篇。殷勤慰我如君少〔二〕，更悟之他友最賢〔三〕。

〔一〕《曾子固集》題作「承通判虞部惠詩，敘述昔與亡弟遊從，仍以亡第詩見示，覽之弦然，不勝感嘆」。按「第」當爲「弟」，「弦」當爲「泫」。

〔二〕「慰」，正統本、顧校本、章校本作「愛」。

〔三〕「他」，元刻本作「佗」；《讀書記》云：「似用《孟子》尹公佗取友語。」

北歸三首時召判太常〔一〕

終日思歸今日歸，著鞭鞭馬尚嫌遲。曲臺殿裏官雖冷，須勝天涯海角時。

拜捧恩書喜滿顏，馬蹄遥望斗杓還。從今步步行平地，出得千山與萬山。

江海多年似轉蓬，白頭歸拜未央宮。堵牆學士驚相問，何處塵埃瘦老翁？

〔一〕「時」字原無，據元刻本、顧校本、吳校本、傅校本增。

和酬孫少述

自信簞瓢樂，寧羞猿鶴驚。論高知峻節，交淡見純誠。自昔心無間，相逢眼更明。何當薦有道？坐想軟輪迎。

和孫少述侯職方同燕席

兩翁頭白喜追陪，好事鈴齋燕席開。臘在未消盈尺雪，春歸先放一枝梅。况無庭下書投牯，更盡筵中酒滿杯。周召二南皆絶唱，抑揚賡和愧非材。

寄趙宮保

銅扉得謝從今日，玉鉉辭榮已十年。素節讜言留簡册，高情清興入林泉。海邊愛日疲人戀，劍外仁風故老傳。門外最應瀟灑客〔一〕，喜公平地作神仙。

〔一〕「外」，元刻本作「下」。

和酬趙宮保致政言懷二首

讜論危言望素隆，獨於聲利性偏慵。龍樓調護官雖寵，鳩杖躋攀興已濃。不變松篁心轉勁，無邊江海量兼容。磻溪縱老寧閒得，會爲蒼生起更重。愛國憂民有古風，米鹽親省尚嫌慵。衮衣天上歸何晚，霖雨人間望正濃。三少官儀雖赫赫，五湖心事肯容容。角巾藜杖經行處，知在雲山第幾重？

和趙宫保別杭州

紞鼓留公豈是催？公詩云：湖過魚船疊鼓催。湖山得意且徘徊。更應准擬須乘輿，范蠡扁舟去却來。

過零壁張氏園三首〔一〕

梨棗纍纍正熟時，粟田鶉兔亦争肥。園亭盡日追尋遍，只欠厭厭醉始歸。

汴水溶溶帶雨流，黄花艷艷亦迎秋。看花引水園林主，應笑行人易白頭。

秋地成來多釀酒，杏林熟後亦留錢。不須置驛迎賓客，直到門前繫畫船。

〔一〕「零壁」，原作「靈壁」，據《讀書記》改。《讀書記》引《宋史·地理志》云：元祐元年始割虹之零壁鎮爲縣，其改爲靈壁則在政和七年。曾之作詩，蘇之作記，皆在未爲縣之時，不但零之爲靈未改也。

雪亳州

欲下蒼涼日，全低黯靄天。飄飄投夜急，瑣碎得風偎。穢壤彌縫遍，枯荄點綴妍。繁英飛面旋〔一〕，艷舞起翩躚。已壓穿林竹，還冰落澗泉。抵巇輕自肆，乘隙巧争先。壅隔書郵斷，侵淩客履穿。恐傾貧巷屋，覺重溯溪船。唶有顔空姣，洵無質可鐫。包藏兼海岳，蒙蔽匝坤乾。杖叟招何晚？袁安卧正堅。會須逢見晛，萬里豁晴川。

〔一〕《讀書記》云：「面疑便，然前古詩中已有用面旋者。」

送元厚之資政致仕歸蘇州〔一〕

笑指家園是五湖，畫船東下載圖書。收功玉鉉丹青後，得老銅樓羽翼初。醒醉放懷從野服，登臨乘興屬安車。一作「輿」。公既謝事，即日野服安輿，優游從適。都門飲餞光華盛，不獨當年有二疏。

〔一〕元刻本、章校本題作「送元厚之資政致仕歸蘇」。

壽聖院昌山主静軒

一峯瀟灑背成陰〔一〕，碧瓦新堂地布金。花落禪衣松砌冷，日臨經帙紙窗深。幽棲鳥得林中樂，燕坐人存世外心。應似白蓮香火社，不妨籃轝客追尋。

〔一〕「成」，顧校本、吴校本、傅校本作「城」。

鶴林寺 李涉所謂「因過竹院逢僧話，又得浮生半日閑」，即此寺也。

昔人春盡强登山，只肯逢僧半日閑。何似一尊乘興去，醉中騎馬月中還。

送闞彦遠赴河北

子明高誼衆人知，苗裔清材世所推。詩作士林誇刻燭，賦成天路喜同時。豈當白首淹風力，自合青雲縱羽儀。北部經營應不久，玉階朝夕是歸期。

正月十一日迎駕呈諸同舍

錦袍周衛一番新，警蹕朝嚴下紫宸。俗眼望來猶眩日，天顔回處自生春。行齊鵷鷺常隨仗，步穩驊騮不起塵。歸路青雲喧鼓吹，樂遊從此屬都人。是時上服慈聖光獻皇后三年喪畢，始聽樂及許燃燈。

和御製上元觀燈

翠幰霓旌夾露臺，夜凉宫扇月中開。龍銜燭抱金門出，鰲負山趨玉座來。碭極戲添夷客喜，漢饗四夷之客作海中之戲。柏梁篇較從臣材。共知天意同民樂，願奏君王萬壽杯。

和史館相公上元觀燈

九衢仙仗豫遊歸，寶燭星繁换夕暉。傳醆未斜清禁月，散花還拂侍臣衣。天香暗度金虬暖，宫扇雙開彩鳳飛。法曲世人聽未足，却迎朱輦下端闈。

集賢殿春燕呈諸同舍〔一〕

御爐風細麝烟浮，法樂聲和酒味柔。冠劍九重霄漢路，鶯花三月帝王州。垂廊四合盤龍幕〔二〕，當殿雙高彩鳳樓。歸去人人誇雨露，總含歡意躍驊騮。

〔一〕《讀書記》、顧校本、章校本題作「集英殿春燕呈諸同舍」。

〔二〕「垂」，元刻本、顧校本、吴校本、傅校本作「重」，注「一作垂」；章校本作「重」。

上巳日瑞聖園錫燕呈諸同舍

北上郊原一據鞭，華林清集綴儒冠。方塘浫浫春先渌，密竹娟娟午更寒。流渚酒浮金鑿落，照庭花並玉闌干。君恩倍覺丘山重，長日從容笑語歡。

池上即席送况之赴宣城〔一〕

池上紅深緑淺時，春風蕩漾水逶迤。南州鼓舞歸慈惠，東觀壺觴惜別離。遠岫煙雲供醉眼，雙溪魚鳥付新詩。陵陽豈是遲留地，趣駕追鋒自有期。

〔一〕《讀書記》、吴校本、傅校本題作「池上即席送梁况之赴宣城」。

寄題饒君茂才葆光庵

適意藜羹與布裘，結廬人境地還幽。清談汝水孤猿夜，爽氣麻源一葉秋。應有風騷歸健筆，可無尊酒付扁舟。因君更起家園興，夢寐思從几杖遊。

朝退即事呈大尹正仲龍圖

六街塵斷早凉生，細葛含風體更清。官府吏閑時樂易，市廛人喜政和平。揮金蔌蔌宮槐蕊，鳴玉淙淙御水聲。觀闕漸迎初日上，馬頭還傍綠陰行。

曾鞏集卷第九

論議五首

唐論

成康殁而民生不見先王之治，日入於亂，以至於秦，盡除前聖數千載之法。天下既攻秦而亡之，以歸於漢。漢之爲漢，更二十四君，東西再有天下，垂四百年。然大抵多用秦法，其改更秦事，亦多附己意，非放先王之法而有天下之志也。有天下之志者，文帝而已。然而天下之材不足，故仁聞雖美矣，而當世之法度，亦不能放於三代。漢之亡，而强者遂分天下之地。晉與隋雖能合天下於一，然而合之未久而已亡，其爲不足議也。代隋者唐，更十八君〔一〕，垂三百年，而其治莫盛於太宗之爲君也〔二〕。詘己從諫，仁心愛人，可謂有天下之志。以租庸任民，以府衞任兵，以職事任官，以材能任職，以興義任俗，以尊本任衆，賦役有定制，兵農有定業，官無虚名，職無廢事，人習於善行，離於末作，使之操於上者，要而不煩，取於下者，寡而易供，民有農之實，而兵之備存，有兵之名，而農之利在，事之分有歸，而禄之出不浮，材之品不遺，而治之體相承，其廉耻日以篤，其田野日以闢，以其法修則安且治，廢則危且亂，可謂有天下之材。行之數歲，粟米之賤，斗至數錢，居者有餘蓄，行者有餘資，人人自厚，幾致刑措，可謂有治天下之效。夫有天下之志[三]，有天下之材，又有治天下之效[四]，然而不得與先王並者，法度之行，擬之先王未備也；禮樂之具，田疇之制，庠序之教，擬之先王未備也；躬親行陣之間，戰必勝，攻必克，天下莫不以爲武，而非先王之所尚也；四夷萬里，古所未及以政者，莫不服從，天下莫不以爲盛，而非先王之所務也。太宗之爲政於天下者，得失如此。

由唐虞之治五百餘年而有湯之治，由湯之治五百餘年而有文武之治，由文武之治千有餘年而始有太宗之爲君。有天下之志，有天下之材，又有治天下之效[五]，然而又以其未備也，不得與先王並而稱極治之時。是則人生於文武之前者，率五百餘年而一遇治世，生於文武之後者，千有餘年而未遇極治之世也。非獨民之生於是時者之不幸也，士之生於文武之前者，如舜禹之於唐，八元八凱之於舜，伊尹之於湯，太公之於文武，率五百餘年而一遇。生於文武之後千有餘年[六]，雖孔子之聖，孟軻之賢而不遇[七]，雖太宗之爲君而未可以必得志於其時也，是亦士民之生於是時者之不幸也。故述其是非得失之迹，非獨爲人君者可以考焉，士之有志於道而欲仕於上者可以鑒矣[八]。

[一]按：唐代二十帝，此處云「十八君」，疑訛。

[二]元刻本「其」上無「而」字；《讀書記》云：「而字衍。」顧校本、章校本、吴校本、傅校本同。

[三]元刻本無「夫」字；顧校本、吴校本注「宋本無夫字。」

[四]《讀書記》云：「又字上有而字。」顧校本、章校本、吴校本、傅校本同。

[五]元刻本、顧校本、吴校本、傅校本「又」上有「而」字。

〔六〕元刻本、顧校本、吴校本、傅校本「後」下有「者」字。
〔七〕「軻」，吴校本、傅校本作「子」。
〔八〕原無「者」字，據元刻本、章校本增。

爲人後議

《禮》，大宗無子，則族人以支子爲之後。爲之後者，爲所後服斬衰三年，而降其父母期。《禮》之所以如此者，何也？以謂人之所知者近，則知親愛其父母而已；所知者遠，則知有嚴父之義。知有嚴父之義，則知尊祖；知尊祖，則知大宗者上以繼祖，下以收族，不可以絶，故有以支子爲之後者。爲之後者，以受重於斯人，故不得不以尊服服之。以尊服服之而不爲之降己親之服，則猶恐未足以明所後者之重也〔一〕。以尊服服之，又爲之降己親之服，然後以謂可以明所後者之重，而繼祖之道盡，此聖人制禮之意也。

夫所謂收族者，《記》稱與族人合食，序以昭穆，别以禮義之類。是特諸侯别子之大宗，而嚴之如此。況如《禮》所稱天子及其始祖之所自出者，此天子之大宗，是爲天地、宗廟、百神祭祀之主，族人萬世之所依歸，而可以不明其至尊至重哉！故前世人主有以支子繼立而崇其本親，加以號位，立廟奉祀者，皆見非於古今。誠由所知者近，不能割棄私愛，節之以禮，故失所以奉承正統、尊無二上之意也。若於所後者以尊服服之，又爲之降己親之服，而退於己親，號位不敢以非禮有加也，廟祀不敢以非禮有奉也，則爲至恩大義，固已備矣。而或謂又當易其父母之名，從所後者爲屬，是未知考於《禮》也。《禮》：「爲人後者，爲所後者之祖父母、父母、妻、妻之父母、昆弟、昆弟之子若子」者〔二〕，此其服爲所後者而非爲己也。爲其父母期，爲其昆弟大功，爲其姊妹適人者小功，皆降本服一等者，此其服爲己而非爲所後者也。使於其父母，服則爲己，名則爲所後者，則是名與實相違〔三〕，服與恩相戾矣。聖人制禮，不如是之舛也。且自古爲人後者，不必皆親昆弟之子，族人之同宗者皆可爲之，則有以大功、小功昆弟之子而爲之者矣，有以緦麻、袒免、無服昆弟之子而爲之者矣。若當從所後者爲屬，則亦當從所後者爲服。從所後者爲服，則於其父母，有宜爲大功、爲小功、爲緦麻、爲袒免、爲無服者矣。而聖人制禮，皆爲其父母期，使足以明所後者重而已，非遂以謂當變其親也。親非變則名固不得而易矣。戴德、王肅《喪記》曰：爲人後者，爲其父母降一等，服齊衰期，其服之節、居倚廬、言語、飲食，與父在爲母同，其異者不祥、不禫。雖除服，心喪三年。故至於今，著於服令，未之有改也。豈有制服之重如此，而其名遂可以絶乎！又崔凱《喪服駁》曰：本親有自然之恩，降一等，則足以明所後者爲重，無緣乃絶之矣。夫未嘗以謂可以絶其親，而輒謂可以絶其名，是亦惑矣。且支子所以後大宗者，爲推其嚴父之心以尊祖也。顧以尊祖之故，而不父其父，豈本其恩之所由生，而先王教天下之意哉！又《禮》「適子不可爲人後」者，以其傳重也；「支子可以爲人後」者，以非傳重也。使傳重者後己宗，非傳重者後大宗，其意可謂卽乎人心而使之兩義俱安也。今若使爲人後者以降其父母之服一等，而遂變革其名，不以爲父母，則非使之兩義俱安，而不卽乎人心莫大乎如是也。夫人道之於大宗，至尊至重，不可以絶，尊尊也。人子之於父母，亦至尊至重，不可以絶，親親也。尊尊、親親，其義一也，未有可廢其一者。故爲人後者，爲之降其父母之服，《禮》則有之矣；爲之絶其父母之名，則《禮》未之有也。

或以謂欲絶其名者，蓋惡其爲二，而使之爲一〔四〕，所以使爲人後者之道盡也。夫迹其實，則有謂之所後，有謂之所生；制其服，則有爲己而非爲所後者，有爲所後而非爲己者。皆知不可以惡其爲二，而强使之爲一也。至於名者，蓋生於實也，乃不知其不可以惡其爲二而欲强使之爲一，是亦過矣。藉使其名可以强使之爲一，而迹其實之非一，制其服之非一者，終不可以易，則惡在乎欲絶其名也。故古之聖人知不可以惡其爲二而强使之爲一，而能使其屬之疏者相與爲重，親之厚者相與爲輕，則以禮義而已矣。何則？使爲人後者，於其所後，非己親也，而爲之服斬衰三年，爲其祭主，是以義引之也。於其所生，實己親也，而降服齊衰期，不得與其祭，是以禮厭之也。以義引之，則屬之疏者相與爲重；以禮厭之，則親之厚者相與爲輕，而爲人後之道盡矣。然則欲爲人後之道盡者，在以禮義明其内，而不在於惡其爲二而强易其名於外也。故《禮·喪服·齊衰不杖期》章曰：「爲人後者爲其父母服〔五〕。」此見於經「爲人後者於其本親稱父母」之明文也。漢蔡義以謂宣帝親謚宜曰悼，魏相以謂宜稱尊號曰皇考，立廟。後世議者皆以其稱皇立廟爲非，至於稱親、稱考，則未嘗有以爲非者也。其後魏明帝尤惡爲人後者厚其本親，故非漢宣加悼考以皇號，又謂後嗣有由諸侯入繼正統者，皆不得謂考爲皇，稱妣爲后。蓋亦但禁其猥加非正之號，而未嘗廢其考妣之稱。此見於前世議論爲人後者於其本親稱考妣之明文也。又晉王坦之《喪服議》曰：「罔極之重，非制教之所裁，昔日之名，非一朝之所去。此出後之身所以有服本親也。又曰：情不可奪，名不可廢，崇本敍恩，所以爲降。則知爲人後者未有去其所出父母之名，此古今之常理〔六〕，故坦之引以爲制服之證。此又見於前世議論「爲人後者於其本親稱父母」之明文也。是則爲人後者之親，見於經，見於前世議論，謂之父母，謂之考妣者，其大義如此，明文如此。至見於他書及史官之記，亦謂之父母，謂之考妣，謂之私考妣，謂之本親。謂之親者，則不可一二數，而以爲世父、叔父者，則不特《禮》未之有，載籍巳來固未之有也。今欲使從所後者爲屬，而變革其父母之名〔七〕，此非常異義也。不從經文與前世數千載之議論，亦非常異義也。而無所考據以持其說，將何以示天下乎？且中國之所以爲貴者，以有父子之道，又有《六經》與前世數千載之議論以治之故也。今忽欲棄之而伸其無所考據之說，豈非誤哉！

或謂爲人後者，於其本親稱父母，則爲兩統二父，其可乎？夫兩統二父者，謂加考以皇號，立廟奉祀，是不一於正統，懷貳於所後，所以著其非，而非謂不變革其父母之名也。

然則加考以皇號與《禮》及世之稱皇考者有異乎？曰：皇考一名而爲說有三。《禮》曰：曰考廟〔八〕，曰王考廟，曰皇考廟，曰顯考廟，曰祖考廟。是則以皇考爲曾祖之廟號也。魏相謂漢宣帝父宜稱尊號曰皇考，既非《禮》之曾祖之稱，又有尊號之文，故魏明帝非其加悼考以皇號。至於光武亦於南頓君稱皇考廟，義出於此，是以加皇號爲事考之尊稱也。屈原稱：「朕皇考曰伯庸。」又晉司馬機爲燕王告禰廟文，稱：「敢昭告于皇考清惠亭侯。」是又達於羣下，以皇考爲父歿之通稱也。以爲曾祖之廟號者，於古用之；以爲事考之尊稱者，於漢用之；以爲父歿之通稱者，至今用之。然則稱之亦有可有不可者乎？

曰：以加皇號爲事考之尊稱者，施於爲人後之義，是干正統，此求之於《禮》而不可者也；達於羣下以皇考爲父歿之通稱者，施於爲人後之義，非干正統，此求之於《禮》而可者也。然則以爲父歿之通稱者〔九〕，其不可如何？曰：若漢哀帝之親，稱尊號曰恭皇，安帝之親，稱尊號曰孝德皇，是又求之於《禮》而不可者也。且《禮》，父爲士，子爲天子，祭以天子，其尸服以士服。子無爵父之義，尊父母也。前世失禮之君崇本親以位號者，豈獨失爲人後奉祀正統、尊無二上之意哉〔一〇〕！是以子爵父，以卑命尊，亦非所以尊厚其親也。前世崇飾非正之號者，其失如此，而後世又謂宜如期親故事增官廣國者，亦可謂皆不合於《禮》矣。

夫考者，父歿之稱，然施於禮者，有朝廷典册之文，有宗廟祝祭之辭而已〔一一〕。若不加位號，則無典册之文；不立廟奉祀，則無祝祭之辭，則雖正其名，豈有施於事者？顧言之不可不順而已。此前世未嘗以爲可疑者，以《禮》甚明也。今世議者紛紛，至於曠日累時，不知所決者，蓋由不考於《禮》，而率其私見也。故采於經，列其旨意，庶得以商榷焉。

〔一〕「猶」，原作「尤」，據《讀書記》、顧校本、章校本、吳校本、傅校本改。

〔二〕據《讀書記》、顧校本、吳校本、傅校本增一「妻」字；阮元校本《儀禮·喪服》亦爲二個「妻」字。

〔三〕「則是」，正統本、顧校本作「是則」。

〔四〕元刻本、章校本「而」下有「欲」字。

〔五〕「服」，元刻本、《讀書記》、顧校本、吳校本、傅校本作「報」，並注「一作服」；正統本、章校本作「報」；阮元校本《儀禮·喪服》亦作「報」。

〔六〕「今」，元刻本、正統本、章校本作「人」。

〔七〕「變革」，顧校本、章校本作「革變」。

〔八〕「禮」和「考」之間原只有一「曰」字，據元刻本、《讀書記》、顧校本、章校本增一「曰」字。

〔九〕《讀書記》云：「此句中疑尚有脱誤，『以爲父殁之通稱』當作『以爲事考之尊稱』」。按文義，《讀書記》所云爲是。

〔一〇〕「祀」，元刻本注「一作承」；《讀書記》作「承」。

〔一一〕「祝」，元刻本、顧校本作「祀」，並注「一作祝」；正統本、章校本作「祀」。

公族議

天子之適子繼世以爲天子，其別子皆爲諸侯。諸侯之適子繼世以爲諸侯，其別子各爲其國之卿大夫，皆有采地。別子之適子繼世以食其采地，其族人百世宗之，此之謂大宗。其別子亦各仕於其國爲卿大夫，其適子兄弟宗之，五世而止，此之謂小宗。蓋天子之適子繼世以爲天子，其別子世爲諸侯。諸侯之適子繼世以爲諸侯，其別子各爲其國之卿大夫，世食采地，皆傳於無窮。夫豈有服盡而絶其禄位，衣食嫁娶使之自謀者乎？非特如此也。昔周公兼制天下，立七十一國，姬姓居五十三人，蓋兄弟之國者十有五人，姬姓之國者四十人〔一〕，其可見者，則管、蔡、郕、霍、魯、衛、毛、聃、郜、雍、曹、滕、畢、原、酆、郇、邘、晉、應、韓、凡、蔣、邢、茅、胙、祭之屬是也。其稱兄弟之國者十有五人，則周之近屬。其稱姬姓之國者四十人，則周之同姓而已。其爵命之，使傳國至於無窮，夫豈以服爲斷乎？至於宗廟之數，天子七，諸侯五。而祭法，虞、夏、商、周禘郊祖宗，遠或至於數十世之上，亦皆未嘗以服爲斷也。其推而上之，報本於祖宗，至不可爲數，推而下之，廣骨肉之恩，至於無窮。蓋其積厚者其流澤遠，有天下之功者受天下之報，其理勢次序固然也，是豈可以拘於常見，議於錙銖之内乎？故服盡而戚單者，所以節人之常情，而爲大宗小宗之數，安可以論帝者之功德，而爲廣親親之法乎？

昔武王克商，未及下車而封黄帝、唐虞之後，下車而封夏、商之後，其在異代，尚特顯之，其急如此。況受重於祖宗，推原功德之所自出，其可以天下之大，而儉於骨肉之恩，以不滿足海内之望乎？

孟子曰：「仁人之於兄弟也，親愛之而已矣。親之欲其貴也，愛之欲其富也。」先王推是心以及於同姓之間，故有土分之，有民分之，有寶玉分之，有寶器分之。成王、康王之言曰：「吾無專享文武之功，是皆無所不盡其厚，未有從夫略者也。」蓋《詩》「裳裳者華」，刺時棄賢者之類，絶功臣之世，而傳欒、郤、胥、原、狐、續、慶、伯，陪臣之族耳，其降在皁隸，叔向亦以爲晉國之憂，況於帝者之功德與天地等，而可使七八世之子孫夷於閭巷之凡民乎？

後世公族無封國采地之制，而有列於朝，有賜於府，是亦親而貴之、愛而富之之意也。其名書於宗籍者，繁衍盛大，實國家之慶〔三〕。有司雖費，非多於天下之國七十有一，而姬姓獨居者五十三人也。其亦求中以節之而已矣。顧令祖免以外毋與官，衣食嫁娶使之自謀，是亦不考於古矣，何其野於禮也。以世莫能辨，故作《公族議》，使好學者得詳焉。

〔一〕原文如此。《荀子》「儒效」和「君道」兩篇，亦作「立七十一國，姬姓獨居五十三人」；《左傳》昭公二十八年亦作「其兄弟之國者十有五人，姬姓之國者四十人」。

〔二〕原無「之」字，據元刻本、《讀書記》、顧校本、吴校本、章校本、傅校本增。

講官議

孔子之語教人曰：不憤悱不啓發。舉一隅不以三隅反，則不告也。孟子之語教人曰：有答問者。荀子之語教人曰：「不問而告謂之傲，問一而告二謂之囋。傲，非也。囋，非也。君子如嚮。」故《禮》無往教而有待問，則師之道，有問而告之者爾。世之挾書而講者，終日言，而非有問之者也，乃不自知其强聒而欲以師自任，何其妄也！

古之教世子之法，太傅審父子君臣之道以示之，少傅奉世子以觀太傅之德行而審喻之。則示之以道者，以審喻之爲淺，故不爲也。況於師者，何爲也哉？正己而使觀之者化爾。故得其行者，或不得其所以行；得其言者，或不得其所以言也。仰之而彌高，鑽之而彌堅，德如是，然後師之道盡。故天子不得而召也，諸侯不得而友也，又況得而臣之乎？此伊尹、太公、子思、孟子之徒所以忘人之勢，而唐虞三代大有爲之君所以自忘其勢也。

世之挾書而講於禁中者，官以侍爲名，則其任故可知矣。乃自以謂吾師道也，宜坐而講，以爲請於上，其爲説曰：「必如是，然後合於古之所謂坐而論道者也。」夫坐而論道，謂之王公〔一〕，作而行之，謂之卿大夫，語其任之無爲與有爲，非以是爲尊師之道也。且禮於朝，王及羣臣皆立，無獨坐者；於燕皆坐，無獨立者，故坐未嘗以爲尊師之禮也。昔晉平公之於亥唐，坐云則坐。曾子之侍仲尼，子曰參復坐。則坐云者，蓋師之所以命學者，未有果師道也〔二〕。顧僕僕然以坐自請者也，則世之爲此者非妄歟？故爲此議以解其惑。

〔一〕「王」，原作「三」，據元刻本、正統本改。按：語見《考工記總序》。

〔二〕「有果」，原作「果有」，據元刻本、《讀書記》、顧校本、吴校本、章校本、傅校本改。

救災議

河北地震、水災，隳城郭，壞廬舍，百姓暴露乏食。主上憂憫，下緩刑之令，遣拊循之使，恩甚厚也。然百姓患於暴露，非錢不可以立屋廬；患於乏食，非粟不可以飽，二者不易之理也。非得此二者，雖主上憂勞於上，使者旁午於下，無以救其患、塞其求也。

有司建言，請發倉廩與之粟，壯者人日二升，幼者人日一升，主上不旋日而許之，賜之可謂大矣。然有司之所言，特常行之法，非審計終始，見於衆人之所未見也。今河北地震、水災所毁敗者甚衆，可謂非常之變也。遭非常之變者，亦必有非常之恩，然後可以振之。今百姓暴露乏食，已廢其業矣，使之相率日待二升之廩於上，則其勢必不暇乎他爲，是農不復得修其畎畝，商不復得治其貨賄，工不復得利其器用，閒民不復得轉移執事，一切棄百事，而專意於待升合之食以偷爲性命之計，是直以餓殍之養養之而已，非深思遠慮爲百姓長計也。以中户計之，户爲十人，壯者六人，月當受粟三石六斗，幼者四人，月當受粟一石二斗，率一户，月當受粟五石，難可以久行也。不久行，則百姓何以贍其後？久行之，則被水之地，既無秋成之望，非至來歲麥熟，賑之未可以罷。自今至於來歲麥熟，凡十月，一户當受粟五十石。今被災者十餘州，州以二萬户計之，中户以上及非災害所被、不仰食縣官者去其半，則仰食縣官者爲十萬户，食之不遍，則爲施不均，而民猶有無告者也；食之遍，則當用粟五百萬石而足，何以辦此？又非深思遠慮爲公家長計也。至於給授之際，有淹速，有均否，有真僞，有會集之擾，有辨察之煩，厝置一差，皆足致弊。又羣而處之，氣久蒸薄，必生疾癘，此皆必至之害也。且此不過能使之得旦暮之食耳，其於屋廬構築之費將安取哉？屋廬構築之費既無所取，而就食於州縣，必相率而去其故居，雖有頽牆壞屋之尚可完者，故材舊瓦之尚可因者，什器衆物之尚可賴者，必棄之而不暇顧，甚則殺牛馬而去者有之，伐桑棗而去者有之，其害又可謂甚也。今秋氣已半，霜露方始，而民露處，不知所蔽，蓋流亡者亦已衆矣。如是不可止〔一〕，則將空近塞之地。空近塞之地，失戰鬥之民，此衆士大夫之所慮而不可謂無患者也。空近塞之地，失耕桑之民，此衆士大夫所未慮而患之尤甚者也。何則？失戰鬥之民，異時有警，邊戍不可以不增爾；失耕桑之民，異時無事，邊糴不可以不貴矣。二者皆可不深念歟？萬一或出於無俚之計〔二〕，有窺倉庫，盜一囊之粟、一束之帛者，彼知已負有司之禁，則必鳥駭鼠竄，竊弄鉏梃於草茅之中，以扞遊徼之吏，强者既囂而動，則弱者必隨而聚矣。不幸或連一二城之地，有枹鼓之警，國家胡能晏然而已乎？況夫外有夷狄之可慮，內有郊祀之將行，安得不防之於未然，銷之於未萌也？

然則爲今之策，下方紙之詔，賜之以錢五十萬貫，貸之以粟一百萬石，而事足矣。何則？令被災之州爲十萬户，如一户得粟十石，得錢五千，下户常産之貲，平日未有及此者也。彼得錢以完其居，得粟以給其食，則農得修其畎畝，商得治其貨賄，工得利其器用，閒民得轉移執事，一切得復其業，而不失其常生之計，與專意以待二升之廩於上，而勢不暇乎他爲，豈不遠哉？此可謂深思遠慮，爲百姓長計者也。由有司之説，則用十月之費，爲粟五百萬石；由今之説，則用兩月之費，爲粟一百萬石。況貸之於今而收之於後，足以賑其艱乏，而終無損於儲偫之實，所實費者，錢五鉅萬貫而已。此可謂深思遠慮，爲公家長計者也。又無給授之弊、疾癘之憂，民不必去其故居，苟有頹牆壞屋之尚可完者，故材舊瓦之尚可因者，什器衆物之尚可賴者，皆得而不失。況於全牛馬，保桑棗，其利又可謂甚也。雖寒氣方始，而無暴露之患；民安居足食，則有樂生自重之心；各復其業，則勢不暇乎他爲，雖驅之不去，誘之不爲盜矣。夫饑歲聚餓殍之民，而與之升合之食，無益於救災補敗之數，此常行之弊法也。今破去常行之弊法，以錢與粟一舉而賑之，足以救其患，復其業。河北之民，聞詔令之出，必皆喜上之足賴，而自安於畎畝之中，負錢與粟而歸，與其父母妻子脱於流轉死亡之禍〔三〕，則戴上之施，而懷欲報之心，豈有已哉？天下之民，聞國家厝置如此恩澤之厚，其孰不震動感激，悦主上之義於無窮乎？如是而人和不可致、天意不可悦者，未之有也。人和洽於下，天意悦於上，然後玉輅徐動，就陽而郊，荒夷殊陬，奉幣來享，疆内安輯，里無囂聲，豈不適變於可爲之時，消患於無形之内乎？此所謂審計終始，見於衆人之所未見也。不早出此，或至於一有枹鼓之警，則雖欲爲之，將不及矣。

或謂方今錢粟恐不足以辦此。夫王者之富，藏之於民，有餘則取，不足則與，此理之不易者也。故曰：「百姓足，君孰與不足？百姓不足，君孰與足？」蓋百姓富實而國獨貧，與百姓餓殍而上獨能保其富者，自古及今，未之有也。故又曰「不患貧而患不安」，此古今之至戒也。是故古者二十七年耕，有九年之畜，足以備水旱之災，然後謂之王政之成。唐水湯旱而民無捐瘠者，以是故也。今國家倉庫之積，固不獨爲公家之費而已，凡以爲民也，雖倉無餘粟，庫無餘財，至於救災補敗，尚不可以已，況今倉庫之積，尚可以用，獨安可以過憂將來之不足，而立視夫民之死乎〔四〕？古人有言曰〔五〕：「剪爪宜及膚，割髮宜及體。」先王之於救災，髮膚尚無所愛〔六〕，況外物乎？且今河北州軍凡三十七，災害所被十餘州軍而已。他州之田，秋稼足望，今有司於糴粟常價斗增一二十錢〔七〕，非獨足以利農，其於增糴一百萬石易矣。斗增一二十錢，吾權一時之事，有以爲之耳。以實錢給其常價，以茶荈香藥之類佐其虛估，不過捐茶荈香藥之類，爲錢數鉅萬貫，而其費已足。茶荈香藥之類，與百姓之命孰爲可惜，不待議而可知者也。夫費錢五鉅萬貫，又捐茶荈香藥之類，爲錢數鉅萬貫，而足以救一時之患，爲天下之計，利害輕重，又非難明者也。

顧吾之有司能越拘攣之見，破常行之法，與否而已，此時事之急也，故述斯議焉。

〔一〕元刻本、顧校本、章校本、吴校本、傅校本無「是」字；《讀書記》云「是字衍」。

〔二〕「俚」，章校本作「聊」；顧校本、傅校本注「俚字是」。

〔三〕「流轉死亡」，原作「流亡轉死」，據元刻本、《讀書記》、顧校本、章校本、吴校本、傅校本改。

〔四〕「夫」，元刻本、正統本、《文粹》作「天」。
〔五〕「言」字原無，據《讀書記》、顧校本、章校本、吴校本、傅校本增。
〔六〕「所」，顧校本、傅校本作「足」。
〔七〕「令」，《讀書記》、章校本作「令」。

曾鞏集卷第十

傳序二首

洪範傳

「惟十有三祀，王訪于箕子。王乃言曰：『嗚呼！箕子。惟天陰隲下民，相協厥居，我不知其彝倫攸敍。』箕子乃言曰：『我聞在昔，鯀陻洪水，汩陳其五行，帝乃震怒，不畀洪範九疇，彝倫攸斁，鯀則殛死。禹乃嗣興，天乃錫禹洪範九疇，彝倫攸敍。』」何也？武王嘆而謂箕子：「天不言而默定下民相助協順其所居。居，謂所以安者也。而我不知其常理所次叙。」箕子乃言：「我聞在昔，鯀之治水也，至於五行皆亂其陳列。故上帝震怒，不與之以洪範九疇，而常理所以敗，鯀則殛死，及禹繼而起，天乃與之以洪範九疇，而常理所以叙。」蓋水之性潤下，而其爲利害也尤甚。故鯀之治水也陻之，則失其性，而至於五行皆亂其陳列。及禹之治水也導之，則得其性，而至於常倫所以叙。常倫之叙者，則舜稱禹「地平天成，六府三事允治，萬世永賴，時乃功」也。其曰「天乃錫禹洪範九疇」，蓋《易》亦曰「洛出書」，然而世或以爲不然。原其說之所以如此者，以非其耳目之所習見也。天地之大，萬物之衆，不待非常之智而知其變之不可盡也。人之耳目之所及，亦不待非常之智而知其不能遠也。彼以非其所習見，則果於以爲不然，是以天地萬物之變爲可盡於耳目之所及，亦可謂過矣。爲是說者，不獨蔽於洪範之錫禹，至鳳凰、麒麟、玄鳥、生民之見於經者，亦且以爲不然，執小而量大，用一而齊萬，信臆決而疑經，不知其不可，亦可謂惑矣。

五行五者，行乎三材萬物之間也〔一〕，故「初一曰五行」。其在人爲五事，故「次二曰敬用五事」。五事敬則身修矣，身修然後可以出政，故「次三曰農用八政」。政必協天時，故「次四曰協用五紀」。修身出政協天時，不可以不有常也，常者大中而已矣，故「次五曰建用皇極」。立中以爲常，而未能適變，則猶之執一也，故「次六曰乂用三德」。三德所以適變，而人治極矣，極人治而不敢絕天下之疑，故「次七曰明用稽疑」。稽疑者，盡之於人神也，人治而通於神明者盡，然猶未敢以自信也，必考己之得失於天，故「次八曰念用庶徵」。徵有休咎，則得失之應於天者可知矣，猶以爲未盡也，故「次九曰嚮用五福，威用六極」。福極之在民者，皆吾所以致之，故又以考己之得失於民也〔二〕。敬，本諸心而見諸外，故五事曰敬用。用其厚者，固治人之道也，故八政曰農用。農，厚也。天時協，則人事得，故五紀曰協用。謹其常，則中不可不立也，故皇極曰建用。建，立也。乂者所以救其過、持其常也，故三德曰乂用。明則疑釋，故稽疑曰明用。庶徵之見于天，不可以不念，故庶徵曰念用。福之在于民，則宜嚮之，故五福曰嚮用。極之在于民，則宜畏之，故六極曰威用。威，畏也。凡此者，皆人君之道，其言不可雜，而其序不可亂也。推其爲類則有九，要其始終則猶之一言而已也。學者知此，則可以知洪範矣。

「一，五行：曰水，曰火，曰木，曰金，曰土。水曰潤下，火曰炎上，木曰曲直，金曰從革，土爰稼穡。

潤下作鹹，炎上作苦，曲直作酸，從革作辛，稼穡作甘。」何也？蓋爰者，於也。潤下炎上者，言其所性之成於天者也。曲直從革者，言其所化之因於人者也。於之稼穡而不及其他者，於之稼穡亦言其所化之因於人者也，不及其他者，莫大乎於之稼穡也。夫潤下炎上，言其所性之成於天者。然水導之則行，瀦之則聚，火燃之則熾，宿之則壯，則其所化亦未嘗不因之於人也。或曲直之，或從革之，或稼穡之，言其所化之因於人者。然可以曲直，可以從革，可以稼穡，則其所性亦未嘗不成之於天也。所謂天不人不因，人不天不成者也。其文所以不同者，非固相反，所以互相明而欲學者之自得之也。潤下者水也，故水曰潤下。炎上者火也，故火曰炎上。木金亦然。惟稼穡則非土也，故言其於之稼穡而已者，辭不得不然也。又言潤下所以起鹹，炎上所以起苦，曲直所以起酸，從革所以起辛，稼穡所以起甘者，凡爲味五，或言其性，或言其化〔三〕，或言其味者，皆養人之所最大者也〔四〕，非養人之所最大者，則不言，此所以爲要言也。《虞書》：禹告舜曰政在養民，而陳養民之事，則曰水火金木土穀惟修，與此意同也。

「二，五事：曰貌，曰言，曰視，曰聽，曰思。貌曰恭，言曰從，視曰明，聽曰聰，思曰睿。恭作肅，從作乂，明作哲，聰作謀，睿作聖。」何也？蓋自外而言之，則貌外於言。自內而言之，則聽內於視。自貌言視聽而言之，則思所以爲主於內，故曰貌，曰言，曰視，曰聽，曰思。彌遠者彌外，彌近者彌內，此其所以爲次敘也。五者，思所以爲主於內，而用四事於外者也。至於四者，則皆自爲用而不相因。故貌不恭者不害於言從，視不明者不害於聽聰，非貌恭言從然後能哲，能哲然後能謀，能謀然後能思，而至於聖也。曰思曰睿，睿作聖者，蓋思者所以充人之材以至於其極，聖者人之極也。孟子曰：人之性或相倍蓰而無算者，不能盡其材，不能盡其材者，弗思耳矣。蓋思之於人也如此。然而或曰「不思而得」，何也？蓋人有自誠明者，不思而得，堯舜性之是也。所謂誠者，天之道也。有自明誠者，思之弗得弗措也，湯武身之是也。所謂思誠者，人之道也。然而堯舜湯武之德及其至，皆足以動容周旋中禮，則身之者終亦不思而得之也。堯舜性之矣，然堯之德曰聰明文思，蓋堯之所以與人同者法也，則性之者亦未嘗不思也，故曰誠則明矣，明則誠矣。而性之身之者及其成，孟子皆以謂盛德之至也。箕子言思所以作聖，孟子言弗思故相倍蓰而無算，其所言者皆法也。曰視曰明、明作哲、聽曰聰、聰作謀者，視之明，無所不照，所以作哲；聽之聰，無所不聞，所以作謀也。人之於視聽，有能察於閭巷之間、米鹽之細，而不知蔽於堂阼之上、治亂之幾者，用其聰明於小且近，故不能無蔽於大且遠也。古之人知其如此，故前旒蔽明，黈纊塞聰，又以作聰明爲戒。夫如是者，非塗其耳目也，亦不用之於小且近而已矣，所以養其聰明也。養其聰明者，故將用之於大且遠。夫天下至廣，不可以家至户察，而能用其聰明於大且遠者，蓋得其要也。昔舜治天下，以諸侯百官，而總之以四岳，舜於視聽，欲無蔽於諸侯百官，則詢于四岳，欲無蔽於四岳，則闢四門，欲無蔽於四門，則明四目，達四聰。夫然故舜在士民之上，非家至户察而能立於無蔽之地，得其要而已矣。其曰明四目、達四聰者，舜不自任其視聽，而因人之視聽以爲聰明也。不自任其聰明而因之於人者，固君道也。非君道獨然也，不自任其聰明而因之於人者，固天道也。故曰「天聰明，自我民聰明」，又曰「惟天聰明，惟聖時憲」。舜於聰明，下盡人，上參天，斯其所以爲舜也。舜之時，至治之極也，人豈有欺舜者哉？舜於待人，亦豈疑其欺己也？然而訪問反復，相參以考察，又推之於四面，若唯恐不能無所蔽者，蓋君天下之體，固不得不立於無蔽之地也。立於無蔽之地者，其於視聽如此，亦不用之於小且近矣。夫然故蔽明塞聰，而天下之情可坐而盡也。言曰從、從作乂者，《易》曰：出其言善，則千里之外應之；出其言不善，則千里之外違之。則言之要爲可從而已也。言爲可從也，則其施於用，治道之所由出也。古之君人者知其如此，故其戒曰：「慎乃出令，令出惟行，弗惟反。」又曰：「其惟不言，言乃雍。」而舜以命龍亦曰：「夙夜出納朕命，惟允。」言之不可違如此也〔五〕。貌曰恭、恭作肅者，孟子曰：「今夫蹶者趨者，是氣也，而反動其心。」故曰「持其志，無暴其氣」。蓋威儀動作見於外者無不恭，則生於心者無不肅也。傳曰，人受天地之中以生，所謂命也；禮義威儀之則，所以定命也。故顏淵問仁，孔子告之以視聽言動以禮。而衛之君子所以稱仁者，亦曰「威儀棣棣，不可選也」。貌之不可慢如此也〔六〕。存其思，養其聰明，而不失之於言貌，故堯之德曰聰明文思。言貌者，蓋堯之所謂文，則雖堯之聖，未有不先於謹五事也。

「三，八政：曰食，曰貨，曰祀，曰司空，曰司徒，曰司寇，曰賓，曰師。」曰食、曰貨、曰祀、曰賓、曰師，稱其事者，達乎下也。曰司空、曰司徒、曰司寇，稱其官者，任乎上也。人道莫急於養生，莫大於事死，莫重於安土，故曰食，曰貨，曰祀，曰司空。孟子以使民養生送死無憾爲王道之始，此四者所以不得不先也。使民足於養生送死之具，然後教之，教之不率，然後刑之，故曰司徒，曰司寇，此彝倫之序也。其教之也，固又有叙可得而考者。古之欲明明德於天下者，必始於知至意誠，心正然後身修，身修然後國家天下治。以是爲大學之道，百王莫不同然。而見於經者，莫詳於堯。蓋聰明文思，堯之得於其心者也。克明俊德，有諸心，故能求諸身也。以親九族，九族既睦，有諸身，故能求諸家也。平章百姓，百姓昭明，有諸家，故能求諸國也。協和萬邦，黎民於變時雍，有諸國，故能求諸天下也。積於其心以至於身修，此堯之所以先覺，非求之於外也；積於其家以至於天下治，此堯之所以覺斯民，非强之於耳目也。夫然，故堯之治何爲也哉？民之從之也，豈識其所以從之者哉？此先王之化也。然以是爲無法，立司徒之官以教之者法也。教之者，導之以效上之所爲而已也。養之於學，所以使之講明；文之以禮樂，所以使之服習，皆教之之具也。使之講明者，所以達上之所爲，使之服習者，所以順上之所爲，所謂效之也。上之所有，故下得而效之，未有上之所無，下得而效之也。當堯之時，萬邦黎民之所效者，堯之百官；百官之所效者，堯之九族；九族之所效者，堯之身。而導之以效上之所爲者，舜爲司徒也。舜於其官，則又慎徽五典，身先之也。然後至於五典克從，民效之也。及舜之時，舜之導民者固有素矣。然水害之後，其命契爲司徒，則猶曰：「百姓不親，五品不遜。敬敷五教，在寬。」蓋憂民之不親，而念其不順上之化，命之以謹布其教，而終戒之以在寬，豈迫蹴之也哉？其上下之際，導民者如此，此先王之教也。爲之命令，爲之典章，爲之官守，以致於民，此先王之政也。蓋化者所以覺之也，教者所以導之也，政者所以率之也。覺之無可言，未有可以導之者也；導之無可言，未有可以率之者也；而況於率之無可言，而欲一斷之以刑乎？孟子曰：「徒善不足以爲政，徒法不能以自行。」其所謂善，覺之者也；其所謂法，導之者也；其所謂政，率之者也。其相須以成，未有去其一而可以言王道之備者也。先王之養民而廸之以教化，如此其詳且盡矣，而民猶有不率者，故不得不加之以刑。加之以刑者，非可已而不已也。然先王之刑，固又有叙矣，民之有罪也，必察焉，眚也，過也，非終也，雖厥罪大，未加之以刑也。民之有罪也，必察焉，非眚也，非過也，終也，其養之有所不足，其教之有所不至，則必責己而恕人。故《湯誥》曰：「惟爾萬方有罪，在予一人；予一人有罪，無以爾萬方。」如是，故以民之罪爲自我致之，未加之以刑也。民之有罪必察焉，其養之無所不足，教之無所不至，不若我政人有罪矣〔七〕，民之罪自作也，然猶有漸於惡者久，而蒙化之日淺者，則又曰勿庸殺之，姑惟教之，未加之以刑也。民之有罪，非眚也，非過也，終也，自作也，教之而猶不典式我也，則是其終無悛心，衆之所棄，而天之所討也，然後加之以刑，多方之所謂至於再、至于三者也。故有雖厥罪小，乃不可以不殺。用刑如此其詳且慎，故先王之刑刑也〔八〕。其養民之具、教民之方，不如先王之詳且盡，未有可以先王之刑刑民者也，矧曰其以非先王之刑刑民也。昔唐虞之際，相繼百年，天下之人，四罪而已。及至於周，成康之世，刑之不用，亦四十餘年。則先王之民，加之以刑者，殆亦無矣。先王之治，使百姓足於衣食，遷善而遠罪矣。人之所以相交接者不可以廢，故曰賓，賓者非獨施於來諸侯、通四夷也。人之所以相保聚者不可以廢，故曰師，師者非獨施於征不庭、伐不惠也。八政之所先後如此，所謂彝倫之叙也，不然則彝倫之斁而已矣。

「四，五紀：曰歲，曰月，曰日，曰星辰，曰曆數。」蓋協之以歲，協之以月，協之以日者，所以正時。而協之以星辰者，所以考其驗於顯也；協之以曆數者，所以考其驗於微也。正時，然後萬事得其叙，所謂曆象日月星辰，期三百六旬有六日，以閏月定四時成歲也。

「五，皇極：皇建其有極，斂時五福，用敷錫厥庶民。惟時厥庶民于汝極，錫汝保極。凡厥庶民，無有淫朋，人無有比德，惟皇作極。」何也？言大建其有中，故能聚是五福，以布與衆民。而惟時厥衆民，皆于汝中，與汝保中。蓋中者民所受以生，而保中者不失其性也。凡厥衆民，無有以淫爲朋，人無有以比爲德。蓋淫者有所過也，比者有所附也。無所過，無所附，故能惟大作中也，人謂學士大夫別於民者也。「凡厥庶民，有猷有爲有守，汝則念之。不協于極，不罹于咎，皇則受之。而康而色，曰：『予攸好德。』汝則錫之福。時人斯其惟皇之極。無虐煢獨，而畏高明。人之有能有爲，使羞其行，而邦其昌。」何也？言厥庶民有猷有爲有守者，汝則念其中不中，其不協于中，不罹于咎，若狂也肆、矜也廉、愚也直之類，大則受之，言大者非小者之所能受也。而安汝顏色，而謂之曰：「予攸好德。」所以教之使協于中也。有猷有爲有守而不罹于咎者，民之有志而無惡者也。不協于極者，不能無所過而已，教之則其從可知也。如是而汝則與之以福，富之以祿，貴之以位，所以示天下之人，而使之勸也，如此則是人斯其惟大之中矣。夫剛不中者至於虐煢獨；柔不中者至於畏高明。今也惟大之中，故剛無虐煢獨，柔無畏高明，所謂剛而無虐，柔而立也。蓋剛至於虐煢獨，則六極惡之事也；柔至於畏高明，則六極弱之事也。惟皇之極，則五福攸好德之事也[九]，所以言之者不同，至其可以推而明之也，則猶一言而已也。洪範於皇極，於三德，於五福、六極，言人之性，或剛柔之中，或剛柔有過與不及，故或得或失，而其要未嘗不欲去其偏，與夔之教胄子、皐陶之陳九德者無以異。蓋人性之得失不易乎此，而所以教與所以察之者，亦不易乎此也。教之、福之，而民之協于中者如此，又使有能有爲者進其行而不已，則久而後能積，積而後能大，大而後能著。人材之盛如此，而國其有不興者乎？故曰「人之有能有爲，使羞其行，而邦其昌」也。「凡厥正人，既富方穀；汝弗能使有好于而家，時人斯其辜。于其無好德，汝雖錫之福，其作汝用咎。」何也？言凡正人之道，既富之，然後可以責善。責善者，必始於汝家，使無所好于汝家，則是人斯其辜矣〔一〇〕。既言不能正家以率之，則陷人于罪。又言不好德之人而汝與之福，其起汝爲咎而已。故曰「于其無好德，汝雖錫之福，其作汝用咎」也。自「皇建其有極」至「使羞其行」，皆所以教也。而於此乃曰「凡厥正人，既富方穀」，又曰使無好于而家，時人斯其辜者，明教之必本於富，行之必始於家，其先後次序然也。「無偏無陂，遵王之義；無有作好，遵王之道；無有作惡，遵王之路。無偏無黨，王道蕩蕩；無黨無偏，王道平平；無反無側，王道正直。會其有極，歸其有極。」何也？「無偏無陂，遵王之義」者，無過與不及，無偏也；無不平，無陂也。所循者惟其宜而無適莫，遵王之義也。「無有作好，遵王之道；無有作惡，遵王之路」者，作好作惡，偏於己之所好惡者也；好惡以理，不偏於己之所好惡，無作好作惡也。所循者通道大路，而不由徑，遵王之道路也。道路云者，異辭也。「無偏無黨，王道蕩蕩」者，存於己者無偏，則施於人者無黨，無偏無黨也，其爲道也，廣大而不狹吝，王道蕩蕩也。「無黨無偏，王道平平」者，施於人者無黨，則存於己者無偏，無黨無偏也，其爲道也，夷易而無阻艱，王道平平也。「無反無側，王道正直」者，無所背，無反也〔一一〕；非在左而不得乎右，在右而不得乎左，無側也；其爲道也，所止者不邪，所由者不曲，王道正直也。如是，所以爲王之義、爲王之道、爲王之路，明王天下者，未有不如是而可也。會於有極者，來而赴乎中也；歸於有極者，往而反乎中也。由「無偏」以至於「無側」〔一二〕，所知者非一曲，所守者非一方，推天下之理，達天下之故，能大而不遺小，能遠而不遺近，能顯而不遺微，所謂天下之通道也。來者之所赴，歸者之所反〔三〕，中者居其要，而宗之者如此，所應者彌廣，所操者彌約〔四〕，所謂天下之大本也，君人者未有不由此而國家天下可爲者也。其可考於經，則《易》之智周乎萬物，道濟乎天下，故不過。其可考於行事，則舜之執其兩端而用中於民；湯之執中立賢無方，能推其無偏陂、無作好惡、無偏黨、無反側之理，而用其無適莫、無由徑、無狹吝、無阻艱、無所背、無在左而不得乎右、在右而不得乎左者，以通天下之故而不泥，執其所會所歸之中以爲本，故能定也。夫然，故《易》之道爲聖人之要道，非窮技曲學之謂也。舜之治民，爲皇建其有極，用敷錫厥庶民，非偏政逸德之謂也。湯之用賢，爲翕受敷施，九德咸事，非私好獨惡之謂也。《洪範》之爲類雖九，然充人之材，以至於其極者，則在於思；通天下之故，而能定者，則在於中。其要未有易此也。「曰，皇極之敷言，是彝是訓，於帝其訓。凡厥庶民，極之敷言，是訓是行，以近天子之光。曰，天子作民父母，爲天下王。」何也？曰者，其辭也。其辭以謂人君之於大中，既成之以德，又布之以言，是以爲常，是以爲順，於帝其順而已，人君之爲言，順天而致之於民，故凡其衆民，亦於極之布言，是順是行，以親附天子之輝光。而「曰，天子作民父母，爲天下王」，曰父母者，親之辭也；曰王者，往之辭也。上之人於「遵王之義」至「王道正直」，能繇前之説，則下之人於順上之所行所言，而相與附之，其愛之曰父母，而戴之曰天下王，必繇後之説。經所以始其義於彼，而終其效於此者，以明上之所以王者如是，則下之所以王之者如是，非虛致也。

「六，三德：一曰正直，二曰剛克，三曰柔克。平康正直，强弗友剛克，燮友柔克。」何也？正直者，常德也。剛克者，剛勝也。柔克者，柔勝也。「平康正直，彊弗友剛克，燮友柔克」者，所遇之變殊，故所乂之德異也。凡此者，所以治人也。「高明柔克，沉潛剛克」。何也？人之爲德高亢明爽者，本於剛，而柔有不足也，故濟之以柔克，所以救其偏；沉深潛晦者，本於柔，而剛有不足也，故濟之以剛克，所以救其偏。正直則無所偏，故無所救。凡此者，所以治己與人也〔一五〕。「惟辟作福作威玉食〔一六〕，臣無有作福作威玉食，臣之有作福作威玉食，其害于而家，凶于而國。人用側頗僻，民用僭忒。」何也？作福者，柔克之所有也。作威者，剛克之所有也。惟辟作福作威玉食，臣無有作福作威玉食者，正直之所有也。以其卒曰，臣之有作福作威玉食，則人用側頗僻，民用僭忒，是以知惟辟作福作威玉食，臣無有作福作威玉食者，正直之所有也明矣。箕子之言者，皆九疇之所有；九疇之所無者，箕子蓋不得而言也。知此〔一七〕，則知九疇之爲九矣。人君於五事，思無所不通，聰明無所不達，言之出納無所不允，於皇極所遵者正直，所不可入者偏陂反側、作好作惡、淫朋比德之事。人臣雖有小人之桀者，未有能蔽其上而作福作威玉食者也。人臣雖作福作威玉食者〔一八〕，必窺其間，緣其有可蔽之端。故雖小人之庸者，猶得以無忌憚而放其邪心也。《洪範》以作福柔克之所有，作威剛克之所有，惟辟作福作威玉食，正直之所有，臣而作福，則僭君之柔克，臣而作威，則僭君之剛克，臣而作福作威玉食，則爲側頗僻，無所不僭矣，故於三德詳言之，至若杜其間，使無可蔽之端，雖有邪臣不得萌其僭者，則在於五事修、皇極建而已也。

「七，稽疑：擇建立卜筮人，乃命卜筮。曰雨，曰霽，曰蒙，曰驛，曰克，曰貞，曰悔。凡七，卜五，占用二，衍忒。立時人作卜筮，三人占，則從二人之言。」何也？言選擇知卜筮之人而建立之，乃命之以其職，曰雨、霽、蒙、驛、克之五兆，所以卜，所謂卜五者也。曰貞曰悔之二卦，所以筮，所謂凡七者也。已命之以其職矣，乃立是人，使作卜筮之事。三人占，則從二人之言；卜不同，則從多也。「汝則有大疑，謀及乃心，謀及卿士，謀及庶人，謀及卜筮。」何也？謀及乃心，揆諸己也；謀及卿士，謀及庶人，質諸人也；謀及龜筮，參諸鬼神也〔九〕。《舜典》曰：朕志先定，詢謀僉同，鬼神其依，龜筮協從，謂此也。「汝則從，龜從，筮從，卿士從，庶民從，是之謂大同。身其康强，子孫其逢吉。」何也？從於心而人神之所共與也，故謂之大同。則身其康强，子孫其逢吉也。「汝則從，龜從，筮從，卿士逆，庶民逆：吉。卿士從，龜從，筮從，汝則逆，庶民逆：吉。庶民從，龜從，筮從，汝則逆，卿士逆：吉。」何也？所從者多，則吉可知也。「汝則從，龜從，筮逆，卿士逆，庶民逆：作內吉，作外凶。龜筮共違于人：用靜吉，用作凶。」何也？心與龜之所從，則作內吉而已；龜筮之所共違，則不可以有作矣。凡謀先人者，盡人事也；從逆先卜筮者，欽鬼神也。吉有三：有卿士逆、庶民逆者矣，有汝則逆、庶民逆者矣，有汝則逆、卿士逆者矣。若龜從、筮從，則皆不害其爲吉。又至於龜從、筮逆，則可以作內而已。龜筮共違，則皆不可以有作也〔一〇〕。蓋疑故卜筮，卜筮者，吾以謂通諸神明。神明之所從，則吾必其吉；神明之所違，則吾必其凶。誠之至，謹之盡也。

「八，庶徵：曰雨，曰暘，曰燠，曰寒，曰風，曰時。五者來備，各以其敘，庶草蕃廡。一極備凶，一極無凶。曰休徵：曰肅，時雨若；曰乂，時暘若；曰哲，時燠若；曰謀，時寒若；曰聖，時風若。曰咎徵：曰狂，恒雨若；曰僭，恒暘若；曰豫，恒燠若；曰急，恒寒若；曰蒙，恒風若。」何也？曰雨、曰暘、曰燠、曰寒、曰風，所謂五者也。曰時，則五者之時也。五者無不至，則所謂五者來備也。無不時，則所謂各以其敘也。五者無不至，無不時，則至於庶草莫不蕃廡，言陰陽和，則萬物莫不茂盛也。五者有所甚，則爲沴，所謂一極備凶也。有所不至亦爲沴，所謂一極無凶也。於五事，貌足以作肅，則時雨順之；其咎狂，則常雨順之。言足以作乂，則時暘順之；其咎僭，則常暘順之。視足以作哲，則時燠順之；其咎豫，則常燠順之。聽足以作謀，則時寒順之；其咎急，則常寒順之。思足以作聖，則時風順之；其咎蒙，則常風順之。凡言時者皆休之徵，凡言常者皆咎之徵也。五事之當否在於此，而五徵之休咎應於彼，爲人君者所以不敢不念，而考己之得失於天也。「曰，王省惟歲，卿士惟月，師尹惟日。歲月日時無易，百穀用成，乂用明，俊民用章，家用平康。日月歲時既易，百穀用不成，乂用昏不明，俊民用微，家用不寧。」何也？此章之所言者，皆念用庶徵也。休咎之徵，各象其事。任其事者，王也；與王共其任者，卿士、師尹也。則庶徵之來，王與卿士、師尹之所當省，其所以致之者，所謂念用庶徵也。王計一歲之徵而省之，卿士計一月之徵而省之，師尹計一日之徵而省之。所省多者，其任責重；所省少者，其任責輕，其所處之分然也。王與卿士、師尹之所省，歲月日三者之時無易，言各順其任，則百穀用成，乂用明，俊民用章，家用平康。王與卿士、師尹之所省，日月歲三者之時既易，言各違其任，則百穀用不成，乂用昏不明，俊民用微，家用不寧也。「庶民惟星，星有好風，星有好雨。日月之行，則有冬有夏；月之從星，則以風雨。」何也？言星之所好不同，而日月之行則有常度，有常度者不妄從，則星不得作其好。如民之好不同，而王與卿士、師尹之動則有常理，有常理者不妄從，則民不能作其好。故月行失其道，而從星之所好，則以風雨。猶王政失其常，而從民之所好，則以非僻。言此者以庶徵之來，王與卿士、師尹則能自省，而民則不能自省者也。民不能自省，則王與卿士、師尹當省民之得失，而知己之所以致之者也〔三〕。己之所致者，民得其性，則休徵之所集也；己之所致者，民失其性，則咎徵之所集也。故省民者，乃所以自省也。其反復如此者，所以畏天變、盡人事也。知王與卿士、師尹之所省者如此，則知此章之所言，非念用庶徵則不言也。不知王與卿士、師尹之所省者如此，則於念用庶徵無所當，而於言爲贅矣，是不知九疇之爲九也。

「九，五福：一曰壽，二曰富，三曰康寧，四曰攸好德，五曰考終命。六極：一曰凶短折，二曰疾，三曰憂，四曰貧，五曰惡，六曰弱。」何也？民能保極，則不爲外物戕其生理，故壽。食貨足，故富。無疾憂，故康寧。于汝極，故攸好德。無不得其死者，故考終命。人君之道失，則有不得其死者，有戕其生理者，故凶短折。不康，故疾。不寧，故憂。食貨不足，故貧。不能使之于汝極，則剛者至於暴，故惡；柔者不能立，故弱。此人君所以考己之得失於民者也。或曰：福極之言如此，而不及貴賤，何也？曰：九疇者，皆人君之道也。福極者，人君所以考己之得失於民。福之在于民，則人君之所當嚮；極之在于民，則人君之所當畏。福言攸好德，則致民於善可知也；極言惡弱，則致民於不善可知也。視此以嚮畏者，人君之事也。未有攸好德而非可貴者也，未有惡弱而非可賤者也。故攸好德則錫之福，謂貴之。所以勸天下之人，使協于中，固已見之皇極矣。於皇極言之者，固所以勉人，於福極不言之者，攸好德與惡弱之在乎民，則考吾之得失者盡矣。貴賤非考吾之得失者也。

人君之於五行，始之以五事，修其性於己。次之以八政，推其用於人。次之以五紀，協其時於事。次之以皇極，謹其常以應天下之故，而率天下之民。次之以三德，治其中不中，以適天下之變。次之以稽疑，以審其吉凶於人神。次之以庶徵，以考其得失於天。終之以福極，以考其得失於民。其始終先後與夫粗精小大之際，可謂盡矣。自五事至於六極皆言用，而五行不言用者，自五事至於六極皆以順五行，則五行之用可知也。《虞書》於六府言修，則箕子於五行，言其所化之因於人者是也。《虞書》於六府，次之以三事，則箕子於五行，次之以五事而下是也。《虞書》於九功，言戒之用休，董之用威，則箕子於九疇，言庶徵之與福極是也。則知二帝三王之治天下，其道未嘗不同。其道未嘗不同者，萬世之所不能易，此九疇之所以爲大法也。

〔一〕「也」字原無，據元刻本、《讀書記》增。

〔二〕元刻本、《讀書記》「以」下有「此」字。

〔三〕正統本此句下有「或言其用」一句。

〔四〕「者」字原無，據《讀書記》、顧校本、章校本、吴校本、傅校本增。

〔五〕元刻本、《讀書記》、顧校本、章校本、吴校本、傅校本「可」下有「以」字。

〔六〕元刻本、《讀書記》、顧校本、章校本、吴校本、傅校本「可」下有「以」字。

〔七〕「若」，元刻本、正統本、《讀書記》、顧校本、章校本、吴校本、傅校本作「于」。

〔八〕《讀書記》、顧校本、章校本、吴校本、傅校本注「此句疑有訛字」。

〔九〕原無「也」字，據元刻本、《讀書記》、顧校本、章校本、吴校本、傅校本增。

〔一〇〕「其」下原有「若」字，據元刻本、《讀書記》、顧校本、章校本、吴校本、傅校本删。

〔一一〕「反」上原有「鑿」字，據元刻本、《讀書記》、顧校本、章校本、吴校本、傅校本删；「無反」，影印顧崧齡本作「無所反」。

〔一二〕原無「於」字，據元刻本、《讀書記》、顧校本、章校本、吴校本、傅校本增。

〔一三〕「歸」，元刻本注「一作往」；《讀書記》作「往」。

〔一四〕元刻本、《讀書記》「所」上有「而」字。

〔一五〕原無「所」字，據元刻本、《讀書記》、顧校本、章校本、吴校本、傅校本增。

〔一六〕「惟辟作福作威玉食」，章校本作「惟辟作福，惟辟作威，惟辟玉食」，與阮元校《十三經注疏》同。

〔一七〕「知」，元刻本、顧校本、吴校本、傅校本注「一作如」。

〔一八〕「雖」，元刻本作「能」。

〔一九〕「諸」，原作「謀」，據元刻本、《讀書記》、顧校本、章校本、吴校本、傅校本改。

〔二〇〕「也」，元刻本、《讀書記》、顧校本、吴校本、傅校本作「者」；章校本「也」上增「者」字。

〔二一〕《讀書記》注：「上之字衍。」

進太祖皇帝總序并狀〔一〕

右，臣誤被聖恩，付以史事。今月三日，延和殿伏蒙面諭，所以任屬臣者，臣愚不肖，不知所處，是以蚤夜一心極慮。惟祖宗積累功德非可形容，矧臣之鄙，豈能擬議仿佛？將無以使列聖巍巍之蹟迹焜耀昭徹，布在方策，此臣之所惴惴也。

竊惟前世原大推功，必始於受命之君，以明王迹之所自。故《商頌》所紀，繇湯上至於契。周詩《生民》、《清廟》，本於后稷、文王。宋興，太祖開建鴻業，更立三才爲帝者首。陛下所以命臣顯揚褒大之意，固以謂太祖雄才大畧，千載以來特起之主，國家所繇興，無前之烈，宜明白暴見，以覺悟萬世，傳之無窮。臣竊考舊聞，伏念旬月，次輯太祖行事，撰其指意所出，終始之際，論著于篇，敢繕寫上塵。臣内自省，大懼智不足以窺測高遠〔二〕，文不足以推闡精微，使先帝成功盛德，晦昧不章，不能滿足陛下仁孝繼述之心。仰負恩待，無以自贖。伏惟陛下聰明睿智不世之姿，非羣臣所能望，如賜裁定，使臣獲受成法，更去紕繆，存其可采，繫於《太祖本紀》篇末，以爲國史書首，以稱明詔萬分之一，臣不勝大願，惟陛下留意萬幸。臣未敢請對，謹具狀，以所論著隨狀上進以聞，伏候敕旨。

蓋唐之敝，自天寶已後，紀綱寖壞，不能自振，以至於失天下。五代興起，五十餘年之間，更八姓十有四君，危亡之變數矣。其尤甚也，契丹遂入中國，擅立名號。當是時，天地五行人事之理反易繆亂，不同夷狄者亡幾耳。

太祖爲天下所戴，踐尊位，以生民爲任，故勸農桑，薄賦斂，緩刑罰，除舊政之不便民者，詔令勉核相屬，推其心，無一日不在百姓也。知方鎮之病民也，故設通判之員，使斂以繩墨。憂吏之不良也，故數使在位舉其所知。患吏或受賕、或不奉法也，故罪至死徙，一無所貸。原其意，蓋以謂遭世大衰，不如是，吏不知禁，不能救民於焚溺之中也。征伐既下諸國，必先已逋欠，滌煩苛，賙乏絶，雪寃滯，惠農民，拔人才，申命郡邑，反復不倦。或遇水旱，輒蔬食請禱，欲移災於己。其於羣臣，有恩舊，有勞能，待之各盡其分，以位貴之，以財富之，有男使尚主，有女使嫁宗室，其予人之周也如此。卽材可用，雖讎不廢；不可用，雖光顯矣，不處以勢。其有罪多縱貸之，或賜之使自愧。及至堅明約束以整齊天下者，亦使之不能逾也。

强僭之國，皆接以恩禮。商賈往來不禁，有出境犯其令者，乃爲之置市邊邑，使兩利。有所乏少，常賑助之。征伐所加，必其罪暴著〔三〕，師出未嘗不以義也。其君長已降，及就俘執，道路勞問迎致，使者相望，既至，罪不數辱之，優假秩禄，及其宗親吏屬，賜以田宅，使子孫世守，擁護保全，皆得以壽考終。

自晉既覆滅，契丹寖大，中國惴畏不敢當。太祖拔用材武護西北邊，寵以非常之恩，任屬專，聽信明，常遣戍卒，戒之曰：「我猶赦汝，郭進殺汝矣。」有訟進者，謂曰：「進軍政嚴，此必犯進法。」送進，使殺之。關市租賦，諸將得恣用，不問出入。以其故，士附，鬥者盡力，諜者盡情，邊臣可諉者，皆十餘年不易其任。然位不過巡檢使，衆不過三五千人。蓋任專則勢便，位不極則士勵，兵少則用約，御將亦多術矣。總其所長，能兼用之，故能省費息民，振新集之衆，屈憑陵之虜也。

蓋太祖篤於孝友，有天下之行；聰明智勇，有天下之材；仁心愛人，有天下之志；包含徧覆，有天下之量。守之以勤儉恭慎，虛心納諫。鑒於粤、蜀，以奢侈爲戒〔四〕。思天下之重，不復遊畋。封拜諸子，務自約損，不盡循故典。收納學士大夫，用之不求其備，或守難進之節，亦不奪也。晚喜讀書，勸諸將以學，曰：「欲使之知治道也。」兼覆夷夏，從容以德。江南平，覽捷書而泣曰：「師征不義，而顧令吾民死兵，彼何負哉！」秦州已入，尚波于之地，却而不受。錢俶來朝，復歸之越。契丹願聽盟約，逡巡退抑，不自矜伐。天下大勢連數十城之鎮，割其故地，以小其力；易動難畜之兵，斂置懷服，以消其難。至於舉賢良，崇孝弟，綴禮樂，明考課，雖宇內初輯，然庶政大體，彌綸備具；遺文故事，施於後世，皆可爲法。民於是時，從死更生，室家相保；士農工賈，各還其職；鳥獸草木，亦莫不遂。前世舊臣，備將相、處腹心爪牙之任者，一旦回心奉令北鄉，如素委質。天下廣都通邑，兼地千里，德懷二三之臣，負衆自用，令之不從、召之不至者，尚數十，皆東衽來庭，代易奔走，如水湊下。粵、蜀、吳、楚、甌、閩之君，分天下爲八九。曰：「帝與王，傳子及孫〔五〕，更數十歲者，編名囚虜，並聚闕下。」四海之內，混齊爲一。海東之國高麗，極南交阯，西戎吐蕃、回紇，北狄契丹，皆請吏奉貢。天地所養，通途之屬，莫不內附。當是時，更立天下，與民爲始，天地五行人事之理，亂而復正。蓋太祖之於受命，非如前世之君，圖衆以智，圖柄以力，其處心積慮，非一夕一日，在於取天下也。其在天者曆數，在人者羣臣萬民、三軍之士不歸周，歸太祖，未有知其所以然者，所謂天也。及其傳天下也，舍子屬弟。是則太祖之受天下，與舜受之堯，禹受之舜，其揆一也。其傳天下，與堯傳之舜，舜傳之禹，其揆一也。受天下及傳天下，視天與人而已，非其心未嘗有天下，豈能如是哉！

世以爲太祖不世出之主，與漢高祖同。蓋太祖爲人有大度，意豁如也，知人善任使，與漢高祖同，固然也。太祖承自天寶以後、更五代二百餘年，極敝之天下；漢祖承全盛之秦，二世之末，天下始亂，所因之勢既殊。太祖開建帝業，作則垂憲，後常可行；漢祖粗定海内而已，不及一。太祖立折杖法，脱民榜笞死禍，定著常刑，一本寬大；漢祖雖約法三章，然肉刑三族之誅，至孝文始去，不及二。太祖功臣，皆故等夷，及位定，上下相安，始終一意；漢祖疑間諸將，夷滅其家，不及三。太祖削大弱强〔六〕，藩臣遵職；漢祖封國過制，反者更起，累世乃定，不及四。太祖征伐必克；漢祖數戰輒北，不及五。太祖文武自出，羣臣莫及；漢祖非得三傑之助，不得無失，不及六。開寶之初，南海先下；趙陀分越而帝，漢祖不能禁，不及七。太祖不用兵革，契丹自附；漢祖折厄白登，身僅免禍，不及八。太祖後宫二百，問願歸者，復去四之一；漢祖溺於衽席，女禍及宗，不及九。太祖明於大計，以屬天下；漢祖擇嗣不審，幾墜厥世，不及十也。漢祖所不能及，其大者如此。

是自三代以來，撥亂之主，未有及太祖也。三代盛矣，然禹之孫太康失國，湯之孫太甲放廢。文武之後三四傳〔七〕，昭王不返於楚。繇漢以下，變故之密，蓋不可勝道也。太祖經始大基，流風餘澤〔八〕，所被者遠。五聖遵業，至今百有二十餘年。上下和樂，無變容動色之慮，接於耳目，治安久長，自三代以來所未有也。維太祖創始傳後，比迹堯舜；綱理天下，軼於漢祖；太平之業，施於無窮，三代所不及。成功盛德，其至矣哉！蓋唐天寶十四年，天下户八百九十一萬。太祖元年，户九十六萬。末年，天下既定，户三百九萬。今上元豐二年，户一千三百九十一萬。六聖之德澤，覆露生養，斯其所以盛也。本原事實，其所繇致此，有自也哉。

〔一〕元刻本、正統本、章校本題作「進太祖皇帝總序狀」，而在狀後序前（「蓋唐之敝」前）另有標題「太祖皇帝總叙」。顧校本、傅校本「并狀」作「并進狀」。

〔二〕「窺」，元刻本、《讀書記》、顧校本、吴校本、傅校本作「究」。

〔三〕「著」，正統本、顧校本、吴校本、《文粹》作「者」。

〔四〕元刻本無「侈」字，《讀書記》注「侈字衍」。

〔五〕「及」，《讀書記》、顧校本、章校本、吴校本、傅校本、《文粹》作「若」。

〔六〕「弱」，元刻本作「巽」，並注「一作弱」。

〔七〕「四」，正統本作「世」。《讀書記》、顧校本、章校本、《文粹》全句作「文武之後世三四傳」。

〔八〕「餘」，顧校本、吴校本、傅校本作「遺」。「澤」，元刻本、顧校本、吴校本、傅校本注「一作烈」。

曾鞏集卷第十一

序十一首

新序目録序

劉向所集次《新序》三十篇，目録一篇，隋唐之世尚爲全書，今可見者十篇而已。臣既考正其文字，因爲其序論曰：

古之治天下者，一道德，同風俗。蓋九州之廣，萬民之衆，千歲之遠，其教已明，其習已成之後，所守者一道，所傳者一説而已。故《詩》《書》之文，歷世數十，作者非一，而其言未嘗不相爲終始，化之如此其至也。當是之時，異行者有誅，異言者有禁，防之又如此其備也。故二帝三王之際，及其中間嘗更衰亂，而餘澤未熄之時，百家衆説未有能出於其間者也。及周之末世，先王之教化法度既廢，餘澤既熄，世之治方術者，各得其一偏。故人奮其私智，家尚其私學者，蜂起於中國，皆明其所長而昧其短，矜其所得而諱其失。天下之士各自爲方而不能相通，世之人不復知夫學之有統、道之有歸也。先王之遺文雖在，皆絀而不講，况至於秦爲世之所大禁哉！

漢興，六藝皆得於斷絶殘脱之餘，世復無明先王之道以一之者。諸儒苟見傳記百家之言，皆悦而嚮之。故先王之道爲衆説之所蔽，暗而不明，鬱而不發。而怪奇可喜之論，各師異見，皆自名家者，誕漫於中國。一切不異於周之末世，其弊至於今尚在也。自斯以來，天下學者知折衷於聖人，而能純於道德之美者，揚雄氏而止耳。如向之徒，皆不免乎爲衆説之所蔽，而不知有所折衷者也。孟子曰：待文王而興者，凡民也。豪傑之士，雖無文王猶興。漢之士豈特無明先王之道以一之者哉？亦其出於是時者，豪傑之士少，故不能特起於流俗之中、絶學之後也。

蓋向之序此書，於今爲最近古，雖不能無失，然遠至舜禹，而次及於周秦以來，古人之嘉言善行，亦往往而在也，要在慎取之而已。故臣既惜其不可見者，而校其可見者特詳焉，亦足以知臣之攻其失者，豈好辯哉？臣之所不得已也。

梁書目録序

《梁書》六本紀、五十列傳，合五十六篇，唐貞觀三年詔右散騎常侍姚思廉撰。思廉者，梁史官察之子，推其父意，又頗采諸儒謝、吴等所紀，以成此書。臣等既校正其文字，又集次爲目録一篇，而敍之曰：

自先王之道不明，百家並起，佛最晚出，爲中國之患，而在梁爲尤甚，故不得而不論也。蓋佛之徒，自以爲吾之所得者内，而世之論佛者皆外也，故不可詘。雖然，彼惡睹聖人之内哉？

《書》曰思曰睿，睿作聖，蓋思者所以致其知也。能致其知者，察三才之道，辨萬物之理，小大精粗，無不盡也。此之謂窮理，知之至也。知至矣，則在我者之足貴，在彼者之不足玩，未有不能明之者也。有知之之明而不能好之，未可也，故加之誠心以好之。有好之之心而不能樂之，未可也，故加之至意以樂之。能樂之則能安之矣。如是則萬物之自外至者，安能累我哉？萬物之所不能累，故吾之所以盡其性也。能盡其性，則誠矣。誠者，成也，不惑也。既誠矣，必充之，使可大焉。既大矣，必推之，使可化焉。能化矣，則含智之民，肖翹之物，有待於我者，莫不由之以全其性，遂其宜，而吾之用與天地參矣。德如此其至也。而應乎外者，未嘗不與人同，此吾之道所以爲天下之通道也。故與之爲衣冠飲食、冠婚喪祭之具，而由之以教，其爲君臣父子兄弟夫婦者，莫不一出乎人情；與之同其吉凶而防其憂患者，莫不一出乎人理。故與之處而安且治之所集也，危且亂之所去也。與之處者其具如此，使之化者其德如彼，可不謂聖矣乎！既聖矣，則無思也，其至者循理而已，無爲也，其動者應物而已。是以覆露乎萬物，鼓舞乎羣衆，而未有能測之者也，可不謂神矣乎！神也者，至妙而不息者也。此聖人之內也。聖人者，道之極也。佛之説，其有以易此乎？求其有以易此者，故其所以爲失也〔一〕。夫得於內者，未有不可行於外也；有不可行於外者，斯不得於內矣。《易》曰：智周乎萬物而道濟乎天下，故不過。此聖人所以兩得之也。知足以知一偏，而不足以盡萬事之理；道足以爲一方，而不足以適天下之用，此百家之所以兩失之也。佛之失，其不以此乎？則佛之徒，自以謂得諸內者，亦可謂妄矣。

夫學史者將以明一代之得失也，臣等故因梁之事，而爲著聖人之所以得及佛之所以失以傳之者，使知君子之所以距佛者，非外而有志於內者，庶不以此而易彼也〔二〕。

〔一〕「故」，《讀書記》、顧校本、章校本、吴校本、傅校本、《文粹》作「固」。

〔二〕「庶」，元刻本、顧校本、吴校本、傅校本注「一作知」；《讀書記》作「知」。

列女傳目録序

劉向所敍《列女傳》，凡八篇，事具《漢書》向列傳。而《隋書》及《崇文總目》皆稱向《列女傳》十五篇，曹大家注。以《頌義》考之，蓋大家所注，離其七篇爲十四，與《頌義》凡十五篇，而益以陳嬰母及東漢以來凡十六事，非向書本然也。蓋向舊書之亡久矣。嘉祐中，集賢校理蘇頌始以《頌義》爲篇次，復定其書爲八篇，與十五篇者並藏於館閣。而《隋書》以《頌義》爲劉歆作〔一〕，與向列傳不合。今驗《頌義》之文，蓋向之自敍。又《藝文志》有向《列女傳頌圖》，明非歆作也。自唐之亂，古書之在者少矣，而《唐志》録《列女傳》凡十六家，至大家注十五篇者，亦無録，然其書今在。則古書之或有録而亡，或無録而在者，亦衆矣，非可惜哉！今校讐其八篇及其十五篇者已定〔二〕，可繕寫。

初，漢承秦之敝〔三〕，風俗已大壞矣，而成帝後宫，趙衛之屬尤自放。向以謂王政必自内始，故列古女善惡所以致興亡者以戒天子，此向述作之大意也。其言大任之娠文王也，目不視惡色，耳不聽淫聲，口不出敖言〔四〕。又以謂古之人胎教者皆如此。夫能正其視聽言動者，此大人之事，而有道者之所畏也。顧令天下之女子能之，何其盛也！以臣所聞，蓋爲之師傅保姆之助，《詩》《書》圖史之戒，珩璜琚瑀之節，威儀動作之度，其教之者雖有此具〔五〕，然古之君子，未嘗不以身化也。故《家人》之義歸於反身，

《二南》之業本於文王，夫豈自外至哉〔六〕？世皆知文王之所以興，能得內助，而不知所以然者〔七〕，蓋本於文王之躬化，故內則后妃有《關雎》之行，外則羣臣有《二南》之美，與之相成。其推而及遠，則商辛之昏俗，江漢之小國，兔罝之野人，莫不好善而不自知，此所謂身修故國家天下治者也〔八〕。後世自學問之士〔九〕，多徇於外物而不安其守〔一〇〕，其家室既不見可法〔一一〕，故競於邪侈，豈獨無相成之道哉？士之苟於自恕，顧利冒耻而不知反己者，往往以家自累故也。故曰「身不行道，不行於妻子」，信哉！如此人者，非素處顯也，然去《二南》之風，亦已遠矣，況於南鄉天下之主哉？向之所述，勸戒之意，可謂篤矣。

然向號博極羣書，而此傳稱《詩·芣苢》、《柏舟》、《大車》之類，與今序《詩》者之說尤乖異，蓋不可考。至於《式微》之一篇，又以謂二人之作。豈其所取者博，故不能無失歟？其言象計謀殺舜及舜所以自脫者，頗合於《孟子》。然此傳或有之，而《孟子》所不道者，蓋亦不足道也。凡後世諸儒之言經傳者，固多如此，覽者采其有補，而擇其是非可也。故爲之敘論以發其端云。

〔一〕「書」字原無，據元刻本、正統本、顧校本、章校本、傅校漁浦書院本增。
〔二〕元刻本、顧校本無「其」字。
〔三〕「秦」，原作「政」，據元刻本、正統本、顧校本、章校本、傅校漁浦書院本、《文粹》改。
〔四〕「敖」，《宋文鑑》作「惡」。
〔五〕顧校本、吳校本、傅校本、傅校漁浦書院本無「雖」字；顧校本注：宋本《列女傳》亦無。
〔六〕顧校本、傅校本無「夫」字。

〔七〕顧校本、吴校本、傅校本、傅校漁浦書院本、《文粹》「知」下有「其」字。

〔八〕「國家」，《讀書記》、傅校漁浦書院本作「家國」。

〔九〕「學問」，《讀書記》、顧校本、章校本、吴校本、傅校本作「問學」，並注「宋本仍作學問」。

〔一〇〕「其」，顧校本注：宋本《序》作「矣」斷句。

〔一一〕「家室」，元刻本、《讀書記》、顧校本、章校本、吴校本、傅校本、《文粹》作「室家」。

禮閣新儀目録序

《禮閣新儀》三十篇，韋公肅撰，記開元以後至元和之變禮。史館秘閣及臣書皆三十篇，集賢院書二十篇。以參相校讐，史館秘閣及臣書多複重，其篇少者八，集賢院書獨具。然臣書有目録一篇，以考其次序，蓋此書本三十篇，則集賢院書雖具，然其篇次亦亂。既正其脱謬，因定著從目録，而《禮閣新儀》三十篇復完。

夫禮者，其本在於養人之性，而其用在於言動視聽之間。使人之言動視聽一於禮，則安有放其邪心而窮於外物哉？不放其邪心，不窮於外物，則禍亂可息，而財用可充。其立意微，其爲法遠矣。故設其器，制其物，爲其數，立其文，以待其有事者，皆人之起居、出入、吉凶、哀樂之具，所謂其用在乎言動視聽之間者也。

然而古今之變不同，而俗之便習亦異。則法制數度，其久而不能無弊者，勢固然也。故爲禮者，其始莫不宜於當世，而其後多失而難遵，亦其理然也。失則必改制以求其當。故羲農以來，至於三代，禮未嘗同也。後世去三代，蓋千有餘歲，其所遭之變，所習之便不同，固已遠矣。而議者不原聖人制作之方，乃謂設其器〔一〕，制其物，爲其數，立其文，以待其有事，而爲其起居、出入、吉凶、哀樂之具者，當一二以追先王之迹，然後禮可得而興也。至其説之不可求，其制之不可考，或不宜於人，不合於用，則寧至於漠然而不敢爲，使人之言動視聽之間，蕩然莫之爲節，至患夫爲罪者之不止，則繁於爲法以禦之。故法至於不勝其繁，而犯者亦至於不勝其衆。豈不惑哉！

蓋上世聖人，有爲耒耜者，或不爲宫室；爲舟車者，或不爲棺椁。豈其智不足爲哉？以謂人之所未病者，不必改也。至於後聖有爲宫室者，不以土處爲不可變也；爲棺椁者，不以葛溝爲不可易也。豈好爲相反哉？以謂人之所既病者不可因也。又至於後聖，則有設兩觀而更采椽之質，攻文梓而易瓦棺之素，豈不能從儉哉？以謂人情之所好者能爲之節，而不能變也。由是觀之，古今之變不同，而俗之便習亦異，則亦屢變其法以宜之，何必一二以追先王之迹哉〔二〕？其要在於養民之性，防民之欲者，本末先後能合乎先王之意而已，此制作之方也。故瓦樽之尚而薄酒之用〔三〕，大羹之先而庶羞之飽，一以爲貴本，一以爲親用〔四〕。則知有聖人作而爲後世之禮者，必貴俎豆，而今之器用不廢也，先弁冕，而今之衣服不禁也，其推之皆然。然後其所改易更革，不至乎拂天下之勢〔五〕，駭天下之情，而固已合乎先王之意矣。是以羲農以來，至于三代，禮未嘗同，而制作之如此者，亦未嘗異也。後世不推其如此，而或至於不敢爲，或爲之者特出於其勢之不得已，故苟簡而不能備，希闊而不常行，又不過用之於上，而未有加之於民者也。故其禮本在於養人之性，而其用在於言動視聽之間者，歷千餘歲，民未嘗得接於耳目〔六〕，況於服習而安之者乎？至其陷於罪戾，則繁於爲法以禦之，其亦不仁也哉。

此書所紀，雖其事已淺，然凡世之記禮者，亦皆有所本，而一時之得失具焉。昔孔子於告朔，愛其禮之存，況於一代之典籍哉？故其書不得不貴。因爲之定著，以俟夫論禮者考而擇焉。

〔一〕「謂」，原作「爲」，據元刻本、《讀書記》、顧校本、章校本、吳校本、傅校本、《文粹》改。

〔二〕「二」，《讀書記》、傅校本、吳校本、章校本作「一」。

〔三〕「瓦」，元刻本、顧校本、吳校本、傅校本、《文粹》作「元」。

〔四〕「親」，元刻本、顧校本、吳校本、傅校本注「一作貴」。

〔五〕「拂」，元刻本、正統本、顧校本、章校本、《文粹》作「佛」。

〔六〕元刻本、《讀書記》、顧校本、章校本、吳校本、傅校本、《文粹》「於」下有「其」字。

戰國策目録序

劉向所定《戰國策》三十三篇，《崇文總目》稱第十一篇者闕〔一〕，臣訪之士大夫家，始盡得其書，正其誤謬而疑其不可考者，然後《戰國策》三十三篇復完。敍曰：

向敍此書，言「周之先，明教化，修法度，所以大治。及其後，謀詐用，而仁義之路塞，所以大亂」。其說既美矣。卒以謂「此書戰國之謀士度時君之所能行，不得不然」。則可謂惑於流俗，而不篤於自信者也。

夫孔孟之時，去周之初已數百歲，其舊法已亡，舊俗已熄久矣。二子乃獨明先王之道，以謂不可改者，豈將强天下之主以後世之所不可爲哉？亦將因其所遇之時、所遭之變而爲當世之法，使不失乎先王之意而已。二帝三王之治，其變固殊，其法固異，而其爲國家天下之意，本末先後，未嘗不同也。二子之道，如是而已。蓋法者所以適變也，不必盡同；道者所以立本也，不可不一，此理之不易者也。故二子者守此，豈好爲異論哉？能勿苟而已矣，可謂不惑乎流俗而篤於自信者也。

戰國之遊士則不然，不知道之可信，而樂於說之易合，其設心注意，偷爲一切之計而已。故論詐之便而諱其敗，言戰之善而蔽其患，其相率而爲之者，莫不有利焉，而不勝其害也；有得焉，而不勝其失也。卒至蘇秦、商鞅、孫臏、吳起、李斯之徒以亡其身，而諸侯及秦用之者亦滅其國，其爲世之大禍明矣，而俗猶莫之寤也。惟先王之道，因時適變，爲法不同，而考之無疵，用之無弊，故古之聖賢，未有以此而易彼也。

或曰：「邪說之害正也，宜放而絶之，則此書之不泯一作不泯泯其可乎〔二〕？」對曰：君子之禁邪說也，固將明其說於天下，使當世之人皆知其說之不可從，然後以禁，則齊；使後世之人皆知其說之不可爲，然後以戒，則明，豈必滅其籍哉？放而絶之，莫善於是。是以孟子之書，有爲神農之言者，有爲墨子之言者，皆著而非之。至於此書之作，則上繼春秋，下至楚漢之起，二百四五十年之間，載其行事，固不可得而廢也〔三〕。

此書有高誘注者二十一篇，或曰三十二篇，《崇文總目》存者八篇，今存者十篇云。

〔一〕元刻本、章校本、傅校漁浦書院本無「第」字。

〔二〕「之不泯」，元刻本、《讀書記》、顧校本、章校本、吴校本、傅校本、《文粹》作「之不泯泯」。章校本無「之」字。

〔三〕元刻本、《文粹》無「可」字。

陳書目録序

《陳書》六本紀，三十列傳，凡三十六篇。唐散騎常侍姚思廉撰。始，思廉父察，梁陳之史官也，録二代之事，未就而陳亡。隋文帝見察，甚重之，每就察訪梁陳故事，察因以所論載〔一〕，每一篇成輒奏之，而文帝亦遣虞世基就察求其書，又未就而察死。察之將死，屬思廉以繼其業。唐興，武德五年，高祖以自魏以來二百餘歲，世統數更，史事放逸，乃詔論次，而思廉遂受詔爲《陳書》，久之猶不就。貞觀三年，遂詔論撰於秘書省，十年正月壬子始上之。

觀察等之爲此書，歷三世，傳父子，更數十歲而後乃成，蓋其難如此。然及其既成，與宋、魏、齊、梁等書，世亦傳之者少，故學者於其行事之迹，亦罕得而詳也。而其書亦以罕傳，則自秘府所藏，往往脱誤，嘉祐六年八月始詔校讐，使可鏤版，行之天下。而臣等言梁、陳等書缺，獨館閣所藏，恐不足以定著，願詔京師及州縣藏書之家，使悉上之。先皇帝爲下其事，至七年冬稍稍始集。臣等以相校，至八年七月，《陳書》三十六篇者始校定，可傳之學者。其疑者亦不敢損益〔二〕，特各疏于篇末。其書舊無目録〔三〕，列傳名氏多闕謬，因別爲目録一篇，使覽者得詳焉。

夫陳之爲陳，蓋偷爲一切之計，非有先王經紀禮義風俗之美〔四〕，制治之法可章示後世。然而兼權尚計，明於任使，恭儉愛人，則其始之所以興；惑於邪臣，溺於嬖妾，忘患縱欲，則其終之所以亡。興亡之端，莫非自己致者。至於有所因造，以爲號令、威刑、職官、州郡之制，雖其事已淺，然亦各施於一時，皆學者之所不可不考也。而當時之士，爭奪詐僞〔五〕，苟得偷合之徒，尚不得不列以爲世戒，而況於壞亂之中，倉皇之際，士之安貧樂義，取舍去就，不爲患禍勢利動其心者，亦不絶于其間。若此人者，可謂篤於善矣。蓋古人之所思見而不可得，《風雨》之詩所爲作者也，安可使之泯泯不少概見於天下哉？則陳之史其可廢乎？

蓋此書成之既難，其後又久不顯，及宋興已百年，古文遺事靡不畢講，而始得盛行於天下，列於學者〔六〕，其傳之之難又如此，豈非遭遇固自有時也哉〔七〕！

〔一〕《讀書記》、顧校本、傅校本注：「載」字疑有訛。

〔二〕「其疑者」三字，元刻本、吴校本、傅校本無，顧校本注「宋本無」。正統本、顧校本、章校本、傅校漁浦書院本「損」上有「稍」字。

〔三〕元刻本、正統本、章校本、傅校漁浦書院本無「録」字。

〔四〕元刻本、顧校本、吴校本、傅校本「俗」下注「一作化」。

〔五〕《讀書記》、顧校本、章校本、吴校本、傅校本「爭」上有「自」字。

〔六〕「者」，章校本作「宫」。

〔七〕《讀書記》、顧校本、章校本、吴校本、傅校本此句下有「臣恂、臣穆、臣藻、臣覺、臣彦若、臣洙、臣鞏謹叙目録昧死上」。

南齊書目録序

《南齊書》八紀，十一志，四十列傳，合五十九篇，梁蕭子顯撰。始，江淹已爲《十志》，沈約又爲《齊紀》，而子顯自表武帝，别爲此書。臣等因校正其訛謬，而叙其篇目曰：

將以是非得失興壞理亂之故而爲法戒，則必得其所託，而後能傳於久，此史之所以作也。然而所託不得其人，則或失其意，或亂其實，或析理之不通，或設辭之不善，故雖有殊功韙德非常之迹〔一〕，將暗而不章，鬱而不發，而檮杌嵬瑣姦回凶慝之形〔二〕，可幸而掩也。

嘗試論之，古之所謂良史者，其明必足以周萬事之理，其道必足以適天下之用，其智必足以通難知之意，其文必足以發難顯之情，然後其任可得而稱也。何以知其然也？昔者唐虞有神明之性，有微妙之德，使由之者不能知，知之者不能名，以爲治天下之本。號令之所布，法度之所設，其言至約，其體至備，以爲治天下之具，而爲二典者推而明之。所記者豈獨其迹也？并與其深微之意而傳之，小大精粗無不盡也，本末先後無不白也。使誦其説者如出乎其時，求其旨者如即乎其人。是可不謂明足以周萬事之理，道足以適天下之用，知足以通難知之意，文足以發難顯之情者乎？則方是之時，豈特任政者皆天下之士哉？蓋執簡操筆而隨者，亦皆聖人之徒也。

兩漢以來，爲史者去之遠矣。司馬遷從五帝三王既没數千載之後，秦火之餘，因散絶殘脱之經，以及傳記百家之説，區區掇拾，以集著其善惡之迹、興廢之端，又創己意，以爲本紀、世家、八書、列傳之文，斯亦可謂奇矣。然而蔽害天下之聖法，是非顛倒而采摭謬亂者，亦豈少哉？是豈可不謂明不足以周萬事之理，道不足以適天下之用，智不足以通難知之意，文不足以發難顯之情者乎！

夫自三代以後，爲史者如遷之文，亦不可不謂雋偉拔出之才、非常之士也。然顧以謂明不足以周萬事之理，道不足以適天下之用，智不足以通難知之意，文不足以發難顯之情者，何哉？蓋聖賢之高致，遷固有不能純達其情，而見之於後者矣〔三〕，故不得而與之也。遷之得失如此，況其他邪？至於宋、齊、梁、陳、後魏、後周之書，蓋無以議爲也。

子顯之於斯文，喜自馳騁，其更改破析刻雕藻績之變尤多，而其文益下，豈夫材固不可以强而有邪〔四〕？數世之史既然，故其事迹曖昧〔五〕，雖有隨世以就功名之君，相與合謀之臣，未有赫然得傾動天下之耳目〔六〕，播天下之口者也。而一時偷奪傾危、悖禮反義之人〔七〕，亦幸而不暴著於世，豈非所託不得其人故也？可不惜哉！

蓋史者所以明夫治天下之道也，故爲之者亦必天下之材，然後其任可得而稱也。豈可忽哉！豈可忽哉〔八〕！

〔一〕「有」字原無，據元刻本、《讀書記》、顧校本、章校本、吴校本、傅校本、傅校漁浦書院本、《文粹》增。

〔二〕「杌」原作「杬」，「嵬」原作「嵬」，據元刻本、章校本、傅校漁浦書院本、《文粹》改。

〔三〕元刻本、《讀書記》無「矣」字；《讀書記》云「矣作以連下讀」。

〔四〕「豈夫」，《讀書記》、吴校本、傅校本作「夫豈」。

〔五〕「事」，元刻本、吴校本、傅校漁浦書院本作「辭」。

〔六〕顧校本、吴校本、傅校本、傅校漁浦書院本注云：「得下有其字。」

〔七〕「禮」，元刻本、《讀書記》、顧校本、章校本、吴校本、傅校本、《文粹》作「理」。

〔八〕《讀書記》此句下有「臣恂、臣穆、臣藻、臣覺、 臣彦若、 臣洙、 臣鞏謹叙目録昧死上」， 並云：「此乃進書之體，當存之。」

唐令目録序

《唐令》三十篇，以常員定職官之任，以府衛設師徒之備，以口分永業爲授田之法，以租庸調爲斂財役民之制，雖未及三代之政，然亦庶幾乎先王之意矣。後世從事者多率其私見，故聖賢之道廢而苟簡之術用。太宗能超然遠覽，絀封倫而納鄭公之議，其爲天下國家之意〔一〕，故能及此。而當是之時，遂成太平之功。使能推其類，盡其道，則唐之治，豈難至於三代之盛哉？讀其書，嘉其制度有庶幾於古者，而惜其不復行也。故掇其大要可紀者，論之於此焉。

〔一〕「天下國家」，元刻本、正統本、顧校本、章校本、《文粹》作「國家天下」。

徐幹中論目録序

臣始見館閣及世所有徐幹《中論》二十篇，以謂盡於此。及觀《貞觀政要》，怪太宗稱嘗見幹《中論·復三年喪》篇，而今書此篇闕。因考之《魏志》，見文帝稱幹著《中論》二十餘篇，於是知館閣及世所有幹《中論》二十篇者，非全書也。

幹字偉長，北海人，生於漢魏之間。魏文帝稱幹「懷文抱質，恬淡寡慾，有箕山之志」。而《先賢行狀》亦稱幹「篤行體道，不躭世榮，魏太祖特旌命之，辭疾不就，後以爲上艾長，又以疾不行」。

蓋漢承周衰及秦滅學之餘，百氏雜家與聖人之道並傳，學者罕能獨觀於道德之要，而不牽於俗儒之説。至於治心養性、去就語默之際，能不悖於理者，固希矣，况至於魏之濁世哉！幹獨能考六藝，推仲尼、孟軻之旨，述而論之。求其辭，時若有小失者；要其歸，不合於道者少矣。其所得於内者，又能信而充之，逡巡濁世，有去就顯晦之大節。臣始讀其書，察其意而賢之。因其書以求其爲人，又知其行之可賢也。惜其有補於世，而識之者少。蓋迹其言行之所至，而以世俗好惡觀之〔一〕，彼惡足以知其意哉！顧臣之力，豈足以重其書，使學者尊而信之？因校其脱謬，而序其大畧，蓋所以致臣之意焉。

〔一〕《讀書記》云：「好上有之字。」

説苑目録序

劉向所序《説苑》二十篇，《崇文總目》云：「今存者五篇，餘皆亡。」臣從士大夫閒得之者十有三篇，與舊爲十有八篇，正其脱謬，疑者闕之，而敍其篇目曰：

向采傳記、百家所載行事之迹，以爲此書。奏之欲以爲法戒，然其所取，往往不當於理，故不得而不論也。

夫學者之於道，非知其大畧之難也，知其精微之際固難矣。孔子之徒三千，其顯者七十二人，皆高世之材也，然獨稱顔氏之子，其殆庶幾乎？及回死，又以謂無好學者。而回亦稱夫子曰：「仰之彌高，鑽之彌堅。」子貢又以謂夫子之言性與天道，不可得而聞也。則其精微之際，固難知久矣。是以取舍不能無失於其間也，故曰「學然後知不足」，豈虚言哉！

向之學博矣，其著書及建言，尤欲有爲於世，忘其枉己而爲之者有矣，何其徇物者多而自爲者少也。蓋古之聖賢非不欲有爲也，然而曰求之有道，得之有命。故孔子所至之邦，必聞其政，而子貢以謂非夫子之求之也，豈不求之有道哉？子曰：「道之將行也與，命也；道之將廢也與，命也。」豈不得之有命哉？令向之出此，安於行止，以彼其志，能擇其所學，以盡乎精微，則其所至未可量也。是以孔子稱古之學者爲己，孟子稱君子欲其自得之，自得之則取之〔一〕，左右逢其原，豈汲汲於外哉？向之得失如此，亦學者之戒也。故見之敍論，令讀其書者，知考而擇之也。然向數困於讒而不改其操，與夫患失之者異矣，可謂有志者也。

〔一〕後一「之」字，元刻本、《文粹》作「諸」。

鮑溶詩集目録序

《鮑溶詩集》六卷，史館書舊題云《鮑防集》五卷，《崇文總目》敍别集亦然。知制誥宋敏求爲臣言，此集詩見《文粹》、《唐詩類選》者，皆稱鮑溶作。又防之《雜感》詩最顯，而此集無之，知此詩非防作也。臣以《文粹》、《類選》及防《雜感》詩考之，敏求言皆是。又得參知政事歐陽修所藏《鮑溶集》，與此集同，然後知爲溶集決也。史館書五卷，總二百篇。歐陽氏書無卷第，纔百餘篇。然其三十三篇，史館書所無，今别爲一卷，附於後，而總題曰《鮑溶詩集》六卷。

蓋自先王之澤熄而詩亡，晚周以來，作者嗜文辭，抒情思而已，然亦往往有可采者。溶詩尤清約謹嚴，而違理者少，亦近世之能言者也。故既正其誤謬，又著其大旨以傳焉。臣鞏謹序。

曾鞏集卷第十二

序九首

李白詩集後序

《李白詩集》二十卷〔一〕，舊七百七十六篇，今千有一篇，雜著六十篇者，知制誥常山宋敏求字次道之所廣也。次道既以類廣白詩，自爲序，而未考次其作之先後。余得其書，乃考其先後而次第之。

蓋白蜀郡人，初隱岷山，出居襄漢之間，南遊江淮，至楚觀雲夢。雲夢許氏者，高宗時宰相圉師之家也，以女妻白，因留雲夢者三年。去，之齊魯，居徂徠山竹溪，入吴，至長安，明皇聞其名，召見以爲翰林供奉，頃之不合去。北抵趙、魏、燕、晉，西涉岐邠，歷商於，至洛陽，遊梁最久，復之齊、魯，南浮淮、泗，再入吴，轉徙金陵，上秋浦潯陽。天寶十四載，安禄山反，明年明皇在蜀，永王璘節度東南，白時卧廬山，璘迫致之。璘軍敗丹陽，白奔亡至宿松，坐繫潯陽獄。宣撫大使崔涣與御史中丞宋若思驗治白，以爲罪薄宜貰，而若思軍赴河南，遂釋白囚，使謀其軍事，上書肅宗，薦白材可用，不報。是時白年五十有七矣。乾元元年，終以汚璘事長流夜郎，遂汎洞庭，上峽江，至巫山，以赦得釋，憩岳陽、江夏，久之復如潯陽，過金陵，徘徊於歷陽、宣城二郡。其族人陽冰爲當塗令，白過之，以病卒，年六十有四，是時寶應元年也。其始終所更涉如此，此白之詩書所自敍可考者也。

范傳正爲白墓誌，稱白「偶乘扁舟，一日千里，或遇勝景，終年不移」，則見於白之自敍者，蓋亦其畧也。《舊史》稱白山東人，爲翰林待詔，又稱永王璘節度揚州，白在宣城謁見，遂辟爲從事。而《新書》又稱白流夜郎，還潯陽，坐事下獄，宋若思釋之者，皆不合於白之自敘。蓋史誤也。

白之詩連類引義，雖中於法度者寡，然其辭閎肆雋偉，殆騷人所不及，近世所未有也。《舊史》稱白有逸才，志氣宏放，飄然有超世之心，余以爲實録。而《新書》不著其語，故録之，使覽者得詳焉。

〔一〕「二」，黄希憲刻本作「三」。

先大夫集後序

公所爲書，號《僊鳧羽翼》者三十卷，《西陲要紀》者十卷，《清邊前要》五十卷，《廣中台志》八十卷，《爲臣要紀》三卷，《四聲韻》五卷，總一百七十八卷，皆刊行於世。今類次詩賦書奏一百二十三篇，又自爲十卷，藏於家。方五代之際，儒學既擯焉，後生小子，治術業於閭巷，文多淺近。是時公雖少，所學已皆知治亂得失興壞之理，其爲文閎深雋美，而長於諷論，今類次樂府已下是也。

宋既平天下，公始出仕。當此之時，太祖、太宗已綱紀大法矣，公於是勇言當世之得失。其在朝廷，疾當事者不忠，故凡言天下之要，必本天子憂憐百姓、勞心萬事之意，而推大臣從官執事之人，觀望懷奸，不稱天子屬任之心，故治久未洽，至其難言，則人有所不敢言者。雖屢不合而出，其所言益切〔一〕，不以利害禍福動其意也。

始公尤見奇於太宗，自光禄寺丞、越州監酒税召見，以爲直史館，遂爲兩浙轉運使。未久而真宗即位，益以材見知。初試以知制誥，及西兵起，又以爲自陜以西經畧判官。而公常激切論大臣，當時皆不悦，故不果用。然真宗終感其言，故爲泉州，未盡一歲，拜蘇州，五日〔二〕，又爲揚州。將復召之也，而公於是時又上書，語斥大臣尤切，故卒以齟齬終。

公之言，其大者，以自唐之衰，民窮久矣，海内既集，天子方修法度，而用事者尚多煩碎，治財利之臣又益急，公獨以謂宜遵簡易、罷管榷，以與民休息，塞天下望。祥符初，四方争言符應，天子因之，遂用事泰山，祠汾陰，而道家之説亦滋甚，自京師至四方，皆大治宫觀。公益諍，以謂天命不可專任，宜絀姦臣，修人事，反復至數百千言。嗚呼！公之盡忠，天子之受盡言，何必古人。此非傳之所謂主聖臣直者乎？何其盛也！何其盛也！

公在兩浙，奏罷苛税二百三十餘條。在京西，又與三司争論，免民租，釋逋負之在民者，蓋公之所試如此。所試者大，其庶幾矣。公所嘗言甚衆，其在上前及書亡者，蓋不得而集。其或從或否，而後常可思者，與歷官行事，廬陵歐陽公已銘公之碑特詳焉，此故不論，論其不盡載者。

公卒以齟齬終，其功行或不得在史氏記，藉令記之，當時好公者少，史其果可信歟？後有君子欲推而考之，讀公之碑與其書，及余小子之序其意者，具見其表裏，其於虚實之論可核矣。

公卒乃贈諫議大夫。姓曾氏，諱某，南豐人。序其書者，公之孫鞏也。至和元年十二月二日謹序〔三〕。

〔一〕「其」，正統本、顧校本、章校本、《文粹》作「而」。

〔二〕「日」，元刻本、《讀書記》、顧校本、章校本、吴校本、傅校本作「月」，下注「一作日」。

〔三〕元刻本、正統本、章校本「月」下無「二」字。「十二月二日」，《文粹》作「十一月日」。

王深父文集序

深父，吾友也，姓王氏，諱回。當先王之迹熄，六藝殘缺，道術衰微，天下學者無所折衷，深父於是時奮然獨起〔一〕，因先王之遺文以求其意，得之於心，行之於己，其動止語默必考於法度，而窮達得喪不易其志也。文集二十卷，其辭反復辨達，有所開闡，其卒蓋將歸於簡也。其破去百家傳注推散缺不全之經，以明聖人之道於千載之後，所以振斯文於將墜，回學者於既溺，可謂道德之要言，非世之別集而已也。後之潛心於聖人者，將必由是而有得，則其於世教，豈小補之而已哉？

嗚呼！深父其志方强，其德方進，而不幸死矣，故其澤不加於天下，而其言止於此。然觀其所可考者，豈非孟子所謂名世者歟？其文有片言半簡，非大義所存，皆附而不去者，所以明深父之於其細行，皆可傳於世也。

深父，福州侯官縣人，今家於潁。嘗舉進士，中其科，爲亳州衛真縣主簿。未一歲棄去，遂不復仕。

卒於治平二年之七月二十八日，年四十有三。天子嘗以某軍節度推官知陳州南頓縣事〔三〕，就其家命之，而深父既卒矣。

〔一〕「時」字原無，據元刻本、《讀書記》、顧校本、章校本、吴校本、傅校本增。

〔三〕元刻本、《讀書記》、顧校本、章校本、吴校本、傅校本「某」下注「一作忠武」。

王子直文集序

至治之極，教化既成，道德同而風俗一，言理者雖異人殊世，未嘗不同其指。何則？理當故無二也。是以《詩》《書》之文，自唐虞以來，至秦魯之際〔一〕，其相去千餘歲，其作者非一人，至於其間嘗更衰亂，然學者尚蒙餘澤，雖其文數萬，而其所發明，更相表裏，如一人之説，不知時世之遠，作者之衆也。嗚呼！上下之間，漸磨陶冶，至於如此，豈非盛哉！

自三代教養之法廢，先王之澤熄，學者人人異見，而諸子各自爲家，豈其固相反哉？不當於理，故不能一也。

由漢以來，益遠於治。故學者雖有魁奇拔出之材，而其文能馳騁上下，偉麗可喜者甚衆，然是非取舍，不當於聖人之意者亦已多矣。故其説未嘗一，而聖人之道未嘗明也。士之生於是時，其言能當於理者，亦可謂難矣。由是觀之，則文章之得失，豈不繫於治亂哉〔二〕？

長樂王向字子直，自少已著文數萬言，與其兄弟俱名聞天下，可謂魁奇拔出之材，而其文能馳騁上下，偉麗可喜者也。讀其書，知其與漢以來名能文者，俱列於作者之林，未知其孰先孰後。考其意，不當於理者亦少矣〔三〕。然子直晚自以爲不足，而悔其少作。更欲窮探力取，極聖人之指要，盛行則欲發而見之事業，窮居則欲推而托之於文章，將與《詩》《書》之作者並，而又未知孰先孰後也〔四〕。然不幸蚤世，故雖有難得之材，獨立之志，而不得及其成就，此吾徒與子直之兄回字深父所以深恨於斯人也。

子直官世行治，深父已爲之銘。而書其數萬言者〔五〕，屬予爲叙。予觀子直之所自見者，已足暴於世矣，故特爲之序其志云。

〔一〕「秦」，章校本作「鄒」。

〔二〕「豈」，元刻本、《文粹》作「其」。

〔三〕「者」字原無，據元刻本、《讀書記》、顧校本、章校本、吴校本、傅校本、《文粹》增。《讀書記》、章校本「不」上有「其」字。

〔四〕元刻本、《讀書記》、顧校本、章校本、吴校本、傅校本、《文粹》「知」下有「其」字。

〔五〕「書」，章校本作「集」。

王容季文集序

叙事莫如《書》。其在《堯典》，述命羲和，宅土，測日晷星候氣〔一〕，揆民緩急，兼蠻夷鳥獸，其財成輔相，備三才萬物之理，以治百官，授萬民，興衆功，可謂博矣。然其言不過數十。其於《舜典》則曰：在璿璣玉衡，以齊七政。蓋堯之時，觀天以曆象。至舜，又察之以璣衡〔二〕。聖人之法，至後世益備也。曰七者，則日月五星。曰政者，則羲和之所治，無不在焉〔三〕。其體至大，蓋一言而盡，可謂微矣。其言微，故學者所不得不盡心。能盡心，然後能自得之。此所以爲經，而歷千餘年，蓋能得之者少也，《易》、《詩》、《禮》、《春秋》、《論語》皆然。其曰測之而益深，窮之而益遠，信也。

世既衰，能言者益少。承孔子者，孟子而已。承孟子者，揚子而已。揚子之稱孟子曰：知言之要，知德之奥。若揚子則亦足以幾乎此矣。其次能叙事，使可行於遠者，若子夏、左丘明、司馬遷、韓愈，亦可謂拔出之材，其言庶乎有益者也。

吾友王氏兄弟，曰回深父，曰向子直，曰冏容季，皆善屬文，長於叙事，深父尤深〔四〕，而子直、容季，蓋能稱其兄者也，皆可謂拔出之材。令其克壽，得就其志，則將紹六藝之遺言，其可禦哉！

予嘗叙深父、子直之文，銘容季之墓，而容季之兄固子堅，又集容季之遺稿，屬予序之。予憫俗之婾，朋友故舊道缺，不自知其不能，强次是説，以爲容季文集序。熙寧九年冬南昌郡齋。

〔一〕顧校本、章校本無「星」字，顧云：「據何氏當汰去星字。」

〔二〕「以」字原無，據元刻本、《讀書記》、顧校本、章校本、吴校本、傅校本增。

〔三〕「在」，元刻本作「任」，並注「一作在」。

〔四〕元刻本、《讀書記》、顧校本、章校本、吴校本、傅校本「尤」上有「爲」字。

范貫之奏議集序

尚書户部郎中直龍圖閣范公貫之之奏議，凡若干篇，其子世京集爲十卷，而屬予序之。

蓋自至和已後十餘年間，公常以言事任職。自天子、大臣至於羣下，自掖庭至於四方幽隱，一有得失善惡，關於政理，公無不極意反復，爲上力言。或矯拂情欲〔一〕，或切劘計慮，或辨别忠佞而處其進退。章有一再或至於十餘上，事有陰争獨陳，或悉引諫官御史合議肆言。仁宗常虚心采納，爲之變命令，更廢舉，近或立從，遠或越月逾時，或至於其後，卒皆聽用。蓋當是時，仁宗在位歲久，熟於人事之情僞與羣臣之能否，方以仁厚清静休養元元，至於是非與奪，則一歸之公議，而不自用也。其所引拔以言爲職者，如公皆一時之選。而公與同時之士，亦皆樂得其言，不曲從苟止。故天下之情因得畢聞於上，而事之害理者常不果行。至於奇衺恣睢，有爲之者，亦輒敗悔。故當此之時，常委事七八大臣，而朝政無大闕失，羣臣奉法遵職，海内乂安。

夫因人而不自用者，天也。仁宗之所以其仁如天，至於享國四十餘年，能承太平之業者，繇是而已。後世得公之遺文，而論其本，見其上下之際相成如此，必將低回感慕，有不可及之嘆，然後知其時之難得。則公言之不没，豈獨見其志，所以明先帝之盛德於無窮也。

公爲人温良慈恕，其從政寬易愛人。及在朝廷，危言正色，人有所不能及也。凡同時與公有言責者，後多至大官，而公獨早卒。

公諱師道，其世次、州里、歷官、行事，有今資政殿學士趙公抃爲公之墓銘云。

〔一〕「情」，元刻本、顧校本、章校本、吴校本、傅校本注「一作嗜」；《讀書記》作「嗜」。

王平甫文集序

王平甫既没，其家集其遺文爲百卷，屬予序。

平甫自少已傑然以材高見於世。爲文思若決河，語出驚人，一時争傳誦之。其學問尤敏，而資之以不倦，至晚愈篤，博覽强記，於書無所不通，其明於是非得失之理爲尤詳。其文閎富典重，其詩博而深矣。

自周衰，先王之遺文既喪。漢興，文學猶爲近古，及其衰，而陵夷盡矣。至唐，久之而能言之士始幾於漢，及其衰，而遂泯泯矣。宋受命百有餘年，天下文章復侔於漢唐之盛〔一〕。蓋自周衰至今千有餘歲，斯文濱於磨滅〔二〕，能自拔起以追於古者，此三世而已。各於其盛時，士之能以特見於世者，率常不過三數人。其世之不數，其人之難得如此。

平甫之文能特見於世者也。世皆謂平甫之詩宜爲樂歌，薦之郊廟；其文宜爲典册，施諸朝廷，而不得用於世。然推其實，千歲之日不爲不多，焦心思於翰墨之間者不爲不衆，在富貴之位者，未嘗一日而無其人，彼皆湮没而無傳〔三〕，或播其醜於後。平甫乃躬難得之姿，負特見之能，自立於不朽，雖不得其志，然其文之可貴，人亦莫得而揜也。則平甫之求於内，亦奚憾乎！古今作者，或能文不必工於詩，或長於詩不必有文。平甫獨兼得之，其於詩尤自喜，其憂喜、哀樂、感激、怨懟之情，一於詩見之，故詩尤多也。

平甫居家孝友，爲人質直簡易，遇人豁然推腹心，不爲毫髮疑礙，與人交，於恩意尤篤也。其死之日，天下識與不識，皆聞而哀之。其州里、世次、歷官、行事，將有待於識平甫之葬者，故不著於此云。元豐元年。

〔一〕「章」，元刻本、顧校本、章校本、吴校本、傅校本作「意」。
〔二〕「磨」，元刻本、顧校本、《文粹》作「泯」。
〔三〕「没」，元刻本、正統本作「滅」。

强幾聖文集序

幾聖諱至，姓强氏，錢塘人，幾聖字也。爲三司户部判官、尚書祠部郎中〔一〕。既没，其子浚明集其遺文爲二十卷，屬予序。

幾聖少貧，能自謀學，爲進士，材拔出輩類〔二〕，出輒收其科。其文詞大傳於時。及爲吏，未嘗不以其閒益讀書爲文。尤工於詩，句出驚人。世皆推其能，然最爲相國韓魏公所知。魏公既罷政事，鎮京兆，及徙鎮相魏，常引幾聖自助。魏公喜爲詩，每合屬士大夫、賓客與遊，多賦詩以自見。其屬而和之者，幾聖獨思致逸發，若不可追躡，魏公未嘗不嘆得之晚也。其在幕府，魏公每上奏天子，以歲時慶賀候問，及爲書記通四方之好〔三〕，幾聖爲屬稿草，必聲比字屬，曲當繩墨，然氣質渾渾，不見刻畫，遠近多稱誦之。及爲他文，若誌銘序記、策問學士大夫，則簡古典則〔四〕，不少貶以就俗。其所長兼人，以此魏公數薦之朝廷，以謂宜在館閣，然未及用。魏公既薨之明年，幾聖亦以疾卒。

幾聖之遺文，在魏公幕府者爲最多，故序亦特反復見之〔五〕，覽者可推而考之也。其行治官世，已著於誌幾聖之葬者，故此不著。

〔一〕「祠」，原作「嗣」，據元刻本、正統本、章校本、《文粹》改。

〔二〕元刻本、《讀書記》、顧校本、章校本、吴校本、傅校本、《文粹》「出」下有「其」字。

〔三〕元刻本、《讀書記》、顧校本、章校本、吴校本、傅校本、《文粹》「通」上有「以」字。

〔四〕吴校本、傅校本「古」下有「有」字。「典」，元刻本作「而」，《讀書記》云：「宋本作而。」

〔五〕「特」字原無，據元刻本、《讀書記》、顧校本、章校本、吴校本、傅校本增。

思軒詩序

今天子至和之初，尚書屯田員外郎林君慥通判撫州，協于上下，以修其職。於是時，蝗起京東，轉入江淮之間，秋又皆旱，撫獨無害災。故君得以其閒，益疏其寢北之池〔一〕，厚池之北涯，立屋其上，入而燕焉，名其軒曰思軒。士之能詩者，皆爲君賦之。

觀君之蚤夜於其治，既有餘日，乃自以爲不足，而深思於此。得士大夫之作，讀而推之。以察君之志，將無小大言動，萬事之作止，一擇其宜，則思之盡，豈獨一時寄此軒之内哉？

君之大父水部君，當太宗時，實通判是州。今六十餘年，而君來世其官。衆於是考於州人，以求水部之餘思遺德。又榮君之能業其家，而謂君之勢且益顯，以大其宗門，將豈止於此！後有君子低回此軒，而迹君之思見於事者，不違於理，不墜其先人，則詩之信天下，其可蔽也哉。九月十五日序。

〔一〕「池」，原作「地」，據元刻本、《讀書記》、顧校本、章校本、吴校本、傅校本改。

曾鞏集卷第十三

序九首

越州鑑湖圖序[一]

鑑湖，一曰南湖，南並山，北屬州城漕渠，東西距江，漢順帝永和五年，會稽太守馬臻之所爲也，至今九百七十有五年矣。其周三百五十有八里，凡水之出于東南者皆委之。州之東，自城至于東江，其北堤石楗二[二]，陰溝十有九，通民田，田之南屬漕渠，北東西屬江者皆溉之。州之東六十里，自東城至于東江，其南堤陰溝十有四，通民田，田之北抵漕渠，南並山，西並堤，東屬江者皆溉之。州之西三十里，曰柯山斗門，通民田，田之東並城，南並堤，北濱漕渠，西屬江者皆溉之。總之，溉山陰、會稽兩縣十四鄉之田九千頃。非湖能溉田九千頃而已，蓋田之至江者盡於九千頃也。其東曰曹娥斗門，曰蒿口斗門，水之循南堤而東者，由之以入于東江。其西曰廣陵斗門，曰新逕斗門，水之循北堤而西者，由之以入于西江。其北曰朱儲斗門，去湖最遠[三]。蓋因三江之上、兩山之間，疏爲二門[四]，而以時視田中之水，小溢則縱其一，大溢則盡縱之，使入于三江之口。所謂湖高于田丈餘，田又高海丈餘，水少則洩湖溉田，水多則洩田中水入海，故無荒廢之田，水旱之歲者也。繇漢以來幾千載，其利未嘗廢也。

宋興，民始有盜湖爲田者。祥符之間二十七戶，慶曆之間二戶，爲田四頃。當是時，三司轉運司猶下書切責州縣，使復田爲湖。然自此吏益慢法，而奸民浸起，至于治平之間，盜湖爲田者凡八千餘戶，爲田七百餘頃，而湖廢幾盡矣。其僅存者，東爲漕渠，自州至于東城六十里，南通若耶溪，自樵風涇至于桐塢，十里皆水，廣不能十餘丈，每歲少雨，田未病而湖蓋已先涸矣。

自此以來，人争爲計説。蔣堂則謂宜有罰以禁侵耕，有賞以開告者。杜杞則謂盜湖爲田者，利在縱湖水，一雨則放聲以動州縣，而斗門輒發。故爲之立石則水，一在五雲橋，水深八尺有五寸，會稽主之；一在跨湖橋，水深四尺有五寸，山陰主之。而斗門之鑰，使皆納于州，水溢則遣官視則，而謹其閉縱。又以謂宜益理堤防斗門〔五〕，其敢田者拔其苗，責其力以復湖，而重其罰，猶以爲未也，又以謂宜加兩縣之長以提舉之名，課其督察而爲之殿最〔六〕。吴奎則謂每歲農隙，當僦人濬湖，積其泥塗以爲丘阜，使縣主役，而州與轉運使、提點刑獄督攝賞罰之。張次山則謂湖廢，僅有存者難卒復，宜益廣漕路及他便利處，使可漕及注民田里，置石柱以識之，柱之内禁敢田者。刁約則謂宜斥湖三之一與民爲田，而益堤使高一丈，則湖可不開，而其利自復。范師道、施元長則謂重侵耕之禁，猶不能使民無犯，而斥湖與民，則侵者孰禦？又以湖水較之，高於城中之水，或三尺有六寸，或二尺有六寸，而益堤壅水使高，則水之敗城郭廬舍可必也。張伯玉則謂日役五千人濬湖，使至五尺，當十五歲畢，至三尺，當九歲畢。然恐工起之日，浮議外摇，役夫内潰，則雖有智者，猶不能必其成。若日役五千人，益堤使高八尺，當一歲畢。其竹木之費，凡九十二萬有三千，計越之戶二十萬有六千，賦之而復其租，其勢易足，如此，則利可坐收，而人不煩弊。陳宗言、趙誠復以水勢高下難之〔七〕，又以謂宜修吳奎之議〔八〕，以歲月復湖。當是時，都水善其言，又以謂宜增賞罰之令。

其爲說如此，可謂博矣。朝廷未嘗不聽用而著於法〔九〕，故罰有自錢三百至于千，又至于五萬，刑有自杖百至于徒二年〔一〇〕，其文可謂密矣。然而田者不止而日愈多，湖不加濬而日愈廢，其故何哉？法令不行，而苟且之俗勝也。

昔謝靈運從宋文帝求會稽回踵湖爲田，太守孟顗不聽，又求休崲湖爲田，顗又不聽，靈運至以語詆之。則利於請湖爲田，越之風俗舊矣。然南湖繇漢歷吳、晉以來，接于唐，又接于錢鏐父子之有此州，其利未嘗廢者。彼或以區區之地當天下，或以數州爲鎮，或以一國自王，內有供養禄廩之須，外有貢輸問遺之奉，非得晏然而已也。故强水土之政以力本利農，亦皆有數，而錢鏐之法最詳〔一一〕，至今尚多傳於人者。則其利之不廢，有以也。

近世則不然，天下爲一，而安於承平之故，在位者重舉事而樂因循。而請湖爲田者，其語言氣力往往足以動人。至於修水土之利，則又費材動衆，從古所難。故鄭國之役，以謂足以疲秦，而西門豹之治鄴渠，人亦以爲煩苦，其故如此。則吾之吏，孰肯任難當之怨，來易至之責，以待未然之功乎？故說雖博而未嘗行，法雖密而未嘗舉，田者之所以日多，湖之所以日廢，繇是而已。故以謂法令不行，而苟且之俗勝者，豈非然哉！

夫千歲之湖，廢興利害，較然易見。然自慶曆以來三十餘年，遭吏治之因循，至於既廢，而世猶莫寤其所以然，況於事之隱微難得，而考者繇苟簡之故，而弛壞於冥冥之中，又可知其所以然乎？

今謂湖不必復者，曰湖田之入既饒矣，此游談之士爲利於侵耕者言之也。夫湖未盡廢，則湖下之田旱，此方今之害，而衆人之所睹也。使湖盡廢，則湖之爲田亦旱矣，此將來之害，而衆人之所未睹也。故曰此游談之士爲利於侵耕者言之，而非實知利害者也。謂湖不必濬者，曰益堤壅水而已，此好辨之士爲樂聞苟簡者言之也。夫以地勢較之，壅水使高，必敗城郭，此議者之所已言也。以地勢較之，濬湖使下，然後不失其舊；不失其舊，然後不失其宜，此議者之所未言也。又山陰之石則爲四尺有五寸，會稽之石則幾倍之，壅水使高，則會稽得尺，山陰得半，地之窪隆不並，則益堤未爲有補也。故曰，此好辨之士爲樂聞苟簡者言之，而又非實知利害者也。

二者既不可用，而欲禁侵耕，開告者，則有賞罰之法矣；欲謹水之畜洩，則有閉縱之法矣；欲痛絶敢田者，則拔其苗，責其力以復湖，而重其罰，又有法矣；或欲任其責於州縣與轉運使、提點刑獄，或欲以每歲農隙濬湖，或欲禁田石柱之内者，又皆有法矣。欲知濬湖之淺深，用工若干，爲日幾何；欲知增堤竹木之費幾何，使之安出；欲知濬湖之泥塗積之何所，又已計之矣。欲知工起之日，或浮議外摇，役夫内潰，則不可以必其成，又已論之矣。誠能收衆説而考其可否，用其可者，而以在我者潤澤之，令言必行，法必擧，則何功之不可成，何利之不可復哉？

鞏初蒙恩通判此州，問湖之廢興於人，未有能言利害之實者。及到官，然後問圖於兩縣，問書於州與河渠司，至於參核之而圖成，熟究之而書具，然後利害之實明。故爲論次〔三〕，庶夫計議者有考焉。

熙寧二年冬卧龍齋。

〔一〕元刻本、正統本、《讀書記》、章校本題作「序越州鑑湖圖」。

〔二〕「楗」，原作「揵」，今改。元刻本作「揵」，並注「或作楗、⿰石建、⿰阝建」；顧校本、章校本、吴校本、傅校本作「楗」，注同元刻本。

〔三〕「遠」，顧校本、吴校本、傅校本作「近」，並注：「《雞肋編》作近。」

〔四〕「二」，顧校本、吴校本、傅校本作「一」，並注：「《雞肋編》作一。」

〔五〕「斗門」，元刻本、《讀書記》、顧校本、章校本、吴校本、傅校本注「一作計」。

〔六〕「殿最」，原作「殿賞」，據顧校本、《文粹》改。

〔七〕「趙誠」，元刻本、正統本、《文粹》作「趙諴」。

〔八〕「修」，《讀書記》作「從」。

〔九〕「而」字原無，據元刻本、《讀書記》、顧校本、吴校本、傅校本、《文粹》增。《讀書記》、章校本、《文粹》「於」上有「之」字。

〔一〇〕「自」字原無，據元刻本、《讀書記》、顧校本、章校本、吴校本、傅校本、《文粹》增。

〔一一〕元刻本、《讀書記》、顧校本、章校本、吴校本、傅校本「法」上有「遺」字。

〔一二〕元刻本、《讀書記》、顧校本、章校本、吴校本、傅校本「爲」下有「之」字。

類要序

晏元獻公出東南，起童子，入秘閣讀書，遂贊名，命入翰林爲學士。真宗特寵待之，每進見勞問，及所以任屬之者，群臣莫能及。皇太子就書學，公以選入侍。太子即皇帝位，是爲仁宗。公遂管國樞要，任政事，位宰相。其在朝廷五十餘年，常以文學謀議爲任，所爲賦、頌、銘、碑、制、詔、册、命、書、奏、議、論之文傳天下，尤長於詩，天下皆吟誦之。

當真宗之世，天下無事，方輯福應，推功德，修封禪，及后土、山川、老子諸祠，以報禮上下。左右前後之臣，非工儒學，妙於語言，能討論古今，潤色太平之業者，不能稱其位。公於是時爲學者宗，天下慕其聲名。人見公應於外者之不窮，而不知公之得於內者深也〔一〕。

及得公所爲《類要》上中下帙〔二〕，總七十四篇，凡若干門，皆公所手抄。乃知公於六藝、太史、百家之言，騷人墨客之文章，至於地志、族譜、佛老、方伎之衆説，旁及九州之外，蠻夷荒忽詭變奇迹之序録，皆披尋紬繹，而於三才萬物變化情僞，是非興壞之理，顯隱細鉅之委曲，莫不究盡。公之得於內者在此也。公之所以光顯於世者，有以哉！

觀公之所自致者如此，則知士不素學而處從官大臣之列，備文儒道德之任，其能不餒且病乎？此公之書所以爲可傳也。

公之子知止，能守其家者也，以書屬余序。余與公仕不並時，然皆臨川人，故爲之論次，以爲公書諸首〔三〕。

〔一〕「深」，元刻本、正統本、《讀書記》、顧校本作「何」。

〔二〕「帙」，原作「秩」，據顧校本、《文粹》改。

〔三〕元刻本，顧校本、章校本、吴校本、傅校本、《文粹》無「諸」字；正統本「諸」作「其」。

相國寺維摩院聽琴序

古者學士之於六藝，射能弧矢之事矣，又當善其揖讓之節；御能車馬之事矣，又當善其驅馳之節；書非能肆筆而已，又當辨其體而皆通其意；數非能布策而已，又當知其用而各盡其法。而五禮之威儀，至於三千，六樂之節文，可謂微且多矣。噫！何其煩且勞如是〔一〕！然古之學者必能此，亦可謂難矣。

然習其射御於禮，習其干戈於樂〔二〕，則少於學，長於朝，其於武備固修矣。其於家有塾，於黨有庠，於鄉有序，於國有學，於教有師，於視聽言動有其容，於衣冠飲食有其度，几杖有銘，盤杅有戒。在與有和鸞之聲，行步有佩玉之音，燕處有《雅》、《頌》之樂。而非其故〔三〕，琴瑟未嘗去於前也。蓋其出入進退，俯仰左右，接於耳目，動於四體，達於其心者，所以養之至如此其詳且密也。

雖然，此尚爲有待於外者耳。若夫三才萬物之理，性命之際，力學以求之，深思以索之，使知其要，識其微，而齋戒以守之，以盡其才，成其德，至合於天地而後已者，又當得之於心，夫豈非難哉？

噫！古之學者，其役之於内外以持其心〔四〕、養其性者，至於如此，此君子所以愛日而自强不息〔五〕，以求至乎極也。然其習之有素，閑之有具如此，則求其放心，伐其邪氣，而成文武之材，就道德之實者，可謂易矣。

孔子曰：「興於《詩》，立於《禮》，成於《樂》。」蓋樂者，所以感人之心，而使之化，故曰「成於《樂》」。昔舜命夔典樂，教胄子，曰：「直而温，寬而栗，剛而無虐，簡而無傲。」則樂者非獨去邪，又所以救其性之偏而納之中也。故和鸞、佩玉、《雅》《頌》琴瑟之音，非其故不去於前，豈虚也哉？今學士大夫之於持其身〔六〕、養其性，凡有待於外者，皆不能具，得之於内者，又皆略其事〔七〕，可謂簡且易矣。然所以求其放心，伐其邪氣，而成文武之材，就道德之實者，豈不難哉？此予所以懼不至於君子而入於小人也。

夫有待於外者，余既力不足，而於琴竊有志焉久矣，然患其莫余授也。治平三年夏，得洪君於京師，始合同舍之士，聽其琴於相國寺之維摩院。洪君之於琴，非特能其音，又能其意者也〔八〕。予將就學焉，故道予之所慕於古者，庶乎其有以自發也。同舍之士，丁寶臣元珍、鄭穆閎中、孫覺莘老、林希子中，而予曾鞏子固也。洪君名規，字方叔，以文學吏事稱於世云。

〔一〕顧校本、吴校本、傅校本注「《文鑑》無何其二字」。
〔二〕《讀書記》、顧校本、章校本注「戈疑戚」。
〔三〕「其」，《讀書記》、章校本作「有」；顧校本、傅校本注「疑訛」。
〔四〕「心」，《讀書記》作「身」。

〔五〕顧校本、吴校本、傅校本無「以」字。

〔六〕「身」，顧校本、吴校本、傅校本作「心」。

〔七〕顧校本、吴校本、傅校本、傅校漁浦書院本「又」下有「亦」字。

〔八〕《讀書記》、章校本「能」下有「通」字；顧校本、傅校本注「疑當有通字」。

張文叔文集序

文叔姓張氏，諱彦博，蔡州汝陽人。慶曆三年，爲撫州司法參軍，余爲之銘其父碑。文叔又治其寢，得嬰兒禿禿之遺骸葬之，余爲之誌其事。是時文叔年未三十，喜從余問道理，學爲文章，因與之游。至其爲司法代去，其後又三遇焉，至今二十有六年矣。

文叔爲袁州判官以死。其子仲偉集其遺文爲四十卷，自蘄春走京師，屬余序之。余讀其書，知文叔雖久窮，而講道益明，屬文益工，其辭精深雅贍，有過人者。而比三遇之，蓋未嘗爲余出也。又知文叔自進爲甚强，自待爲甚重，皆可喜也。雖其遇於命者不至於富貴，然比於富貴而功德不足以堪之，姑爲説以自恕者，則文叔雖久窮亦何限哉？

仲偉居撫時，八九歲，未丱，始讀書就筆硯。今儀觀甚偉，文辭甚工。有子復能讀書就筆硯矣，則余其能不老乎？既爲之評其文而序之，又歷道其父子事反復如此者〔一〕，所以致余情於故舊，而又以見余之老也。熙寧元年十二月十七日序。

〔一〕「歷」，元刻本、正統本、章校本作「厤」。

館閣送錢純老知婺州詩序

熙寧三年三月，尚書司封員外郎、秘閣校理錢君純老出爲婺州，三館秘閣同舍之士相與飲餞于城東佛舍之觀音院，會者凡二十人。純老亦重僚友之好，而欲慰處者之思也，乃爲詩二十言以示坐者。於是在席人各取其一言爲韻，賦詩以送之。純老至州，將刻之石，而以書來曰：「爲我序之。」

蓋朝廷常引天下文學之士〔一〕，聚之館閣，所以長養其材而待上之用。有出使於外者，則其僚必相告語，擇都城之中廣宇豐堂、遊觀之勝，約日皆會，飲酒賦詩，以叙去處之情，而致綢繆之意。歷世寖久，以爲故常。其從容道義之樂，蓋他司所無。而其賦詩之所稱引況諭，莫不道去者之美，祝其歸仕於王朝，而欲其無久於外。所以見士君子之風流習尚，篤於相先，非世俗之所能及。又將待上之考信於此，而以其彙進，非空文而已也。

純老以明經進士制策入等，歷教國子生，入館閣爲編校書籍校理檢討。其文章學問有過人者，宜在天子左右，與訪問，任獻納。而顧請一州，欲自試於川窮山阻僻絶之地，其志節之高，又非凡材所及。此賦詩者所以推其賢，惜其去，殷勤反復而不能已。余故爲之序其大旨，以發明士大夫之公論，而與同舍視之，使知純老之非久於外也。十月　日序。

〔一〕「文」，元刻本、正統本、章校本、《文粹》作「儒」。

齊州雜詩序

齊故爲文學之國，然亦以朋比誇詐見於習俗。今其地富饒，而介於河岱之間，故又多獄訟，而豪猾群黨亦往往喜相攻剽賊殺，於時號難治。

余之疲駑來為是州，除其姦强，而振其弛壞，去其疾苦，而撫其善良。未期囹圄多空，而枹鼓幾熄，歲又連熟，州以無事。故得與其士大夫及四方之賓客，以其暇日，時遊後園。或長軒嶢榭，登覽之觀，屬思千里；或芙蕖芰荷，湖波渺然，縱舟上下。雖病不飲酒，而閒爲小詩，以娱情寫物，亦拙者之適也。通儒大人，或與余有舊，欲取而視之，亦不能隱。而青鄆二學士又從而和之，士之喜文辭者，亦繼爲此作。總之凡若干篇。豈得以余文之陋，而使夫宗工秀人雄放瓌絶可喜之辭，不大傳于此邦也。故刻之石而并序之，使覽者得詳焉。熙寧六年二月己丑序。

順濟王敕書祝文刻石序

臣鞏言：世稱麟鳳龜龍，王者之嘉瑞，則蓋不常出，而德有不能致者。又稱麟鳳龜龍四靈以爲畜，則至治之世，蓋可狎而擾也。故官有豢龍，而劉累以善其職事。至夏之衰，乃不能馴。而或漦于庭，至周卒爲女禍。蓋龍之爲祥異，通於治亂如此。

伏惟陛下仁聖之德達於淵泉，故龍實來慕，若可擾也。其自今以往，盛德日躋，則必有遊于宫沼，或負圖出河，而且將領在有司，羣於庶物〔一〕，故臣敢刻敕書祝辭於石以俟。臣鞏謹序。

〔一〕「庶」，元刻本、正統本、章校本作「羞」。

叙盗

盗三十人，凡十五發。繇孫仙而下，盗吴慶船者，殺人皆應斬，盗朱縞船者，贓重皆應絞，凡應死者十有八人。繇湯慶而下，或贓輕，或竊盗，或常自言，凡應徒者，十有二人。此有司之法也。今圖之所見者，其名氏、税等〔一〕、械器，與其發之日月，所盗之家、所取之財，至於人各別其凡若干發，皆旁行以見之。人各別其凡若干發者，又別之以朱，欲覽者之易曉也。吴慶之船，贓分爲三，與吴慶、吴道之屬有親疏，居有異同。至於孫仙、湯慶之族屬，以及十二人之所以得不死者，皆別見於圖之上下，而獄之輕重詳矣。

其創作兵仗，合衆以轉劫數百里之間，至於賊殺良民，此情狀之尤可嫉者也。方五六月之時，水之害甚矣，田疇既以蕩溺矣，屋廬既以漂流矣。城郭之内，糶官粟以賑民，而猶有不得食者。窮鄉僻壤、大川長谷之間，自中家以上，日昃持錢〔二〕，無告糴之所，況於躡短素困之人乎？方且結草葦以自託於壞堤毁埠之上，有飢餓之迫，無樂生之情。其屢發而爲盗，亦情狀之有可哀者也。

《康誥》曰：「殺越人於貨，愍不畏死，凡民罔不憝。」孟子以謂不待教而誅者也。是則殺人之盗，不待教而誅，此百王之所同，而未有知其所始者也。然而孔子曰：「天下有道，盜其先變乎？」此謂養之既足，導之既明，則爲盜者知恥而自新。則非殺人之盜，有待教而誅者，此亦百王之所同，而未有知其所始者也。不待教而誅者，天下之所不得容也；待教而誅者，俟之之道既盡矣，然後可以責之備也。苟爲養之既有不足，導之既有不明，俟之之道既有不盡矣。故凶年人食不足，而有起爲盜賊者，天子嘗密下寬大之令，許降其罪，而此非有司之法也。至殺人與贓重者亦不降，有司之法存焉，亦《康誥》之意也。

余嘗閲是獄，故具列其本末情狀以覽觀焉，以明余之於是盡心矣。

〔一〕《讀書記》、顧校本、章校本注「稅等二字疑訛」。

〔二〕「昃」，明、清刻本或作「暮」。

贈黎安二生序

趙郡蘇軾，余之同年友也，自蜀以書至京師遺余，稱蜀之士曰黎生、安生者。既而黎生攜其文數十萬言，安生攜其文亦數千言，辱以顧余。讀其文，誠閎壯雋偉，善反復馳騁，窮盡事理，而其才力之放縱，若不可極者也。二生固可謂魁奇特起之士，而蘇君固可謂善知人者也。

頃之，黎生補江陵府司法參軍，將行，請予言以爲贈。余曰：「余之知生，既得之於心矣，乃將以言相求於外邪？」黎生曰：「生與安生之學於斯文〔一〕，里之人皆笑以爲迂闊，今求子之言，蓋將解惑於里人。」余聞之，自顧而笑。夫世之迂闊，孰有甚於予乎？知信乎古而不知合乎世，知志乎道而不知同乎俗，此余所以困於今而不自知也。世之迂闊，孰有甚於予乎？今生之迂，特以文不近俗，迂之小者耳，患爲笑於里之人。若余之迂大矣，使生持吾言而歸，且重得罪，庸詎止於笑乎？然則若余之於生，將何言哉？謂余之迂爲善，則其患若此；謂爲不善，則有以合乎世，必違乎古，有以同乎俗，必離乎道矣。生其無急於解里人之惑，則於是焉，必能擇而取之。遂書以贈二生，并示蘇君，以爲何如也〔二〕。

〔一〕前一「生」字，元刻本、《文粹》作「予」。

〔二〕「何如」，元刻本、吴校本、傅校本作「如何」。

曾鞏集卷第十四

序十一首

送傅向老令瑞安序

向老傅氏，山陰人。與其兄元老讀書知道理。其所爲文辭可喜。太夫人春秋高，而其家故貧。然向老昆弟尤自守，不苟取而妄交，太夫人亦忘其貧。余得之山陰，愛其自處之重，而見其進而未止也，特心與之。

向老用舉者令温之瑞安，將奉其太夫人以往。予謂向老學古，其爲令當知所先後。然古之道蓋無所用於今，則向老之所守亦難合矣。故爲之言，庶夫有知予爲不妄者，能以此而易彼也。

送周屯田序

士大夫登朝廷〔一〕，年七十，上書去其位，天子官其一子而聽之，亦可謂榮矣。然而有若不釋然者。余爲之言曰：古之士大夫倦而歸者，安車几杖，膳羞被服，百物之珍好自若，天子養以燕饗飲食鄉射之禮。自比子弟，袒韝鞠𦠆，以薦其物。諮其辭說，不於庠序，則於朝廷〔二〕。時節之賜，與縉紳之禮於其家者，不以朝，則以夕。上之聽其休，爲不敢勤以事。下之自老，爲無爲而尊榮也〔三〕。今一日辭事還其廬，徒御散矣，賓客去矣，百物之順其欲者不足，人之羣嬉屬好之交不與，約居而獨遊，散棄乎山墟林莽陋巷窮閻之間〔四〕，如此，其於長者薄也，亦曷能使其不欲然於心邪？雖然，不及乎尊事，可以委蛇其身而益閑；不享乎珍好，可以窒煩除薄而益安；不去乎深山長谷，豈不足以易其庠序之位；不居其榮，豈有患乎其辱哉？然則古之所以殷勤奉老者，皆世之任事者所自爲。於士之倦而歸者，顧爲煩且勞也。今之置古事者，顧有司爲少耳。士之老於其家者，獨得其自肆也，然則何爲動其意邪？

余爲之言者，尚書屯田員外郎周君中復。周君與先人俱天聖二年進士，與余舊且好也。既爲之辨其不釋然者，又欲其有以處而樂也。讀余言者，可無異周君而病今之失矣。南豐曾鞏序。

〔一〕《讀書記》、顧校本、章校本、吴校本、傅校本、傅校漁浦書院本「夫」下有「仕」字。

〔二〕元刻本、正統本、《文粹》無「則」字。

〔三〕前一「爲」字，元刻本、顧校本注「一本無此字。」「而」，元刻本、《讀書記》、顧校本、章校本、吴校本、傅校本、傅校漁浦書院本作「以」。

〔四〕「陋」，萬曆本作「僻」。

送江任序

均之爲吏，或中州之人，用於荒邊側境、山區海聚之間，蠻夷異域之處，或燕荆越蜀、海外萬里之人，用於中州，以至四遐之鄉，相易而往。其山行水涉沙莽之馳，往往則風霜冰雪瘴霧之毒之所侵加，蛟龍虺蜴虎豹之羣之所抵觸，衝波急洑隤崖落石之所覆壓。其進也，莫不籝糧舉藥，選舟易馬，力兵曹伍而後動〔一〕，戒朝奔夜，變更寒暑而後至。至則宮廬器械被服飲食之具、土風氣候之宜，與夫人民謠俗語言習尚之務，其變難遵，而其情難得也，則多愁居惕處，歎息而思歸〔二〕。及其久也，所習已安，所蔽已解，則歲月有期，可引而去矣。故不得專一精思修治具，以宣布天子及下之仁，而爲後世可守之法也。或九州之人，各用於其土，不在西封，在東境。士不必勤，舟車輿馬不必力，而已傳其邑都，坐其堂奧。道途所次，升降之倦，凌冒之虞，無有接於其形，動於其慮。至則耳目口鼻百體之所養，如不出乎其家；父兄六親故舊之人，朝夕相見，如不出乎其里。山川之形，土田市井風謠習俗辭說之變，利害得失善惡之條貫，非其童子之所聞，則其少長之所遊覽；非其自得，則其鄉之先生老者之所告也。所居已安，所有事之宜，皆已習熟，如此故能專慮致勞職事〔三〕，以宣上恩，而修百姓之急。其施爲先後，不待旁諮久察，而與奪損益之幾，已斷於胸中矣。豈累夫孤客遠寓之憂〔四〕，而以苟且決事哉！

臨川江君任爲洪之豐城，此兩縣者，牛羊之牧相交，樹木果蔬五穀之壟相入也。所謂九州之人各用於其土者，孰近於此？既已得其所處之樂，而厭聞飫聽其人民之事，而江君又有聰明敏給之材、廉潔之行以行其政，吾知其不去圖書講論之適〔五〕，賓客之好，而所爲有餘矣。蓋縣之治，則民自得於大山深谷之中，而州以無爲於上。吾將見江西之幕府，無南嚮而慮者矣。於其行，遂書以送之。南豐曾鞏序。

〔一〕「力」，傅校漁浦書院本作「刀」。

〔二〕傅校本無「歎息」二字。
〔三〕「如此故能專慮致勞職事」，元刻本、《讀書記》、顧校本作「如此能專慮致勞營職事」。
〔四〕「累」，章校本、傅校漁浦書院本作「類」。
〔五〕傅校漁浦書院本無「書」字，「講」作「議」。

送劉希聲序

東明劉希聲來臨川，見之。其貌勉於禮，其言勉於義，其行亦然，其久亦堅。其讀書爲辭章日盛。從予遊三年，予愛之。今年慶曆五年，還其鄉，過予别。與之言曰：東明，汴邑也。子之行，問道之所嚮者，以告子。子也一趨焉而不息，至乎爾也。苟爲一從焉，一違焉，雖不息，決不至也。子也好問，聖人之道，亦如是而已矣。五月四日序。

送李材叔知柳州序

談者謂南越偏且遠，其風氣與中州異。故官者皆不欲久居，往往車船未行，輒已屈指計歸日。又咸小其官，以爲不足事。其逆自爲慮如此，故其至皆傾摇解弛，無憂且勤之心〔一〕。其習俗從古而爾〔二〕，不然〔三〕，何自越與中國通已千餘年，而名能撫循其民者，不過數人邪？故越與閩、蜀，始俱爲夷，閩、蜀皆已變，而越獨尚陋，豈其俗不可更與？蓋吏者莫致其治教之意也。噫！亦其民之不幸也已。

彼不知繇京師而之越，水陸之道皆安行，非若閩溪、峽江、蜀棧之不測。則均之吏於遠，此非獨優歟？其風氣吾所諳之，與中州亦不甚異。起居不違其節，未嘗有疾。苟違節，雖中州寧能不生疾邪？其物産之美，果有荔子、龍眼、蕉、柑、橄欖，花有素馨、山丹、含笑之屬，食有海之百物，累歲之酒醋，皆絶於天下。人少鬥訟，喜嬉樂。吏者唯其無久居之心，故謂之不可。如其有久居之心，奚不可邪？古之人爲一鄉一縣，其德義惠愛尚足以薰蒸漸澤，今大者專一州，豈當小其官而不事邪？令其得吾説而思之，人咸有久居之心，又不小其官，爲越人滌其陋俗而驅於治，居閩蜀上，無不幸之嘆，其事出千餘年之表，則其美之巨細可知也。然非其材之穎然邁於衆人者不能也。官於南者多矣，予知其材之穎然邁於衆人，能行吾説者，李材叔而已。

材叔又與其兄公翊仕同年〔四〕，同用薦者爲縣，入秘書省，爲著作佐郎。今材叔爲柳州，公翊爲象州，皆同時，材又相若也。則二州交相致其政，其施之速、勢之便，可勝道也夫！其越之人幸也夫！其可賀也夫！

〔一〕「無」，原作「其」，據元刻本、正統本、《讀書記》、顧校本、章校本、吳校本、傅校本改。

〔二〕「俗」，元刻本、傅校本注「一作殆」；《讀書記》作「殆」。「從」，顧校本注「一作殆」。

〔三〕「然」，《讀書記》、顧校本、傅校本作「者」。

〔四〕「又」，原作「久」，據元刻本、正統本、《讀書記》、顧校本、章校本改。

送趙宏序

荆民與蠻合爲寇，潭旁數州被其害。天子、宰相以潭重鎮，守臣不勝任，爲改用人。又不勝，復改之。守至，上書乞益兵。詔與撫兵三百，殿直天水趙君希道實護以往。

希道雅與予接，閒過予道潭之事。予曰：潭山川甲兵如何，食幾何，賊衆寡强弱如何，予不能知。能知書，書之載〔一〕，若潭事多矣。或合數道之兵以數萬，絶山谷而進，其勢非不衆且健也，然而卒殲焉者多矣〔二〕。或單車獨行，然而以克者相踵焉。顧其義信如何耳。致吾義信，雖單車獨行，寇可以爲無事，龔遂、張綱、祝良之類是也。義信不足以致之，雖合數道之兵以數萬，卒殲焉，適重寇耳，況致平邪？陽旻、裴行立之類是也。則兵不能致平，致平者，在太守身也明矣〔三〕。前之守者果能此，天子、宰相烏用易之？必易之，爲前之守者不能此也〔四〕。今往者復曰「乞益兵。」何其與書之云者異邪？予憂潭民之重困也，寇之益張也。往時潭吏與旁近郡蘄力勝賊者，暴骸者〔五〕、戮降者有之。今之往者將特不爲是而已邪？抑猶不免乎爲是也？天子、宰相任之之意其然邪？潭守近侍臣，使撫覘潭者，郎吏、御史、博士相望。爲我諗其賢者曰：今之言古書往往曰迂，然書之事乃已試者也。事已試而施諸治，與時人之自用，孰爲得失耶？愚言倘可以乎〔六〕，潭之患，今雖細，然大中、咸通之間，南方之憂常劇矣，夫豈階於大哉？爲近臣、郎吏、御史、博士者，獨得而不思也？希道固喜事者，因其行，遂次第其語以送之。慶曆六年五月□日，曾鞏序。

〔一〕「能知書，書之載」，章校本前一「書」字下有「耳」字；顧校本、傅校本只有一「書」字。

〔二〕顧校本、傅校本無「卒」字。

〔三〕元刻本、正統本、章校本、傅校漁浦書院本、《文粹》此句作「在太守身耳，明也」。

〔四〕「此」，《讀書記》、顧校本、章校本、吴校本、傅校本、傅校漁浦書院本作「故」。

〔五〕《讀書記》云：「者字訛，疑作骨。」

〔六〕「言倘可以」，顧校本以意改作「言倘可用」。「平」，《曾文定公集》作「平」，與下句連讀。

送王希字潛之序

鞏慶曆三年遇潛之於江西。始其色接吾目，已其言接吾耳，久其行接吾心，不見其非。吾愛也，從之遊，四年間，鞏於江西，三至焉。與之上滕王閣，泛東湖，酌馬跑泉。最數遊而久乃去者，大梵寺秋屏閣。閣之下百步爲龍沙，沙之涯爲章水〔一〕，水之西涯横出爲西山，皆江西之勝處也。江西之州中，凡遊觀之可望者，多西山之見。見西山最正且盡者，唯此閣而已。使覽登之美窮于此，樂乎，莫與爲樂也。況龍沙章水，水涯之陸陵，人家園林之屬于山者莫不見，可見者不特西山而已，其爲樂可勝道邪？故吾與潛之遊其間，雖數且久不厭也。其計於心曰：奚獨吾遊之不厭也，將奉吾親，託吾家於是州，而遊於是，以歡吾親之心而自慰焉。未能自致也，獨其情旦而作〔二〕，夜而息，無頃焉忘也。病不遊者期月矣，而潛之又遽去，其能不憮然邪？

潛之之將去，以書來曰：子能不言於吾行邪？使吾道潛之之美也，豈潛之相望意也？使以言相鐫切邪，視吾言不足進也。視可進者，莫若道素與遊之樂而惜其去，亦情之所不克已也，故云爾。嗟乎！潛之之去而之京師，人知其將光顯也。光顯者之心，於山水或薄，其異日肯尚從吾遊於此乎？其豈使吾獨也乎？六年八月日序。

〔一〕「章」，原作「漳」，據《讀書記》、顧校本、章校本、吴校本、傅校本改。下同。

〔二〕「作」，元刻本注「一作游」；《讀書記》、章校本作「游」。

王無咎字序

名字者，人之所假借以自稱道，亦使人假借以稱道己之辭也，非若行然，不可以假借云也。何也？問其名曰忠與義〔一〕，其字亦然，則人無有求其信然者，責其不然者，知其假借云也。問其行曰忠與義，則人皆求其信然者，責其不然者，其可以假借云乎？

然而人無貴賤愚良，一欲善其名字。夫欲善其名字者非他，亦曰愛其身而已〔二〕。愛其身而不善充之，猶曰姑以聖賢之道，假借其身而已。不誠乎身莫大焉，豈愛其身也！不若於名字乎，勿求勝焉，於行乎，汲汲爾以愛其身，是以聖賢之道，歸諸其身也。以爲愛其身非至，夫然而人一皆善其名字，未嘗一皆善其行。有愛其身之心，而於其身反爾其薄也。可嗟也已！

南城王無咎來請字，余思夫字雖不必求勝也，然古之人重冠，於冠重字，字則亦未可忽也。今冠禮廢，字亦非其時，古禮之不行甚矣〔三〕。無咎之請也，雖非時之當，然庶幾存其禮。予欲拒，安得而拒也？取《易》所謂無咎者，善補過者也，爲之字曰補之。夫勉焉而補其所不至，顏子之所以爲學者也。補之明經術，爲古文辭，其材卓然可畏也。以顏子之所以爲學者期乎己，余之所望於補之也。假借乎己而已矣，豈予之所望於補之哉！

〔一〕「忠」，元刻本、顧校本、傅校本作「志」，並注「一作忠」。下同。

〔二〕元刻本、顧校本、傅校本此句下注：一本無「而已」，一本「而已」下有「有道以名字」。

〔三〕元刻本、《讀書記》、顧校本、章校本、吴校本、傅校本「行」下有「也」字。

送蔡元振序

古之州從事，皆自辟士，士亦擇所從，故賓主相得也。如不得其志，去之可也。今之州從事，皆命於朝，非惟守不得擇士，士亦不得擇所從，賓主豈盡相得哉？如不得其志，未可以輒去也。故守之治，從事無爲可也；守之不治，從事舉其政，亦勢然也。議者不原其勢，以爲州之政當一出於守，從事舉其政，則爲立異，爲侵官。噫！從事可否其州事，職也，不惟其同守之同〔一〕，則舍己之是而求與之同，可乎？不可也。州爲不治矣，守不自任其責，己亦莫之任也，可乎？不可也。則舉其政，其孰爲立異邪？其孰爲侵官邪？議者未之思也。雖然，迹其所以然，豈士之所喜然哉？故曰亦勢然也。

今四方之從事，惟其守之同者多矣。幸而材，從事視其政之缺，不過室於嘆、途於議而已，脱然莫以爲己事。反是焉則激，激亦奚以爲也？求能自任其責者少矣。爲從事乃爾，爲公卿大夫士於朝，不爾者其幾邪？

臨川蔡君從事於汀，始試其爲政也。汀誠爲治州也〔二〕，蔡君可拱而坐也；誠未治也，人皆觀君也，無激也，無同也，惟其義而已矣。蔡君之任也，其異日官於朝，一於是而已矣，亦蔡君之任也，可不懋歟？其行也，來求吾文，故序以送之。

〔一〕元刻本、《讀書記》、顧校本、章校本、吴校本、傅校本此句作「不惟其守之同」；《讀書記》云：「上同字宋本無。」

〔二〕「治州」，原作「州治」，據元刻本、顧校本、傅校本改。

送丁琰序

守令之於民近且重，易知矣。予嘗論今之守令，有道而聞四方者，不過數人。此數人者，非特任守令也〔一〕。過此數人〔二〕，有千里者相接而無一賢守，有百里者相環而無一賢令。至天子大臣嘗患其然，則任奉法之吏，嚴刺察之科，以繩治之。諸郡守縣令以罪不任職，或黜或罷者，相繼於外。於是下詔書，擇廷臣〔三〕，使各舉所知以任守令。是天子大臣愛國與民而重守令之意，可謂無不至矣。而詔雖下，舉者卒不聞。惟令或以舊制舉，不皆循歲月而授。每舉者有姓名，得而視之，推考其材行能堪其舉者，卒亦未見焉。舉者既然矣，則以余之所見聞，陰計其人之孰可舉者，卒亦未見焉。猶恐予之愚且賤，聞與見焉者少，不足以知天下之材也，則求夫賢而有名位、聞與見之博者，而從之問其人之孰可舉者，卒亦未見焉。豈天下之人固可誣，而天固不生才於今哉？

使天子大臣患天下之弊，則數更法以禦之。法日以愈密，而弊日以愈多。豈今之去古也遠，治天下卒無術哉？蓋古人之有庠有序，有師友之遊，有有司之論，而賞罰之始於鄉，屬於天下，爲教之詳至此也。士也有聖人之道，則皆得行其教；有可教之質，則皆可爲材且良，故古之賢也多。賢之多，則自公卿大夫，至於牛羊倉廩賤官之選，咸宜焉，獨千里、百里之長哉？其爲道豈不約且明；其爲致天下之材，豈不多哉？其豈有勞於求而不得人，密於法而不勝其弊，若今之患哉？

今也，庠序、師友、賞罰之法非古也，士也有聖人之道，欲推而教於鄉於天下，則無路焉。人愚也，則愚矣！可教而賢者，卒誰教之哉？故今之賢也少。賢之少，則自公卿大夫，至於牛羊倉廩賤官之選，常不足其人焉，獨守令哉？是以其求之無不至，其法日以愈密，而不足以爲治者，其原皆此之出也已。噫！奚重而不更也。

姑蘇人丁君琰佐南城，南城之政平。予知其令，令曰：「丁君之佐我〔四〕。」又知其邑人，邑人無不樂道之者。予既患今之士，而常慕古之人，每觀良吏一傳，則反覆愛之。如丁君之信於其邑，予於旁近邑之所未見，故愛之特深。今爲令於淮陰，上之人知其材而舉用之也。於令也，得人矣。使丁君一推是心以往，信於此，有不信於彼哉？

求余文者多矣，拒而莫之與也。獨丁君之行也，不求余文，而余樂道其所嘗論者以送之，以示重丁君，且勉之，且勉天下之凡爲吏者也。

〔一〕「特」，元刻本、顧校本、傅校本作「重」，下注「一作特」。

〔二〕元刻本、《讀書記》、顧校本、章校本、吴校本、傅校本「人」下有「者」字。

〔三〕《讀書記》、顧校本、章校本、吴校本、傅校本「擇」旁注「疑訛」。

〔四〕元刻本、《讀書記》、顧校本、章校本、吴校本、傅校本、《文粹》「我」下有「也」字。

謝司理字序

君子之於德澤誼行〔一〕，大有爲者也。於爲之也，有明而易知者，有不示其用者。若乃數度號令，因造損益，淳雜出入，則所謂明而易知者，使人靡靡然化之，不絶於動作趣舍之際耳，無深闗複鍵穹墉奥屋爲之掩覆也。泊然莫能知其所以發而至者〔二〕，則所謂不示其用者也。《易》曰「知微知彰」，彰顯之微，不顯之謂也。又曰「幾事不密則害成」、「退藏於密」者，皆不顯之謂也。

陳郡謝君名縝，縝，密也。而取字乃本諸此，而字曰通微〔三〕。以謝君之材，其嚮道也，苟爲無畫，無不至者也。可以有爲者也，能見其事業者也，能不表其迹者也，亦在懋之而已。

〔一〕「誼行」，《讀書記》云「當作行誼」，顧校本、章校本、吴校本、傅校本作「行誼」。

〔二〕「知」，元刻本、《讀書記》、章校本作「質」；嘉靖黄希憲刻本、萬曆本作「顯」。

〔三〕元刻本、《讀書記》、顧校本、章校本、吴校本、傅校本「字」下有「之」字。

曾鞏集卷第十五

書十首

上歐陽學士第一書

學士執事：夫世之所謂大賢者，何哉？以其明聖人之心于百世之上，明聖人之心于百世之下。其口講之，身行之，以其餘者，又書存之，三者必相表裏。其仁與義，磊磊然横天地，冠古今，不窮也。其聞與實，卓卓然軒士林，猶雷霆震而風飈馳，不浮也。則其謂之大賢，與穹壤等高大，與《詩》《書》所稱無閒宜矣。

夫道之難全也，周公之政不可見，而仲尼生於干戈之閒，無時無位，存帝王之法於天下，俾學者有所依歸。仲尼既没，析辨詭詞，驪駕塞路，觀聖人之道者，宜莫如於孟、荀、揚、韓四君子之書也，舍是醨矣。退之既没，驟登其域，廣開其辭，使聖人之道復明于世，亦難矣哉。近世學士，飾藻績以誇詡，增刑法以趨嚮，析財利以拘曲者，則有聞矣。仁義禮樂之道，則爲民之師表者，尚不識其所爲，而況百姓之蚩蚩乎！聖人之道泯泯没没，其不絶若一髮之係千鈞也，秏矣哀哉！非命世大賢，以仁義爲己任者，疇能救而振之乎？

鞏自成童，聞執事之名，及長得執事之文章，口誦而心記之。觀其根極理要，撥正邪僻，掎挈當世，張皇大中，其深純温厚，與孟子、韓吏部之書爲相唱和，無半言片辭踳駁於其間，真六經之羽翼，道義之師祖也。既有志於學，於時事，萬亦識其一焉。則又聞執事之行事，不顧流俗之態，卓然以體道扶教爲己務〔一〕。往者推吐赤心，敷建大論，不與高明，獨援摧縮，俾蹈正者有所稟法，懷疑者有所問執〔二〕，義益堅而德益高，出乎外者合乎内，推於人者誠於己，信所謂能言之，能行之，既有德而且有言也。韓退之没，觀聖人之道者，固在執事之門矣。天下學士，有志於聖人者，莫不攘袂引領，願受指教，聽誨諭，宜矣。竊計將明聖人之心于百世之下者，亦不以語言退託而拒學者也。

鞏性朴陋，無所能似，家世爲儒，故不業他。自幼逮長，努力文字間，其心之所得庶不凡近，嘗自謂於聖人之道，有絲髮之見焉。周遊當世，常斐然有扶衰救缺之心，非徒嗜皮膚，隨波流，搴枝葉而已也。惟其寡與俗人合也，於公卿之門未嘗有姓名，亦無達者之車回顧其疏賤，抱道而無所與論，心常憤憤悱悱，恨不得發也。今者，乃敢因簡墨布腹心於執事，苟得望執事之門而入，則聖人之堂奥室家，鞏自知亦可以少分萬一於其間也。執事將推仁義之道，横天地，冠古今，則宜取奇偉閎通之士，使趨理不避榮辱利害〔三〕，以共争先王之教於衰滅之中。謂執事無意焉，則鞏不信也。若鞏者，亦粗可以爲多士先矣，執事其亦受之而不拒乎？伏惟不以己長退人，察愚言而矜憐之，知鞏非苟慕執事者，慕觀聖人之道於執事者也，是其存心亦不凡近矣。若其以庸衆待之，尋常拒之，則鞏之望於世者愈狹，而執事之循誘亦未廣矣。竊料有心於聖人者，固不如是也。覬少垂意而圖之，謹獻雜文時務策兩編，其傳繕不謹，其簡帙大小不均齊，鞏貧故也，觀其內而畧其外可也。干浼清重，悚仄悚仄。不宣。鞏再拜。

〔一〕「體」，元刻本、嘉靖黄希憲刻本、《文粹》作「豊」。

〔二〕「問」，《讀書記》、顧校本、章校本、吴校本、傅校本作「間」。

〔三〕章校本「趨」下有「於」字。

上歐陽學士第二書

學士先生執事：伏以執事好賢樂善，孜孜於道德，以輔時及物爲事，方今海內未有倫比。其文章、智謀、材力之雄偉挺特，信韓文公以來一人而已。某之獲幸於左右，非有一日之素，賓客之談，率然自進於門下，而執事不以衆人待之。坐而與之言，未嘗不以前古聖人之至德要道，可行於當今之世者，使鞏薰蒸漸漬，忽不自知其益，而及於中庸之門户，受賜甚大，且感且喜。重念鞏無似，見棄於有司，環視其中所有，頗識涯分，故報罷之初，釋然不自動，豈好大哉？誠其材資召取之如此故也。

道中來，見行有操瓢囊、負任挽車、挈携老弱而東者，曰：某土之民，避旱暵饑饉與征賦徭役之事，將徙占他郡，覬得水漿藜糗，竊活旦暮。行且戚戚，懼不克如願，晝則奔走在道，夜則無所容寄焉。若是者，所見殆不減百千人。因竊自感，幸生長四方無事時，與此民均被朝廷德澤涵養，而獨不識襏襫鋤耒辛苦之事，旦暮有衣食之給。及一日有文移發召之警，則又承藉世德，不蒙矢石，備戰守，馭車僕馬，數千里饋餉。自少至于長，業乃以《詩》《書》文史，其蚤暮思念，皆道德之事，前世當今之得失，誠不能盡解，亦庶幾識其一二遠者大者焉。今雖羣進於有司，與衆人偕下，名字不列於薦書，不得比數於下士；以望主上之休光，而尚獲收齒於大賢之門。道中來，又有鞍馬僕使代其勞，以執事於道路。至則可力求簞食瓢飲，以支旦暮之飢餓，比此民綽綽有餘裕，是亦足以自慰矣。此事屑屑不足爲長者言，然辱愛幸之深，不敢自外於門下，故復陳説，覬執事知鞏居之何如。

所深念者，執事每曰：「過吾門者百千人，獨於得生爲喜。」及行之日，又贈序引，不以規而以賞識其愚，又嘆嗟其去。此鞏得之於衆人，尚宜感知己之深，懇惻不忘，況大賢長者，海内所師表，其言一出，四方以卜其人之輕重。某乃得是，是宜感戴欣幸，倍萬於尋常可知也。然此實皆聖賢之志業，非自知其材能與力能當之者，不宜受此。此鞏既夤緣幸知少之所學，有分寸合於聖賢之道，既而又敢不自力於進修哉，日夜克苦，不敢有愧於古人之道，是亦爲報之心也。然恨資性短缺，學出己意，無有師法。覬南方之行李，時枉筆墨，特賜教誨〔一〕，不惟增疏賤之光明，抑實得以刻心思，銘肌骨，而佩服矜式焉。想惟循誘之方，無所不至，曲借恩力，使終成人材，無所愛惜，窮陋之迹，故不敢望於衆人，而獨注心於大賢也。徒恨身奉甘旨，不得旦夕於几杖之側，稟教誨，俟講畫，不勝馳戀慺慺之至〔二〕。不宜。鞏再拜。

〔一〕「特」，元刻本、《讀書記》、顧校本、章校本、吴校本、傅校本作「垂」。

〔二〕「慺慺」，章校本作「懷仰」。

上歐陽舍人書

舍人先生：當世之急有三：一曰急聽賢之爲事，二曰急裕民之爲事，三曰急力行之爲事。

一曰急聽賢之爲事。夫主之於賢，知之未可以已也，進之未可以已也。聽其言，行其道於天下，然後可以已也。能聽其言，行其道於天下，在其心之通且果也。不得其通且果，未可以有爲也。苟有爲，猶膏肓之不治，譬癱痺之老也。以古今治亂成敗之理入告之，不解則極論之，其心既通也，以事之利害是非，請試擇之，能擇之，試請行之，其心既果也，然後可以有爲也。其爲計雖遲，其成大效於天下必速。欲其如此，莫若朝夕出入在左右，而不使邪人、庸人近之也。朝夕出入在左右，侍臣之任也，議復之其可也。一不聽，則再進而議之，再猶未也，則日進而議之，待其聽而後已可也。置此雖有他事，未可以議也。昔漢殺蕭望之，是亦有罪焉。宣帝使之傅太子，其不以聖人之道導之邪，則何賢乎望之也；其導之未信而止也〔一〕，則望之不得無罪焉。爲太子責備於師傅，不任其責也，則責備於侍臣而已矣。雖艱而勤，其可以已也歟？今世賢士，上已知而進之矣，然未免於庸人、邪人雜然而處也。於事之益損張弛有戾焉，不辨之則道不明，肆力而與之辨，未必全也，不全，則人之望已矣，是未易可忽也。就其所能而爲之，則如勿爲而已矣。如是者，非主心通且果，則言未可望聽，道未可望行於天下也。尋其本，不如愚人之云爾，不可以有成也。

二曰急裕民之爲事。夫古以來可質也，未有民富且安而亂者也。其亂者，率常民貧而且不安也。

天下爲一，殆八、九十年矣，靡靡然食民之食者，兵佛老也。或曰削之則怨且戾，是以執事望風憚言所以救之之策。今募民之集而爲兵者，擇曠士而使之耕，暇而肄武，遞入而爲衛，因弛舊兵。佛老也，止今之爲者，舊徒之盡也不日矣。是不召怨與戾而易行者也。則又量上之用而去其浮，是大費可從而減也。推而行之，則末利可弛，本務可興，富且安可繼而待也。不然，恐今之民一二歲而爲盜者，莫之能禦也，可不爲大憂乎？他議紛紛，非救民之務也。求救民之務，莫大於此也。不謀此，能致富且安乎？否也。

三曰急力行之爲事。夫臣民父子、兄弟、夫婦、朋友，皆不爲其所宜亂之道。今之士悖理甚矣。故官之不治不易而使能，則國家雖有善制不行也。欲易而使能，則一之士。以士之如此，而況民之没没，與一有駭而動之者，欲其效死而不爲非，不得也。今者更貢舉法數十百年弊，可謂盛矣。書下之日，戾夫懼，怠夫自勵，近世未有也。然此尚不過强之於耳目而已，未能心化也。不心化，賞罰一不振焉，必解矣。欲洽之於其心，則顧上與大臣之所力行如何爾。不求之本，斯已矣；求之本，斯不可不急也。或曰適時而已耳，是不然。今時謂之耻且格焉，不急其本可也。不如是，未見適於時也。

凡此三務，是其最急。又有號令之不一，任責之不明，當亦速變者也。至於學者策之經義當矣。然九經言數十萬餘，注義累倍之，旁又貫聯他書，學而記之乎，雖明者不能盡也。今欲通策之，責人之所必不能也。苟然，則學者必不精，而得人必濫。欲反之，則莫若使之人占一經也。夫經於天地人事，無不備者也，患不能通，豈患通之而少邪？況詩賦論兼出於他經，世務待子史而後明，是學者亦無所不習也。此數者，近皆爲蔡學士道之，蔡君深信，望先生共成之。孟子稱：鄉隣鬥，被髮纓冠而往救之則惑。然觀孟子周行天下，欲以其道及人，至其不從而去，猶曰：王庶幾改之，則必召予。此其心汲汲何如也。何獨孟子然？孔子亦然也。而云云者，蓋以謂顏子既不得位，不可以不任天下之事責之耳。故曰：禹、稷、顏子易地則皆然是也，不得位則止乎？不止也。其止者，蓋止於極也〔二〕，非謂士者固若狙猿然，無意於物也。況鞏於先生，師仰已久，不宜有間，是以忘其賤而言也。願賜之采擇，以其意而少施焉。

鞏閑居江南，所爲文無愧於四年時，所欲施於事者，亦有待矣。然親在憂患中，祖母日愈老，細弟妹多，無以資衣食，恐不能就其學，況欲行其他耶？今者欲奉親數千里而歸先生，會須就州學，欲入太學，則日已迫，遂棄而不顧，則望以充父母養者，無所勉從，此豈得已哉？韓吏部云：誠使屈原、孟軻、揚雄、司馬遷、相如進於是選，僕知其懷慚，乃不自進而已爾，此言可念也。失賢師長之鐫切，而與衆人處，其不陷於小人也，其幾矣。早而興，夜而息，欲須臾慼然於心不能也。先生方用於主上，日入謀議天下，日夜待爲相，其無意於鞏乎？故附所作通論雜文一編〔三〕、先祖述文一卷以獻。先祖困以歿，其行事非先生傳之不顯，願假辭刻之神道碑，敢自撫州傭僕夫往伺於門下。伏惟不罪其愚而許之，以永賚其子孫，則幸甚、幸甚〔四〕。

鞏之友王安石，文甚古，行甚稱文，雖已得科名，居今知安石者尚少也。彼誠自重，不願知於人，嘗與鞏言：「非先生無足知我也。」如此人古今不常有。如今時所急，雖無常人千萬不害也，顧如安石不可失也。先生儻言焉，進之於朝廷，其有補於天下。亦書其所爲文一編，進左右，幸觀之，庶知鞏之非妄也。鄙心惓惓，其大抵雖如此，其詳可得而具邪〔五〕。不宣。鞏再拜。

〔一〕「之」下原有「而」字，據元刻本、《讀書記》、顧校本、章校本、吳校本、傅校本删。

〔二〕「止」，元刻本、《讀書記》、顧校本、章校本、吳校本、傅校本作「至」。

〔三〕「故」，元刻本作「謹」。

〔四〕黄希憲刻本、萬曆本無下段文字，以「鞏再拜」結束全文。

〔五〕「其大抵雖如此其詳可得而具邪」，章校本作「其大約布於此甚詳可得而具耶」。

上蔡學士書

慶曆四年五月日，南豐曾鞏謹再拜上書諫院學士執事〔一〕。朝廷自更兩府諫官來，言事者皆爲天下賀得人而已。賀之誠當也，顧不賀則不可乎〔二〕？鞏嘗静思天下之事矣。以天子而行聖賢之道，不古聖賢然者否也。然而古今難之者，豈無異焉〔三〕？邪人以不己利也，則怨；庸人以己不及也，則忌，怨且忌，則造飾以行其間。人主不寤其然，則賢者必疏而殆矣。故聖賢之道，往往而不行也，東漢之末是已。今主上至聖，雖有庸人、邪人，將不入其間。然今日兩府諫官之所陳，上已盡白而信邪？抑未然邪？其已盡白而信也，尚懼其造之未深，臨事而差也。其未盡白而信也，則當屢進而陳之，待其盡白而信，造之深，臨事而不差而後已也。成此美者，其不在於諫官乎？

古之制善矣。夫天子所尊而聽者宰相也，然接之有時，不得數且久矣。惟諫官隨宰相入奏事，奏已，宰相退歸中書，蓋常然矣。至於諫官，出入言動相綴接，蚤暮相親，未聞其當退也。如此，則事之得失〔四〕，蚤思之不待暮而以言可也，暮思之不待越宿而以言可也，不諭則極辨之可也。屢進而陳之，宜莫若此之詳且實也，雖有邪人、庸人，不得而間焉。故曰：成此美者，其不在於諫官乎？

今諫官之見也有間矣。其不能朝夕上下議亦明矣。禁中之與居，女婦而已爾。捨是則寺人而已爾，庸者、邪者而已爾。其於冥冥之間，議論之際，豈不易行其間哉？如此，則鞏見今日兩府諫官之危，而未見國家天下之安也。度執事亦已念之矣。苟念之，則在使諫官侍臣復其職而已，安有不得其職而在其位者歟？

噫！自漢降戾後世〔五〕，士之盛未有若唐太宗也〔六〕。自唐降戾後世〔七〕，士之盛亦未有若今也。唐太宗有士之盛而能成治功〔八〕，今有士之盛，能行其道，則前數百年之弊無不除也，否則後數百年之患，將又興也〔九〕，可不爲深念乎！

鞏生於遠，厄於無衣食以事親，今又將集於鄉學，當聖賢之時，不得抵京師而一言，故敢布於執事，并書所作通論雜文一編以獻。伏惟執事，莊士也，不拒人之言者也，願賜觀覽，以其意少施焉〔一〇〕。

鞏之友王安石者，文甚古，行稱其文，雖已得科名，然居今知安石者尚少也。彼誠自重，不願知於人。然如此人，古今不常有。如今時所急，雖無常人千萬不害也，顧如安石，此不可失也。執事儻進於朝廷〔一一〕，其有補於天下。亦書其所爲文一編進左右，庶知鞏之非妄也。

〔一〕元刻本、傅校本無「慶曆四年」至「執事」一段文字。顧校本注「宋本無此段文字」。

〔二〕「顧不賀則不可乎」，《讀書記》、顧校本、傅校本注「疑有脱誤」。
〔三〕「豈」，《讀書記》、顧校本、章校本、吴校本、傅校本注「疑作蓋」。
〔四〕「得失」，元刻本、正統本、顧校本、章校本、吴校本、傅校本、《文粹》作「失得」。
〔五〕「戾」，嘉靖黄希憲刻本作「及」。顧子遠案：「及，别本作戾，何云『疑訛』，蓋義門未見此本也。」
〔六〕元刻本、顧校本、傅校本、《文粹》無「太宗」二字。
〔七〕元刻本、《文粹》「唐」下有「太宗」二字。「戾」，嘉靖黄希憲刻本作「及」。
〔八〕「治功」，元刻本、正統本、《文粹》作「功治」。
〔九〕「興」，元刻本、顧校本、傅校本注「一作甚」；《讀書記》、章校本作「甚」。
〔一〇〕王抒本、萬曆本無「鞏之友」以下文字，萬曆本至此以「鞏幸甚」作結語。
〔一一〕元刻本、《文粹》「進」下有「之」字。

上杜相公書

慶曆七年九月日，南豐曾鞏再拜上書致政相公閣下：鞏聞夫宰相者，以己之材爲天下用，則用天下而不足；以天下之材爲天下用，則用天下而有餘。古之稱良宰相者，無異焉，知此而已矣。

舜嘗爲宰相矣，稱其功則曰舉八元八凱，稱其德則曰無爲而治者〔一〕，其舜也與。卒之爲宰相者無與舜爲比也。則宰相之體，其亦可知也已。

或曰：舜大聖人也。或曰：舜遠矣，不可尚也。請言近。之可言者〔二〕，莫若漢與唐。漢之相曰陳平。對文帝曰：陛下卽問決獄，責廷尉；問錢穀，責治粟內史。對周勃曰：且陛下問長安盜賊數，又可强對邪？問平之所以爲宰相者，則曰使卿大夫各得任其職也。觀平之所自任者如此，而漢之治莫盛於平爲相時，則其所守者可謂當矣。

降而至於唐，唐之相曰房、杜。當房、杜之時，所與共事則長孫無忌、岑文本，主諫諍則魏鄭公、王珪，振綱維則戴冑、劉洎，持憲法則張元素、孫伏伽，用兵征伐則李勣、李靖，長民守土則李大亮。其餘爲卿大夫，各任其事，則馬周、溫彥博、杜正倫、張行成、李綱、虞世南、褚遂良之徒，不可勝數。夫諫諍其君，與正綱維、持憲法、用兵征伐、長民守土，皆天下之大務也，而盡付之人，又與人共宰相之任，又有他卿大夫各任其事，則房、杜者何爲者邪？考於其傳，不過曰：聞人有善，若己有之，不以求備取人，不以己長格物，隨能收敍，不隔卑賤而已。卒之稱良宰相者，必先此二人。然則著於近者，宰相之體，其亦可知也已。

唐以降，天下未嘗無宰相也。稱良相者，不過有一二大節可道語而已。能以天下之材爲天下用，真知宰相體者，其誰哉？

數歲之前，閤下爲宰相。當是時，人主方急於致天下治，而當世之士，豪傑魁壘者，相繼而進，雜遝於朝。雖然，邪者惡之，庸者忌之，亦甚矣。獨閤下奮然自信，樂海內之善人用於世，争出其力，以唱而助之，惟恐失其所自立，使豪傑者皆若素繇門下以出。於是與之佐人主，立州縣學，爲累日之格以勵學者；課農桑，以損益之數爲吏升黜之法；重名教，以矯衰弊之俗；變苟且，以起百官衆職之墜。革任子之濫，明賞罰之信，一切欲整齊法度，以立天下之本，而庶幾三代之事。雖然，紛而疑且排其議者亦衆矣。閤下復毅然堅金石之斷，周旋上下，扶持樹植，欲使其有成也。及不合矣，則引身而退，與之俱否。嗚呼！能以天下之材爲天下用，真知宰相體者，非閤下其誰哉！使充其所樹立，功德可勝道哉！雖不充其志〔三〕，豈愧於二帝、三代、漢唐之爲宰相者哉？

若鞏者，誠鄙且賤，然常從事於書，而得聞古聖賢之道，每觀今賢傑之士，角立並出，與三代、漢唐相侔，則未嘗不嘆其盛也。觀閤下與之反復議而更張庶事之意，知後有聖人作，救萬事之弊，不易此矣，則未嘗不愛其明也。觀其不合而散逐消藏，則未嘗不恨其道之難行也。以嘆其盛、愛其明、恨其道之難行之心，豈須臾忘其人哉！地之相去也千里，世之相後也千載，尚慕而欲見之，況同其時，過其門牆之下也歟？今也過閤下之門，又當閤下釋袞冕而歸，非干名蹈利者所趨走之日，故敢道其所以然，而并書雜文一編，以爲進拜之資，蒙賜之一見焉〔四〕，則其願得矣。

噫！賢閤下之心，非繫於見否也，而復汲汲如是者，蓋其忻慕之志而已耳。伏惟幸察。不宣。鞏再拜。

〔一〕元刻本、正統本、章校本、《文粹》無「而治」二字。

〔二〕「之」，元刻本、顧校本、傅校本注「一作近」；正統本、章校本作「近」。傅校漁浦書院本「之」上多一「近」字，連上句作「請言近。近之可言者」。

〔三〕元刻本、《讀書記》、顧校本、傅校漁浦書院本「雖」下有「其」字。

〔四〕「見」，正統本、章校本、傅校本、傅校漁浦書院本作「覽」。

上范資政書

資政給事：夫學者之於道，非處其大要之難也。至其晦明消長、弛張用捨之際，而事之有委曲幾微，欲其取之於心而無疑，發之於行而無擇，推而通之，則萬變而不窮。合而言之，則一致而已。是難也，雖如是。故古之人有斷其志〔一〕，雖各合於義，極其分，以謂備聖人之道，則未可者。自伊尹、伯夷、展禽之徒所不免如此。而孔子之稱其門人，曰德行、文學、政事、言語，亦各殊科，彼其材於天下之選，可謂盛矣。然獨至於顔氏之子，乃曰：「用之則行，舍之則藏，唯我與爾有是夫。」是所謂難者久矣。故聖人之所教人者，至其晦明消長、弛張用捨之際，極大之爲無窮，極小之爲至隱，雖他經靡不同其意，然尤委曲其變於《易》，而重復顯著其義於卦爻彖象繫辭之文，欲人之自得諸心而惟所用之也〔二〕。然有《易》以來，自孔子之時，以至於今，得此者顔氏而已爾，孟氏而已爾。二氏而下，孰爲得之者歟？甚矣，其難也。

若鞏之鄙，有志於學，常懼乎其明之不遠，其力之不强，而事之有不得者。既自求之，又欲交天下之賢以輔而進，繇其磨礱灌溉以持其志、養其氣者有矣。其臨事而忘，其自反而餒者，豈得已哉？則又懼乎陷溺其心，以至於老而無所庶幾也。嘗閉而論天下之士，豪傑不世出之材，數百年之間未有盛於斯時也。而造於道，尤可謂宏且深，更天下之事，尤可謂詳且博者，未有過閣下也。故閣下嘗履天下之任矣。事之有天下非之，君子非之，而閣下獨曰是者；天下是之，君子是之，而閣下獨曰非者。及其既也，君子皆自以爲不及，天下亦曰范公之守是也。則閣下之於道何如哉？當其至於事之幾微，而講之以《易》之變化，其豈有未盡者邪？夫賢乎天下者，天下之所慕也，況若鞏者哉？故願聞議論之詳，而觀所以應於萬事者之無窮，庶幾自寤以得其所難得者，此鞏之心也。然閣下之位可謂貴矣，士之願附者可謂衆矣，使鞏也不自別於其間，豈獨非鞏之志哉？亦閣下之所賤也。故鞏不敢爲之。不意閣下欲收之而教焉，而辱召之。鞏雖自守，豈敢固於一邪？故進於門下，而因自敍其所願與所志，以獻左右，伏惟賜省察焉。

〔一〕「故古之人有斷其志」，《讀書記》、顧校本此句注「疑有脱文」。

〔二〕「自」，元刻本、正統本、章校本、《文粹》作「可」。

上齊工部書

鞏嘗謂縣比而聽於州，州比而聽於部使者。以大較言之，縣之民以萬家，州數倍於縣，部使者之所治十倍於州，則部使者數十萬家之命也，豈輕也哉？部使者之門，授天子之令者之焉，凡民之平曲直者之焉，辨利害者之焉。爲吏者相與就而質其爲吏之事也，爲士者相與就而質其爲士之事也。三省鄰部之政相聞、書相移者，又未嘗閒焉，其亦煩矣。

執事爲部使者於江西，鞏也幸齒於執事之所部，其飾容而進謁也，敢質其爲士之事也。

鞏世家南豐，及大人謫官以還，無屋廬田園於南豐也。祖母年九十餘，諸姑之歸人者多在臨川，故祖母樂居臨川也，居臨川者久矣。進學之制〔一〕，凡入學者，不三百日則不得舉於有司。而鞏也與諸弟循僑居之，又欲學於臨川，雖已疏於州而見許矣，然不得執事一言，轉牒而明之，有司或有所疑，學者或有所緣以相嫉，私心未敢安也。來此者數日矣，欲請於門下，未敢進也。有同進章适來言曰：「進也。執事禮以俟士，明以伸法令之疑。适也寓籍於此，既往而受賜矣。」尚自思曰：鞏材鄙而性野，其敢進也歟？又自解曰：執事之所以然，伸法令之疑也。伸法令之疑者，不爲一人行，不爲一人廢，爲天下公也，雖愚且野可進也。是以敢具書而布其心焉。伏惟不罪其以爲煩而察之〔二〕，賜之一言而進之，則幸甚幸甚。公世家南豐，因奉祖母居臨川。維時建昌隸屬撫州。祖塋廟祀在南豐，其後裔世居查溪〔三〕。

〔一〕「進」，元刻本、正統本、顧校本、傅校本作「遇」。

〔二〕「其以」，正統本、顧校本、章校本作「以其」。

〔三〕「公世家南豐」至「世居查溪」一段注文，元刻本、正統本、嘉靖黄希憲刻本、隆慶本、萬曆本均無，當係後人所加。

與撫州知州書

士有與一時之士相參錯而居，其衣服食飲語默止作之節無異也。及其心有所獨得者，放之天地而有餘，斂之秋毫之端而不遺。望之不見其前，躡之不見其後。巋乎其高，浩乎其深，燁乎其光明。非四時而信，非風雨雷電霜雪而吹噓澤潤。聲鳴嚴威，列之乎公卿徹官而不爲泰，無匹夫之勢而不爲不足。

天下吾賴，萬世吾師，而不爲大；天下吾違，萬世吾異，而不爲貶也。其然也，豈藺藺然而爲潔，婞婞然而爲諒哉？豈沾沾者所能動其意哉？其與一時之士相參錯而居，豈惟衣服食飲語默止作之節無異也？凡與人相追接相恩愛之道，一而已矣。

若夫食於人之境，而出入於其里，進焉而見其邦之大人，亦人之所同也，安得而不同哉？不然，則立異矣。藺藺然而已矣，婞婞然而已矣，豈其所汲汲爲哉？鞏方慎此以自得也，於執事之至，而始也自疑於其進焉，既而釋然。故具道其本末，而爲進見之資，伏惟少賜省察。不宣。鞏再拜。

與孫司封書

運使司封閣下：竊聞儂智高未反時，已奪邕邑地而有之，爲吏者不能禦，因不以告。皇祐三年，邕有白氣起廷中，江水横溢，司户孔宗旦以爲兵象〔一〕，策智高必反，以書告其將陳拱。拱不聽，宗旦言不已。拱怒，詆之曰：「司户狂邪？」四年，智高出横山，略其寨人，因其倉庫而大賑之。宗旦又告曰：「事急矣，不可以不戒。」拱又不從。凡宗旦之於拱，以書告者七，以口告者多至不可數。度拱終不可得意〔二〕，宗旦即載其家走桂州，曰：「吾有官守不得去，吾親毋爲與死此。」既行之二日，智高果反，城中皆應之。宗旦猶力守南門，爲書召鄰兵，欲拒之。城亡，智高得宗旦，喜欲用之。宗旦怒曰：「賊！汝今立死，吾豈可污邪！」罵不絶口。智高度終不可下，乃殺之。

當其初，使宗旦言不廢，則邕之禍必不發。發而吾有以待之，則必無事。使獨有此一善，固不可不旌，況其死節堂堂如是，而其事未白於天下。比見朝廷所寵贈南兵以來伏節死難之臣，宗旦乃獨不與，此非所謂「曲突徙薪無恩澤，焦頭爛額爲上客」邪？

使宗旦初無一言，但賊至而能死不去，固不可以無賞。蓋先事以爲備，全城而保民者，宜責之陳拱，非宗旦事也。今猥令與陳拱同戮，既遺其言，又負其節。爲天下者，賞善而罰惡；爲君子者，樂道人之善，樂成人之美。豈當如是邪？凡南方之事，卒至於破十餘州，覆軍殺將，喪元元之命，竭山海之財者，非其變發於隱伏，而起於倉卒也。内外上下有職事者，初莫不知，或隱而不言，或忽而不備，苟且偷託，以至於不可禦耳。有一人先能言者，又爲世所侵蔽，令與罪人同罰，則天下之事，其誰復言耶？聞宗旦非獨以書告陳拱，當時爲使者於廣東西者，宗旦皆歷告之。今彼既不能用，懼重爲己累，必不肯復言宗旦嘗告我也。爲天下者，使萬事已理，天下已安，猶須力開言者之路，以防未至之患。況天下之事，其可憂者甚衆，而當世之患，莫大於人不能言與不肯言，而甚者或不敢言也。則宗旦之事，豈可不汲汲載之天下視聽，顯揚褒大其人，以驚動當世耶？

宗旦喜學《易》，所爲注有可采者。家不能有書，而人或質問以《易》，則貫穿馳騁，至數十家，皆能言其意。事祖母盡心，貧幾不能自存，好議論，喜功名。鞏嘗與之接，故頗知之。則其所立，亦非一時偶然發也。世多非其在京東時不能自重，至爲世所指目，此固一眚。今其所立，亦可贖矣。

鞏初聞其死之事，未敢決然信也。前後得言者甚衆，又得其弟自言，而聞祖袁州在廣東亦爲之言，然後知其事，使雖有小差，要其大概不誣也。況陳拱以下皆覆其家，而宗旦獨先以其親遁，則其有先知之效可知也。以其性之喜事，則其有先言之效亦可知也。

以閤下好古力學，志樂天下之善，又方使南方，以賞罰善惡爲職，故敢以告。其亦何惜須臾之聽，尺紙之議，博問而極陳之。使其事白，固有補於天下，不獨一時爲宗旦發也。伏惟少留意焉。如有未合，願賜還答。不宣。鞏頓首。

〔一〕《讀書記》、顧校本、章校本、吴校本、傅校本、《文粹》「司」上有「州」字。

〔二〕「度拱終不可得意」，《讀書記》云：「疑訛。」

再與歐陽舍人書

鞏頃嘗以王安石之文進左右，而以書論之。其略曰：鞏之友有王安石者，文甚古，行稱其文。雖已得科名，然居今知安石者尚少也。彼誠自重，不願知於人。然如此人，古今不常有。如今時所急，雖無常人千萬不害也，顧如安石，此不可失也。書既達，而先生使河北，不復得報，然心未嘗忘也。

近復有王回者、王向者，父平爲御史，居京師。安石於京師得而友之，稱之曰「有道君子也」〔一〕，以書來言者三四，猶恨鞏之不即見之也，則寓其文以來。鞏與安石友，相信甚至，自謂無愧負於古之人。覽二子之文，而思安石之所稱，於是知二子者，必魁閎絶特之人。不待見而信之已至，懷不能隱，輒復聞於執事。三子者卓卓如此，樹立自有法度，其心非苟求聞於人也。而鞏汲汲言者，非爲三子者計也，蓋喜得天下之材，而任聖人之道，與世之務。復思若鞏之淺狹滯拙，而先生遇之甚厚〔二〕。懼己之不稱，則欲得天下之材，盡出於先生之門，以爲報之一端耳。伏惟垂意而察之，還以一言，使之是非有定焉。回、向文三篇，如别録。不宣。鞏再拜。

〔一〕元刻本、《讀書記》、顧校本、章校本、吴校本、傅校本無「稱之」二字。

〔二〕「之」字原無，據元刻本、《讀書記》、顧校本、章校本、吴校本、傅校本增。

曾鞏集卷第十六

書十八首

與杜相公書

鞏啓：鞏多難而貧且賤，學與衆違，而言行少合於世，公卿大臣之門，無可藉以進，而亦不敢輒有意於求聞。閣下致位於天子而歸〔一〕，始獨得望舃履於門下。閣下以舊相之重，元老之尊，而猥自抑損，加禮於草茅之中，孤煢之際。然去門下以來，九歲於此，初不敢爲書以進，比至近歲，歲不過得以一書之問薦於左右，以伺侍御者之作止。又輒拜教之辱，是以滋不敢有意以干省察，以煩貺施，而自以得不韙之誅，顧未嘗一日而忘拜賜也。

伏以閣下朴厚清明讜直之行，樂善好義遠大之心，施於朝廷而博見於天下，鋭於强力而不懈於耄期。當今内自京師，外至巖野，宿師碩士，傑立相望，必將儢精疲思，寫之册書，磊磊明明，宣布萬世，固非淺陋小生所能道説而有益毫髮也。鞏年齒益長，血氣益衰，疾病人事，不得以休，然用心於載籍之文，以求古人之緒言餘旨，以自樂於環堵之内，而不亂於貧賤之中，雖不足希盛德之萬一，亦庶幾不負其意。非自以謂能也，懷區區之心於數千里，因尺書之好，而惟所以報大君子之誼，不知所以裁，而恐欲知其趣，故輒及之也。

春暄不審尊用如何，伏惟以時善保尊重，不勝鄙劣之望。不宣。鞏再拜。

〔一〕「於」字原無，據元刻本、《讀書記》、顧校本、章校本、吳校本、傅校本、《文粹》增。

答范資政書

鞏啓：王寺丞至，蒙賜手書及絹等。伏以閣下賢德之盛，而所施爲在於天下。鞏雖不熟於門，然於閣下之事，或可以知。

若鞏之鄙，竊伏草茅，閣下於羈旅之中，一見而已。令鞏有所自得者，尚未可以致閣下之知。況鞏學不足以明先聖之意，識古今之變，材不足以任中人之事，行不足以無愧悔於心。而流落寄寓，無田疇屋廬匹夫之業，有奉養嫁送百事之役，非可以責思慮之精〔一〕，詔道德之進也。是皆無以致閣下之知者。而拜别期年之間，相去數千里之遠，不意閣下猶記其人，而不爲年輩爵德之間，有以存之。此蓋閣下樂得天下之英材，異於世俗之常見。而如鞏者，亦不欲棄之，故以及此，幸甚幸甚。

夫古之人，以王公之勢而下貧賤之士者，蓋惟其常。而今之布衣之交，及其窮達毫髮之殊，然相棄者有之。則士之愚且賤，無積素之義，而爲當世有大賢德、大名位君子先之以禮，是豈不於衰薄之中，爲有激於天下哉？則其感服，固宜如何？仰望門下，不任區區之至。

〔一〕「以」字原無，據元刻本、《讀書記》、章校本、《文粹》增。

謝杜相公書

伏念昔者，方鞏之得禍罰於河濱，去其家四千里之遠。南嚮而望，迅河大淮，埭堰湖江，天下之險，爲其阻阨。而以孤獨之身，抱不測之疾，煢煢路隅，無攀緣之親、一見之舊，以爲之託。又無至行，上之可以感人利勢，下之可以動俗。惟先人之醫藥，與凡喪之所急，不知所以爲賴，而旅櫬之重大，懼無以歸者。明公獨於此時，閔閔勤勤，營救護視，親屈車騎，臨於河上。使其方先人之病，得一意於左右，而醫藥之有與謀。至其既孤，無外事之奪其哀，而毫髮之私，無有不如其欲；莫大之喪，得以卒致而南。其爲存全之恩，過越之義如此。

竊惟明公相天下之道，吟頌推説者窮萬世，非如曲士汲汲一節之善。而位之極，年之高，天子不敢煩以政，豈鄉閭新學危苦之情、叢細之事，宜以徹於視聽而蒙省察？然明公存先人之故，而所以盡於鞏之德如此。蓋明公雖不可起而寄天下之政，而愛育天下之人材，不忍一夫失其所之道，出於自然[一]，推而行之，不以進退。而鞏獨幸遭明公於此時也。在喪之日，不敢以世俗淺意越禮進謝。喪除，又惟大恩之不可名，空言之不足陳，徘徊迄今，一書之未進。顧其慚生於心，無須臾廢也。伏惟明公終賜亮察。夫明公存天下之義而無有所私，則鞏之所以報於明公者，亦惟天下之義而已。誓心則然，未敢謂能也。

[一]「出」字原無，今增。《讀書記》、顧校本、章校本、吴校本、傅校本有「出」字，並注「宋本脱出字」。

寄歐陽舍人書

鞏頓首再拜舍人先生：去秋人還，蒙賜書及所撰先大父墓碑銘。反覆觀誦，感與慚并。

夫銘誌之著于世，義近於史，而亦有與史異者。蓋史之於善惡無所不書，而銘者，蓋古之人有功德材行志義之美者，懼後世之不知，則必銘而見之。或納于廟，或存于墓，一也。苟其人之惡，則於銘乎何有？此其所以與史異也。其辭之作，所以使死者無有所憾，生者得致其嚴。而善人喜於見傳，則勇於自立；惡人無有所紀，則以愧而懼。至於通材達識，義烈節士，嘉言善狀，皆見於篇，則足爲後法警勸之道。非近乎史，其將安近？

及世之衰，爲人之子孫者，一欲褒揚其親而不本乎理。故雖惡人，皆務勒銘以誇後世。立言者既莫之拒而不爲，又以其子孫之所請也，書其惡焉，則人情之所不得，於是乎銘始不實。後之作銘者，常觀其人。苟託之非人，則書之非公與是，則不足以行世而傳後。故千百年來，公卿大夫至於里巷之士，莫不有銘，而傳者蓋少。其故非他，託之非人，書之非公與是故也。

然則孰爲其人而能盡公與是歟？非畜道德而能文章者無以爲也。蓋有道德者之於惡人，則不受而銘之，於衆人則能辨焉。而人之行，有情善而迹非，有意奸而外淑，有善惡相懸而不可以實指，有實大於名，有名侈於實。猶之用人，非畜道德者惡能辨之不惑，議之不徇？不惑不徇，則公且是矣。而其辭之不工，則世猶不傳。於是又在其文章兼勝焉。故曰非畜道德而能文章者無以爲也。豈非然哉？

然畜道德而能文章者，雖或並世而有，亦或數十年或一二百年而有之。其傳之難如此，其遇之難又如此。若先生之道德文章，固所謂數百年而有者也。先祖之言行卓卓，幸遇而得銘其公與是，其傳世行後無疑也。而世之學者〔一〕，每觀傳記所書古人之事〔二〕，至其所可感，則往往衋然不知涕之流落也，況其子孫也哉？況鞏也哉？其追睎祖德而思所以傳之之繇，則知先生推一賜於鞏而及其三世。其感與報，宜若何而圖之？

抑又思若鞏之淺薄滯拙，而先生進之；先祖之屯蹷否塞以死，而先生顯之。則世之魁閎豪傑不世出之士，其誰不願進於門？潛遁幽抑之士，其誰不有望於世？善誰不爲？而惡誰不愧以懼？爲人之父祖者，孰不欲教其子孫？爲人之子孫者，孰不欲寵榮其父祖？此數美者，一歸於先生。既拜賜之辱，且敢進其所以然。所諭世族之次，敢不承教而加詳焉。幸甚，不宣。鞏再拜。

〔一〕《讀書記》、顧校本、傅校本注「而」字疑訛。

〔二〕「傳記」，元刻本、傅校本作「記傳」，顧校本注「宋本記傳」。

與王介甫第一書

鞏啓：近託彥弼、黃九各奉書，當致矣。鞏至金陵後，自宣化渡江來滁上，見歐陽先生，住且二十日。今從泗上出，及舟船侍從以西。歐公悉見足下之文，愛歎誦寫，不勝其勤。間以王回、王向文示之，亦以書來，言此人文字可驚，世所無有。蓋古之學者有或氣力不足動人〔一〕，使如此文字，不光耀於世〔二〕，吾徒可恥也。其重之如此。又嘗編《文林》者，悉時人之文佳者，此文與足下文多編入矣。至此論人事甚衆，恨不與足下共講評之，其恨無量，雖歐公亦然也。歐公甚欲一見足下，能作一來計否？胸中事萬萬，非面不可道。

鞏此行至春，方應得至京師也。時乞寓書慰區區，疾病尚如黄九見時，未知竟何如也。心中有與足下論者，想雖未相見，足下之心潛有同者矣。歐公更欲足下少開廓其文，勿用造語及摸擬前人，請相度示及。歐云：孟韓文雖高，不必似之也，取其自然耳。餘俟到京作書去，不宣。鞏再拜。

〔一〕元刻本、傅校本無「之」字；顧校本注：宋本無「之」。「蓋古之學者有或」，顧校本注「疑作蓋士學者或有之」。

〔二〕「世」，元刻本作「時」。

與王介甫第二書

鞏頓首介甫足下：比辱書，以謂時時小有案舉，而謗議已紛然矣。足下無怪其如此也。夫我之得行其志而有爲於世，則必先之以教化，而待之以久，然後乃可以爲治，此不易之道也。蓋先之以教化，則人不知其所以然，而至於遷善而遠罪，雖有不肖，不能違也。待之以久，則人之功罪善惡之實自見，雖有幽隱，不能掩也。故有漸磨陶冶之易，而無按致操切之難；有愷悌忠篤之純，而無偏聽擿抉之苛。己之用力也簡，而人之從化也博。雖有不從而俟之以刑者，固少矣。古之人有行此者，人皆悦而恐不得歸之。其政已熄而人皆思，而恨不得見之，而豈至於謗且怒哉？

今爲吏於此，欲遵古人之治，守不易之道，先之以教化，而待之以久，誠有所不得爲也。以吾之無所於歸，而不得不有負冒於此，則姑汲汲乎於其厚者，徐徐乎於其薄者，其亦庶幾乎其可也。顧反不然，不先之以教化，而遽欲責善於人；不待之以久，而遽欲人之功罪善惡之必見。故按致操切之法用，而怨忿違倍之情生；偏聽摘抉之勢行，而譖訴告訐之害集。已之用力也愈煩，而人之違已也愈甚。況今之士非有素厲之行，而爲吏者又非素擇之材也。一日卒然除去，遂欲齊之以法，豈非左右者之誤而不爲無害也哉？則謗怒之來，誠有以召之。故曰足下無怪其如此也。

雖然，致此者豈有他哉？思之不審而已矣。顧吾之職而急於奉法，則志在於去惡，務於達人言而廣視聽，以謂爲治者當如此。故事至於已察〔一〕，曾不思夫志於去惡者，俟之之道已盡矣，則爲惡者不得不去也。務於達人言而廣視聽者，已之治亂得失，則吾將於此而觀之，人之短長之私，則吾無所任意於此也。故曰思之不審而已矣。

足下於今最能取於人以爲善，而比聞有相曉者，足下皆不受之，必其理未有以奪足下之見也。

鞏比懶作書，既離南康，相見尚遠，故因書及此，足下以爲如何？不宣。鞏頓首。

〔一〕《讀書記》云：「此處疑有脫字。」

與王介甫第三書

鞏啓：八月中，承太夫人大祥〔一〕，於鄭中寓書奉慰。十月梅厚秀才行，又寓書，不審皆到否？昨日忽被來問，良慰積日之思。

深父殂背，痛毒同之，前書已具道矣。示及誌銘，反復不能去手。所云「令深父而有合乎彼，則不能同乎此矣」，是道也，過千歲以來，至於吾徒，其智始能及之，欲相與守之。然今天下同志者，不過三數人爾，則於深父之歿，尤爲可痛。而介甫於此，獨能發明其志，讀之滿足人心，可謂能言人之所不能言者矣。顧猶見使商榷所未安，觀介甫此作，大抵哀斯人之不壽，不得成其材，使或可以澤今〔二〕，或可以覺後，是介甫之意也。而其首則云：「深父書足以致其言」，是乃稱深父以未成之材而著書，與夫本意違矣，顧更詳之。《孟子》之書，韓愈以謂非軻自作，理恐當然。則所云「幸能著書者」，亦惟更詳之也。如何？幸復見諭。所云「讀《禮》，因欲有所論著」，頃嘗爲介甫言，亦有此意，顧不能自强，又無所考質，故莫能就。今介甫既意及於此，願遂成之，就令未可爲書，亦可因得商榷矣。

相別數年，鞏在此全純愚以靜俟，庶無大悔。顧苟祿以棄時日，爲可悵惜，未知何日得相從講學，以勗其所未及，盡其所可樂於衰莫之歲乎？此日夜所惓惓往來於心也。

示諭溲血，比良已否？即日不審寢食如何？上奏當稱前某官，十數日前，見劉琮言已報去，承見問，故更此及之爾。今介甫果以何時此來乎？不惜見諭。

子進弟奄喪，已易三時矣，悲苦何可以堪！二姪年可教者，近已隨老親到此〔三〕。二尤小者，六舍弟尚且留在懷仁，視此痛割，何可以言？承介甫有女弟之悲，亦已屢更時序，竊計哀戚何以自勝，餘惟强食自愛，不惜時以一二字見及。不宜。鞏啓上。

〔一〕「太」，原作「大」，據顧校本、章校本、吴校本、傅校本改。

〔二〕元刻本、《讀書記》、傅校本無「或」字。

〔三〕「老親」，元刻本、正統本作「親老」。

答李沿書

鞏頓首李君足下：辱示書及所爲文，意嚮甚大。且曰「足下以文章名天下，師其職也」，顧鞏也何以任此！足下無乃盈其禮而不情乎？不然，不宜若是云也。

足下自稱有憫時病俗之心，信如是，是足下之有志乎道而予之所愛且畏者也。末曰「其發憤而爲詞章，則自謂淺俗而不明，不若其始思之鋭也」，乃欲以是質於予。夫足下之書，始所云者欲至乎道也，而所質者則辭也，無乃務其淺，忘其深，當急者反徐之歟！

夫道之大歸非他，欲其得諸心，充諸身，擴而被之國家天下而已，非汲汲乎辭也。其所以不已乎辭者，非得已也。孟子曰：「予豈好辯哉？予不得已也。」此其所以爲孟子也。今足下其自謂已得諸心、充諸身歟？擴而被之國家天下而有不得已歟？不然，何遽急於辭也？孔子曰：「古之學者爲己，今之學者爲人。」足下其得無己病乎？雖然，足下之有志乎道，而予之所愛且畏者不疑也。姑思其本而勉充之，則予將後足下，其奚師之敢？不宣。鞏再拜。

謝章學士書〔一〕

鞏啓：鞏不佞，以身得察於下執事，明公過恩，召而見之，所以矜嗟獎寵、開慰拊循之者甚備，雖至親篤友之愛，不隆於此已〔二〕。又收其弟兄之不肖，不謀賓客，任而舉之。明公之所以畜幸鞏者，可謂厚矣。鞏竊自惟，求所以堪明公之意者，未知所出也。

鞏愚無知，不適於世用，不能收身於世俗之外，力耕於大山長谷之中，以共饘粥之養，魚菽之祭，以其餘日考先王之遺文，竊六藝之微旨，以求其志意之所存，而足其自樂於己者。顧反去士君子之林，而夷於皂隸之間，捨自肆之安，而踐乎迫制之地，欲比於古之爲貧而仕者，可謂妄矣。固有志者之所歎嗟〔三〕，天下之所賤，而至親篤友之所棄而違之也。復安敢自通於大人之門，望知於侍御者之側乎？明公懷使者之印，爲福於東南。以地計其廣狹，則數十百城之人，待明公之畜養；以材計其多寡，則文武之士以百千數，待明公之推察。而收拊之，任而舉之者，乃獨在於鞏與鞏之少弟。此鞏之所以自惟，求堪明公之意者，而未知所出也。

抑鞏聞之，廣聽博觀，不遺污賤厄辱之士者，此所以無棄士也；兼收並采，不遺偏材一曲之人者，此所以無棄材也。故明公之意儻在於此，而古之士出污賤厄辱之中，能成功名以報知己者，亦不可勝數。彼皆豪傑之人，故有以自致也。若鞏之鄙，則安敢望此乎？故憂不能堪明公之意，誤左右之知者，此鞏之所大懼也。竭固陋之分，庶幾不愧於偏材一曲之人者，此鞏之所可至也。敢獻其情而以爲進謝之資，惟明公之垂察焉〔四〕。

〔一〕元刻本、《文粹》題作「謝章岷學士書」。

〔二〕「隆」，元刻本、顧校本、傅校本作「過」，並注「一作隆」；《讀書記》作「過」。
〔三〕「嗟」，元刻本、《讀書記》、顧校本、章校本、吴校本、傅校本、《文粹》作「笑」。
〔四〕元刻本、《讀書記》、顧校本、章校本、吴校本、傅校本無「之」字。

答孫都官書

提刑都官閣下：伏承賜書，及示盛製六編，凡三千首，盛矣哉！文之多，工之深，且專以久也。其於君臣、父子、兄弟、夫婦、朋友、天地、三辰、鬼神、山川、地理、四夷、中國、風俗、萬物、治亂、善惡、通塞、離合、憂歎、怨懟，無不畢載，而其語則博而精，麗而不浮，其歸要不離於道。視昔以文名於天下者，夫豈易至於是邪？

鞏之愚且懶，且爲事物疾病所侵，以不專而且未久於學也，使之觀若於海，不見其涯涘，於深山長谷，不見其形勢之所極，而敢議其大小高下邪？而閣下不以其所深且專以久者勵鞏，博而精、麗而不浮、其歸本於道者教鞏，乃告之曰：「其詳擇而去其非是者焉。」鞏誠怪閣下自處之過，而爲以賜鞏者，乃所以怠且蔽之也。

凡鞏之學，蓋將以學乎爲身，以至於可以爲人也，方愚且懶，且不專以久之病也，惟閣下之仁〔一〕，豈欲怠且蔽之也？其欲使知閣下之貴而長，其業之富而成，而猶不止如是，能下於後輩如是，是所以教之也。孟子曰：「吾不屑其教誨〔二〕，是亦教誨之而已矣。」敢不拜賜也？盛編尚且借觀，而先以此謝，惶恐惶恐。不宣。鞏再拜。

〔一〕「惟」，元刻本、顧校本、傅校本注「一作推」。

〔二〕「其」，顧校本、章校本、《文粹》作「之」，顧云「宋本其」。

答袁陟書

鞏頓首世弼足下：辱書說介甫事，或有以爲矯者，而歎自信獨立之難，因以教鞏，以謂不仕未爲非得計者。非足下愛我之深，處我之重，不至於此。雖親戚之於我，未有過此者。然介甫者，彼其心固有所自得，世以爲矯不矯，彼必不顧之，不足論也。

至於仕進之說，則以鞏所考於書，常謂古之仕者，皆道德明備，已有餘力，而可以治人，非苟以治人而不足於己。故子使漆雕開仕，對曰：「吾斯之未能信。」子說。然世不講此久矣。故當孔子之時，獨顏子者未嘗仕，而孔子稱之曰「好學」。其餘弟子見於書者，獨開之言如此。若鞏之愚，固已不足者，方自勉於學，豈可以言仕不仕邪？就使異日有可仕之道，而仕不仕固自有時。古之君子，法度備於身，而有仕有不仕者是也〔一〕，豈爲汲汲者邪？

然鞏不敢便自許不應舉者，鞏貧不得已也。亦不敢與古之所謂爲貧者比，何則？彼固所謂道德明備而不遇於世者，非若鞏之鄙，遽捨其學而欲謀食也，此其心愧於古人。然鞏之家苟能自足，便可以處而一意於學。鞏非好進而不知止者，此其心固無愧於古人。辱足下愛之深，處之重，不敢不報答。所示詩序及答楊生書，甚善甚善。不宣。鞏頓首。

〔一〕後一「有」字原無，據元刻本、《讀書記》、顧校本、章校本、吴校本、傅校本增。

謝曹秀才書

鞏頓首曹君茂才足下：嗟乎！世之好惡不同也。始足下試於有司，鞏爲封彌官〔一〕，得足下與方造、孟起之辭而讀之，以謂宜在高選。及來取號，而三人者皆無姓名，於是憮然自悔許與之妄。既而推之，特世之好惡不同耳。鞏之許與，豈果爲妄哉？

今得足下之書〔二〕，不以解名失得置於心，而汲汲以相從講學爲事，其博觀於書而見於文字者，又過於鞏向時之所與，甚盛。足下家居無事，可以優遊以進其業，自力而不已，則其進孰能禦哉？世之好惡不同〔三〕，足下固已能不置於心。顧鞏適自被召，不得與足下久相從學，此情之所惓惓也。用此爲謝。不宣。

〔一〕「封彌」，《讀書記》、顧校本、章校本、吴校本、傅校本作「彌封」。

〔二〕「之」，元刻本作「一」。

〔三〕元刻本、正統本、章校本「惡」下有「之」字。

謝吴秀才書

鞏啓：承足下不以大熱之酷爲可畏，畏塗之阻爲可憚，徒步之勞爲可病，候問之勤爲可諱，三及吾門，見投以書及所業五編。發而觀之，足下之學多矣，見於文辭者亦多矣。其説往往有非鄉閭新學所能至者，使能充其言，其得豈少哉？况其進之未已邪。顧不自足，忘前之患，而有求於鄙闇，推足下此志〔一〕，其進豈可量哉？僕之所可告於足下者，無易於自勉也。薄遽不宣。

〔一〕元刻本、顧校本、傅校本「足下」下有「之」字。

與王深父書

鞏再拜：與深父别四年矣，嚮往之心，固不可以書道。而比得深父書，輒反覆累紙示諭，相存之勤，相語之深，無不盡者。讀之累日，不能釋手，故亦欲委曲自叙己意以報。而怠惰因循，經涉歲月，遂使其意欲周而反略，其好欲密而反疏，以迄於今。顧深父所相與者，誠不在於書之疏數。然嚮往之心，非書則無以自解，而乖謬若此，不能不欿然也。不審幸見察否？

比得介甫書，知數到京師，比已還亳，即日不審動止如何？計太夫人在潁，子直代歸，與諸令弟應舉，皆在京師，各萬福。鞏此侍親幸無恙。宣和日得書〔一〕，四弟應舉，今亦在京師。去年第二妹嫁王補之者，不幸疾不起。以二女甥之失其所依，而補之欲繼舊好，遂以第七妹歸之，此月初亦已成姻。鞏質薄，去朋友遠且久，其過失日積，而思慮日昏，其不免於小人之歸者，將若之何？在官折節於奔走，悉力於米鹽之末務，此固任小者之常，無不自安之意。顧初至時，遇在勢者横逆，又議法數不合，常恐不免於構陷。方其險阻艱難之時，常欲求脱去，而卒無由。今於勢者已更，幸自免於悔咎。而鞏至此，亦已二年矣。

比承諭及介甫所作王令誌文，以爲揚子不過，恐不然也。

夫學者，其心篤於仁，其視聽言動由於禮，則無常産而有常心，乃所履之一事耳。何則？使其心篤於仁，其視聽言動由於禮，然而無常産也，則其於親也，生事之以禮，故啜菽飲水之養，與養以天下一也；死葬之以禮，故斂手足形旋葬之葬，與葬以天下一也。而况於身乎？况於妻子乎？然其心篤於仁，其視聽言動由於禮者，非盡於此也。故曰乃所履之一事耳。而孟子亦以謂無常産而有常心者，唯士爲然，則爲聖賢者不止於然也。介甫又謂士誠有常心，以操羣聖人之説而力行之，此孔孟以下，所以有功於世也。

夫學者苟不能其心篤於仁，其視聽言動由於禮，則必不能不失其常心，此後之學者之患也。苟能其心篤於仁，其視聽言動由於禮，則必不失其常心，且既已皆中於禮矣，而復操何説而力行之哉？此學者治心修身，本末先後自然之理也。所以始乎爲士，而終乎爲聖人也。顔子三月不違仁，蓋謂此也。人不堪其憂而不改其樂，蓋樂此也。

凡介甫之所言，似不與孔子之所言者合，故曰以爲揚子不過，恐不然也。此吾徒所學之要義，以相去遠，故畧及之，不審以爲如何？其他未及子細。劇寒自重，書至幸報答。不宣。鞏再拜。

〔一〕「宣和日得書」，《讀書記》云：「疑有訛。」「書」，元刻本、正統本作「畢」，顧校云：「宋本畢。」

答王深父論揚雄書[一]

蒙疏示鞏，謂揚雄處王莽之際，合於箕子之明夷。常夷甫以謂紂爲繼世，箕子乃同姓之臣，事與雄不同。又謂《美新》之文，恐箕子不爲也。又謂雄非有求於莽，特於義命有所未盡。鞏思之恐皆不然。方紂之亂，微子、箕子、比干三子者，蓋皆諫而不從，則相與謀，以謂去之可也，任其難可也，各以其所守自獻于先王，不必同也。此見於《書》三子之志也。三子之志，或去或任其難，乃人臣不易之大義，非同姓獨然者也。於是微子去之，比干諫而死，箕子諫而不從，至辱於囚奴。夫任其難者，箕子之志也，其諫而不從，至辱於囚奴，蓋盡其志矣，不如比干之死，所謂各以其所守自獻于先王，不必同也。當其辱於囚奴而就之，乃所謂明夷也。然而不去，非懷禄也；不死，非畏死也；辱於囚奴而就之，非無耻也。在我者，固彼之所不能易也。故曰內難而能正其志，又曰箕子之正，明不可息也。此箕子之事，見於《書》、《易》、《論語》，其説不同，而其終始可考者如此也。

雄遭王莽之際，有所不得去，又不必死，辱於仕莽而就之，固所謂明夷也。然雄之言著於書，行著於史者，可得而考。不去非懷禄也，不死非畏死也，辱於仕莽而就之，非無耻也。在我者亦彼之所不能易也，故吾以謂與箕子合。吾之所謂與箕子合者如此，非謂合其事紂之初也。

至於《美新》之文，則非可已而不已者也。若可已而不已，則鄉里自好者不爲也，况若雄者乎？且較其輕重，辱於仕莽爲重矣。雄不得已而已[二]，則於其輕者，其得已哉！箕子者至辱於囚奴而就之，則於《美新》，安知其不爲？而爲之亦豈有累哉？不曰堅乎，磨而不磷；不曰白乎，涅而不淄。顧在我者如何耳。若此者，孔子所不能免。故於南子，非所欲見也；于陽虎，非所欲敬也。見所不見，敬所不敬，此《法言》所謂詘身所以伸道者也。然則非雄所以自見者歟？孟子有言曰：「天下有道，小德役大德，小賢役大賢；天下無道，小役大，弱役强。二者皆天也，順天者存，逆天者亡。」而孔子之見南子，亦曰：「予所否者，天厭之！天厭之！」則雄于義命，豈有不盡哉？又云：介甫以謂雄之仕合于孔子，無不可之義。夷甫以謂無不可者，聖人微妙之處，神而不可知者也。雄德不逮聖人，强學力行，而于義命有所未盡，故于仕莽之際，不能無差。又謂以《美新》考之，則投閣之事，不可謂之無也。夫孔子所謂無不可者，則孟子所謂聖之時也。而孟子歷敍伯夷以降，終曰乃所願則學孔子。雄亦爲《太玄賦》，稱夷齊之徒，而亦曰：「我異于是，執太玄兮。蕩然肆志，不拘攣兮。」以二子之志，足以自知而任己者如此，則無不可者，非二子之所不可學也。在我者不及二子，則宜有可有不可，以學孔子之無可無不可，然後爲善學孔子。此言有以寤學者，然不得施於雄也。前世之傳者，以謂伊尹以割烹要湯，孔子主癰疽瘠環，孟子皆斷以爲非伊尹、孔子之事。蓋以理考之，知其不然也。觀雄之所自立，故介甫以謂世傳其投閣者妄，豈不亦猶孟子之意哉？

鞏自度學每有所進，則於雄書每有所得。介甫亦以爲然。則雄之言，不幾於測之而愈深、窮之而愈遠者乎？故於雄之事有所不通，必且求其意。况若雄處莽之際，考之於經而不繆，質之於聖人而無疑，固不待議論而後明者也。爲告夷甫，或以爲未盡，顧更疏示。

〔一〕元刻本、《讀書記》、顧校本、章校本、吴校本、傅校本題下注「一作答王子堅書，一作答王固别紙」；《曾子固集》題作「答王固别紙」。

〔二〕《讀書記》、顧校本、章校本、吴校本、傅校本無前一個「已」字。

與王向書

鞏啓：比得吕南公，愛其文。南公數稱吾子，然恨未相見。及至南豐，又得黄曦，復愛其文。而吾子亦來，以文見貺，實可歎愛。吾子與吕南公、黄曦皆秀出吾鄉，一時之俊，私心喜慰，何可勝言？惟强於自立，使可愛者，非特文詞而已。此鄙劣所望於三君子也。道中匆匆奉啓。不宣。

回傅權書

鞏啓：辱惠書及古律詩、雜文，指意所出，義甚高，文辭甚美。以鞏有鄉人之好，又於聞道有一日之先，使獲承重貺，幸甚。

足下論古今學者，自好者少，苟合者多，則固然矣。因以謂如鄙劣者，能知所守，則豈敢當？抑足下欲勉之至此，則豈敢怠？足下之材，可謂特出，自强不已，則道德之歸，其孰可禦？恨不相從〔一〕，不能一一具道。能沿牒至此一相見否？荒隅之中，孤拙寡偶，欽企欽企。春暄，餘保愛保愛。不宣。

〔一〕「不」，元刻本作「未」。

福州上執政書

鞏頓首再拜上書某官：竊以先王之迹，去今遠矣，其可概見者，尚存於《詩》。《詩》存先王養士之法〔一〕，所以撫循待遇之者，恩意可謂備矣。故其長育天下之材，使之成就，則如蘿蒿之在大陵，無有不遂。其賓而接之，出於懇誠，則如《鹿鳴》之相呼召，其聲音非自外至也。其燕之，則有飲食之具；樂之，則有琴瑟之音。將其厚意，則有幣帛箱篚之贈〔二〕；要其大旨，則未嘗不在於得其懽心。其人材既衆，列於庶位，則如《棫樸》之盛，得而薪之。其以爲使臣，則寵其往也，必以禮樂，使其光華皇皇於遠近；勞其來也，則既知其功，又本其情而叙其勤。其以爲將率，則於其行也，既送遣之，又識薇蕨之始生，而恐其歸時之晚；及其還也，既休息之，又追念其悄悄之憂，而及於僕夫之瘁。當此之時，后妃之於內助，又知臣下之勤勞，其憂思之深，至於山脊、石砠、僕馬之間；而志意之一，至於雖采卷耳，而心不在焉。蓋先王之世，待天下士，其勤且詳如此。故稱周之士也貴，又稱周之士也肆，而《天保》亦稱「君能下下，以成其政；臣能歸美，以報其上。」其君臣上下相與之際如此，可謂至矣。所謂必本其情而叙其勤者，在《四牡》之三章曰：「『王事靡盬，不遑將父。』四章曰：『王事靡盬，不遑將母。』而其卒章則曰：『豈不懷歸？是用作歌，將母來諗。』釋者以謂：『諗，告也。君勞使臣，叙述其情，曰：女豈不誠思歸乎？故作此詩之歌，以養父母之志，來告於君也。』既休息之，而又追叙其情如此。繇是觀之，上之所以接下，未嘗不恐失其養父母之心；下之所以事上，有養父母之心，未嘗不以告也。其勞使臣之辭則然，而推至於戍役之人，亦勞之以「王事靡盬，憂我父母」，則先王之政，即人之心，莫大於此也。及其後世，或任使不均，或苦於征役，而不得養其父母，則有《北山》之感，《鴇羽》之嗟；或行役不已，而父母兄弟離散，則有《陟岵》之思。詩人皆推其意，見於《國風》，所謂「發乎情，止乎禮義」者也。

伏惟吾君有出於數千載之大志，方與先王之治，以上繼三代。吾相於時，皆同德合謀，則所以待天下之士者，豈異於古？士之出於是時者，豈有不得盡其志邪？鞏獨何人，幸遇兹日。鞏少之時，尚不敢飾其固陋之質，以干當世之用。今齒髮日衰，聰明日耗，令其至愚，固不敢有徼進之心，況其少有知邪？轉走五郡，蓋十年矣，未嘗敢有半言片辭，求去邦域之任，而冀陪朝廷之儀。此鞏之所以自處，竊計已在聽察之日久矣。今輒以其區區之腹心，敢布於下執事者，誠以鞏年六十，老母年八十有八，老母寓食京師，而鞏守閩越，仲弟守南越。二越者，天下之遠處也。於著令，有一人仕於此二邦者〔三〕，同居之親當遠仕者，皆得不行。鞏固不敢爲不肖之身，求自比於是也。顧以道里之阻，既不可御老母而南，則非獨省晨昏，承顔色，不得效其犬馬之愚。至於書問往還，蓋以萬里，非累月逾時不通。此白首之母子，所以義不可以苟安，恩不可以苟止者也〔四〕。

方去歲之春，有此邦之命，鞏敢以情告於朝，而詔報不許。屬閩有盜賊之事，因不敢繼請。及去秋到職，閩之餘盜，或數十百爲曹伍者，往往蟻聚於山谷。桀黠能動衆爲魁首者，又以十數，相望於州縣。閩之室閭莫能寧〔五〕，而遠近聞者，亦莫不疑且駭也。州之屬邑，又有出於饑旱之後。鞏於此時，又不敢以私計自陳。其於寇孽，屬前日之屢敗，士氣既奪，而吏亦無可屬者。其於經營，既不敢以輕動迫之，又不敢以少縱玩之。一則諭以招納，一則戒以剪除。既而其悔悟者自相執拘以歸，其不變者亦爲士吏之所係獲〔六〕。其魁首則或縻而致之，或殲而去之。自冬至春，遠近皆定。亭無枹鼓之警，里有室家之樂。士氣始奮，而人和始洽。至於風雨時若，田出自倍。今野行海涉，不待朋儔。市粟四來〔七〕，價減什七。此皆吾君吾相至仁元澤覆冒所及。故寇旱之餘，曾未期歲，既安且富，至於如此。鞏與斯民，與蒙其幸。方地數千里，既無一事，繫官於此，又已彌年，則可以將母之心，告於吾君吾相，未有易於此時也。

伏惟推古之所以待士之詳，思勞歸之詩；本士大夫之情，而及於其親，逮之以卽乎人心之政，或還之闕下，或處以閑曹，或引之近畿，屬以一郡，使得諧其就養之心，慰其高年之母。則仁治之行，豈獨昏愚得蒙賜於今日，其流風餘法，傳之永久。後世之士，且將賴此。其無《北山》之怨，《鴇羽》之譏，《陟岵》之歎，蓋行之甚易，而爲德於士類者甚廣。惟留意而圖之。不宣。鞏頓首。

〔一〕「存」，元刻本、顧校本、傅校本作「陳」，並注「一作存」。
〔二〕「箱」，《讀書記》作「筐」。
〔三〕元刻本、《讀書記》、顧校本、章校本、吳校本、傅校本無「於」字。
〔四〕《讀書記》、顧校本、章校本、吳校本、傅校本無「者」字。
〔五〕「閭」，元刻本作「廬」。

〔六〕「士吏」，《讀書記》云：「宋本士吏，非也。吏，文吏，令長也，士乃兵耳。宜作吏士。」

〔七〕「四來」，正統本作「麴米」。

曾鞏集卷第十七

記十二首

分寧縣雲峯院記

分寧人勤生而嗇施，薄義而喜争，其土俗然也。自府來抵其縣五百里，在山谷窮處。其人修農桑之務，率數口之家，留一人守舍行饁，其外盡在田。田高下磽腴，隨所宜雜殖五穀，無廢壤。女婦蠶杼，無懈人。茶鹽蜜紙竹箭材葦之貨，無有纖鉅，治咸盡其身力。其勤如此。富者兼田千畝，廩實藏錢，至累歲不發，然視捐一錢，可以易死，寧死無所捐。其於施何如也？其間利害不能以稊米，父子、兄弟、夫婦，相去若弈棋然。於其親固然，於義厚薄可知也。長少族坐里閭，相講語以法律。意嚮小戾，則相告訐，結黨詐張〔一〕，事關節以動視聽。甚者畫刻金木爲章印，摹文書以紿吏，立縣庭下，變僞一日千出〔二〕，雖笞扑徙死交迹〔三〕，不以屬心〔四〕。其喜争訟，豈比他州縣哉？民雖勤而習如是，漸涵入骨髓，故賢令長佐吏比肩，常病其未易治教使移也。

雲峯院在縣極西界〔五〕，無籍圖〔六〕，不知自何時立。景德三年，邑僧道常治其院而侈之。門閎靚深，殿寢言言。棲客之廬，齋庖庫庾，序列兩傍。浮圖所用鐃鼓魚螺鐘磬之編，百器備完。吾聞道常氣質偉然，雖索其學，其歸未能當於義，然治生事不廢，其勤亦稱其土俗。至有餘輒斥散之，不爲黍累計惜，樂淡泊無累，則又若能勝其嗇施喜争之心[七]，可言也[八]。或曰，使其人不汩溺其所學，其歸一當於義，則傑然視邑人者，必道常乎？未敢必也[九]。慶曆三年九月，與其徒謀曰：「吾排蓬藋治是院，不自意成就如此。今老矣，恐泯泯無聲畀來人，相與圖文字，買石刻之，使永永與是院俱傳，可不可也[一〇]？」咸曰：「然。」推其徒子思來請記[一一]，遂來，予不讓，爲申其可言者寵嘉之，使刻示邑人，其有激也。二十八日，南豐曾鞏記。

[一]「詐」，嘉靖黄希憲刻本、萬曆本、漁浦書院本作「譎」。

[二]元刻本、《讀書記》、顧校本、章校本、吴校本、傅校本、《文粹》「日」下有「百」字。

[三]元刻本、《讀書記》、顧校本、章校本、吴校本、傅校本、《文粹》「雖」上有「故」字。

[四]元刻本、顧校本、傅校本「不」上有「一」字，並注「一本無一」；《讀書記》、章校本「不」上有「一」字。

[五]顧校本删「界」字，注云「宋本有」。

[六]「圖」，元刻本、顧校本、傅校本注「一作固」。

[七]元刻本、《讀書記》、傅校本、《文粹》「能」下有「獨」字。

[八]「言」，章校本作「喜」。

[九]元刻本、《讀書記》、顧校本、章校本、吴校本、傅校本「未」上有「此予」二字。

[一〇]前一「可」字，《讀書記》作「何」。

[一一]「子」，嘉靖黄希憲刻本、萬曆本、漁浦書院本作「了」。

仙都觀三門記

門之作，取備豫而已。然天子、諸侯、大夫各有制度，加於度則譏之，見於《易》、《禮記》、《春秋》。其旁三門，門三塗，惟王城爲然。老子之教行天下，其宮視天子或過焉，其門亦三之。其備豫之意，蓋本於《易》，其加於度，則知《禮》者所不能損，知《春秋》者所太息而已。甚矣！其法之蕃昌也。

建昌軍南城縣麻姑山仙都觀，世傳麻姑於此仙去，故立祠在焉。距城六七里，由絶嶺而上，至其處，地反平寬衍沃〔一〕，可宮可田。其穫之多，與他壤倍，水旱之所不能災〔二〕。予嘗視而歎曰：「豈天遺此以安且食其衆〔三〕，使世之衎衎施施，趨之者不已歟？不然，安有是邪〔四〕？」則其法之蕃昌，人力固如之何哉？

其田入既饒，則其宮從而侈也宜。慶曆六年，觀主道士淩齊曅相其室無不修而門獨庳，曰：「是不足以稱吾法與吾力。」遂大之。既成，託予記。予與齊曅，里人也，不能辭。噫！爲里人而與之記，人之情也；以《禮》、《春秋》之義告之〔五〕，天下之公也。不以人之情易天下之公，齊曅之取予文，豈不得所欲也夫？豈以予言爲厲已也夫？八月日記。

〔一〕「地」，元刻本、《讀書記》、顧校本作「其墜」二字。

〔二〕元刻本、《讀書記》、顧校本、章校本、吴校本、傅校本無「之」字。

〔三〕「衆」，元刻本、《讀書記》、傅校本作「徒」。

〔四〕「安」，元刻本、《讀書記》、顧校本作「何」，並注「一作安」。章校本作「何」。

〔五〕元刻本、《讀書記》、顧校本、章校本、吴校本、傅校本「義」下有「而」字。

禿禿記

禿禿，高密孫齊兒也。齊明法，得嘉州司法。先娶杜氏，留高密。更給娶周氏，與抵蜀。罷歸，周氏恚齊紿，告縣。齊貲謝得釋。授歙州休寧縣尉，與杜氏俱迎之官，再期，得告歸。周氏復恚，求絶，齊急曰：「爲若出杜氏。」祝髮以誓。周氏可之。

齊獨之休寧，得娼陳氏，又納之。代受撫州司法，歸間周氏，不復見，使人竊取其所産子，合杜氏、陳氏，載之撫州。明道二年正月至。是月，周氏亦與其弟來，欲入據其署，吏遮以告齊。齊在寶應佛寺受租米，趨歸，捽挽置廡下，出僞券曰：「若傭也，何敢爾！」辨于州，不直。周氏訴於江西轉運使，不聽。久之，以布衣書里姓聯訴事，行道上乞食。

蕭貫守饒州，馳告貫。饒州，江東也，不當受訴。貫受不拒，轉運使始遣吏祝應言爲覆。周氏引産子爲據，齊懼子見事得，即送匿旁方政舍。又懼，則收以歸，扼其咽，不死。陳氏從旁引兒足，倒持之，抑其首甕水中乃死，禿禿也。召役者鄧旺，穿寢後垣下爲坎，深四尺，瘞其中，生五歲云。獄上更赦，猶停齊官，徙濠州，八月也。

慶曆三年十月二十二日，司法張彦博改作寢廬，治地得坎中死兒，驗問知狀者，小吏熊簡對如此。

又召鄧旺詰之，合獄辭，留州者皆是，惟殺禿禿狀蓋不見。與予言而悲之，遂以棺服斂之，設酒脯奠焉。以錢與浮圖人昇倫，買磚爲壙，城南五里張氏林下瘞之，治地後十日也。

嗚呼！人固擇於禽獸夷狄也。禽獸夷狄於其配合孕養，知不相禍也，相禍則其類絶也久矣。如齊何議焉？買石刻其事，納之壙中，以慰禿禿，且有警也。事始末，惟杜氏一無忌言。二十九日，南豐曾鞏作。

醒心亭記

滁州之西南，泉水之涯，歐陽公作州之二年，構亭曰「豐樂」，自爲記以見其名之意。既又直豐樂之東幾百步，得山之高，構亭曰「醒心」，使鞏記之。

凡公與州之賓客者遊焉，則必即豐樂以飲。或醉且勞矣，則必即醒心而望。以見夫羣山之相環，雲烟之相滋，曠野之無窮，草樹衆而泉石嘉，使目新乎其所睹，耳新乎其所聞，則其心灑然而醒，更欲久而忘歸也。故即其所以然而爲名〔一〕，取韓子退之《北湖》之詩云。噫！其可謂善取樂於山泉之間，而名之以見其實，又善者矣〔二〕。

雖然，公之樂，吾能言之。吾君優游而無爲於上〔三〕，吾民給足而無憾於下，天下學者皆爲材且良〔四〕，夷狄鳥獸草木之生者皆得其宜，公樂也。一山之隅，一泉之旁，豈公樂哉？乃公所以寄意於此也。若公之賢，韓子歿數百年，而始有之。今同遊之賓客，尚未知公之難遇也。後百千年，有慕公之爲人，而覽公之迹，思欲見之，有不可及之嘆，然後知公之難遇也。則凡同遊於此者，其可不喜且幸歟？而犖也，又得以文詞託名於公文之次，其又不喜且幸歟！慶曆七年八月十五日記。

〔一〕元刻本、《讀書記》、顧校本、章校本、吴校本、傅校本「其」下有「事之」二字。

〔二〕元刻本、《讀書記》、顧校本、章校本、吴校本、傅校本無「而名之以見其實又善者」十字。《讀書記》云：「宋本無此十字，有此便與後『豈公樂哉？乃公所以寄意於此』二句違反。」

〔三〕顧校删去「吾」字。

〔四〕元刻本、《讀書記》、顧校本、傅校本「下」下有「之」字。

繁昌縣興造記

太宗二年，取宣之三縣爲太平州，而繁昌在籍中。繁昌者，故南陵地，唐昭宗始以爲縣。縣百四十餘年，無城垣而濱大江，常編竹爲障以自固，歲輒更之，用材與力一取於民，出入無門關，賓至無舍館。今治所雖有屋，而庳逼破露，至聽訟於廡下，案牘簿書，棲列無所，往往散亂不可省，而獄訟、賦役失其平。歷七代，爲令者不知幾人，恬不知改革，日入於壞。故世指繁昌爲陋縣，而仕者不肯來，行旅者不肯遊，政事愈以疵，市區愈以索寞，爲鄉老吏民者羞且憾之。

事之窮必變，故今有能令出，因民之所欲爲，悉破去竹障，而垣其故基，爲門以通道往來，而屋以取固。即門之東北，構亭瞰江，以納四方之賓客。既又自大其治所，爲重門步廊。門之上爲樓，斂敕書置其中。廊之兩旁，爲羣吏之舍，視事之廳，便坐之齋，寢廬庖湢，各以序爲。廳之東西隅，凡案牘簿書，室而藏之，於是乎在。自門至於寢廬，總爲屋凡若干區。自計材至於用工，總爲日凡二千三百九十六日而落成焉〔一〕。夏希道太初，此令之姓名字也。慶曆七年十月二十三日，此成之年月日也。

始繁昌爲縣，止三千户。九十年間，四聖之德澤，覆露生養，今幾至萬家。田利之入倍他壤有餘，魚、蝦、竹、葦、柿、栗之貨，足以自資，而無貧民。其江山又天下之勝處，可樂也。今復得能令，爲樹立如此，使得無歲費而有巨防，賓至不惟得以休，而耳目尚有以爲之觀。令居不惟得以安，而民吏之出入仰望者，益知尊且畏之。獄訟、賦役之書悉完，則是非倚而可定也〔二〕。予知縣之去陋名，而仕者争欲來，行旅者争欲遊〔三〕，昔之疵者日以減去，而索寞者日以富蕃。稱其縣之名，其必自此始。

夏令用薦者爲是縣，至二十七日，而計材以至於落成，不惟興利除弊可法也〔四〕，而其變因循，就功效，獨何其果且速與！昔孟子譏子産惠而不知爲政，嗚呼，如夏令者，庶幾所謂知爲政者與〔五〕！於是過子産矣。

凡縣之得能令爲難；幸而得能令，而興事尤難；幸而事興，而得後人不廢壞之又難也。今繁昌民既幸得其所難得，而令又幸無不便己者，得卒與其所尤難，皆可喜無憾也。惟其欲後人不廢壞之，未可必得也〔六〕。故屬予記，其不特以著其成，其亦有以警也〔七〕。某月日，南豐曾鞏記。

〔一〕此句數字疑訛，與下文「何其果且速與」不符。「二千三百」，元刻本、正統本、顧校本、章校本、《文粹》作「二十三又」。顧校删去「焉」字。

〔二〕「可定」，元刻本、顧校本作「定可」，並注「一作可定」。

〔三〕「争欲」，原作「欲争」，據正統本、傅校本、章校本、《文粹》改。

〔四〕元刻本、《文粹》「惟」下有「其」字。

〔五〕元刻本、正統本、顧校本、傅校本無「爲」字。

〔六〕元刻本、顧校本、章校本、吴校本、傅校本注「一本無得字」。

〔七〕「有以」，元刻本作「以有」。

墨池記

臨川之城東，有地隱然而高，以臨於溪，曰新城。新城之上，有池窪然而方以長，曰王羲之之墨池者，荀伯子《臨川記》云也。羲之嘗慕張芝，臨池學書，池水盡黑，此爲其故迹，豈信然邪？方羲之之不可强以仕，而嘗極東方，出滄海，以娱其意於山水之間，豈其徜徉肆恣，而又嘗自休於此邪？羲之之書晚乃善，則其所能，蓋亦以精力自致者，非天成也。然後世未有能及者，豈其學不如彼邪？則學固豈可以少哉！况欲深造道德者邪？

墨池之上，今爲州學舍。教授王君盛恐其不章也〔一〕，書「晉王右軍墨池」之六字於楹間以揭之，又告於鞏曰：「願有記。」推王君之心，豈愛人之善，雖一能不以廢，而因以及乎其迹邪？其亦欲推其事以勉學者邪？夫人之有一能，而使後人尚之如此，況仁人莊士之遺風餘思，被於來世者如何哉〔二〕。慶曆八年九月十二日，曾鞏記。

〔一〕元刻本、《讀書記》、顧校本、章校本、吴校本、傅校本「教」上有「學」字。

〔二〕「來世」，元刻本、顧校本、傅校本作「後世」。

菜園院佛殿記

慶曆八年四月，撫州菜園僧可栖，得州之人高慶、王明、饒傑相與率民錢爲殿於其院，成，以佛之像置其中，而來乞予文以爲記。

初，菜園有籍於尚書，有地於城南五里，而草木生之，牛羊踐之，求屋室居人焉，無有也。可栖至，則喜曰：「是天下之廢地也，人不争，吾得之以老，斯足矣。」遂以醫取資於人，而即其處立寢廬、講堂、重門、齋庖之房、棲客之舍，而合其徒入而居之。獨殿之役最大，自度其力不能爲，乃使慶、明、傑持簿乞民間，有得輒記之，微細無不受，浸漸積累，期月而用以足，役以既。自可栖之來居至於此，蓋十年矣。

吾觀佛之徒，凡有所興作，其人皆用力也勤，刻意也專，不肯苟成，不求速效，故善以小致大，以難致易，而其所爲，無一不如其志者，豈獨其説足以動人哉？其中亦有智然也。若可栖之披攘經營，攟摭纖悉，忘十年之久，以及其志之成，其所以自致者，豈不近是哉？噫！佛之法固方重於天下，而其學者又善殖之如此。至於世儒，習聖人之道，既自以爲至矣，及其任天下之事，則未嘗有勤行之意，堅持之操，少長相與語曰：「苟一時之利耳，安能必世百年，爲教化之漸，而待遲久之功哉！」相薰以此，故歷千餘載，雖有賢者作，未可以得志於其間也。由是觀之，反不及佛之學者遠矣。則彼之所以盛，不由此之所自守者衰歟？與之記，不獨以著其能，亦以愧吾道之不行也已〔一〕。曾鞏記。

〔一〕「以」字原無，據元刻本、《讀書記》、顧校本、章校本、吴校本、傅校本、《文粹》增。

宜黄縣縣學記

古之人，自家至於天子之國皆有學，自幼至於長，未嘗去於學之中。學有《詩》《書》六藝、弦歌洗爵、俯仰之容、升降之節，以習其心體、耳目、手足之舉措；又有祭祀、鄉射、養老之禮，以習其恭讓〔一〕；進材、論獄〔二〕、出兵授捷之法，以習其從事。師友以解其惑，勸懲以勉其進〔三〕，戒其不率，其所爲具如此〔四〕。而其大要，則務使人人學其性，不獨防其邪僻放肆也。雖有剛柔緩急之異，皆可以進之中〔五〕，而無過不及。使其識之明，氣之充於其心，則用之於進退語默之際，而無不得其宜；臨之以禍福死生之故，無足動其意者〔六〕。爲天下之士，爲所以養其身之備如此〔七〕，則又使知天地事物之變，古今治亂之理，至於損益廢置、先後始終之要〔八〕，無所不知。其在堂户之上，而四海九州之業、萬世之策皆得，及出而履天下之任，列百官之中，則隨所施爲，無不可者。何則？其素所學問然也。

蓋凡人之起居、飲食、動作之小事，至於修身爲國家天下之大體，皆自學出，而無斯須去於教也。其動於視聽四支者，必使其洽於内；其謹於初者，必使其要於終。馴之以自然，而待之以積久。噫！何其至也。故其俗之成，則刑罰措；其材之成，則三公百官得其士；其爲法之永，則中材可以守；其入人之深，則雖更衰世而不亂。爲教之極至此，鼓舞天下，而人不知其從之，豈用力也哉？

及三代衰，聖人之制作盡壞，千餘年之間，學有存者，亦非古法。人之體性之舉動，唯其所自肆，而臨政治人之方，固不素講。士有聰明樸茂之質，而無教養之漸，則其材之不成，固然。蓋以不學未成之材，而爲天下之吏，又承衰弊之後，而治不教之民。嗚呼！仁政之所以不行，賊盜刑罰之所以積〔九〕，其不以此也歟！

宋興幾百年矣。慶曆三年，天子圖當世之務，而以學爲先，於是天下之學乃得立。而方此之時，撫州之宜黄猶不能有學。士之學者皆相率而寓於州，以群聚講習。其明年，天下之學復廢，士亦皆散去，而《春秋》釋奠之事以著於令，則常以廟祀孔氏，廟不復理。

皇祐元年，會令李君詳至，始議立學。而縣之士某某與其徒皆自以謂得發憤於此，莫不相勵而趨爲之。故其材不賦而羨，匠不發而多。其成也，積屋之區若干，而門序正位，講藝之堂、棲士之舍皆足。積器之數若干，而祀飲寢食之用皆具。其像孔氏而下，從祭之士皆備。其書經史百氏、翰林子墨之文章無外求者。其相基會作之本末，總爲日若干而已，何其周且速也！

當四方學廢之初，有司之議，固以謂學者人情之所不樂。及觀此學之作，在其廢學數年之後，唯其令之一唱，而四境之内響應而圖之，如恐不及。則夫言人之情不樂於學者，其果然也與？

宜黄之學者，固多良士。而李君之爲令，威行愛立，訟清事舉，其政又良也。夫及良令之時，而順其慕學發憤之俗，作爲宫室教肄之所，以至圖書器用之須，莫不皆有，以養其良材之士。雖古之去今遠矣，然聖人之典籍皆在，其言可考，其法可求，使其相與學而明之，禮樂節文之詳，固有所不得爲者。若夫正心修身，爲國家天下之大務，則在其進之而已。使一人之行修移之於一家，一家之行修移之於鄉鄰族黨，則一縣之風俗成，人材出矣。教化之行，道德之歸，非遠人也，可不勉與！縣之士來請曰：「願有記。」其記之。十二月某日也。

〔一〕「其」字原無，據元刻本、《讀書記》、顧校本、章校本、吴校本、傅校本、《文粹》增。

〔二〕「獄」，元刻本、顧校本、傅校本注「一作德」；《讀書記》、章校本作「德」。

〔三〕「懲」，元刻本注「一作戒」。

〔四〕元刻本、《讀書記》、顧校本、章校本、吴校本、傅校本、《文粹》「所」下有「以」字。

〔五〕《讀書記》、顧校本、章校本、吴校本、傅校本「之」下有「於」字。

〔六〕元刻本、《讀書記》、顧校本、章校本、吴校本、傅校本「無」上有「而」字。

〔七〕「爲」，《讀書記》作「而」。

〔八〕「始終」，元刻本、顧校本、傅校本、《文粹》作「終始」。

〔九〕「賊盜」，元刻本、顧校本、傅校本、《文粹》作「盜賊」。

學舍記

予幼則從先生受書，然是時，方樂與家人童子嬉戲上下，未知好也。十六七時，闚六經之言與古今文章，有過人者，知好之，則於是銳意欲與之並。而是時，家事亦滋出。自斯以來，西北則行陳、蔡、譙、苦、睢、汴、淮、泗〔一〕，出於京師；東方則絶江舟漕河之渠，逾五湖，並封禺會稽之山〔二〕，出於東海上；南方則載大江，臨夏口而望洞庭，轉彭蠡，上庾嶺，繇湞陽之瀧，至南海上。此予之所涉世而奔走也。蛟魚洶湧湍石之川，巔崖莽林貙虺之聚，與夫雨暘寒燠風波霧毒不測之危，此予之所單遊遠寓，而冒犯以勤也。衣食藥物，廬舍器用，箕筥碎細之間，此予之所經營以養也。天傾地壞，殊州獨哭，數千里之遠，抱喪而南，積時之勞，乃畢大事，此予之所遘禍而憂艱也。太夫人所志，與夫弟婚妹嫁，四時之祠，屬人外親之問，王事之輸，此予之所皇皇而不足也。予於是力疲意耗，而又多疾，言之所序，蓋其一二之粗也。得其閒時，挾書以學，於夫爲身治人，世用之損益，考觀講解，有不能至者。故不得專力盡思，琢雕文章，以載私心難見之情，而追古今之作者爲並，以足予之所好慕，此予之所自視而嗟也。

今天子至和之初，予之侵擾多事故益甚，予之力無以爲，乃休於家，而即其旁之草舍以學。或疾其卑，或議其隘者，予顧而笑曰：「是予之宜也。予之勞心困形，以役於事者，有以爲之矣。予之卑巷窮廬，冗衣礱飯，芑莧之羹，隱約而安者，固予之所以遂其志而有待也。予之疾則有之，可以進於道者，學之有不至。至於文章，平生所好慕〔三〕，爲之有不暇也。若夫土堅木好高大之觀，固世之聰明豪雋挾長而有特者所得爲〔四〕，若予之拙，豈能易而志彼哉？」遂歷道其少長出處，與夫好慕之心，以爲《學舍記》。

〔一〕元刻本、《讀書記》、顧校本、章校本、吴校本、傅校本、《文粹》「睢」上有「與」字。

〔二〕「禺」，《曾文定公集》作「禹」。

〔三〕元刻本、《讀書記》、傅校本、《文粹》「所」上有「之」字。

〔四〕「特」，元刻本、《讀書記》、顧校本、章校本、吴校本、傅校本、《文粹》作「力」。

南軒記

得鄰之茀地蕃之，樹竹木灌蔬於其間〔一〕，結茅以自休，囂然而樂。世固有處廊廟之貴，抗萬乘之富，吾不顧易也。

人之性不同，於是知伏閑隱隩，吾性所最宜。驅之就煩，非其器所長，況使之争於勢利、愛惡、毁譽之間邪？然吾親之養無以修，吾之昆弟飯菽藿羹之無以繼，吾之役於物，或田於食，或野於宿，不得常此處也，其能無歉然於心邪？少而思，凡吾之拂性苦形而役於物者，有以爲之矣。士固有所勤，有所肆識，其皆受之於天而順之，則吾亦無處而非其樂，獨何必休於是邪？顧吾之所好者遠，無與處於是也。然而六藝百家史氏之籍，箋疏之書，與夫論美刺非、感微託遠、山鑱冢刻、浮誇詭異之文章，下至兵權、曆法、星官、樂工、山農、野圃、方言、地記、佛老所傳，吾悉得於此，皆伏羲以來，下更秦漢至今，聖人賢者魁傑之材，殫歲月，憊精思，日夜各推所長，分辨萬事之説，其於天地萬物，小大之際，修身理人，國家天下治亂安危存亡之致，罔不畢載。處與吾俱，可當所謂益者之友非邪？

吾窺聖人旨意所出，以去疑解蔽，賢人智者所稱事引類，始終之概以自廣，養吾心以忠，約守而恕行之。其過也改，趨之以勇，而至之以不止，此吾之所以求於内者。得其時則行，守深山長谷而不出者，非也。不得其時則止，僕僕然求行其道者，亦非也。吾之不足於義，或愛而譽之者，過也。吾之足於義，或惡而毁之者，亦過也。彼何與於我哉？此吾之所任乎天與人者。然則吾之所學者雖博，而所守者可謂簡；所言雖近而易知，而所任者可謂重也。

書之南軒之壁間，蚤夜覽觀焉，以自進也。南豐曾鞏記。

〔一〕「蔬」，元刻本注「一本作疏」；《讀書記》作「疏」。

金山寺水陸堂記

慶曆八年，潤之金山寺火。明年，寺之僧瑞新來治寺事。某月，擇山之陽，亢爽之地，勸州之人某氏爲水陸堂，積錢之數百三十萬，積日之數若干而成。

夫金山之以觀遊之美取勝於天下，非獨據江瞰海，並楚之衝，而濱吴之要也。蓋其浮江之檻，負崖之屋，椽摩棟揭，環山而四出，亦有以夸天下者。則天下之東馳而莫不顧慕者，豈特一山之好哉？而其作之完，蓋非一人一日之力。及火，余固嗟夫未嘗得與時之君子者遊，而縱夫余心之所樂焉。至於今未久也，則閩夫山之穹堂奥殿、瓌傑之觀滋起矣。此非徒佛之法足以動天下，蓋新者，余嘗與之從容，彼其材且辨有以動人者，故成此不難也。夫廢於一時，而後人不能更興者，天下之事多如此。至於更千百年，委棄鬱塞而不得振行於天下者，吾之道是也。豈獨牽於勢哉？蓋學者之難得，而天下之材不足也。使如此寺之壞，而有新之材，一日之作，軼於百年累世之迹，則事之廢者豈足憂，而世之治可勝道哉？

新方以書告某氏之世善，而其子某又業爲士，因以求予記堂之始，故爲之歷道其興壞之端，而并予之所感者寓焉。

鵝湖院佛殿記

慶曆某年某月日，信州鉛山縣鵝湖院佛殿成，僧紹元來請記，遂爲之記曰：

自西方用兵，天子宰相與士大夫勞於議謀，材武之士勞於力，農工商之民勞於賦斂。而天子嘗減乘輿掖庭諸費，大臣亦往往辭賜錢，士大夫或暴露其身，材武之士或秉義而死，農工商之民或失其業。惟學佛之人不勞於謀議，不用其力，不出賦斂，食與寢自如也。資其宫之侈，非國則民力焉，而天下皆以爲當然，予不知其何以然也。今是殿之費，十萬不已，必百萬也；百萬不已，必千萬也；或累累而千萬之不可知也。其費如是廣，欲勿記其日時，其得邪？而請予文者，又紹元也。故云爾。

曾鞏集卷第十八

記十三首

思政堂記

尚書祠部員外郎、集賢校理太原王君爲池州之明年，治其後堂北嚮，而命之曰思政之堂。謂其出政於南嚮之堂，而思之於此也。其冬，予客過池，而屬予記之。

初，君之治此堂，得公之餘錢，以易其舊腐壞斷，既完以固，不窘寒暑。闢而即之，則舊圃之勝，涼臺清池，遊息之亭，微步之徑，皆在其前；平畦淺檻，佳花美木、竹林香草之植，皆在其左右。君於是退處其中，并心一意，用其日夜之思者，不敢忘其政，則君之治民之意勤矣乎！

夫接於人無窮，而使人善惑者，事也；推移無常，而不可以拘者，時也；其應無方而不可以易者[一]，理也。知時之變而因之，見必然之理而循之，則事者雖無窮而易應也，雖善惑而易治也。故所與由之，必人之所安也；所與違之，必人之所厭也。如此者，未有不始於思，然後得於己。得於己，故謂之德。正己而治人，故謂之政。政者，豈止於治文書、督賦斂、斷獄訟而已乎？然及其已得矣，則無思也；已化矣，則亦豈止於政哉！古君子之治，未嘗有易此者也。

今君之學，於書無所不讀，而尤深於《春秋》，其挺然獨見，破去前惑，人有所不及也。來爲是邦，施用素學，以修其政，既得以休其暇日，乃自以爲不足，而思之於此。雖今之吏不得以盡行其志，然迹君之勤如此，則池之人，其不有蒙其澤者乎？故予爲之書。嘉祐三年冬至日南豐曾鞏記。

〔一〕元刻本、《讀書記》、顧校本、章校本、吴校本、傅校本無「以」字。

兜率院記

古者爲治有常道，生民有常業。若夫祝除髮毛，禁棄冠環帶衺，不撫耞耒機盎，至他器械，水土之物，其時節經營，皆不自踐，君臣、父子、兄弟、夫婦皆不爲其所當然，而曰其法能爲人禍福者，質之於聖人無有也。其始自漢魏，傳挾其言者浸淫四出，抵今爲尤盛。百里之縣，爲其徒者，少幾千人，多至萬以上，宫廬百十〔一〕，大抵穹墉奥屋，文衣精食，輿馬之華，封君不如也。古百里之國，封君一人，然而力殆不輕得足也。今地方百里，過封君者累百十，飛奇鉤貨以病民，民往往嚬呻而爲塗中瘠者。以此治教信讓，奚而得行也？而天下若是者，蓋幾宫幾人乎？有司常錮百貨之利，細若蓬芒〔二〕，一無所漏失，僕僕然其勞也。而至於浮圖，人雖費如此，皆置不問，反傾府空藏而棄與之，豈不識其非古之制邪？抑識不可然且固存之耶？愚不能釋也。

分寧縣郭内外，名爲宫者百八十餘所，兜率院在治之西十里〔三〕，其徒尤相率悉力以侈之者也。其構興端原，有邑人黄庠所爲記，其後院主僧某，又治其故而大之。殿舍中嚴，齋宫宿廬庖湢之房，布列兩序，廄園囷倉[四]，以固以密，資所以奉養之物，無一而外求。疏其事而來請記者，其徒省懷也。

噫！子之法，四方人奔走附集者，衎衎施施，未有止也。予無力以拒之者，獨介然於心，而掇其尤切者，爲是説以與之。其使子之徒，知己之享利也多，而人蒙病已甚，且以告有司，而諗其終何如焉？

[一]元刻本、顧校本、章校本、《文粹》「廬」下有「累」字。
[二]「蓬」，元刻本注「一作莛」；《讀書記》作「莛」。
[三]元刻本、正統本、《讀書記》、顧校本、章校本、吴校本、傅校本、傅校漁浦書院本、《文粹》「西」下有「八」字。
[四]「園」，元刻本、正統本、顧校本、章校本、吴校本、傅校本、傅校漁浦書院本、《文粹》作「圃」。

飲歸亭記

金溪尉汪君名遘，爲尉之三月，斥其四垣爲射亭[一]。既成，教士於其間，而名之曰飲歸之亭。以書走臨川，請記於予。請數反不止。予之言何可取[二]？汪君徒深望予也。既不得辭，乃記之曰：

射之用事已遠，其先之以禮樂以辨德，《記》之所謂賓燕鄉飲大射之射是也；其貴力而尚技以立武，《記》之所謂四時教士貫革之射是也。古者海内洽和，則先禮射，而弓矢以立武，亦不廢於有司。及三代衰，王政缺，禮樂之事相屬而盡壞，揖讓之射滋亦熄。至其後，天下嘗集[三]，國家嘗閒暇矣。先王之禮，其節文皆在，其行之不難。然自秦漢以來千有餘歲，衰微絀塞，空見於六藝之文，而莫有從事者，由世之苟簡者勝也。争奪興而戰禽攻取之黨奮，則强弓疾矢巧技之出不得而廢，其不以勢哉？

今尉之教射，不比乎禮樂而貴乎技力。其衆雖小，然而旗旄鐲鼓，五兵之器，便習之利，與夫行止步趨遲速之節，皆宜有法，則其所教亦非獨射也。其幸而在乎無事之時，則得以自休守境而填衛百姓；其不幸殺越剽攻，駭驚閭巷，而並逐於大山長谷之間，則將犯晨夜，蒙霧露，蹈阸馳危，不避矢石之患，湯火之難，出入千里，而與之有事，則士其可以不素教哉？今亭之作所以教士，汪君又謂古者師還必飲至於廟，以紀軍實。今廟廢不設，亦欲士勝而歸則飲之於此，遂以名其亭。汪君之志，與其職可謂協矣！

或謂汪君儒生，尉文吏，以禮義禁盜宜可止，顧乃習鬥而喜勝，其是與？夫治固不可以不兼文武，而施澤於堂廡之上，服冕搢笏，使士民化，姦宄息者，固亦在彼而不在此也。然而天下之事能大者固可以兼小，未有小不治而能大也。故汪君之汲汲於斯，不忽乎任小，其非所謂有志者邪？

〔一〕「四」，元刻本、顧校本、傅校本作「西」，並注「一作四」；章校本作「西」。

〔二〕「可」，章校本作「足」。

〔三〕「嘗集」，《曾文定公集》作「無事」。

擬峴臺記

尚書司門員外郎晉國裴君治撫之二年〔一〕，因城之東隅作臺以遊〔二〕，而命之曰擬峴臺，謂其山溪之形，擬乎峴山也。數與其屬與州之寄客者遊其間，獨求記於予。

初，州之東，其城因大丘，其隍因大溪，其隅因客土以出溪上，其外連山高陵，野林荒墟，遠近高下，壯大閎廓，怪奇可喜之觀，環撫之東南者，可坐而見也。然而雨隳潦毀，蓋藏棄委於榛叢茀草之間，未有即而愛之者也。君得之而喜，增甓與土，易其破缺，去榛與草，發其亢爽，繚以橫檻，覆以高甍〔三〕。因而爲臺，以脱埃氛，絶煩囂，出雲氣而臨風雨。然後溪之平沙漫流，微風遠響，與夫波浪洶湧，破山拔木之奔放，至於高桅勁艣，沙禽水獸，下上而浮沉者，皆出乎履舄之下。山之蒼顔秀壁，巔崖拔出，挾光景而薄星辰。至於平岡長陸〔四〕，虎豹踞而龍蛇走，與夫荒蹊聚落，樹陰晻曖，遊人行旅，隱見而斷續者，皆出乎衽席之内。若夫煙雲開斂，日光出没，四時朝暮，雨暘明晦，變化不同〔五〕，則雖覽之不厭，而雖有智者，亦不能窮其狀也。或飲者淋漓，歌者激烈，或靚觀微步，旁皇徙倚，則得於耳目與得之於心者，雖所寓之樂有殊，而亦各適其適也。

撫非通道，故貴人蓄賈之遊不至〔六〕。多良田，故水旱螟螣之災少。其民樂於耕桑以自足，故牛馬之牧於山谷者不收，五穀之積於郊野者不垣，而晏然不知枹鼓之警，發召之役也。君既因其土俗，而治以簡靜，故得以休其暇日，而寓其樂於此。州人士女，樂其安且治，而又得遊觀之美，亦將同其樂也〔七〕，故予爲之記。其成之年月日，嘉祐二年之九月九日也。

〔一〕「門」，章校本作「封」。

〔二〕元刻本、《讀書記》、章校本、《文粹》無「之」字。

〔三〕「繚以横檻，覆以高甍」，元刻本、《讀書記》、顧校本、章校本、吴校本、傅校本無此八字；元刻本注：「一本有繚以横檻覆以高甍八字。」

〔四〕「陸」，《讀書記》作「陵」。

〔五〕元刻本、《讀書記》、顧校本、章校本、吴校本、傅校本、傅校漁浦書院本「化」下有「之」字。

〔六〕「蓄」，《曾文定公集》作「富」。

〔七〕元刻本、《讀書記》、顧校本、章校本、吴校本、傅校本「將」下有「得」字。

撫州顔魯公祠堂記

贈司徒魯郡顔公，諱真卿，事唐爲太子太師，與其從父兄杲卿，皆有大節以死。至今雖小夫婦人，皆知公之爲烈也。初，公以忤楊國忠斥爲平原太守，策安禄山必反，爲之備。禄山既舉兵，與常山太守杲卿伐其後〔一〕，賊之不能直闚潼關，以公與杲卿撓其勢也。在肅宗時，數正言，宰相不悦，斥去之。又爲御史唐旻所構，連輒斥。李輔國遷太上皇居西宫，公首率百官請問起居，又輒斥。代宗時，與元載争論是非，載欲有所壅蔽，公極論之，又輒斥。楊炎、盧杞既相德宗，益惡公所爲，連斥之，猶不滿意，李希烈陷汝州，杞卽以公使希烈，希烈初慚其言，後卒縊公以死。是時公年七十有七矣。

天寶之際，久不見兵，禄山既反，天下莫不震動，公獨以區區平原，遂折其鋒。四方聞之，争奮而起，唐卒以振者，公爲之倡也。當公之開土門，同日歸公者十七郡，得兵二十餘萬。繇此觀之，苟順且誠，天下從之矣。自此至公歿，垂三十年，小人繼續任政，天下日入於弊，大盜繼起，天子輒出避之。唐之在朝臣，多畏怯觀望。能居其間，一忤於世，失所而不自悔者寡矣。至於再三忤於世，失所而不自悔者，蓋未有也。若至於起且仆，以至於七八，遂死而不自悔者，則天下一人而已，若公是也。公之學問文章，往往雜於神仙浮屠之説，不皆合於理，及其奮然自立，能至於此者，蓋天性然也。故公之能處其死，不足以觀公之大。何則？及至於勢窮，義有不得不死，雖中人可勉焉，況公之自信也與。維歷忤大奸，顛跌撼頓，至於七八而終始不以死生禍福爲秋毫顧慮，非篤於道者不能如此，此足以觀公之大也。

夫世之治亂不同，而士之去就亦異，若伯夷之清，伊尹之任，孔子之時，彼各有義。夫既自比於古之任者矣，乃欲睠顧回隱，以市於世，其可乎？故孔子惡鄙夫不可以事君，而多殺身以成仁者。若公，非孔子所謂仁者與？

今天子至和三年，尚書都官郎中知撫州聶君厚載，尚書屯田員外郎通判撫州林君慥，相與慕公之烈，以公之嘗爲此邦也，遂爲堂而祠之。既成，二君過予之家而告之曰：「願有述。」夫公之赫赫不可盡者〔二〕，固不繫於祠之有無，蓋人之嚮往之不足者，非祠則無以致其至也。聞其烈足以感人，況拜其祠而親炙之者歟！今州縣之政，非法令所及者，世不復議。二君獨能追公之節，尊而祠之〔三〕，以風示當世，爲法令之所不及，是可謂有志者也。

〔一〕元刻本、《讀書記》、顧校本、章校本、吴校本、傅校本、傅校漁浦書院本「與」上有「公」字。

〔二〕「盡」，元刻本、正統本、《讀書記》、顧校本、傅校本、《文粹》作「蓋」。

〔三〕「祠」，原作「事」，據章校本、《曾文定公集》改。

洪州新建縣廳壁記

爲後世之吏，得行其志者少矣，此仕之所以難也，而縣爲最甚，何哉？凡縣之政無小大，令主簿皆獨任，而民事委曲，當有所操縱緩急，不能一斷以法，舉法而繩之，則其罪固易求也。凡有所爲，問可不可於州，執一而違之，則其勢固易撓也。其罪易求，其勢易撓，故爲之者有以得於州，然後其濟可幾也。不幸其一錙銖與之咈，則大者求其罪，小者撓其勢，將不遺其力矣。吏之不能自安，豈足道哉？縣有不與其擾者乎？方是時也，而天下之能忘其勢而好惡不妄者鮮矣，能忘人之勢而强立不苟者亦鮮矣。州負其强以取威，縣憂其弱以求免，其習已久，其俗已成之後，而守正循理以求其得於州，其亦不可以必也。則仕於此者，欲行其志，豈非難也哉？君子者雖無所處而不安，然其於自處也，未嘗不擇，仕而得擇其自處，則縣之事有不敢任者，豈可謂過也哉？

洪州新建，自太平興國六年，分南昌爲縣，至嘉祐三年，凡若干年，爲令者凡三十有九人。而秘書省著作佐郎黄巽公權來爲其令，抑豪縱，惠下窮，守正循理，而得濟其志者也。公權亦喜其職之行，因考次凡爲令者名氏，將伐石以書，而列置於壁間。故予爲之載其行治，而因著其爲縣之難，使來者得覽焉。

清心亭記

嘉祐六年，尚書虞部員外郎梅君爲徐之蕭縣，改作其治所之東亭，以爲燕息之所，而名之曰清心之亭。是歲秋冬，來請記於京師，屬余有亡妹殤女之悲，不果爲。明年春又來請，屬余有悼亡之悲，又不果爲。而其請猶不止。至冬乃爲之記曰：

夫人之所以神明其德，與天地同其變化者，夫豈遠哉？生於心而已矣。若夫極天下之知，以窮天下之理，於夫性之在我者，能盡之，命之在彼者，能安之，則萬物之自外至者〔一〕，安能累我哉？此君子之所以虚其心也，萬物不能累我矣。而應乎萬物，與民同其吉凶者，亦未嘗廢也。於是有法誡之設，邪僻之防，此君子之所以齋其心也。虚其心者，極乎精微，所以入神也。齋其心者，由乎中庸，所以致用也。然則君子之欲修其身，治其國家天下者，可知矣。

今梅君之爲是亭，曰不敢以爲遊觀之美，蓋所以推本爲治之意，而且將清心於此，其所存者，亦可謂能知其要矣〔二〕。乃爲之記，而道予之所聞者焉。十一月五日，南豐曾鞏記。

〔一〕「之」字原無，據元刻本、《讀書記》、顧校本、章校本、吴校本、傅校本、《文粹》增。

〔二〕元刻本、《讀書記》、顧校本、章校本、吴校本、傅校本、《文粹》無「能」字。

閬州張侯廟記

事常蔽於其智之不周，而辨常過於所惑。智足以周於事，而辨至於不惑，則理之微妙皆足以盡之。今夫推策灼龜，審於夢寐，其爲事至淺，世常尊而用之，未之有改也；坊墉道路、馬蠶貓虎之靈，其爲類至細，世常嚴而事之，未之有廢也；水旱之災，日月之變，與夫兵師疾癘、昆蟲鼠豕之害，凡一慝之作，世常有祈有報，未之有止也。《金縢》之書，《雲漢》之詩，其意可謂至，而其辭可謂盡矣。夫精神之極，其叩之無端，其測之甚難，而尊而信之，如此其備者，皆聖人之法。何也？彼有接於物者，存乎自然，世既不得而無，則聖人固不得而廢之，亦理之自然也。聖人者，豈用其聰明哉？善因於理之自然而已。其智足以周於事，而其辨足以不惑，則理之微妙，皆足以盡之也。故古之有爲於天下者，盡己之智，而聽於人，盡人之智，而聽於神，未有能廢其一也。《書》曰：「朕志先定，詢謀僉同，鬼神其依，龜筮協從。」所謂盡己之智而聽於人，盡人之智而聽於神也。繇是觀之，則荀卿之言，以謂雩筮救日，小人以爲神者，以疾夫世之不盡在乎己者而聽於人，不盡在乎人者而聽於神，其可也。謂神之爲理者信然，則過矣，蔽生於其智之不周，而過生於其所惑也。

閬州於蜀爲巴西郡，蜀車騎將軍領司隸校尉西鄉張侯，名飛字益德，嘗守是州。州之東有張侯之冢，至今千有餘年，而廟祀不廢。每歲大旱，禱雨輒應。嘉祐中，比數歲連熟，閬人以謂張侯之賜也，乃相與率錢治其廟舍，大而新之。侯以智勇爲將〔一〕，號萬人敵。當蜀之初，與魏將張郃相距於此，能破郃軍，以安此土，可謂功施於人矣。其歿也，又能澤而賜之，則其食於閬人不得而廢也，豈非宜哉？

知州事尚書職方員外郎李君獻卿字材叔，以書來曰：「爲我書之〔二〕。」材叔好古君子也，乃爲之書，而以予之所聞於古者告之。

〔一〕元刻本、《讀書記》、顧校本、章校本「侯」上有「始」字。

〔二〕元刻本、《讀書記》、顧校本、章校本、吴校本、傅校本「爲」上有「其」字。

歸老橋記

武陵柳侯，圖其青陵之居，屬予而敍，以書曰：武陵之西北，有湖屬於梁山者，白馬湖也。梁山之西南，有田屬於湖上者，吾之先人青陵之田也。吾築廬於是而將老焉。青陵之西二百步，有泉出於兩崖之間而東注於湖者，曰采菱之澗。吾爲橋於其上，而爲屋以覆之。武陵之往來有事於吾廬者，與吾異日得老而歸，皆出於此也，故題之曰歸老之橋。維吾先人遺吾此土者〔一〕，宅有桑麻，田有秔稌，而渚有蒲蓮。弋於高而追鳧雁之下上，繙於深而逐鱣鮪之潛泳。此吾所以衣食其力，而無愧於心也。息有喬木之繁陰，藉有豐草之幽香。登山而凌雲，覽天地之奇變；弄泉而乘月，遺氛埃之溷濁。此吾所以處其怠倦，而樂於自遂也。吾少而安焉，及壯而從事於四方，累乎萬物之自外至者，未嘗不思休於此也。今又獲位於朝，而榮於寵禄〔二〕，以爲觀遊於此，而吾亦將老矣，得無志於歸哉？又曰：世之老於官者，或不樂於歸；幸而有樂之者，或無以爲歸。今吾有是以成吾樂也，其爲我記之，使吾後之人有考，以承吾志也。

余以謂先王之養老者備矣，士大夫之致其位者，曰「不敢煩以政」，蓋尊之也。而士亦皆明於進退之節，無留祿之人，可謂兩得之也。後世養老之具既不備，士大夫之老於位者，或擯而去之也，然士猶有冒而不知止者，可謂兩失之也。今柳侯年六十，齒髮未衰，方爲天子致其材力，以惠澤元元之時，雖欲遺章綬之榮，從湖山之樂，余知未能遂其好也。然其志於退也如此，聞其風者亦可以興起矣，乃爲之記。

〔一〕元刻本、《讀書記》、顧校本、章校本、吴校本、傅校本、《文粹》「人」下有「之」字。

〔二〕「榮」，《讀書記》、章校本作「營」，顧校本、傅校本注「疑縈」。

尹公亭記

君子之於己，自得而已矣，非有待於外也。然而曰疾没世而名不稱焉者，所以與人同其行也。人之於君子，潛心而已矣，非有待於外也。然而有表其閭，名其鄉，欲其風聲氣烈暴於世之耳目而無窮者，所以與人同其好也。内有以得諸己，外有以與人同其好，此所以爲先王之道，而異乎百家之説也。

隨爲州，去京師遠，其地僻絶。慶曆之間，起居舍人、直龍圖閣河南尹公洙以不爲在勢者所容謫是州，居於城東五里開元佛寺之金燈院。尹公有行義文學，長於辨論，一時與之遊者，皆世之聞人，而人人自以爲不能及。於是時，尹公之名震天下，而其所學，蓋不以貧富貴賤死生動其心，故其居於隨，日以考圖書〔一〕、通古今爲事，而不知其官之爲謫也。嘗於其居之北阜，竹柏之間，結茅爲亭，以茇而嬉，歲餘乃去。既去而人不忍廢壞，輒理之，因名之曰尹公之亭。州從事謝景平刻石記其事。至治平四年，司農少卿贊皇李公禹卿爲是州，始因其故基，增庳益狹，斬材以易之，陶瓦以覆之，既成，而寬深亢爽，環隨之山皆在几席。又以其舊亭峙之於北，於是隨人皆喜慰其思，而又獲遊觀之美。其冬，李公以圖走京師，屬予記之。

蓋尹公之行見於事，言見於書者，固已赫然動人；而李公於是又侈而大之者，豈獨慰隨人之思於一時，而與之共其樂哉？亦將使夫荒遐僻絶之境，至於後人見聞之所不及，而傳其名、覽其迹者，莫不低徊俯仰，想尹公之風聲氣烈，至於愈遠而彌新，是可謂與人同其好也〔二〕。則李公之傳於世，亦豈有已乎？故予爲之書，時熙寧元年正月日也。

〔一〕「以」字原無，據元刻本、《讀書記》、顧校本、章校本、吳校本、傅校本、《文粹》增。

〔二〕「也」，元刻本、《讀書記》、顧校本、章校本、吳校本、傅校本作「矣」。

筠州學記

周衰，先王之迹熄。至漢，六藝出於秦火之餘，士學於百家之後。言道德者，矜高遠而遺世用；語政理者，務卑近而非師古。刑名兵家之術，則狃於暴詐。惟知經者爲善矣，又争爲章句訓詁之學，以其私見，妄穿鑿爲説。故先王之道不明，而學者靡然溺於所習。當是時，能明先王之道者，揚雄而已。而雄之書，世未知好也。然士之出於其時者，皆勇於自立，無苟簡之心，其取予進退去就，必度於禮義。

及其已衰，而搢紳之徒，抗志於强暴之間，至於廢錮殺戮，而其操愈厲者，相望於先後。故雖有不軌之臣，猶低佪没世，不敢遂其篡奪。自此至於魏晉以來，其風俗之弊，人材之乏久矣。以迄於今，士乃有特起於千載之外，明先王之道，以寤後之學者。世雖不能皆知其意，而往往好之。故習其説者，論道德之旨，而知應務之非近；議從政之體，而知法古之非迂。不亂於百家，不蔽於傳疏。其所知者若此，此漢之士所不能及。然能尊而守之者，則未必衆也。故樂易惇朴之俗微，而詭欺薄惡之習勝。其於貧富貴賤之地，則養廉遠恥之意少，而偷合苟得之行多。此俗化之美〔一〕，所以未及於漢也。夫所聞或淺，而其義甚高，與所知有餘，而其守不足者，其故何哉？由漢之士察舉於鄉閭，故不能不篤於自修〔二〕。至於漸磨之久〔三〕，則果於義者，非强而能也。今之士選用於文章，故不得不篤於所學。至於循習之深，則得於心者，亦不自知其至也。由是觀之，則上所好，下必有甚者焉〔四〕，豈非信歟！令漢與今有教化開導之方，有庠序養成之法，則士於學行，豈有彼此之偏，先後之過乎？夫《大學》之道，將欲誠意正心修身，以治其國家天下，而必本於先致其知。則知者固善之端，而人之所難至也。以今之士，於人所難至者既幾矣，則上之施化，莫易於斯時，顧所以導之如何爾。

筠爲州，在大江之西，其地僻絶。當慶曆之初，詔天下立學，而筠獨不能應詔，州之士以爲病。至治平三年，蓋二十有三年矣，始告於知州事、尚書都官郎中董君儀。董君乃與通判州事國子博士鄭君蒨相州之東南，得亢爽之地，築宫於其上。齋祭之室，誦講之堂〔五〕，休宿之廬，至於庖湢庫廄，各以序爲。經始於其春，而落成於八月之望。既而來學者常數十百人，二君乃以書走京師，請記於予。

予謂二君之於政，可謂知所務矣。使筠之士相與升降乎其中，講先王之遺文，以致其知，其賢者超然自信而獨立，其中材勉焉以待上之教化，則是宫之作，非獨使夫來者玩思於空言，以干世取祿而已。故爲之著予之所聞者以爲記，而使歸刻焉。

〔一〕「俗化」，元刻本、顧校本、傅校本作「習俗」，並注「一作俗化」。
〔二〕「能」，元刻本、正統本、顧校本、章校本、吴校本、傅校本、《文粹》作「得」。
〔三〕「磨」，元刻本、《讀書記》、章校本作「摩」。
〔四〕元刻本無「者」字，並注「一有者字」。
〔五〕「誦講」，元刻本、章校本、傅校本作「講誦」。

瀛州興造記

熙寧元年七月甲申，河北地大震，壞城郭屋室，瀛州爲甚。是日再震，民訛言大水且至，驚欲出走。諫議大夫李公肅之爲高陽關路都總管安撫使，知瀛州事，使人分出慰曉，訛言乃止。是日大雨，公私暴露，倉儲庫積，無所覆冒。公開示便宜，使有攸處，遂行倉庫，經營蓋障。雨止，粟以石數之，至一百三十萬，兵器他物稱是，無壞者。初變作，公命授兵警備，訖於既息，人無爭偷，里巷安輯。

維北邊自通使契丹，城壁樓櫓禦守之具，寖弛不治，習以爲故。公因災變之後，以興壞起廢爲己任，知民之不可重困也，乃請於朝，力取於旁路之羨卒，費取於備河之餘材，又以錢千萬市木於真定。

既集，乃築新城，方十五里，高廣堅壯，率加於舊。其上爲敵樓，戰屋凡四千六百間。先時，州之正門，弊在狹陋，及是始斥而大之。其餘凡圮壞之屋，莫不繕理，復其故常。周而覽之，聽斷有所，燕休有次，食有高廩，貨有深藏，賓屬士吏，各有寧宇。又以其餘力爲南北甬道若干里，人去污淖，即於夷塗。自七月庚子始事，至十月己未落成。其用人之力，積若干萬若干千若干百工；其竹葦木瓦之用，積若干萬若干千若干百。蓋遭變之初，財匱民流，此邦之人，以謂役鉅用艱，不累數稔，城壘室屋未可以復也。至於始作逾時，功以告具。蓋公經理勸督，內盡其心，外盡其力，故能易壞爲成，如是之敏。事聞，有詔嘉獎。

昔鄭火，子産救災補敗，得宜當理，史實書之。衛有狄人之難，文公治其城市宮室，合於時制，詩人歌之。今瀛地震之所摧敗，與鄭之火災、衛之寇難無異。公禦備構築不失其方，亦猶古也。故瀛之士大夫皆欲刻石著公之功，而予之從父兄適與軍政，在公幕府，乃以書來，屬予記之。予不得辭，故爲之記，尚俾來世知公之營勤於是邦也。

廣德軍重修鼓角樓記

熙寧元年冬，廣德軍作新門鼓角樓成。太守合文武賓屬以落之，既而以書走京師，屬鞏曰：「爲我記之。」鞏辭不能，書反復至五六，辭不獲，乃爲其文曰：

蓋廣德居吴之西疆，故鄣之墟，境大壤沃，食貨富穰，人力有餘，而獄訟赴訴、財貢輸入，以縣附宣，道路回阻，衆不便利，歷世久之。太宗皇帝在位四年，乃按地圖，因縣立軍，使得奏事專決，體如大邦。自是以來，田里辨争、歲時税調，始不勤遠，人用宜之。而門閎隘庳，樓觀弗飾，於以納天子之命，出令行化朝夕，吏民交通四方，覽示賓客，弊在簡陋，不中度程。治平四年，尚書兵部員外郎知制誥錢公公輔守是邦，始因豐年，聚材積土，將改而新之。會尚書駕部郎中朱公壽昌來繼其任，明年政成，封内無事，乃擇能吏，揆時庀徒，以畚以築，以繩以削，門阿是經，觀闕是營，不督不期，役者自勸。自冬十月甲子始事，至十二月甲子卒功。崇墉崛興，複宇相瞰，壯不及僭，麗不及奢，憲度政理，於是出納，士吏賓客，於是馳走，尊施一邦，不失宜稱。至於伐鼓鳴角，以警昏昕，下漏數刻，以節晝夜，則又新是四器〔一〕，列而棲之。邦人士女，易其聽觀，莫不悦喜，推美誦勤。夫禮有必隆，不得而殺；政有必舉，不得而廢。二公於是兼而得之，宜刻金石，以書美實，使是邦之人，百世之下，於二公之德，尚有考也。

〔一〕元刻本、《讀書記》、顧校本、章校本、吴校本、傅校本無「四」字。

曾鞏集卷第十九

記九首

廣德湖記

鄞縣張侯圖其縣之廣德湖，而以書并古刻石之文遺予曰：「願有紀。」蓋湖之大五十里，而在鄞之西十二里。其源出於四明山，而引其北爲漕渠，泄其東北入江。凡鄞之鄉十有四，其東七鄉之田，錢湖溉之；其西七鄉之田，水注之者，則此湖也。舟之通越者皆由此湖，而湖之產，有鳧雁魚鱉、茭蒲葭菼、葵蓴蓮芡之饒〔一〕。其舊名曰鶯脰湖，而今名，大曆八年令儲仙舟之所更也。貞元元年，刺史任侗又治而大之。大中元年，民或上書請廢湖爲田，任事者左右之，爲出御史李後素驗視，後素不爲撓民以得罪，而湖卒不廢。刺史李敬方與後素皆賦詩刻石以見其事，其說以謂當是時湖成三百年矣，則湖之興，其在梁齊之際歟！

宋興，淳化二年，民始與州縣强吏盜湖爲田，久不能正。至道二年，知州事丘崇元躬按治之，而湖始復。轉運使言其事，詔禁民敢田者，至其後，遂著之於一州敕。咸平中，賜官吏職田，取湖之西山足之地百頃爲之，既而務益取湖以自廣。天禧二年，知州事李夷庚始正湖界，起堤十有八里以限之。湖之濱，有地曰林村砂末，曰高橋臘臺，而其中有山曰白鶴，曰望春，自太平興國以來，民冒取之，夷庚又命禁絶，而湖始復。天聖、景祐之間，民復相率請湖爲田，州從事張大有案行止之，而知州事李照又言其事，報知至道詔書〔二〕，照以刻之石，自此言請湖爲田者始息。而康定某年，縣主簿曾公望又益治湖。

至張侯之爲鄞，則湖久不治，西七鄉之農以旱告〔三〕。張侯爲出營度，民田湖旁者皆喜，願致其力。張侯計工賦材，擇民之爲人信服有知計者，使督役而自主之，一不以屬吏，人以不擾，而咸勸趨。於是築環湖之堤，凡九千一百三十四丈，其廣一丈八尺，而其高八尺，廣倍於舊，而高倍於舊三之二。鄞人累石堙水，闕其間而扃以木，視水之小大而閉縱之〔四〕，謂之碶。於是又爲之益舊，總爲碶九，爲埭二十。堤之上植榆柳，益舊總爲三萬一百。又因其餘材爲二亭於堤上以休，而與望春、白鶴之山相直，因以其山名。山之上爲廟，一以祠神之主此湖者，一以祠吏之有功於此湖者。以熙寧元年十一月始役，而以明年二月卒事。其用民之力八萬二千七百九十有二工，而其材出於工之餘。既成，而田不病旱，舟不病涸，魚雁茭葦、果蔬水產之良皆復其舊，而其餘及於比縣旁州，張侯於是可謂有勞矣。

是年予通判越州事。越之南湖，久廢不治，蓋出於吏之因循，而至於不知所以爲力，予方患之。觀廣德之興，以數百年，危於廢者數矣，繇屢有人，故益以治。蓋大曆之間，溉田四百頃，大中八百頃，而今二千頃矣。則人之存亡，政之廢舉，爲民之幸不幸，其豈細也歟？故爲之書，尚俾來者知毋廢前人之功，以永爲此邦之利，而又將與越之人圖其廢也。

張侯名峋，字子堅，以材聞，去而爲提舉兩浙路常平廣惠倉，兼管勾農田差役水利事，方且用於時云。

〔一〕「菼」，元刻本、顧校本作「芡」。

〔二〕「知」，元刻本、正統本、章校本作「如」。

〔三〕「西」，原作「而」，據元刻本、顧校本改。

〔四〕「小大」，原作「大小」，據元刻本、正統本、顧校本、章校本改。

齊州二堂記

齊濱濼水，而初無使客之館。使客至，則常發民調林木爲舍以寓，去則撤之，既費且陋。乃爲之徙官之廢屋，爲二堂於濼水之上以舍客，因考其山川而名之。

蓋《史記·五帝紀》謂：「舜耕歷山，漁雷澤，陶河濱，作什器於壽丘，就時於負夏。」鄭康成釋：歷山在河東，雷澤在濟陰，負夏衛地。皇甫謐釋：壽丘在魯東門之北，河濱濟陰，定陶西南陶丘亭是也。以予考之，耕稼陶漁，皆舜之初，宜同時，則其地不宜相遠。二家所釋雷澤、河濱、壽丘、負夏，皆在魯衛之間，地相望，則歷山不宜獨在河東也。《孟子》又謂舜東夷之人，則陶、漁在濟陰，作什器在魯東門，就時在衛，耕歷山在齊，皆東方之地，合於《孟子》。按圖記，皆謂《禹貢》所稱雷首山在河東，嬀水出焉。而此山有九號，歷山其一號也。予觀《虞書》及《五帝紀》，蓋舜娶堯之二女乃居嬀汭，則耕歷山蓋不同時，而地亦當異。世之好事者，乃因嬀水出於雷首，遷就附益，謂歷山爲雷首之别號，不考其實矣。由是言之,則圖記皆謂齊之南山爲歷山,舜所耕處,故其城名歷城,爲信然也。今濼上之北堂,其南則歷山也,故名之曰歷山之堂。

按圖,泰山之北,與齊之東南諸谷之水,西北匯於黑水之灣,又西北匯於柏崖之灣,而至於渴馬之崖。蓋水之來也衆,其北折而西也,悍疾尤甚,及至於崖下,則泊然而止。而自崖以北,至於歷城之西,蓋五十里〔一〕,而有泉湧出,高或至數尺,其旁之人名之曰趵突之泉。齊人皆謂嘗有棄糠於黑水之灣者,而見之於此。蓋泉自渴馬之崖,潛流地中,而至此復出也。趵突之泉冬温,泉旁之蔬甲經冬常榮,故又謂之温泉。其注而北,則謂之濼水,達於清河,以入於海,舟之通於濟者皆於是乎出也〔二〕。齊多甘泉,冠於天下,其顯名者以十數,而色味皆同,以予驗之,蓋皆濼水之旁出者也。濼水嘗見於《春秋》,魯桓公十有八年〔三〕,公及齊侯會於濼。杜預釋:在歷城西北〔四〕,入濟水。然濟水自王莽時不能被河南,而濼水之所入者清河也,預蓋失之。今濼上之南堂,其西南則濼水之所出也,故名之曰濼源之堂。

夫理使客之館,而辨其山川者,皆太守之事也,故爲之識,使此邦之人尚有考也。

熙寧六年二月己丑記。

〔一〕「五」,元刻本、顧校本、傅校本注「一作三」。

〔二〕「濟」,元刻本、《讀書記》、顧校本、章校本、吴校本、傅校本、《文粹》作「齊」。

〔三〕元刻本、《讀書記》、顧校本、章校本、吴校本、傅校本「公」下有「之」字。

〔四〕《讀書記》、顧校本、章校本、吴校本、傅校本、傅校漁浦書院本「在」上有「一」字。

齊州北水門記

濟南多甘泉，名聞者以十數。其釃而爲渠，布道路民廬官寺，無所不至，潏潏分流，如深山長谷之間；其匯而爲渠〔一〕，環城之西北，故北城之下疏爲門以洩之。若歲水溢，城之外流潦暴集，則常取荆葦爲蔽，納土於門，以防外水之入，既弗堅完，又勞且費。至是始以庫錢買石，僦民爲工，因其故門，纍石爲兩涯，其深八十尺，廣三十尺，中置石楗，析爲二門，扃皆用木，視水之高下而閉縱之。於是内外之水〔二〕，禁障宣通，皆得其節，人無後虞，勞費以熄。其用工始於二月庚午，而成於三月丙戌。董役者，供備庫副使駐泊都監張如綸，右侍禁兵馬監押伸懷德〔三〕。二人者，欲後之人知作之自吾三人者始也〔四〕，來請書，故爲之書。是時熙寧五年壬子也。太常博士充集賢校理知齊州軍事曾鞏記。

〔一〕「渠」，元刻本、顧校本、傅校本注「一作湖」。

〔二〕「内外」，元刻本、正統本、章校本作「外内」。

〔三〕「伸」，元刻本、正統本、《讀書記》、顧校本、章校本、吴校本、傅校本作「仲」。

〔四〕元刻本、《讀書記》、顧校本、傅校本無「三人者」，章校本無「三」字。

襄州宜城縣長渠記

荆及康狼，楚之西山也。水出二山之間〔一〕，東南而流，春秋之世曰鄢水，左丘明傳，魯桓公十有三年，楚屈瑕伐羅，及鄢，亂次以濟是也。其後曰夷水，《水經》所謂漢水又南過宜城縣東，夷水注之是也。又其後曰蠻水，酈道元所謂夷水避桓温父名，改曰蠻水是也。秦昭王三十八年〔二〕，使白起將，攻楚，去鄢百里，立堨，壅是水爲渠以灌鄢。鄢，楚都也，遂拔之。秦既得鄢，以爲縣。漢惠帝三年，改曰宜城。宋孝武帝永初元年，築宜城之大堤爲城，今縣治是也。而更謂鄢曰故城。鄢入秦，而白起所爲渠因不廢。引鄢水以灌田，田皆爲沃壤，今長渠是也。

長渠至宋至和二年，久隳不治，而田數苦旱，川飲者無所取。令孫永曼叔率民田渠下者，理渠之壞塞，而去其淺隘，遂完故堨，使水還渠中。自二月丙午始作，至三月癸未而畢，田之受渠水者，皆復其舊。曼叔又與民爲約束，時其蓄泄，而止其侵争，民皆以爲宜也。

蓋鄢水之出西山，初棄於無用，及白起資以禍楚，而後世顧賴其利。酈道元以謂溉田三千餘頃，至今千有餘年，而曼叔又舉衆力而復之，使並渠之民，足食而甘飲，其餘粟散於四方。蓋水出於西山諸谷者其源廣，而流於東南者其勢下，至今千有餘年，而山川高下之形勢無改，故曼叔得因其故迹，興於既廢。使水之源流，與地之高下，一有易於古，則曼叔雖力，亦莫能復也。

夫水莫大於四瀆，而河蓋數徙，失禹之故道，至於濟水，又王莽時而絶，況於衆流之細，其通塞豈得如常〔三〕？而後世欲行水溉田者，往往務躡古人之遺迹，不考夫山川形勢古今之同異，故用力多而收功少，是亦其不思也歟？

初，曼叔之復此渠，白其事於知襄州事張瓌唐公。公聽之不疑，沮止者不用，故曼叔能以有成。則渠之復，自夫二人者也。方二人者之有爲，蓋將任其職，非有求於世也。及其後言渠堨者蜂出，然其心蓋或有求，故多詭而少實，獨長渠之利較然，而二人者之志愈明也。

熙寧六年，余爲襄州，過京師，曼叔時爲開封，訪余於東門，爲余道長渠之事，而諉余以考其約束之廢舉。予至而問焉，民皆以謂賢君之約束，相與守之，傳數十年如其初也。予爲之定著令，上司農。八年，曼叔去開封，爲汝陰，始以書告之。而是秋大旱，獨長渠之田無害也。夫宜知其山川與民之利害者，皆爲州者之任，故予不得不書以告後之人，而又使之知夫作之所以始也。曼叔今爲尚書兵部郎中，龍圖閣直學士。八月丁丑曾鞏記。

〔一〕「間」，原作「門」，據顧校本、傅校本改。

〔二〕「三」，元刻本、顧校本、吴校本、傅校本作「二」，並注「一作三」。《讀書記》云：「《秦本紀》，事在二十八年。」

〔三〕「如」，元刻本、正統本、《文粹》作「而」。

徐孺子祠堂記

漢元興以後〔一〕，政出宦者，小人挾其威福，相煽爲惡，中材顧望，不知所爲。漢既失其操柄，紀綱大壞。然在位公卿大夫，多豪傑特起之士，相與發憤同心，直道正言，分別是非白黑，不少屈其意，至於不容，而織羅鉤黨之獄起，其執彌堅，而其行彌勵，志雖不就而忠有餘。故及其既歿，而漢亦以亡。當是之時，天下聞其風、慕其義者，人人感慨奮激，至於解印綬，棄家族，骨肉相勉，趨死而不避。百餘年間，擅强大，覬非望者相屬，皆逡巡而不敢發。漢能以亡爲存，蓋其力也。

孺子於時，豫章太守陳蕃、太尉黄瓊辟皆不就，舉有道，拜太原太守，安車備禮，召皆不至。蓋忘己以爲人，與獨善於隱約，其操雖殊，其志於仁一也。在位士大夫，抗其節於亂世，不以死生動其心，異於懷禄之臣遠矣，然而不屑去者，義在於濟物故也。孺子嘗謂郭林宗曰：「大木將顛，非一繩所維，何爲棲棲不皇寧處？」此其意亦非自足於丘壑，遺世而不顧者也。孔子稱顏回：「用之則行，舍之則藏，惟我與爾有是夫。」孟子亦稱孔子：可以進則進，可以止則止，乃所願則學孔子。而《易》於君子小人消長進退，擇所宜處，未嘗不惟其時則見，其不可而止，此孺子之所以未能以此而易彼也。

孺子姓徐名穉，孺子其字也，豫章南昌人。按圖記：「章水北逕南昌城，西歷白社，其西有孺子墓；又北歷南塘，其東爲東湖，湖南小洲上有孺子宅，號孺子臺。吴嘉禾中，太守徐熙於孺子墓隧種松，太守謝景於墓側立碑。晉永安中，太守夏侯嵩於碑旁立思賢亭，世世修治，至拓跋魏時，謂之聘君亭。」今亭尚存，而湖南小洲，世不知其嘗爲孺子宅，又嘗爲臺也。予爲太守之明年，始即其處，結茅爲堂，圖孺子像，祠以中牢，率州之賓屬拜焉。漢至今且千歲，富貴堙滅者不可稱數。孺子不出閭巷，獨稱思至今。則世之欲以智力取勝者，非惑歟？孺子墓失其地，而臺幸可考而知。祠之，所以示邦人以尚德，故并采其出處之意爲記焉。

〔一〕元刻本、《讀書記》、顧校本、章校本、吴校本、傅校本「漢」下有「自」字。

江州景德寺新戒壇記

江州景德寺戒壇，作於熙寧九年某月某甲子，成於十年某月某甲子。其費出於太子賓客陳公諱巽，其主而成之，出於寺之僧智暹。壇成，是歲同天節，度僧若干人。

初，景德寺屋壞幾廢，智暹慨然以經營爲己任，不舍其晝夜之勤，凡二十年，爲佛殿、三門、兩廊、鍾樓與戒壇，總爲屋若干區，總費錢二十餘萬。智暹食淡衣粗，所居屋壞不自治，所得於人惟資治其寺。今年六十有七矣，其經營寺事，不懈如初，而其强力蓋有餘也。以其故，人皆信服，凡所欲爲無不如志。

余嘉其意，故爲之記云。熙寧十年五月乙亥記。

洪州東門記

南昌於《禹貢》爲揚州之野，於地志爲吴分。其部所領八州，其境屬於荆閩南粤，方數千里。其田宜秔稌，其賦粟輸於京師，爲天下最，在江湖之間，東南一都會也。其城之西爲大江，江之外爲西山。州治所，因城之面勢，爲門東西出。其西門既新，而東門獨故弊。熙寧九年，余爲是州，將易而新之。明年，會移福州。又明年，自福州被召還京師，過南昌，視其東門，則今守元侯既撤而易之。元侯以余爲有舊於是州，來請曰：「願有識。」余辭謝不能，而其請不懈。

蓋天子諸侯之門制，見於經者不明，學禮者以謂諸侯之制，有皐應路門，天子之門加庫雉。然見於

《春秋》者，魯有庫門，有雉門。見於《孔子家語》者，衛有庫門。或以謂襃周公、康叔，非諸侯常制，其果然歟？蓋莫得而考也。在《雅》之《緜》，古公亶父徙宅於岐，作爲宫室，門墉得宜應禮，後世原大推功，述而歌之，其辭曰：「乃立皋門，皋門有伉。」釋者曰：伉，言其高也。又曰：「乃立應門，應門將將。」釋者曰：將將，言其嚴正也。則諸侯之門，維高且嚴，固詩人之所善。聖人定詩，取而列之，所以爲後世法也。

今元侯於其東門革陋興壞，不違於禮，是可書也。將求予之識〔一〕，會予未至京師，易守明州，元侯則使人於途，於明州，速予文不已。

按南昌之東門，作於淳化五年。識於其棟間者曰：皇第六子、鎮南節度、洪州管内觀察處置等使徐國公元偓，尚書户部郎中、知洪州軍州事陳象輿。以籍考之，徐國公後封密王，太宗第六子，受命保兹南土，實留京師，則作門者蓋象輿也。至門之改作，凡八十有九年。元侯之於是役，其木取於地之不在民者，其工取於役卒之羨者，其瓦甓金石髹彤黝堊之費，取於庫錢之常入者。自七月戊子始事，至十月壬子而畢。既成，而南北之廣十尋，東南之深半之，而高如其廣，於以出政令，謹禁限，時啓閉，通往來，稱其於東南爲一都會者〔二〕，而役蓋不及民也。元侯名積中云。又明年，實元豐二年，尚書度支員外郎、直龍圖閣曾鞏記。

〔一〕元刻本、《讀書記》、顧校本、章校本、吴校本、傅校本無「求」字。

〔二〕「者」字原無，據元刻本、正統本、《讀書記》、顧校本、章校本、吴校本、傅校本、《文粹》增。

道山亭記

閩故隸周者也，至秦開其地列於中國，始并爲閩中郡。自粤之太末，與吴之豫章，爲其通路。其路在閩者〔一〕，陸出則阸於兩山之間，山相屬無間斷，累數驛乃一得平地，小爲縣，大爲州，然其四顧亦山也。其途或逆坂如緣絙，或垂崖如一髮，或側徑鉤出於不測之溪上，皆石芒峭發，擇然後可投步。負戴者雖其土人，猶側足然後能進。非其土人，罕不躓也。其溪行，則水皆自高瀉下，石錯出其間，如林立，如士騎滿野，千里下上，不見首尾。水行其隙間，或衡縮蟉糅，或逆走旁射，其狀若蚓結，若蟲鏤，其旋若輪，其激若矢。舟泝沿者，投便利，失毫分，輒破溺。雖其土長川居之人，非生而習水事者，不敢以舟楫自任也。其水陸之險如此。漢嘗處其衆江淮之間而虚其地，蓋以其陿多阻，豈虚也哉？

福州治侯官，於閩爲土中，所謂閩中也。其地於閩爲最平以廣，四出之山皆遠，而長江在其南，大海在其東，其城之内外皆涂，旁有溝，溝通潮汐，舟載者晝夜屬於門庭。麓多桀木，而匠多良能，人以屋室鉅麗相矜，雖下貧必豐其居，而佛、老子之徒，其宫又特盛。城之中三山，西曰閩山，東曰九仙山，北曰粤王山，三山者鼎趾立。其附山，蓋佛、老子之宫以數十百，其瓌詭殊絶之狀，蓋已盡人力。

光禄卿、直昭文館程公爲是州，得閩山嶔崟之際，爲亭於其處，其山川之勝〔二〕，城邑之大，宫室之榮，不下簟席而盡於四矚。程公以謂在江海之上，爲登覽之觀，可比於道家所謂蓬萊、方丈、瀛州之山，故名之曰道山之亭。閩以險且遠，故仕者常憚往，程公能因其地之善，以寓其耳目之樂，非獨忘其遠且險，又將抗其思於埃壒之外，其志壯哉！

程公於是州以治行聞，既新其城，又新其學，而其餘功又及於此。蓋其歲滿就更廣州，拜諫議大夫，又拜給事中、集賢殿修撰，今爲越州，字公闢，名師孟云。

〔一〕《讀書記》、顧校本、章校本、吴校本、傅校本無「在」字。

〔二〕元刻本、《讀書記》、顧校本、傅校本「其」上有「於」字。

越州趙公救災記

熙寧八年夏，吴越大旱。九月，資政殿大學士、右諫議大夫知越州趙公，前民之未饑，爲書問屬縣：災所被者幾鄉，民能自食者有幾，當廪於官者幾人，溝防構築可僦民使治之者幾所，庫錢倉廪可發者幾何〔一〕，富人可募出粟者幾家，僧道士食之羨粟書於籍者其幾具存，使各書以對，而謹其備。

州縣吏録民之孤老疾弱、不能自食者二萬一千九百餘人以告。故事，歲廪窮人，當給粟三千石而止。公斂富人所輸及僧道士食之羨者，得粟四萬八千餘石，佐其費。使自十月朔，人受粟日一升，幼小半之。憂其衆相蹂也，使受粟者男女異日，而人受二日之食。憂其且流亡也，於城市郊野爲給粟之所，凡五十有七，使各以便受之，而告以去其家者勿給。計官爲不足用也，取吏之不在職而寓於境者，給其食而任以事。不能自食者，有是具也。能自食者，爲之告富人，無得閉糶。又爲之出官粟，得五萬二千餘石，平其價予民。爲糶粟之所，凡十有八，使糶者自便，如受粟。又僦民完城四千一百丈，爲工三萬八千，計其傭與錢，又與粟再倍之。民取息錢者，告富人縱予之，而待熟，官爲責其償。棄男女者〔二〕，使人得收養之。

明年春，大疫，爲病坊，處疾病之無歸者。募僧二人，屬以視醫藥飲食，令無失所恃〔三〕。凡死者，使在處隨收瘞之。

法，廩窮人，盡三月當止，是歲盡五月而止。事有非便文者，公一以自任，不以累其屬。有上請者，或便宜多輒行。公於此時，蚤夜憊心力不少懈，事細鉅必躬親。給病者藥食，多出私錢。民不幸罹旱疫，得免於轉死，雖死，得無失斂埋，皆公力也。

是時旱疫被吴越，民饑饉疾癘，死者殆半，災未有鉅於此也。天子東向憂勞，州縣推布上恩，人人盡其力。公所拊循，民尤以爲得其依歸。所以經營綏輯先後終始之際，委曲纖悉，無不備者。其施雖在越，其仁足以示天下；其事雖行於一時，其法足以傳後。蓋災沴之行，治世不能使之無，而能爲之備。民病而後圖之，與夫先事而爲計者，則有間矣；不習而有爲，與夫素得之者，則有間矣。予故采於越，得公所推行，樂爲之識其詳，豈獨以慰越人之思，將使吏之有志於民者，不幸而遇歲之災，推公之所已試，其科條可不待頃而具〔四〕，則公之澤豈小且近乎！

公元豐二年以大學士加太子少保致仕，家於衢。其直道正行在於朝廷，豈弟之實在於身者，此不著。著其荒政可師者，以爲《越州趙公救災記》云。

〔一〕「廩」，元刻本、正統本、顧校本、《文粹》作「粟」。

〔二〕元刻本、傅校本無「者」字。

〔三〕「恃」，原作「時」，據章校本、傅校本改。

〔四〕「頃」，元刻本、傅校本注「一作須」；《讀書記》、顧校本、章校本作「須」。

曾鞏集卷第二十

制誥三十七首

試中書舍人制詔三道

特進觀文殿大學士除節度使開府儀同三司制

門下：錫之列壤，顓師寵於藩維；申以榮名，視官儀於宰路。所以褒隆舊哲，優異宗工。維今古之通規，實邦家之盛典。宜兼禮秩，屬在耆英。播告治朝，用揚孚號。具官某，莊毅足以任重，肅括足以禔身〔一〕。有能斷大事之明，有克勤小物之慎。以察微之智，練達人情；以經遠之謀，彌綸國體。中外宣力，左右納忠。今方内靖嘉，百揆攸叙，助朕致此，時乃之庸。位特次於上公，職仍通於秘殿。閱時已久，加命宜殊。是用處以名城，分建旄之寄屬；均於台衮，極備物之恩榮。於戲！顯有功，尊有德，朕於崇奬近輔之心，可謂至矣！親百姓，撫四夷，爾於將順朕志之義，可不懋哉！尚體眷懷，往祗厥服。

〔一〕「括」，原作「哲」，據元刻本、正統本、《讀書記》、顧校本、傅校本改。《法言·修身》：「其爲中也弘深，其爲外也肅括，則可以禔身矣。」

中書舍人除翰林學士制

左右侍從之官，皆朕所訪問，以獻納爲職者也。惟禁林任親地密，於夫經營庶務，進退大臣，未嘗不預咨詢，非獨治翰墨、典訓辭而已。故待遇之寵，不與他學士比。其重如此，非智能材譽拔出一時，豈稱公選？某純明修潔，秉誼不回。學有本原，可以圖治體；文有師法，可以代予言。是用擢於右垣，使就兹位。今宇内嘉靖，朝廷燕閒。朕方明紀綱，考制度，以行之當世，傳之將來。夫能協爾衷以輔朕志，論思政理，以著之謀猷；潤色斯文，以見於號令。待爾有當官之效，以副予簡俊之心。其往懋哉，以承厥叙。

敕監司考核州縣治迹詔

朕惟天之所以視聽者在民，故朕之所以承天者，以吾民事爲尤重。夫能使吾民足於衣食，安於作息，無愁怨嘆苦之聲，有廉恥自重之誼者，在夫州縣之吏而已。朕既擇人，付以兹任，而尚憂夫方域之廣，生齒之衆，吏或不明不良，不能究宣恩德使達於下，開導羣情，使通於上。是以置使分部，屬之刺督。而考核幽明，甄别淑慝，罕能務稱其職。朕方憲于先王，以正百官之任，使處其名者必效其實。夫比羣吏之治，而謹其勸創，固朕之所孜孜而不敢怠也。廉按之臣，其體朕意，於夫治人之官，審加察焉。使純明修潔、慈祥仁篤之吏，無壅於上聞；而昏庸汚慢、苛薄媮僞之人，不能自匿。庶夫事舉刑清，和樂交於內外；風移俗易，忠厚格於神明。方虛朕心，以觀汝效。賞罰有典，誼無敢私。其尚欽承，朕言不食。

曾肇轉官除吏部郎中制左選

敕具官某：尚書政本，失其分職之日久矣。朕紀官以實，而歸其常守。故郎選甚高，銓綜之司，典領尤重。爾以學行材諝，列職史筵，宜進文階，往祇厥叙。朕方審核幽明，而公於黜陟。尚思勉勵，以敏事功。可。

劉奉世吏部員外郎制右選

敕具官某：尚書政本，失其分職之日久矣。朕紀官以實，而歸其常守。郎於選部，任屬尤重。以爾閱試惟舊，爲吏有方，考擇於朝，俾參厥叙。朕方審核幽明，而公於黜陟。尚思勉勵，以敏事功。可。

黄好謙户部員外郎劉珵户部郎中制左曹

敕具官某：田疇生齒之籍，賦租課入之法，郎於省闥，典領尤重。邦之雋茂，俾服厥官。爾能敏於事功，朕豈稽於信賞？可。

王陟臣馬琉户部員外郎制右曹

敕具官某：耕斂補助之法，溝防通塞之政，郎於省闥，典領尤重。邦之雋茂，俾服厥官。爾能敏於事功，朕豈稽於信賞？可。

劉摯禮部郎中制

敕具官某：《周書》曰：「不惟其官，惟其人。」則古今之正治，官得其人固爲急也〔一〕。儀曹之於郎位，考擇甚精。爾以學行器能，策名儒館，宜升階等，往祗厥服。朕方明於賞勸，以待羣吏之成。爾尚懋于厥修，庶能康朕之事。可。

〔一〕「其」字原無，據《讀書記》、顧校本、章校本、吴校本、傅校本增。

王子韶禮部員外郎制

敕具官某：《周書》曰：「不惟其官，惟其人。」則古今之正治，官得其人固爲急也〔一〕。儀曹之於郎位，副貳所屬，考擇甚精。爾以博學多聞，册名儒館，宜升階等，往祗厥服。朕方明於賞勸，以待羣吏之成。爾尚懋於厥修，庶能康朕之事。可。

〔一〕「其」字原無，據《讀書記》、顧校本、章校本、吴校本、傅校本增。

潘良器兵部員外郎制

敕具官某：朕高郎吏之選，以進天下之材。七兵之曹，名秩甚寵。稽於有衆，屬爾之能。其尚懋於厥功，朕方明於賞勸。可。

胡援杜紘刑部郎中制

敕具官某：爲郎居中，時之妙選。邦憲輕重，典領惟艱。朝之雋良，俾佐吾事。夫刑期於無刑，此朕志也。尚思明慎，以稱厥官。可。

范子奇工部郎中高遵惠員外郎制

敕具官某：宫室城隍，程匠度材之事，郎於起部，其選甚高。詢求在廷，爾材惟允。朕方董百工而康庶務，爾尚勤夙夜而能厥官。可。高遵惠改云「副貳之選甚高」。

王祖道司封員外郎制

敕具官某：封爵之恩，施於内外。所以親親尊賢，國之典也。總領之任，郎選甚高。明揚爾能，俾踐厥位。朕方正名以稽群吏之治〔一〕，而議其勸懲。爾尚起哉，以敏來效。可。

〔一〕「群」，原作「郡」，據元刻本、正統本、《讀書記》、顧校本、章校本、吴校本、傅校本改。

穆珣司封郎中制〔一〕

敕具官某：論功烈〔二〕，定勳級，所以寵士大夫，而勵其志也。主以郎吏，禮秩甚殊。僉曰汝能，宜正厥序。夫正名者，固將考其實也。尚有信賞，待汝計功。可。

〔一〕「封」，元刻本、《讀書記》、顧校本、傅校本注「一作勳」。

〔二〕「功」，元刻本、《讀書記》、顧校本、章校本、吴校本、傅校本作「勞」。

蔡京范珣考功員外郎制〔一〕

敕具官某：計羣吏之課，而議其誅賞，郎於天臺，任屬尤重。維時髦士，宜服寵名。使殿最允，而功用興。待汝能稱其職，可不勉哉。可。

〔一〕「珣」，正統本、顧校本、章校本作「峋」。

陳向度支員外郎制

敕具官某：財用多寡之數，物産豐約之宜，司度之曹，典貳爲重。爾惟幹敏，宜服厥官。夫能下寬齊民，而上足經費，朕方勵精庶政之日，爾尚悉其猷爲。可。

晁端彦金部員外郎制

敕具官某：財用金寶有出納之政，權衡度量有制作之法。司珍之任，實典治焉。僉曰爾材，宜在兹位。國有陟明之典，待爾善於其官。可。

韓正彦倉部郎中制

敕具官某：倉庾賦入之政，禄廩賙助之法，臺郎典領，列於右曹。為官擇人，爾往惟允。夫能善於其職，固將圖爾之勞。可。

趙令鑠祠部郎中制

敕具官某：禮莫大於祭。蓋事神者，人道之極也。祠曹所領，體莫重焉。爾惟精明，宜服厥位。其思任職，以稱予奉天地宗廟兢兢之意焉。可。

徐禧御史中丞制

敕：朕正名以定羣臣之位，辨位以責庶務之實。矧風憲之官，紀綱所屬，曷可以不明其任哉？具官某，强敏仁篤，學通古今。擢典訓辭，遂持邦法。宜專分職，以應新書。是用擢自右垣，仍其階品。俾爾納忠宣力，得壹意於中司，以董齊百工，而肅正內外。庶余之作則更制，罔或不虔。在爾懋哉，知其所守。可。

何洵直文及甫太常博士制

敕具官某：奉常禮樂所出，博士議論之官。爾以藝文，列於册府。宜升階品，往祗厥叙。夫能據經之説，適今之宜，不爲曲學之阿，爾尚篤於所守。可。

黄寔太常博士制

敕具官某：奉常禮樂所出，博士議論之官，爾以能聞，朕用分命。夫能據經之説，適今之宜，不爲曲學之阿，爾尚篤於所守。可。

趙君錫宗正丞制

敕具官某：公室遠近之屬，譜録考序之政，主以列卿，不用他族。蓋自漢始，迄今循行。丞於厥官，參贊爲重。爾辭學之敏，列職書林。宜進文階，往祗厥服。夫睦九族，以刑萬邦，此朕志也。爾尚懋於厥守，庶以承朕之仁。可。

劉蒙御史臺主簿王子琦太常寺主簿制

敕具官某：吏之有屬，所以相成。勾稽簿領之書，交修官守之事，往從憲府，尚懋爾勞。可。琦改「憲府」作「卿寺」〔一〕。

〔一〕元刻本、《讀書記》、顧校本、章校本、吴校本、傅校本小注爲「王子琦制改憲府作卿寺」。

徐鐸張崇翟思邵剛太學博士制

敕具官某：博士列於成均，以講教爲任。爾以經明選用，往服厥官。蓋尊其所聞，以誘率學者，汝之職也〔一〕，其尚起哉。可。

〔一〕「職」，元刻本、正統本、顧校本、章校本、吴校本、傅校本作「守」。

林希著作佐郎制

敕具官某：麟臺著作之貳，郎以詞學爲之。爾敏茂精明，久游書觀。宜遷階品，往服厥叙〔一〕。屬爾以文章之選，其體予奬遇之恩。可。

〔一〕「服」，元刻本、顧校本、傅校本注「一作祗」。

邢恕校書郎制

敕具官某：典校秘藏之書，旁求儒學之士。尚思獎進之意，無忘砥礪之勤。可。

李常太常少卿制

敕具官某：禮樂精微之致，所以格上下而諧人神。奉常貳卿，典領甚重。爾聰明敏達，久列書林。宜進文階，往就茲位。其務稱於厥職，使節人心而和人聲者，庶有得焉，非獨在俯仰鏗鏘而已〔一〕。茲爲朕志〔二〕，爾尚欽承。可。

〔一〕元刻本、正統本、顧校本「在」下有「於」字。

〔二〕「爲」，元刻本、顧校本、傅校本注「一作惟」；《讀書記》、章校本作「惟」。

錢暄光禄卿制

敕具官某：酒醴膳羞之具，以供宗廟朝廷之用，典領之任，位在列卿。宜得其人，俾服予采。爾明習吏事，勞閱有聞。選於僉言，俾踐厥職。尚其祗飭，無曠爾司。可。

楊汲大理卿王衮韓晉卿少卿制

敕具官某：參理折獄之事，主以列卿，其選甚重。爾練習吏治，閱試惟舊。廷尉之選少卿改云「廷尉之貳」，是用屬汝。尚思明允〔一〕，以稱朕恩。可。

〔一〕「允」，元刻本、正統本、顧校本作「慎」。

陳睦鴻臚卿制

敕具官某：傳聲贊道之官，所以賓接四方之使客。位在九列，禮秩甚隆。正名之初，考擇惟慎。爾以辭學材謂，列職史筵。宜進文階，往承厥叙。尚其祗飭，以服朕恩。可。

廉正臣董詵司農少卿制

敕具官某：田畝稼穡之政，倉庾委積之事，典領之任，秩亞列卿。官儀之新，考擇惟慎。爾明習吏治，勞閱有聞。往貳大農，是惟高選。尚其祇飭，無曠厥司。可。

賈青太府少卿制

敕具官某：九賦頒受之政，百貨貿遷之法，典領之任，位次列卿。肇正官儀，考擇惟慎。爾明習吏事，閱試惟舊。往共厥服，汝惟克諧。其體朕恩，尚思祇飭。可。

李立之范子淵都水使者制

敕具官某：川澤河渠之政，津梁舟楫之事，置使典領，禮秩甚隆。正名之初，考擇惟慎。爾明習吏治，勞閱有聞。選於在廷，俾踐厥職。尚其祇飭，無忘訓辭。可。

黄莘職方員外郎制

敕具官某：四海九州之疆域，山川風土之氣習，載於圖籍，典以郎曹。擢爾之材，俾副厥位。夫能使方國遠近，貨利同而材用便，在爾能知其守，可不懋哉。可。

杜純大理正制

敕具官某：折獄詳刑之事，朕所慎也。正於理官，參贊爲重。選於在列，爾以材升。聽察以情，尚勤厥職。可。

李義内殿崇班制

敕具官某：虞度營屯之事，積累歲月之勤。序朝位於殿廷，尚益思於奮勵。可。

曾鞏集卷第二十一

制誥三十六首

左僕射門下侍郎王珪追封三代并妻制

曾祖永贈開府儀同三司

敕：禮取其稱，故位益尊，則事其先者世益遠。今予良弼，褒命其親，得上至於三世。求之于禮，豈非取其稱哉？具官某，曾祖某，仁篤慈祥，畜德甚盛。蓋其爲積也厚，則其流澤也廣。故能開相厥裔，爲時宗臣。百辟是師，王室是輔。推功原大，肇基自爾。顯揚崇寵，兹惟舊章。是用進爾之階，秩在第一。尚其不昧，服此茂恩。可。

曾祖母尹氏追封燕國太夫人

敕：優禮大臣，厚其寵數，所以勸在位之功德，而共成天下之治也。宰相之任重矣，尊榮光大，上施于其三世。豈不即乎人情而稱其位序哉？具官某，曾祖母某氏，幽閒静專，躬蹈純德。嬪於盛族，壼彝是稱。啓佑後人，任國機政。流澤所自，宜極褒崇。追命定封，列于大國。光靈不泯，尚服朕恩。可。

祖贇追封魏國公

敕：夫天下之忠乎上，教有所自；故上之仁乎下，恩有所延。其體相成，治道所出。惟我股肱之佐，共任天下之重。懋書寵秩，施其祖廟。所以慰其顯親之心，稱其事君之義。具官某，明允純篤，德業惟茂。義訓不倦，彌遠益彰。維時聞孫，實輔予治。念功原始，宜極褒嘉。庸建爾于上公，俾受國于全魏。歿而尚有知也，其服朕之厚恩。可。

祖母丘氏追封魏國太夫人

敕：夫其先之畜德也厚，則其裔之蒙澤也長。故寵禄在其子孫，則褒榮施其祖禰。獎功録善，必撰所由，所以勸天下之成其家也。具官某，祖母某氏，身蹈純行，嬪于令人。教行閨門，自隱而顯。惟予哲輔，實爾慈孫。質厥所原〔一〕，宜有嘉一作加命〔二〕。全魏大國，從夫之尊。服此寵章，尚綏爾後。可。

〔一〕「原」，元刻本、正統本、《讀書記》、顧校本作「元」。

〔二〕「嘉」，元刻本、正統本、顧校本作「加」，下注「一作嘉」。

父準追封漢國公

敕：朕敷求哲人，以共大政。隆名寵禄，既俾集於厥躬；褒大推崇，則又施其禰廟。所以遂吾大臣欲顯其親之志，而開示在位予一人尊奬近輔之心。具官某，父某，材通世用，行蹈天常。德畜不施，澤流及遠。惟時有子，爲國宗臣。參聽萬機，人望惟允。慶所自出，朕惟汝嘉。屏蔽四方，漢爲最大。受兹封土，永裕爾家。可。

母薛氏追封漢國太夫人

敕：位有貴賤升降之等，故禮有隆殺損益之差。今輔予聽斷萬機之臣，在師長百官之任。蓋列於廊廟，名秩既殊。故追榮其親，命數亦異。兹惟故事，其可易哉？具官某，母某氏，婦道以順，母儀以慈。言爲壼彝，動應圖法。能教其子，爲時宗工。股肱朕躬，王室是賴。褒崇之典，既啓名城。漢惟大邦，改進封號。尚宜寵渥，永祚厥家。可。

妻鄭氏追封楚國夫人

敕：詩人之義，君之夫人有委蛇之行，河山之德，然後在尊位，備盛服，從其夫榮，可以爲稱。施於世教，所以始人倫而出治道也。具官某，妻某氏，淑茂柔明，生於令族。動静以禮，協於經言。相予宗臣，慎其内行。曾不偕老，永綏厥家。湯沐之田，既受方國。有加追寵，宜易新封。尚其光靈，服我休命。可。

中大夫尚書左丞蒲宗孟追封三代并進封妻制

曾祖潁士贈太子少保

敕：朕稽於古，以正百官。惟尚書政本，而左轄綱紀之司，延登哲人，俾祗厥叙。愍有加寵，逮其重祖。所以隆崇大臣，國之典也。具官某，曾祖某，潛德西南，在約彌勵。流光錫祚，集其後昆。總典中臺，實輔予治。東朝二品，是用命爾。尚維幽漠，服此茂恩。可。

曾祖母鮮于氏追封大寧郡太夫人

敕：宗廟之數，諸侯以五。蓋任彌重者禮彌盛，貴賤之節然也。今吾大臣追命及其三世，與夫廟制，豈異意哉？具官某，曾祖母某氏，作德於内，以宜厥家。啓相後人，預蔽國論。按圖考地，俾定爾封。其尚有知，服兹寵號。可。

祖仲贈太子少傅

敕：人本乎祖。故吾加恩近輔，褒榮其先，至於累世，豈不緣人之情而制爲命數哉？具官某，祖某，内含純明，外蹈規矩。流澤也遠，有孫而賢。進於中臺，總國綱轄。善有所自，朕惟汝嘉。東朝之孤，傳位爲寵。用賁幽宅，尚其欽承。可。

祖母陳氏追封蜀郡太夫人

敕：世德之積者久，則發於其後者長。故朕隆崇近輔，而褒榮其先，非一二世而止，所以勸天下之善，豈非博哉？具官某，祖母某氏，淑慎恭儉，化行閨門。啓其元孫，持國綱要。蜀惟爾土，以定新封。尚其如存，膺此茂渥。可。

繼祖母朱氏封閬中郡太夫人

敕：夫位以德升，禮以位叙。不失其稱，兹爲義榮。今吾崇進大臣，而圖其先烈。内外命秩，亦惟其宜。所以使上下之間，公論惟允。具官某，繼祖母某氏，婉嫕冲静，行孚於家。祚爾之孫，與以輔朕。西南上郡，愍有褒封。垂聲賁書，尚其不歿。可。

父師道贈太子少師

敕：吾之大臣，由聰明材謞以有爵禄之榮。予有命書愍贈，賁其考廟，所以稱其顯親之心，慰其霜露之感。位不次授，厥惟故常。具官某，父某，忠篤純明，德履惟茂。壯謀循政，聲烈在人。積厚慶隆，及子而顯。時予左轄，司國紀綱。惟流有源，開迹自爾。官師之貳，名寵秩尊。以告幽扃，尚其祗服。可。

母陳氏追封潁川郡太夫人

敕：人子之於其父母，莫不有顯揚褒大之心。惟任重秩尊，得盡其志。此隆名寵禄，所以勸天下也。具官某，母某氏，經德履善，宜其家室。錫羡流祉〔一〕，在爾後人。時予宗工，任國綱轄。陪京望郡，俾定新封。服我命書，尚其不泯。可。

〔一〕「羡」，《讀書記》、顧校本作「美」。

妻陳氏封河東郡夫人

敕：朕拔用天下之材，以爲共政之臣。就位之初，恩數禮秩，所以尊榮光大之者，上施其祖禰，而旁及於閨門。蓋任屬之者重，則褒隆之者，其可以不異哉？具官某，妻某氏，言容功德，柔閑懿恭。嬪於令人，休有華問。惟時哲輔，進秉國成。相助之勤，爾效彌顯。改擇嘉郡，登崇號名。尚宜厥家，永綏寵禄。可。

陸佃兼侍講蔡卞兼崇政殿説書制

敕：朕於書無所不學，於天下之事無所不考，而不敢自以爲足。故設置講解之官，使以先王之六藝日陳於前。朕於求多聞以建事之心，可謂勤矣。具官某，好古知經，宜在此位。夫尊其所聞，以懋于厥職。兹爲爾守，其尚起哉。可。蔡卞改「講解」作「誦説」〔一〕。

〔一〕顧校本、傅校本「卞」下有「制」字。

徐禧給事中制

敕：有事殿内之臣，職在於平奏述，詳命令，糾其違者而止之，覆其是者而行之。至於決獄官人，條陳法式之事，莫不當考察焉。其任可謂重矣。具官某，以材進拔，典執邦憲。兹用推擇，俾踐厥位。惟精敏不懈，可以周閱讀；惟忠實不撓，可以司論駁。朕方觀爾之效，爾尚慎於厥修。可。

鍾浚將作少監制

敕具官某：繕修興造、程工督作之任，不可不屬之其人。位視九卿，禮秩甚寵。正名之始，考擇惟慎。爾以材選，往貳厥官。尚其祗承，以允收拔。可。

蔡燡河東運判制〔一〕

敕具官某：分部而使，雖以將漕爲名，然實在於總庶務之予奪，察羣吏之能否。參予任屬，選授其艱，以爾爲能，俾承厥序。夫均通貨食，使物有羨贏；審核幽明，使人知勸畏。兹爲爾守，其往懋哉。可。

〔一〕「燡」，元刻本、《讀書記》、顧校本、章校本、吴校本、傅校本作「爗」。

供備庫副使董琰等十一人轉官制

敕具官某等：西南之蠻，恃阻且遠，跳踉溪谷，負誼干誅。王師鼓行，舉其巢穴，斬獲摧陷，爾預奏功。第賞有差，尚惟祗服。可。

待制王堯臣知單州制

敕：提將之符，顓制一道，使紀律明於士衆，忠實紀於朝廷。然後爲國藩垣，能稱其位。具官某，統治晉陽，宜知其任。而西伐之卒，比有逋亡。繼形奏陳，皆以疾告。無直繩肅下之誼，有浮言罔上之迹。雖付之刺督，考驗甚明，而既更詔恩，法當貸爾。俾仍近職，往守偏州。尚自省循，兹爲薄責。可。

鄧忠臣母周氏封縣太君制

敕具官某母某氏：爾子忠臣，有勞應賞，願更寵典，以啓爾封。俾錫命書，兹爲異數，尚惟祗服，以稱茂恩。可。

杜常兵部郎中制

敕具官某：朕爲保伍之法，寓戰陣之教，欲使兵與農合，庶幾先王之迹。夏官之屬，實參典領，以材擢爾，往祗厥叙。夫能奬誘服田之人，悦趨講武之政，馴致有漸，而彌綸不疏。惟無廢爾之勤，可以承朕之志。可。

李士京韓宗文大理寺主簿制

敕具官李士京等：察治犴獄之官，勾稽簿領之事，往祗選用，無懈厥修。可。

許懋兩浙運副制

敕具官某：朕擇遣使者，分部而治，雖以將漕爲稱，然實總民政之舉措，察吏屬之能否。蓋連數十城之地，舉而屬之，其選豈不重哉？爾詳練敏明，宜服予采。蓋爾之職，非止於督賦斂、斷獄訟而已。惟除苛熄擾，可以使民遂其宜；惟務實去華，可以使吏馴其行。宣恩德而美風俗，待爾能善其官。可不勉勑，以祗朕命。可。

内殿承制段綽等知州制

勑具官某：州有兵民之寄，而地在疆埸之間。則常擇用材武之臣，屬之守禦之任。爾以能選，往祗厥服。尚思綏靖，以稱簡求。可。

宗室承操新婦王氏進封國夫人制

勑：親愛之而欲其貴富，朕於公族，皆推是心。寵數徽章，施於閨壼。茲惟故事，朕敢忘哉？具官某，新婦某氏，作合宗藩，躬有馴德。啓茲全國，用進爾封，以致朕尊獎近屬之恩。尚懋爾服，承休顯之稱。可。

宗室克懼復官制

勑具官某：屬在近親，享有榮禄，以愆坐法，亦既再期。稽於故常，宜服位等。勉思祇飭，稱此茂恩。可。

李德明遥郡團練使制

敕具官某：擐甲執兵，人之重任。賞信而速，所以勸功。爾忠力武材，稱於種落。往殲醜類，屢以捷聞。圖爾之勞，進位二等。益思奮勵，以待異恩。可。

陳景等尚書省主事令史制

敕某：中臺政本，主曹事，治文書，亦不可不屬之其人。爾往懋哉，皆仍舊秩。可。

折克行彭保轉官制

敕具官某：朕惟羌之猖狂，内相賊虐，致天之罰。爰命六師，開通道塗，收復城聚。摧堅獲醜，爾功居多。蓋夫軍賞之行速則衆勸，是用進爾之秩，以激士心。尚有不次之恩，以待非常之效。可。

程嗣恭祖無頗程博文開封府推官制

敕具官某：開封天下之聚，俗雜五方之民。蓋巧僞繁興，獄訟滋出。贊治之任，考擇維艱。以爾爲能，俾祇厥服。夫慈惠足以煦養惸弱，剛嚴足以帖伏奸强。然導民之方，尚有可識。使風俗有以粹美，而四方有以觀則。往助爾長，其尚懋哉。可。

李憲武勝軍節度觀察留後制〔一〕

敕：王師西出，士大夫皆奮力行陣。有尺寸之功者，朕無不録。況議勞數實有大於此者，其於信賞，朕敢忘哉〔二〕？具官某，比自臨洮，率衆躬將。摧殪醜虜，恢復故疆。鼓行羌中，屢以捷告。考按閥閱，朕用寵嘉。秘殿榮名，便藩留務。兼是茂渥，以獎爾庸。其往懋哉，益思來效。可。

〔一〕元刻本、《讀書記》題下有雙行注文：「李憲昨熙河路出界討賊，收復境土，皆有功捷。」《讀書記》云：「此原注，宋本有，今本缺。」顧校本也有此注，但「熙」下有「西」字。

〔二〕「敢」，元刻本、顧校本、傅校本注「一作豈」；《讀書記》、章校本作「豈」。

李清臣王存趙彦若曾肇轉官制〔一〕

敕：惟朕祖考，成功盛德覆被天下，固非文字可得而名。然史記册書，國家之典，上以紀先帝言動之迹，下以及羣臣善惡之實。傳之萬世，宜有論次。具官某，以文學選用，與成信書。朕惟汝嘉，是用褒進。尚其祇服，以稱朕恩。可。

〔一〕元刻本、顧校本題下有雙行注文「修仁宗、英宗兩朝正史書成」；《讀書記》、章校本注文「修」字上有「三人」二字，並云「此亦原注」。按「三人」處疑有訛脱。

李舜舉等轉官制

敕具官某：朕惟先帝功德之殊，宜見之方册，故詔擇儒臣，屬之論撰。而爾於其官次，與有祗事之勤。亦既書成，例當褒録。進升位等，其尚欽承。可。

皇伯滕王第十六女封縣主制

敕具官某第十六女：親在近屬，生而懿柔。宜開縣甸之封，以榮湯沐之號。予惟惇序，爾尚欽承。可。

曾鞏集卷第二十二

制誥四十七首

吴居厚京東轉運副使呂孝廉轉運判官制

敕具官某：朕進拔能吏，以督視一路，蓋州縣政令之舉措，公私貨食之斂散，莫不任焉。得人之難，考擇惟慎。以爾幹敏，閲試惟舊。用是分兹東部，屬以使事。夫施於民者厚而刑罰清，求於民者約而財用贍，使德澤流通而風化輯穆，以稱朕憂憫元元而勵精庶務之意。爾其勉矣，往服訓辭。可。呂孝廉制改「屬以使事」作「俾參使事」。

西頭供奉官武遂等轉官制

敕具官某：王師西出，以討不庭。爾能殲擊兇殘，恢復州聚。録功增位，不以次遷。勉服朕恩，益思奮勵。可。

曲珍四廂都指揮使絳州防禦使制

敕具官某：羌之獸心，内相危害，王師薄伐，蓋將天威。爾能躬將士徒，擢堅殪敵，斬捕甚衆，鼓行無前。周衛典軍之官，名城禦侮之寄，兼是寵數，以疇爾庸。尚有異恩，待爾來效。可。

文思使張俊等遷官制

敕具官某：朕爰命六師，奉辭西伐。爾能效其忠勇，深入羌中，獲醜擢堅，以捷來上。躐升位等，以懋爾勞。其能繼於前功，朕豈稽於信賞。可。

文及甫吏部員外郎制

敕具官某：朕正百工之名，而將責其實效。其於官吏〔一〕，考擇尤慎。天官之屬，僉曰汝能。其往欽哉，無忘勉勵。可。

〔一〕「官」，元刻本、顧校本、傅校本注「一作郎」。

許安世都官員外郎制

敕具官某：徒隸傭役之人，典其廢置，而時其遷序，主以郎吏，其選甚高。爾蚤以敏明，升華儒館，宜增階等，往涖厥職。尚思勉懋，以稱簡求。可。

皇伯宗諤贈太尉韓王制

敕：王者之於天屬，覆之以光榮，而恤其死喪之戚，所以本人倫。教天下也。具官某，以德則循理小心，始終無悔；以功則受命仁祖，趣定儲極；以位則渠門赤舄，任兼相將；以爵則躐於五等，列爲真王；以親則先帝之從父兄，而余曰伯父。顯名美實，福禄之全，可謂盛矣。奄遘癘疾，至于不起。余聞震悼，臨奠致哀，再不御朝，以伸情禮。是用追加書贇，進秩上公。啓此大邦，隆崇號稱。余於親親之恩，可謂備矣。尚惟不昧，服此寵章。可。

齊宗壽三班借職制

敕某：有司言爾滿歲當遷，而奬進爾勞，又當躐等。是用加兹寵渥，列於命秩。往惟祗服，以稱甄收。可。

交州進奉使副梁用律洛苑副使阮倍太常博士制

敕具官某：策名蕃服，納貢王庭，將事之勤，朕用甄録。進爾位等〔一〕，兹惟舊章。往稱茂恩，毋忘祗恪。可。

〔一〕「爾」，元刻本、顧校本作「其」，並注「一作壐」。

皇伯宗惠新婦郭氏進封郡夫人制

敕具官某新婦某氏：司宗於屬爲近，於位爲重，王於爵爲貴。蓋禮秩之見於外者既寵，則施於内者宜殊。爾德性淑均，稱其家室。爰加象服之盛，以大鵲巢之榮。其尚欽承，兹爲異數。可。

賈昌衡知鄧州制

敕：記舊俗者，稱南陽之民夸奢，上氣力，難制御。今其餘習殆尚有存者，故有邦之任，朕不輕以屬人。具官某，中外踐更，令聞惟舊，兹用考擇，往分彼土。蓋穰淯之間，雖俗雜難治，然教民敦本，興於好善，召信臣、杜詩之遺迹在焉。使農桑勸而風俗厚，爾尚思繼於前人。其往懋哉，無替朕命。可。

李良輔知盧州張竚陜州崔度蔡州王説徐州制

敕具官某：朕董正治官，自朝廷始，至於六服，羣吏莫不考循其名，以督課其實。夫宣恩德以逮下，厚風俗以承上，其選爲重者，非長民之任乎？爾惟其人，屬以兹位。蓋奉職遵禮〔一〕，以有循良之稱。苟能自勉，則寵勞録最，以明國家之典，朕敢忘哉〔二〕？往欽厥司，方稽爾效。可。

〔一〕「禮」，元刻本、顧校本、傅校本注「一作理」。

〔二〕「敢」，元刻本、顧校本、傅校本注「一作豈」。

知泉州陳偁梓州吴幾復湖州唐淑問並再任制

敕具官某：吏之奉職循理，能附其民〔一〕，使之久於其官，則上下相安，而治化易洽。今爾之材，宜於既試。俾仍舊服，以懋厥庸。尚體朕恩，益思遠效。可。

〔一〕「附」，章校本作「拊」。

吴安持太僕少卿制

敕具官某：車府廐馬，牧監之政，典以卿士，其選甚高。念非得人，曷贊其治。爾材質明茂，嘗更器使。以憂去位，既終喪紀。宜更階等，往貳厥官。其勤夙宵，以敏功實。可。

菊曩二右班殿直制

敕具官某：夷獠背恩，賊殺命吏。爾能擊刺醜類，獻其首級。宜升位序，以獎爾勞。尚勵壯圖，益思來效。可。

馮正符借職制

敕某：西南夷背德獸心，敢闚邊隙。爾能通宣兩誼，協助軍謀。宜進官榮，屬之守護。勉思奮勵，無替前功。可。

奉議郎景思誼授東上閤門使鄜延第一副將制

敕具官某：西討之兵有一戰之功者，朕無不録。爾能致其材武，奮擊黠羌，克敵摧鋒，屢以捷報。疇庸較實，宜有異恩。介上閤之使名，貳連營之將領。兹爲奬拔，蓋匪常科。尚勵壯謀，益思來效。可。

皇太后親姪高公繪通州刺史高公紀達州刺史制

敕具官某等：朕有顯親之心，欲形於天下，故加恩母黨，所以本人情，隆世教也。爾等皆於外家，實在近屬。持身恭慎，朕所識察。刺臨州郡，典視祠宫，秩寵地優，並膺拔用。尚勵爾欽承之志，以稱余廣愛之仁。可。

梅福封壽春真人制

敕某：在漢之際，敷以孤遠，極言天下之事，其志壯哉。晚而家居〔一〕，讀書養性。卒遺俗高蹈〔二〕，世傳爲仙。今大江之西，實存廟像。禱祠輒應，能澤吾民。有司上聞，是用錫兹顯號。光靈不泯，其服朕恩。可。

〔一〕「晚」，《讀書記》作「既」。

〔二〕元刻本、《讀書記》、顧校本、章校本、吴校本、傅校本「卒」下有「於」字。

卓順之直翰林醫官局等制〔一〕

敕某：稽其醫事，而制其食，先王之典也。屬以愛主之疾，爾能調治有瘳。是用寵以官榮，進其服品。往遵厥職，無替恪恭。可。

〔一〕元刻本、《讀書記》、章校本題下有雙行注「内降劄子，治七公主疾有勞」。

成卓閤門祗候制〔一〕

敕具官某：長川廣谷之間，與蠻夷壤接。爾處徼巡之任，能練達人情，輯寧彊候。守邊之臣，稱爾之材，謂難代易。是用進爾職於上閤，而俾恭其舊服。朕於念勞獎善之心，可謂至矣。其思綏靖，以稱朕恩。可。

〔一〕元刻本、《讀書記》、章校本題下有注「令再任」。

溪氈可本族副都軍主等制

敕某：守邊之臣，屬爾奉其方物，來獻闕廷。朕惟爾嘉，是用命爾，還其種落，典治一軍。往勵忠勤，益思來效。可。

景青宜黨令支團練使阿星刺史制

敕某：爾有摧鋒克敵之功，而又奉其方貢，來見闕廷，實勇且忠，法當甄進，兵團之任，以寵爾勞。往其祗服〔一〕，益思來效。可。阿星改「兵團之任」作「刺臨州郡」。

〔一〕「往其祗服」，元刻本、《讀書記》、顧校本、章校本、吴校本、傅校本作「往勵壯圖」。

諭氊巴可本族軍主結厮雞可本族副軍主制

敕某：爾父有嚮慕中國之心，歿而不遂其志。屬爾于朕，願備一官。朕甚憐之，是用加命爾秩。往其祗服，益勵忠勤。可。

阿憐官捉厮雞並本族副軍主制

敕某：爾父效貢來庭，因得進見。以爾爲請，願備一官。朕嘉其尊嚮中國之勤，是用錫爾命秩。往思忠恪，以稱朕恩。可。內一改作「爾父因其種人入修貢職，以爾爲請」。

温暠知欽州制

敕某：州有兵民之寄，而地在疆埸之間。則常擇用材武之臣，屬之守禦之任。爾以能進〔一〕，往祗厥服。尚思綏靖，以稱簡求。可。

〔一〕「進」，章校本作「選」。

劉安等中書省主事令史制

敕具官某等：右省詔命之所出也。吏治文書，非習法令、熟成事，不能稱其任〔一〕。爾等皆以命秩，往祗乃服。無忘恭恪，以慎厥司。可。

〔一〕「非」，顧校本、傅校本作「以」；「不」，顧校本、傅校本作「惟」。

知潁昌府韓維再任制

敕：朕待天下之士，未嘗不篤於恩。況於故舊之臣，朕所加厚，則于遂順其意〔一〕，夫何愛哉。具官某，昔在宮朝，事朕左右。今列職秘殿，位寵且親。而便其故鄉，屬以州任。雖歲既再滿，然重奪其志。是用仍其舊服，俾祗厥官，以致朕求舊之仁，尚勵爾在公之義。可。

〔一〕「遂順」，元刻本、正統本、顧校本、章校本作「順遂」。

米贇等轉官制

敕具官某：爾以衆西出，討擊羌虜〔一〕，斬獲首級，有司以聞。是用甄録爾功，躐升位等。往其勉矣，益勵壯圖。可。

〔一〕「虜」，章校本作「夷」。

雍王顒乳母宋氏贈郡君制

敕某氏：惟雍王顒于國屬之親且愛，而爾有乳養之勤。故其生也錫之爵邑，其歿也飾以恩榮。是用追命爾封，進于列郡。以光幽穸，尚服寵章。可。

豐稷吏部員外郎制

敕具官某：尚書政本〔一〕，而吏部天官，所以綜敍羣材，以成天下之治。郎於典領，其選甚高。是用擢爾之能，俾參厥服。朕方勵精政理，而務在得人。爾惟懋於其官，庶幾承朕之志。可。

〔一〕「政」，原作「正」，據元刻本、顧校本、章校本改。

呂和卿考功員外郎制

敕具官某：計羣吏之治，而明黜陟之法，臺郎典領，列於左曹。拔用爾能，俾參厥位。夫能善於其職，固將圖爾之勞。可。

韓晉卿莫君陳刑部郎中制

敕具官某：刑者所以助治，而聖人之所尤慎。中臺參綜，郎選甚高。爾曉達吏方，宜在茲任。夫惟篤於明恕，可以副朕欽恤之心。其往懋哉，以祗厥敍。可。

范諤知密州范子諒濮州劉士彦泗州制

敕具官某：守土之官，民事所屬。朕方勵精庶政之日，尤務在於得人。考擇於朝，爾往惟允。夫能宣布恩德，以拊循吾民，而綱理風俗，則爲能稱其任。爾其可不勉歟。

陳端翰林醫官制

敕某：爾父易簡，以醫入侍。處劑湯液，有勞可旌。進遷爾官，用申獎寵。往惟祇恪，以稱朕恩。可。

沈士安西綾錦副使制

敕具官某：明習禁方，以醫入侍。處劑湯液，有勞可旌。進貳使名，以申獎寵。往承厥敍，無替爾勤。可。

王瑛楊宗立三班借職制

敕某：爾等備吏屬，治文書，勤亦久矣。是用從爾之請，錫之命秩。往惟祗飭，以稱朕恩。可。

王從伾知嵓嵐軍制

敕具官某：崇築壘培本以輯治軍旅，及四方既平，而假守之臣實任民事，列於有土之官。矧嵐谷並邊，寄屬尤慎[一]。爾以選擇，往祗朕命。夫能開示恩威，以惠養吾人，而懷附異俗，則爲善於其職。尚思爾守，無替訓辭。可。

〔一〕「慎」，章校本、傅校漁浦書院本作「重」。

呂升卿館閣校勘通判鄆州制

敕具官某：鄆有提封之廣，生齒之衆，於東爲劇郡[一]。贊貳政理，選授惟艱。爾蚤以藝文列於辭館，宜更階品，往承厥敍。無忘祗慎，以服朕恩。可。

〔一〕「劇」，元刻本、顧校本、章校本、吴校本、傅校本作「極」，並注「一作劇」；正統本作「極」。

陳康民管勾永興等路常平張太寧提舉秦鳳等路常平制

敕具官某等：朕爲保伍之法，寓耕戰之政。典農之官，屬以兼領。蓋分路而治，隃制或難。固當從宜，使之易地。是用命爾換部而使。夫能利力田之民，修講武之令，務在各奮爾庸，不失其職，則爲能體朕意。其尚懋哉，往遵乃服。可。

滿中行知無爲軍制

御史有言責之臣，朕之所取信也。言而欲遂其忿鬩之私，乃至於失是非之當。豈獨朕於取信失其所屬，蓋汝之以言爲職，誼豈當然。俾去憲臺，兼榮職秩〔一〕，往臨軍壁，宜體朕心〔二〕。可。

〔一〕「兼榮」，《讀書記》、顧校本、傅校本注「疑有訛」。

〔二〕「心」，元刻本、顧校本、傅校本作「恩」。

駙馬都尉王師約轉觀察使制

朕於姻戚之臣，未嘗不篤於恩意。然其積勤累善，不罹罪悔，而七歲一遷其官，則必循用舊章。蓋爵賞者，天下之至公，朕不敢以私撓法也。具官某出於景族，選尚貴主。有淑慎之行，無怠肆之失。第其閥閱，宜得敍升。廉按一州，以爲爾寵。蓋爾自初仕，迄此再增厥位，皆以歲滿，應於遷格。則朕之謹於信賞，爾之安其常守，上下之際，豈不兩義俱得哉？無忘勉勵，以永保於榮名。可。

崔象先等帶御器械制

敕具官某：乘輿所在，供御之物，無一不備具者。故鎧甲弓矢，屬之以從者，亦不去於側。非左右親信，惡足以任此哉？爾給事惟舊，宜就玆列。益思祗恪，以稱厥官。可。

蔡京起居郎制

敕具官某：王者言動必書，豈獨思爲後嗣法哉？施之於己，固欲擇語默，慎行止也。執簡肆筆，必也屬之其人。爾之弟卞，既已列於右史，今復不次用汝，使記予事，位於左省。士之在此選者希矣，而爾之叔季，並直同升。其於榮遇，世罕及者。朕恩若此，則汝之自效，宜如何哉？其懋厥修，以報所受。可。

王中正种諤降官制

朕大興士衆，屬爾等以伐羌，固將舉其巢穴，非徒却虜收並塞之地而已。兵西出則近，而爾等東繇綏德回遠之路，以疲士馬，費芻粟，致功用不集。中正議既不審，又約有分地，當攻其左，而不能奮擊，以殲除醜類。夫軍賞吾必信，而罰亦安得已哉？是用按爾之罪，降秩有差。其體寬恩，尚思報稱。可。

封曹諭母制

曹氏國之外屬，而諭實爾之出。諭既有列於朝，亦有追榮及爾。是以封之列郡，秩以寵名。玆爲異恩，以光幽穸。

張頡知均州制

嶺之西南，桂爲劇部。外有溪居海聚之民壤錯内屬，拊巡塡守，詎可屬非其人。爾比還於朝，往備茲任。而内不能統齊士吏，外不能綏靖華夷。致茲繹騷，自干邦憲。奪其美職，處以偏州。茲惟朕恩，無忘思省。可。

曾鞏集卷第二十三

制誥擬詞二十八首

册立皇太子制一〔一〕

惟宋祖宗集大命，開迹垂統，傳繼在予。賴天之靈，海内和洽，獲薦珪幣，以爲祭主。惟先哲王，享國君民，必有儲兩，以相承翼，所以奉天地，嚴宗廟，與民爲依，長慮萬世也。厥惟故典，予敢不率？咨爾某，生材之卓，絶倫拔類，覃訏岐嶷，成於自然，緝熙光明，不由外獎，潛德日茂，敷聞下土，將旌王組，藩衛京師，神示所毗〔二〕，戎夏係屬，宜執匕鬯，位以時定。今遣某某，立爾爲某。夫天下之本在太子，太子之所務，求諸己而已。爾能明其心，人不詔其孚；爾能善其身，人不戒其隨。治亦多術矣，要不易乎此也。嗚呼！匪得之難，充之爲難。爾能服于訓辭，以承我先后之流澤，俾爾躬無疆惟休，惟予及萬邦亦無疆惟慶，豈不韙歟！

〔一〕標題原作「册」，據章校本、漁浦書院本、《曾文定公集》改。

〔二〕「示」，原作「示」，據《讀書記》、顧校本、章校本、吴校本、傅校本、《曾文定公集》改。

立皇太子制二〔一〕

朕受天命撫萬邦，實承祖宗之盛德丕烈。永惟先王之典，人君在位，必蚤建太子，所以重宗廟，爲天下萬世計也。某粤初在母，祥應先見。誕始能言，則岐則嶷。王封將位，蕃輔京邑。孝愛日裕，温恭自然。神靈所開，人望攸屬。考剌六藝，主器以長，生民之道，不易之理也。其立爲某。嗚呼！非朕私於子某，惟宋高后之傳序垂統，朕不敢忽；惟四方上下之所注心，朕不敢距。嘉與海内，同孚于休。播告遐邇，其諭朕意。

〔一〕標題原作「皇子制」，據漁浦書院本、《曾文定公集》改。本篇原在《王制三》後，今前移至此。

王制一

昔大漢之興，鑒孤秦之敝，分土而開者九國。當高祖之初，同日而立者三王。在孝武之世，或支庶之疏屬，或宗嫡之近親，所以蕃輔京師，承衛天子。今朕按圖規地，諏日定封。推天性之厚恩，本人倫之通誼。以隆公室，蓋率舊章。某鍾氣至靈，生材特異。聰明先物，不自於鐫磨；孝愛絶人，非由於獎勵。比服公主之寵，仍分將鉞之崇。休有顯聞，洽於時論。是用疇其爵邑，列以真王。建爾國家，保茲東夏。視祲威於宰席，增衍食於爰田。用强盤石之基，實重維城之勢。嗚呼！册之宗廟，申戒因其土風；式是大邦，親臨定其名號。爾尚無作匪德，以追配前人之休；無從匪彝，以答揚皇祖之訓。俾人預懷榮之慶〔一〕，而身兼燕譽之祥。王其勉之，朕命惟允。

〔一〕「懷榮」，《讀書記》、顧校本作「榮懷」。

王制二

昔周建親戚，蓋五十三國，以蕃輔京師；漢封骨肉，或連數十城，以承衛天子。所以强形勢，固根本，計慮深矣。朕甚慕焉。矧先帝之子，朕之仲弟，宜膺顯册，進啓大邦。兹惟典常，夫豈敢廢？某淵靜沖約，孝友忠篤。不挾其貴，以從匪彝；不恃朕恩，以作匪德。奉法遵職，夙夜小心。王於雍邦，滋久彌邵。惟營丘之野，臨淄之中，太師吕尚之所建國，兼岱及海，天下重地，是用立爾，保兹東土。三公之儀，上將之節，爰田真食，備物寵章，大告於廷，咸以屬爾。嗚呼！《書》稱帝堯之德，曰「以親九族」；《詩》美文王之聖，曰「刑于兄弟」。蓋教自上行，愛由親始，先王之道，不易之理也。今予命爾，不違兹誼。尚悉爾心，其勵相朕。使黎民百姓於變時雍，由家及國，罔不作孚，以屏予一人，填拊方夏。實諉在王，時其勉之。

王制三

天子支子，若其母弟，姬姓於周，未有不侯；劉氏於漢，未有不王。蓋親之欲寵其位，愛之欲厚其財，先王之法，人事之理也。某，先帝少子，朕之季弟，聰明齊敏，孝弟忠實。富而能約，不從以敗禮；貴而能戒，不恫以好逸。畜學樂善，厥德日新。王曹積年，遵職無懈。惟斗牛之野，太伯所開，三江五湖，其陽大海，鹽魚金穀，天地之藏，兹用命爾，式是南郊〔一〕，儀視三公，任兼上將。眞封衍食，備致寵章。嗚呼！昔魯公於周，大啓爾宇，以輔王室；康叔於衛，實爲孟侯，以保乂民。今朕順稽於古，以屬爾某。爾尚念兹，以祗厥服〔二〕。使常棣之澤配前聞人〔三〕，維城之休承我高后。在爾勉矣，往其欽哉。

〔一〕「郊」，元刻本、顧校本、吴校本、傅校本注「一作邦」；《讀書記》、章校本作「邦」。

〔二〕「服」，元刻本、顧校本、吴校本、傅校本注「一作辟」；《讀書記》、章校本作「辟」。

〔三〕「使」字原無，據元刻本、《讀書記》、顧校本、章校本、吴校本、傅校本增。

贈第八皇子制

朕惟父子之親，人道之極。蓋父有天下，而隆名重位，逮於其子。此恩義之所始，而先王之制，不易之理也。至於禮命未及，奄遘淪亡，申以哀榮，朕何敢廢？皇第八子某，秀拔慧悟，天質異甚。不好戲豫，安於靖恭。謂及大成，必爲國器。蕃輔王室，朕有望焉。而屬疾久之，醫禱備至，不幸夭閼，痛何可堪！其於陳迹尚存，音容如接。永言傷悼，莫遡朕懷。今有司上聞，揆於公議，謂宜秩以三事。今於中臺，爵之眞王，謚以佳號。厥惟舊典，朕豈能抑？是用追錫，備兹異數。嗚呼！生而有特出之姿，不得遂其美；歿而有非常之寵，所以厚其終。服我命書，尚其不昧。

王子制

朕隆於親親，非特私恩而已，所以教天下厚人倫也。爾家慶所鍾，王室之出，列於使領，茲惟異寵。往思報稱，待爾成人。

韓琦制

躬閎廓之材，體純一之德。翊亮三后，格於皇天。惟初登庸，合志皇祖。仁民愛物，日陳上前。進賢退奸，陰利天下。側陋幽隱，明揚罔遺〔一〕。靖譖庸回，削滅無類。及受末命，戡濟艱難。以己徇時，坐定大議。天望人事，吻無間然。市朝不驚，按堵如素。海內萬里，外薄四夷。率職駿奔，無敢先後。昔三代遭變，繼世之初，干戈警備，陳及門庭，書之史官，以爲後法。以至兩漢嗣位，則又閉城屯兵，以爲故事。未有兵藏於庫，士散於家，而傳序繼統，中外晏然，如今日之盛也。是由列聖功德，無窮之休。亦惟廊廟之上，遠略大度，身任社稷，克濟登茲者也。

〔一〕「明揚罔遺」，元刻本、正統本及萬曆本無此四字。

相制一

天有寶命，集於朕躬。惟用乂民，罔以自逸。敷求良弼，作爲憑依。若圜就規，若正識墨。今朕得士，謐於在廷。某廣博靜淵，密於世用。推其計畫，見於可行。考其事功，效於已試。爾爲爾守，宜立輔朕。茲用詔爾，位於東臺。嗚呼！自周衰以來千有餘歲，先王之道蔽而不明。振壞扶微，朕竊有志。尚懋朕佐，圖惟設施。參諸經訓而不違，質諸時宜而不謬。無崇小慧，以易大猷；無伐己能，以距衆善。惟賞刑在上，不可以僭；惟聰明在下，不可以咈。俾厥后克濟其任，則爾身永孚於休。其往起哉，以承我祖宗之丕烈。

相制二

有爲之君，舉賢以自助；有志之士，遇主而後伸。兩常相須，而相濟者少；兩常相求，而相值者寡。朕觀前代君臣之際，聖賢相與之盛，慨然欣慕，願比迹焉。今得其人，詔於爾衆。某行無錙磷，學有本原。材謂智謀，淑問惟舊。納忠左右，匪懈夙宵。蔽自朕心，命爾予翼。列于右相，進貳西臺。嗚呼！自道術不明，而世敝滋久，法度多缺，而紀綱浸微〔一〕。圖治者以古爲迂，錯事者以苟爲得。兵安於坐食而不合於農，士習於空言而不知爲吏。禮義廉恥，闕而不思；朋黨比周，靡然成俗。任之以學斆，而敗官以墨者方興；起之以赴功，而便文自營者滋出。伊欲黜漢唐之淺陋〔二〕，追堯舜之高明，尚懋相予，予忱不貳。使千載之墜振於一朝，上下之間配於前烈，以揚我先后之光訓，亦纘爾舊服之顯庸。

〔一〕《讀書記》、顧校本、章校本、吳校本、傅校本無「而」字。

〔二〕「伊」，元刻本、顧校本、吳校本、傅校本注「一作朕」；《讀書記》作「朕」。

相制三

朕飭正三省，綱理萬事。號令所出，本諸西臺；閱審駁論，屬之黄闥；推而達之，則在會府。以其官之長貳，皆爲任政之臣。鼎足居中，各遵其職。分守則異，合謀惟一。時予俊乂，宜就茲列。某身篤學行，自幽而顯。宣力中外，績用彌邵。惟文昌政本，揆敍百度。介於左省，考慎朕命。圖濟厥服，爾其往哉。朕訓廸治官，順稽於古。使其體至大，而統之有要；其事至衆，而舉之有條。不惟其文惟其實，不惟其位惟其人。爾允念茲，以勤予翼。蓋先代之法存於籍者，既殘缺而難循；當今之宜殊於昔者，又舛違而易遠。酌是彝憲，成之甚艱。尚廸庶工，奉若維新之則；亦永來世，預有無窮之聞。

節相制

古者出軍之法，始於一井之間；遣將之常，甫在六官之内。師田共務，文武同方。蓋丁發召之期，則士就戎行而卿行於外；已征誅之事，則衆遵農畔而帥旋於朝。歷世雖殊，茲致惟一。逮後王之更造，開阡陌以居民。隸伍符者，身不受於一廛；仗齊鉞者，位不聯於九棘。其於荷戈執隊，爲王之爪牙；立纛設旄，爲國之屏翰。上下之任，古今則同。予得異能，詔於在列。某性資强毅，識慮精通。束髮修身，有恕己及人之志；歷官行事，有承流宣化之勤。踐揚要極之司，更閱歲時之久。嘉謀讜論，簡在朕心；廣譽善聲，洽於輿論。有國之典，以爵詔功。宜疇厥庸，爰啓爾宇。建大將之旗鼓，尸我一方；賜諸侯之土田，保兹東夏。以董齊於軍旅，以撫和於士民。參帝傅之寵名，益户封之真食。兼隆異數，奬勵茂勳。嗚呼！昔吉甫典兵，萬邦爲憲；申伯作邑，四國於蕃。宜悉意於壯猷，庶裨忠於前列。答揚祖宗之訓，予冀爲衆得人；夾輔邦家之基，爾尚爲時宣力。

侍中制

舜用皐陶，若股肱之承元首；商咨傅説，如舟楫之濟巨川。蓋一體之相成，或兩求而莫值。肆朕纘極，寤寐隽良。果得異能，屬之大任。用揚孚號，明諭在廷。某行蹈中和，學通今古。從容應物，有適用之材；慷慨立朝，多據經之論。比回翔於禁闥，遂更踐於樞庭。閲歲已深，服勞惟舊。朕惟紀官之敝，久廢於正名；分職之殊，固難於核實。爲司存之定制，俾位號之無虚。乃眷宗工，宜加異數。東臺管轄之任，爰處於弼諧；南宫喉舌之司，仍躋於端右。體加隆之注意，當益懋於壯猷。嗚呼！秉國之均，天下之所取正；熙帝之載，朕心之所仰成。使萬物各遂其生，而一夫無失其所。以輔予治，往惟汝諧。

門下侍郎制

朕於天下之事，以稟承處决屬之中書，審閲駁正歸之門下，而使尚書推而行之，此三省所以異任而相成。故長令、僕射，皆宰相之任，而左右省侍郎，所以貳之。蓋謹其名者，固將循之以稽其實也。必使位無虛加，人無虛受，以修國家之務，然後稱朕意焉。某明允修潔，學通今古。以風力之敏，見於積用；以志行之篤，重於朝廷。擢自從臣，預國機政。多引大體，沃於朕心。維董正治官之初，介東臺管轄之寄。歷選在列，汝往惟允。夫堅一心以在王室，康萬事以亮天功，汝之任也，其尚勉哉。

門下侍郎尚書左右丞制

尚書萬事所出，丞所以管其要；門下三省之首，侍郎所以貳其長。朕稽於古義，以正官號。故合是寵秩，以命吾共政之臣。非天下之材足以協朕之謀、繫人之望者，夫豈虛受？某莊毅忠篤，通於古今。列於廟堂，以義陪朕，是用考擇以爲選首。使文昌左轄之任舉，瑣闈參議之效明。六官紀綱，上之所以齊下者無所撓；四方奏列，下之所以通上者無所壅。以弼予一人，而亮成庶績。尚懋厥志，無忘訓詞。

給事中制

有事殿内之臣，職在於平奏述，詳命令，駁其違者而正之，覆其善者而行之。至於決獄官人，發驛遣使，申冤滯，察苛嬈，莫不總焉。其任可謂煩且重矣。朕董正治官之始，思得其人，以稱厥位。以爾具官某，忠篤强毅，明於理體，勞閲甚茂，朕惟汝嘉，列之東臺，公議所屬。惟精敏不懈，可以統治要劇；惟剛方不苟，可以辨白是非。爾其慎於厥修，朕方觀汝之效。

左右常侍郎制〔一〕

左右之臣，以騎從乘輿，職在獻納，可謂親且重矣。非器識操行屬乎朕心〔二〕，夫豈輕授？某老於文學，練達治體。舊惟共政，勤烈在時〔三〕。某直諒多聞，篤於自守。先帝遺朕，調護有勞。皆以耆名列於秘殿〔四〕，是用考擇於衆，寵以茲任。朕惟爾之試用已效，必能秉誼不渝；惟爾之博通古今，必能補朕之闕。往祇厥服，豈煩訓辭。

〔一〕《讀書記》、顧校本、章校本、吴校本、傅校本題作「左右常侍制」。
〔二〕「識」，原作「職」，據元刻本、正統本、顧校本、章校本改。
〔三〕「勤」，《讀書記》、顧校本、章校本、吴校本、傅校本作「勳」，並注「宋本勤」。
〔四〕「名」，元刻本、《讀書記》、顧校本、章校本、吴校本、傅校本作「明」。

左右諫議大夫制

諫議大夫掌議論舊矣〔一〕。今列於從官，實有言責。事無大小，皆得開陳。當其可從，則爲之更命令，易取舍，固朕之所虚心而聽也。朕方於天下之忠讜，惟恐不聞，則居是任者，直己以事上，夫何間哉？某器識强敏，明於今古，俾職獻替，僉曰汝宜。夫能通上下之情，而使朕立於無蔽之地，治道之所由出，在汝能稱其任。可不勉歟。

〔一〕元刻本、《讀書記》、章校本「諫」下無「議」字。

二起居制

孔子稱言動以禮，天下歸仁焉。矧託於王公之上，言而爲令，動而爲法，故必有左右史從而記之，所以昭得失，明勸戒。能稱茲任，蓋難其人。某文學優深，操行修潔。執簡簪筆，有列於朝。今朕順於古義，以考定官儀。是用正爾之名，俾仍舊服。其尚謹於書法，以無曠於厥司。

左右正言制

左右之臣，以言爲職。事有得失關於理體，利害繫於人情，或方兆於幾微，或已施於命令，論皆可及，誼無不從。選用特殊，寄屬惟重。正官之始，得士尤艱。某綽有時材，通於世用。獻替之位，宜服寵名。夫上之求乎下者，患乎難知；下之求乎上者，患乎難達。使耳目之任無蔽，藥石之規必聞。尚惟汝能，以助予治。

諫官制

某純明廣博，信古知今〔一〕。用爾之長，俾有言責。夫言人之所難言，爾無不盡。而聞之如恐不及，朕豈敢忘？其尚懋哉，無或容而已矣。

〔一〕「今」，元刻本、顧校本作「經」。

中書令制

虞氏之咨四岳，惟亮天功；周家之建六官，以爲民極。朕參於古義，質以今宜。以右省典正於鈞衡，以中臺總持於綱紀。兼是重任，時惟宗臣。播告在廷，其聽新命。某敏於學術，優有時材。以經遠之謀，彌綸治具；以察微之智，練達事幾。由展采於禁林，遂升華於宰路。協宜勞力，積有歲時。朕惟授職以量能，宜循名而責實。稽先王之作則，以正百官；起多士之赴功，庶康萬務。眷言舊德，申以異恩。維化原實繫於内樞，俾首弼諧之任〔一〕；維政本一歸於會府，仍躋端揆之崇。寵秩所加，委成彌重。豈獨儀刑於列位，固將敍正於彝倫〔二〕。嗚呼！成一德以格皇天〔三〕，輔予於治；釐百工而熙庶績，待汝有爲。其務迪於壯猷，尚思齊於前哲。體兹注意，維往懋哉。

〔一〕「首」，原作「守」，據元刻本、正統本、顧校本、章校本改。
〔二〕「彝倫」，原作「倫彝」，據元刻本、正統本、顧校本、章校本改。
〔三〕「成」，元刻本、正統本、顧校本、傅校本作「咸」。

門下中書侍郎尚書左右丞制

尚書、中書、門下三省，本天下之務，而侍中、令、僕射，爲宰相之任，舊矣，自唐政不綱而失其守。

今朕董正治官，使三省之長皆復其任，而於尚書左右丞、左右省侍郎，秩有升降，使貳吾任政之臣。夫居綱轄之地，與御史更相察舉，所以警官邪，明憲度。而侍郎於左右省，無不統理。則其所繫，於體尤重，非傑出之材，不在兹選。某官端方篤實，學有本源，預於政機，人望惟允。某强毅忠厚，通於古今，謀謨堂廟〔一〕，休有令聞。是用命爾，以爲選首。其尚體余所以處爾之重，勿苟勿隨。使百工庶尹皆知爾之不私於法，罔敢不正，而政令之自上出者，罔不得宜。以稱朕所以作則垂法、始今行後之意。爾可勉矣，予有望焉。

〔一〕「堂廟」，元刻本、正統本、顧校本、章校本作「廟堂」。

中書舍人制

朕稽于古以正百官，使循其名以效其實。惟舍人中書之屬，以典掌命令爲任。而況列於侍從，則又職在論思。方朕明紀綱，定憲度，以爲民極之初。非能見於文章，何以究宣朕志〔一〕？非能通於世用，何以彌綸庶務？進在兹位，不其重歟！某官某，忠正仁篤，達於古今。其文足以代王言，其智足以謀治體。斷自朕意，以爲選首。其尚尊爾之學，以善於訓詞；奮爾之庸，以裨於政理。使爾能稱厥職，而朕預於知人。其惟勉哉，以祗厥服〔二〕。

〔一〕「志」，元刻本、正統本、顧校本、章校本作「意」。

〔二〕「服」，元刻本、顧校本、吴校本、傅校本注「一作敍」。

知制誥制一

典掌書令之任，爲朕左右之臣，非獨在於潤色斯文而已，固當論思治體，以輔朕之不逮。朕博考天下之材，然後有所拔用，則於付授，豈不慎哉！某强識敏學，通於理要。砥節勵行，忠篤不回。朕惟汝嘉，使在兹選。朕有兢兢業業，一日二日萬幾之慮，汝則思輔以謀猷，忠於獻納；朕有作則垂憲，施命以告四方之志，汝則思達以文辭，見於號令。使爾爲稱任，則朕爲得士，豈不休哉？尚其勉矣，以服厥官。

知制誥制二

贊爲名命之臣，法當得一作侍從，非獨在於討論翰墨，發揮詔號而已，必將講明治具，思獻其可，以弼予違。故非其人，夫豈虚授？某敏有時材，優於學術。擢於不次，俾典訓詞。維能守其所聞，可以輔予不逮；維能明於體要，可以見於文章。其尚懋哉，方觀汝效。

尚書左右丞制

本天下之政者，尚書也；本尚書之紀綱者，左右丞也。蓋衆職之治亂，萬事之廢舉，糾而正之，實其任焉。今朕董正治官，使尚書纘其舊服，以僕射爲任政之臣，而六卿各遵其職。至於綱轄之地，所以警官邪，繩謬戾。御史有不舉者，得并而治之。則其繫於體尤重，是以進其位敍，使得貳吾任政之臣。非望臨一時，朕豈虚授？某明允忠篤，通於古今。列於廟堂，以義陪朕。是用考擇，以爲選首。其尚體予所以處爾之重，勿苟勿隨。俾百工庶尹，知爾之不私於法，罔敢不正。稱朕所以作則垂憲，始今行後之意。爾可勉矣，朕有望焉。

左右司郎中制

尚書天下政本，左右司紀綱之地，故郎選異於諸曹，非器幹望實，有聞於時，莫稱其任。某明敏强濟，通於世用，宜在此位，故以命汝。創制之初，舉墜興壞，所以彌綸庶務者，待汝有爲。其尚懋哉，以承厥叙。

中國古典文學基本叢書

曾鞏集

下册

陳杏珍 晁繼周 點校

中華書局

曾鞏集卷第二十四

制誥擬詞 三十首

吏部尚書制

尚書政本，而吏部天官，所以考擇人材，以成天下之務。近世既失其職，但受成事而已。今朕既正官名，且將歸其屬任。立法之始，推行在人。其於程能議功，定勳頒爵，當率厥屬，謹循科條，非得周材，曷稱茲位。某忠厚仁篤，秉義守正。列於侍從，休有令名。是用選而授之，其務將明。使朕所以作則垂憲，不獨於今可行，方當施之後世。蓋汝有稱職之美，則朕有知人之明。尚其懋哉，無替厥服。

吏部侍郎制

尚書本天下之務，而吏部典掌選舉，至於所屬之曹，有行封爵、議勳庸、稽功課之事，咸以咨焉。近世以來，職分於他司，而位爲虚器。今朕董正治官，使歸其名分，豈虚爲哉？固將循之以求其實。蓋明紀綱，定制度，以釐百工，熙庶績，此朕志也。侍郎實貳其長，非獨當修其官，且將推明新制，以行今而傳後。則其選授，豈不重哉？某文學行義，有聞於時。列於從官，獻納惟允。是用命爾，實首茲選。其體予所以擇而使爾之意，務祗厥服，使政舉法行，稱朕之意。惟爾亦永有稱於後世，可不勉歟！

户部尚書制

户部之於中臺，爲周官司徒之職。掌財賦之調度，金穀之出入，以待邦國之用。歷唐五代，征斂煩興，而使名雜出。地官之職，蓋存虛號而已。今朕正名以定羣臣之位，辨位以責庶務之實。尚書政本，典領經費之司，所屬尤重。博求天下之士，以宜其官。某誠篤强敏，智慮精密。董煩治劇，材力有餘。民曹上卿，無以易汝。理財之術，待汝有爲。今歲入甚廣，而歲費所餘者無幾。使官用有節，而餘蓄可致；公藏贍足，而民賦可輕。在爾能知其方，庶幾承朕之志。尚懋爾守，以承厥叙。

户部侍郎制

田疇生齒之籍，穀帛貨泉之計，下以制民之産，上以經國之用，地官之貳，實參總焉。朕方因能以用人，正名以授職，俾服予事，必惟其材。某頃以通敏之資，久更要劇之任。往副民部，孰如爾宜？夫知農之艱難而有以勸助，視財之豐匱而有以均節。使公藏贍足，而私蓄羡盈。朕將觀爾之能，爾其無懈於位。

禮部尚書制

昔舜命伯夷典禮，后夔典樂，至周並爲宗伯之官，今禮部尚書蓋其任也。威儀度數之詳，聲音律吕之别，莫不屬焉。精微之至，所以統和天人，順遂萬物，其體可謂大矣。矧今典領，實又考擇天下之材，夫能無曠其官，以充吾所以寄屬之意，歷選在位，今得其人。某明允直清，知經信道。制作之事，舊惟討論。春官古卿，是用授汝。朕承百王之敝，方欲作則垂憲，以成一代之典，使五禮之節同於天地，八音之和格於祖考，天下智謀材諝之士得而用之。待汝能稱其官，庶幾輔予於治。無懈於位，以副朕知。

禮部侍郎制

夫禮之節文，樂之和聲，所以成三材而育萬物。典掌之任，秩亞春官。朕方考正百工之名，而大修法度之政，其於寄屬，必惟其人。某材出士倫，學通經術。宗伯之貳，爾往欽哉。其思先王制作之方，而務知治民易俗之要，其於禮體〔一〕，非在於鐘鼓玉帛而已。尚稱厥職，以副予作則垂憲之心，可。

〔一〕「禮」，正統本、顧校本、章校本作「理」。

兵部尚書制

中臺政事所出，兵部司馬之任，所以典總師徒，揚國威武。至於按圖辨地，駕乘庫兵，司存之事，莫不咨焉。今朕考古以正官儀，將使處其名者必效其實，由是以推朕之志，明紀綱、成法度焉。八座之貴，夫豈輕以屬人？某明達事機，好謀能斷。列於侍從，忠益居多。夏官古卿，是用顯授。朕患今之兵不與農合，故因保伍之法，修閱試之令。庶夫使民知兵，近於古義。夫究宣朕意，使吏能奉承而民皆勸，以共武之服。時汝稱職〔一〕，可不勉與！

〔一〕「汝」，元刻本、《讀書記》、顧校本、章校本、吴校本、傅校本作「謂」。

兵部侍郎制

夫兵天下之備，誰能去之？自士不出於井地，而將非六事之人，歷世以來，皆知古之宜復，而患夫勢之難行。朕獨慨然有志於是，故修保伍之令，明戰陣之教。先王之迹，庶或可幾。經營之勤，心亦至矣。惟是夏卿之亞，實參典領之司。方正官儀，尤慎推擇。其材敏忠篤，明習治體。圻父之貳，往惟汝諧。夫能獎誘務農之民，悦趨講武之政，馴致有漸，而彌綸不疏，惟無廢爾之勤，可以輔朕之志。尚思自勉，以服訓辭。

刑部尚書制

昔舜命皐陶曰：汝作士，明於五刑，以弼五教。蓋刑者所以助治，而非致治之本也。其縱入輕重得失之際，人之舒慘繫焉，此古之聖王所以未有不先慎罰也。今朕悉心以正庶官之任，而中臺八座，典司邦禁，選用之體，得人惟艱。某明允通博，資以術學，服采於位，厥聲顯聞。秋官古卿，是用命汝。蓋前世之治，斫雕爲樸，破觚爲圜，而憲網疏，風俗美，朕甚慕焉。爾尚體朕之心，折民以恕，使辨訟自息，而王政寖明。可不勉歟，以輔台德。

刑部侍郎制

刑者所以禁人爲非，而聖王之所尤愼〔一〕。中臺總領之任，秩貳秋官之崇，朕方正名以稽羣吏之治，而大修制度之文，必惟其人，俾服予采。其慈恕忠篤，明習法令。參執邦典，莫如汝宜。夫能使民無冤，亦已善矣，推之可以至於使民無訟。爾尚勉哉，以承予綱紀四方之志。

〔一〕「王」，元刻本、顧校本、吴校本、傅校本作「人」，並注「一作王」。

工部尚書制

昔舜咨於衆：疇若予工？羣臣薦垂，往祗厥叙。蓋繕修興造，程衆藝，飭五材，國家之務，不可以不屬之其人。今中臺起曹，實踐其任，矧屯田、虞衡、平水之職，莫不隸焉。正名之初，其選尤重。某材力強敏，周於計畫。更閱内外，時稱汝能。俾服冬官，蔽自朕志。夫詳明品式，以訓匠建事，使費省於國，力寬於人，至於墾地、山林、溝洫之政，莫不畢舉，皆汝守也。其尚懋哉，以率厥屬。

工部侍郎制

夫飭五材，程匠事，國家之務所不可已也。故共工之貳，任屬非輕。朕方若稽舊章，財正官號，思得智能之士，以副采擇之詳。某開達敏强，明習典故。冬官寵列，俾介厥司。考究制度之文，紀綱修繕之政。在爾能舉其職，以稱吾經理萬事之心。其尚懋哉，往祗厥服。

禮部制

朕正羣司之名而責其實，歸天下之務而本之尚書，故郎選甚高。維春官之屬，禮樂所出，宜得智謀材諝之士，以修厥官。某業履望實，見於世用。考擇於衆，莫如汝諧。其尚體予董正治官之意，於夫創制之初，明紀綱，興曠廢。惟知其要乃能圖其詳，其惟悉心以祗厥服。

主客制

朕甚重郎吏之選，欲以斂羣材，責功實。典客之任，列於右曹。維時聞人，宜服兹寵。國家之有賞典，所以待汝有爲。

膳部制

牲豆酒膳，辨其儀數而修其政，春官之屬，郎秩甚寵。詢求材實，爾允僉言。尚思欽承，以稱推擇。

駕部制

輿馬輦乘之奉，郵驛圉牧之治，中臺要務，主以郎曹。敷求得人，俾任吾事。夫《駉》之頌，養馬之詩也，蓋其大旨，曰思無邪。然則爲政之方，斯可知矣。能識於是，夫何遠哉！

庫部制

甲盾弓矢之器，乘輿鹵簿之式，武藏之任，郎選甚高。得士於朝，屬任惟允。夫稽功實以勸賞，朕方必行；悉忠力於事爲，爾尚無懈。

都官制

係累舂饎之人，恤其廩給，而申其訴競，主以郎吏，國之舊章。爾惟惠兹，宜涖厥職。尚思奮勵，以稱柬求〔一〕。

〔一〕「柬」，萬曆本作「敷」；《讀書記》云：「宋本作柬，疑是簡字」。

比部制

內外經費之事，總於句考之司，郎實主之，位重省闥。爾惟明敏，宜能厥官。惟時懋哉，以服予訓。

司門制

門關管鍵之事，啓閉出入之節，總其籍賦，而審其禁令，郎官之任，爾允詢求。尚敏勞能，朕將考察。

屯田制

率屯戍之兵，服畎畝之事，所以益邊省饋，佐國裕民。郎於中臺，總其政令。用爾之敏，宜能厥官。往服寵名，無忘奮勵。

虞部制

蒐田有時，而澤梁有禁，虞衡之守，所以遂嘉生而參化育。中臺典領，咸屬汝材。其思順鳥獸草木之宜，以稱朕愛人及物之意。

水部制

川瀆堤防，宣其利而備其害，四方萬里之遠，郎實總領，秩甚寵焉。爾以周材，朕用選授。夫知水之不可障，而導之使行，此成法也。推而見之於事，待爾能稱其官。

御史中丞制

御史府持吾邦法，所以糾官邪，繩不恪，輔予於治。非秉義純篤、望實敷於上下，不稱其任。某强毅肅括〔一〕，以禔其身。博學精識，通於世用。是以考擇於衆，寵以兹位。夫有守正向公之志，又有能辨是非之明，抗論於朝，使賢不肖忠邪不失其實，此法之所以爲治具，而能佐吾以善養人之意。使汝能宜其官，則朕爲得其所屬。尚體予訓，其惟懋哉。

〔一〕「括」，原作「哲」，據元刻本、正統本、章校本改。參見卷二十首篇校記。

知制誥授中司制

典掌明命，總持憲綱，非博學有文，强毅忠篤，曷可以兼斯任哉？某志行清夷，材資敏達。更踐內外，試用惟允。論思禁掖，肅正朝端。蔽自朕知，拔於不次。惟明於體要，可以見於訓辭；惟公於是非，可以施於刺督。尚懋厥守，方觀爾能。

中司授太中大夫制

朕正名以定百官之位，辨位以責庶務之實。矧風憲之臣，紀綱所屬，曷可以不明其任哉？某强敏開達，行誼仁篤〔一〕，學通古今，擢典訓辭，遂持邦法，宜專分職，以應新書。是用進爾之階，品在第四。俾爾納忠宣力，得壹意於中司，以董齊衆工，肅正内外。庶余之作則更制，罔或不虔。在爾懋哉，知其所守。

〔一〕元刻本無「行誼仁篤」四字，於「開達」下注「一作仁篤」。

責御史制

中執法所以糾官邪、繩不恪也，其可以自爲欺且怠歟？某拔於疏遠之中，服在此位。宜殫忠力，以稱所蒙。而按劾大臣，既非其實，稽其分職，則自餒焉。朕爲之優容，俾從薄責。而進對之際，公肆誕謾。屬吏推窮，獄辭明具。論其情則懷詐，比其治則瘝官。夫身任紀綱之司，而抵冒若此，雖朕欲貸汝，而知公議何。斥守偏州，尚仍階品。往新厥志，庶蓋前愆。

御史遷郎官制

御史董攝綱紀，肅正朝廷。於政之有不當於理，於臣之有不協於極，皆得言之。故吾甚重其選。爾有列於此，能勤厥職。雖歲月未久，而風望甚高。今有司奏爾之課，於法當遷。吾不得留，易之郎位。使爾之自效，能不擇官，則吾於報功，亦有異賞。爾其勉矣，無忘訓言。

御史知雜制

臺無大夫，中丞則御史之首。當專決庶務，實總邦憲。朕選於衆，然後屬之其人，豈不重哉？某敏茂直清，通於學問。輟自右史，往踐厥司。夫振舉紀綱以闡明法度，糾繩邪慝以肅正臣工。朕方虚心，志在於與人爲善：爾能苦口，無患於不得其言。其尚自强，以允公論。

監察御史制

御史持國綱紀〔一〕，所以糾官邪、齊内外。選衆而授，厥惟艱哉。爾好古知方，强於自立。刺察之任，往其欽哉。惟不回於爾心，以無撓於余法。在知所守，可不勉歟。

〔一〕「綱紀」，元刻本、正統本、顧校本、章校本作「紀綱」。

曾鞏集卷第二十五

制誥擬詞三十八首

秘書監制

帝王之治，必有圖籍之藏，又擇當世聰明拔出之士，聚於其間，使得漸磨文學之益，奬成其材，以待國家之用。故書省之設，吾不計近功，而要於廣畜德，所以厚其禮秩，而艱於用人，庶以明朕好古樂善之勤，而勵學士大夫之行也。某多識博聞，操守純篤，諸儒所尚，令聞惟舊，延處茲位，蔽自朕知。夫尊其所聞而行之不倦，使輔於世教而其效可言，非獨優游册府而已。在爾自强，以承朕志。

著作郎制

麟臺著作之任，郎以詞學爲之，必惟其人。爾以材選，惟能明於理要〔一〕，乃可見於文章〔二〕。其尚勉於厥修〔三〕，朕方觀汝之效。

〔一〕「理」，章校本作「體」。

〔二〕元刻本、顧校本、章校本、吴校本、傅校本無「可」字。

〔三〕「勉」，正統本作「敏」；吴校云「宋本作敏」。

秘書郎制

秘藏四部之圖籍，郎所守也。職清秩美，必也屬之其人。爾以材稱，俾服兹選。尚惟敏於畜德，朕方觀汝之能。

正字制

是正文字之官，實爲儒學之選。宜體育材之意，勉思畜德之勤。

殿中監制

分職殿内，參侍左右。監總六尚之官，以供服御之事。位視九列，禮秩甚優。正名之初，考擇惟慎。某明習吏治，勞閲有聞。選於在廷，俾踐厥任。往其祇飭，無忘訓詞。

殿中丞制

丞於殿内，參總六尚之官，而察其稽失。出於公選，首以材升。尚務欽承，方觀汝效。

太常丞制

丞於奉常，參總禮樂之事、祠祝之儀。惟學古知方，乃能不失其守。尚務祇飭，以服官箴。

衛尉卿制

典領宿衛之官，地親責重。位在九列，禮秩甚隆。考擇其人，屬任惟慎。某忠篤謹信，濟以材敏。周廬屯候之士，武庫弓鎧之器，往顓總治，僉曰汝諧。其尚懋哉，以祗朕命。

太僕卿制

《書》曰：「僕臣正，厥后克正。」蓋親近左右，有輔導之義。矧車府廄馬牧監之政，莫不咨焉。非得其人，曷稱厥位？某材質敏明，久更器使。司馭之選，汝惟克諧。其祇厥官，以服朕命。

大理卿制

折獄詳刑之事，朕所重也。典領之官，位在九列。正名之始，選用非輕。某明習吏治，通於法令。廷尉之任，僉曰汝諧。往其欽哉，以率厥屬。少云「參典之官，位茲九列」。

國子祭酒司業制

學校之法，雖使之通經術，治文字，然要其大致，則在於明上之教以導民，養人之材以成俗。故師氏之位，必惟其能。某質性粹冲，術業通博。訓誨之任，宜正寵名。夫行其所知，以先游學之士。使風化之出，自京師始。待爾稱職，可不懋哉。

太學博士制

博士以文學爲官，往者列於成均，其秩未正。朕登之朝序，所以尊庠序之教，而勵士大夫也。爾以經行選用，往服厥官。蓋尊其所聞，以誘率學者，汝之守也，惟是懋哉。

少府監制

百工伎巧之事，展采備物之政，典領之任，位視列卿。正名之初，考擇惟慎。某明習吏治，勞閱有聞。選於僉言，俾踐厥職。尚其祗飭，以服訓詞。

軍器監制

繕治戎械，訓工程作之任，置監典領，禮秩甚隆。正名之初，考擇惟慎。某明習吏事，勞閱有聞。選於在廷，俾踐厥位。尚其祗飭，以服訓詞。

大宗正丞制

司宗之於國族，門內之治也。然合遠近之屬而齊之，有不得專於愛者，其於斟酌緩急、恩義之際，信難處哉。故其屬有丞，以參聽其事，而交修其官。考擇爾能，俾在茲選。夫親九族以刑萬邦，此有國之先務也。其體朕心，往從而長。服茲辭訓，以欽厥司。

諸丞制

丞於有司，參其政事而察其稽失。以材選授。尚懋爾勤。

知開封府制

開封府，朕建國焉，天下所並湊，衆大而俗雜。尹正之寄，非仁篤公勇，材任煩劇，不能稱其職。今朕修定官儀，正其名號，固將考求其實，使效見於事。則用人之際，豈輕也哉？某爽邁開達，練習治體。閱試惟舊，功用顯白。處以茲任，莫如汝諧。夫慈惠足以煦養惸弱，剛嚴足以帖伏奸强。然導民之方，尚有可識。使四方有以觀則，而朕有以仰成。在汝勉哉，以稱朕命。

開府儀同三司制

開府之於榮名重矣，矧優其禮命，視於三事，故其品爲第一，所以隆崇大臣，古今之通制也。朕順於舊典，考正官儀，惟是首於文階，是用制其禄入，秩莫厚焉。非時宗工，夫豈虚授？某材資桀異，識慮閎深。莊重足以鎭浮，精明足以成務。熙帝之載，有贊元經體之庸；提將之符，有折衝綏遠之效。今百揆攸叙，方内靖嘉。時乃之功，助朕致此。是用峻其名秩，申此寵章。夫褒有功，顯有德，朕於尊奬近輔之心，可謂至矣；親百姓，撫四夷，爾於將順朕志之義，可不懋哉。尚體至懷，往承厥叙。

開封府獄空轉官制

京師天下之聚，俗雜五方之民。至於智或侵愚，强或凌弱，巧僞滋出，獄訟繁興，統理之難，爲日已久。某明敏開達，曉習吏事。輟自禁近，屬之尹正。以公於奉上之志，絶阿以附下之私。擿發姦欺，動而必中；彈治豪右，勇於敢爲。使縲絏無非罪之嗟，囹圄有空虚之效。求之近歲，罕能及此。聞於朕聽，時惟汝嘉。夫賞所以褒善而勸衆也，進官一等，疇爾之庸。其尚懋哉，以永來譽。

樞密遷官加殿學士知州制

典國樞要之臣，協相帷幄之謀，彌綸疆場之事，夙夜不懈。風力施於省決，精明用於思慮。蓋勩且煩如是，而歷時且久，豈朕優禮耆舊之意歟？某忠嘉惠和，德操惟卲。先帝所遺，以輔朕躬。當國本兵，庶言惟允。而屢辭幾政，每請彌確。志不可易，朕所重違。是用改進文階，延升秘殿，乃眷東夏，處以近藩，衍食真封，併加寵數。朕於隆崇近輔，時其勞逸，使得自擇出入之宜，可以爲有恩矣。爾於乃心王室，罔以内外，無忘益勵始終之節，其可以不勉哉！

侍讀制

蓋用儒學之臣，入閣侍讀，所以考質疑義，非專誦習而已。其列於分職，始自開元，而朕尤意嚮之。某博通今古，服在從官。兹選甚高，屬爾惟允。朕以未聞於史者，究觀前世之變，而至夫理亂興壞之際，未嘗不反復焉。其悉所知，以輔朕志。是爲爾守，其往欽哉。

殿前都指揮使制

朕擇材勇之士，備宫屯之兵，以宿衛京師，填拊方夏。置帥殿陛，屬之董齊。非强毅忠勞，閲試惟舊，不在兹選，豈非重歟！某篤實沉雄，明於策慮。護邊制敵，身有顯庸。兹用命爾就列大廷，典綏王旅，建旆立纛，爲國藩翰，爰田真食，並錫寵恩。夫兵有擊刺射馭之能，有坐作進退之法。教習可以程其技，節制可以閑其侮。然能使之合心一力，則在知所以附之；能使之取威決勝，則在知所以用之。審如是焉，厥惟艱矣。蓋熟之於易，所以圖其難；得之於素，所以應其變。非造形而後定計，非合戰而後屈人。故師飽於逸而朝廷尊，馬肥於休而夷狄叙。惟予之武，以無敵於四方；則爾之良，亦有聞於來世。往遵辭訓，以服厥官。

使相制

在昔《大雅》所歌成周之盛，吕侯申伯並爲國藩，休父太師實將王旅，出入踐更之雖異，中外屏毗而則均〔一〕。時予宗臣，分保近服，蓋循斯義，以告在廷。某精慮造微，翹材絶衆。崇論閎議，富於文辭。强識博聞，飽於術學。由禁林之獻納，任廊廟之弼諧。浸更歲時，休有功烈〔二〕，而屢形懇請，願避煩幾。雖敦譬之甚勤，顧壯懷之難奪。是用錫之土宇，寵以節旄。視宰路之等威，益爰田之恩數。往釐東夏，外倡庶邦。予有式羣辟之典彝，爾其底迪；予有覃四方之德澤，爾其布宣。以夾輔於本朝，以阜康於生齒。配於前哲，屬在老成。其代天工，矧久聞於大政；乃心王室，尚思告於嘉猷。

〔一〕「中外屏毗而則均」，元刻本、《讀書記》、顧校本、章校本、吴校本、傅校本作「中外而屏毗則均」。

〔二〕「功」，元刻本、《讀書記》、顧校本、章校本、吴校本、傅校本作「勞」。

節度使制

有地千里，治兵與民，内衛京師，外拊疆埸。非文武器幹，望臨一時，朕所寵嘉，不在兹選。某温良能斷，沉静善謀〔一〕。直道著於當官，周材見於經務。承流宣化，善政有聞。綏遠折衝，壯猷彌顯。是用錫之土宇，授以節旄。生齒實繁，屬爾以安輯；師屯甚衆，諉爾以訓齊。以作朕股肱之良，以爲國藩輔之重〔二〕。無忘忠力，庶訖外庸。惟亮天工，待汝守四方之效；無輕民事，副予安百姓之心。尚體眷懷，豈煩多訓。

〔一〕「静」，元刻本作「靖」；顧校本、章校本、吴校本、傅校本云「宋本靖」。

〔二〕「輔」，元刻本、顧校本、吴校本、傅校本作「宣」，並注「一作輔」。

節度加宣徽制

維昔牧伯長帥之官，有土與民，共於外服，所以爲國藩輔。今方鎮之任，連數十城之地，籍兵與衆而授之，建旄立纛，殿於大邦，以作衛王室，亦惟用稽於古，非文武之特，才擅一時，孰能稱兹選哉？厥有顯庸，宜加寵命，乃揚孚號，以告庶位。某莊毅足以任重，肅括足以禔身〔一〕。有能斷大事之明，有克勤小物之慎。考於僉議，付以成師。宣化承流，實俾治體。折衝綏遠，克暢武經。故能紓朕之憂，副人之望。夫德茂者其賞異，功隆者其報殊。是疇其底績之勤，錫以宣猷之號。揆於常典，非朕爾私。蓋位重者其憂深，禄富者其責厚。名數禮秩，朕既無忘爾勞〔二〕；功實事爲，爾尚協朕之志。矧夫填臨塞路，總領兵防，班籍聯於輔臣，謀畫參於國論。其思勉勵，以副眷懷。

〔一〕「括」，原作「哲」，據元刻本、章校本改。參見卷二十首篇校記。

〔二〕《讀書記》、顧校本、章校本、吴校本、傅校本「爾」下有「之」字。

軍帥制

爪牙之臣，典領周衛，非特强主威以鎮内外也。蓋禮彌盛者備彌飭，上下之節然也。則任吾事者，豈可以非其人哉？某沉勇忠實，勞閲有聞，蔽自朕心，俾供厥服，仍遷位等，其尚欽承。

將軍制

朕有連營列校之衆，以宿衛京師，鎮撫諸夏。能使士齊而奮，其惟統督之臣。求之在廷，其選甚重。某忠勇仁厚，將以智謀〔一〕。使治吾軍，必能副朕所屬。今閲士之藝，朕皆親臨，拔其異能而汰其疲軟，其於撫循訓勵之方，可謂至矣。爾於典領，惟公賞罰，可以服其心；惟篤恩信，可以致其力。使處則有以養朕之威，出則有以揚朕之武。待爾任職，稱朕意焉。

〔一〕「智」，原作「致」，據元刻本、《讀書記》、顧校本、章校本、吴校本、傅校本改。

都虞候制

士之以材武宿衛左右者，其選甚精；而虞度候視於軍中者，其任甚寵。某忠勇有勞〔一〕，宜在此位。進遷使號，其往欽承。

〔一〕「有勞」，元刻本、《讀書記》、顧校本、章校本、吴校本、傅校本注「一作勞閲，一作勞實」。

都知制

門闈房闥之間，朝夕給事，非謹信忠篤，烏可以處斯任哉？某服勞左右，閱歲已深，淑慎厥躬，朕所考察，俾率厥屬，往惟汝宜。其思永於厥修，尚終綏於榮禄。

内臣制

給事長秋，服勤惟舊。今其老矣，思就便安。録爾之勞，宜進位等。尚思祗服，以稱朕恩。

責帥制

朕拊士於閒暇之時，蓋將責其效也。至於臨敵逋亡，朕雖假之以恩，而將帥之臣，則當濟之以肅，使紀律章明，然後威可厲而士可用也。爾握兵之要，宜知其職，而潰卒之入，煦煦受之，勞問餉給，如勞歸師。使夫三軍之衆，將何視焉！有苟簡姑息之心，無守正奉公之誼。閫外之事，朕孰賴哉！議罪正刑，有國之典。奪其近職，處以偏州。尚自省循，兹爲薄責。

監司制

分部而使，連數十城，事之與奪，吏之黜陟係焉。古方伯之任也，其選甚重，固無假人。爾修潔純明，治行强敏。刺督之寄，往共厥服。夫能使政舉刑清，和樂交於上下；人足家給，富饒洽於公私。皆汝守也，可不念哉！

廣西轉運使制

自既開百粤，而地盡南海，提封萬里，莫不内屬。本朝之制，始分桂林以爲西部，非獨鎮撫吾民，亦以綏馭山居谷聚並海之蠻夷。故將命而使，其選常重。爾嘗試而可用〔一〕，是用任屬。夫柔遠則能邇，其務宣布上恩，輯寧異土，無失朕指，往欽厥司。

〔一〕元刻本、顧校本、章校本、吴校本、傅校本無「用」字，章校云「别本用作居」。

蜀轉運判官制

西南之地，延袤數千里，外臨殊俗，内雜溪谷諸蠻。列州成縣，以保安吾民，境大人衆，故蜀部爲四，而利居其一，最遠且險。參於使事，其選甚高。求於在廷，是用屬爾。夫保民以仁，而懷遠以德，兹朕所嚮，其往欽哉。

轉運使制

國家歲漕東南之粟，以實京師。故命使部之臣，推擇能吏。使度材具舟，以濟其役。爾應其選，歲課甚優。是用遷秩京司，以爲爾寵。朕於臣下之勤勞，雖微且遠，無所遺矣。則爾之自效，可不勉哉！

陝西轉運使制

分部而使，兼地數千里。治兵與民，與夫征賦之出入。自陝以右〔一〕，則又與疆埸之事。其於寄屬，必惟其人。察於在廷，無以易爾。夫使督課明而政事舉，經畫當而財用足，吏與士皆悦而勸，兵與民皆贍而靖，爾之任也。其尚起哉！

〔一〕「右」，元刻本、《讀書記》、顧校本、傅校本注「一作西」；章校本作「西」。

提舉常平制一

朕憫農之不易，故擇材諝之臣，分部四出，以平其政令，而佐其衣食之業。爾以能聞，當是任屬。其務知朕之意在於惠民，往慎厥司，慰彼黎庶。

提舉常平制二

朕憫夫農之艱且勤，故詳爲勸助之政。又擇能吏，分部四出，使推而行之。爾以材聞，預在兹選。其思宣布朕恩，使敦本業之民，安其田里而足於衣食，則爾爲能稱其職，可不勉歟！

曾鞏集卷第二十六

制誥擬詞　詔　策十六首

知州制

昔先王之法，導民以德，齊之以禮，而有恥且格。後世不及。然破觚以爲圜，斫雕以爲樸，禁罔疏闊，而吏治蒸蒸，不至於姦，猶爲近古。朕甚慕之。今能與吾共成此理者，其唯循良之吏乎！以爾爲能，與在茲選，使刑罰清而風俗美。爾能善於其職，則明考察而公賞勸，朕豈貳於必行。其尚自强，方觀爾效。

知河陽制

盟津冀豫之域，背河向洛。成皋之間，天下之重地也。山川之固，爲國屏翰。分土而治，非文武之特，曷可以當選授哉？某以材進拔，閱試已孚。俾仍近班，往祗厥服。有生齒之衆，屬爾撫和；有連營之師，待爾綏輯。尚茂循良之效，庶寬西顧之憂。

知軍制

開建城壁，本以輯治軍旅。今四方既平，而假守之臣，實任民事，列於有土之官，矧朔北並邊，寄屬尤慎。爾以選擇，往祇朕命。夫能宣布恩威，以拊循吾人，而懷附異俗，則爲善於其職。尚思爾守〔一〕，無替訓辭。

〔一〕「守」，元刻本、顧校本注「一作效」。

通判制

州有治中，以佽助其長紀綱衆務舊矣〔一〕。今列城之守，皆有貳焉，蓋亦其任也。爾以考擇，往祇厥叙。尚思稱職，以報朕恩。

〔一〕「紀綱」，元刻本、正統本、顧校本、章校本作「綱紀」。

罷館職加官制

夫爲官擇人，處其名者必任其事。而儒館之設，有位號而無分職，使學士大夫將何以效其實歟？是用命爾進階一等，而罷其虛稱。其有異能，朕將明試以功，庶爾之材得施於用，以成朕招俊乂、康庶位之意焉。其尚懋哉。

賞功制一

王師西討〔一〕，爾能奮力行陣，斬獻首馘。稽諸賞典，宜進官榮。爾尚勉哉，益圖來效。

〔一〕「討」，原作「封」，據元刻本、《讀書記》、顧校本、章校本、傅校本改。

賞功制二

擐甲執兵，人之重任。賞信而速，所以勸功。爾爰整我師，徂征西土。大殲醜類，來獻厥俘。圖爾之勞，進階一等。尚思奮勵，以佇異恩。

團練使駙馬都尉制

大長公主，吾姑也。位號禮服，褒崇光大，國有彝章，蓋其下嫁，必得勳閥之門，良能之士，然後可以成先帝愛育之仁，而稱朕隆崇之誼。某貴舊家子，内外行完，是用選見於庭，命之進尚。團兵重任，倅馬美名，兼而授之，蓋稽故事。夫恭儉靖慎，可以保令問而綏寵禄。茲惟朕訓，汝尚勉哉。

磨勘轉官制一

吏之在其位者，積歲月之勤，應有司之格，必有甄進，以明勸奬，此國家之典也。今序爾之勞，遷位一等。往思祇服，以稱朕恩。

磨勘轉官制二

朕謹名分，正官守，以董齊百工。至其有試用之勞，無踐履之玷，則皆稽其歲月，法有甄進，所以使吾勸事之吏知所勸也。今有司比爾之課，應於遷格，宜升階品，以允新書。其服朕恩，往思來效。

軍功制一

惟羌稔惡，世盜西疆，理將殄除。內自生變，致天之伐，非朕敢私。爾躬提偏師，摧陷醜類。震動河外，宣明國威。破竹之功，成在旦夕。賞不逾月，朕尚遲之。用遷爾官，以勵衆士。能殲大憝，當有異恩。

軍功制二

河外之地，我之舊服。羌能靖綏〔一〕，則以畀之。今其將亡，自相戕害。爰命討伐，蓋將天威。某沉勇有謀，提兵以出，獻俘斬馘，屢奏厥功。擢進使名，以招信賞。能殲首惡，尚有異恩。

〔一〕「綏」，《讀書記》、顧校本、《曾文定公集》作「綏」。

軍功制三

朕惟羌之猖狂，内相賊殺，致天之伐，爰命六師，止除罪人，復吾故地而已。爾握兵而出，屢以捷聞。蓋夫軍賞之行速則衆勸，是用選爾之秩，以激士心。尚有不次之恩，以待凱還之喜。

新及第授官制

朕立學以養天下之材，設科以進其造秀之士〔一〕。其於教導推擇，欲成美俗於四方，得羣能於庶位者，可謂盡其意矣。爾以經行文學，選自朕躬。命以一官，將觀汝效。往祇厥叙，思稱朕恩。

〔一〕章校本删去「其」字。按删「其」爲好。

責將制

汝始以微功進。朕不次用汝，而屬之守邊。乃冒吾法，出蠻夷之中，發人採金。無出入之籍，有侵盜之形。朕惟不欲數使遠人，煩於追逮繫獄也，寧失汝罪，不究窮之。

堂後官轉官制

吾調兵於外，而號令節制之由中出者，汝以宰屬，與於治文書，赴期會，能辦吾事，進秩一等，以獎爾勞。尚思恪勤，無墜厥守。

勸學詔

朕惟先王興庠序以風四方，所以使學士大夫明其心也。夫心無蔽，故施之於己，則身治而家齊；推之於人，則官修而政舉。其流及遠，則化民成俗，常必由之。古之所以長人材、厚人倫者，本是而已。朕甚慕之，故設學校，重學官之選，而厚其禄。凡欲以誘誨學者，庶幾於古也。而在位者無任職之心，承業者無慕善之志。至於師生相冒，挾賂爲姦，嚚訟囂然，駭於衆聽，而況欲倡率訓導，洽於禮義；磨礱陶冶，積於人心。使方聞修潔之士，充於朝廷；孝悌忠篤之風，行於鄉邑，其可得乎？朕甚憫焉。故更制博士，而講求所以訓厲之方。定著於令，以爲學制。予樂育天下之材，而庶幾先王之治者，可謂至矣。

自今有敦行誼、謹名節、肅政教、出入無悖、明於經術者，有司其以次升之，使聞於朕，將考擇而用之，以勸於爾衆士。有偷懦怠惰，不循於教，學不通明者，博士吾所屬也。其申之以誘導，使其能有易於志，而卒歸於善，固吾之所受也。予既明立學之教，具爲科條，其於學者，有獎進退黜之格，以昭勸戒。至於學官，其能明於教率，而詳於考察，有得人之稱，則待以信賞。若訓授無方，而取舍失實，亦將論其罰焉。明以告爾，朕言不欺。尚其懋哉，無詒爾悔。

勸農詔

夫農，衣食之所由出也。生民之業，莫重焉。一夫之力，所耕百畝，養生送死，與夫出賦税、給公上者，皆取具焉。不幸水旱螟螣之災，往往而有，可謂勞且艱矣。從政者知其如此，故不違其時，不奪其力以使之，明時之因析以授之，差地之腴瘠以處之，春省耕、秋省斂以助之。《詩》曰：「饁彼南畝，田畯至喜。」言上所以勞之也。又曰：「駿發爾私，終三十里。」言上所以勸之也。其獎勵成就之者如此。

朕自承天序，内重司農之官，外遣劭農之使。爲之弛力役，均地征，修水利。或一雨愆期，則憂見於色；或一穀不成，則爲加惻怛。有復除之科，有賑恤之令。夙夜孜孜，焦心勞思者，凡以爲農也。今耕者衆矣，而尚有未勉；墾田廣矣，而尚有未闢。豈拊循勸率有所未備與？抑吏怠而忽，不能宣究與？有司其於農桑之務，益思所以除害興利。詔令已具者，無或壅閼；所未盡者，勿憚以聞。要使緣南畝之民，舉欣欣然，樂職安業，洽於富足，稱朕意焉。

正長各舉屬官詔

蓋聞堯之治曰百姓昭明，舜之治曰四門穆穆。然則當是之時，在位皆君子，其是非不惑可知也。故堯欲釐百工，舜欲熙帝載，求可任者，皆訪諸四岳。因四岳以命禹，又因禹以命稷、契、皋陶，因羣臣之僉曰以命垂、益、伯夷，因伯夷以命夔、龍，其審官用賢，不自任其聰明，而稽之於衆如此。然存於《書》，二帝所命者，羲和、九官、十二牧，皆官之正長也。至於屬官，則未有二帝嘗命之者。其遺法之可考，則周穆王命伯冏爲太僕正〔一〕，戒之曰：「慎簡乃僚，無以巧言令色，便辟側媚，其惟吉士。」則自擇其官之屬者，官之正長之事，此先王之成法也。

漢魏以來，公府郡國亦皆自辟其屬，而唐陸贄請使臺省長官自擇僚屬。蓋上下之體相承如此，以周天下之務，此古今之通理也。

今朕董正治官，始自三省。至於百工，皆正其名。夫使在位皆君子，而是非不惑，此朕素所以厲士大夫也。故凡官之長貳，朕既考擇而任之。尚書政本也，自郎已下用吏甚衆，其令僕射、左右丞、尚書、侍郎，各於其所部員有未備，皆舉二人以聞，朕將擇而用之。其未用者，亦識其名以待用。朕稽於古以正百官，稽於衆以求天下之士，其勤可謂至矣。惟官之長貳之臣，皆朕所屬以共成天下之治。其尚體朕意。所舉惟公，以應朕之求；所陳惟實，以嚴朕之詔。其得材失士，有司其各以等差，具爲賞罰之格，朕將舉而行之。賞吾不悋，罰亦無捨。非獨搜揚幽滯，庶幾爲官得人。亦將以觀吾大臣之能，使朕得與衆士大夫合志同心，以進天下之材。作則垂法，行之於今，以詒後世。追於先王之成憲，無令唐虞有周專美於古，不其美歟！咨爾庶位，其諭朕意一作懷。

〔一〕「伯冏」，原作「伯景」，據《讀書記》、顧校本、章校本、吴校本、傅校本、《曾文定公集》改。《書·冏命序》：「穆王命伯冏爲周太僕正。」

賜高麗詔

蓋聞昔在夏后，分天下爲五服。地有遠近，故治有詳畧。而聲教之盛，東漸於海。朕甚慕之。顧德不明，何以逮此。而爾東國之君，款誠內附，數遣使者，乘不測之川，獻其方貢。惟爾之義，朕實寵嘉。宜有異恩，以稱勤恪。而爾比緣養痾，以醫爲請。眷然東顧，朕預憂之。是用擇遣方技之官，具舟以往。爾惠彼一方，神明相祚。藥劑所補，以時康寧。達於予聞，欣慶方屬，而遽馳僚從，來致謝章。覽以慰懷，獎嘆良厚。爾自乃祖以來，保乂彼土，其尚頤精神，强飲食，格於眉壽，以均福於有衆。使爾有世濟其美之功，而朕預聲教及遠之休。其始自今，永孚於好。

擬代廷試進士策問三首

策問一

朕有志於卑漢唐之治，而欲比迹於唐虞三代之盛。故於書無所不學，而通其意；於天下之事無所不講，而極其本末。於人之材，長養成就之者甚厚，求而用之者甚至；於民之務，憂勤思念者甚詳，撫而綏之者甚力。患風俗之敝也，正己以先百姓，而明於教示；患政理之陋也，稽古以定制度，而謹於持循。欲斥大疆土也，勞於經武；欲懷附夷狄也，廣於推恩。人之所欲者不敢違，人之所惡者不敢强；賞不敢以喜而濫，刑不敢以怒而淫。羣臣之進對者，夕請而朝見之；四方之奏事者，旦入而暮報之。未嘗有聲色之娱，未嘗有畋遊之好。不營宫室，不崇苑囿。衣服飲食，取具而已。兢兢業業，不敢暇逸，日慎一日，十有六年於兹矣。

惟先聖王之烈，雖自視欿然，察其用心，如朕者亦可以無憾矣。然古之大有爲之君，必有大效於天下，至於小能小善，亦各有小補焉。奚獨至於朕也，意彌篤而功未見於人，行彌勵而德未見於世。豈所謂是者非歟？所謂能者否歟？抑所行者爲可止歟？所舍者爲可用歟？將在位者奉承法令，苟爲空文而不務究宣朕意歟？意者今去古遠，先王之政不可以復歟？凡朕之所爲由前者，其失安在？宜於今者，先後施設，其要如何？唐虞三代之所以成功德者，孰近於今，可推而行之？漢唐之卑者，孰存於今，可革而去之？其悉心以對，朕將自擇。

策問二

夫有《二南》之化，則有《羔羊》之大夫，《兔罝》之士，《漢廣》之女。其成人之材，則見於《思齊》；其成物之性，則見於《行葦》。蓋王者之治，由近及遠，其效如此，何其風俗美而流澤深也。今朕躬禮義以先天下，恐其未喻也，崇庠序以導之，縻一作靡爵賞以勸之。患其未從也，以政率之，以威董之，可謂盡心矣。然朝廷之臣，未能有素絲之節，正直之行；中林之士，未能有慎獨之心；女子之誼，未能有翹翹之絶。況於有德有造，成人之材，牛羊勿踐，遂物之性，可望其彷佛乎？朕於士民，傯精刻一作克意，以待其善，而天下靡靡，便文苟偷而已，何其習之難變也。

夫先王之教，其本豈易於身先之？其具豈易於崇庠序、縻爵賞、修政刑以將之？與今之所務者同也。然以今方古，違從之效異，何也？豈今之所知者不明，所尚者不審歟？抑人散久矣，不可以復化歟？子大夫待問於廷，其以經對。

策問三

朕獲承祖考，懼德不明，故小大之事，躬親省決，以夜繼日，不敢自暇，而政未加善；側身踐行，兢兢業業，不敢自逸，爲天下先，而俗未加厚；崇庠序之化，信賞罰之法以開導，而士未加勵；憫農惠商，補其乏闕，除其疾苦，以勸助，而民未加富。礪器械，教士卒，所以經營之者甚具，而武事未立也；定制度，正官號，所以彌綸之者至備，而文治未洽也。至於百工未昭，彝倫未叙，四民未盡得其職，萬物未盡遂其性。中國之勢，或詘於夷狄；九州之地，未一於舊服。是一皆戾古。豈朕之不敏，所知者非其要，所由者失其統歟？抑羣臣之在事者不稱其任，不能輔朕歟？將乖繆之習久，更革損益之始，其功難見歟？朕之待物者，未嘗不以誠，而下之應上者，皆文具而已，是何故也？意朕之所爲，與古之所以致治者無異，而其效之不同，何也？二帝、三王、秦漢以來，迄於唐及五代，雖功德有間，然其所以治且昌，與夫所以衰亂失之者，其迹可考，其原必有在。方其治且昌也，所由之路，末本先後，其一致歟？抑有殊也？其衰亂失之也，浸漸積累，所以致之，一揆而已耶？抑不然也？知古今，明治亂，子大夫之職也。其具著於篇，朕將親覽。

曾鞏集卷第二十七

表十三首

謝中書舍人表

伏承制命，授臣試中書舍人者，甫上程篇，遽塵寵任，載惟遭遇，倍集兢慚。中謝。竊以蓋聖君難諭之情，將欲施於號令；得當世能言之士，然後達於文辭。矧今綱理四方，彌綸庶政。肇維新之王度，備久簡之官儀。計謀常越於拘攣，注錯舉爲於希闊。豈伊凡庶，可測高深。方當覺悟遐邇，使遍知於上意；訓齊内外，用丕變於羣心。尤資演暢之材，曲盡丁寧之旨。布爲邦典，兹謂人文。顧在臣愚，豈堪此選？

伏惟皇帝陛下超逾千載，特起一時。躬堯舜之聰明，而不忘講學；集成湯之勇智，而無倦咨詢。惟左右前後之臣，有耳目腹心之寄，尤非淺識所可叨居。如臣性實滯蒙，器非廣博。知自强於名節，恥陰附於貴權。無因緣毫髮之拔援，有積累丘山之忌嫉。晚逢睿聖，獨賜收憐。褒嘉特異於常倫，進用每從於中出。猥以五朝之大典，屬於一介之孤生。已愧缺然，將安稱此？敢期誤寵，仍置近班。敷導訓辭，懼空疏之難强；追參諷議，憂蹇淺之易窮。於風波流落之餘，以蒲柳衰殘之質，自循涯分，曷副恩榮。雖日月之光，何加於潤色；而天地之德，無待於論思。然臣素堅好古之誠，粗識愛君之義，既抗顔而就列，敢恕己以懷私？謹當尋繹舊聞，用闡揚於名命；激昂懦志，庶補助於謀猷。仰答主知〔一〕，誓殫臣節。臣無任云云。

〔一〕「知」，《曾文定公集》作「恩」。

齊州謝到任表

伏奉敕命，就差知齊州軍州事，已于今月十六日到任上訖。顧以諸生，備兹煩使，據非其所，懼不克堪。中謝。

伏念臣素乏他長，偶知好學。議先王之制作，嘗究本原；論夫子之文章，頗探閫奥。歷事聖君於三世，與游儒館者十年。不知苟曲以取容，但信樸愚而自守。比緣私計，請貳外藩。嗟疾病之餘生，困米鹽之細務。方指期於滿歲，將垂翼於故棲。遽此外遷，處之劇郡。維般陽之列壤〔一〕，實季俗之遺區。習詐而夸，著流風於在昔；多盗與訟，號難治於當今。比試用於此邦，必咨求於强吏。蓋因能而任官者不違其分，則量力而受位者得竭其材。豈伊儒懦之資，可副浩煩之用。恐殫精思，無補毫分。然而由積累以冒恩，實養成之有自。

此蓋伏遇皇帝陛下智周萬物，明照四方。在疏遠污賤之中，而察其所守；無左右遊談之助，而知其所長。故令覆露之仁，及此滯蒙之質。敢不無忘夙夜，勉盡疲駑。行歸於周，久自安於直道；老當益壯，誓無易於初心。仰望闕庭，臣無任云云。

〔一〕「陽」，原作「揚」，據元刻本、正統本、顧校本、章校本改。

襄州謝到任表

伏奉敕命，就差權知襄州，已於今月二十七日到任上訖。緣同氣之私恩，陳便親之微志，就更善郡，得侍安輿。中謝。

伏念臣素堅向學之心，幸遇好文之主，備名儒館十有三年。然而三易外邦，五回星歲。比亦再過於雙闕，未嘗一對於清光。常存傾藿之誠，雖知向日；居有戴盆之勢，何以望天？而臣昨治濟南，最爲煩劇。野有羣行之盜，里多武斷之豪。馴致肅清，始熄凶殘之害；自强柔懦，頗殫竭蹷之勞。今者獲就安閒，少休疲鈍。出觀美俗，尤多《漢廣》之高；入奉慈顏，不憫《汝墳》之瘁。兹爲竊冒，厥有端原。此蓋伏遇皇帝陛下獎引士倫，推崇世教。小藝片言之善，偏長一曲之材，皆欲養成，未嘗棄廢。故令優佚，俯及孤蒙。敢不拊慰此民，宣明上德。永念沉碑之舊，自顧何功；未忘投博之勤，庶幾小補。臣無任云云。

洪州謝到任表

伏奉敕命，就差臣權知洪州軍州事，充江南西路兵馬都鈐轄，已於今月二十四日到任上訖。撫臨便郡，獲奉於親闈；總制屬城，實兼於故里。中謝。

伏念臣志雖擇善，材不過人。玩思詩書，無出倫之異見；遊心翰墨，多涉俗之塵言。竊食累朝，備官儒館。智非早悟，曾不習於人情；學匪兼通，固難堪於世用。兹緣私請，得假善藩。惟八换於歲朞，已四臨於外服。幸遇非常之主，未奉燕閒；實當難得之時，獨無稱效。儻獲伸於肝膈，冀少益於毫分。伏惟皇帝陛下恭儉愛人，聰明好古，卑漢唐之近事，慕堯舜之遠圖。臣敢不上體聖心，勤修民政？奉行寬大，方盡瘁於兹時；補助高深，庶納忠於來日。仰望旒扆，臣無任云云。

福州謝到任表

伏奉敕命，授臣守本官直龍圖閣，就差權知福州，已於今月初九日到任上訖。列職内朝，分符督府，荷收憐之俯及，省孤陋以何堪。中謝。

伏念臣蹇薄多艱，戇愚少與。遇繼承於興運，未進望於清光。至於九换歲朞，常從外徙；四臨州部，曾未代還。兹者備延閣之美名，假東甌之劇郡。顧惟同氣，亦預改藩。但虞人品之輕，莫稱主恩之厚。然臣最爲寒族，實奉偏親。臣弟既適於遐陬，臣愚固難於遠役。理當懇請，輒用冒聞。雖未賜於矜從，亦終寬於僭瀆。頗識事君之義，敢忘奔命之恭？惟皓首之慈闈，抱累年之宿疹，牽衣辭訣，泣涕分馳。計音信之往來，殆將萬里；阻晨昏之定省，各在一涯。足感動於人情，况親逢於孝治。草茅弱質，素依及物之仁；犬馬微誠，終冀因心之恕。再念臣撫臨城邑，勞問士民，皆狎處於太寧，但遵行於明詔。則臣實慚尸於廪食，曷補報於寵靈。皆出誤知，致斯冒處。

伏惟皇帝陛下多能天縱，盛德日新。躬神聖之姿，而兼容小善；履富貴之極，而深達下情。在於隱恤之心，豈閒么微之迹。敢不誓殫勤瘁，匪懈夙宵。慰海徼之幽荒，布德音之寬大。承流寵寄，方自效於驅馳；反哺愚情，冀尚蒙於憫惻。仰望旒扆，臣不任云云。

明州謝到任表

臣於去年十二月，於江寧府准福州公文送到敕牒一道，就差臣權知明州。當月十八日，於真州據進奏官狀准中書孔目房帖子，臣乞迎侍老母赴任不行，已於今年正月二十五日到任上訖。預於分土，愧在假人〔一〕，竊自省循，懼無報稱。中謝。

伏惟皇帝陛下有聰明睿智固天縱之高姿，有恭儉慈仁不世出之琦行，上嘉堯、舜之際，下悼漢、唐之間，以超曠之迹爲可追，以苟簡之治爲無取。甚盛德之事，敏於絶倫；大有爲之君，審於在己。所以更張庶政，憂憫百姓之心，至於推廣大恩，鎮撫四夷之略，無忘夙夜，匪懈斯須。其志之所存，則有孔之卓；其行之以力，則有禹之勤。若夫甄序羣材，蒐揚衆論，偏一作寸長一曲之善，半辭片説之工，遠自巖穴之幽深，旁暨草萊之疏賤，莫不從容賜對以盡其情，委曲因能以收其用。可謂三代以後特起之盛時，千載以來幾希之嘉會。而臣濫中臺之優秩，玷内閣之美名，然而荏苒十年，周流六郡。當陛下闢四門以延天下之士，而臣未得一望於清光；遇陛下開數路以來天下之言，而臣未得少陪於末議。蓋茲遠迹，最爲多奇。故雖抱於愚忠，每自安於静晦。竊恃皇明之必照，終期素蓄之獲伸。昨者爰自江吴，就更閩粤。喈有畏塗之阻，藐無將母之因。賴上威靈，致寇攘之熄滅；屬時休慶，獲稼穡之豐登。既此蒙成，且將滿歲，輒露由衷之請，果紆及遠之仁。召自天涯，還之闕下。已慰循陔之念，更諧拱極之誠。方攬轡以在行，復分符而補外。維鄞江之列壤，實浙右之名邦。素號寬閒，可容尸素。尋敷陳於奏牘，冀迎奉於輕輿。矧是微情，未回洪造。已宵行而祗命，甫夕惕以當官。眷是遐陬，遘此昭旦。來廷之國，實爲出入之途；表海之城，方始經營之緒。仰荷選掄之寄，敢忘策勵之勤。矧皆稟於成規，庶可圖於薄效。再念臣比更遠守，久去偏親，出自推恩，幸兹易地。環走已臨於新部，相望猶邇於舊封。仰睎天日之光，未親户牖；俯計晨昏之戀，尚隔庭闈。眇是羈單，了無黨助[二]。每益堅於己志，獨有待於主知。自效驅馳，敢廢資忠之義；庶依長育，未忝致養之私。傾葵藿之一心，極蓬茅之丹懇。論疇者在，之死無渝。仰望冕旒，臣不任云云。

〔一〕「假」，章校本、《曾文定公集》作「長」。

〔二〕「了」，《讀書記》、章校本作「孑」，顧校本作「了」，並注「一作孑」，「宋本了」。

亳州謝到任表

伏奉敕命，就差權知亳州軍州事，已於今月十六日到任上訖。比從閩粤，中易句章。益起堅城，以强表海之勢；閎開列館，以待來廷之賓。皆承規畫之餘，方始經營之緒。程工省費，俾無靡敝之材；計力與庸，俾無發召之役。以至屬材能而董事，分什伍以庀徒。已略具於科條，可粗施於士吏。身方督作，匪懈於服勞；法有避親，遽蒙於易地。竊陪京之寵寄，申將母之微情。輒冒恩榮，何堪報稱。中謝。

臣竊觀前籍所載，千載以來，大道鬱而未彰，莫承於古；王者疏而不作，無甚茲時。在理可推，久衰必復。去五代八姓寖微之弊，肇自宋興；承一祖四宗丕顯之謨，實在陛下。蓋由體粹精之睿質，執剛健之純誠。運獨斷之明，則天清水止；昭不殺之武，則雷厲風行。故能並起百工，越熙庶績。追二帝三代之甚盛，行兩漢有唐之所難。使天地人神，莫不順序；雨暘寒燠，罔或違時。厥戴德者，田耕井飲之倫，蓋游泳於遐邇之內；其蒙澤者，蟄潛嫗伏之類，無殰殈於胎卵之中。寶鼎靈芝，聲流於樂府；來麰嘉穀，實牣於太倉。至於武庫斂藏之兵，羽林閱習之伎，匠盡其巧，而工妙擅於一時；士盡其材，而精銳軼於近代。威靈所覆，夷貉允懷。是以扶桑戴斗之區，度索尋橦之國，來於四海之外，曾無一歲之虛。蓋令不待期，而萬里奔走；治非有迹，而九域阜安。可謂不世之宏休，難名之盛烈。

夫應之福者既極其厚，則報其貺者必盡其隆。方當秩盛禮大樂之文，薦諸清廟；采增封廣禪之義，類於名山。於以較著日新拔出之顯庸，闡布天錫永昌之大業。臣性姿固塞，人品眇微，獨於輩流，素嗜文學。如得鏤諸金玉，述陛下赫赫之功；播在管絃，紀陛下巍巍之德，措之六藝而無愧，告諸百世而無疑。庶幾不後古人，可以昭示來者。存於肺腑，積有歲時。然臣籍雖預於内朝，身屢更於外服，已彫零於齒髮，久轉走於東南，曾未得厠望塵於清蹕之間，參第頌於從官之後。惟堅悃愊，欲效毫分。今者獲便養於親闈，預分憂於輔郡。上體焦勞之意，敢忘夙夜之勤？宣化承流，方盡駑駘之力；望雲就日，但傾葵藿之心。注仰冕旒，臣無任云云。

賀熙寧四年明堂禮畢大赦表

今月十三日，樞密院遞到赦書一道，以宗祀明堂禮畢，大赦天下〔一〕，臣已即時集軍州官吏將校等宣布訖。伏以奉承聖考，升配上天，秩盛禮於法宫，推大恩於率土。中賀。

伏惟皇帝陛下有聰明好古之質，有恭儉愛人之誠，兢畏萬幾，仔肩一德。燔柴展報，既昭告於元功；嚴父致隆，又推明於極孝。越成釐事，均布鴻休。草木昆蟲，皆令受賜；華夏蠻貊，莫不歸仁。臣心係北辰，身縻東土。永懷故事，難求汶上之圖；獨遠清塵，方嘆《周南》之滯。想望旒扆，臣無任云云。

〔一〕傅校本「下」下加「者」字。

賀熙寧十年南郊禮畢大赦表

今月初七日，遞到赦書一道，以十一月二十七日南郊禮畢，大赦天下者，臣已集軍府官吏將校軍民等宣讀訖。伏以人之所歸者莫如德，天之所享者在於誠，其惟聖王，克有全美。中賀。

伏惟皇帝陛下聰明稽古，承繼祖宗，慈惠愛人，撫臨邦國，有徧覆并容之大度，有防微慎獨之小心。不從遊畋，不近聲色。無紛華盛麗之好，無便僻側媚之私。歲時吉蠲，以承七廟；左右順適，以奉兩宫。其功施於人，效見於事。則宅仁由義，縉紳之徒成材於學校；超距蹋鞠，熊羆之旅養勇於營屯。

甌窶污邪之收，充於倉廩；闠通和鈞之利，阜於市廛。家有豫樂之聲，人無愁怨之色。協氣所召，休應自殊。鈎陳太微，星緯咸若。崑崙渤澥，波濤不驚。近則金石之聲一作音，鳥獸欣蹈；遠則干羽之舞，蠻夷駿奔。象齒旅於闕庭，龍媒納於閑廐。是謂六府三事，皆可以歌；四海九州，罔不率俾。蓋巍巍而特起，非瑣瑣之能闚。前世議泰山之封，謀梁甫之禪者，度崇比大，疇克登兹。陛下抑而不圖，謙以自牧。以謂先后一作王創業垂統，其功莫得而名；上帝隤祉發祥，其德無可以稱。思所以報，一本於心。故寅畏嚴恭，積之有素；而齊明薰祓，進而益虔。在於物者不取其煩，盡諸己者必求其實。是以藺光之烈，奏於宗祊；柴燎之烝，焜於郊兆。幽隱昭答，神靈顧懷。無疆惟休，方寖昌於萬世；不敢專享，故敷錫於羣元。稽參典彝，定著赦令。弛張從理，同異稱情。蠲罪眚而棄瑕疵，録勞能而縱逋負。顯晦咸暨，洪纖不遺。萬國之歡，既交於冲漠；一人之慶，遂及於跂蠕。孚於上下之間，極乎帝王之盛。

臣被學最舊，蒙恩寖深，莫待甘泉之祠，獨嘆《周南》之滯。第從臣之嘉頌，未效薄材；望屬車之清塵，但馳遠思。想仰宸扆，臣無任云云。

賀元豐三年明堂禮畢大赦表

今月二十日，樞密院遞到赦書一道，以明堂禮畢，大赦天下者，已即時集軍州官吏軍民宣讀訖。竊以昊天無聲之載，人莫能名；先帝罔極之恩，物何以稱？維總章之正位，秩宗祀之鴻儀，可薦至誠，用伸昭報。中賀。

伏惟皇帝陛下躬夙成之聖質，而博古多聞；經特起之大猷，而虚心廣覽。振千齡之墜緒，紹三代之遐踪。霈澤之所涵濡，太和之所煦嫗。華夏蠻貊，無一夫不獲其宜；草木蟲魚，無一物不遂其性。爰求祭典，用告王功。蓋諸儒之説爲不經，則折衷於孔子；而近世之事爲非古，則取法於周公。罷黜異端，推明極孝。以尊莫大於祖，故郊於吉土以配天；以本莫重於親，故享於合宫以配帝。恩義兩得其當，情文皆盡其詳。徹俎云初，均釐甚廣。君哉皇矣，實難偶之昌期；巍乎焕焉，信非常之盛禮。臣幸逢熙洽，未奉燕間。一違前蹕之音，四遇親祠之慶。青雲多士，皆預橋門之聽觀；黄髮孤生，獨嘆《周南》之留滯。仰望旒扆，臣無任云云。

賀克伏交阯表

伏睹進奏院報安南招討司已克伏交阯，其首領李乾德具表乞降者。螻蟻之微，自投必死；乾坤之大，終許更生。惟德及於幽遐，實慶均於中外。中賀。

伏惟皇帝陛下順稽古憲，叙正民彝。邕聲教於四方，壹書文於萬國。喈海隅之昧俗，肆井底之狂謀。聖恩所懷，凶氣自失。雕題交阯，心服於威靈；大賂南金，歲遵於貢職。允出止戈之武，是稱無敵之仁。臣遠守藩維，獲聞捷奏，永懷竊抃，實倍常情。臣伏恨職守所拘，不獲稱慶闕庭。臣不任云云。

慰慈聖光獻皇太后上仙表

今月二十日，太皇太后遺誥奄棄宫闈者。承問震驚，失容號慟。臣某誠悲誠感，頓首頓首。伏以太皇太后表儀三世，德首於人倫；保佑兩朝，功存於王室。遽違孝養，未究遐齡。無間近疏，實均欷慕。伏惟皇帝陛下痛貫宸極，聖情難居。臣伏限方守印章，不獲躬詣闕庭。臣無任云云。

謝賜唐六典表

伏蒙聖慈，賜臣《唐六典》一部者，冒貢微誠，敢徼寵賚，獲盈私望，特出異恩。中謝。竊以維貞觀之造邦，維開元之稱治。財成《唐典》，本庶務於《尚書》；則象《周官》，綴舊聞於經禮。行之當世，垂及方來。伏遇皇帝陛下接五聖之休期，振千齡之絶業。號令風采，卑秦漢而不言；綱紀文章，體唐虞而特起。爰因廣覽，俯逮遺編。俾加鏤板之傳，賜及在廷之士。顧最疏之庸下，忘輒請之妄逾。猥荷並容，預均蕃錫。敢不自强衰退，悉意闚尋。竊典故之緒餘，少裨寡陋；審官儀之委曲，益勵疲駑。臣不任云云。

曾鞏集卷第二十八

表十八首

謝熙寧五年曆日表

進奏院遞到宣頭一道，伏蒙聖恩，賜臣熙寧五年曆日一卷者。竊以振舉舊章，推明新曆，欲謹天時之正，俾諧人事之宜。藐是孤生，與均寵錫。中謝。伏惟皇帝陛下力行大道，惇叙彝倫。贊天地而平四時，理陰陽而成萬物。爰兹頒朔，咸暨有邦。臣敢不深究土風，詳求氣序，躬勸耕桑之業，輔成쬄治之仁。仰望闕庭，臣無任云云。

謝熙寧六年曆日表

進奏院遞到宣頭一道，熙寧六年曆日一卷賜臣收管者。一與外符之寄，再蒙班曆之恩。久矣去朝，幸兹拜賜。中謝。

竊以天地陰陽之勳，不得違時；蟲魚草木之生，必皆有政。故兹告朔，宜布有邦。伏惟皇帝陛下兢慎萬幾，協諧五紀。式謹王正之授，俾知民事之常。臣敢不動靜詳觀，夙宵祗奉，庶召和平之氣，用裨化育之仁。臣不任云云。

謝熙寧七年曆日表

進奏院遞到宣頭一道，賜臣熙寧七年曆日一本者。顧慚孤拙，與被寵靈。中謝。竊以陶唐之定四時，稽于曆象；虞氏之齊七政，審以璣衡。蓋求於天道者能盡其宜，則施於人事者不違其序。伏惟皇帝陛下聰明好古，仁厚愛民。深原制作之方，務協生成之理。在於垂憲，尤重頒正。臣久去闕庭，遠臨藩服，惟竭遵承之力，庶符欽順之心。臣不任云云。

謝熙寧八年曆日表

進奏院遞到宣頭一道〔一〕，賜臣熙寧八年曆日一本者。竊以治曆于中，所以察天時之運動；班正於外，所以一王度之推行。舉是彝章，施於有土。中謝。伏惟皇帝陛下至仁不世，盛德無名。協五紀以遂羣生，合二儀而成萬化。乃明告朔，咸俾守藩。臣敢不悉意究詳，勵精遵奉。庶盡承流之效，俾無作事之違。仰望闕庭，臣無任云云。

〔一〕元刻本、《讀書記》、顧校本、章校本、吳校本、傅校本無「頭」字；顧校本、吳校本、傅校本注「自此以後，宋本皆作宣一道」。

謝熙寧十年曆日表

進奏院遞到宣頭一道，熙寧十年曆日一卷賜臣者。竊以推行歲時，天道所以化育；考正曆度，人事所以財成。故頒朔之舊章，爲守邦之先務。中謝。伏惟皇帝陛下德兼載燾，仁及昆蟲。體履中和，叙九疇而開物；欽明象數，齊七政以導民。臣獲奉王正，親承聖詔。念闕廷之方遠，藐然江上之身；感星晷之屢新，尚嘆《周南》之滯。仰望旒扆，臣不任云云。

謝元豐元年曆日表

進奏院遞到宣頭一道，賜臣元豐元年曆日一卷者。一遠闕庭，十移星曆。顧彫零於齒髮，無報補於毫分。中謝。伏惟皇帝陛下叙大禹之九疇，齊有虞之七政。陰陽寒暑，罔不若時；草木昆蟲，舉皆遂性。循用頒正之典，寵諳分土之官。臣幸備守藩，預聞告朔。去親方遠，已驚歲月之新；許國雖堅，更嘆功名之晚。惟體在民之意，庶裨及物之仁。仰望冕旒，臣不任云云。

謝元豐三年曆日表

進奏院遞到宣頭一道，賜臣元豐三年曆日一本者。竊以修人事者，必也正時；明天道者，在於治曆。爰從頒布，俾一奉承。中謝。伏惟皇帝陛下則大居尊，體元凝命。成六府三事之叙，合志於虞；遂八政五紀之宜，同方於禹。是遵人統，用謹王正。獲以守邦，預於受朔。勸豳土耕桑之業，方務承流；采堯民作息之歌，庶知戴德。仰望旒扆，臣不任云云。

進奏熙寧八年同天節功德疏表

伏遇皇帝同天節，臣預於本州天慶觀鶩嶺興化禪院大殿上建置道場一月日，及設齋功德疏各一軸，金鍍銀軸頭，紅羅複封全，上祝皇帝聖壽者。竊以讚禹撫期〔一〕，蓋自天而開迹；生商肇祚，實與世以爲歸。故預託於坏鎔，皆永思於載燾。中賀。伏惟皇帝陛下性由仁義，德備聖神。維候紀於長嬴，屬祥開於震夙。是致致嚴道妙，嚮意佛乘。庶將不轉之心，用獻無疆之壽。臣不任云云。

〔一〕「讚」，元刻本、正統本、章校本作「績」；顧校本、吴校本作「纘」。

英宗實録院謝賜御筵表

伏蒙聖慈，以臣等編修英宗皇帝實録，今月十四日開局，賜臣等御筵者。方次舊聞，已叨優禮。省循非稱，慚負失容。中謝。

伏以先帝功德之殊，將傳後世；儒者文章之用，正在此時。猥以空疏，誤當屬任。甫磨鉛而就職，遽置醴以均恩。寵異羣司，幸逾素望。此蓋伏遇皇帝陛下永懷先烈，務廣孝思。故因始於信書，俾特豐於燕豆。所懼不能名乾坤之至德，摹日月之大明。上以副陛下顯親之心，下以盡愚臣歸美之志。惟粗明於書法，庶少補於素餐。臣等無任云云。

代皇子免延安郡王第一表〔一〕

伏奉制命，蒙恩特授臣檢校太尉、開府儀同三司、充彰武軍節度使、進封延安郡王者。寵逾於德，愧甚於榮。輒露危誠，仰干睿聽。臣某誠惶誠恐，頓首頓首。竊以衮衣備物，禮均上宰之崇；土宇分封，位列真王之貴。非智能足以謀國，勞烈足以及人。屬在休明，詎容玷冒。若臣者倜然固陋，眇爾穉蒙。雖甫逮勝衣，習爲容於趨拜；而方思就傅，賴齒學之漸磨。庶幾識古今之通方，知國家之大體。施於爲己，可以持循。必也當官，覬無違曠。已叨分於將鉞，復誤假於公圭。虛冒鴻私，未伸薄效。敢圖奬渥，薦及謙微。視儀數於三台，超爵名於五等。既加真食，仍益爰田。固非録善而量能，又異校勞而數最。將安稱此？自顧缺然。而况皇帝陛下處父子之間，常先義訓；在君臣之際，每徇公言。伏望察臣精懇之由衷，不顧小嫌之反汗。許還新命，俯遂微情。使臣得奉定省於晨昏，稍安幼志；報生成於天地，更待壯年。臣無任云云。

〔一〕原題「皇子」作「皇太子」，據《讀書記》、章校本改。

代皇子免延安郡王第二表〔一〕

伏蒙聖慈，以臣所上表陳乞，蒙恩授臣檢校太尉、開府儀同三司、充彰武軍節度使、進封延安郡王，特賜批答不允者。輒布愚衷，未回宸聽。仰闚誨諭，彌集兢惭。臣某誠惶誠恐，頓首頓首。竊以明德懿親，在天功而有助；隆名重器，爲國論之所歸。然後材位不浮，望實相稱。若臣者夙依煦育，生處深嚴。雖無好弄之心，甫逮垂髫之齒。方圖講學，知臣子之大方；庶得周旋，奉君親之素教。敢意靡緣績用，薦被寵靈。遂兼將相之榮，仍極王公之貴。雖參諸邦典，或故事之可循；而質以人情，實煩言之可畏。顧兹沖昧，尤積震惶。伏況皇帝陛下新一代之彝章，革千年之流弊。方循名而責課，以官方而任人。其於明信賞之科〔二〕，必先於近；然則推至公之誼，宜始於臣。惟特寢於誤恩，可曲全於拙分。使乾坤之施，不累於私親；則塵露之微，庶幾於報上。臣不任云云。

〔一〕原題「皇子」作「皇太子」，據元刻本、正統本、《讀書記》、章校本改。

〔二〕「賞」下原有「罰」字，據元刻本、正統本、《讀書記》、顧校本、章校本、傅校本删。

代皇子延安郡王謝表〔一〕

伏奉制命，除授臣檢校太尉、開府儀同三司、充彰武軍節度使、進封延安郡王，再奉表陳乞，蒙賜批答不允，仍斷來章者。祇膺詔版，彌積靦顔，蓋崇大於宗藩，以盛强於帝室。豈伊奬渥，可假幼沖。中謝。

伏念臣器匪夙成，材無特異。徒歸依於鞠育，每親炙於高明。欲善在身，忘髧髦之至弱；知書可學，慕佔畢之相從。庶繇受教於童蒙，覬獲成能於壯大。敢意攬攸司之密啓，循歷世之彝章。寵以官儀，體均於丞弼；殊其爵列，秩右於公侯。揣稱何堪，逾涯已甚。知隆名之難冒，迫大號之既行。控避莫從，震惶滋集。此蓋伏遇皇帝陛下心潛高厚，智極精微。推廣愛之仁，以隆於父子；盡大公之義，以篤于君臣。故舊典之當行，雖至親而莫間。致兹異數，猥及謭能。臣敢不仰體聖懷，勤遵慈訓？省躬擇術，庶不蹈於匪彝；臨事知方，或可收於近用。臣無任云云。

〔一〕原題作《代皇太子免延安郡王謝表》，據元刻本、正統本、《讀書記》、顧校本、章校本改。

代皇子延安郡王謝皇太后表〔一〕

伏奉制命，除授臣檢校太尉、開府儀同三司、充彰武軍節度使、進封延安郡王，再奉表陳免，蒙賜批答不允，仍斷來章者。竊以盛威儀於宰路，以重朝廷；强形勢於宗藩，用臨方夏。宜兼奬渥，屬在親賢。誤及幼冲，倍深兢惕。中謝。

伏念臣蒙休宸極，託蔭慈闈。未闚六甲之書，甫在兩髦之歲。揆材至薄，曾無特異之資；知善可遷，竊有自强之志。已塵高位，愧乏微勞。詎意仁恩，更崇命秩。抗等威於元宰，躋爵列於真王。自顧空疏，將安報稱？此蓋伏遇皇太后殿下輔成世教，陰厚人倫。均至愛於諸孫，假餘光於稺齒。致兹異數，猥被謏能。敢不自勵童蒙，嚮慕日新之益；庶幾壯大，仰酬坤育之私。臣不任云云。

〔一〕原題「皇子」作「皇太子」，據元刻本、正統本、章校本改。

代皇子延安郡王謝皇后牋〔一〕

伏奉制命，除授臣檢校太尉、開府儀同三司、充彰武軍節度使、進封延安郡王，再奉表陳免，蒙賜批答不允，仍斷來章者。異其恩數，兼將相之殊榮；尊以爵名，極王公之寵列。雖優隆於天屬，必考察於人材。假是幼冲，懼非宜稱。臣某以感以懼，叩頭。

伏念臣性非蚤悟，學未少成。徒依均養之私，甫及垂髫之始。已蒙休於帝所，獲備位於宗藩。豈意慈憐，更加褒進。夫位崇者德厚，禄重者功高。而臣無可録之勞能，冒非常之禮秩。此蓋伏遇皇后殿下彌綸内治，則象坤元。惇鞠育之至仁，推獎成之素志。致兹渥澤，誤及童蒙。敢不盡子職之微勤，無忘砥礪；答母儀之大賜，庶補毫分。謹奉牋稱謝以聞，臣以感以懼，叩頭謹牋。

〔一〕原題「皇子」作「皇太子」，據元刻本改。

代宋敏求知絳州謝到任表

伏奉勑命，差知絳州軍州事，已於某月某日到任上訖。備官無效，竊寵過優。尚聯清近之班，仍獲安閒之幸。中謝。

伏念臣器非閎遠，性不敏明。徒嗜好於文章，寖推移於歲月。濫名儒館，接武朝紳。與蓬埛牧之蕃，參涖神州之劇。進聞邦計，出假使符。會仁祖之升遐，圖信書之示後。起於衰病，寄以討論。旋躋右史之華，遂冒西垣之選。惟兹典禮，屬在奉常。猥用滯蒙，首當總領。悉心謀慮，雖務竭於愚忠；妄意變通，遂自乖於素論。實干昭憲，奚逭嚴科。荷屈法以申恩，止奪官而補外。罪浮於罰，慚溢於顔。何僥冒之使然；實矜全之有自。此蓋伏遇皇帝陛下乾剛獨斷，坤厚兼容。躬親庶政，而炤之以明；付用羣材，而養之以恕。故俾兼榮於近侍，尚容竊食於外邦。仰戴生成，將安補報。敢不服勤夙夜，期練達於政經；延見吏民一作祗順簡書，以一作誓布宣於上德。庶收來效，少答鴻私。仰望闕庭，臣無任云云。

代翰林侍讀學士錢藻遺表

犬馬之質，難駐於頹齡；日月之光，尚攀於愛景。臣藻誠悲誠哽，頓首頓首。

伏念臣出於悴族，進以謏材。文辭講說制策之科，衆稱華選；儒館掖垣經帷之職，世謂清塗。獨遏竊於美名，蓋親逢於亨運。至於總銓衡之要劇，領京邑之浩煩，蔑有勞能，可論報稱。冒寵靈而過厚，致災疢以交攻。迫霜露之所侵，且將澌盡；幸髮膚之無毁，得以全歸。方去闕廷，長投泉壤。輒陳遺志，猶及能言。伏願皇帝陛下御六氣之和，慎調興止；享萬年之祚，永庇華夷。再念臣偷殘息之僅存，覬餘恩之可丐。敢祈仁睿，終賜矜憐。臣有男進士嶧，孫男某，親堂弟茂，共出寒鄉，稍親薄技。苟非不棄，儻微禄之獲霑；魚一作水菽可供，庶游魂之未餒。伏望聖慈，並於文資内安排。妄兹干澤，愧在忘廉。保存殁之孤踪，託始終之大賜。生而無益，曾莫及於銜環；死或有知，猶庶幾於結草。仰望旒扆，臣不任云云。

代太平州知州謝到任表

伏奉敕命，差知太平州軍州事，已於某月某日到任上訖。惟此方彫瘵之舊，屬比歲凶饑之餘，任在拊循，懼無稱效。中謝。

竊念臣受材不敏，託勢甚微。竊郎位之寵名，濫憲臺之優選。因蒙中詔，獲備外邦。方喜便於庭闈，遽已罹於家禍。苟全生理，復齒班榮。用久次而得州，以親嫌而易地。低回積日，黽勉至官。忽被新恩，復還舊印。江湖孤蹇之跡，道路奔馳之勞，甫兹卽安，敢忘盡瘁。自惟藐爾，何以及兹。兹蓋伏遇尊號皇帝陛下，日月之光，旁照萬物；天地之德，平施四方。猥致妄庸，誤蒙器使。當力行於寬惠，上副至仁；惟少假於寵靈，庶成薄效。臣不任云云。

代太平州知州謝賜欽恤刑獄敕書表

進奏院遞到敕一道，賜臣欽恤刑獄者。屬在煩暑，聖躬無倦於焦勞；言念繫囚，恩旨遂加於惻憫。中謝。伏惟尊號皇帝陛下，繼祖宗之功德，體天地之生成。發政施仁，恐遺於一物；勝殘去殺，思措於五刑。謙不自專，動遵故事。眷幅員之至廣，軫囹圄之未空。申明詔以丁寧，飭守臣之撫視。豈止奉行於時令，固足感召於人和。臣與被德音，當宣上意。惟盡哀矜之理，庶符欽恤之心。臣無任云云。

曾鞏集卷第二十九

疏一首　劄子一首

熙寧轉對疏

准御史臺告報臣寮朝辭日具轉對，臣愚淺薄，恐言不足采。然臣竊觀唐太宗即位之初，延羣臣與圖天下之事，而能絀封倫，用魏鄭公之說，所以成貞觀之治。周世宗初即位，亦延羣臣，使陳當世之務，而能知王朴之可用，故顯德之政，亦獨能變五代之因循。夫當衆說之馳騁，而以獨見之言，陳未形之得失，此聽者之所難也。然二君能辨之於羣衆之中而用之，以收一時之效，此後世之士，所以常感知言之少，而頌二君之明也。今陛下始承天序，亦詔羣臣，使以次對，然且將歲餘，未聞取一人，得一言，豈當世固乏人，不足以當陛下之意與？抑所以延問者，特用累世之故事，而不必求其實歟？臣愚竊計殆進言者，未有以當陛下之意也。陛下明智大略，固將比迹於唐虞三代之盛，如太宗、世宗之所至，恐不足以望陛下，故臣之所言，亦不敢效二臣之卑近。伏惟陛下超然獨觀於世俗之表，詳思臣言而擇其中，則二君之明，豈足道於後世，而士之懷抱忠義者，豈復感知言之少乎？臣所言如左。

臣伏以陛下恭儉慈仁，有能承祖宗一作宗廟之德；聰明睿知，有能任天下之材。即位以來，早朝晏罷，廣問兼聽，有更制變俗、比迹唐虞之志，此非羣臣之所能及也。然而所遇之時，在天則有日食星變之異，在地則有震動陷裂、水泉湧溢之災，在人則有饑饉流亡、訛言相驚之患，三者皆非常之變也。及一作又從而察今之天下，則風俗日以薄惡，紀綱日以弛壞，百司庶務，一切文具而已。内外之任，則不足於人材；公私之計，則不足於食貨。近則不能不以盜賊爲慮，遠則不能不以夷狄爲憂。海内智謀之士，常恐天下之勢不得以久安也。以陛下之明，而所遇之時如此，陛下有更制變俗、比迹唐虞之志，則亦在正其本而已矣。《易》曰：「正其本，萬事理。」臣以謂正其本者，在陛下得之於心而已。

臣觀《洪範》所以和同天人之際，使之無閒，而要其所以爲始一作本者，思也；《大學》所以誠意正心修身，治其國家天下，而要其所以爲始者，致其知也。故臣以謂正其本者，在得之於心而已。得之於心者，其術非他，學焉而已矣。此致其知所以爲大學之道也。古之聖人，舜禹成湯文武，未有不由學而成，而傅説、周公之輔其君，未嘗不勉之以學。故孟子以謂學焉而後有爲，則湯以王，齊桓公以霸，皆不勞而能也。蓋學所以成人主之功德如此。誠能磨礱長養，至於有以自得，則天下之事在於理者，未有不能盡也。能盡天下之理，則天下之事物接於我者，無以累其内；天下之以言語接於我者，無以蔽其外。夫然則循理而已矣，邪情之所不能入也；從善而已矣，邪説之所不能亂也。如是而用之以持久，資之以不息，則積其小者必至於大，積其微者必至於顯。古之人自可欲之善，而充之至於不可知之神，自十五之學，而積之至於從心之不逾距，豈他道哉？由是而已矣。故曰：「念終始典于學。」又曰：「學然後知不足。」孔子亦曰：「吾學不厭。」蓋如此者，孔子之不能已也[一]。夫能使事物之接於我者不能累其內，所以治內也；言語之接於我者不能蔽其外，所以應外也。有以治內，此所以成德化也；有以應外，此所以成法度也。德化法度既成，所以發育萬物，而和同天人之際也。

自周衰以來，道術不明。爲人君者，莫知學先王之道以明其心；爲人臣者，莫知引其君以及先王之道也。一切苟簡，溺於流俗末世之卑淺，以先王之道爲迂遠而難遵。人主雖有聰明敏達之質，而無磨礱長養之具，至於不能有以自得，則天下之事，在於理者有所不能盡也。不能盡天下之理，則天下之以事物接於我者，足以累其內；天下之以言語接於我者，足以蔽其外。夫然，故欲循理而邪情足以害之，欲從善而邪説足以亂之。如是，而用之以持久，則愈甚無補；行之以不息，則不能見效。其弊則至於邪情勝而正理滅，邪説長而正論消，天下之所以不治而有至於亂者，以是而已矣。此周衰以來，人主之所以可傳於後世者少也。可傳於後世者，若漢之文帝、宣帝，唐之太宗，皆可謂有美質矣。由其學不能遠而所知者陋，故足以賢於近世之庸主矣，若夫議唐虞三代之盛德，則彼烏足以云乎？由其如此，故自周衰以來，千有餘年，天下之言理者，亦皆卑近淺陋，以趨世主之所便，而言先王之道者，皆絀而不省。故以孔子之聖，孟子之賢，而猶不遇也。

今去孔孟之時又遠矣，臣之所言，乃周衰以來千有餘年，所謂迂遠而難遵者也。然臣敢獻之於陛下者，臣觀先王之所已試，其言最近而非遠，其用最要而非迂，故不敢不以告者，此臣所以事陛下區區之志也。伏惟陛下有自然之聖質，而漸漬於道義之日又不爲不久，然臣以（一作所）謂陛下有更制變俗、比迹唐虞之志，則在得之於心。得之於心，則在學焉而已者。臣愚以謂陛下宜觀《洪範》、《大學》之所陳，知治道之所本不在於他；觀傅説、周公之所戒一作勉，知學者非明主之所宜已也。陛下有更制變俗、比迹唐虞之志，則當懇誠惻怛，以講明舊學而推廣之，務當於道德之體要，不取乎口耳之小知，不急乎朝夕之近效，復之熟之，使聖心之所存，從容於自得之地，則萬事之在於理者，未有不能盡也。能盡萬事之理，則内不累於天下之物，外不累一作蔽於天下之言。然後明先王之道而行之，邪情之所不能入也；合天下之正論而用之，邪説之所不能亂也。如是而用之以持久，資之以不息，則雖細必巨，雖微必顯。以陛下之聰明，而充之以至於不可知之神；以陛下之睿知，而積之以至於從心所欲之不踰距，夫豈遠哉？顧勉强如何耳。夫然，故内成德化，外成法度，以發育萬物，而和同天人之際，甚易也。若夫移風俗之薄惡，振紀綱之弛壞〔二〕，變百司庶務之文具，屬天下之士使稱其位，理天下之財使贍其用，近者使之親附，遠者使之服從，海内之勢使之常安，則惟陛下之所欲，何求而不得，何爲而不成乎？未有若是而福應不臻，而變異不消者也。如聖心之所存，未及於此，内未能無秋毫之累，外未能無纖芥之蔽，則臣恐欲法先王之政，而智慮有所未審；欲用天下之智謀材諝之士，而議論有所未一，於國家天下愈甚無補，而風俗綱紀愈以衰壞也。非獨如此，自古所以安危治亂之幾，未嘗不出於此。

臣幸蒙降問，言天下之細務，而無益於得失之數者，非臣所以事陛下區區之志也。輒不自知其固陋，而敢言國家之大體。惟陛下審察而擇其宜，天下幸甚。

〔一〕元刻本、正統本、顧校本、章校本、《文粹》「之」下有「所」字。

〔二〕「紀綱」，元刻本、正統本、顧校本、章校本、《文粹》作「綱紀」。

自福州召判太常寺上殿劄子改明州不果上

伏以陛下聰明睿知，天性自然，可謂有不世出之資。自在籓邸，入承顏色，出奉朝請，怡怡翼翼，不自暇豫，至恭極孝，聞於天下。及踐大位，内事兩宫，外嚴七廟。仁被公族，德形閨門。嬪御備官，不淫於色；音樂備數，不溺於聲。食菲衣綈，務遵節儉。臺卑囿小，無所增飾。近習無便嬖，左右無私謁。未嘗出遊幸，未嘗從畋漁。其於憂憫元元，勤勞庶政，則念慮先於兆朕，祗慎盡於纖芥。晝而訪問，至於日昃；夕而省覽，至於夜分。每羣臣進見，接之禮篤而情通；凡四方奉事，莫不朝入而暮報。雖大禹之勤于邦，文王之不暇食，無以加此。其淵謀遠略，必中事幾，善訓嘉謨，可爲世則者，傳聞下土，雖僅得其一二，已足以度越衆慮，非可闚測，可謂有君人之大德。其高深宏遠，則憫自晚周秦漢以來，世主不能獨出於衆人之表〔一〕。其政治所出，大抵踵襲卑陋，因於世俗而已。於是慨然以上追唐虞三代荒絶之迹，修列先王法度之政，爲其任在己，可謂有出於數千載之大志。變革因循，號令必信，使海内觀聽莫不震動，羣下遵職惟恐在後，可謂有能行之效。蓋刻意尚行，不差毫髮，縉紳之士，有所不能及。憂勞惕勵，無懈須臾，又非羣臣之所能望。可謂特起於三代之後非常之主也。

愚臣孤陋，熙寧二年，出通判越州，因轉對幸得論事，敢據經之説，以誠意正心修身治國家天下之道必本於學爲獻。逮今十有一年，始得望穆穆之清光，敢别白前説而終之。

臣以謂陛下有不世出之姿，有君人之大德，與出於數千載之大志，又有能行之效，特起於三代之後。然顧以治國家天下之道必本於學爲獻於陛下，何也？

蓋古之聖人，雖出乎其類，拔乎其萃，然至其成德，莫不由學。故堯舜性之也，而見於傳記，則皆有師，其史官識其行事〔二〕，則皆曰「若稽古」。至於湯武身之也，則湯學於伊尹，武王學於太公，見於《詩》、《禮》、《孟子》。在商，高宗得傅説作相，其命説之辭曰：「予小子舊學於甘盤。」而傅説告之，則曰：「學於古訓乃有獲。」又曰：「惟學遜志，務時敏，厥修乃來。」又曰：「惟斅學半，念終始典於學。」蓋高宗既已學於甘盤矣，及傅説相之，乃更丁寧反復，勉之以學，其要歸，則以謂當終始常念於學，明學蓋不可一日而廢也。至於孔子之自叙，則自十有五而志於學，至於七十而從心所欲不逾矩。夫以孔子之聖，必志於學，其學之漸，每十年而一進，至於七十矣，其從心也，蓋不逾矩。則傅説所稱當終始常念於學者，雖孔子之聖，不能易也。故揚子曰：「學之爲王者事久矣。」堯、舜、禹、湯、文、武汲汲，仲尼皇皇，其已久矣。聖賢之篤於學至於如此者。蓋樂而不亂，復而不厭者，道也；測之而益深，窮之而益遠者，聖人之言也；知不足與困者，學也。方其始也，求之貴博，畜之貴多。及其得之，則於言也在知其要，於德也在知其奥。能至於是矣，則求之博、畜之多者，乃筌蹄而已。所謂多聞則守之以約，多見則守之以卓也。如求之不博，畜之不多，則未有於言也能知其要，未有於德也能知其奥，所謂寡聞則無約，寡見則無卓也。子貢稱孔子之學，識其遠者大者，則於言也能知其要，於德也能知其奥，然後能當於孔子之所謂學也。審能是，則存於心者，有以爲主於内，天下之事，雖其變無窮，而吾所以待之者，其應無方，古之大有爲於天下者，未有不出於此也。堯、舜、湯、武所以爲盛德之至，孔子所以從心而不逾矩，或得其行者，未得其所以行，得其言者，未得其所以言。孟子之所謂聖而不可知之謂神，在是而已矣。

陛下萬幾之餘，日引天下之士，推原道德而講明其意，陳六藝載籍之文而紬繹其説，博考深思，無有懈倦。其折衷是非，獨見之明，老師宿儒所不能到，此臣之所聞也。有不世出之姿，與君人之大德，又有出於數千載之大志，特起於三代之後，此臣之所知也。則陛下之學，已可謂至矣。然臣區區敢誦經之陳言以進於左右者，誠將順陛下之聖志，采傳説始終典學之言，觀孔子少長進學之漸，以陛下之明智，知言之要，知德之奥，皆陛下之所素畜。誠以陛下之樂道，而繼之以不倦；以陛下之稽古，而加之以不已，使天性之睿智所造者益深，所稽者益厚〔三〕，日日新，又日新。其於自得之者，非徒足以待萬事無窮之變，而應之以無方，天下之人，必將得陛下之行者，不得其所以行，得陛下之言者，不得其所以言。堯、舜、湯、武所以爲盛德之至，孔子所以從心而不逾矩，孟子所謂聖而不可知之謂神，不在於陛下，而孰在哉？由是斂五福之慶以大賚庶民，享萬年之休以永綏方夏，德厚於天地，名昭於日月，惟聖意之所在而已。

臣愚不敏，蒙恩賜對，不敢毛舉叢細之常務，而於國家之體，冒言其遠且大者，此臣所以愛君區區之分也。伏惟留神省察。

〔一〕「出」，元刻本、正統本、顧校本、吴校本、傅校本、《文粹》作「見」。下文《移滄州過闕上殿劄子》作「見」。

〔二〕「識」，原作「職」，據元刻本、正統本、顧校本、章校本、《文粹》改。

〔三〕「稽」，元刻本、正統本、顧校本、《文粹》作「積」。

曾鞏集卷第三十

劄子六首

移滄州過闕上殿劄子

臣聞基厚者勢崇，力大者任重，故功德之殊，垂光錫祚，舄奕繁衍，久而彌昌者，蓋天人之理，必至之符。然生民以來，能濟登茲者，未有如大宋之隆也。

夫禹之績大矣，而其孫太康，乃墜厥緒。湯之烈盛矣，而其孫太甲，既立不明。周自后稷十有五世至于文王，而大統未集，武王、成王始收太平之功，而康王之子昭王難于南狩，昭王之子穆王殆于荒服，暨于幽厲，陵夷盡矣。及秦，以累世之智并天下，然二世而亡。漢定其亂，而諸吕七國之禍，相尋以起，建武中興，然冲質以後，世故多矣。魏之患，天下爲三。晉、宋之患，天下爲南北。隋文始一海内，然傳子而失。唐之治在於貞觀、開元之際，而女禍世出，天寶以還，綱紀微矣。至于五代，蓋五十有六年，而更八姓，十有四君，其廢興之故甚矣。

宋興，太祖皇帝爲民去大殘，致更生，兵不再試，而粤蜀吴楚五國之君，生致闕下，九州來同，復禹之迹。内輯師旅，而齊以節制；外卑藩服，而納以繩墨。所以安百姓，禦四夷，綱理萬事之具，雖創始經營，而彌綸已悉。莫貴於爲天子，莫富於有天下。而舍子傳弟，爲萬世策，造邦受命之勤，爲帝太祖，功未有高焉者也。

太宗皇帝遹求厥寧，既定晉疆，錢俶自歸，作則垂憲，克紹克類，保世靖民，丕丕之烈，爲帝太宗，德未有高焉者也。

真宗皇帝繼統遵業，以涵煦生養，蕃息齊民，以并容遍覆，擾服異類。蓋自天寶之末，宇內板蕩，及真人出，天下平，而西北之虜，猶間入闚邊，至於景德二百五十餘年，契丹始講和好，德明亦受約束，而天下銷鋒灌燧，無雞鳴犬吠之驚一作警，以迄于今。故於是時，遂封泰山，禪社首，薦告功德，以明示萬世不祧之廟，所以爲帝真宗。

仁宗皇帝寬仁慈恕，虛心納諫，慎注措，謹規矩，早朝晏退，無一日之懈。在位日久，明於羣臣之賢不肖忠邪，選用政事之臣，委任責成。然公聽並觀，以周知其情僞，其用舍之際，一稽於衆，故任事者亦皆警懼，否輒罷免，世以謂得馭臣之體。春秋未高，援立有德，傳付惟允，故傳天下之日，不陳一兵，不宿一士，以戒非常，而上下晏然，殆古所未有。其豈弟之行，足以附衆者，非家施而人悅之也。積之以誠心，民皆有父之尊，有母之親，故棄羣臣之日，天下聞之，路祭巷哭，人人感動欷歔。其得人之深，未有知其所由然者，故皇祖之廟，爲帝仁宗。

英宗皇帝聰明睿知，言動以禮，上帝眷相，大命所集，而稱疾遜避，至于累月。自踐東朝，淵默恭慎，無所言議施爲，而天下傳頌稱説，德號彰聞。及正南面，勤勞庶政，每延見三事，省決萬機，必咨詢舊章，考求古義，聞者惕然，皆知其志在有爲。雖早遺天下，成功盛烈，未及宣究，而明識大略，足以克配前人之休，故皇考之廟，爲帝英宗。

陛下神聖文武，可謂有不世出之姿；仁孝恭儉，可謂有君人之大德。憫自晚周、秦漢以來，世主率皆不能獨見於衆人之表〔一〕，其政治所出，大抵踵襲卑近，因於世俗而已。於是慨然以上追唐虞三代荒絶之迹，修列先王法度之政，爲其任在己，可謂有出於數千載之大志。變易因循，號令必信，使海内觀聽，莫不奮起，羣下遵職，以後爲羞，可謂有能行之效。今斟酌損益，革弊興壞，制作法度之事，日以大備，非因陋就寡，拘牽常見之世所能及也。繼一祖四宗之緒，推而大之，可謂至矣。

蓋前世或不能附其民者，刑與賦役之政暴也。宋興以來，所用者鞭朴之刑，然猶詳審反復，至於緩故縱之誅，重誤入之辟，蓋未嘗用一暴刑也；田或二十而稅一，然歲時省察，數議寬減之宜，下蠲除之令，蓋未嘗加一暴賦也；民或老死不知力政，然猶憂憐惻怛，常謹復除之科，急擅興之禁，蓋未常興一暴役也。所以附民者如此。前世或失其操柄者，天下之勢或在於外戚，或在於近習，或在於大臣。宋興以來，戚里宦臣，曰將曰相，未嘗得以擅事也。所以謹其操柄者如此。而況輯師旅於内，天下不得私尺兵一卒之用；卑藩服於外，天下不得專尺土一民之力。其自處之勢如此。至於畏天事神，仁民愛物之際，未嘗有須臾懈也。其憂勞者又如此。蓋不能附其民，而至於失其操柄，又怠且忽，此前世之所以危且亂也。民附於下，操柄謹於上，處勢甚便，而加之以憂勞，此今之所以治且安也〔二〕。故人主之尊，意諭色授，而六服震動；言傳號涣，而萬里奔走。山巖窟穴之氓，不待期會，而時輸歲送以供其職者〔三〕，惟恐在後；航浮索引之國，非有發召，而籯齎橐負以致其贄者，惟恐不及。西北之戎，投弓縱馬，相與袪服而戲豫〔四〕；東南之夷，正冠束衽，相與挾册而吟誦。至於六府順敍，百嘉鬯遂，凡在天地之内，含氣之屬，皆裕如也。蓋遠莫懿於三代，近莫盛於漢唐，然或四三世〔五〕，或一二世，而天下之變不可勝道也，豈有若今五世六聖，百有二十餘年，自通邑大都至於荒陬海聚，無變容動色之慮萌於其心，無援枹擊柝之戒接於其耳目。臣故曰生民以來，未有如大宋之隆也。

竊觀於《詩》，其在《風》《雅》，陳太王、王季、文王致王迹之所由，與武王之所以繼代〔六〕，而成王之興，則美有《假樂》《鳧鷖》，戒有《公劉》《泂酌》。其所言者，蓋農夫女工築室治田，師旅祭祀飲尸受福，委曲之常務。至於《兎罝》之武夫，行修於隱；牛羊之牧人，愛及微物，無不稱紀。所以論功德者，由小以及大，其詳如此。後嗣所以昭先人之功，當世之臣子所以歸美其上，非徒薦告鬼神、覺寤黎庶而已也。《書》稱勸之以《九歌》俾勿壞，蓋歌其善者，所以興其嚮慕興起之意〔七〕，防其怠廢難久之情，養之於聽而成之於心。其於勸帝者之功美，昭法戒於將來，聖人所以列之於經〔八〕，垂爲世教也。

今大宋祖宗，興造功業，猶太王、王季、文王。陛下承之以德，猶武王、成王。而羣臣之於考次論撰，列之簡册，被之金石，以通神明，昭法式者，闕而不圖，此學士大夫之過也。蓋周之德盛於文武，而《雅》《頌》之作皆在成王之世。今以時考之，則祖宗神靈固有待於陛下。臣誠不自揆，輒冒言其大體。至於尋類取稱，本隱以之顯，使莫不究悉，則今文學之臣，充於列位，惟陛下之所使。至若周之積仁累善，至成王、周公爲最盛之時，而《泂酌》言皇天親有德、饗有道，所以爲成王之戒。蓋履極盛之勢，而動之以戒懼者，明之至，智之盡也。如此者，非周獨然，唐虞至治之極也，其君臣相飭曰：「兢兢業業，一日二日萬幾。」則處至治之極，而保之以祇慎，唐虞之所同也。今陛下履祖宗之基，廣太平之祚，而世世治安，三代所不及。則宋興以來，全盛之時實在今日。陛下仰探皇天所以親有德、饗有道之意，而奉之以寅畏〔九〕，俯念一日二日萬幾之不可以不察，而處之以兢兢，使休光美實，日新歲益，閎遠崇侈，循之無窮，至千萬世永有法則，此陛下之素所蓄積。臣愚區區愛君之心，誠不自揆，欲以庶幾詩人之義也，惟陛下之所擇。

〔一〕元刻本、正統本、《讀書記》、顧校本、章校本、吳校本、傅校本、《文粹》均無「率皆」二字。
〔二〕「且」字原無，據元刻本、顧校本、章校本、吳校本、傅校本、《文粹》增。
〔三〕「輸」，原作「轉」，據元刻本、正統本、《讀書記》、顧校本、章校本、《文粹》改。
〔四〕「袨」，原作「祇」，據元刻本、《讀書記》、顧校本、吳校本、傅校本、《文粹》改。
〔五〕「世」，元刻本、正統本、顧校本、章校本、萬曆本、《文粹》作「年」。
〔六〕「代」，元刻本、吳校本、《文粹》作「伐」。
〔七〕前一個「興」字，元刻本、《文粹》作「起」。
〔八〕元刻本、《讀書記》、顧校本、《文粹》「人」下有「之」字。
〔九〕「以」字原無，據元刻本、《讀書記》、顧校本、吳校本、傅校本、《文粹》增。

請令長貳自舉屬官劄子

臣伏以陛下本原《周禮》，參之以有唐《六典》之書，考諸當世之宜，裁以聖慮，更定官制，以幸天下。臣誠不自揆，欲少助萬一。令無足取者，亦足以致區區愛君之心。

竊觀於《書》，其在《堯典》，稱堯之德曰：「平章百姓，百姓昭明。」則平其賢不肖功罪之分，而章之以爵賞，使百官莫不昭明者，此人主之事也；其在《說命》曰：「惟說式克欽承，旁招俊乂，列于庶位。」則承人主之志，廣引人材，進諸朝廷者，此宰相之事也；其在《冏命》，「穆王命伯冏爲周太僕正」，其戒之曰：「慎簡乃僚，無以巧言令色，便僻側媚，其惟吉士。」則使得自簡屬僚以共成其任者，此諸司長官之事也。其上下之體相承如此，所以周天下之務，蓋先王之成法也。

故陸贄相唐，陳致理之具，以謂百司之長。至於副貳之官與夫兩省供奉之職，請委宰臣叙擬以聞。其餘臺省屬僚，請委長官選擇，指陳材實，終身保任。其以舉授之由〔一〕，各載除書之內。得賢則有進考增秩褒升之賞，失實則有奪俸贖金黜免之罰。非特搜揚下位而已，亦以閱試大官。其所取之士，既責行能，亦計資望，此贄之大指也。贄於經畫之材，近世未見其比。其在相位，所陳先務如此。質之於古，實應先王之法，施之後世，可以推行，誠古今之通議也〔二〕。

陛下隆至道，開大明，配天地，立人極，循名定位，以董正治官，千載以來盛德之事也。創制之始，新命之官，任之以彌綸衆職，所繫尤重。其所更革，著於甲令，或差若毫髮，四方受其敝；或誤於須臾，累歲不能救。則於選用之體，尤不可假非其人。且臺省長官，僕射、尚書、左右丞、侍郎、御史、中丞，皆國之重任，陛下所選擇而授。今尚書既領天下之事，郎、員外郎凡二十四司，用吏幾百員，其餘屬佐，尚不在數中。若使本司長貳之官，自郎以下，員有未備，皆舉二人以聞，以陛下之明，其於羣臣材分，無不周知。取其所舉，擇用其一，其餘書之於籍，以爲内外之官。選用之備，庶幾爲官得人，足以上副陛下作則垂憲非常之大志。

且本朝著例，御史、中丞、知雜至於省府之長，固得自舉其屬，而館閣、監司、牧守之官，亦嘗屢詔近位，皆得薦用所知，名臣偉人，往往由此而出。則推而廣之，求於故事，實有已試之效。其所薦之士，采用其一，其餘書之於籍，以備選擇。猶舊闕御史一員，聽舉二人，其一不中選者，亦以次甄進，則稽諸累朝，亦故事也。

伏惟陛下本周命太僕慎簡乃僚之意，采陸贄臺省長官舉吏懇懇之論，推本朝已試之法，使先王之迹，自陛下追而踐之。如此，則任衆之道隆，進賢之路廣。疏遠之士，懷材者皆得彙征；要近之臣，奬善者皆得自達。以陛下之臨照，誰敢不應之以公；以陛下之考核，誰敢不赴之以實。既得其人，授之以位，然後陛下以公聽並觀，分別淑慝，以執中主要，信行其賞罰。如此，則允釐百工，庶績咸熙，可無爲而致堯之「平章百姓，百姓昭明」，如是而已。

如臣之説爲可采者，其推行之法，陸贄所陳，惟陛下察其疏密，詳加損益，取進止。元豐三年十一月二十一日垂拱殿進呈。

〔一〕「其」，章校本作「具」。

〔二〕「議」，《讀書記》云：「應作義，以避太宗諱，故書議。」章校本從之。顧校本、吴校本、傅校本作「誼」。

請令州縣特舉士劄子

臣聞三代之道，鄉里有學。士之秀者，自鄉升諸司徒，自司徒升諸學。大樂正論其秀者，升諸司馬。司馬論其賢者，以告于王。論定然後官之，任官然後爵之，位定然後禄之。論定然後官之者，鄭康成云："謂使試守。"任官然後爵之者，蓋試守而能任其官，然後命之以位也。其取士詳如此〔一〕。然此特於王畿之内，論其鄉之秀士耳。故在《周禮》，則稱鄉老獻賢能之書于王也。至於諸侯貢士，則有一適、再適、三適之賞，黜爵削地之罰。而其法之詳，莫得而考。此三代之事也。

漢興，采董生之議，始令郡國舉孝廉一人。其後，又以口爲率，口百二十萬至不滿十萬，自一歲至三歲，自六人至一人，察舉各有差。至用丞相公孫弘、太常孔臧議，則又置太常博士弟子員。郡國縣官有好文學、孝悌謹順、出入無悖者所聞〔二〕，令相長丞上屬所二千石。二千石謹察可者，令詣太常受業如弟子。一歲皆課試，通一藝以上，補文學掌故缺。其高第可爲郎中者，太常籍奏。即有秀才異等，輒以名聞。又請以治禮掌故，比二百石及百石吏，選擇爲左右内史、大行下郡太守卒史，皆各二人，邊郡一人，不足，擇掌故以補。中二千石屬文學掌故，補郡屬備員。其郡國貢士、太常試選之法詳矣。此漢之事也。

今陛下隆至德，昭大道，參天地，本人倫，興學崇化，以風天下，唐虞用心，何以加此？然患今之學校，非先王教養之法；今之科舉，非先王選士之制。聖意卓然，自三代以後，當塗之君，未有能及此者今州郡京師有學，同於三代，而教養選舉非先王之法者，豈不以其遺素勵之實行，課無用之空文，非陛下隆世教育人材之本意也。臣以謂三代學校勸教之具，漢氏郡國太常察舉之目，揆今之宜，理可參用。誠令州縣有好文學、厲名節、孝悌謹順、出入無悖者所聞，令佐升諸州學，州謹察其可者上太學。以州大小爲歲及人數之差，太學一歲，謹察其可者上禮部，禮部謹察其可者籍奏。自州學至禮部，皆取課試，通一藝以上，御試與否，取自聖裁。遂取禮部所選之士，中第或高第者，以次使試守，滿再歲或三歲，選擇以爲其選，更用士人，以應古義。今既正三省諸寺之任，其都事主事掌故之屬，舊品不卑，宜清州屬及縣令丞。卽有秀才異等，皆以名聞，不拘此制。如此者謂之特舉。其課試不用糊名謄録之法，使之通一藝以上者，非獨采用漢制而已。《周禮》大司徒以鄉三物教萬民，而賓興之，亦以禮樂射御書數也。

如臣之議爲可取者，其教養選用之意，願降明詔以諭之。得人失士之效，當信賞罰以厲之。以陛下之所嚮，孰敢不虔於奉承？以陛下之至明，孰敢不公於考擇？行之以漸，循之以久，如是而俗化不美，人材不盛，官守不修，政事不舉者，未之聞也。其舊制科舉，以習者既久，難一日廢之，請且如故事。惟貢舉疏數，一以特舉爲準，而入官試守選用之叙，皆出特舉之下〔三〕。至夫教化已洽、風俗既成之後，則一切罷之。如聖意以謂可行，其立法彌綸之詳，願詔有司而定議焉，取進止。元豐三年十一月二十一日垂拱殿進呈。

〔一〕顧校本、章校本、《文粹》「士」下有「之」字。

〔二〕章校本「者」下注「一作不悖所聞者」；《曾文定公集》此句作「出入不悖所聞者」，下同。

〔三〕「下」，章校本云：「别本作中」；《曾文定公集》作「中」。

請西北擇將東南益兵劄子

臣聞古者兵出於農，故三時耕稼，一時閲武。其於四時蒐田，則又率之從事。然則農之用力於兵，以少言之，歲當兩月。計其大概，則今之專力之兵一，當古之兼農之兵六。先王之制，天子六軍，大國三軍，次國二軍，小國一軍，軍萬二千五百人，其餘夫以爲羡卒。周有天下，諸侯之國千有八百，以中數率之〔一〕，通有兵二萬五千，爲兵四千五百萬，而羡卒未在其數。以今之兵一當其六，今有兵百萬，爲八十倍少於古。以迹言之，其專力、兼農之勢固異；以多少言之，其用人之力，費人之財，今可謂省矣。古者兵出於農，故干戈、車乘、馬牛亦皆取具，而國無預焉；今兵出於國，故干戈、車乘、馬牛亦皆取具，而民無預焉。此今之兵又於民爲便者也。秦既開阡陌，而亦兵出於民。其干戈屢動，則至於發閭左之戍。魏漢而下，亦皆以民爲兵，其轉徙殺戮之禍嘗甚矣。至於後周、隋、唐修列府衛，而兵復近古。天寶以後，彍騎立，而募兵之法行。自是之後，綱紀失序〔二〕，天子之勢屈於方鎮之兵，方鎮之勢屈於所部之兵〔三〕。至其甚也，將之廢置出於兵。至于五代，而國之廢置出於兵。兵之禍天下，未有甚於此也。

宋興，撥亂世反之正。太祖外削藩服，而歸之軌道；内操師旅，而束以法制。天下之惡子，非鰌之以刑，而自列於行伍；非驅之以暴，而自就於縲墨。以鎮城邑，以戍疆埸。非獨爲朝廷之用，其於天下之良民，得以樂職而安業者，實賴其力。況又其費少於古，其便多於民，近世以來，制兵之善，未有及此者也。陛下出衆慮之表，起百職之廢，其於常武，尤屬聖心。今連營之士，訓練精鋭；武庫之兵，繕治工巧。殆古所未有。

臣誠不自揆，計今之事，竊以謂西北之宜當擇將率，東南之備當益戍兵，庶幾上副陛下威夷狄、守四方、不世出之大志。何以言之？昔太祖之世，其捍北狄，則用李漢超於關南、馬仁瑀於瀛州、韓令坤於常山、賀惟忠於易州、何繼筠於棣州；其禦太原，則用郭進於西山、李謙溥於隰州、李繼勳於昭義；其備西戎，則用姚内斌於慶州、董遵誨於環州、王彦昇於原州、馮繼業於靈州。大抵如内斌、遵誨之兵，率不過五六千人，皆責之以自守其地。今士之精鋭，兵之工巧，無以復加矣，在乎得人，屬之統督之寄而已。故臣以謂西北之宜當擇將率，付之一州一路，任之以戰守之責，陛下明考核、信賞罰，以馭之而已。以此制勝，則何求而不得也？

臣又竊以古者百里之地，爲千乘之國，有兵三萬七千五百人。今州小者，非特百里而已。士徒之衆，雖不必盡如古制，然今東南之隅，地方萬里，有山海江湖險絶之勢、溪洞林麓深僻之虞，而此諸路之兵，各不過數千人而已。其於防邏，常患不足。萬一有追胥討捕之事，理必乏人。向者邕州之不守，蓋患於救援之不繼。至於廖恩之鼠竊，而能稽誅於時月者，蓋由追討之兵不足。恩已自歸，而所遣北兵，猶在道路。則東南之寡弱，蓋可知也。以陛下之明，綱理天下，無所不備。其於東南之兵，計今之宜，雖不必如古者千乘之法，然稍增兵屯，使緩急足用，以銷奸萌，除患於未然，亦治體之所宜及。臣故以謂東南之備當益戍兵。區區憂國之心，惟陛下之所裁擇，取進止。元豐三年十一月二十一日垂拱殿進呈。

〔一〕「率」字原無，據元刻本、《讀書記》、顧校本、章校本、吴校本、傅校本、《文粹》增。

〔二〕元刻本、正統本、傅校本、《文粹》「紀」下有「大」字。

〔三〕「部」，傅校、《文粹》作「募」。

議經費劄子

臣聞古者以三十年之通制國用，使有九年之蓄。而制國用者，必於歲杪，蓋量入而爲出。國之所不可儉者，祭祀也。然不過用數之仂，則先王養財之意可知矣。蓋用之有節，則天下雖貧，其富易致也。漢唐之始，天下之用常屈矣，文帝、太宗能用財有節，故公私有餘，所謂天下雖貧，其富易致也。用之無節，則天下雖富，其貧亦易致也。漢唐之盛時，天下之用常裕矣，武帝、明皇不能節以制度，故公私耗竭，所謂天下雖富，其貧亦易致也。

宋興，承五代之敝，六聖相繼，與民休息，故生齒既庶，而財用有餘。且以景德、皇祐、治平校之：景德户七百三十萬，墾田一百七十萬頃；皇祐户一千九十萬，墾田二百二十五萬頃；治平户一千二百九十萬，墾田四百三十萬頃。天下歲入，皇祐、治平皆一億萬以上，歲費亦一億萬以上。景德官一萬餘員，皇祐二萬餘員，治平并幕職，州縣官三千三百餘員，總二萬四千員。景德郊費六百萬，皇祐一千二百萬，治平一千三百萬。以二者校之，官之衆一倍於景德，郊之費亦一倍於景德。官之數不同如此，則皇祐、治平入官之門多於景德也。郊之費不同如此，則皇祐、治平用財之端，多於景德也。誠詔有司按尋載籍，而講求其故，使官之數、入者之多門可考而知，郊之費、用財之多端可考而知。然後各議其可罷者罷之，可損者損之。使天下之入，如皇祐、治平之盛，而天下之用、官之數、郊之費皆同於景德，二者所省者蓋半矣。則又以類而推之。天下之費，有約於舊而浮於今者，有約於今而浮於舊者。其浮者必求其所以浮之自而杜之，其約者必本其所以約之由而從之。如是而力行，以歲入一億萬以上計之，所省者十之一，則歲有餘財一萬萬。馴致不已，至於所省者十之三，則歲有餘財三萬萬。以三十年之通計之，當有餘財九億萬，可以爲十五年之蓄。自古國家之富，未有及此也。古者言九年之蓄者，計每歲之入存十之三耳，蓋約而言之也。

今臣之所陳，亦約而言之。今其數不能盡同，然要其大致，必不遠也。前世於雕敝之時，猶能易貧而爲富。今吾以全盛之勢，用財有節，其所省者一，則吾之一也，其所省者二，則吾之二也。前世之所難，吾之所易，可不論而知也。

伏惟陛下冲静質約，天性自然。乘輿器服，尚方所造，未嘗用一奇巧。嬪嬙左右，掖廷之間，位號多闕。躬履節儉，爲天下先。所以憂憫元元，更張庶事之意，誠至惻怛〔一〕，格於上下。其於明法度以養天下之財，又非陛下之所難也。臣誠不自揆，敢獻其區區之愚，惟陛下裁擇，取進止。元豐三年十一月二十一日垂拱殿進呈。

〔一〕「誠至」，《讀書記》注「疑作至誠」。

請減五路城堡劄子

臣嘗議今之兵，以謂西北之宜在擇將帥，東南之備在益戍兵。臣之妄意，蓋謂西北之兵已多，東南之兵不足也。待罪三班，修定陝西河東城堡之賞法，因得考於載籍。蓋秦鳳、鄜延、涇原、環慶、并代五路，嘉祐之間，城堡一百一十有二，熙寧二百一十有二，元豐二年二百七十有四〔一〕。熙寧較於嘉祐爲一倍，元豐較於嘉祐爲再倍。而熙河城堡又三十有一。雖故有之城，始籍在於三班者，或在此數，然以再倍言之，新立之城固多矣。

夫將之於兵，猶弈之於棋。善弈者置棋雖疏，取數必多，得其要而已。故敵雖萬變，塗雖百出，而形勢足以相援，攻守足以相赴，所保者必其地也。非特如此，所應者又合其變，故用力少而得筭多也。不善弈者，置棋雖密，取數必寡，不得其要而已。故敵有他變，塗有他出，而形勢不得相援〔二〕，攻守不能相赴，所保者非必其地也。非特如此，所應者又不能合其變，故用力多而得筭少也。守邊之臣，知其要者，所保者必其地，故立城不多，則兵不分，兵不分，則用士少，所應者又能合其變，故用力少而得筭多，猶之善弈也。不得其要者，所保非必其地，故立城必多，立城多，則兵分，兵分則用士衆，所應者又不能合其變，故用力多而得筭少，猶之不善弈也。

昔張仁愿度河築三受降城，相去各四百餘里，首尾相應，由是朔方以安，減鎮兵數萬。此則能得其要，立城雖疏，所保者必其地也。仁愿之建三城，皆不爲守備，曰：「寇至當併力出戰，回顧望城，猶須斬之，何用守備？」自是突厥遂不敢度山，可謂所應者合其變也。

今五路新立之城，十數歲中，至於再倍，則兵安得不分？士安得不衆？殆疆埸之吏，謀利害者不得其要也。以弈棋況之，則立城不必多。臣言不爲無據也。以他路況之，則北邊之備胡，以遵誓約之故，數十年間，不增一城一堡，而不患戍守之不足，則立城不必多，又已事之明驗也。臣以此竊意城多則兵分，故謂西北之兵已多，而殆恐守邊之臣，未有稱其任者也。今守邊之臣，遇陛下之明，常受成筭以從事，又不敢不奉法令，幸可備驅策。然出萬全之畫，常諉於上，人臣之於職，苟簡而已，固非體理之所當然。況由其所保者未得其要，所應者未合其變，顧使西北之兵獨多，而東南不足。

在陛下之時，方欲事無不當其理，官無不稱其任，則因其舊而不變，必非聖意之所取也。夫公選天下之材，而屬之以三軍之任，以陛下之明，聖慮之緒餘，足以周此。臣歷觀世主，知人善任使，未有如宋興太祖之用將英偉特出者也。故能撥唐季、五代數百年之亂，使天下大定，四夷軌道，可謂千歲以來不世出之盛美，非常材之君、拘牽常見者之所能及也。以陛下之聰明睿聖，有非常之大略，同符太祖。則能任天下之材以定亂，莫如太祖；能繼太祖之志以經武，莫如陛下。臣誠不自揆，得太祖任將之一二，竊嘗見於斯文，敢繕寫以獻。萬分之一，或有以上當天心，使西北守邊之臣，用衆少而得筭多，不益兵而東南之備足，有助聖慮之纖芥，以終臣前日之議，惟陛下之所裁擇。《任將》篇見《本朝政要策》。

貼黃：五路城堡，據逐次降下三班院窠名數目如此。竊恐係舊來城堡，自來屬樞密院差遣，後來逐度方降到窠名，係三班院差人，所以逐度數目加多。若雖是舊來城堡，卽五路二百七十餘城，亦是立城太多。

〔一〕「二百」原無，據元刻本、《讀書記》增。元刻本、《讀書記》、顧校本、《文粹》無「二年」。

〔二〕「得」，元刻本作「能」。

曾鞏集卷第三十一

劄子 六首

再議經費劄子

臣嘗言：皇祐、治平歲入，皆一億萬以上，而歲費亦略盡之。景德官一萬餘員，皇祐、治平皆二一作三萬餘員，景德郊費六百萬，皇祐、治平皆一千萬以上，是二者費皆倍於景德。使皇祐、治平入官之門多於景德者，可考而知，皇祐、治平郊費之端多於景德者，可考而知，然後議其可罷者罷之，可損者損之，使歲入如皇祐、治平，而祿吏、奉郊之費同於景德，則二者所省蓋半矣。則又以類推而省之，以歲入一億萬計之，所省者十之一，則歲有餘財一萬萬，所省者十之三，則歲有餘財三萬萬，以三十年之通計之，當有餘財九億萬，可以爲十五年之蓄。自古國家之富，未有及此也。陛下謂臣所言，以節用爲理財之要，世之言理財者，未有及此也，令一作今付之中書。

臣待罪三班，按國初承舊，以供奉官、左右班殿直爲三班，立都知行首領之。又有殿前承旨班院，別立行首領之。端拱以後，分東西供奉，又置左右侍禁及承旨借職，皆領於三班。三班之稱亦不改。初，三班吏員止於三百，或不及之。至天禧之間，乃總四千二百有餘。至於今，乃總一萬一千六百九十，宗室又八百七十。蓋景德員數已十倍於初，而以今考之，殆三倍於景德。略以三年出入之籍較一作校之，熙寧八年，入籍者四百八十有七，九年五百四十有四，十年六百九十，而死亡退免出籍者，歲或過二百人，或不及之，則是歲歲有增，未見其止也。臣又略考其入官之由，條於別記以聞，議其可罷者罷之，可損者損之，惟陛下之所擇。

臣之所知者，三班也。吏部東西審官，與天下他費，尚必有近於此者，惟陛下試加考察，以類求之。蓋有約於舊而浮於今者，有約於今而浮於舊者，其浮者必求其所以浮之自而杜之，其約者必本其所以約之由而從之，如是而力行，使天下歲入億萬，而所省者什三，計三十年之通，當有十五年之蓄。夫財用天下之本也，使國家富盛如此，則何求而不得？何爲而不成？以陛下之聖質，而加之勵精，以變因循苟簡之敝，方大修法度之政，以幸天下，詒萬世。故臣敢因官守，以講求其損益之數，而終前日之說以獻，惟陛下財擇。

請改官制前預選官習行逐司事務劄子

臣伏以陛下稽古正名，修定官制，今百工庶務，類別以明，其於講求經畫，皆出聖慮，彌綸之體，固已詳盡。然推行之始，去故取新。竊恐百執事之人，素未諭於其心，習於其耳目，一日之間，或未盡知其任；羣吏萬民，聽治於上者，或未盡知所趨。待夫問而後辨，推而後通，則必有煩阻之患、留滯之虞。若圖之於早，定之於素，則一日之間，官號法制，一新於上，而彝倫庶政，敍行於下，內外遠近，雖易視改聽，而持循安習，無異於常。此臣所以區區之愚，庶有補於萬一也。

今百司庶務，既已類别。若以所分之職、所總之務，因今日之有司，擇可屬以事者，使之區處，自位叙名分，憲令版圖，文移案牘，訟訴期會，總領循行，舉明鉤考，有革有因，有損有益，有舉諸此而施諸彼，有捨諸彼而受諸此，有當警於官，有當布於衆者，自一事已上，本末次第，使更制之前，習勒已定，則命出之日，但在奉行而已。

蓋吏部於尚書，爲六官之首。試即而言之，其所總者選事也。流内銓、三班、西東審官之任〔一〕，皆當歸之。誠因今日之有司，擇可屬以事者，使之區處。自令、僕射、尚書、侍郎、郎、員外郎，以其位之升降，爲其任之煩簡，使省書審决，某當屬郎、員外郎，某當屬尚書、侍郎，某當屬令、僕射，各以其所屬，預爲科别。如此，則新命之官，不煩而知其任矣；曹局吏員，如三班諸房十有六，諸吏六十有四，其所别之司，所隷之人，不必盡易。惟當合者合之，當析者析之，當損者損之，當益者益之，使諸曹所主，因其舊習。如此，則新補之吏，不諭而知其守矣；憲令版圖，文移案牘，訟訴期會，總領循行，舉明鉤考，其因革損益之不同，與有舉諸此而施諸彼，有捨諸彼而受諸此，有當警於官、布於衆者，皆前事之期，莫不考定。如此，則新出之政，不戒而知其叙矣。夫新命之官，不煩而知其任；新補之吏，不諭而知其守；新出之政，不戒而知其叙。則推行之始，去故取新，所以待之者備矣。其於選事如此，旁至於司封、司勳、考功當隷之者，内服外服、庶工萬事當歸之者，皆推此以通彼，則吏部之任一作仕，不待政出之日，問而後辨、推而後通也。

推吏部之事，以通於百工庶職。如此，則體雖至大，而操之有要；事雖一變，而處之有素。一日之間，官號法制，鼎新於上；而彝倫庶政，叙行於下。内外遠近，雖改視易聽，而持循安習，無異於常。區區之愚，庶有補於萬一者在此。而臣愚淺薄，不知治體，貪於傾盡，而不知其言之妄。採掇增損，實待聖斷，惟陛下之所裁，幸取進止。

〔一〕「西東」，元刻本、正統本、顧校本、章校本作「東西」。

請改官制前預令諸司次比整齊架閣版籍等事劄子

臣伏以陛下發德音，正官號，法制度數，皆易以新書，太平之原，實在於此。今論次已定，宣布有期，四方顒顒，跂足而望。臣切恐施行之際〔一〕，新舊代易之初，庶工之間，或吏屬因循，或簿書緣絶，其於督察漏略，檢防散逸彌綸之體，不可不早有飭戒。欲乞明諭，有司架閣有未備者備之，版籍有未正者正之。凡憲令圖牒、簿書案牘，皆當次比整齊，斂藏識别。以至於官寺什器，凡物之屬公上者，亦皆當鈎考，詳於簿録。庶於新舊更易之間，得無漏略散逸之敝，非獨儆當今典領之懈，且以絶異時追究之煩。取進止。

〔二〕「切」，吴校本、傅校本作「竊」。

請以近更官制如周官六典爲書劄子

臣竊以周制六卿，各率其屬，皆有分職，見於《禮經》。至唐，自三省而下，分命庶官，亦各以其職事，見於《六典》。今陛下講求化原，更定官制。蓋作憲垂法，由古以來，其於大體有不可易者，雖唐虞三代未嘗易也。至於緣人情，因世故，斟酌損益，有不可不易者。故雖唐虞之際極盛之時，凡巡守四方，則皆修五禮，而周人治象之法，亦歲有更革，況於時異事殊，而可以膠於一方之説、泥於一偏之迹哉？故陛下更制改作，其彌綸大意，則遠體《周官》，而近因唐制，此所謂於其大體，有不可易者也。至於從宜應變，則解縱拘攣，獨出聖謀，不牽常筭，此謂斟酌損益，有不可不易者也。夫能審其不可易者而因之，斷其不可不易者而更之，惟當而已，然後可謂明制作之體。

惟陛下聖性之卓，故能處之無疑，此非羣臣之所能望也。今更定官制，其所先者，在於使羣臣庶位皆明知其職分。職分既明，然後在事者得各因其名，以效其實。而考察者欲核其實，則必推其名。此作法之大要，所謂不可易者也。今庶尹百工，分位既定，宜有新書，如《周官》、《六典》明白之文，使内外上下，曉然究悉，以熙庶績而康萬事。臣適典明命，亦得各以百執事所分之職，載於訓詞，以飭戒在列，以稱陛下董正治官、循名責實之意。其書宜以時頒布，以幸天下。如體重事巨，其不可不易者，文字論次尚有未周，則百司所守小大之務，亦宜先有條具，委曲章明，施於列位，使人人皆知其任，勸於赴功。而臣亦得討論演暢，見於王者之訓，以副聖君勵精求治、爲世作則之心。取進止。

史館申請三道劄子

臣修定國史，止依司馬遷以下編年體式，至於書事隨便，今略具條目進呈。其餘文義曲折，難預爲定例者，須候著撰之際，徐更隨宜，候書成日，爲逐篇述傳，繫於末卷，以見論次之意。蓋若預爲定例，恐於文義須至拘牽，就例或有所妨。其書事隨便，今略具條目如左：

一，羣臣拜罷，見於百官表。

一，刑法、食貨、五行、天文、災祥之類，各見於逐志。已上更不於本紀載述之類。

一，名位雖崇，而事迹無可紀者，更不必傳。或善惡有可見者，則附見之。

一，善惡可勸戒，是非後世當考者，書之。其細故常行，更不備書。

右取進止。

臣修定五朝國史，有合申請事，具下項：

一，自宋興以來，名臣良士或曾有名位，或素在丘園，其有嘉言善行、歷官行事、軍國勳勞，或有貢獻封章，或有著撰文字，或本家有碑誌、行狀、紀述之文，或他人爲作傳記之類，今來所修國史，須合收採載述。恐慮舊書訪尋之初，有所未盡，至今歲月已遠，耳目所及者少，或至漏略。欲乞京畿，委開封知府及畿縣知縣，在外委逐路監司、州縣長吏，博加求訪。有子孫者，延致詢問，諭以朝廷之意。欲使名臣良士言行功實，傳之不朽，爲人子孫者，亦宜知父祖善狀，合要顯揚，使得見於國史，以稱爲人後嗣之義。各令以其所有事迹或文字，盡因郡府，納於史局，以備論次。或文字稍多，其家無力繕寫，卽官爲委官，以官用傭寫字人書寫校正。其曾任兩府、兩制、臺諫之家，須逐家一一詢訪，無令漏略。各限自指揮到日，一月内取到文字，發送史局，其逐路監司、州府、逐縣長吏，各具無漏略文狀連申。

一，申中書，向來編集累朝文字，本局不見，得從初名目，及樞密院有編集機要文字，并兩處有録得累朝御札手詔副本文字，欲乞令檢送本局，以備討論。取進止。

臣修定五朝國史，據舊書，及更加採摭，以備紀録外，竊慮五聖臨御之日，德音行事，外廷有所未聞，及自來更有紀述，發明文字，藏在宫禁者，欲乞特賜頒示，以憑論次。所貴祖宗功德，傳布方册，得以周盡。

右取進止。

請訪問高驪世次劄子

臣竊考舊史，高句驪自朱蒙得紇升骨城居焉，號曰高句驪，因以高爲氏。歷漢至唐高宗時，其王高藏失國内徙。聖曆中，藏子德武得爲安東都督，其後稍自爲國。元和之末，嘗獻樂工，自此不復見於中國。五代同光、天成之際，高驪王高氏復來貢，而失其名。長興三年，乃稱權知國事王建，遣使奉貢，因以建爲王。建子武，武子昭，昭子伷，伷弟治，治弟誦，誦弟詢，相繼立。蓋自朱蒙至藏，可考者一姓九百年，傳二十一君而失國，其後復自爲國，而名及世次、興廢之本末，與夫王建之所以始，皆不可考。王氏自建至伷，四王皆傳子，自治至詢，三王皆傳弟。詢自天聖八年來貢，至熙寧三年，今王徽來貢，其不見於中國者，蓋四十有三年。今陛下仁聖文武，聲教之盛，東漸海外，徽所遣使，方集闕下。

蓋高句驪，文字之國也，其使者宜知其國之君長興壞本末、名及世次。欲乞詔諭典客之臣，問自德武之東也，其後何以能復其國，何以復失之，嘗傳幾君，其名及世次可數否，王建之所以興者何由，其興也自建始歟，抑建之先已有興者歟。自天聖至熙寧四十三年之間，而徽復見於中國，其繼詢而立者歟，豈其中間復自有繼詢者歟，徽於詢爲何屬。如其言可論次，足以補舊史之闕，明陛下德及萬里，殊方絶域，前世有不能致者，慕義來庭，故能究知四夷之事，非聲教之所被者，遠不能及此。取進止。

貼黄：欲乞諭畢仲衍，因話從容訪問。或來使未能盡對，即諭以候歸本國，討尋記録，因向後別使人附來。

高驪世次

高句驪，其先出夫餘王，得河伯女，因閉於室，感日而孕，生朱蒙。及長，夫餘之臣謀殺之，朱蒙走得免。至紇升骨城居焉，號高句驪，因以高爲氏。朱蒙死，子如栗立。如栗死，子莫來立。漢武帝元封四年[一]，滅朝鮮，置玄菟郡，以高句驪爲縣，屬之。騶立。史失其世次。王莽時，發高句驪兵伐胡，不欲行，遂皆出塞爲寇，歸咎於騶，嚴尤誘而斬之，莽乃大悅，更名高句驪王爲下句驪侯。光武建武八年，高句驪遣使朝貢，復其王號。史不著其名。

莫來裔孫宫立。殤、安之間寇遼東。宫死，子遂成立。安帝建光元年也。遂成死，子伯固立。《北史》云：宫死，子伯固立。伯固死，子伊夷模立。伊夷模死，子位宫立。位宫死，元孫乙弗利立。頻寇遼東。弗利死，子釗立，釗曾孫璉立。晉太武時，始遣使者，詣安東奉表。璉死，安立。史失其世次，而云：以高麗王安爲平州牧，晉孝武大元十年也。《南史》云：璉死，子雲立。雲死，子安立。後魏宣武、神龜中。安死，子延立。延死，孫雲立。後魏孝文太和五年也。子成立。成死，子湯立。湯死，子元立。隋開皇、大業中，皆伐之。元死，弟建武立。建武之立，隋末也。唐高祖武德中，拜遼東郡王。建武死，弟之子藏立。建武爲蓋蘇文所殺，更立建武弟之子藏爲王，自爲莫離支專國，猶唐兵部尚書、中書令之職。貞觀十八年遣李勣伐之。十九年，太宗親征。高宗龍朔元年，遣任雅相以三十六軍，水陸分途，覦高麗之釁。乾封三年，李勣拔扶餘城。總章元年，李勣拔平壤城，執藏，收其地。蓋朱蒙至藏，有國九百年矣。藏子德武爲安東都督。武后聖曆二年也。後稍自爲國，至元和末，遣使獻樂工。同光、天成間，高驪國王高氏，累遣使朝貢。唐末，中原多事，其國遂自立君長。同光，後唐莊宗時。天成，明宗時。天德元年至長興二年〔二〕，二百六十四年，通上九百年，計一千一百六十四年。高驪國王王建立。明宗長興三年，權知國事王建遣使朝貢，明宗拜爲王。建死，子武立。武死，子昭立。建隆三年、四年，開寶五年，來貢。昭死，子伷立。開寶元年，太平興國二年、三年、五年、六年，來貢。伷死，弟治立。太平興國七年九月，遣使來貢。制以治爲王。九年，端拱元年，來貢。淳化二年，遣使求印經，詔賜之。四年，又來貢。五年，來乞師，優詔答之。治死，弟誦立。誦初立，遣兵校徐遠來候朝廷德音，遠久不至。咸平三年，其臣吏部侍郎趙之遴命牙將朱仁紹至登州訪之，州將以聞，召見仁紹，回，因賜誦鈿函詔。六年，來貢乞師，優詔答之。誦死，弟詢立。大中祥符七年，天禧元年、五年，天聖八年，來貢。

〔一〕《讀書記》、顧校本、章校本、吴校本、傅校本云：四年當作三年。

〔二〕章校本注：「天德」當是「總章」之誤。

曾鞏集卷第三十二

劄子九首

論中書録黄畫黄舍人不書檢劄子

臣初掌書命，中書吏以録黄畫黄并檢赴臣簽書。其檢，中書舍人稱臣書名，而侍郎押字〔一〕；至録黄畫黄，然後侍郎舍人皆稱臣書名。臣曾巡廳，言檢草舍人稱臣書名，而侍郎押字，恐於理尚有未盡，且録黄畫黄并檢，一體相須而成，當書之官，未有可以一書一否也。況録黄畫黄侍郎舍人皆稱臣書名者〔二〕，事君之體固然也。其檢，舍人不書，欲以爲别異執政乎？則録黄畫黄并檢，一體相須而成，事君之體，於例當一，一書之間，方其嚴上，則未有可以復伸下也。伏尋故事，中書舍人分押尚書六曹，天下衆務無不關决，其各執所見，謂之五花判事。故唐太宗嘗謂侍臣曰：中書、門下，機要之司，詔敕有不便者，皆須執論。比來遂無一言駁論，若准書詔敕，行文書而已，人誰不堪？今舍人不押六曹，惟掌書命，而事干書命者，又不書檢。竊尋故事，未有可據而然也。或謂事干書命者，有除改行遣因依，故舍人不當書檢。然向來書檢已連除改因依，況除改因依，參於典故，即無舍人不得預聞之理。臣詳本朝之制，官司佐屬，蓋有得書檢而不得書行移文字者，未有得書行移文字而不得書檢者，此又於理可疑。臣固非欲書檢也，顧緣職分，不敢苟止，伏乞考詳理體，斷自聖裁，令臣得以遵守。取進止。元豐五年七月。

〔一〕《讀書記》、顧校本、章校本、傅校本、傅校漁浦書院本此句後有「恐於理未安，自後舍人遂不書檢，惟書録黄畫黄而已，然」二十二字；元刻本、傅校本有這段文字，無「然」字。

〔三〕原無「畫黄」二字，據元刻本、《讀書記》、顧校本、章校本、吴校本、傅校本、傅校漁浦書院本增。

請給中書舍人印及合與不合通簽中書外省事劄子

臣檢會中書外省，昨准門下省連到詳定官制所狀内事件，有合申明下項：

一，檢會官制所元豐四年十月七日上殿劄子，元擬門下省印、給事中印，奉聖旨，門下省印、尚書省印、門下給事中印、中書舍人之印，尚書列曹，別具考定取旨，餘兩省官并省務，並用給舍印。

臣今看詳，通進司文字，既隸給事中，合使門下給事中印。

一，給事中廳狀勘會，請到門下外省印，未委合於何處收掌。

臣今看詳，上件印，合係散騎常侍收掌，如闕，則以次官。

一，給事中廳狀，四月二十九日准詳定官制所發到狀二件，爲分撥人吏并院子事，各係申門下外省，今來未審係是何官書判施行。

臣今看詳，應申門下外省文字，合係本省散騎常侍以下通簽書。

一，狀後門下外省批已施行外，五月六日送中書外省施行訖，即却繳送合屬去處。

臣今看詳，逐項事件，並只是指揮門下外省及給事中廳，其中書外省，雖准批送施行，卽未有定制。中書外省及舍人廳事務明降指揮，兼官制所狀內一項，稱兩省官并省務並用給舍印，又一項稱門下外省印，合係散騎常侍收掌，如闕，卽以次官。是則中書舍人及中書外省，各合有印。今來已有中書外省印，其中書舍人之印，卽未給到，未應得官制所狀內元定指揮及右省官，除逐廳各有分職外，其外省事務，見今中書舍人與起居舍人通簽。若將來常侍以下至正言員足，消與未消，逐一通簽。如不通簽，卽未審合係是何官書判施行。如合通簽，亦乞明降指揮。

右取進止。

貼黄：今後因逐司申明立法，有與別司事體相同者，乞令便據逐司事務立條，責免。更有申請，重煩聖聽，兼免逐司事體相同，施行不一。如允臣所奏，乞立此條，令今後應干修條處並依此。又舍人諫官，舊各有印，蓋緣本職文字，慮有事干機密，難就別官用印。故事，中書舍人判省雜務〔一〕。

〔一〕《讀書記》云：「務」下疑尚有脱文。

議邊防給賜士卒只支頭子

臣伏見真宗議封泰山，問三司使丁謂：隨駕兵士，或遇泥雨，支賜鞋錢，動須五七萬貫，如何有備？謂奏：隨駕之士，披帶已重，若有支賜，如何將行。欲令殿前都指揮使曹璨先問軍士，路中或有支賜，置隨駕便錢一司，各與頭子支，便於兵士住營處，或指定州軍，各使骨肉請領。一則便於兵士請領，二則隨駕兵士骨肉在營，得便到特支錢物，甚安人心。曹瑑尋問諸軍，皆曰：「隨駕請得何用，兼難以將行，若如此，皆感聖恩。」遂定東封之計。車駕往回，略無闕誤。臣竊以爲邊防給賜士卒，可推此行之，在公可省輦運，在私可無負致營護之勞，而士卒之家，又速得錢物濟用。伏乞詳酌，如有可採，出自聖意施行。取進止。

申明保甲巡警盜賊劄子不曾上

臣伏以《周禮》以五家爲比，使之相保，推之至於五州爲鄉，因其民以用之於田役追胥之事。管仲於齊，亦以五家爲軌，推之至於五鄉爲軍，以有三軍之制。蓋生民之業，資於衣食則爲農，資於備禦則爲兵，其所恃之理然也。後世言兵者，以謂九夫爲井，此八陣之法所由出也。五家爲軌，此師旅之法所由出也。以臣考之，所以然者，非三軍之政取法於鄉田，蓋古者生民之業，兵農非異務也。自經界既廢，而兵農始殊。秦漢之際，大率十里一亭，亭有長，十亭一鄉，鄉有三老、有秩、嗇夫、游徼。三老掌教化，嗇夫職聽獄訟，收賦税，游徼循禁盜賊，亦比閭族黨、卒伍追胥之遺事也。今保甲之制，自五家爲保，推之至於有大小保長，有都副保正，職承文書，督盜賊，與比閭有長，鄉亭有嗇夫、游徼，非異意也。臣昨守亳州，亳爲多盜重法之地，臣推行保甲之法，以禁盜賊，幸不至謬戾。誠不自揆，欲於保甲巡檢縣尉之法，所以防慮盜賊者，有所推廣，以稱朝廷立法之意。具下項：

一，諸處自來盜賊，並是外來浮浪行止不明之人，或是本處素來無賴之人。保甲之法，使五家爲保，蓋欲察舉非違之事。一保五家，若有一家藏匿外來浮浪行止不明之人，或一家有素來無賴之人，卽四家無由不知，而法禁之中，不責其顔情蓋庇，則人於鄉里，誰肯告言？若爲設禁防，使不告官者，因事發露，則有相坐之刑，人情自愛，誰肯苟容？此乃本立保伍、察非違之意也。所察舉者，藏匿惡人之家，所以爲人除患，固非開告訐之路，傷鄉里之義也。若藏匿之家，自不能揜，則惡人何所容入，盜賊不禁而自熄，理之所可必也。欲乞指揮：外來浮浪行止不明之人，保内不得舍止；本處素來無賴之人，保内須以姓名申官，官爲籍記。係籍之人，凡有出入，並須告知本保。若保内舍止外來浮浪行止不明之人，犯人嚴斷，同保不糾，科不言上之罪；保内有本處素來無賴之人，同保不以姓名申官，及係籍之人，出入不告本保，本保不糾，亦並科不言上之罪，犯人嚴斷。所貴有所關防，可以暗消盜賊。況自來州縣，亦往往有禁絶舍止浮浪及籍記惡人之處，可以斷得盜賊，别無擾煩。兼保甲條，諸保内有外來人，如行止顯有不明，卽收領送官。則是法意蓋已及此，今來所乞，只是申明，更欲詳備，伏乞裁酌施行。

一，伏見熙寧六年保甲條法，保内如遇有賊盜，畫時告報，本保長已下〔一〕，同保人户，卽時前去救應追捕。如入别保，卽遞相擊鼓，應接襲逐。元豐二年，詳定上條節文，諸保内賊盜，畫時集本保追捕，如入别保，遞相告報襲逐，舊有鋪屋及鼓處，依舊仍輪保丁守宿，未有處，願置者聽。臣竊以謂元條及詳定，互有詳略，若合而用之，則彌綸之意無所不備。今欲乞指揮：諸保内賊盜，畫時集本保追捕，如入别保，卽遞相擊鼓，報應襲逐，並置鋪屋及鼓，仍輪保丁巡宿。如此，則保伍之内，既不得容止惡人，巡宿之法又備，如有賊發，則合力追捕，措置無所不盡。於本置保甲之意，委曲備具，亦古者井田守望相助，後世置鄉亭徼循盜賊之遺法也。

一，伏見熙寧敕節文，諸巡檢常於地分内巡警廨宇，所在州給與印曆，逐季點檢。臣欲乞相度指揮重法地分，巡檢縣尉常於地分内巡警，每旬具所到地分申州，仍給與行程印曆，每季本州將旬申與印曆，委官點磨，違者取勘施行。州不督察，監司按劾以聞。如此，則制置捕盜之官，事體均一，理在必行，不容苟簡之人得以廢法，使捕盜之官分巡不止，保甲候望，轉相承接，盜賊所向，輒遇譏察，竊發之謀，必自衰熄，或有伺間不湜之人，亦易敗獲。右取進止。

〔一〕「本」，元刻本、正統本、《讀書記》、顧校本、章校本、傅校本作「大」。

存恤外國人請著爲令劄子不曾上

臣昨任明州日，有高麗國界託羅國人崔舉等，因風失船，飄流至泉州界，得捕魚船援救全度，從此隨捕魚船，同力採捕，得食自給，後於泉州自陳，願來明州，候有便船，却歸本國。泉州給與沿路口券，差人押來。臣尋爲置酒食犒設，送在僧寺安泊，逐日給與食物，仍五日一次，别設酒食，具狀奏聞。臣奏未到之間，先據泉州奏到，奉聖旨，令於係官屋舍安泊，常切照管，則臣存恤舉等，頗合朝廷之意。自後更與各置衣裝，同天節日，亦令冠帶，得預宴設。

竊以海外蠻夷，遭罹禍亂，漂溺流轉，遠失鄉土，得自托於中國。中國禮義所出，宜厚加撫存，令不失所。泉州初但給與口券，差人徒步押來，恐於朝廷矜恤之恩，有所未稱。檢皇祐一路編敕，亦只有給與口食指揮。今來聖旨，令於係官屋舍安泊，常切照管，事理不同。緣今來所降聖旨，未有著令。欲乞今後高麗等國人船，因風勢不便，或有飄失到沿海諸州縣，並令置酒食犒設，送係官屋舍安泊，逐日給與食物，仍數日一次別設酒食。闕衣服者，官爲置造。道路隨水陸給借鞍馬舟船。具析奏聞。其欲歸本國者，取稟朝旨，所貴遠人得知朝廷仁恩待遇之意。取進止。

請減軍士營教劄子

臣伏見諸軍教閱之法，並只合早教一次。舊例有晚教者，卽更晚教。向來教閱之法，初行之時，諸軍欲要訓練早得精熟，是以早晚教外，諸營更有營教。今來訓練日久，各以精熟，甚有踏硬出格之人。諸軍事藝，見今分作三等。欲乞相度其事藝，在第三等者，與免營教一日。在第二等者，與免營教二日。在第一等，與免營教三日。所貴人情悅慕升進，得事藝者多。乞賜詳酌指揮。取進止。

代曾侍中辭轉官劄子

臣蒙恩轉官，已曾面陳，及具劄子辭免，懇誠雖切，志願未諧，夙夜省循，不遑寧處。是用再干旒扆，伏望必賜允從。

臣以謭才，當陛下卽政之初，勵精思治，與在廟堂，首當大任。所宜佐陛下循守法度，重惜名器，使愚無誤施，官不虚授。四方觀聽，知朝臣慶賞得宜〔一〕，則衆情必皆勸慕，欲正其本，當始於臣。今若首玷寵榮，不知固避，使朝野竊議，上虧政理，則是欲清其流而先濁其源，致弊之由，乃自臣始，豈陛下所以屬任微臣之意，愚情所以圖報萬一之心？況祖宗以來，進官之法，或以歲月，或以功勤，今於斯二者，實無其一。又於執政之内，不爲以事當遷，欲貪厚恩，何義而可？伏望特回聖慈，俯憐悃迫〔二〕，速賜德音，遂其所乞。至於國公户邑，則臣更不敢辭。謹具劄子奏陳，無任赤心懇激之至。取進止。

〔一〕「臣」，元刻本、正統本、顧校本、章校本作「廷」。
〔二〕「迫」，《讀書記》、顧校本、吴校本、章校本作「愊」。

代曾侍中乞退劄子

臣近三上表，及再進劄子，以陰陽不調，雨雪愆候，乞欲免黜，蒙面諭不允，仍降批答，令斷來章。臣仰惟寵遇之厚，恩旨之嚴，固欲强顏趣於順命。然信宿以來，旱氣轉甚，臣夙夜震惕，職思其憂，所以不避冒煩，至於五六，敢祈仁聖必賜矜從，此臣區區之愚，義不得止者也。

蓋宰相職調陰陽，災異即當罷免，行之已久，故事甚明。今亢陽爲沴，經涉冬春。隴畝之間，焦枯日甚；閭巷之内，疾癘將興。天戒丁寧，咎自臣始。陛下側身思變，發於懇誠，忘己憂人，見於顏色，以至詢訪周於列位，請禱遍於羣神。聖心焦勞，中外嗟仰，豈臣之分，尚得晏然？雖陛下大恩，欲終覆護，而四方觀聽，責當謂何？且臣少壯之時，尚虞不職，今齒髮已暮，理當乞身，欲貪寵私，何義而可？伏望察臣素守，體臣至誠，早回聖慈，許從罷黜。矧今舊德之老，新進之賢，求於朝廷，所在森列，取以代臣，必致休徵。使臣得避賢者路，退守丘園，豈惟上厭天心，下塞人望，亦所以全陛下始終之恩，成老臣去就之義。況應天感人，惟在誠實，臣既知當退，豈敢矯誣？所望睿明，審加詳擇，臣無任血誠迫切之至。取進止。

英宗實録院申請劄子

奉敕修撰英宗皇帝一朝實録。伏以先帝功德之美，覆被天下，宜載方策，傳之無窮。而未有日曆，至於時政記、起居注，亦皆未備。今此論次，實憂疏略。其於搜訪事迹以備撰述，尤在廣博，使無闕遺。今取到修撰仁宗皇帝實録院行遣案卷看詳〔一〕，彼處累次陳情〔二〕，乞搜採取借〔三〕，應于合要照證文字前後條件。本院亦合如此施行，參詳類次，作一併申請，具下項：

一，文臣少卿監以上，武臣正刺史以上，或雖官品未至，而事業勳績可書，及丘園之士，曾經朝廷獎遇，凡在先朝薨卒者，例合於實録内立傳。欲乞朝廷特降指揮，下鈐轄諸道進奏院，遍行指揮，仍劄付御史臺、開封府，及審官院、三班院、流内銓、入内、内侍省、閤門出榜曉示，應係英宗朝亡歿臣僚，合立傳者，並令供給行狀〔四〕、神道碑、墓誌等，仰本家親屬限日近修寫，疾速附遞繳納，赴實録院。

一，應先朝曾歷兩府兩制雜學士、待制、臺諫官，及正任刺史、閤門使，已上臣僚，或因賜對，親聞聖語，或有司奏事，特出宸斷，可書簡册者，並乞付中書遍劄送。已上臣僚，委令逐人速具實封供報，務要詳悉，仍乞指揮進奏院，遍行指揮。應曾在先朝任上件官位，已經亡殁臣僚之家，亦許親族編録，經所在官司繳進，不得虚飾事節，候到日並降付本院，以憑看詳編修。所貴書成之日，免致疏略。

一，乞下中書樞密院，自嘉祐八年四月至治平四年正月已前，應有臣僚進獻文字，曾送史館，或留在中書，劄刷名件，及下史館，盡底檢尋，降付本院。并宰臣與文武百僚，凡有奏請稱賀上表，所降批答，亦乞檢尋降下。

一，乞下兩省及司封、兵部、吏部、甲庫、學士、舍人院，據實録院所闕宣敕及詔書除目告詞，如移牒暫借，使畫時檢尋報應，不得稽緩。

一，乞下禮賓院，具自嘉祐八年四月至治平四年正月八日已前，凡外蕃朝貢，所記本國風俗人物、道里土産，詳實供報。

一，先朝臣僚，有得罪譴謫者，乞下御史臺、審刑院、刑部、大理寺，據實録院所要案牘〔五〕，畫時供借。

一，乞下司天監，自嘉祐八年四月至治平四年，逐年具曆日一本，供報當院。

一，乞下三司，令自嘉祐八年四月至治平四年正月八日已前，應蟲蝗水旱災傷，及德音赦書蠲放税賦及蠲免欠負，並具實數，供報當院。

一，乞下三司，自嘉祐八年四月至治平四年正月八日已前，應有制置錢穀税賦茶鹽及榷酒等，凡干臣條章疏論議廢置事件，具録供報當院。

一，都水監河渠水利，凡有論議改更，禮部但係郡國所申祥瑞，貢院但干改更貢舉條制，太常寺禮院但干禮樂制作事，三司户部每遇户口升降，已上官司，自嘉祐八年四月至治平四年正月八日已前，令子細檢尋，供報本院，不得漏略。

一，天聖元年，管勾修真宗皇帝實録所奏修撰官李維等公文〔六〕，其間有事迹不圓處，合係中書樞密院三司檢尋應副。又緣事件不少，竊慮差去手分，不得到裏面檢尋，是致逐時不檢，到照證事件，乞傳宣中書樞密院，據李維等合要照證修撰事迹名件，令合行手分等，盡底檢尋應副，免致有妨修撰。奉御寶批，依奏。治平元年，修仁宗皇帝實録院，亦奏合於中書樞密院檢尋，合要照證事件，乞依天聖初體例施行，并乞差中書應奉國史文字堂後官魏孝先、樞密院修時政記主事劉孝先，候見當院書庫官等，將到合要檢尋事件，立便收接檢尋應副。又曾乞差中書樞密院編文字官，及乞於三司、審刑院、大理寺屬官内選差一員，各令應副檢尋文字，今來本院合要中書樞密院檢尋文字照證編修，欲乞依天聖、治平初體例施行。

一，乞下管勾往來國信所，契勘嘉祐八年四月至治平四年正月末以來，所差入國接伴館伴官等，正官借官簿等册并語録，權借赴當院，照證修纂，仍不妨彼所使用。

一，乞下玉牒所，取英宗皇帝玉牒一本照會。

一，乞下中書編機房，合要嘉祐八年四月至治平四年正月八日已前，除改麻制文字照會。

一，本院但干修實録，於諸處檢借文字，並須當職官員封記往還，疾速應付。

一，乞下尚書司封，疾速檢借嘉祐八年四月至治平四年正月八日已前，中書除改百官官位姓名敕黄，照證修纂。

〔一〕「遣」，章校本、《曾文定公集》作「迹」。

〔二〕「情」，元刻本、正統本、傅校漁浦書院本作「請」。

〔三〕「探」，元刻本、正統本、顧校本、傅校漁浦書院本作「採」。

〔四〕「給」，元刻本、正統本、顧校本、章校本、漁浦書院本作「納」。

〔五〕「牘」，原作「櫝」，據顧校本、章校本、傅校本、漁浦書院本改。

〔六〕「奉」，元刻本、正統本、《讀書記》、顧校本、傅校本、傅校漁浦書院本作「奏」。

曾鞏集卷第三十三

奏狀十七首

進奉熙寧四年明堂絹狀

祀而嚴配，王國之上儀；助者駿奔，人臣之常奉。前件物，實之用篚，旅以造庭。阻就列以陪祠，庶將心於拱極。載循僭冒，伏積震惶。

進奉熙寧七年南郊銀絹狀

天休不宰，故大報於親郊；上德難名，唯駿奔於助祭。兹爲邦禮，以合人情。前件物，輒用土毛。敢參庭實，第從臣之嘉頌；獨遠清光，得萬國之歡心。庶將薄意，干冒旒扆。臣不任。

進奉熙寧七年同天節銀絹狀

自天生德，與世爲歸。屬當載育之期，敢薦無疆之祚。前件物，輒備土毛之末，用參篚貢之餘。遠守蠻荆，莫預造庭之會；仰懷象魏，但祈難老之祥。

進奉熙寧八年同天節銀絹狀

元命在躬，方啓龍興之運；鴻圖集祉，爰開𪔋降之祥。前件物，敢薦服官，用參庭實。緣易供之薄獻，祝難老之殊祥。

襄州乞宣洪二郡狀

右，臣今任至今年九月成資，已蒙差太常少卿孫頎替臣成資闕，今臣去替衹有數月。竊念臣爲有私便，欲乞就移洪州或宣州一任，情願守待遠闕。謹具狀奏聞，伏候敕旨。

奏乞回避吕升卿狀

右，臣伏奉敕命，就差權知洪州軍州事，充江南西路兵馬都鈐轄，已發來赴任次。今睹吕升卿授江西轉運副使，伏緣臣先任齊州，得替後，吕升卿爲京東路察訪，於齊州多端非理，求臣過失，賴臣無可捃拾。兼臣弟布與吕惠卿又有嫌隙，二事皆中外共知。今升卿任江西監司，洪州在其統屬，須至陳乞迴避，伏乞指揮檢會。臣先奏乞移洪州，或宣州，或東南一般州郡。臣爲母親見在饒州，迤邐前去饒州，伺候朝旨。

奏乞與潘興嗣子推恩狀

右，臣伏睹本州人試將作監主簿潘興嗣，五歲以父任得官，二十二歲授江州德化縣尉，不行。熙寧二年，朝廷察其高，以爲筠州軍事推官，不就。今年五十六歲，安於静退三十餘年。

臣竊以康定中，徐復以處士收用，辭不就，得官其一子。近王回、孫侔皆以幽潛見録，命下而回已死，亦得官其一子。李覯以國子直講退歸死十年，亦得禄其後。則國家之於激奬廉退，既肆其所守，又恩及其世，蓋有故事。今與王回同時見録之人有孫侔，而後又有興嗣，處幽不改其操，皆已白首，然未有爲上聞者，故其子獨未蒙恩。

竊以康定至今幾四十年，士之抗志於隱約，而爲朝廷所知者，止此數人。蓋枯槁沉溺，其守至難，故其人至少。爲國家者，取而顯之，使天下皆知士之特立無求於世者，不爲上之所遺，則自重者孰不勉？浮競者孰不悔？可謂施約而勸博。寵禄之所以勵世，其實在此。臣故敢以聞，伏惟陛下幸察。侔及興嗣，躬難進之節，遭遇聖時，用王回、徐復、李覯爲比，加恩其子，使斯人不卒窮於閭巷，足以明示天下。興嗣有子羣，年二十六歲。孫侔今家真州。謹狀奏聞，伏候敕旨。

奏乞復吴中復差遣狀

右，臣伏見提點本州玉隆觀、龍圖閣直學士、給事中吴中復，年六十六歲，精力未衰，志意甚壯，歷事累朝，嘗任諫官御史，以直道正言，能稱其職。又任邦伯，理兵治民，皆有可紀。孔子曰：「如有所譽者，其有所試矣。」如中復之材，有已試之效，可謂明白。方今中外任使，嘗患乏人，如中復者，豈可遂其閒逸？欲乞召至左右，使典司獻納，或委以藩鎮，使剸治煩劇，必能上副憂勤，不負寄任。況中復年未當退，又無疾病，處之散地，衆謂非宜。伏望早賜收用，以稱朝廷尚賢求舊之意。臣忝任州長，不敢不言。謹具狀奏聞，伏候敕旨。

辭直龍圖閣知福州狀

右，臣準洪州送到敕牒一道，授臣直龍圖閣、就差權知福州，交割本職公事與以次官員〔一〕，發赴本任者。孤遠之臣，幸蒙收擢。聖恩深厚，誼豈敢辭？伏念臣老母年高，近歲多病。臣弟布已移知廣州，見赴本任。臣若更適閩越，則兄弟並就遠官。犬馬之志，不勝徬徨。伏望聖慈矜憫，特寢新命，與臣一便地差遣。所有敕牒，臣未敢祗受，已牒洪州，寄軍資庫收管。臣已交割本職公事與以次官員，不敢於舊任處久住，見迤邐前來，聽候指揮。謹具狀奏聞，伏候敕旨。

〔一〕「與」字原無，據元刻本、《讀書記》、顧校本、章校本、吴校本、傅校本增。

福州舉知泉州陳樞久不磨勘特與轉官狀

右，臣體訪得轄下知泉州尚書屯田員外郎陳樞，不下磨勘文字已十五年。中間曾遇覃恩改官，其於綿歷歲月，積累勞能，則考課常法，蓋未及之，列于郎曹，爲日已久。方當朝廷崇尚廉素、誡抑浮競之時，樞獨安于沖靜，所守如此。況樞操履純篤，出自天資；治行循良，見于衆論。自歷州縣，及任淮南提點刑獄，與今來再任泉州，所至風績，皆可稱紀。伏乞特降指揮，下審官東院，檢會樞合該磨勘日月〔一〕，采其久不自陳，特與優轉名曹，以奬恬退。臣忝備寄任，不敢不言。謹具狀奏聞，伏候敕旨。

〔一〕「日月」，元刻本、正統本、顧校本、章校本作「月日」。

福州奏乞在京主判閒慢曹局或近京一便郡狀

右，臣輒露悃愊，仰干旒扆。臣母老多病，見居京師。臣任福州，臣弟布任廣州，相去皆數千里。臣犬馬之志，實不遑寧。臣昨移福州之日，曾乞哀憐，改授近地，尋奉聖旨不允〔一〕，不敢再請。臣既到任，屬所部之內，寇孽遺類往往尚聚山谷，居人未寧，遠近疑駭，而州之屬邑，又有出於旱饑之後。臣於此時，正當竭其駑鈍，復不敢以私計自陳。自去冬及今春以來，上賴朝廷威德，蟻聚餘寇，悉又殄除。田疇之閒，連獲登稔。今山海清謐，千里晏然。里閭相安，粟米豐羨。臣於所部，乃無一事可以自效。況臣到任，今年八月已及一年。遠去庭闈，爲日已久。晨昏之戀，誼難苟止。則臣可以乞恩，實在今日。伏見朝廷至仁，比來羣臣之中，有欲便於養親者，並蒙聽許。況臣母子各已白頭〔二〕，兄弟二人皆任遠地，今臣於官守，又無可以驅馳之事。伏望聖慈憫惻，以臣老母見在京師，與臣一在京主判閒慢曹局差遣，或就移近京一便郡，庶便親養。臣雖糜殞，曷報聖恩？臣不任惶懼戰汗激切屏營之至。

〔一〕「聖」，《讀書記》、顧校本、章校本、吴校本、傅校本作「朝」。

〔二〕「頭」，《讀書記》、顧校本、章校本作「首」。

移明州乞至京迎侍赴任狀

右，臣昨以老母在京，而臣知福州，臣弟布知廣州，相去各數千里，幸臣所部之内，盜賊殄除，年穀豐稔，臣於守官，既無可驅馳之事，而臣到任已及一年，遠去庭闈，爲日已久，奏乞聖慈哀憐，以臣老母見在京師，與臣一在京主判閒慢曹局差遣，或移臣近京一便郡，庶便親養。尋准中書劄子，已降敕命，差臣權判太常寺兼禮儀事。奉聖旨，仰臣交割職分公事訖，發來赴闕。臣遂起離前來，至洪州，睹進奏院報，已差臣知明州。

伏念臣已奔馳在路，屈指計日，望至親側。竊計臣老母之心，聞臣之來，倚門之望，固已深切。今母子垂欲相見，而臣忽他改差遣。晨昏之戀，既未得伸；迫急之誠，惟知涕泗。且臣母子各已白首，臣母近歲多病。臣弟布又知桂州，私門之内，長子二人皆違左右。而臣於兄弟之内，又最居長。犬馬之志，豈敢苟安？況今所得明州，足可迎侍。臣不敢別有陳乞，欲望出自聖恩，特賜矜憫，許臣徑馬暫至京師〔一〕，迎侍老母赴任，不敢別有住滯。伏惟天地之德，哀而憐之。

臣欲候授敕後，陳此懇誠。臣見在道路，恐慮敕命附遞前來，或致遲延，須至便具奏請，所貴早得指揮，不致別有留滯。臣見水路前去，所有朝旨，乞降至真州，以來付臣。謹具狀奏聞，伏候敕旨。

〔一〕《讀書記》、章校本云「徑馬未詳，疑是僕字」。

明州奏乞回避朱明之狀

伏爲本路提點刑獄朱明之，是臣母之親堂弟，牒明州檢到敕條，竊慮合該回避，須至奏聞者。右謹具如前。乞賜檢會，如合該回避，欲望聖慈，念臣在外十有一年，已更六任，幸遇非常之主，職與內朝。而自陛下即祚以來，未得一覲玉色，人臣愛君惓惓希慕之心，未能自棄，爲日已久。兼臣昨任福州，已係遠地，迎侍不得。即今老母多病，見在京師，人子之義，晨昏之戀，固難苟止。二者於臣之心，實爲迫切。如臣合當避親，臣不敢陳乞在京差遣，只乞對移陳、蔡一郡，許臣暫至京師，迎侍老母赴任，使臣仰得就日月之光，俯得伸犬馬之養。

臣至孤至遠之迹，抱此微誠，如不自言，誰當爲臣言者？伏惟陛下天地父母哀而憐之，出自聖慈，特賜矜許。臣不任母子區區激切之情〔一〕。謹具狀奏聞，伏候敕旨。

〔一〕「母」，元刻本、《讀書記》作「臣」，顧校本、傳校本注「宋本臣」。

進奉元豐元年同天節功德疏狀

彌月開祥，本周家之極盛；千秋紀節，由唐室之寖昌。矧屬熙朝，實標華旦。是敢虔遵象教，恭啓法筵。傾率土之歡心，祝後天之遐筭。庶偕動植，永賴生成。

進奉元豐元年同天節銀狀

鳦鳥之詩，本商人之所自出；《生民》之什，原周室之所由興。矧屬休辰，實開令節。生成之造，雖難稱於大恩；愛戴之心，庶可將於薄物。用祝乾坤之久，永爲夷夏之依。

進奉元豐二年同天節銀絹狀

人神佑助，是開彌月之祥；夷夏歸依，方祝後天之筭。前件物，旅於庭實，出自土毛。仰睎北極之尊，用將微意；願固南山之壽，永庇羣生。

移知亳州乞至京迎侍赴任狀

右，臣五月三十日伏奉敕命，就差知亳州。既近輦轂，又便庭闈。仰荷天恩，俯從人欲，非臣淺薄所能報稱。伏念臣前奏中具陳在外十有一年，已更六任。幸遇非常之主，職與內朝。而自陛下即祚以來，未得一親玉色，人臣愛君惓惓希慕之心，未能自棄，爲日已久。兼臣昨任福州，已係遠地，迎侍不得。即今老母多病，見在京師，人子之誼，晨昏之戀，固難苟止。二者於臣之分，實爲迫切。如臣合當避親，臣不敢陳乞在京差遣，只乞對移陳、蔡一郡，許臣暫至京師，迎侍老母赴任。使臣仰得就日月之光，俯得伸犬馬之養。

今臣幸蒙恩詔移守亳州，如臣所請。況亳州去京不遠，欲乞許臣暫至京師，迎侍老母赴任。臣見已交割訖，發離前來。所有回降朝旨，乞降至泗州付臣。謹具狀奏聞，候敕旨。

曾鞏集卷第三十四

奏狀八首

乞賜唐六典狀

右，臣伏見聖恩，以新雕印《唐六典》頒賜近臣，以及館閣。竊以唐初以尚書、中書、門下三省參領天下之事，以令、僕射、侍中爲宰相之任。然選士用人，出兵授田，刑罰禮樂，至於工官所主，則一本於尚書。尚書、侍郎分爲六官，郎、員外郎各有攸司，又分爲二十有四。所以彌綸庶務，至微至密。其大則以永業口分之田制民之產，以租庸調制民之賦，以諸府十二衛制民之兵。三代以來，其政最爲近古，太宗所以致治者，蓋出於此。其事至衆，而舉之有條；其體至大，而統之有要。可謂得建官制理之方。

明皇之世，乃考尋舊章，著之簡册。以六卿所總領，則象《周官》，名其書曰《六典》。而開元十四年，張説罷中書令，爲尚書右丞相，不知政事。自此政事歸中書，而尚書但受成事而已，亦其書之所記也。則當是之時，尚書已不得其職。其所著者，蓋先代之遺法也。其本原設官因革之詳，上及唐虞，以至開元。其文不煩，其實甚備，信可謂善於述作者也。

臣向在館閣，嘗見此書，其前有序，明皇自撰意，而其篇首皆曰御撰，李林甫注。及近得此書不全本，其前所載序同，然其篇首不曰御撰，其第四一篇，則曰集賢院學士、知院事、中書令、修國史、上柱國、始興縣開國子臣張等奉敕撰。蓋開元二十二年，張九齡實任此官，然則此書或九齡等所爲歟？不敢以疑説定也。

伏惟皇帝陛下神智聖性，夙成自天，方革弊興壞，以修太平之業，繼唐虞之迹，而稽古不倦，旁及此書，乃自禁中鏤版傳之，以賜在位。豈不以其官儀品式去今未遠，而行於今者尚多，將使學士大夫得而求之。其於就列，皆知其任；其於治體，開益至多。非聖慮所存，規模宏遠，則何以訓勵羣臣，委曲至此。

臣備數内閣，以文學爲職，宜略知典故，不可以衰退駑鈍，怠惰苟止，故敢昧冒以請。伏望聖慈，依例賜臣一部，使得伏玩思索，萬一得奉清閑，尚可牽强以備訪問。不勝犬馬區區之誠，貪冀恩私，不知僭妄〔一〕。其於罪戾，所不敢逃。干冒宸嚴，臣不任〔二〕。

〔一〕「妄」，元刻本、正統本、嘉靖本、萬曆本、《文粹》作「越」，顧校本注「宋本妄」。

〔二〕顧校本、吴校本、傅校本、《文粹》「不任」下有「惶懼激切屏營之至，謹具狀奏聞，伏候敕旨」十七字。

授滄州乞朝見狀

右，臣伏奉敕命，就差知滄州，已起離前來。竊念臣遠違班列十有二年，伏遇陛下神聖文武，當天受命，制作法度，以集太平之功。羣情顒顒，孰不自願爲能〔一〕，以托名於萬世。而臣曾未得須臾之間，進望清光。竊不自揆，願奉德音。犬馬之情，固非一日之積。今將至京師，伏望聖慈，許臣朝見。臣不任〔二〕。

〔一〕《讀書記》云「能字衍」；章校本、傅校本删「能」字；顧校本、吴校本注「宋本無能」。

〔二〕顧校本、吴校本、傅校本「不任」下有「懇誠激切之至，謹具狀奏聞，伏候敕旨」十五字。

乞登對狀

右，臣於十月二十六日，伏蒙聖恩，賜對延和殿。陛下假之以玉色，奬之以德音，訪之以治天下之道，而及於當世之事，其敝安在。臣昏愚不肖，不足以稱聖意。遽言國家之大體，則懼非臣之任；毛舉天下之細務，則又非臣之志。是以不敢率然以對。夫智之不明，辭之不敏，此臣之罪也。計臣之材與臣之位，不敢以言高，亦臣之分也。退而伏念臣材質淺薄，偶有好古之勤，嚮道之志，遇陛下高明光大，方修先王之政，以集太平之功。而臣藐在外服十有二年，無衒鬻之一言，無左右之素譽。地窮勢絶，不敢期於自通，分以孤愚，老於疏遠。屬陛下聰明睿智，洞照羣情，公聽並觀，不遺小善。赫然獨斷，察臣之本末；超然遠御，收臣於滯涸。至於撫慰之私，顧問之寵，雖世之抱道德、堪重任之士，恐不能當，豈臣之微所可輒得？雖滅身碎首，未足以報非常之賜。其於傾竭肝膽，以自效其愚忠，有出位之責，猶不敢辭。況親承聖問，實臣吐盡誠素之時。其不敢自默，此臣愛君事國之義也。

竊以先王之治天下，必有典籍，以爲當世之法。傳之後嗣，使永有持循。故在《夏書》，稱「《政典》曰：『先時者殺無赦，不及時者殺無赦。』」則夏之治天下之書，曰《政典》也。其在《商書》，稱「制《官刑》，儆于有位。」曰：「惟兹三風十愆，卿士有一于身，家必喪；邦君有一于身，國必亡。」則商之治天下之書，曰《官刑》也。其在《周書》，稱成王「還歸在豐，作《周官》」。蓋以董正治官之意，訓告羣臣，今書《周官》之篇是也。於是之時，事爲之制，曲爲之防，故經禮三百，威儀三千。所謂經禮三百者，周禮六卿，屬皆六十，蓋舉其全數。則周之治天下之書曰《周禮》也。

三代以後，時君所爲，務在苟簡，紀綱憲度，闕而不圖。蓋遠莫盛于漢，而孝文之世，賈誼欲定官名，議寢不用。中莫懿於後周，雖分六府之位，以儀刑經禮，而典籍無所傳聞。近莫美於唐初，以尚書六職，本天下之治，而不能修列其法，論著於書。開元之際，始追次舊章，以爲《六典》，而尚書已失其職。然三代之後，治天下之書，有此而已。

今陛下以法制度數宜有所自，故上稽《周禮》；以官儀注措宜參近事，故旁求《六典》。則又質諸當世之宜，裁以聖慮。始自三省，至於百工，皆正其名。夫名正然後位定，位定然後事舉。名正、位定、事舉，則設官致理之方盡矣。使萬官千品，各循其分；彝倫庶績，皆得其任。然後陛下程其能，等其實，以章別幽明；信其賞，必其罰，以推行懲勸。庶務雖衆，舉其目而無不周；四海雖廣，正其本而無不治。況推尋采掇，雖付在有司，而是正準裁，實由聖斷。至夫大法既具，然後條分類別，以陛下之所指授，勒成一代之典。明示四方，使知出自聖作。豈獨以之彌綸當今之務，固當藏之金匱，爲萬世法。

臣愚固陋，竊不自揆，於夫經營之體，損益之方，所謂位定而事舉者，欲進其妄意之滯見，庶有毛髮之補。然心之委曲，難以書盡。伏望特垂聖慈，許臣上殿敷奏，使臣得披腹心，以稱前日之聖問。萬分之一，有足以上當天心，臣死生幸甚。俯伏待命。臣不任云云〔一〕。

〔一〕「云云」，顧校本、《文粹》作「懇誠激切之至，謹具狀奏聞，伏候敕旨。元豐三年十一月十八日進入」。

乞出知潁州狀

右，臣愚不自揆，懷犬馬之情，敢昧萬死以聞。不勝之誅，所不敢逭。伏念臣性行迂拙，立朝無所阿附，有見嫉之積毁，無借譽之私援。在外十有二年，更歷七郡，雖有愛君嚮國之心，託勢疏遠，無路自通，期于抱志没齒而已。陛下居法宫之深，臨萬官之衆，而臣以單外之迹，一介之微，陛下廓四聰之廣，出獨見之卓，不由臣之銜鬻，不因人之黨助，收憐拊慰，勞問褒嘉，語重意殊，可謂非常之遇。士之有大過人之材者，殆未足以致此，豈臣之鄙所當冒得。日夜思念，臣以庸下之器，在隱約之中，而獨爲聖主所知如此。螻蟻之軀，知死不足以圖報。今還朝以來，甫及數月，未有絲忽自效之勤，而輒以私誠上陳。臣之妄庸，雖受誅絶之刑，不足以塞責，惟陛下察而哀之。

臣母年七十有一，比嬰疾疹，舉動步履，日更艱難。陛下處臣京師，臣幸得侍庭闈，以便醫藥。聖澤至厚，常恐不能克堪。今臣弟布得守陳州，臣母憐其久别，欲與俱行。顧臣之宜，惟得旁郡，庶可奉親往來，以供子職。而抱疾之親，陸行非便。今與陳比境，許、蔡、亳州及南京，皆不通水路，惟潁可以沿流。臣誠不自揆，不諱萬死之責，敢昧冒以請。伏望聖慈，差臣知潁州一任。竊恐顧臨到任未久，無例爲臣移易；緣若候顧臨滿闕，則臣弟布陳州却已滿任。欲望特出聖恩，許臣不候顧臨任滿交割。臣惷冥寒陋，蒙陛下特異之知，未有錙銖之稱。而顧迫子母之恩，規私擇便，仰煩聖聰，當伏斧鑕，以須罪戾〔一〕，惟陛下哀憐聽察。干犯天威，臣不任云云。

〔一〕「戾」，《讀書記》、顧校本、章校本、吴校本、傅校本作「矣」，並注「宋本矣」。

再乞登對狀

右，臣去冬再蒙聖恩賜對。臣愚淺薄，無軼倫之行、絶衆之材。徒於輩流，粗識文字。至於講求天下之務，非敢謂能，蓋嘗有志。遇陛下紹天開迹，大修治具，一言片善，人人得以自效。而臣流離漂泊，藐在外服。有深忌積毁之莫測，無游談私黨之可因。轉徙八州，推移一紀。無側行之一迹，得參於御隸之間；無嘗試之半詞，得徹於巖廊之上。心思消縮，齒髮凋耗，常恐卒填溝壑，獨遺恨於無窮也。陛下體生知之質，起日新之政。揆之以道，以易漢唐五代之卑；本之於身，以追堯舜三代之盛。臣雖欲奮駑鈍，願備驅馳〔一〕，而處疏賤之中，無可致之勢。伏遇陛下明無不照，察臣滯迹之不容；聖無不通，采臣孤學之有得。出自睿斷，接之便朝。所以詢謀撫納，勉慰稱揚之殊，皆非素望所及。臣雖草茅之陋，顧非木石之頑。蓋士窮且老，身孤立於天下，而獨爲聖主所知如此，燔軀沈族，豈足論報？其於剖心析肝，以效其區區之忠，固臣之所不敢不盡也。是以竊不自揆，冒言當世之事。陛下寬其不敏之誅，而收其臆出之見。謂有可以當聖意者，臣愚蹇鈍，分豈稱此。蓋由陛下神聖文武，度越千載，而虛心納下，無伐善之意、徇己之情。故兼聽廣覽，小能薄技，無所不録。而臣愚遭遇，得以及此。今臣備數轂下，雖日得造朝，而身不邇法坐之凝嚴〔二〕，耳不接德音之温厚，涉四時矣。其畢忠顧知之心，惓惓之義，豈須臾廢哉！

伏念臣嘗言天下之經費，以謂皇祐治平，庶官之員倍於景德；議今之兵，以謂西北之宜在擇將帥。待罪三班，獲因職事，考於載籍。蓋官日益衆，而守塞之臣有未稱其任者。得以推其事實，審其源流。其於裁處之宜，亦嘗略窺其要。竊欲飾其所聞，敢終前日之説以獻。陛下方日孜孜，大有爲於天下。内則更張庶事，外則經營四方。如臣之説有可采者，庶幾制天下之用以養財，御天下之材以經武，有助聖政之萬一。臣於受恩，非敢謂報，庶以明臣犬馬之志，未嘗不嚮上之所爲也。

臣又嘗言，陛下方上稽《周禮》，旁參《六典》，以更定官制。臣於經營之體，損益之數，願有毛髮之補。伏聞百度已成，萬務已定，而臣曾不能吐一言，陳一策，庶得因國大典，託名不泯。今條分類别，宜布有期，臣誠不自揆，以謂更制之日，新舊革易之初，彌綸之術，固不可不有所素具。竊欲自效，少裨聖畫之緒餘。臣於三者，或萬有一得。然事有本末，理之詳悉，宜得口陳。伏望特出聖慈，許臣上殿敷奏。干冒宸嚴，臣不任。

〔一〕「願」，原作「顧」，據元刻本、正統本、《讀書記》、顧校本、章校本改。

〔二〕「凝嚴」，章校本作「嚴凝」。

申中書乞不看詳會要狀

右，伏以自來修撰國史，皆妙選衆材，共當寄任。今通修五朝大典，屬鞏專領，已是一人而冒衆材之任。顧鞏衰拙，懼不克堪。其今來所修《會要》，計三百卷。修纂以來，經涉十有餘年，編修等官，已更六人。限至秋季末成書，卽今已是八月中旬。某若依限修進，不惟須合考求首尾，參詳得失，仍更並須檢尋文字，照據其間，恐合更有更改損益。不獨於鞏以旬月而求就十有餘年之功；又復於鞏已於國史，是以一人而冒衆材之任，懼不克堪；而更益以《會要》，一人而兼數人之任。縱使容鞏添展期限，緣累朝典章，本末閎大，不同小小文字，自顧材力實不能兼。況今來進本裝寫並已了畢，伏乞更賜敷奏，取自朝廷詳酌，別賜指揮。

辭中書舍人狀閤門告報有旨，更不得辭免。不曾上。

右，臣準閤門告報，蒙恩授臣中書舍人者。竊以唐虞三代之君，興造政事，爵德官能之際，所以播告天下，訓齊百工，必有詔號令命之文，達其施爲建立之意。皆擇當世聰明雋乂、工於言語文學之臣，使之敷揚演暢，被於簡冊。以行之四方，垂之萬世。理化所出，其具在此。至其已久，而謀謨訪問，三盤五誥誓命之書，刻之爲經〔一〕。後世學者得而宗之，師生相傳，爲載籍首。吟誦尋繹，以求其歸。一有發明，皆爲世教。蓋其大體所繫如此。

逮至漢興，雖不能比迹三代致治之隆，而誥令下者，典正謹嚴，尚爲近古。自斯已後，豈獨彝倫秕斁。其推而行之，載於名命〔二〕，亦皆文字淺陋，無可觀采。唐之文章嘗盛矣。當時之士，若常袞、楊炎、元稹之屬，號能爲訓辭。今其文尚存，亦未有遠過人者。然則號令文采，自漢而降，未有及古，理化之具，不其闕歟？

伏惟陛下以天縱之聖，闡明道術，所以作則垂憲，紀官正名，皆上追三王，下陋漢唐。至於出口肆筆，發爲德音，固已獨造精微，不可窮測。則於代言之任，豈易屬人？臣淺薄闇瞀，學朽材下。誤蒙陛下知之於擯排忌疾之中，收之於棄捐流落之地，屬之史事，已懼瘝官。至於推度聖意，討論潤色，以次爲謨訓，彰示海内，兹事至大，豈臣所堪？況侍從之官，實備顧問。而臣齒髮已衰，心志昏塞，豈獨施於翰墨，懼非其任。至於謀猷獻納，尤不逮人。伏望博選於朝，旁及疏遠，必有殊絶特出之材，能副聖神獎拔之用。所有授臣恩命，乞賜寢罷。

〔一〕「刻」，《讀書記》云「疑作列」；傅校《文粹》作「列」。

〔二〕「名」，正統本、嘉靖黄希憲刻本、萬曆本、吴校本、傅校本作「明」；顧校本、章校本、吴校本、傅校本注「宋本名」。

授中書舍人舉劉攽自代狀

蒙恩授前件官，準編敕節文、知雜御史已上授訖，許舉官自代者。右謹具如前。臣伏見朝奉大夫、充集賢校理、知亳州劉攽，廣覽載籍，强記洽聞。求之輩流，罕有倫比。臣竊以謂引拔衆材，彌綸世務，至於博學之士，固宜用在朝廷。況今聖質高明，究極今古，凡在左右當備顧問之臣，尤須多識前載，然後能稱其職。如攽所長，實允茲選。況攽累歷州郡，治行可稱。至於文辭，亦足觀采。兼此衆美，臣實不如。今舉自代，謹具狀奏聞，伏候敕旨。

曾鞏集卷第三十五

奏狀三首

福州擬貢荔枝狀并荔枝録

右，臣竊以《禹貢》揚州厥包橘柚錫貢，則百果之實列於土貢，所從來已久，二帝三王所未嘗易也。荔枝於百果爲殊絶，産閩粤者，比巴蜀南海又爲殊絶。閩粤官舍民廬，與僧道士所居，自堦庭場圃，至於山谷，無不列植。歲取其實，不可勝計。故閩粤荔枝食天下，其餘被於四夷。而其尤殊絶者，閩人著其名至三十餘種。然生荔枝留五七日輒壞，故雖歲貢，皆乾而致之。然貢概以常品〔一〕，相沿已久。其尤殊絶者，未嘗以獻。蓋東漢交阯七郡，貢生荔枝，十里一置，五里一候，晝夜馳走，有毒蟲猛獸之害。而唐天寶之間，亦自巴蜀驛致，實開侈心。

當陛下之時，方以恭儉寡欲爲天下先，固不可得而議及於此也。至於歲貢，既乾而致之，然顧以常品。其尤殊絶者，則抑於下土，使田夫野叟往往屬厭，而大官不得獻之於陛下，陛下不得獻之於宗廟兩宫。使勞人費財如此可也〔二〕。蓋荔枝尤殊絶者，固不可多致，若每種歲貢數百，或至千數，每州不過用三五步卒，使之日行兩驛，固不爲勤且煩，非有勞人費財之患。而修貢者不知及此，此臣之所未諭也。又荔枝成實在六七月間，雖乾而致之，然新者於其甘滋，猶未盡失，至於經歲，則所存者特其滓苴而已。而每歲貢入，常至冬春。夫蠻夷異類，贄其方物，皆知用其土産之良，而不敢慢。今邦城之内，守藩之臣〔三〕，效其貢職，而曾不知出此，此臣之所不敢安也。故臣常欲至荔枝成實，約旁近州，各擇其尤殊絶列於名品者，差其多少，以時上進。其領于有司，備燕賜之用者，自如故事。蓋建安貢茶，自蔡襄易以小團，而茶之絶特者，始得獻之天子。今荔枝復得貢其尤者，則閩粤之産，選擇而充庭實者始備。所以致臣之恭於其貢職，此臣之官守也。

荔枝録〔四〕

陳紫，出興化軍秘書省著作佐郎陳琦家，於品爲第一。江緑，出福州，類陳紫差大，而香味蓋爲其次也。方紅，徑可二寸，色味俱美，荔枝之大，無出此者，歲生二一作一三百顆而已，出興化軍尚書屯田郎中方蓁家。游家紫〔五〕，種自陳紫，實大過之，出興化軍。小陳紫，實差小，出興化軍。宋公荔枝，實如陳紫而小，甘美亦如之，出興化軍宋氏，世傳其木已三百歲。藍家紅，泉州第一，出尚書都官員外郎藍丞家。周家紅，初於興化軍爲第一，及陳紫、方紅出，而周家紅爲次。何家紅，出漳州何氏。法石白，出泉州法石院，色青白，其大次於藍家紅。緑核，出福州，荔枝核紫，而此獨核緑。圓丁香，丁香荔枝皆旁蔕大而下鋭，此獨圓而味尤勝。右十四種〔六〕，皆以次第著於録。

虎皮，色紅而有青斑，類虎皮，出福州。牛心，以狀名之，長二寸餘，皮厚肉澀，出福州，惟一本。玳瑁紅，色紅而又有黑點，類玳瑁，出福州城東。琉黄，以色類琉黄。朱柿，色朱如柿，出福州。蒲桃荔枝，穗生，一穗之實至三一作二二百，然其品殊下。蚶殼，以狀名之。龍牙，長可三四寸，彎曲如爪牙，而無瓤核，出興化軍，然不常有。水荔枝，漿多而淡，出興化軍。蜜荔枝，以甘爲名，然過於甘。丁香荔枝，核小如丁香。大丁香，殼厚色紫，味微澀，出福州天慶觀。雙髻小荔枝，每朵數十，皆並蒂雙實。真珠荔枝，圓白如珠，無核，荔枝之最小者。十八娘荔枝，色深紅而細長，閩王王氏有女第十八，好食此，因而得名。女冢在福州城東報國院，冢旁猶有此木。或云：謂物之美少者爲十八娘，閩人語。將軍荔枝，五代時有此官者種之，因以得名，出福州。釵頭顆荔枝，顆紅而小，可施釵頭。粉紅荔枝，荔枝多深紅，而此以色淺爲異。中元紅，實時最晚，因以得名。火山荔枝，本出南越，四月熟，穗生，味甘酸，肉薄，閩中近年有之。右二十種，無次第。

荔枝三十四種，或言姓氏，或言州郡，或皆識其所出，或不言姓氏州郡，則福、泉、漳州、興化軍蓋皆有也。一品紅，言於荔枝爲極品也，出近歲，在福州州宅堂前。狀元紅，言於荔枝爲第一，出近歲，在福州報國院。

〔一〕「概」，萬曆本、《文粹》作「蓋」。「以」，正統本、《文粹》作「爲」。
〔二〕《讀書記》云，此句「疑有脱誤」。
〔三〕「臣」，原作「用」，據元刻本、正統本、顧校本、章校本、《文粹》改。
〔四〕標題原無，據元刻本、正統本、顧校本、吴校本、傅校本、《文粹》增。

〔五〕原無「游家」二字，據章校本、蔡襄《荔枝譜》增。

〔六〕以上荔枝不足十四種，疑篇末「一品紅」至「在福州報國院」四十字當在「右十四種」之上。

明州擬辭高麗送遺狀

竊見接送高麗使副儀内一項，高麗國進奉使副，經過州軍，送知州、通判土物，並無答謝書〔一〕。候進奉使回日，依例估價，以係官生帛，就整數量加回答。檢會熙寧六年高麗國進奉有使副，送明州知州、通判土物，共估錢二百貫以上九十九陌。熙寧五年及九年，有進奉使，無副使，送明州知州、通判土物，共估計價錢一百貫以上九十九陌。其土物，奉聖旨並依例令收，估價回答。臣今有愚見合具奏聞者，右謹具如前。

竊以高麗於蠻夷中爲通于文學，頗有知識，可以德懷，難以力服也。故以隋之全盛，煬帝之世，大兵三出，天下騷然，而不能朝其君。及至唐室，以太宗之英武，李勣之善將，至于君臣皆東嚮，以身督戰，而不能拔其一城，此臣之所謂難以力服也。宋興，自建隆以來，其王王昭以降，六王繼修貢職，使者相望。其中間壓于强虜，自天聖以後，始不能自通於中國。陛下卽祚〔二〕，聲教四塞，其國聞風不敢寧息，不忌强胡之難，不虞大海之阻，效其土實，五歲三至，如東西州，唯恐在後。其所以致之者，不以兵威，此臣之所謂可以德懷也。陛下亦憐其萬里惓惓，歸心有德，收而撫之，恩禮甚厚。州郡當其道途所出，迎勞燕餞，所以宣達陛下寵錫待遇之意，此守臣之職分也。其使者所歷之州，賫其所有，以爲好於邦域之臣。陛下加恩，皆許受之，而資以官用，爲其酬幣。其使一再至之間，許其如此，不爲常制可也。今其使數來，邦域之臣受其贄遺，著於科條，以爲常制，則臣竊有疑焉。

蓋古者相聘，贄有圭璋，及其卒事，則皆還之，以明輕財重禮之義。今蠻夷使來，邦域之臣與之相接，示之以輕財重禮之義，使知中國之所以爲貴，此人事之所宜先，則當還其贄，如古之聘禮，還其圭璋，此誼之所不可已也。又古之以贄見君者，國君於其臣則受之，非其臣則還之。今蠻夷嚮化，來獻其方物，以致其爲臣之義。天子受之，以明天下一尊，有臣而畜之之義，此不易之制也。邦域之臣與其使接，以非其臣之義，還其贄，以明守禮而不敢逾，亦不易之制也。以此相屬，以明天子之尊，中國之貴，所重者禮義，所輕者貨財。其於待遇蠻夷之道，未有當先於此者也。且彼贄其所有，以明州一州計之，知州、通判所受，爲錢三一作二二十萬，受之者既於義未安，其使自明而西，以達京師，歷者尚十餘州，當皆有贄。以彼之力度之，蠻夷小國，於其貨財，恐未必有餘也。使其有親附中國之心，而或憂於貨財之不足，臣竊恐有傷中國之義，而非陛下所以畜之之意也。

臣愚竊欲自今高麗使來，贄其所有以爲好於邦域之臣者，許皆以詔旨還之。其資於官用以爲酬幣已有故事者，許皆以詔旨與之如故。惟陛下詳擇之。如可推行，願更著於令。蓋復其贄以及於恐其力之不足，厚其與以及於察其來之不易，所謂尚之以義，綏之以仁。中國之所以待蠻夷，未有可以易此者也。其國粗爲有知，歸相告語，必皆心服誠悅，慕義於無窮，此不論而可知也。

臣愚非敢以是爲廉，誠以拊接蠻夷，示之以輕財重禮之義，不可不先。庶幾萬分之一，無累於陛下以德懷遠人之體。是以不敢不言，惟陛下裁擇。謹具狀奏聞，伏候敕旨。

〔一〕「無」，元刻本、正統本、《讀書記》、顧校本、吴校本、傅校本作「先」。
〔二〕「祚」，《讀書記》、顧校本、吴校本、傅校本、《文粹》作「阼」。

擬辭免修五朝國史狀

右，臣去年八月伏奉敕命，充史館修撰，又奉聖旨專典史事，且將三朝國史先加考詳，候兩朝史了日，一處修定。又於延和殿伏蒙面諭所以任屬臣之意，臣是以祗服聖恩，不敢辭避。天下皆知臣居此職，出自主知，以爲榮遇。况臣以至孤至遠之迹，出深忌積毁之餘，獨蒙明主知而用之。且自古以來，天下之士不遇者多矣，如臣遭遇者無幾。則臣捐草茅之軀，以報天地之德，固其分也。至於效其區區之愚，豈足爲陛下道哉？况以文字薄技，得因聖宋之大典，託名萬世，學士大夫莫不願備其任，而獨臣之愚，幸預采擇。此臣所以窮日夜，憊精思，不敢忘須臾，志在於斯文，惟恐不稱其任，以負陛下任屬之意也。

自到局以來，仰遵聖訓，且將三朝國史，先加考詳。伏見祖宗以來，神功聖德，巍巍之烈，至於歷世，將相文武士吏言行聲實，殊尤之迹，至高至大。已非愚臣所能究盡。况兩朝國史，臣所未見。竊惟五世百有餘年，聖賢事業，本末閎大。臣之淺薄，加以齒髮衰晚，誠恐不能發明論次，以稱陛下顯揚褒大之心。虚食大官，汗青無日，以負陛下任屬之意，此臣之所大懼也。况五朝舊史，皆累世公相卿士、道德文學，朝廷宗工所共準裁，既已勒成，爲國大典。臣以至孤至遠之迹，出深忌積毁之餘，材質駑下，豈宜輒議損益？使臣仰恃日月之照，不知自任之妄，貪慕恩待，趣之以就事，誠恐黑白不當，律吕失次，方於舊史有失無得，以負陛下任屬之意，此又臣之所大懼也。若不早具上陳，自求罷退，至于歲月寖久，不職之罪已不可逃，雖欲乞身，已無可及。是以不避萬死之責，敢干聖聽。

伏望出自聖慈，察臣悃愊，罷臣史事，别與臣一差遣。臣之昏愚不肖，固已盡在陛下聽察之中。如蒙終賜收憐，别加驅策，顧臣之鄙，奉令承詔，可幸無罪。則碎首捐軀，固臣之所。以此明臣之志在於量能知分，非敢苟且避事也。伏惟陛下天地父母，哀而憐之。

曾鞏集卷第三十六

啓二十一首

應舉啓

右鞏啓：伏念鞏材質淺陋，藝學荒蕪。讀聖人之經，未知大義；明當世之務，多泥舊聞。雖堅樹立之心，豈適變通之用〔一〕？矧罹禍釁，屢抱憂哀。是以三遇文闈，一逾歲紀，足迹不游於場屋，姓名不署於鄉閭。僕僕東南，有衣食婚嫁之累；拘拘蚤夜，惟米鹽薪水之憂。今者側聽詔書，講求士類，顧私恩之可念，迫生理之難周，義不自皇，勢當强起。蓋以出而載質，無他業之可爲；仕以爲貧，亦古人之所處。遇高明之見照，殆否結之將通。伏以某官粱棟瓌材，琮璜茂器，發文章之素藴，當仁聖之盛期。忠言嘉謀，施之有效；流風善治，所至可傳。嘉奬士倫，助成世教。況親承於著令，方序别於羣材。藐是羈孤，最爲滯拙。仰遵舊禮，敢忘桑梓之恭；輒進曼辭，庶當雞鶩之贄。察其素學，采以寸長。盡繫及物之仁，惟俟至公之賜。

〔一〕「變通」，原作「通變」，據元刻本、正統本、《讀書記》、顧校本、章校本、吴校本、傅校本改。

謝杜相公啓

伏念鞏志雖策礪，性實滯頑。行不足比古之人，材不足適時之用。居常齟齬，動輒困窮。往以孤生而蒙收接，又遭大故而被救存。非常之恩德所加，空知感激；無用之技能素定，曷有報償。至於數千里之間，三四年之後，去冬之首，方能屬思以爲書；積日之勤，庶或因辭而見意。不謂使者至門之日，正值相君失子之初。遠瀆高明，已難期於省覽；況逢哀惻，豈能必於薦聞。因此復憂懇悃之誠，無由自達視聽之側。雖推心之遠大，寧責禮於賤微。然義未足以論酬，而言又不得以敍謝。其爲私計，豈敢自皇？伏惟相公當世表儀，本朝柱石。許還私第，聖意雖優於大臣；召用安車，人心素望於元老。伏祈上爲邦國，善保寢興。

回傅侍講啓

鞏啓：伏審祗膺詔檢，入奉經筵，伏惟慶慰。伏以某官秉德粹冲，受材閎廓。遘盛辰而開迹，席膴仕以升華。善政流風，已推行於民上；高文大策，久聳動於朝端。果允僉言，特膺迅用。從容帝幄，方演暢於微言；密勿禁林，佇裁成於明命。自聆拜寵，方念騰書。辱見獎於舊遊，遽先馳於華問。欣愉感幸，交集悃誠。

代人謝余侍郎啓

右某啓：伏念某歸而閑處，時所背馳。分功名之無期，嗟志意之空大。言當世之事，懼尚口而更窮；求後人之知，因著書而自見。疏闊已甚，抵棄未能，輒布聽聞，方虞訶譴。屬小兒之過拜，辱餘論之見存。指瑾掩疵，大爲之地，憫窮悼屈，勤出於衷。省枯槁之姿，力乖報德；激衰殘之氣，感欲忘身。瞻風采之敻遥，役魂神而飛去。尚當益壯，以塞誤知。

與劉沆龍圖啓

右鞏啓：伏念鞏方抱憂哀，且多疾病。貧不得已，則俗事皆當自謀；旅無所容，則世人誰肯見恤？今者伏遇知府龍圖給事，愷悌成德，勸勉爲懷。忘後進之至微，假温顔而與接。知其孤立，念其數奇。謂其有詩書之勤，則曲加於奬待；謂其有衣食之累，則特甚於矜憐。且使受田之獲安，實由爲地之至大。在甘旨有毫髮之助，於子弟乃丘山之恩。況此餘庥，可均敝族。雖遠台坐，常注愚心。復得交游之傳，愈知意愛之厚。自非土石，豈不激昂？粗知古今，可勝感勵。恨當迷塞，曷用報償。而方先人之葬送未成，偏親之奉養多乏。四弟懷仰哺之託，九妹有待年之期。凡縻敝於秋毫，皆經營於方寸。顧惟私計，當議遠遊。世俗險艱，豈諳嘗之不熟；性靈疏拙，實齟齬之可憂。未卜趨承，更增慕戀。

謝解啓

伏睹解文，首蒙舉選。伏念鞏才非卓越，識匪該通。素志慕乎古人，故時情之所背；虛名聞於當世，故衆忌之所排。患難艱危，流離頓挫。孰有至孤之迹，敢萌希進之心？顧生理之難周，迫私衷之可念。學而干祿，誠匪素懷。仕以爲貧，竊將自比。是以聞詔之出，負笈以來。豈意片文，首塵高選。以至天倫之薄陋，子黨之空疏，皆自單平，得蒙收齒。退惟會合，亦有端原。此蓋伏遇某官，崇奬士倫，助成世教。以虹蜺之光而被飾，以律呂之氣而吹噓。致此屯窮，階於振發。敢不勉增素學，益勵前修。庶全必勝之名，以答至公之賜。謹奉啓陳謝。

回李清臣范百祿謝中賢良啓

右鞏啓：竊以設科以求特起之材，發策以訪可行之論，是惟高選，果得異能。伏以賢良某官，志敏以强，詞嚴而贍。迹前世之事，而博極羣書；議當今之宜，而常引大體。及親承於聖問，遂絕出於時髦。方喜聞風，遽蒙枉記。仰惟謙抑之過，第積感銘之深。

回人謝館職啓

伏審試藝禁林，升華儒館，伏惟慶慰。伏以都官學士英材傑出，玉璞混成，遭時運之光華，奮文章之温雅。第榮科於秘殿，蚤邁等倫；升膴仕於本朝，薦騰譽望。較雕龍之麗藻，利架灩之秘扃[一]。果被明綸，式符輿頌。方展騰書之好，遽蒙削牘之私。仰服謙撝，退深感戢。

[一]「利」，《讀書記》云「疑訛」。

與北京韓侍中啓二首

一[一]

右鞏啓：伏念鞏顧以諸生，守茲劇郡。撫敝封之云始，望仁境以非遥。恨無羽翼之飛馳，與操几杖；欲以緘縢之託寓，聊布腹心。然而治獄訟之浩煩，振紀綱之弛壞；覺形勢而少暇，信材短以難周。致是懇誠，稽於進達。屬高秋之在序，惟坐鎮之多餘。必有禎祺，來寧動履。伏以留守司徒太師侍中著龜四海，柱石三朝。有太平之功，周公之所以勤王室；有純一之德，伊尹之所以格皇天。固已書在宗彝，藏之盟府。而乃以退爲進，處上用謙。自避遠於煩機，久淹回於外服。宜從巖石之望，趣正袞衣之歸。敢冀上爲宗祊，善綏寢餗。

二

鞏啓：伏念鞏習吏非長，得州最劇。耗神明於簿領，疲精思於追胥。尚恃餘庥，幸無曠事。然而塞茅心而已甚，飾竿牘以未遑。故魂爽雖驚於門閾，而候問不通於幕府。仰繫明恕，終賜矜容。今者北土早霜，晏陰始肅。伏惟順天時之常序，養浩氣之至和，神明所依〔二〕，福禄來萃。恭以司徒太師侍中股肱三世，龜鑑四方。勤勞著於邦家，功德施於社稷。方且斂嘉謀於一面，鬱羣望者五年。郭令之繫安危，素形公論；周公之爲左右，宜冠本朝。華夏蠻貊之傾心，昆蟲草木之望賜。豈伊蕞質，獨注微誠。伏惟上爲宗祊，善調寢餗。

〔一〕標題「一」、「二」原無，據元刻本、正統本增。

〔二〕「明」，元刻本、正統本、《讀書記》、顧校本、傅校本作「民」。

回許安世謝館職啓

右鞏啓：伏審顯承詔檢，進踐書林，伏惟慶慰。國家聚四部之書，藏之秘近；擇一時之俊，任以校讐。映朝序以甚清，簡上心而滋厚。恭以檢正學士學深而富，識大以明。擢平津於廷中，蔚爲選首；賴王祥於海上，休有治功。天衢寖亨，時望攸屬。遂膺給札之召，來賁登瀛之遊。侍從邇班，廟堂大任，自兹而往，計日可期。承遠貺於珍函，第仰懷於謙德。

賀韓相公啓

右鞏啓：伏審入膺典册，首秉鈞衡，凡在生靈，孰不慶幸。伏以史館相公言爲蓍蔡，行應準繩，仔肩一德之純，弼亮三朝之盛。君牙之纘舊服，世濟忠勞；吉甫之憲萬邦，身兼文武。果還柄用，復冠中台。茂惟拔出之材，素藴非常之略。方且誼形王室，盡邴魏之謀謨；澤潤生民，本蕭曹之清静。遂常生於百姓，付衆職於羣能。躋世太和，與人休息。使雨暘寒燠，罔不從時；草木蟲魚，皆當蒙惠。聲教可加於異俗，功名必紀於無窮。鞏一去朝行，六更歲序。顧兹舊物，自惭簪履之微；保是孤生，方賴陶鈞之賜。其爲欣忭，實倍等倫。

襄州與交代孫頎啓

右鞏啓：伏念講聞譽望，積有歲時。歷下分符，已出吏師之後；漢南守土，又居仁政之前。惟事契之稠重，實愚冥之幸會。比於道路，始接光儀，蒙特異於眷存，仍曲加於燕勞。論情至厚，曾何謝於古人；處義甚高，固可敦於薄俗。違離未久，感戀交深。諒惟得日之良，甫及下車之始。須條多預，納福甚隆。伏惟知府少卿積學内充，懷材間出，久更當世之用，自結明主之知。高冠兩梁，入綴班於九列；輕車駟馬，出按部於百城。方圖間燕之宜，自請蕃宣之便。佇膺詔召，不待歲成。更惟上爲廟朝，善綏寢餗。禱頌之至，序述寧殫。

洪州到任謝兩府啓

伏念鞏天與朴愚，衆知凡近。材不堪於施設，動輒乖宜；學多失於變通，理難應用。久與遊於儒館，仍有列於朝紳。適當千載之期，曾乏一毫之助。既不能明國家遠大之體，爲上建言；又未知究鄉閭委曲之情，與民興利。七移歲序，四易外官。坐尸祿廩之優，寂無稱效；幸屬章程之備，得以持循。茲蒙補郡之恩，俾遂便親之請。望故鄉而接壤，與仲弟以連城。及是忝逾，出於假借。此蓋伏遇某官，心存博愛，量極兼容。舄履之微，未忘於舊物；陶鈞之大，不間於孤生。曲致公言，俾諧私計。惟盡承流之分，庶裨造物之仁。過此已還，未知所措。

賀東府啓

右鞏啓：伏睹十月二十三日麻制，伏審史館相公登庸，天下幸甚。伏惟史館相公言爲著蔡，行應準繩，兼文武之閎材，富天人之奧學。神祇幽贊，遭聖賢相得之時；夷夏聳觀，備君臣咸有之德。果由樞軸，首秉鈞衡。竊惟不世之姿，深達當今之務。必且開公平之路，以序進羣能；銷壅蔽之萌，以廣延衆論。以寬大爲拯救瘡痍之要，以安靜爲休息疲瘵之端。紬聚斂之無名，偃甲兵而不用。果推此道，以澤吾民。食味別聲之倫，舉皆受賜；殊鄰絕黨之俗，孰不嚮風？福祿可等於丘山，功名必永於金石。鞏蚤遊牆屏，幸遇陶鎔。齟齬餘生，始免擠排之患；零丁滯迹，漸期亨泰之來。想望門闌，以欣以躍。

賀蹇周輔授館職啓

右鞏啓：竊審奉被詔函，進登史觀，伏惟慶慰。竊以安撫運使學士，材資秀特，識度淹冲。富華國之懿文，抱據經之宿學。人嗟異，欲相如之同時；多士推先，服桓榮之稽古。果由時望，特被朝恩。流馬木牛，方佐中都之費；金匱石室，遂窺廣内之書。竊惟寵數之行，兹實要塗之漸。佇躋法從，用協僉言。鞏獲在下風，側聞成命。分符海徼，幸依德庇之餘；寓直書林，更託雋遊之末。其爲欣慶，曷可縷陳。

回泉州陳都官啓

右鞏啓：竊審祗奉茂恩，進升寵秩，伏惟慶慰。竊以知府都官周材經務，令德鎮浮。席膴仕以彌優，簡清衷而有素。循良之政，已洽於民謡；恬退之風，足敦於世教。果膺異數，進陟名曹。側聆成命之行，方竊同聲之喜。豈期厚眷，特枉長箋。載規謙抑之辭，但切感銘之懇。

明州到任謝兩府啓

右鞏啓：伏奉敕命，授前件差遣，已於正月二十五日到任上訖。伏念鞏才無遠用，學殆小知。誤蒙假器之恩，愧乏當官之效。屬時泰豫，遇上休明。欲治之心，夐追於三代；非常之旦，特起於千齡。顧是孤生，最爲遠迹。雖逢辰之難得，獨揣己之無堪。故羣材衒鬻之初，未始自陳於薄技；而衆論騁馳之際〔一〕，何嘗輒預於半辭？錙銖動謹於成規，毫髮敢萌於私見。以兹循分，庶獲寡尤。然而一去本朝，六祗外服。十年荏苒，未諧拱極之誠；萬里周流，尚負循陔之念。當至仁之平施，亦微物之可哀。兹者方祇詔以在塗，復析符而假守。愴四明之窮裔，處百奥之東偏。浮海之航，鼎來於遠國；踐山之築，益起於堅城。猥出選掄，冒膺寄屬〔二〕。此蓋伏遇某官輔成世教，樂育士倫。陰推覆護之私，每借吹噓之力。致兹頑鈍，與在甄收。然而察無他惡之腸，方賴兼容之度。草茅之質，使遂於向陽；菽水之歡，許伸於反哺。盡待曲成之賜，俯懨難止之情。暫在糜捐，用酬鈞播。

〔一〕「騁馳」，元刻本、《讀書記》、顧校本、傅校本作「馳騁」。

〔二〕「膺」，元刻本、正統本、《讀書記》、顧校本、章校本、吴校本、傅校本作「膺」。

賀趙大資致政啓

右鞏啓：竊審進秩宫朝，歸榮里閈，伏惟慶慰。恭以致政宫保大資言爲蓍蔡，行應準繩。肩一德以在躬，歷三朝而遇主。讜言大論，著在朝堂；善政流風，被於藩服。引年求謝，抗疏彌堅。屢降德音，方倚老成之重；難回壯節，閔有官職之勞。躐升儲寀之華，退遂家居之樂。門開祖帳，衆嘆大夫之賢；庭列賜車，自知稽古之力。惟能諧於素志，實何愧於昔人。鞏蚤荷陶鈞〔一〕，與遊門館。覩大賢出處之迹，足勸士倫；知儒者進退之宜，敢忘師慕。其爲欣躍，倍萬等儕。

〔一〕「蚤」，原作「密」，據元刻本、正統本、《讀書記》、顧校本、章校本、吴校本、傅校本改。

亳州到任謝兩府啓

右鞏啓：蒙恩授上件差遣，已於今月十六日到任上訖。伏念鞏少雖好學，長乏異能。燭理甚疏，蓋聰明之難强；受材素薄，顧齒髮之已衰。誤竊寵靈，叨塵器使。兹者緣避親之著令，蒙易地之推恩。距畿甸以非遥，就庭闈而甚便。夫何蕞質，乃爾冒居。此蓋伏遇某官，以廣愛之心而輔成世教，以并容之度而奬育士倫。致是顓愚，及於推齒。慰倚門之望，已出於埏鎔；謝推轂之言，敢忘於策勵。庶收薄效，仰答誤知。過此以還，未知所措。

到亳州與南京張宣徽啓

右鞏啓：蒙易近藩，獲鄰樂境。雖未得就諸生之列，請益於《詩》《書》；然足以聞長者之風，仰高於道誼。始敢通箋記參候之禮，庶幾將心誠飢渴之勤。載省孤蒙，實爲幸會。今者杪秋伊始，嚴氣將升，仰惟吐納之宜，無爽燕間之喜。伏惟某官言爲蓍蔡，行應準繩。茂勞烈於三朝，聳儀刑於四海。仲山之明且哲，宜保令名；魯公之壽而臧，永膺全福。更冀上爲邦國，善保寢興。禱頌之誠，敍陳罔既。

曾鞏集卷第三十七

啓狀二十三首

回陸佃謝館職啓

右鞏啓：伏審祗膺詔檢，入踐書林，伏惟慶慰〔一〕。伏惟侍講學士敏識兼人〔二〕，英辭華國。翰林子墨之賦，蚤擅貴名；玉杯繁露之篇，多明大義。豈獨坐收於士望，固能自結於主知。特啓書筵，密鄰禁户。凡將急就之字，已賴發明；廣内石室之藏，更資是正。兹惟異選，奚測遠塗。方喜托於餘光，遽先承於華問。燁如黼藻，實駭於彌文；沛若江河，更欽於善下。其爲感幸，曷罄敷陳。

〔一〕「惟」，元刻本、《讀書記》、章校本、傅校本作「以」。

〔二〕「惟」，元刻本、顧校本、章校本、傅校本作「以」。

與定州韓相公啓

右鞏啓：伏念鞏轉走江湖，推移歲月，望門牆而既遠，通書問以無緣。兹者蒙易近藩，匪遥台席。雖未得就諸生之列，請益於《詩》《書》；猶足以聞長者之風，仰高於道誼。始敢修箋記參候之禮，庶幾將心誠饑渴之勤。載省孤蒙，實爲幸會。屬晏陰之在序，當嚴氣之方升。仰惟吐納之宜，無爽燕閒之喜。伏惟判府相公言爲蓍蔡，行應準繩。茂勞烈於三朝，聳儀刑於四海。韓侯之鞗革金厄，暫殿方維；周公之衮衣繡裳，佇還鈞軸。更冀上爲邦國，善保寢興。禱頌之誠，敍陳罔既。

賀韓相公赴許州啓

右鞏啓：伏審遠持信瑞，入奉清閑，假泰筮以諏辰，命館人而飭駕。百靈奔衛，宜無陟降之勞；六氣節宣，當遂神明之適。伏以判府相公材爲人傑，行備天常。出堯舜之盛時，紹韋平之慶閥。忠純之操，簡注於三朝；愷悌之風，儀刑於四海。比釋廟堂之任，少留藩輔之雄。力抗至言，屢辭於榮禄；眷求舊德，方屬於上心。用均邊閫之勤，兢易鄉邦之便。鞗革金厄，已嚴入覲之裝；衮衣繡裳，行允公歸之望。佇膺典册，首秉鈞衡。鞏處世多奇，誤知最久。持心素厚，未忘墜屨之微；引脰永懷，已動掃門之喜。更冀上爲宗社，善保寢興。

授中書舍人謝啓

右鞏啓：伏蒙制命，授前件官者。竊以賛爲名命，資討論潤色之工；服在從官，備諏度詢謀之用。屬非常之興運，經不世之大猷。方追三代之風，以建一王之法。其於講求體要，討正典章，出獨斷之淵深，號積年之希闊。所以訓齊羣下，播告四方。非究極於人文，曷宣明於上意。矧參獻納，尤慎選掄。

如鞏者識慮少通，襟靈多蔽。徒恐隳於先緒，頗能味於經言。有顓愚好古之心，自知迂散；無廣博爲人之學，分甘棄捐。顧一作嘆齒髮之已衰，困風波而且久。晚逢真主，獨賜誤知。取於寡與之中，假以逾涯之寵。俾專史法，非薄質之能堪；遂掌訓辭，豈謏能之可稱。况策名於要近，預責實於論思。揣己以慚，瘝官可畏。何緣致此？固有由然。兹蓋伏遇某官，翼亮天功，彌綸世務。仁接於物，每樂育於時材；誼在承君，故旁招於衆俊。致兹頑鈍，護備甄收。惟殫許國之誠，彌堅素志；庶答知人之遇，不在他門。

賀提刑狀

右，伏審祇奉詔恩，總持使務，伏惟慶慰。伏以提刑屯田躬高明之德，席熙盛之期，起收科第，光映朝序。發明吾道，則有文章之深淳；推行當時，是爲治行之尤異。果膺迅用，以允僉言。自江之東，擁節而使，固將粹美於風俗，豈特是正於刑書。不次之升，爲端於此。鞏獲分郡寄，得與公庥。幸喜之深，叙陳罔既。

太平州回轉運狀

右鞏啓：伏念鞏夙惟孤質，最荷誤知。屬仗節以來思，得通名而覯止。辱爲殊禮，尤出過恩。委曲拊循，丁寧顧訪。軫艱難於卽路，則許之假寵於舟艎；憫匱乏於騰裝，則期以致憐於教壘。側思寒陋，何用克堪，聚集感嘶，豈勝指數。去違再宿，懷嚮兼年。伏惟通久禱於萬靈，享洪休於百順。竊以運使郎中受材閎廓，經德粹冲，布盛府之詔條，樹外臺之風績。治於人望，簡在天心。行被命書，即膺遠用。伏惟順遵氣節，安養寢興。

太平州與本路轉運狀

右鞏啓：伏念更移歲序，阻越道途，音塵莫及於賓階，書問不通於記室。飛馳精思〔一〕，徯仰風威。伏惟順履川流，安行舟御，享神明之協相，具福禄之來成。伏以運使郎中德紹家聲，材周世用，雋望傾乎天下，壯猷藹於朝端。建使者之節旄，宣揚惠澤；佐大農之計策，蕃長貨財。拊勞烈以甚隆，席寵靈而宜厚。佇膺詔召，以協輿言。伏惟上爲朝廷，善綏寢餗。

〔一〕「精」，《讀書記》、章校本作「積」；顧校本、吴校本、傅校本注「疑積」。

越州賀提刑夏倚狀

右鞏啓：伏審祗奉詔封，榮分使節，伏惟慶慰。伏以提刑屯田抱材精敏，涵德粹温，文章爲國之光華，治行乃時之表則。輟於朝著，處以使臺，士望藹然，時名籍甚。官用視年之豐耗，已實倉儲；邦刑以世而重輕，佇清獄繫。使仁聲之既洽，則嚚訟之可無，然後入奉命書，進升法從，在於公議，實允輿情。鞏於此備官，云初託庇，喜趨風之甚邇，諒考履之惟和。更冀副上倚毗，順時調護。其爲禱頌，曷究數陳。

賀轉運狀

伏審祇奉詔封，就更使節，伏惟慶慰。伏以運使司封受材閎遠，植性粹冲，風猷爲世之表儀，治行乃時之軌則。果用詳刑之最，來分將漕之權。威名已動於連城，惠術行周於比户。豈止調盈虚於歲計，内足邦儲；方且知緩急於人情，下流主澤。然後進陪侍從，入奉詢謀，在公論以猶稽，實輿誠之所繫。鞏備官於此，託庇云初。將承望於餘光，但欣愉於懦思。屬祈寒之在序，諒福履之保和。敢冀上爲朝廷，善調興寢。禱頌之至，叙述奚周。

賀杭州趙資政冬狀

右鞏啓：竊以布律而候，氣萌動於黄宫；立表以須，景長至於南極。伏惟知府資政受材閎廓，含德粹純，壯經國之大猷，濟格天之盛業。履兹令序，茂集休祺。典册衮衣，佇履一作復三公之位；旂常鼎鼐，當傳萬世之功。鞏祇服冠箴，遠違門著，素積依歸之望，彌深禱頌之勤。

賀北京留守韓侍中正旦狀

右鞏啓：伏以歲起於東，茂對三陽之盛；物生於震，聿開萬化之端。伏惟某官行應中和，道含純粹，屬四方之繫望，簡三后之眷懷。德爲民彝，故稱宗廟之器；功在王室，是爲社稷之臣。順履昌期，具膺繁祉。佇奉承於典册，復登翊於巖廊。鞏限守印章，阻趨牆屏，仰望威重，不任禱頌之至。

賀鄆州邵資政改侍郎狀

右鞏啓：竊審祗被明綸，進升寵秩，伏惟慶慰。伏以安撫資政侍郎材經世務，文擅國華。攀日月之高衢，踐機衡之要地。方兼榮於秘殿，用均逸於价藩。屬時靖嘉，維上豫動。訪昔遊於博望，懷舊學於甘盤。乃升宗伯之聯，居貳卿曹之重。惟隆名異數之錫，已絶當時；固元勳盛德之殊，豈稽圖任。佇還柄用，式允輿情，馳慶末由，依歸滋劇。

襄州回相州韓侍中狀

右鞏啓：僻守陋邦，遠違嚴屏。永言嚮慕，但傾茅塞之心；自便退藏，莫馳竿牘之問。敢期賜教，出自過恩。形意愛之拊循，枉題評之獎引。譬如寒谷，幸蒙六律之吹；有若秋毫，遂借千鈞之重。秘藏巾衍，銘鏤肺肝。惟偃息於便藩，素充盈於浩氣。百神所相，萬福來綏。伏以司徒侍中行應準繩，言爲著蔡，肩一心之忠誼，弼三后之謀謨。安社稷之元功，傳於竹帛；被華夷之盛德，布在管絃。方且辭鈞軸於廟堂，擁旌幢於鄉國。然而人詠方叔，克壯元老之猷；時思謝安，出慰蒼生之望。宜就賛書之拜，佇諧華衮之歸。

回樞密侍郎狀

右鞏啓：伏念鞏久玆外補，利在退藏。一切不爲京師之書，以此亦疏左右之問。分當棄置，理絶收憐。豈期尚記於姓名，特賜親紆於翰墨。處大寒而不變，乃知松柏之堅；兼庶類而並容，則維江漢之廣。孤懷易感，重誼難忘。但注仰於門闌，實鏤銘於肺腑。今者景風扇物，長日御躔。伏惟裦贊萬機，順膺百福。敢覬上爲邦國，善保寢興。禱頌之誠，指陳難旣。

回亳州知府諫議狀

右鞏啓：伏念自違牆屏，浸易歲時，比潛伏於外邦，久棄捐於人事。雖嚮往之意不暫弭忘，而參候之勤至於曠絶。敢謂曲敦雅舊，尚記庸虛。賜勞問於華箋，致恩勤於親筆。文如黼藻，加一字以爲榮；操若松筠，貫四時而不改。以慚且感，欲報奚言。今者竊審固避機衡，出臨屏翰，始敢瀝茅心之至懇，具竿牘之常儀，少贖曠疏，覬蒙開察。蓋天時之迭運，屬眷令之方行。伏惟開閤之初，偃藩甚樂。休有神明之助，茂臻福履之宜。鎮撫名城，暫屈承流之寄；旋歸宰路，佇膺圖舊之求。更惟上爲宗祊，善調寢餗。禱頌之至，但切下情。

回運使郎中狀

右鞏啓：伏念鞏仰高所至，馳思爲深，繼勢之殊〔一〕，屬書以進。枉過恩之特厚，流華問以見存。文辭爛然，意氣勤甚。雖德心之大，遺名秩以自謙；而士品之微，顧材資而安稱。其爲佩服，曷罄指陳。急景云初，祈寒將盛。伏惟遵道途之易，詢采於風謡；察閭里之勤，布行於德惠。神靈所護，福祿攸宜。恭以運使郎中材足兼人，志存及物。出高明之慶族，接熙洽之盛期。通班於朝，揭節而使。自簿書期會之纖悉，莫不注心；至山巖窟穴之幽深，舉皆受賜。足以救一時之敝，故能得萬事之宜。休聲所歸，遠用行及。伏惟遵時之順，養氣以恬。庶允輿人之情，不違拙者之望。

〔一〕《讀書記》、章校本云「勢字疑誤」。

到任謝職司諸官員狀

右鞏啓：比者祇命守邦，涓辰視事。惟是孤蒙之質，幸依庇冒之餘。竊念鞏才不逮人，學多泥古。久備官於册府，徒竊食於累朝。兹假便藩，實緣私請。伏遇某官體仁爲任，充美在躬。素自結於主知，方出宣於使指。斂時利澤，播在東南；籍甚休聲，洽於中外。顧忝屬城之任，實諧德宇之依。尚阻參承，但深欣忭。

福州回曾侍中狀

右䇿啓：伏念自遠門闌，荐更時序，顧兹艱拙，利在退藏。雖有心誠嚮往之勤，而無書記候問之禮。敢期眷與，特賜誨存。伏以致政太傅侍中素推人傑，亟代天工。意誠心正而家齊，已儀刑於王室；功成名遂而身退，遂均福。獲承黼藻之褒，彌見松筠之操。其爲感激，但切銘藏。屬凝沍之在辰，惟燕閒之表則於士倫。聊曼衍以窮年，坐優游而進道。矧臧孫之有後，繼周公之拜前。阿衡之格於天，《書》載君臣之德；司徒之善其職，《詩》稱父子之功。方賴壯猷，陰裨至治。更冀上爲邦國，善保寢興。禱頌之誠，不勝懇悃。

移亳州回人賀狀

右䇿啓：比緣懇請，得假善藩。既諧竊禄之私，實獲事親之便〔一〕。慚無善政，可稱厚恩。豈謂某人特枉緘封，曲垂奬借。言爲黼藻，飾陋質以爲榮；操若松筠，處大寒而不變。其爲感愧，曷盡指陳。惟溽暑之方隆，諒燕居之多適。更祈保攝，用佇遷升。

〔一〕「事」，章校本作「養」。

東府賀冬狀

右鞏啓：伏以氣動於微，升一陽而方長；物資其始，萌萬寶於將亨。伏惟某官，行蹈中庸，業存久大，爲生民之蓍蔡，任王室之股肱。四岳之亮天功，其凝庶績；百揆之熙帝載，攸叙彝倫。茂對休辰，具膺繁祉。鞏方祇官次，阻詣門闌。

西府賀冬狀

右鞏啓：伏以物資其始，萌萬寶於將亨；氣動於微，升一陽於方長。伏惟某官，業存久大，行蹈中庸，爲蓍蔡於生民，任股肱於王室。共武之服，久專總於樞機；秉國之均，佇首當於衡軸。對休辰而茂協，膺繁祉以具宜。鞏限此守邦，未緣爲壽。

回人賀授史館修撰狀

右鞏啓：誤被上恩，進專史事，顧慚孤陋，曷稱選掄。伏念鞏齒髮盈衰，材資素薄。差池一紀，久流落於風波；推徙七州，寖沉迷於簿領。詎期皓首，獲奉清光。拔於多士之中，寵以非常之遇。惟累朝之盛典，垂列聖之鴻名，宜得異能，使之實録。豈伊鄙鈍，可盡形容。懼莫副於簡求，方内懷於兢愧。兹意眷私之厚，特迂慶問之勤。矧獎飾之逾涯〔一〕，俾僉緣而借重。其爲感幸，難既敷陳。

〔一〕「飾」原作「餝」，據《讀書記》改。

回人賀授舍人狀

右峯啓：叨奉制恩，進登詞掖，誤蒙任屬，私積兢慚。竊以器識少通，性資多蔽，非有為人之學，徒堅好古之心。刻齒髮之已衰，困風波而且久。晚逢真主，獨賜甄知。取於寡與之中，假以逾涯之寵。甫專史筆，遂掌訓辭。惟清切之近班，實論思之要地。方驚冒處，良用懷顏。未追削牘之勤，遽辱騰書之貺。其為感佩，曷罄敷陳。

曾鞏集卷第三十八

祭文十八首

祭歐陽少師文

惟公學爲儒宗，材不世出。文章逸發，醇深炳蔚。體備韓馬，思兼莊屈。垂光簡編，焯若星日。絶去刀尺，渾然天質。辭窮卷盡，含意未卒。讀者心醒，開蒙愈疾。當代一人，顧無儔匹。諫垣抗議，氣震回遹。鼓行無前，跋蹇非恤。世僞難勝，孤堅竟窒。紫微玉堂，獨當大筆。二典三謨，生明藏室。頓挫彌厲，誠純志壹。斟酌損益，論思得失。經體慮萌，沃心造膝。帝曰汝賢，引登輔弼。公在廟堂，尊明道術。清静簡易，仁民愛物。斂不煩苛，令無迫猝。棲置木索，里安户逸。櫝斂兵革，天清地謐。日進昌言，從容密勿。開建國本，情忠力悉。卯未之歲，龍駕飆欻。再拯大艱，垂紳秉笏。乾坤正位，上下有秩。功被社稷，等夷召畢。公在廟堂，總持紀律。一用公直，兩忘猜昵。不挾朋比，不虞訕嫉。獨立不回，其剛仡仡。愛養人材，獎成誘掖。甄拔寒素，振興滯屈。以爲己任，無有廢咈。

維公平生，愷悌忠實。内外洞徹，初終若一。年始六十，懇辭冕黻。連章累歲，乃俞所乞。放意丘樊，脱遺羈馽。沉浸圖史，左右琴瑟。氣志浩然，不陋蓬蓽。意謂百齡，重休累吉。還斡鼎軸，贊微計密。

云胡傾殂，憗遺則弗。聞訃失聲，皆淚横溢。戇冥不敏，早蒙振拔。言由公誨，行由公率。戴德不酬，懷情獨鬱。西望輀車，莫持紼紼。

維公犖犖，德義撰述。爲後世法，終天不没。託辭叙心，曷究仿佛。

祭王逵龍圖文

惟公有獨立之志，不羈之材。揚旌閩楚，按節江淮。止如山淵，動若風雷。衆皆異其施設，曾孰測其津涯。若夫拯急難於水火，下雋傑於蒿萊，越拘攣而不惑，豈淺狹之能偕？至於稱物引類，興言寓懷，遠參騷雅，近雜嘲諧，麗兼組藻，美軼瓊瑰，皆足以聲駕多士，望隆九陔。然而位不過直閣，名不過郎中，流落白頭，委蛇一壑，豈人事之當然，信命存於冥漠？

昏愚不肖，早辱公知。拊循愛勉，施及其私。聞公之逝，惻楚歔欷。戴德莫酬，寓薦以辭。

祭張唐公文熙寧六年六月一日

維公作德於躬，實方實厚，實夷實訏，實堅實茂。彼嗜而争，我有不惑；彼嫵爲朋，我肆而特。我抗其辭，維彼之默。始熚其華，儒林禮官，乃碩其實，侍從之班，維帝時咨，維士時附。尚其昌言，式久在序。告疾於朝，乃長南服。里無嘆聲，士女輯穆。以老得謝，俶其歸裝。車御未驅，訃聞四方。

維余先人，公同年友。公子我姪，又託婚媾。實肴於豆，實酒於觴，馳辭告誠，維以永傷。

祭孔長源文

嗚呼長源！拔迹孤艱，刻志勵力。升德自幽，乃不家食。燕其壽母，歸養以色。輿其士友，跂我淳則。微獨考古，載辭於策。亦從爾知，有婉軍畫。爲長以舒，爲將不亟。乃使荆粤，銓材著職。滅熄苛嬈，蘇儓博瘠。會稽之治，里無猝迫。初以詆去，民實戴德。卒還省部，廷論之直。維曰將歸，東符之析。孰云不幸，奄與生隔。有親九十，世爲楚惻。維其篤行，匪矜匪飾。其彪爲文，其霈爲澤。天與厥後，賢能交蹠。有實有華，光長譽白。善豈無勸，慶焉兹得。維我與公，綢繆平昔。詩書討論，相求以益。我試於鄉，自公考擇。彌久彌親，情隆意獲。聞公之訃，泫然心畫。馳奠千里，寓陳悃愊。

祭王平甫文熙寧十年十月二十一日

嗚呼平甫！決江河不足以爲子之高談雄辯，吞雲夢不足以爲子之博聞强記。至若操紙爲文，落筆千字，徜徉恣肆，如不可窮，秘怪恍惚，亦莫之繫，皆足以高視古今，傑出倫類。而况好學不倦，垂老愈專，自信獨立，在約彌厲。而志屈於不申，材窮於不試。人皆待子以將昌，神胡速子於長逝！

嗚呼平甫！念昔相逢，我壯子稚，問託婚姻，相期道義。每心服於超軼，亦情親於樂易。何堂堂而山立，忽泯泯而飆駛。訃皎皎而猶疑，淚汍汍而莫制。聊寓薦於一觴，纂斯言而見意。

祭宋龍圖文

嗟乎次道！公之於古今典章沿革〔一〕，得之於心，山藏海積。又於舊聞，隱顯纖悉，析之以口，天高日白。公在朝廷，羣公百司，解惑釋疑，公爲蓍龜；公在太史，維僚與屬，正謬辨訛，公爲耳目。今公亡矣，廷有大議，問故事者，衆失其歸；國有大典，考前載者，人失其師。況公行不絶俗，而動有常度；言不忤物，而辭無可疵。靖退之風，愈老而彌卲；方直之操，自信而不回。至於篤友尚舊，比義親仁，追往烈而競逐，豈庸態之能鄰？然而蚤蹈厲於儒館，晚委蛇於從臣。曾未得歷禁林之獻納，任廊廟之彌綸。何鸞儀而鵠峙，忽飆逝而星淪。哭公之喪者，客不絶於門庭；弔公之家者，使相望於道路。維昏鈍之少與，獨綢繆而有素，淚淋浪而莫收，情切怛而奚愬。

嗚呼！唐季五君，史曠其録，公蒐亡而集賈，蓋旁羅而遠屬。至於帝宅神州，祖功宗德，咸在筆削，具存方册，争日月之光輝，與天地而終極。則公位雖屈而未盡，名益久而逾章。彼富貴而磨滅，豈得公之毫芒？纂餘哀而以此，聊寓薦於一觴。

〔一〕《讀書記》云「之字衍」。

祭亡妻晁氏文 治平元年五月三十日

子有仁孝之行，勤儉之德。宏裕端莊，聰明静默。窮達能安，死生不惑。可以齊古淑人，爲世常則。歸我之昔，明年始笄。言無疵悔，動應衡規。親疏悦慕，稚艾嗟咨。事姑之禮，左右無違。服難體順，惟日孜孜。諸我屬人，又篤以私。有犯不校，有勞不施。人隆己約，乃以爲宜。衣有穿弊，珥無光輝。曰順吾性，餘復何爲。紛綸世務，偪仄羣疑。子陳得失，效若蓍龜。及其既退，婉婉其儀。不矜以色，不伐以辭。幽閒深謐，度量誰窺？吾貧口衆，智不繼資。脱粟藜藿，具無鹽醯，人不堪憂，子獨怡怡。綰綜雖愛，不偏以慈。訓誨惟謹，曰宜幼時。我扶我翼，共處窮羈。鋤荒補漏，細大無遺。

嗚呼！天禍我家，降集凶厲。始來京師，辛丑之歲。子之方壯，疾疹中傷。孰云此日，一女先亡。子雖自達，病豈宜然？自秋至春，有益無痊。迎醫市藥，我力爲殫。術寧非善？不勝於天。將逝之夕，逆知其期，語論自若，精神不衰。遍召室人，告以長歸。

嗚呼哀哉！父失賢女，姑亡孝婦，子喪嚴師，吾虧益友。歲時雖往〔一〕，悲酸則新。禫月之終，奠此一尊。教養二子，期獲子心。時良返子，託葬先林。言如不復，誰謂我人。長號叙哀，寓以斯文。

〔一〕「歲時」，元刻本、正統本、顧校本作「時歲」。

祭晁少卿文

鞏蚤以孤，蒙與託嘉好，自始迄今，逾二十載。繾綣相與，義厚情親。會合乖闊，則有書問。開紙披辭，猶若際遇。不意今者，公遽淪亡。得訃歔欷，涕隨聲發，海濱獨哭，心與誰言？仍聞歸旐，旅次餘杭，隔此濤江，寓陳薄奠。公平知否？已矣奈何！

館中祭丁元珍文

嗟乎元珍，别子幾時，孰謂子往，無復來期。子之爲人，渾厚平夷，不阻爲崖，不巧爲機。朋僚悦附，族黨懷依。其動恂恂，必應繩規。其語諄諄，不見瑕疵。從事之畫，吾無妻隨。長人之政，彼有遺思。其蓄鈞石，其出銖錙，惟夫學問，富有書詩。濡墨操紙，寫之文辭。春陽滿野，萬物榮滋。匪飾，疊異并奇。既精衆作，於詩復尤。清新俊逸，與古爲儔。讀之灑然，可破百憂。哀烏之秩〔一〕，天禄之遊，謂淹已久，既晚方收。孰云未幾，斥置南州。書猶未復，訃已來投。衆爲哀傷，況於吾屬。初疑終駭，失淚滿目。莫紉子棺，莫襚子服。禮多不及，情豈能忘？寓辭千里，侑此一觴。

〔一〕「哀」，疑爲「玄」；《讀書記》、顧校本、章校本作「元」。

朝中祭錢純老文

嗚呼公乎！窮經及史，旁兼百氏。廢寢與食，不虚寸晷。篤好無倦，華顛愈勵。强記多識，箱輪屋倂。閎議崇論，河垂海委。詩賦講説，射策三科。金馬玉堂，經帷三職。寒苦自至，無馮與翼。銓綜再試，士曰子歸。尹正三歲，衆曰子依。公於所聞，維學之力。公於所知，則維自得。利害之際，人鮮能安。彼爲惴惴，公獨桓桓。愛惡之情，人鮮自克。彼有贅虧，公爲衡石。世所並逐，公有不求。彼囂我静，則莫我尤。曾不三事，位云未究；曾不百年，數云非壽。殲國之良，在列嗟咨；隤民之望，耋艾歔欷。

天子聞喪，馳使臨視。勞恤煢孤，賙憐乏匱。凡我同朝，矧曰同志，哀由感觸，孰知失涕。寓馬在庭，薦羞在几，公乎來哉，寄誠茲誄。

祭李太尉文

公先種德，碩大於久。母宋仁祖，維莊懿后，公維后姪，考異姓王。入長六師，外垣大邦。不以貴盈，遜悌慈良。昭陵未遠，公奄云亡。輤車之東，致薦一觴。

祭致仕湛郎中文

維公早以郎潛，安於養志。晚而家食，曾不待年。治迹紀於朝廷，行實推於鄉里。淪亡未遠，窀穸有期。竊仰高風，敢陳薄奠。

又祭亡妻晁氏文

鞏無狀遭禍，早失賢妻。徘徊京師，零丁孤宦。乃致旅櫬，未就先塋。夙夜思惟，心顏愧怍。今蒙恩補外，道出東南，敢啓葭宫，進登舟御，閒關回阻，將致鄉園。而鞏比至淮瀕，迫趨官守。其於奉承靈輿，經涉大江，方復假人，經營護視，永惟見亮，尚賴有靈。若夫觸冒川途，幾數千里，使保清謐，則惟餘休。至於推擇吉辰，修嚴葬禮，俟得時日，敢不躬親？惟其鑒之，故以情告。

代人祭李白文

子之文章，傑立人上。地闢天開，雲蒸雨降。播産萬物，瑋麗瑰奇。大巧自然，人力何施？又如長河，浩浩奔放。萬里一瀉，末勢猶壯。大騁厥辭，至於如此。意氣飄然，發揚俊偉。飛黄駃騠，軼羣絶類。擺弃羈馽，脱遺轍軌。捷出横步，志狹四裔。側睨駑駘，與無物比。始來玉堂，旋去江湖。麒麟鳳凰，世豈能拘？古今僻儒，鉤章摘字。下里之學，辭卑義鄙。士有一曲，拘牽泥滯。亦或狡巧，争馳勢利。子之可異，豈獨兹文？輕世肆志，有激斯人。姑熟之野，予來長民。舉觴墓下，感嘆餘芬。

祭王都官文

維公材敏而宏，志視萬里。高辭大篇，出仕天子。主簿於閩，聲駕其長。清江之謀，矯矯逾壯。於韶於昇，條教出己。伺公所爲，萬目齊視。奪奸於幽，蠹吏喪膽。悍黨睢睢，根柢卒斬。里謳户歌，惟惸寡獨。在右惟監，在下惟屬。在側惟僚，相講戴服。將起將昌，俞考以難；曷赴曷歸，忽殞無還。公於先人，實歡實厚。至公諸子，犂辱親友。於公家行，表裏洞知。於黨不校，於尊不違。出升公堂，不撓毫髮。退從其私，婉婉曲折。鍾山峥嶸，下惟江水。昔公此臨，委蛇舄履。今子六人，葬公於此。銘犂之爲，辭貧事韙。千里寄誠，以兹一篚。

祭袁太監文

於乎！越蜀荆吴，三方萬里。公馬騑騑，幞印而使。鑾墟海聚，獄無濫辭。峨峨邛僰〔一〕，貨走京師。東南之粟，風颿手筰。歲塡太倉，萬艘尾錯。遂副會府，肆其心畫。出屏於宣，以我偃側。九卿之行，得謝以歸。冕弁入里，昔時布衣。進退則然，當世所嗟。不貴以驕，不富以奢。翼翼其行，坦坦其衷。隤然順退，長者之風。白髮雖多，几杖未隨。笑言在耳，已哭於帷。眷然撫我，孰如公尤。先人不幸，託載公舟。我生方屯，戴德莫酬。羞醪則微，以陳我悲。

〔一〕「峨峨」，元刻本作「峩岷」。

祭闞職方文

嗚呼闞公！以文中科，以材爲吏。艱於厥初，四十始仕。終領兩州，其治大肆。告老於朝，郎官以歸。卿士大夫，覬望嗟咨。孰爲公居？竹水之寰。孰爲公園？正據湖山。公出公休，八子侍側。仕者大半，同時共籍。其聲顯揚，其習順慈。萬石之風，百世相差。有後如斯，世誰能及？而况公年，躋於八十。或如公壽，莫如公安。履勞撫少，其意桓桓。拜公以晚，見託以姻。書猶在几，訃已及門。福禄之全，在公奚憾？念昔思來，族親之感。吊廬在東，遠不及會。泣叙斯文，千里之外。繾綣之情，已於一酹。

祭黄君文

嗚呼！宋且百年，號令萬里。姦臣黜除，尤者擯死。巖材里秀，驅駕而使。蓋君之生，有時如此。當世之官，有微有盛。盛者廟堂，斟酌王命。千隸百司，進竢退聽。出長四方，玉斧金乘。邦侯衆將，傳牒而令。微者紛紛，或陪或正。千品萬名，各有操柄。人皆斂手，捷取能併。君獨於求，以死終病。同時之人，勤營善畜。萬籯儲金，萬襲藏玉。遺餘野積，不能匱櫝。君獨一身，衣食常蹙。兹非其命，曷以至兹？君能自達，可以無悲。親戚念君，能不歔欷！我之老姑，歸君爲婦。與君歷年，顛沛同有。今對其孀，寧匪我傷！來問來吊，屢至其堂。葬君南山，冬氣已烈。薄醪時饈，觴豆肅設。侑以兹文，與君一訣。

曾鞏集卷第三十九

祭文二十六首

先君焚告文

鞏蒙昏不肖，不能稱先君教誨養育之意。賴遺德所及，嗣有官禄，以世其家。今天子始見郊廟，加恩朝臣，以及其先。而先君、先夫人咸有官封追榮之賜，鞏繫官京師，謹遣弟布、肇奉告第至墓次以告。

皇妣仙源縣太君周氏焚黄文

鞏薄陋，獲守緒業，常懼失墜。賴先君、先夫人餘澤，有列位於朝。今天子始郊，加恩羣臣，皆得追榮其先。故先君、先夫人咸被命書，贈官封邑。鞏伏念厥由，不任感慕。隸職京師，謹遣弟布、肇奉告第焚黄，詣墓次以告。

皇妣昌福縣太君吴氏焚告文

維先君、先夫人，積德累善，鞏獲蒙餘澤，備位於朝。今天子始郊，加恩羣臣，皆許追榮其先。故先君、先夫人咸被賁書，命官封邑。而鞏方羈於職事，不得躬至墓下，謹遣弟布、肇奉告第以告。

戊午十月展墓文二首

鞏去春在江西，蒙恩予告，得省視松楸。今自福州被召還朝，又得便道展拜墓下。敢陳薄薦，用申感慕。仰惟降鑒，俾蒙福於無疆。

鞏自福州被召還朝，得便道展墓。敢陳薄薦，用申感慕。仰惟降鑒，俾蒙福於無疆。

代太平州知州謁廟文

天子不以某不敏，使有茲土。凡境之內，鬼神能福於人，敢不恭事？今得日之吉，始茲薦見。惟神之賜，使民宜其家，及其歲事，則某敢不繼？自今具酒醴牲牷，以報於神，神其鑒之。

太平州祈晴文

去歲之水，其爲害大矣。民之免於死亡而不爲盜賊，亦幸而已矣。水之既去，民於完堤防、修疆隴，以從事於田，其艱且勞亦甚矣。使今歲大穰，恐未足以復其力。今苗始蒔而雨不止，若將又病之，民有轉死之憂。吏之不能事神治民，以降茲沴，不敢逃其責。然沴之既降，非吏之所能扞而止也。惟神舊依吾民，而食於此土，扞患除災，固神之職，敢不以告？使雨速止，而歲有成，亦惟神於此土，永有依歸，惟神其圖之。

泰山祈雨文

維泰山，歷古至今，有天下者，巡狩封禪，勒成告代，莫不之焉。或企足動容，卒莫能至。實卓瑋殊尤，神明之地，故天下宗焉。二典所記，其光靈威烈，焯示萬世，夫豈他山可得而視！維齊與魯，獲仰而事，粒食縷衣，莫匪陰施。

今二邦不雨，自四月以訖於兹。積水之澤，塵起冥冥。粟將槁死，蝗亦滋生。雖政或不良，足以致此，而百姓何罪？宜蒙哀矜。彼撮土之山，勺水之川，尚能與民爲福，錫之有年。豈如泰山，朝出一雲，暮澤天下，其勢之易，易於轉圜。而比近託麗，顧不能憐。殆莫之或告，告或不虔。夫民之生〔一〕，蓋亦艱矣，無儲與藏，重斂煩使，歲一不登，多濱於死。奸强無知，或起乘時，聚爲盜攘，以取誅夷。循理安業，田間之民〔二〕，亦與俱亡，奚可不傷！鞏受命天子，守藩於東，敢齋以嚴，告於靈宫。惟神閔人之病，助歲之功，霈然下雨，變沴爲豐。尚俾斯民，以牛羊黍稷，得承事於無窮。

〔一〕「夫」，元刻本、《讀書記》、顧校本、傅校本作「天」。

〔二〕「間」，元刻本、正統本、《讀書記》、顧校本、傅校本作「閭」。

泰山謝雨文

臣愚，行爲時之所背，言爲時之所輕。寡儔少和，砂砂煢煢。奇於人而如此，敢望信於冥冥？屬東轅而進謁，託斯文而薦誠。眷齊魯之舊邦，依大鎮之峥嶸。苦旱魃之方驕，憂歲事之不登。民且瘠於溝壑，或椎埋而死兵。冀聰明之響答，霈膏雨之宵零。言丁寧而上訴，心惝怳而潛驚。顧不能以諧世，將何動夫威靈！乃不知夫神與道而爲徒，雖窅默而難明。其虚心也，物有來而必應；其公聽也，無憎愛之常情。彼大雖自大，小雖謂小，吾與善而已矣，常一視而持平。故微衷得以上徹，利澤爲之旁行。或噫爲風，或震爲霆。隱然雷出，靄然雲蒸。灑甘霔以兼夕，滅害氣於無形。蓋西極於甸服，東屬乎滄溟。人盈其望，物遂其生。黍芃芃而擢秀，粟薿薿而敷榮。使時沴遂熄，年功可成。人食豐乎鍾釄，神祀衎乎粢盛。民相安於田里，吏無用於威刑。信大恩之莫報，而至德之難名。愚所以意激而感深者，方涉世之零丁。荷降鑒之不昧，知忠信之可憑。敢因辭以進謝，愧抽思之非精。

齊州到任謁舜廟文嶽廟云：維神以豐功盛德，作鎮此方，宜有□□以稱民望〔一〕。

維帝側微之初，躬耕此土，歷數千載，盛德彌新，傳於無窮，享有廟食。鞏受命出守，敢陳薄薦。維帝常垂陰施，惠此困窮，庶使遺民，永有依賴。

〔一〕「以」字原無，據正統本、《讀書記》、顧校本、章校本增。「□□」原闕，《讀書記》云：「宜有下宋本闕二字。」

齊州謁夫子廟文

惟夫子言行之所及〔一〕，蓋不可得，而學者師仰，各以其一無「其」字材之所及而已。鞏潛心久矣，茲者受命撫封，進謁廟下，敢陳薄薦，式遵典禮。

〔一〕「及」，元刻本、正統本、顧校本、章校本作「以」，並注「一作及」。

齊州謁諸廟文

維神以功德之美，列於祀典。受命守土，敢陳薄薦。惟神常垂陰施，以惠此邦。

泰山祈雨文

惟神含德體仁，鎮茲東夏。興雲致雨，澤施八紘。今此齊邦，近在山趾。方夏久旱，麥苗將萎。吏思其由，奔走羣望。而人微言賤，不能上動。頻陰復散，忽已兼旬。念此疲民，弊於征斂。方歲之富，食常不足。一遇災害，必捐溝壑。惟神威烈，覆被羣生。顧此比州，宜先蒙賜。豈伊靈眷，獨忍遺之？今是用飭遣士民，布誠祠下。情窮詞急，冀獲哀矜。使一雨霈然，則倒懸可解。尚其降鑒，無作神羞。

嶽廟祈雨文

去歲之旱，有請於神。蒙畀嘉澤，田則大稔。今春河役，發民二萬。更迭齎送，衆又倍之。蓋此齊人，出者幾半。逌其反室，維夏之初。勞費既深，又違穡事。夫民數載，乃遇一稔。敝之如此，其幾尚完。今二麥方包，而亢陽爲虐。吏任其咎，所不敢逃。惟民何辜，賴神終惠。能致雲雨，則實在神。尚其念之，故敢以告。

襄州謁文宣王廟文

鞏獲承餘教，列職書林，來守此邦，敢遵常禮，躬謁祠下，尚其臨之。

襄州謁諸廟文

惟靈功德在人，廟食兹土。鞏到官之始，敢修禮謁。尚期降惠，以佑吾民。

襄州諸廟祈雨文

今麥苗方出，而時澤尚愆。冬令久行，而寒氣未應。嗟吏治之不善，以奸陰陽；惟神理之無方，能興雲雨。是用兢惕以任咎，蠲祓以乞靈。尚期降休，以答人望。

大悲祈雨文

惟歲孟冬，盛陽猶亢。旱暵兹久，陰寒未興。吏非循良，敢不任咎？佛有慈惠，則宜降祥。是敢躬瀝懇誠，虔祈覺蔭。俾風雲之奮作，致雨雪之漸涵。田畝順成，里閭安輯。仰期真理，俯徇輿情。

襄州嶽廟祈雨文

自秋不雨，方冬尚温。麥田苦於旱乾，民室憂於病癘〔一〕。永惟責任，内集兢慚。惟神作鎮岱宗，著靈南夏。敢瀝由衷之懇，冀回降鑒之仁。遂俾膏澤以時，祁寒式序。畎畝克諧於豐富，里閭皆保於靖康。尚其垂訓〔二〕，副此羣望。

〔一〕「病」，元刻本、正統本、《讀書記》、顧校本作「疾」。

〔二〕「訓」，元刻本、顧校本作「休」；《曾文定公集》作「慈」。

又諸廟祈雨文

去歲經冬，時雪不厚。今兹春晚，膏澤尚微。農於稻田，待水而種。苦兹旱涸，人用焦然。吏不能有惠於民，而惟歲之善，則刑清事簡，尚有望焉。是用瀝懇，有禱於神。惟神依人，尚其降鑒，使霈然下雨，以大濟於此邦。則人於事神，亦曷不盡？

薤山祈雨文

自去秋之始，至於今春之暮，雨不霶霈。方麥苗將病〔一〕，稻種未布，農事急矣，而禱請未效。惟神靈應在人，是用奔告。尚其降鑒，大施澤於此邦，使民獲善歲，而不罹於艱阨。則人於報神之賜，亦曷敢不虔？

〔一〕「方」，元刻本、正統本、顧校本作「今」。

邪溪祈雨文

自去秋至今，雨常不足。今麥苗將槁，稻種未布，而春既盡矣。若又不雨，至於十日，則麥必盡死，稻不可種，民將安所寄命乎？吏知其急，而不知其所以爲。神知其急，而力能爲雨者也。其亦何惜數尺之澤，救民於無所寄命之急乎！故敢以請，神其鑒之。

諸寺觀謝雨文

向者以大田之稼雖多，而西郊之雲方密，輒伸虔禱，蓋以爲民。甫及夏初，霈然蒙潤。茲展至誠之謝，式遵舊典之傳。欽惟明神，鑒此精意。

邪溪謝雨文

吏能奉法令，治獄訟，督賦斂而已；導和氣，致豐年，則力不能，德不及也。故一有水旱，則奔禱於鬼神。幸蒙降答，則自恕以竊食。此鞏之所不敢不自訟也。今兹請雨，不能異此。獲神之賜，敢不虔報？惟神之靈德，既足以驚動，澤施於此民，尚終畀之有年，則神之依人，亦有永賴。

薙山謝雨文

乃故秋至今，雨不霑足。麥苗將槁，稻不可種。民將無以爲命，吏不知其所爲。維神能出雲致雨，記於古經，信於百姓之耳目，是用奔告。果蒙降答，乃戊辰雲起西北，至夕大雨，達於甲戌。四境告足，麥則滋榮，稻可播種。民得以託命，吏得以竊食。維神之威靈大顯於此土，澤施大及於斯民，敢不嚴報？尚其終惠，俾歲大穰。則人於事神，永永其不敢怠。

諸廟謝雨文

吏治不能順陰陽，時風雨，而以歲之旱奔告於神。賴神之靈，時賜甘雨。敢不嚴報，尚其鑒之。

曾鞏集卷第四十

祭文三十一首

五龍堂祈雨文

乃四月以旱，禱於邪溪薙山，應時得雨，麥以豐成，稻可播種，獨異於他境，實維其賜。今稻田又乾矣，此邦之人，皆謂龍虎之河，五龍之神，禱雨輒應。余敢不告？神其降鑒，大施澤於斯民，使獲有年，則人於報神，亦維無斁。無俾薙山邪溪專美於此邦，以作神羞。

靈溪洞祈雨文

吏不勝任，荐致旱災。禱於山川，爲黷已甚。然稻田日瘁，民命所託，夙夜憂懼，不知所爲。維爾有神，世載靈德。是用靦顔有請，忘其慚羞。尚其降祥，時賜甘雨。俾歲無害，維神之休。

又大悲祈雨文

盛夏在辰，常暘爲沴。稻將萎瘁，人用嗟憂。由吏治之不明，致奸和氣；維佛乘之無礙，善濟羣生。

是敢同祓精誠，虔祈覺蔭。覬滂沱於膏澤，俾浹洽於原田。用救焦枯，實依慈惠。

大悲謝雨文

民無常心，惟安於足食；佛有慧力，善救於含生。比緣盛夏之辰，久苦驕陽之沴。懼傷稼穡，將致凶饑。故仗節之雋良，暨守藩之孤陋，俱陳精懇，虔對睟容。果蒙感答之慈，立致滂沱之澤，滌除害氣，勃起良苗。變瘁爲榮，物遂更生之理；易憂以喜，人諧望歲之心。維是鴻私，敢忘昭報？尚期降鑒，常畀有秋。

諸廟謝雨文

吏之罪大矣，一切從事於謹繩墨、督賦役而已，民之所欲不能與，所惡不能去，自恕以竊食，不知其可愧，安能使陰陽和、風雨時乎？故若鞏者，任職於外，六年於兹，而無歲不勤於請雨。賴天之仁、鬼神之靈，閔人之窮，輒賜甘澤，以救大旱，吏知其幸而已。其爲酒醴牲餋，以報神之賜，曷敢不虔？維神尚終惠之，使永有年，則神亦無窮，有依於人。

諸廟謝雨文

積是驕陽，莫救稻苗之悴；獲兹嘉霔，尚滋秋物之榮。是荷靈休，敢忘祇服〔一〕。

〔一〕「服」，元刻本、正統本、顧校本、章校本作「報」。

諸寺院謝雨文

比以常暘，仰祈真蔭。果獲滂沱之澤，大蘇焦旱之田。敢擇佳辰，特申嚴謝。尚期降佑，常畀有秋。

諸葛武侯廟祈雨文

天子以歲久旱，所被者廣，分命守臣，禱其境内鬼神之有靈德在於人者。維靈有志於民舊矣，故敢以告。尚其降鑒〔一〕，大施澤於四方，以稱天子憂人閔雨之意。

〔一〕「降鑒」，原作「鑒降」，據元刻本、正統本、顧校本、章校本、《曾文定公集》改。

諸廟祈晴文

曰涉歲以來，自春徂夏，久陰不解，積雨日多〔一〕。今麥待燥而成，粟待暘而種，而雲屯尚密，土潤方升。民皆竊憂，吏用深懼。百姓之困甚矣，惟神得無念乎？尚其開除山川，相導出日，俾歲無害，爲民之休。

〔一〕「日」，元刻本、正統本、顧校本作「已」。

謝晴文

比苦雨淫，懼爲歲害。蒙神之德，賜以時暘。今蠶麥甫成，里閭相慶。敢不嚴報，尚祈終惠。

諸廟祈雨文諸寺改作：敢于真覺，伸布虔誠〔一〕。惟佛至慈，與人爲歸。

今歲之初，未愆雨澤。然而麥纔薄稔，蠶不甚宜，則民之窮蓋可知矣。今兹農望，惟在秋成。而温風方騰，旱氣彌盛。是用側身以懼，有禱於神。尚其降衷，時賜甘霔。俾歲無害，亦神有依。

〔一〕「伸」，元刻本、正統本、《讀書記》、顧校本、章校本作「仰」。

薤山祈雨文

誌言衆山雲起，此山無雲，終不降雨；衆山無雲，此山雲起，必降大雨。是能爲雨，能爲不雨，在神而已。今歲數不登，而旱氣又作。吏之不良，無所逃罪。民貧可憫，神能爲雨而不爲，是何情哉！神其爲民出膚寸之雲，致數尺之雨，使凶爲穰，以救民之急。則此邦之人，所以報事神者，子子孫孫，其孰敢怠？尚其念之，無作神羞。

諸廟謝雨文

比苦亢陽，具陳致禱。實蒙甘澤，敢不昭報。

洪州謁諸廟文

惟神播澤在人，廟食茲土。鞏守藩之始，敢修禱謁〔一〕。尚祈靈德，常庇斯民。神於無窮，亦永有賴。

〔一〕「禱」，元刻本、正統本、顧校本、章校本、傅校本作「禮」。

洪州謁夫子廟文

惟神播澤在人，廟食茲土。鞏守藩之始，敢修禮謁。永惟靈德，覆被無窮。尚其降衷，啓寤學者。

洪州諸寺觀祈晴文

佛有大慈，速於善應。人無常産，理則難安。惟穡事之將成，而雨淫之不止。愽然省懼，豈敢皇寧？蓋茲疲瘵之民，已出旱災之後。室家凋弊，閭里愁嗟。如復荐饑，將焉託命？今早稼甫畢，晚苗方興。窪下之田，已傷流潦。亢爽之地，實懼浸淫。是敢虔對睟容，仰陳浄懇。伏望廓山川之噎滯，回日月之光華。諸此順成，湛然澄霽。實繄慧廕，感慰輿情〔一〕。〔附〕諸觀云：道實無方，物來斯應。民惟難保，食足爲先。虔對上靈，實繄真蔭。謹詞〔二〕。諸廟云：神實無方，物來斯應。民惟難保，食足爲先。虔對至靈，實繄妙蔭。謹告。

〔一〕「感」，元刻本、正統本、《讀書記》、顧校本、章校本、吴校本、傅校本作「俯」。
〔二〕「祠」，章校本作「祠」。

諸寺觀廟謝晴文

比虞水溢，將敗歲功。不自皇寧，敢陳懇迫。果蒙陰施，卽畀時暘。田里歡呼，粢盛有望。惟神靈所以賜於人者，豈愚足以當之。尚冀餘休，終成多稼。民能自保，神則有依。

祭西山玉隆觀許真君文

陰功及物，靈德在天。緬惟真馭之升，實以中秋之序。人思餘烈，歲卽遺祠。故兹守土之微，敢體愛民之素。俾往陳於薄具〔一〕，尚永庇於羣生。

〔一〕「陳」，元刻本、正統本、《讀書記》、顧校本、章校本、吴校本、傅校本作「羞」。

仲秋告祭諸廟文

歲在仲秋，祀有常典。維神邁德，實庇此邦。敢率舊章，用陳明薦。

諸寺觀祈雪文

窮臘未雪，方冬尚温。人有疾癘之憂，地無膏澤之潤。職在綏撫，心焉震慚。敢祈膚寸之雲，播爲盈尺之瑞。盪除沴氣，順致時寒。使閭巷消薦瘥之災，田疇成多稼之利。實依孚佑，俯徇微誠。

諸寺觀謝雪文

比緣窮臘之期，久苦亢陽之沴。敢徼靈施，仰布愚誠。蒙膏澤之應時，致祁寒之協序。人無疵癘之患，物有豐成之祥。實賴洪休，敢忘昭報？更祈密雪，尚及餘冬。

祭順濟王文

維爾有神，克相王師，章示見象。皇帝侈神之德，俾錫號位，秩尊禮盛，非以序升。今州遣從事，即神之祠，致皇帝命。尚其歆哉，以對休寵。

福州謁夫子廟文

惟夫子之德，仰之彌高；夫子之言，窮之益遠。學者潛心，庶幾仿佛。某守邦之始，躬卽學宫，敢修禮謁，尚其降鑒。

福州謁諸廟文

惟神作德自幽，信於兹土。人用報事，秩祭有常。鞏甫此守邦，敢修禮謁。尚其降福，終賚斯民。

福州鱔溪禱雨文

曰嗟乎旱也，誰則爲之？芃芃之稼，將槁而萎。嗷嗷之衆，曷望而依？維閩屬者，寇賊之罹。逮其既附，我士已疲。餘醜成羣，百十睢睢。跳踉出没，負力乘巇。亦有爲渠，諸偷所推。相望棋布，未受畢羈。室家莫寧，遠近並疑。我畜以柔，亦震以威。從有法賞，不從係纍。或擾而序，或就纆徽。逮歲朔易，盪定無遺。山林夜行，笑語追隨。吾人卽安，含糗而嬉。士馬亦奮，桓桓騤騤。天子聖德，海邦是綏。維此海邦，初亦難一作艱饑。今寧宇矣〔一〕，師征始歸。今食足矣，廩實尚微。若歲大熟，如梁如茨，如京如坻〔二〕，自公及私。獄無訟繫，里無盗闚。式於永世，方始在兹。今此大田，既碩而齊。俾不卒成，孰忍爲斯？神有靈迹，國人所祇。神有顯號，天子所躋。萎能起之，槁能澤之。胡寧有餘，斂而不施？我用卜日，早駕以馳。卽告潭側，尚其聽之。攘除驕陽，騰雲彍霓。播爲甘液，霈灑淋漓。俾農有秋，百物具宜。熄偷與争，長置刑笞。人於報事，豈有斁思。

〔一〕「寧宇」，《讀書記》、章校本作「宇寧」。

〔二〕「京」，《讀書記》、章校本作「陵」。

諸廟禱雨文

常暘爲沴，將害農功。夙夜憂懷〔一〕，不皇啓處。敢徼靈貺，時賜膏澤。俾人獲濟，惟神亦永有依。

〔一〕「憂懷」，元刻本、正統本、顧校本、章校本作「懷憂」。

謝雨文

維閩之人，前歲苦饑，去歲苦盜。足食而安，期自今始。而方夏旱暵，懼害穡事。玆余用稽於衆，蓋可以徼福於民者，罔不馳告。不敢愛力，不敢寧居。賴神之仁，畀以膏澤。自未至酉，遠近周浹。維歲大熟，可立而需。敢飭豆籩，報用典禮。吏無明德，而但知告其困急於神。神旣賜之，其尚終惠。

題禱雨文後

福州元豐元年戊午，自四月甲子，至五月辛巳，凡十有八日不雨，田已憂旱。太守率屬吏士，分禱諸佛祠，迎像能致雨者陳之通路，用浮屠法爲道場，率屬吏士羅拜以請。丁亥夜五鼓，出禱鱔溪，屬吏士分禱羣望。己丑，率屬吏士蔬食〔一〕。夜四鼓，就城南近水祭告后土，將爲壇祭龍。庚寅蔬食如己丑。夜三鼓，就壇壝，刲鵝祭龍。辛卯夜五鼓，就視牲血，以法推之，當得雨。壬辰，就紫極宫壇，用青童二十有八人，更呪蜥蜴如古法。癸巳，分禱諸祠未遍者，取黄蘗山龍潭水置道場，率屬吏士往請。甲午，又往。乙未夜二更得雨，連三日夜，遠近皆有餘。

蓋自辛巳至丙申，凡十有六日，無日不致禱。自丙戌至甲午，四境多得雨。至丁酉，乃皆有餘。是日，罷道場，還所迎佛及水，送蜥蜴南澗之濱。庚子，遍祭謝。欲知閩粤之間，兼旬不雨，則已憂旱，而請禱之爲不誣也，故刻其祝詞於石，而并識之。

〔一〕「屬」，原作「羣」，據元刻本、正統本、顧校本、章校本改。

明州修城祭土神文

州有帝命，繕治城墉。得日之良，嘯工始事。斯人允賴，維爾土神。尚其降休，敢不以告。

亳州謁諸廟文

維此譙都，年歲順而風俗厚者，雖人之力，實神之助。鞏獲守此土，敢薦樽爵。與人爲福，實待神休。

亳州謁夫子廟文

維人之生，尊卑長幼，知有其序。悖於理者，知有所畏。何以致然？實自夫子。鞏長人於此，敢不嚴事？是用寅薦樽爵，式遵典禮。

曾鞏集卷第四十一

祭文十六首　疏一首　哀辭三首

秋賽文

歲既順成，時方揫斂。神能施澤以及物，人能備物以事神。茲惟舊章，夫豈敢怠？庶其爲福，無斁於人。

諸廟祈雨文

今者盛秋已晚，庶物將成。矧茲麥苗，實待雨澤。而驕陽尚熾，畏暑未消。野有焦枯之憂，人懷膏澤之望。敢祈靈德，俯徇輿情。蕩蘊隆之災，以升嚴氣；霈滲漉之施，以遂嘉生。實賴神休，允諧衆志。

〔附〕道觀：道雖至寂，感無不通；人雖甚愚，誠無不獲。祭詞同前，改「靈德」作「冲蔭」，改「神休」作「真工」。佛寺：佛莫大於慈悲，在於利物；人莫艱於稼穡，必也趨時。是仰神休，用康歲事。祭詞同，改「靈德」作「覺蔭」，改「神休」作「慧心」。

諸廟謝雨文

比籲衆情，仰祈靈施。果蒙薄雨，小潤焦原。已祛畏暑之煩，遂適戒寒之漸。敢忘祇報，更俟餘休。克終播澤之祥，俾獲有年之望。

諸廟祈雨文

時寒未若，雨雪尚愆。麥有立苗之艱，人違墐户之適。敢依靈德，瀝致勤誠。惟順導於太和，俾霈施於膏澤。克諧衆望，實賴陰休。

諸廟謝雨文

比苦愆陽，再徼靈施。蒙報如響，得雨應時。澤潤焦枯，蕩除煩鬱。物有豐成之望，人無疾癘之憂。敢忘大恩，尚覬終惠。

祭勾芒神文

宿官於木，用事在春。敢奉歲祠，庶爲民福。

慈聖光獻皇后百日轉經疏

至恩難稱，欲報者惟盡於精誠；大覺可依，有禱者必蒙於善應。敢緣慧力，輒罄愚衷。伏以大行太皇太后淑聖在躬，聰明先物。儀刑宮壼，德大而不矜；鎮撫國家，功崇而不宰。未窮遐筭，奄背盛辰。皇帝陛下務極孝思，永懷慈蔭。内遵喪紀，不緣易月而斷恩；外異寢園，特以因山而建號。矧惟臣庶，實自生成。雖銜有慟之情，未識論酬之所。是資佛果，少卽人心。伏願克配坤元，寧至神於不測；寖昌天極，介景德於無疆。實賴梵因，允諧衆望。

諸廟祈雨文

民之艱於稼穡，賴歲屢豐，得以足衣食而償其力，吏亦得以無所事於勤而偷禄。今兹春仲，麥苗滿野，得雨而成。則民得以繼其豐年之樂，而吏亦得預其幸。神之食於此土，爲能澤於斯民也，故敢以告。尚其賜之，以稱人望。

諸寺觀祈雨文

春氣已中，農功方急。而膏澤未洽，土脉尚乾。敢恭致於精誠，用仰祈於覺道改「覺」作「真」蔭。尚其降雨，俾獲有年。

諸廟春祈文

神之於人，能康歲時而阜庶物，故人得以歲時備物以事神。今茲春仲，敢遵常典。神可不懋，以無廢其康阜之功；則人敢不盡，以無斁於事神之禮。

祭土祈雨文

農勤甚矣，歲既暮春，麥待雨而成，菽粟待雨而種，而旱暵爲虐，人用憂嗟。今將爲壇，象龍以禱，是用先事告爾土神。尚其降休，無咈人望。

祭五方龍祈雨文

龍之變化無方，而其有功於人者，則在於能興雲雨。嗚呼！今旱甚矣，是用稽古。爲爾某龍之象，位於某方，薰祓以禱。爾尚圖厥職，其亟以時肆爲膏澤，以大施於此土。無愆厥應，俾有後羞。惟爾有神，亦尚永有依歸。

太清明道宮祈雨文

旱逾時矣，麥既萎死，而菽粟未種。皇帝憂勞，遣吏分禱。尚其致雨，無俾歲害。允茲東睠，實在靈德。

諸廟謝雨文

維歲大旱，蒙賜甘雨。窪邪之麥，冀可以蘇。菽粟之田，有望自此。實神之德，敢忘昭報？尚其終惠，俾獲有秋。

諸寺觀謝雨文

氣之不若，旱實爲災。蒙在正陽，畀之甘澤。維靈休之所自，豈昭報之敢忘？俾獲有秋，尚賴終惠。

太清明道宫謝雨文

旱久未解，貽上之憂。得雨應祈，曾不旋日。焦萎可起，種藝可施。實惟靈休，副此東睠。尚其終賜，俾獲有秋。

亳州明堂後祭廟文

維季秋辛巳，天子宗祀英宗皇帝於明堂，以配上帝。既成禮，乃詔天下遍祭於羣神。故州得以衆羞醪酒祇薦祠下。神其誕降嘉福，無有不暨，以稱天子所以事神愛民之意。

蘇明允哀辭

明允姓蘇氏，諱洵，眉州眉山人也。始舉進士，又舉茂材異等，皆不中。歸，焚其所爲文，閉户讀書，居五六年，所有既富矣，乃始復爲文。蓋少或百字，多或千言，其指事析理，引物託喻，侈能盡之約，遠能見之近，大能使之微，小能使之著，煩能不亂，肆能不流。其雄壯俊偉，若決江河而下也；其輝光明白，若引星辰而上也。其略如是。以余之所言，於余之所不言，可推而知也。明允每於其窮達得喪，憂嘆哀樂，念有所屬，必發之於此；於古今治亂興壞，是非可否之際，意有所擇，亦必發之於此。於應接酬酢萬事之變者，雖錯出於外，而用心於内者，未嘗不在此也。

嘉祐初，始與其二子軾、轍復去蜀，遊京師。今參知政事歐陽公修爲翰林學士，得其文而異之，以獻於上。既而歐陽公爲禮部，又得其二子之文，擢之高等。於是三人之文章盛傳於世，得而讀之者皆爲之驚，或嘆不可及，或慕而效之，自京師至於海隅障徼，學士大夫莫不人知其名，家有其書。既而明允召試舍人院，不至，特用爲秘書省校書郎。頃之，以爲霸州文安縣主簿，編纂太常禮書。而軾、轍又以賢良方正策入等。於是三人者尤見於當時〔一〕，而其名益重於天下。

治平三年春，明允上其禮書，未報。四月戊申以疾卒，享年五十有八。自天子輔臣至閭巷之士，皆聞而哀之。

明允所爲文，有集二十卷行於世，所集《太常因革禮》者一百卷〔二〕，更定《謚法》二卷，藏於有司，又爲《易傳》未成。讀其書者，則其人之所存可知也〔三〕。明允爲人聰明辨智，遇人氣和而色温，而好爲策謀，務一出己見，不肯躡故迹。頗喜言兵，慨然有志於功名者也。

二子，軾爲殿中丞直史館，轍爲大名府推官。其年〔四〕，以明允之喪歸葬於蜀也，既請歐陽公爲其銘，又請予爲辭以哀之，曰：銘將納之於壙中，而辭將刻之於冢上也〔五〕。余辭不得已，乃爲其文。曰：

嗟明允兮邦之良，氣甚夷兮志則强。閲今古兮辨興亡，驚一世兮擅文章。御六馬兮馳無疆，決大河兮齧浮桑。粲星斗兮射精光，衆伏玩兮雕肺腸。自京師兮泊幽荒，矧二子兮與翺翔。唱律吕兮和宫商，羽峨峨兮勢方颺。孰云命兮變不常，奄忽逝兮汴之陽。維自著兮暐煌煌，在後人兮慶彌長。嗟明允兮庸何傷！

〔一〕元刻本、《讀書記》、顧校本、章校本、吴校本、傅校本無「當」字。

〔二〕元刻本、《讀書記》、章校本、傅校漁浦書院本、《文粹》無「者」字。

〔三〕「存」，元刻本作「有」，並注「一作存」；《讀書記》、章校本作「有」。

〔四〕「其」，元刻本、顧校本注「一作某」；《讀書記》作「某」。

〔五〕元刻本、《讀書記》、顧校本、章校本、吴校本、傅校本無「於」字。

吴太初哀辭

吴太初象先，今爲單州單父人。父祐之，從事廣州，勤事死州外瘴沴地。象先以喪至州下，亦死，年三十一歲。三試於禮部，不中。余與之善。後七年，其弟景初來，視余於臨川，慶曆六年也。余思象先，如初失之，爲之追考其爲人，爲辭以哀之曰：

越山如鱗兮遠海而窮〔一〕，勢阻以偏兮毒潛其中。子之自重兮卒與此逢〔二〕，我知子初兮其父之從，爲其子孤兮吾未之恫〔三〕，孰神之苛兮又速子終，嗟嗟乎然兮維戚吾衷。維子之生兮順祥於宫，父母之歡兮兄弟以雍。出與人遊兮有守有容，其材甚良兮剞劂又工〔四〕。一日而棄兮卒偶蒿蓬，云誰不死兮萬古一空。吾辭傳子兮無有春冬，子夭且屈兮猶壽而隆。

〔一〕「遠」，元刻本、正統本、顧校本作「逵」。

〔二〕「此」，元刻本、章校本作「予」。

〔三〕元刻本、《讀書記》、顧校本、章校本無「爲其」二字。「恫」，元刻本、正統本作「信」。《讀書記》云：「此行中有脱誤」。

〔四〕「剞」，原作「剖」，據章校本改。《讀書記》云：「疑作剞」。

王君俞哀辭

京師多尊官要人，能引重後輩，公卿家子，有賓客親黨之助，略識文書章句，輒出與寒士較重輕，由此名稱多歸之，而主升絀者，因得與大位。君俞在京北門外〔一〕，不交人事，讀書慕知聖人微言大法之歸趣，孜孜忘晝夜寒暑之變，其爲辭章可道，恥出較重輕，漠然自如，由此名與位未充也。

慶曆元年，予入太學，始相識。館余於家，居數月，相與講學。會余歸，遂別。常愛君俞氣貌端然，雖燕休未嘗慢，在衆中恂恂，或不知其爲朝士也。至相與言天下士，白黑無所隱，其方且勇亦少及也。

太夫人素嚴，君俞怡怡奉子職，退事寡嫂無閒言，蓄妻子不驕，爲家不問田宅，平居無褻私流侈之好。以某年某月疾，遂不起。

始，丞相冀文穆公無主祀，扳君俞以託其後，君俞亦盡誠奉之，兹可以不墜矣。今太夫人年高，而天奪君俞之命，是於君俞之心不爲大恨歟？夫爲人如前之云，而不卒於貴且壽，曾未少施其所學，又負其所承之心，是於衆人之情不能泯哀也。况重以相知，其悲塞可勝乎？作辭以泄其哀，且系曰：君俞姓王氏，諱寅亮，官至殿中丞，年二十六云。

維相其初兮擇嗣於宗，君提而秀兮乃立於宫。廟門有戟兮祭祀以時，相不失託兮君無墜恭。庭闈樂康兮妻子不驕，又事寡嫂兮端其服容。衆人翦翦兮趨慕要津，我躬處方兮不夸以從。《詩》《書》百家兮甚博而殽，我講其疑兮往趣於中。雖裕於實兮不耀其華，維友則信兮其位未充〔二〕。方期顯行兮羽儀於世，孰尸變化兮亟畀之凶。沕穆無端兮莫致責辭，維舊及知兮哀攪余胸。老母無撫兮少婦失依，賴有息子兮可望其隆。嗚呼哀哉兮子悲曷勝，託辭於牘兮恨與天終。

〔一〕「在京北門外」，《讀書記》、顧校本、章校本、吴校本、傅校本作「在京師居北門外」。

〔二〕「友」，元刻本、《讀書記》、顧校本、章校本、吴校本、傅校本作「文」。

曾鞏集卷第四十二

誌銘八首

虞部郎中戚公墓誌銘

余觀三王所以教天下之士，而至於節文之者，知士之出於其時者，皆世其道德，蓋有以然也。去三王千數百年之間，教法既已壞，士之學行世其家，若漢之袁氏、楊氏、陳氏，唐之柳氏，其操義風概有以厲天下、矯異世否邪？以予所聞，若宋之戚氏，其事可以次叙焉。公其世家子也。敍曰：

公，宋之楚丘人。大父諱同文，唐天祐元年生，歷五代入宋，皆不仕，以文學義行爲學者師。歿，其徒相與號爲正素先生。後以子貴，贈兵部侍郎。考諱綸，事太宗、真宗，以賢能爲樞密直學士，與其兄職方郎中維以友愛聞。祥符、天禧之間，學士以論天書絀，而郎中蓋亦舉賢良不就，以爲曹國公翊善，不合去。蓋其父子、兄弟之出處如此。學士後以子貴，贈司徒。

公諱舜臣，字世佐，司徒之少子也。恭謹恂恂，舉錯必以禮，擇然後出言。與其兄某官舜賓、某官舜舉，復以友愛能帥其家，有先人之法度聞。自天祐至今，百有五十餘年，天下六易，士之名一能，守一善，或身不終，或至子孫而失者多矣，而戚氏之世德獨久如此，何其盛也。然世之談者，方多人之囂子愉孫，隆名極位，世世苟得者，以爲能守其業，是本何理哉！公少以蔭補將作監主簿，然三十猶在司徒之側。司徒終而貧，乃出監雍丘稅，又監衢州酒。遷知舒州太湖縣，兼提舉茶場。治有惠愛，民乞留，詔從之。復三年，乃得代。獻詩言賦茶之苛，歲用萬數，願棄勿採，以感動當世。歸，監在京鹽院，言鹽之利宜通商，聽之。出通判泗州，能使轉運使不得以暴斂侵其民，而民之養其父者得以其義貰死。又通判濮州，當王則反於貝，濮民相驚且亂〔一〕，公斬一人摇濮中者，驚乃止。已而提點刑獄以爲功，得改官，公不自言。轉知撫州，其治大方，務除苛去煩，州之詭祠有大帝號者，祠至百餘所，公悉除之，民大化服。徙知南安軍，至，未及有所施爲，而公蓋已病矣，以皇祐四年六月七日卒於官，年五十有七〔二〕。自主簿凡十一遷，其官至尚書虞部郎中。公濮州之歸也，以其屬與公之配陳氏，凡十三喪，葬宋之北原。皇祐六年正月八日，公之子師道遂以公從陳氏葬。

戚氏者，衞之大夫孫文子，食於河上之邑曰戚，爲姬姓之後，至後世失其所食邑，而更自別曰戚氏。漢有以郎從高祖封臨轅侯者，曰戚鰓，鰓侯四世而失。梁有以三禮爲博士入陳卒者，曰戚衮，衮稱吴郡鹽官人。侍郎之曾祖曰遠，祖曰琮，父曰圭。其譜曰：琮自長豐之戚村徙居楚丘，故今爲楚丘人。此戚氏之先後可見者也。

觀公之守其業者，可以知其恭；觀公之施於事者，可以知其厚矣。然人亦少有能愛之者。蓋世之爲聰明立聲威者，雖荒誕悖冒無不遇於世。至恭讓質直不能馳騖而遇困阨者，獨不可稱數，余甚異焉。夫赴時趨務，則材者固亦重矣。而立人成俗，則潔身積行，是豈可輕也哉？然時之取舍若此，亦其不幸不過，處之各適其理也。銘曰：

隆隆戚宗自姬出，臨轅鹽官輝名實。侍郎家梁自祖琮，違世恬幽樹儒術。司徒郎中藝且賢，詆符繩公事魁崛。恂恂南安得家規，莊容訥辭若遵律。盛哉世徽後宜聞，刻銘方珉告幽室。

〔一〕「且」，元刻本、《讀書記》、顧校本、章校本、吴校本、傅校本作「幾」。

〔二〕「七」，元刻本、《讀書記》、顧校本、章校本、吴校本、傅校本作「五」。

戚元魯墓誌銘

戚氏宋人，爲宋之世家。當五代之際，有抗志不仕、以德行化其鄉里、遠近學者皆歸之者，曰同文，號正素先生，贈尚書兵部侍郎。有子當太宗、真宗時爲名臣，以論事激切至今傳之者，曰綸，爲樞密直學士，贈太尉。有子恭謹恂恂，不妄言動，能守其家法，葬宋之北原，余爲之誌其墓者，曰舜臣，爲尚書虞部郎中。元魯其子也，名師道，字元魯，爲人孝友忠信，質厚而氣和，好學不倦，能似其先人者也。蓋自五代至今百有六十餘年矣〔一〕，戚氏傳緒寖遠，雖其位不大，而行應禮義，世世不絕如此，故余以謂宋之世家也。

元魯自少有大志，聰明敏達，好論當世事，能通其得失。其好惡有異於流俗，故一時與之游者，多天下聞人，皆以謂元魯之於學行，進而未止，意其且壽，必能成其材，不有見於當世，必有見於後。孰謂不幸而今死矣！故其死也，無遠近親疏，凡知其爲人者，皆爲之悲，而至今言者尚爲之慨然也。

元魯初以父任爲建州崇安縣尉，不至。以進士中其科，爲亳州永城縣主簿，以親嫌爲楚州山陽縣主簿。嘉祐六年三月二十九日，以疾卒於官，年三十有五〔二〕。娶陳氏，内殿承制習之女。再娶王氏，參知政事文憲公堯臣之女。有子一人。皆先元魯死，而元魯蓋無兄弟。嗚呼！天之報施於斯人如此，何也？

元魯且死時，屬其僚趙師陟乞銘於余，師陟以書來告。余悲元魯不得就其志，而欲因余文以見於後，故不得辭也。以熙寧元年某月某甲子，葬元魯於其父之墓側，以其配陳氏、王氏祔。將葬，其從兄遵道以狀來速銘，銘曰：

行足以象其先人，材足以施於世用，而於元魯未見所止也。生既不得就其志，死又無以傳其緒，曷以告哀？納銘於墓。

〔一〕元刻本、《讀書記》無「矣」字。

〔二〕「五」，章校本作「二」。

尚書都官員外郎陳君墓誌銘

尚書都官員外郎、權知泉州事陳君諱樞卒於位，其孤𣪍以君之喪歸葬於湖州長興縣尚吴鄉雉山原。前葬，其弟杞以書之亳州，乞銘於南豐曾鞏。

蓋元豐元年，鞏爲福州，充福建路兵馬鈐轄，奏疏曰：「臣所領内，知泉州事、尚書屯田員外郎陳樞，質性純篤，治民爲循吏，積十有五年，不上其課，故爲郎久不遷。方朝廷抑浮競、尚廉素之時，宜蒙特詔有司奏樞課，優進其官，以獎恬退。」於是天子特遷君尚書都官員外郎，誥曰：「吾寵樞也，所以戒奔競。」明年六月甲子，君以疾卒，享年若干。又明年八月甲寅乃葬。

君事親以孝聞，爲人恂恂蹈規矩，有善不自伐〔一〕。於勢與利無秋毫顧計心，於義所在，侃然自任，人莫能及也。爲吏去觚角，絀雕琢〔二〕，以平易敦樸爲務。於刑寧失有罪，惟恐傷人。於賦役，度所不可蠲除者，然後調發，與民爲期會，未嘗取疾争先。其爲民去害興利，若疾痛嗜欲在己。所至必興學校，以教化爲先。初尉鄱陽，令得盜五人，屬尉使爲功，君辭不受。及令宜黄，宜黄在窮絶山谷之間，舊令無顯者，至君爲之，名常出衆上。令旌德亦然。旌德之民，歲輸米於太平州蕪湖縣倉，路回遠，費甚，君請輸錢以便民。譙縣民輸麥於酇陽倉，以供漕，輸豆於會亭倉，以給驛行者。君復請輸錢，以糴供漕，以直給驛行者，各得其所便。罷縣，民絶橋閉門留君，以間乃得去。泉州歲凶，君築室止窮民，飢者給食，病者給醫，人忘其窮。使者蒐兵於閩，以益戍廣西，君建言兵當蒐者，父母老，或疾，至無他子，皆可聽免，詔定著於令。余嘗聞鱉昌有大姓殺人，州縣不能正其罪，君時令旌德，或徙其獄屬君，君驗治僮客，盡得其隱伏。殺人者論死，人以爲盡其情。又聞君之令旌德也，州有所賦調，他縣皆奉行，至旌德，令獨計曰：「非吾土之所有也，非吾人之所堪也，不敢以賦民。」争或至十反。守恚，出語詆君，君益争，州聽然後止。最後聞泉州旱，君圖所以賑民者，欲預爲具。或譏君近名，君不爲動。此君之事，余得之於耳目者也。

昔司馬遷記前世循吏，下上數千載，所列叙者五人，詳者人數事，略者一二事而已。今余所論次君事，與遷所記五人者相似否，必有能識之者。君之事多矣，然猶爲所試者小也，令所試者大，則其事可勝傳邪？

君字慎之，湖州長興人。曾祖彦夔。祖文倚。考迪，贈尚書屯田員外郎。君進士及第，初尉饒之鄱陽，用薦者令撫之宜黃，避親嫌，令宣之旌德，用薦者遷秘書省著作佐郎，知亳之譙縣。英宗即位，恩遷秘書丞，徙簽書資州判官廳公事，遷太常博士。今上即位，恩遷尚書屯田員外郎，用薦者知越州司録。未至，丁父憂。服除，授三司鹽鐵判官。未至，丁母憂。服除，驛召對崇政殿，以爲提點淮西刑獄公事，願得治一州，徙權發遣明州事。未至，又徙泉州。留再任，以疾請致仕，未報而卒。母某氏，某縣太君。娶趙氏，某縣君。又娶劉氏，吏部員外郎述之女，某縣君。又娶石氏，某縣君。一子斆也。

君既行治高，世皆以謂宜不次用，而任事者亦意嚮君爲尤甚。然卒不得至中壽，而用止於此，其非命也夫！余與君好爲最久，故不辭而銘君墓。辭曰：

人孰宜之？以夷易也。物孰誠之？以樸質也。所處而安，紬外累也。所守而固，篤自强也。古有循吏，其尚似也。詩以銘之[三]，其常存也。

[一]元刻本、顧校本、吴校本、傅校本「伐」下注「一無自字」。

[二]「琢」，元刻本、顧校本、吴校本、傅校本注「一作瑑」。

[三]「銘」，元刻本、正統本、《讀書記》、顧校本、章校本、吴校本、傅校本作「名」。

故翰林侍讀學士錢公墓誌銘

公錢氏也，故爲王家，有吴越之地。五世祖鏐，號武肅王。高祖元瓘，文穆王。曾祖儼，昭化軍節度使。祖昭慈，贈左衛將軍。考順之，左侍禁閤門祇候，贈尚書刑部侍郎。

公應説書進士、賢良方正，能直言極諫，皆中其科。歷宣州旌德縣尉、大理寺丞、殿中丞、太常博士、尚書祠部度支司封員外郎、工部郎中，換朝奉大夫，充國子監直講、編校集賢院書籍，遷秘閣校理。選爲修英宗實録院檢討官，直舍人院，同修起居注，遂知制誥，直學士院，遷樞密直學士、翰林侍讀學士。嘗通判秀州，知婺州，入判尚書考功，改開封府判官。出知鄧州，入判尚書吏部流内銓，兼判集賢院，又兼判禮部，權知開封府。數請去，得知審官東院，兼判軍器監，兼提舉司天監公事。

公幼孤，家貧母嫁，既長，還依其族之大人，刻勵就學，并日夜，忘寢食，於書無所不治，已通其大旨。至於分章别句、類數辨名、叢細委曲，無不究盡。其見於文辭〔一〕，閎放雋偉，故出而與天下之士，挾其所有，較於有司，常出衆上，以其故名動一時。

其爲尉，及爲秀、婺、鄧州，皆有治行。秀州擊奸仆强，果於力行。婺、鄧更革弛壞，理具設張。爲直講，以能教誘，學者歸之。爲校理，屬英宗之初，慈聖光獻皇后聽政，公三上書請還政天子。爲吏部，謹繩墨，選者稱其平。爲開封，以慈恕簡静爲體，不求智名，以投世取顯。爲公屬者，有不與公合，然公遇之，未嘗有厚薄意，士以此多公，而爲公屬者，後卒亦心服也。公於衆不矯矯爲異，亦不翕翕爲同，以其故，人莫能親疏。至於利勢之際，人所競逐，公方隤然，迹與衆遠，故雖有夸者，亦不以公爲可忌也。公之爲判官也，府嘗有獄，或探大臣意，謂欲有所附致，公不爲動，徐論其意而已。公平居樂易，無崖岸，及至有所特立，人固有所不能及者，類如此也。公爲人謹畏清約，與人交淡然，久而後知其篤也。

公之先，既藉疆土歸天子，其後至昭化，守和州，十有八年以卒。詔葬和州，子孫因家焉。至公，始葬其母於蘇州吳縣龍岡村之天平山，故今又爲蘇州人。

公諱藻，字純老，封仁和縣開國伯，賜服金紫，年六十有一，元豐五年正月庚寅卒於位。某年某月某甲子葬天平山，從其母永嘉郡太君丁氏之兆。公妻孫氏，泰興縣君。男曰某、曰某，蚤世。曰皞〔二〕，某官。孫曰某，某官。公卒，上馳使臨視其家，知其貧，特賜錢五十萬，而官其弟若子孫凡三人。

公與余嘗爲僚，相善，其且歿，以遺事屬余，而其家因來乞銘。銘曰：

錢姓武王，五世之孫。開迹東南，以學以文。學則知經，文則能賦。矧曰方聞，揚聲天路。乃校中書，乃掌帝制。乃列禁林，從容諷議。治己伊何？維直而清；治人伊何？維簡而平。人以怒遷，公能自克；人以利回，公能不惑。士夫所望，天子所器。胡不百年，胡不三事！龍岡之宅，考卜維新。公安於此，尚利後人。

〔一〕「其」，《讀書記》、顧校本作「具」。

〔二〕「皞」，元刻本、正統本、顧校本、章校本作「皥」。

刑部郎中致仕王公墓誌銘

君諱逵，字仲達，家晉陽。其譜云：「隋文中子通之後，唐季避亂家濮陽，故今爲濮陽人。曾祖考溫。祖考名犯濮王諱。考翰，贈尚書工部侍郎。

君幼學於母史氏，聰警絶人。及長，學於侍御史高弁。天禧三年及進士第，爲廣濟軍司理參軍，母喪去。姜遵知永興軍府事，取君主萬年簿。萬年令免官，君行令事，大去舊弊。王文康公代遵，與安撫使王沿、轉運使李紘皆薦君宜令萬年，詔特以爲試秘書省校書郎知縣事，後不得爲例。晏殊爲三司使，奏君爲三司檢法官。李諮代殊，會天聖十年掖庭火，諮任公具材用治宫室，五日而用足。仁宗聞而嘉之，遷秘書省著作佐郎。王醴知益州〔一〕，取君僉書節度判官廳公事，遷秘書丞，通判益州事，遷太常博士。新都里胥捕罪人殺之，獄具當死，君求得其情，爲奏讞，里胥得不死，蜀人以爲德。入爲開封府推官，賜緋衣銀魚。府史馮士元家富，善陰謀，廣市邸舍女妓，以啗諸貴人，一時多與之親。會士元有罪繫獄，君治之，竟其事，及諸貴人。以其故多得罪去者，或謂君禍始此矣。君笑曰：「吾知去惡人耳。」出爲湖南路轉運使，蠻人歸附。遷尚書祠部員外郎，坐小法。知虔州、池州、福州、揚州、江南西路轉運按察使，遷尚書刑部員外郎，按知洪州卞咸抵其罪，改荆湖北路轉運使。初，諫官李京嘗奏君某事，及是，京以言事斥監鄂州税，聞君至，移病不出。君要諭之曰：「前事君職也，於吾何負哉？」卒與之歡甚。京死，又力賙京家，而奏官其子。改河東轉運使，賜紫衣金魚，坐小法，知光州，逾月遷尚書兵部員外郎，知徐州。是時山東大饑，君所活數萬人，收遺骸爲十二塚葬之，亦數萬。是時富丞相弼爲京東東路安撫使[二]，自爲文祭其冢。明年，遷尚書工部郎中、淮南轉運使。歲饑，又多所全活。就加直昭文館，知越州浙東兵馬鈐轄，遷尚書刑部郎中，判刑部，加直龍圖閣、知荆南府荆湖北路兵馬鈐轄，濬渠爲水利[三]，又開新河通漕，公私便之。請知兗州，坐法免。起知金州，提舉兗州景靈宫，知萊州，遷尚書兵部郎中，知西京，留司御史臺，提舉崇福宫，皆不赴，遂乞致仕。居鄆州，熙寧五年四月癸亥終於鄆州昭慶坊之私第，享年八十有二。有文集五十卷。

君娶朱氏、賈氏、高氏。高氏封長安縣君，其父弁，君所從學者也。皆先卒。有子五人。子駿，衛尉寺丞。子淵，鄆州壽張主簿。子建，河南伊闕尉。子皐、子英，未仕也。女七人，適蘄州黄梅令李綱、尚書職方員外郎馬淵、右班殿直侍其珪[四]、進士程行、大理寺丞劉士邵[五]、鄧州穰縣主簿李毅、進士張伉。

君爲人志意廣博，好智謀奇計，欲以功名自顯，不肯碌碌。所至威令大行，遠近皆震。然當是時，天下久平，世方謹繩墨，蹈規矩，故其材不得盡見於事，而以其故，亦多齟齬，至老益窮。然君在擯頓顛躓之中，志氣彌厲，未嘗有憂戚不堪之色，蓋人有所不能及者也。君尤篤於好善，一時與之遊者，皆當世豪傑、知名之士。若予者，亦君之所厚。故君之葬，其子來屬以銘，而予不得辭也。君葬於其卒之歲某月某甲子，而墓在鄆州之某鄉某原。銘曰：

維特材，志横出。世拘牽，困羈馽。見事爲，萬之一。形則潛，名不没。

〔一〕「醆」，《讀書記》、顧校本、吴校本、傅校本作「騣」。
〔二〕「弼」字原無，據元刻本、《讀書記》、顧校本、章校本、吴校本、傅校本增。
〔三〕「爲」字原無，據元刻本、《讀書記》、顧校本、章校本、吴校本、傅校本增。
〔四〕「右」，元刻本、顧校本、吴校本、傅校本注「一作左」。「其」，萬曆本作「吴」。
〔五〕「邵」，顧校本、吴校本作「劭」；傅校本作「召」。

司封郎中孔君墓誌銘

君姓孔氏，諱延之，字長源。幼孤，自感厲，晝耕讀書隴上，夜燃松明繼之，學藝大成。鄉舉進士第一，遂中其科，授欽州軍事推官。杜杞之使南方，誅歐希範蒙赶，君策畫居多。其書奏謀議，皆君爲屬草稿。監杭州龍山税，知洪州新建縣，又知筠州新昌縣。還朝，會開封界中治孟陽河，中作而開封奏可罷，御史與開封争不決，詔君按視，君言費已巨，成之猶有小利，遂從君言。知封州，即用爲廣南西路，相度寬恤民力，所更置五十五事，弛役二千人。使者欲城封州，君争以謂無益，乃不果城。遷爲廣南西路轉運判官，辭母老，不許。廣西人稀，耕者少，而賦糴於民，歲有至六百萬石，程督與租税等，然不過能致數十萬石而止，君計歲糴二十萬石而足，高其估以募商販，不賦糴於民。初，儂智高平，推恩南方，補虚名之官者八百人，多中户以上，皆弛役，役歸下窮，君使復其故。欽、廉、雷三州蜑户，以採珠爲富人所役屬，君奪使自爲業者六百家，皆定著令。交阯使來桂州，陰齎貨爲市，須負重三千人〔一〕，君止不與，使由此不數至。雷州並海，守方倪爲不善，官屬共告之。倪要奪其書，悉收官屬并其孥繫獄，晝夜榜笞，軍事推官呂潛以庾死。君馳至，取倪屬吏，縱繫逮者七百餘人，倪坐法當斬，亦以庾死，人懽叫感泣，聲動海上。改荆湖北路提點刑獄，卽本路爲轉運使，罷鼎州六寨，歲戍土丁千餘人。提點刑獄言溪洞南江宜麻稻，有黄金丹砂之産，遣人諭禍福，以兵勢隨之，可坐而取也。君奏以爲不可，乃止。召爲開封府判官，以母老辭。知越州，移知泉州，以母老辭。改知宣州，未至，言者奏越州鹽法不行，故課負，坐罷宣州。而課法以滿歲爲率，歲終，越之鹽課應法。乃以君爲權管勾三司都理欠憑由司出知潤州。未行，暴得疾卒京師，熙寧七年二月癸未也，年六十有一。自欽州九遷至尚書司封郎中，賜服緋魚。君之得見於用，掇其大者如此。

君氣仁色温，寡笑言，言若不能出口，及見義慷慨，辯且强也。方微時，已數劘切上官，無顧避。及老，益自强，守所聞於古，不肯苟隨，以故齟齬，一不以易意。君事母孝，持己約，與人交，盡其義，其於恩尤至也。治人居官，一以忠厚，不矜智飾名。噫！可謂篤行君子矣！其家食不足，而俸錢常以聚書，至老，讀書未嘗一日廢也。工於爲文，諸子皆自教以學，子多而賢，天下以爲盛云。

君臨江軍新淦縣人，孔子之後四十六世孫。曾大父令倩。大父文質。考中正。母劉氏。君登朝，考贈光禄卿，母封仁壽縣太君。娶楊氏，封仁和縣君。有子七人：文仲，台州軍事推官。武仲，江州軍事推官。平仲，衢州軍事判官。和仲，進士。羲仲，太廟齋郎。餘早卒〔二〕。女三人，嫁襲慶軍節度推官曾準、吉州吉水縣主簿應昭式、進士蔡公彦。孫男女八人。

初，君樂江州之佳山水，買宅將居之，故其子以八年九月乙酉葬君於江州之德化縣仁貴鄉龍泉原，以楊氏祔君。有文集二十卷。其子以余與君爲最舊，來乞銘，銘曰：

有綽厥政，流播在民。有蔚斯文，薦美於身。孰委於外，不源於内？於内曷以？以其豈弟。其立桓桓，不回不倚。施不盡有，子則多賢。曷久厥問？閟辭幽阡。

〔一〕元刻本、《讀書記》、顧校本、章校本、吴校本、傅校本「重」下有「者」字。

〔二〕《讀書記》、顧校本、傅校本云：「餘字，宋本作官，官字疑當在太廟上。」

都官員外郎曾君墓誌銘

君曾氏，諱誼，字子常，建昌軍南城人。曾祖暹。祖士宗。考充，贈殿中丞。君進士及第，補洪州新建縣主簿、循州龍川令，知筠州之上高、臨江軍之新淦、舒州之桐城三縣，提舉江南東路常平倉，兼農田水利差役事，權知楚州，歷秘書省著作佐郎，至尚書都官員外郎。

君生而好學，其家學者自君始。博聞强志，明於大體，善屬文，一時名出衆右。其家故貧，然君爲人，節廉自重。罷吏歸，常闔門居，不與人事，或日昃不得食，晏如也。爲吏平恕質慤，務在愛人，不爲刻察，所歷縣稱治。江東同職欲增賦役錢於民，君争不能得，則自請罷去。遂知楚州。楚饑，四方之船粟至者，市易吏定取價賤，予價貴，計其贏取於民，而粟未嘗出納也，販者爲不行，人以乏食。又取民之食其技者錮於官禁，不得私鬻，市里騷然。君初止之，不變，則按致之法，朝廷遣他吏覆視，不能易君言，市易吏得罪免，君益不合，卒以他法罷。既去而楚人思之，既死而楚人迎哭其喪甚慟。至今言治楚者，以君爲不可及也。君平居恂恂持卑，及遇事不可奪其守如此〔一〕。

君熙寧九年四月癸巳卒於開封府咸平之驛舍，年五十有一，明年某月某甲子葬於南城之某鄉某原。子景初、景倩、景融〔二〕、景裔、景獻〔三〕。景初蚤世。女嫁袁州萬載令董沂、進士夏時中、陳卞。母鄭氏，崇德縣太君。妻傅氏，仁壽縣君。銘曰：

江東之議，不俯而隨。山陽之治，違世所馳。有挾之强，以弱犯之。有醜之正，以獨守之。彼不我與，我不爾欺。尚告厥忘，作此銘詩。

〔一〕「可」字原無，據元刻本、《讀書記》、顧校本、章校本、吴校本、傅校本增。

〔二〕「融」，《讀書記》、章校本作「獻」。

〔三〕「獻」，章校本作「融」。

王容季墓誌銘

容季王氏，諱冏。其先太原人，中徙河南，其後自光州之固始徙福州之候官，徙候官者五世矣。曾大父諱廷銘，仕閩王爲安遠軍使。大父諱居政，贈秘書丞。考諱平，爲侍御史，葬潁州之汝陰，故今爲汝陰人。容季嘉祐六年進士及第，主蔡州之新蔡簿。治平某年某月某甲子卒於家，年三十有二〔一〕。熙寧某年某月某甲子，葬汝陰旌義鄉衆乂營侍御府君之兆。母曾氏，金華縣君，尚書刑部郎中、集賢殿修撰、贈太師、中書令兼尚書令、某國公某之女。妻賈氏，尚書司門郎中昌期之女。男女二人，男曰某，始若干歲。

容季孝悌純篤，尤能刻意學問〔二〕，自少已能爲文章，尤長於叙事，其所爲文，出輒驚人。爲人自重，不馳騁衒鬻，亦不孑孑爲名。日與其兄講唐虞孔子之道，以求其内，言行出處，常擇義而動。其磨礱涵養而不止者〔三〕，吾未能量其所至也。不幸其志未就，其材未試，而短命死矣。

初，容季之伯兄回深甫，以道義文學退而家居，學者所崇。而仲兄向子直亦以文學器識名聞當世。容季又所立如此。學士大夫以謂此三人者皆世不常有，藉令有之，或出於燕，或出於越，又不可以得之一鄉一國也，未有同時並出，出於一家。如此之盛，若將使之有爲也，而不幸輒死，皆不得至於壽考，以盡其材，是有命矣！而命之至於如此，何也？

初，子直之遺文，深甫屬予序之。數年，又叙深甫之文。復數年耳，而容季葬有日，其仲兄固子堅又屬予銘其墓，而且將叙其文。嗚呼！非其可哀也夫！銘曰：

學足以求其内，辭足以達其外。守之用剛，養之用晦。如泉之進，如木之升。奄焉以止，不究其成。維友作詩，以永厥聲。

〔一〕「二」，元刻本、正統本、《讀書記》、顧校本、章校本、吴校本、傅校本、《文粹》作「一」。

〔二〕元刻本、《讀書記》、顧校本、章校本、吴校本、傅校本無「能」字。

〔三〕「涵」，元刻本、《讀書記》、顧校本、章校本、吴校本、傅校本作「灌」。

曾鞏集卷第四十三

誌銘八首

都官員外郎胥君墓誌銘

君姓胥氏，諱元衡，字平叔，長沙人。皇考諱某。王考諱某。考諱某。王考贈尚書工部郎中。考爲翰林學士、尚書工部郎中，贈尚書吏部侍郎。君少以廕爲將作監主簿，六遷爲殿中丞，賜緋魚袋。鎖廳應進士舉，得出身。又三遷爲尚書都官員外郎，歷監在京染院內衣庫、皮角庫，僉書河南府判官公事，通判湖州，又通判海州。治平三年四月壬寅以疾卒於泗州。其年八月庚寅葬於許州陽翟縣三封原翰林君之塋。君初娶李氏，太子少傅若谷之女。再娶韓氏，封成安縣君，尚書刑部員外郎知制誥綜之女。子男二人，曰茂諶，太廟室長，次尚幼。女二人，長早夭。

君少孤，能自奮厲，力學問，工爲文章。又謹畏潔廉，慕善而不自放。居官雖小，法未嘗不慎，而不爲察察，於人有所能容。其大意如此。故所至，士大夫愛其修，而百姓歸其恕。其在染院二庫，雖尚少，已有能名。及爲通判判官，而能益顯。蓋所試者大，將豈可勝數哉？始，大臣薦其文章，宜在館閣。近臣又薦其修潔，宜任御史。朝廷方嚮用之，以爲江西轉運判官。命始下，而君蓋已死矣，死時年三十有九。聞其喪者，識與不識皆哀之。

蓋天聖之間，翰林君方處顯，好收獎天下之士，而名能知人。士之出於其時，有盛名於天下者，多翰林君發之。及其後，君既壯大，所與遊士大夫，亦皆一時之雋。然自天聖至於今纔四十年，翰林君之門下士多至大官，富貴尊寵。君所與遊士大夫亦多重於時。而翰林君弃賓客已久，君又蚤世。獨翰林君之夫人、建康郡太君刁氏年七十，與君之孥羈旅於閭巷。君之喪，合衆人之賻，乃克葬。其盛衰之際如此，固所謂命者非邪？君之葬，秘閣校理裴煜以茂諶之疏來請銘。予與君皆嘉祐二年進士，故不得辭。銘曰：

維艱而勤，以斂其繼。維平而畏，以篤其乂。考已無違，在人有賜。我志之良，孰曰非遂？我材之尤，誰曰非試？不申其期，不擴其施。有命則然，其又何悲？尚告後世，知者之辭。

劉伯聲墓誌銘

慶曆之間，余家撫州。州掾張文叔與其内弟劉伯聲從予遊。余與伯聲皆罕與人接，得顓意以學問磨礱浸灌爲事，居三年乃别。後數年，余以貧而仕，見伯聲於京師，年益壯，學日以益。又數年，余校書史館，伯聲數過余，飲酒談笑，道舊故相樂也。伯聲未老，然以疾故，亦衰矣。既而余去京師而東，更七州，至於亳。伯聲子之美來告曰，伯聲死八年矣，將死時，命之美屬余銘。其言曰，葬而不得余銘，如不葬也。余惟伯聲始從余遊，至今三十年，見其少壯，至於有疾而衰，與之故最久，於其死而託銘於余，故不得而辭也〔一〕。

伯聲諱震，爲人質厚沉深，寡言笑，恂恂蹈規矩。與人遊，見其一善，若恐不能及；見其一失，若恐不能拔。其篤於誼如此。讀書有大志，慨然欲有爲者也。少孤能自立，尤貧，然營疏屬之葬、孤姪之嫁娶，忘其力之不足也。數以進士薦於鄉，卒不合。晚乃得試將作監主簿。曾大父澤，左補闕，贈吏部尚書。大父居仁，單州單父縣主簿。考紘，濟州司理參軍。其先清河人，自吏部葬開封府之東明，今爲東明人。伯聲卒於熙寧五年二月戊戌〔二〕，年五十有三。葬於東明之陽山鄉白駒里，以元豐三年十一月某甲子。妻賈氏〔三〕，尚書比部員外郎式之女。子四人，曰之美〔四〕、之純、之奇、之邵。二女，嫁倪良器、李日新。張文叔名彥博，余爲之叙其文者也。銘曰：

斂於求己，尚行寡言。篤於求古，廣見多聞。有既畀之〔五〕，而施則屯。維舊則信，以詒後人。

〔一〕「故」，《讀書記》、章校本、《文粹》作「固」。

〔二〕「二」，元刻本、顧校本、《文粹》作「三」。

〔三〕「賈」，元刻本、正統本、顧校本、章校本、吴校本、傅校本作「費」。

〔四〕「曰」字原無，據元刻本、《讀書記》、顧校本、章校本、吴校本增。

〔五〕「既」，元刻本、《讀書記》、顧校本、吴校本、傅校本、《文粹》作「孰」。

尚書比部員外郎李君墓誌銘

康定初，先人寓南康，與李君居並舍。是時君年未四十，游余父子間，相好也。後十餘歲，君爲臨安，遇余於浙西，道舊故，喜甚。又十餘歲，君已退而家居，復見之山陽。又九歲，而君年七十有一以卒。明年，其孤仲熊自山陽抵京師，拜且泣曰：「願得銘也。」余惟君游余父子間四十年矣，銘其可辭？

君姓李氏，諱丕，字子京，初名真卿。曾大父諱某。大父諱某。考諱某，贈光禄卿。母丁氏，仙源縣太君。繼母王氏，仁壽縣太君。君海州朐山人〔一〕，家故寒也。學爲士，自君始。出舉進士，中其科，得主楚之淮陰簿。歲凶，轉運使調軍食，用君主宿州糴。他州皆强賦，民猶不足，君隨便開誘，糴者悦趨，糴最他州。去爲處州司法參軍〔二〕，能隨用見，聲出衆上，薦者十四人，不用。遷寧國軍節度，掌書記，轉運使屬君市翎毛，君優致如主糴〔三〕，所市以赤，數之至十萬，復最他州。又屬君主作院，君考校程度〔四〕，所作兵器總一萬一千三百二十有四，皆精且利。他軍州事，有不能决者，多屬君，君所决者三十有八事〔五〕。蓋復太平州囚管壽活之，明通判欽州林瑀無罪釋之，類如此。於是能益白，薦者十三人。遷秘書省著作佐郎，用薦者監興元府税，急吏寬商，課羸十有七萬。歲中，以歲次遷秘書丞，以課遷太常博士，以覃恩遷尚書屯田員外郎，知杭州臨安縣，召爲審刑院詳議官，賜緋衣銀魚。遷尚書都官員外郎，通判蜀州。蜀少事，然他州訟有積歲不能决者，轉運使以屬君，君所决八事，民信服之。遷尚書職方員外郎，監在京内衣庫，樞密使田況奏用君删定馬軍司條貫，既成，詔加賞賚。濱州有獄久不能决〔六〕，辭逮大臣家子，遣吏治之輒辭，詔遣君乃决。累遷尚書職方郎中，以母老出通判杭州，坐法免。

復爲尚書比部郎中，監沂州承縣鹽酒稅。未逾月，自罷歸。又監陝州集津垛鹽務，不行，以本官致仕。元豐三年九月己卯以疾卒山陽之私第，十一月甲寅葬安樂鄉之楊興里〔七〕。

君娶葛氏，仙居縣君。再娶喬氏，壽安縣君。子男七人：曰仲熊，衛州軍事推官。曰仲謨，以進士再試禮部。曰仲將，曰仲傑，曰仲倩，曰仲昌，皆未仕也。女六人，嫁吴好禮、于鋭，皆奉議郎；馬寀、于鏜，皆進士；餘幼也。

君既自奮拔，立其家，蓋仕四方，惟蜀去其親，其事兄撫孤弟姪，皆盡恩意。其爲吏不獨能自任其官，蓋他吏之不能任其事者，或屬君兼任之，辦其裕也。不幸一跌，世無力振達之者，故以坎壈終。銘曰：

海區氏李，有啓厥世。富辭與能，自約而修。曰父與子，郎官卿士。曰妻及母，翟衣象揥。謂勢方利，孰輻以毁。施不盡有，故也則嘈。尚祐爾裔，以追厥始。

〔一〕「君」字原無，據元刻本、《讀書記》、顧校本、吴校本、傅校本增。

〔二〕「處」，萬曆本作「虔」。

〔三〕「君」字原無，據元刻本、《讀書記》、顧校本、章校本、吴校本、傅校本增。「優」，原作「擾」，據《讀書記》、顧校本改。

〔四〕「程度」，元刻本、《讀書記》、顧校本、章校本、傅校本作「度程」。

〔五〕《讀書記》此句作「有不能決者多屬君所，所決者三十有八事」。並云「上君字衍」。

〔六〕元刻本、《讀書記》、顧校本、章校本、吴校本、傅校本無「能」字。

〔七〕「鄉」，原作「郡」，據《讀書記》、顧校本改。

司封員外郎蔡公墓誌銘

公諱充，字公度，天聖二年進士及第，爲邵武軍之邵武尉，又爲應天府之下邑尉。丁母夫人河間縣太君周氏憂，服除，爲越州司理參軍，天平軍節度掌書記，遷秘書省著作佐郎，知洪州奉新縣，秘書丞，知遂州小溪縣，改通判戎州，累遷太常博士、尚書屯田度支司封員外郎，歷監在京都進奏院，羣牧判官，知絳州，又爲提點荆湖北路刑獄公事。至和三年七月二十三日，以疾卒於澧州之官舍，享年七十有一。嘉祐二年十一月十三日葬於建昌軍南城縣太平鄉之西原。

公爲人好自潔清，平居衣冠容貌肅然，及其臨事，以沉默慎静爲主。故自起家至於其終，凡三十餘年，歷内外官，無纖介之失。其與人遊，始若淡然，無足動其意者。及其久，人人皆退自喜，謂公真長者也。其爲尉、參軍、掌書記，人始以廉節知公。及爲奉新、小溪、絳州，其政又以平恕不擾聞。至其在羣牧、荆湖，數更置諸事，人皆服其能。其於越州，屬將佐交惡，府中多向背，公獨挺立無所與。後將又以貪坐法，官屬多不能自全，事亦卒無污公者。於戎州，屬瀘州叛蠻攻淯井監，轉運使用公調兵食禦之，兵遂以濟。於絳州，州歲市羊數萬供京師，公奏減之，至今賴其法。於荆湖，既周知官屬善惡，於善人多薦籍成就之，而於惡人無所貸其法。公既能自彰顯其材，故薦公者尤多。蓋王沂公曾、王鄧公詒永與今富丞相弼之居鄆也，皆薦之，而鄧公之爲樞密使兼羣牧制置使也，又奏公爲其判官。其爲當世之大臣所知如此。

初，公年十三喪父，家貧，尤自克苦，養其母。及仕，未嘗廣田宅。喪歸，借屋以居。曾祖諱恭。祖諱道隆。父諱旦，以公恩贈尚書屯田員外郎。世家南城，故爲南城人。娶鄭氏，累封宋城縣君。子八人：曰冠卿，秘書省著作佐郎；曰端卿，鄭州原武尉；曰文卿，曰徽卿，曰宋卿，曰秀卿，曰子卿，曰孺卿。公歿，詔官其一子。蓋公不獨能以其有施於身，又能力以其餘教於家，故公之歿也，冠卿以材尤知名，端卿而下，皆謹嚴能世其家者也。女二人，嫁邵武尉陳涉、進士陳之邵。冠卿等將葬公，以銘屬公故人子曾鞏。銘曰：

司封抱能屈初齡，秉旄懷紱晚始亨。沙墟莽崖肆經營，馬羊茁肥獄訟平。凜然氣志潔以清，自微訖隆用兢兢。風流餘孅被家庭，子多以才後方興。

贈職方員外郎蘇君墓誌銘

熙寧元年春，余之同年友趙郡蘇軾自蜀以書至京師，謂余曰：「軾之大父行甚高，而不爲世用，故不能自見於天下。然古之人亦不必皆能自見，而卒有傳於後者，以世有發明之者耳。故軾之先人嘗疏其事，蓋將屬銘於子，而不幸不得就其志。軾何敢廢焉？子其爲我銘之。」余爲之記其說曰：

君諱序，字仲先，眉州眉山人。其先蓋趙郡欒城人也。曾大父釿，大父祐，父杲，三世皆不仕，而行義聞於鄉里。祐生於唐季，而卒於周顯德之間，嘗以事至成都，遇道士異之，屏人謂曰：「吾術能變化百物，將以授子。」祐辭不顧。道士笑曰：「是果有以過人矣。」而杲始以好施顯名。君讀書務知大義，爲詩務達其志而已，詩多至千餘篇。爲人疏達自信，持之以謙，輕財好施，急人之病，孜孜若不及。歲凶，賣田以賑其鄰里鄉黨，至熟，人將償之，君辭不受，以是至數破其業，危於飢寒，然未嘗以爲悔，而好施益甚。遇人無疏密，一與之，傾盡無疑礙。或欺而侮之，君亦不變，人莫測其意也。李順叛，攻眉州，君居圍中守禦。會其父病没，君治喪執禮盡哀，退慰安其母，皆不失所宜。慶曆初，詔州縣立學取士，士爭欲執事學中，君獨戒其子孫退避，人皆服其行。蜀自五代之亂，學者衰少，又安其鄉里，皆不願出仕。君獨教其子涣受學，所以成就之者甚備。至涣以進士起家，蜀人榮之，意始大變，皆喜受學。及其後，眉之學者至千餘人，蓋自蘇氏始。而君之季子洵，壯猶不知書，君亦不强之，謂人曰：「是非憂其不學者也。」既而洵果奮發力學，與其子軾、轍皆以文學名天下，爲學者所宗。蓋雖不用於世，而見於家、稱於鄉里者如此，是不可以無傳也已。

君始以子恩爲大理評事，後累贈尚書職方員外郎，享年七十有五，慶曆五年五月十一日終於家，八年二月某日葬於眉山縣修文鄉安道里先塋之側。夫人史氏，蓬萊縣太君。二子：曰涣，尚書都官郎中，提點利州路刑獄公事，有能名；曰洵，霸州文安縣主簿，編纂太常禮書，贈光禄寺丞。孫七人：位、佾、不欺、不疑、不危、軾、轍。軾，殿中丞，直史館。轍，商州軍事推官。銘曰：

蘇氏徂西，值蜀崩分。三世高逝，以篤吾仁。君始不羈，勞躬以卑。孝於父母，施及窮嫠。維見之卓，教其子孫。終化鄉邦，學者詵詵。維子若孫，同時三人。擅名文章，震動四方。乃本厥初，考祖之自。刻詩墓石，以畀厥裔。

庫部員外郎知臨江軍范君墓誌銘

嘉祐五年六月辛巳，尚書庫部員外郎、知臨江軍事范君卒於位，年五十有三。其年十月辛酉，葬於江州德化縣之仁貴鄉萬家山前。將葬〔一〕，其孤屬君之故人李中考次君之官氏邑里，與其功行之實爲狀，授使者，使告於鞏曰〔二〕：「先君葬既得日月，宜有銘，孤安期也，敢請。」鞏曰：「君之行宜有述。」乃爲之誌其墓而銘之。其叙曰：

惟范氏傳叙受姓，自劉累以來，其後居江州者，出於晉豫章太守甯之後。君諱端，字思道，江州德化人也。祖秘書省著作佐郎，贈太常少卿，諱成象。父尚書都官員外郎，贈光禄卿，諱應辰。君始以父任爲太廟齋郎，累轉至尚書庫部員外郎，歷德化尉、江寧主簿、江都令，知南昌、飛烏、彭山三縣，通判通州，徙泰州，又爲勾當開治畿内溝洫，提舉陝西河北路，便糴糧草，至知臨江軍事。而飛烏，以乞養太夫人，得監江寧府鹽税。彭山，用薦者得監雲安軍鹽井。二縣皆不至。

君聚書萬餘卷，强力篤學，爲人恭遜質儉，能自修飭，門内之治肅如也。及施於爲政，以謹法能持廉名於世，而世之能觀其内者亦少也。始爲江都，會歲旱，張若谷爲揚州，遣吏數人，與君皆出視民田，他吏還沓白歲善，君還獨白田實旱。若谷初不是之也，君持旱苗力争，乃卒是君所白。吴遵路蔣堂爲淮南轉運使，使君護河役，君往視之，還言河不可爲，遂罷君，用他吏護役，而河果不可爲。三人者，其初皆怒，已乃感寤，共薦之。而當是之時，天下之主財利者，方務於急聚斂，治民者以立聲威爲賢，交四方之賓客者，又往往嚮意於卑辭貌煩饗燕贈送之禮，以其故能傾士大夫，以干天下之譽。君乃獨推息民教化之意，以簡易自守。故爲雲安主鹽利，而議蠲鹽課以數萬。爲臨江，以興學教人爲先，而厨傳賓客之奉，十去其七八。四方之往來者，或出語詘君，君不爲之動也。其正行直道如此。

太夫人李氏，贊皇縣太君，父尚書工部侍郎虚己。元配鄭氏，父龍圖閣直學士向。次配周氏，清河縣君，父尚書司封員外郎陵。子男六人：安期、安仁、安之、安世、安壽、安禮。女五人，長適和州司户參軍鄭夷中，次適都昌主簿周詠，次適郊社齋郎周佺期，餘尚幼。孫男六人：莘叟〔三〕、巖叟、渭叟、商叟、蒙叟、真叟。太夫人之喪，君哀感疾，四年乃能起。

凡君之所既立，可謂有士君子之行非邪？自不遵先王養士用人之法，而士在閭巷之間者，用力於空文；居朝廷者，馳騁於虚名，以譁世取寵。士之能修其内、潔身累行者，非自好之篤〔四〕，莫能至，而世亦罕能知之也。故君之事，予喜爲之見於文，使後之君子得覽焉。君於文章，尤長於詩，有集三卷，藏於家。其銘曰：

君性温温，好退持卑。及其臨事，擇義而爲。一世之棄，君獨從之；一世之慕，君獨違之。行己有常，在官無疵。曷以知之？視此銘詩。

〔一〕「將」字原無，據《讀書記》、章校本增。
〔二〕元刻本、《讀書記》、顧校本、章校本、吴校本、傅校本無「使」字。
〔三〕「莘」，元刻本、顧校本、吴校本作「莘」。
〔四〕元刻本、正統本、顧校本、傅校漁浦書院本無「篤」字。

張久中墓誌銘

君姓張氏，名持，字久中，初名伯虎。慶曆三年來自曲江，入太學。當是時，天子方詔學官歲獻士二人，學者以數百千人，獨獻君，會學散，不報。於是時，予蓋未嘗識君也。後二年，過予之所居臨川，始識之。

君爲人深沉有大度，喜氣節，重交游，一時所與之遊者甚衆〔一〕。而君所尤稱者，廣漢張賁，以爲年少可進以學者，莆陽陳惇。蓋君之學多賁發之，而於惇以師友自處也。凡君之與人交，喜窮盡其得失，其義足以正之，而其直未嘗苟止也。至其與衆人接，尤温以莊，不妄與之言。與之言，必隨其材智所到，不病以其所不爲。故君之友皆憚其嚴，而喜其相與之盡。衆人之得君遊者，亦皆喜愛而未嘗有失其意者。其語曰：「士生於今，勢不足以持世，而遊於其間，當如此也。」於臨川，出其文章，因與予言古今治亂是非之理〔二〕，至於爲心持身得失之際，於其義，余不能損益也。後二年死於興國軍，某月某日也。明年，其弟來江南，以力之不能，將獨負君之骨以歸。是時陳惇方以進士得出身，約君之弟曰：「吾忍不全歸吾友邪，明年吾得補爲吏，力能以君之喪歸。」其弟乃止。

君年若干。祖某，考某。君幼孤，養於兄嫂，嘗曰：「嫂之於吾猶母也，婦能以姑之禮事吾嫂者，可以爲吾婦矣。」然卒亦無也。君固難交，然不易其好。而陳惇者，與君交尤深也。予嘗視惇與君之相從，憂窮齟齬，無不共之，其中心豈有利然也。世之交友道廢久矣，其有之，或非此也。然則君之事，其有取於世教非邪？惇以某年某月某日歸君之喪葬地，而屬予銘。其辭曰：

嗚呼久中，不如其志。孔孟以然，何獨於子？生而不大，天固爲之。其長在人，於此觀之。

〔一〕元刻本、《讀書記》、顧校本、章校本、傅校本、傅校漁浦書院本無「所」字。

〔二〕「與」，原作「學」，據章校本改。

秘書丞知成都府雙流縣事周君墓誌銘

君姓周氏，諱旻，字夢臣，衢州江山人也。曾祖漢規，祖德厚，父幹。君以進士及第，歷南劍州之將樂、建昌軍之南城主簿，監虔州雩都銀場，又爲泰州司户參軍，用薦者爲秘書省著作佐郎，知宣州南陵縣事，遷秘書丞，知成都府雙流縣事。嘉祐六年正月某甲子至江陵，卒於舟中，年五十有一。母某氏。先娶毛氏，又娶祝氏。子男三人：曰某，曰某，曰某。女四人。君之卒，某始七歲，清江李中爲之具喪事所須。某年某月某甲子，君之弟畧葬君於某州某縣某里之原。

君少孤力學，不問生業，事母以孝稱。其在仕也，嫁姊之貧者，君常分月俸三之一以奉之〔一〕，餘以與諸弟，君與妻子或止食館券而已。爲人和平質簡，其施於爲政亦然。及至有所必行，人亦多所不能及也。其爲南城、雩都，取豪猾尤難治者三人，皆繩以法。君既見惡果於繩而去之，故其餘皆斂迹不敢犯君法。此君之行己居官已試者也。所試者大，將豈止於是歟？銘曰：

婉婉爲人，嶷嶷爲吏。此有愛慕，彼無怨議。孰厚其有，孰艱厥施。維銘昭之，以諗來裔。

〔一〕「君」，原作「居」，據元刻本、正統本、《讀書記》、顧校本、章校本、吴校本、傅校本改。

曾鞏集卷第四十四

誌銘十一首

殿中丞致仕王君墓誌銘

君諱某，字某，其先琅邪人，嘗徙家於蜀。至君之考，又徙家於揚，故今爲揚之江都人。曾祖諱錫。祖諱得中，爲真定府獲鹿縣令，贈尚書刑部侍郎。考諱汝能，爲尚書都官郎中，贈尚書工部侍郎。

君少以父任爲太廟齋郎，養其父，不忍一日去左右。至卒喪，年已四十餘，始出爲南劍州司户參軍，歷監劍州銀銅場、和州司户參軍，用薦者監潁州稅，去爲越州山陰縣尉、滑州録事參軍、隨州唐城縣令。其爲銀銅場，冶者復業，而歲課大溢。爲尉能發奸偷，爲録事能治獄不撓，爲令能有惠愛於人，其試於事者如此。其爲人，居家孝友，遇人和易質厚，不爲聰明機巧以譁世動俗，故知之者少，而君亦自若也。至年七十，遂上書還政，遷太子中舍。今上即位，恩遷殿中丞，賜緋衣銀魚。卒於熙寧五年之五月甲辰，年七十有七。以其年十月乙酉葬於江都之東興寧鄉馬坊里，以其配永嘉縣君周氏祔。有子二人。曰幾，大理寺丞。曰深，潤州丹徒縣主簿。皆有文行，能世其家。有女一人，嫁陸氏。有孫男二人，孫女二人，尚幼也。

寺丞娶余之仲妹，以書來乞君之墓銘，余不能辭也。銘曰：

養心以和，動己以直。不爲世巧，安於自得。顯不在躬，實詒爾子。欲鴻厥聲，勒銘於此。

贈大理寺丞致仕杜君墓誌銘

君姓杜氏，澶州濮陽人，卒於皇祐元年十月庚申，葬於熙寧八年十月丁酉。其墓在濮陽縣桂枝里之欒邨，以夫人仙居縣太君潘氏祔。君曾王考佑，王考延嗣，考珣。子男三人，曰言，曰宗諫，皆蚤世。曰宗誨，殿中丞。女二人，嫁馬氏、欒氏。孫男二人，曰良輔，餘未名也。

君諱瑩，字德温，贈大理評事，又贈大理寺丞。爲人孝友温良，以清静爲學，而以淡泊自足。行修於家而譽聞於鄉，其自得者壽考見於身，其有餘者流澤見於後。故其年至於八十，而有子能大其門，言理之士，以此多君也。

宗誨爲人，質厚恬夷，世俗之所爲有不爲者。余爲襄陽，宗誨實僉書節度判官公事，愛其所守，而知其有所受也。其以君之銘乞於余，故不辭。銘曰：

有以養其内，克遐者壽。有以行於遠，克昌者後。帝原厥初，追錫命書。余與此銘，賁於幽墟。

胡君墓誌銘

君名敏，生於天禧之戊午，卒時皇祐之辛卯也。既卒之明年，葬於其所家撫州金谿縣之東某里某原。字某，姓胡氏。父名晏，教君學，已爲之求師，又爲之求四方善人君子與之接，致其力不敢懈，至於老以死不敢變。君亦能奉其意，故君之爲進士，其强學、其廣記、其博問、其能文辭，於其業，可以謂之修；其事親、其居家、其與人遊，不見其缺虧，其約、其質、其不苟、其寡言，於其行，可以謂之修。夫積其勤以至於業之修，而止薦於鄉；積其謹以至於行之修，而不克顯於世，此世之所以哀君也。然君有可以慰其親而不疚於其內，比於得其欲富貴於一時，而有愧於其心者，其得失何如，固易知也。母某氏，妻某氏，子某，弟某。

君嘗學於余也，故銘之。銘曰：

慰其親，學也勤。短而屯，塞不伸。震無垠，瑑斯珉。

光禄寺丞通判太平州吴君墓誌銘

龍圖閣直學士、給事中吴仲庶具書載其子業官世行治，屬余曰：「吾子某不克壽，不得見其志，幸得銘信後世，則某其不泯泯，尚足以慰吾思也。」余爲之述曰：

維吴氏以文學直道繼有顯人，其家子晚出並茂，亦多以材能見於世。君居其間，孝友篤學有大志，未見其止。其不幸蚤死，故君既自重無所試，而其家蓋識君之事亦略也。

君以父任守將作監主簿，今上即位，恩遷太常寺奉禮郎，是歲進士及第。僉書廣濟軍判官公事，上書言時事，有人之所難言者。部多盜，君請取酒場羨錢益賞購，轉運使難其言，君以聞，詔用君議，盜以衰息。君以母濟陽郡君蔡氏憂去官，服除，遷光禄寺丞，通判太平州，州賴以治。行部中，視河還，不入其家。將行廣濟圩，度姑熟溪，橋壞以水死，年三十有三，熙寧八年四月某甲子也。朝廷聞而官其一子。

君娶陳氏，尚書職方員外郎亢之女，前君一年死。子曰塤，郊社齋郎。曰圻，未仕。女一人，始五歲。君初名秉禮，字子鈞。其先興國軍某人。曾祖考某。祖考某，贈户部尚書。

仲庶名中復，以君卒之二年正月某甲子葬君南康軍都昌縣沐浴保之龍回山，以陳氏祔。銘曰：家紀其行，官紀其能。收科於少，是紹是承。維曰未試，方勃而起。云胡不遐，一跌而逝。命則誰爲？昧不可稽。畀爾萬年，式諗以辭。

殿中丞監揚州税徐君墓誌銘

唐之亡，强者分其地，爲國以十數。楊行密有淮南，稱吴。海州人徐温爲吴將，有功。行密死，三子相次立。温用事貴顯，温死，其養子知誥遂代楊氏，盡有江淮之地，稱唐。去温所與爲姓名者，姓李氏名昪。温己子知諫，事昪爲將，死，昪追以爲中書令、臨淄王。知諫子邈，事昪子璟，爲中書侍郎，上饒郡公。邈子徐君，事璟子煜，爲其秘書郎，賜緋魚袋。宋既受命平天下，俘李氏以歸，徐君亦隨之京師，得爲太常寺太祝，不樂，棄官歸江南，久之爲殿中丞、監揚州税以死。子天錫爲秘書丞，亦死。女四人，其第二女與季皆嫁吕氏。徐君死祥符間，後四十餘年，嫁吕氏女有子倚，始葬徐君與徐君之母李氏、妻陸氏於揚州之某原。

方徐氏之先，與楊氏俱起東南，收其土地而有之，遭行密子弱，徐氏實任其國，至昪遂代吳。而徐氏子孫，亦皆據士民之上，有王公之勢，於其一時富貴之際，豈非盛哉！百年之後，其世凌遲，至於徐君，遂死而無以葬，葬於異姓之孫。盛衰之變，何其速也！然自前世無不皆若此，富貴之不可以久恃，亦何必異也。而世之不安其命者，方枉義挈挈以覬幸其偶得之者，又惴惴恐失之，是真可以常處也哉！

初，東南之地既入於有司，天子憐士民，許皆復田其故所有地。徐君之地爲尤多，多不取。有冒徐君之地以賣之者，亦不問。是以其貧甚，而徐君獨自得。徐君諱元楡，字仙材，好學，善屬文，吏部賈黄中嘗試其書判曰：「元、白不足多也。」尤能詩，詩數百篇，號《南歸集》，大抵多慨其不得志，徐君之所以自見也。

嫁呂氏女之夫名某，憐徐君之死無以葬，死以屬其子倚。倚貧甚，能自力，卒葬徐君而就其父志。銘曰：

富吾不爭，可謂既好之。貧吾不懟，可謂又安之。諧歸此丘，女子之爲。永昭厥聲，維此銘詩。

永州軍事推官孫君墓誌銘

黟縣之孫氏有起進士、爲尚書工部郎中、廣南西路轉運使以卒者，諱抗，以文學見於世，其葬在黟之上林。有子亦起進士，爲永州推官以卒，卒時年二十有八者，諱適，亦以文學見稱，葬在其父之左。將葬，其弟邈以告，而乞銘於南豐曾鞏。其序曰：

孫氏世家富春，唐有徙歙之黟縣者，諱師睦，始自別爲黟縣之孫氏。師睦生延緒，延緒生旦，旦生遂良，以子恩爲尚書職方員外郎，職方生工部，工部實生君。君年十有四，辭親學問江東，已有聞於人。往從臨川王安石受學，安石稱之。後主越州上虞簿，去，以父恩得永州。父卒，萬里致喪，疾不忍廢事。既葬，携扶幼老，將就食淮南，疾益革，遂卒於池州大安鎮，實至和二年。始，工部爲御史，不合而出。及使南方，仆且起，遽卒。君尤自力學行，謂蘊必發，其在君，又止此。君於學問，好其治亂得失之說，不狃近卑。於爲文，以古爲歸，不夸以浮。雖素羸不廢書，雖進不怠以止。既肆而通矣，而不得極其至。其銘曰：

孫世來黟，拔身艱故。爲世聞家，始自工部。工部孰有？有書百篇。永州之學，自其父傳。其果以力，其敏以明。內有其質，外以華英。再以不就，其後當侈。君不有子，君多兄弟。

尚書都官員外郎王公墓誌銘

王氏其先太原人，世久遷徙，而今家撫州之臨川。公諱益，字舜良。曾祖諱某，不仕。祖諱某，以子故贈尚書職方員外郎。考諱某，以公故，即其家拜衛尉寺丞。

公祥符八年舉進士及第，初爲建安主簿。時尚少，縣人頗易之，及觀公所爲，乃皆大畏服。其督賦税，未嘗急貧民。或有所笞罰，唯豪劇吏耳。以故建安人尤愛之。嘗病，闔縣爲祠禱。改臨江軍判官。軍多諸豪大姓之家，以財力自肆，而二千石亦有所挾爲不法，吏乘其然，乾没無所忌。公至，以義折正二千石，使不能有所縱，以明憚吏，使不敢動摇。居頃之，部中肅然。諸豪大吏見公皆側目而視，至以鄙言目公曰：「是不可欺也。」卒不得已，以他計出公。領新淦縣，縣以治聞。去，改大理寺丞，知廬陵縣。又改殿中丞，知新繁縣。縣有宿奸數人，公既繩以法，其餘一以恩信遇之，嘗逾月不笞一人。還知韶州，改太常博士、尚書屯田員外郎。嶺以南素習於夷，無男女之别。日浸月滋，爲吏者師耳目，謂俗止如此〔一〕，凡姦事雖得，有可已者，皆不究。公曰：「夫所謂因其俗者，豈謂是邪？」居郡，求姦事最急，苟有萌蘖，一切擿發窮治之〔二〕。屬縣翁源多虎，公教捕之。令欲媚公，言虎自死者五，輿之致州，爲頌以獻。公使歸之曰：「政在德不在異。」州有屯兵五百人，代者久不至，欲謀爲變。事覺，一郡皆駭。公不爲動，獨取其首五人，即日斷流之。或請以付獄，公不聽。既而聞其徒曰：「若五人者繫獄，當夜劫之。」然後衆乃服。韶居南方，雖小州，然獄訟最多，號難治。公既以才能治之有餘，遂以無事。又因民之暇時，爲之理營驛，表坊市道巷，使皆可以久遠爲後利。歸丁衛尉府君憂，服除，通判江寧府，改都官員外郎，二千石常以事倚公，公亦爲之盡。寶元元年二月二十三日以疾卒於官，享年四十六。

母謝氏，封永安縣君。娶徐氏，又娶吴氏，封長壽縣君。子男七人，曰安仁，曰安道，曰安石，曰安國，曰安世，曰安禮，曰安上。女一人嫁張氏，處者二人〔三〕。安石今爲大理評事，知鄞縣，慶曆七年十一月上書乞告葬公，明年某月詔曰「可」，遂以某月某日與其昆弟奉公之喪，葬江寧府之某縣某處。

吾嘗聞鄉里長老言，公爲人倜儻有大志。在外當事輒可否，矯矯不可撓。及退歸其家，斂色下氣，致孝於父母，致愛於族人之間，委曲順承，一以恩自克。位不滿其志〔四〕，故在外之所施用者，見於小而已，今吾所書是也，其大可知。則家行最篤已，先人嘗從公遊，其言亦然。而吾又與安石友，故得知公事最詳。其將葬也，使者以安石之述與書來請銘，遂爲之銘其尤可哀者也。銘曰〔五〕：

公堂有母，老不覺衰。公庭有子，仁孝而才。世所可喜，公兩棄之。莫不皆死，公有餘悲。

〔一〕「止」，《讀書記》、顧校本云「疑作正」；章校本作「正」。

〔二〕「摘」，元刻本、正統本作「擿」。

〔三〕「二」，元刻本、正統本、顧校本、章校本、傅校本作「三」。

〔四〕「志」，元刻本、《讀書記》、顧校本、傅校本作「意」。

〔五〕元刻本、正統本、《讀書記》、顧校本、章校本、吴校本、傅校本無「也銘」二字。

衛尉寺丞致仕金君墓誌銘

今上皇祐二年，祀明堂，推恩羣臣，秘書丞金君得以其父爲大理評事致仕。五年，郊，金君爲太常博士，又得以其父爲衛尉寺丞。惟衛尉府君諱某，字温叟，浮梁人。初，君之考贈大理評事諱某有三子。伯曰鼎臣，爲某軍節度掌書記。仲曰汝臣，爲太常博士。季卽君。兄弟俱舉進士，書記與仲既起家，君因不復肯就舉，曰：「吾兄弟不可俱去吾親也。」後三十餘年卒，以有子爲丞云。君有四子。曰君著。曰君佐。曰君卿，博士也。曰君佑。兄弟又皆舉進士，博士既有名秩於朝，三子皆復養於家。蓋其父子兄弟之出處如此，何其相似也！

當是時，宋興已百年，博士方以材自起於賤貧，欲以其所爲爲天下，慨然有志者也。君獨自得於大山長谷之間，日從子孫，來四方之客，與夫鄉人之老，《詩》《書》尊席之側，嘯歌息偃，以忘其年，隤然遂其志者也。遭天子既宗祀明堂，顧朝士大夫皆褒崇其親〔一〕，欲以風示天下。命書寵章，降於其家，顯榮一時，壽考康寧，有孫有曾，以承以翼，何其祥也。君爲人簡易無町畦，能事父兄，衣食奉養，自與者嘗取其薄。嘗有盜其牛羊，已又盜其所乘馬者，君知之，皆不校，盜卒自悔以伏。蓋君之質與其恕，又有足多者如是也。生於淳化之庚寅，卒於嘉祐之丁酉。遺命三月而葬，從薄，遂以其年十二月四日葬於饒州浮梁縣萬户山之前。夫人徐氏，累贈壽安縣君。君之殁也，有子四人，女六人。孫男九人，女十二人。曾孫男三人，女二人。

金氏，或曰出少昊金天氏，或曰出漢侍中秺侯。秺侯傳至孫則亡，至曾孫復侯。而秺侯有弟倫，倫子若孫，四世六人，皆侍中，以忠孝名尊顯於世，世稱金氏云。至君之先，皆家京兆。唐僖宗時，有令浮梁者，遭黄巢亂，徙人築險自保，所活人以數萬，因留治之，凡十有七年，遂家浮梁，以功至檢校尚書、右僕射、昭信軍節度使，諱某，君曾祖也。子諱某，君祖也。

博士以君之外孫、尚書屯田員外郎臧論道之狀來屬，曰：「子爲我銘吾親，吾死足矣。」鞏不敢辭。銘曰：

卑少恭老，惟物之常。卽强棄艾，乃理之亡。帝用慨然，尊祀明堂。顧褒耋壽，風示九有。君勢之亨，與享其榮。擁笏巍巾，於家以息。有子有孫，嚴嚴我側。志無不得，君子之祥。銘以發之，君子之光。

〔一〕「顧」，《讀書記》、章校本作「願」。

撫州金谿縣主簿徐洪墓誌銘

嘉祐元年，虔州安遠闕縣令，建安徐洪以撫州金谿主簿攝安遠事，明年八月十一日死安遠。十二月，其父尚書屯田郎中舉以書告君之故人南豐曾鞏曰：「子爲我銘洪之墓。」遂考次君世序、行己、歷官、卒葬之終始，銘於其墓曰：

君曾大父某，某官。大父某，某官。君字孺輿，爲人有大志，讀書好其治亂得失之大旨，爲文長於辨說，其奔放馳騁、上下反復之際，有足壯也。未冠，聲號聞四方，初中進士，除洪州司户參軍，不就。退居大江之南，好倜儻非常之奇節，不肯少屈於人。居八年，以父命始强出爲主簿，非其好也。君居家，遇人無親疏，豁如也，樂赴人之急。爲主簿，不以非其好故怠其意，其治能有愛於人。金谿富人錮山林之利數十年，君始奪之，而縣之貧人賴其利。蓋君之所試者小，其爲日又近，而其所既立如是也。享年三十有二。死之若干日，葬饒州鄱陽東門外。母某氏，某縣君。妻凌氏、黄氏。男一人，曰還孫，始二歲。女四人，尚幼也。銘曰：

嗚呼孺輿，志果而大。不勝於柔，以窒其外；不隕其剛，以亨於內。胡短其施，而多其與！父老失子，兒嬰失父。維銘告哀，以納於墓。

太子右司禦率府副率致仕沈君墓誌銘

君諱某，字某，姓沈氏。沈氏自齊太子家令約家於吳興，故世爲吳興人。至君之大父諱某、考諱某，始自吳興之東林徙家於錢塘，故今爲錢塘人。君以宗室、密州觀察使宗旦恩即其家，得爲太子右清道率府副率致仕。又以祀明堂恩，遷太子右司禦率府副率，兼官檢校國子祭酒，兼監察御史，階銀青光祿大夫，勳武騎尉。蓋密州觀察使宗旦者，今天子之姪、潞王之孫，而其母夫人，蓋君之姪也。

君爲人質朴無外飾，其居鄉閭，寬然長者也。其事父兄能力以嚴，視族人能愛以均。雖饒財爲大家，而衣服飲食，自與尤寡約。至人有急歸我，則推財赴之，無錙銖顧惜意。鄰里歲飢，輒發倉以救人，有欺其財者皆不校。既老，治其家事不肯懈，曰：「吾先人之所以付我也。」處其子孫不以逸，曰：「所以使汝守吾先人之法也。」嘉祐二年三月一日以疾卒於家，享年七十有六。其年十一月十五日葬錢塘之西城。

初娶吳氏，再娶車氏，某縣君。其葬也，吳氏實從。子三人，曰曄，曰晼，曰時。孫八人，曰沔，曰溱，曰沂，曰淑，曰灌，曰湜，曰漸，曰渥。曾孫三人，曰師揚，曰師荀，曰師軻。時沔、沂皆舉進士，餘亦皆有學行，蓋君之教也。銘曰：

赫赫宗子，保藩於密。天子曰嘻，汝惟沈出。予假汝寵，錫其外親。東宮之屬，有長衛軍。命君於家，俾休其老。以偃以側，服章華好。天子命我，匪我有求。隤然順退，媚於林丘。不蘊爲機，不阻爲畦。曰遠無仇，曰近無疵。里巷之依，惟此令人。流聞餘澤，化其子孫。惟身之祥，既壽而康。惟後之祥，宜熾而昌。惟墓有域，其藏有石。刻此銘詩，昭示無極。

寶月大師塔銘

君名修廣，字叔微，杭州錢塘人，姓王氏。九歲出家學佛，居州之明慶院，十一歲落髮爲僧。景祐二年詔賜紫衣，五年又賜號寶月大師。治平某年，州選爲管内僧正。熙寧元年十月感疾，癸丑，會門人與常所往來學佛之人，告以將終。其夕沐浴易衣，正坐而卒，享年六十有一。門人曰慈化大師了性，曰崇照大師了然，曰賜紫衣了蘊，以明年某月某甲子爲塔，葬君於某縣某鄉某原。

君爲人樂易慈祥，有智識度量，人不見其喜怒。讀五經，略知大義，頗喜爲詩。少羸多病，始學爲醫。既成而有疾者多歸之。無貴賤貧富，皆爲之盡其術，未嘗有所厚薄。尤貧者，或資之衣食。以其故，自京師至於四方，自公卿至於學士大夫，多知其名，既見皆樂從之游。而鄉邑之人，至於羈旅游客，其歸之者，無不厭其意。君於接之雖勞，未嘗有懈倦不欲之色。於資之藥物衣食，雖窮無，未嘗有所計惜。其應外者如此。及退而處夫貧富死生之際，又有所不累其心，故至於不能自給，而未嘗動意，至於且死而未嘗改容變色。噫！是非可銘也歟！銘曰：

不以貧故累其心，此學士大夫所難。至於遭死生之變而不驚，又難也。君之學不同，而自得者則然，固不可以無傳。況於名聞於世，行信於人，故爲之書，尚使長存。

曾鞏集卷第四十五

誌銘十八首

金華縣君曾氏墓誌銘

夫人嫁王氏，爲侍御史諱平妻，姓曾氏，泉州晉江人。祖諱穆，殿中丞，追封魏國公。考諱會，尚書刑部郎中、集賢殿修撰，追封楚國公。皆累贈太師中書令兼尚書令。妣黄氏，楚國太夫人。

未嫁，承順父母盡子道。既嫁，夫家貧，養姑盡婦道。輔其夫盡妻道。夫死，寓食於潁，以勤儉積日大其家，以誘教不倦成其子，又可謂盡母道也。蓋其子五人，回、向、固、同、冏，皆有學行，回有道爲儒宗，向、冏尤有文，三人皆身在隱約，而聲震天下。於是時，夫人兄魯公公亮實爲宰相當國，然夫人處里舍彌約，未嘗以爲泰。及其後，回、向、同、冏皆蚤世，人以爲難處，夫人能自廣以理，未嘗亂其志。教養其孫，至男有立，女有歸。熙寧之間，魯公告老，以太傅侍中就第。夫人少魯公一歲，食其子禄，皆居京師。二人白首相顧怡然。元豐元年春，魯公薨。四月丁卯，夫人亦以疾終，春秋七十有九。

夫人以夫恩封金華縣君，以魯公恩賜冠帔。子回，忠武軍節度推官，知陳州南頓縣事。向，峽州硤石縣主簿。固，大名府軍巡判官，國子監主簿。同，陳州宛丘縣令。冏，蔡州新蔡縣主簿。女嫁太子右贊善大夫陳臻古。孫五人，泌、汾、汶、沂、澺。汾，郊社齋郎。汶，試將作監主簿。

夫人既卒之明年，某月某甲子，葬潁之汝陰縣懷音鄉南高村，祔御史之兆。其將葬也，固以狀來乞銘。惟夫人爲子若婦，爲妻若母〔一〕，皆盡其道，於艱厄流寄之中，能立其家，成就其子，所以自處於迍塞之際者，無不當於理，是其智術德性過人遠甚，宜得銘。且余實與其子遊最舊，乃不辭而爲銘曰：

曾禹之苗，氏自鄫子。或言厥志，有稱闕里。或以孝顯，於經實紀。或守所聞，羞踐霸軌。遥遥千載，歷世有聞。自荆徂粤〔二〕，篤生夫人。楚公之子，魏公之孫。魯公維伯，御史是嬪。乃立厥家，自墜而興。乃教厥子，自幼而成。卷服貂冠〔三〕，伯也在廷。子也在幽，碩實洪聲。莫親己宗，莫重夫氏。兩有其盛，世誰與媲？維能既試，維德實孚。尚寵爾後，列銘陰墟。

〔一〕元刻本、正統本、《讀書記》、顧校本、傅校本作「若爲妻母」。

〔二〕「徂」，原作「祖」，據元刻本、正統本、《讀書記》、顧校本、章校本、吴校本、傅校本改。

〔三〕「卷」，原作「象」，據元刻本、正統本、《讀書記》、顧校本、傅校本改。

壽安縣君錢氏墓誌銘

劉凝之仕既齟齬，退處廬山之陽。初無一畝之宅、一廛之田，而凝之囂囂然樂若有餘者。豈獨凝之能以義自勝哉？亦其妻能安於理，不戚戚於貧賤，有以相之也。凝之晚有宅於彭蠡之上，有田於西澗之濱。子進於朝廷，薦於鄉閭。凝之夫婦，康寧壽考，自肆於山川之間，白髮皤然，體不知駕乘之勞，心不知機擭之畏。世人之所慕者無慊焉，世人之有所不能及者獨得也。其夫婦如此，可不謂賢哉！

熙寧九年，凝之年七十有七，哭其妻之喪，自爲狀，次其妻之世出行事來乞銘。予爲之，因其言而識之曰：

夫人姓錢氏，考内殿崇班穆，祖考内園使昭晟，曾祖考宣德軍節度使、同中書門下平章事湛，高祖吳越文穆王元瓘。夫人色莊氣仁，言動不失繩墨，居族人長幼親疏間盡其宜，事夫能成其忠，教子能成其孝，是皆可傳者也。夫人年七十有三，卒於四月之庚子，而葬於其歲某月某甲子，墓在南康軍西城之某原。初以凝之恩封壽光縣君，再以子恕恩封壽安縣君。有子曰恕，秘書丞。曰格，鄉貢進士。皆以文學顯於世。女嫁進士徐彦伯、太子中允黄廉。孫某、某。凝之名渙，筠州某人，今爲尚書屯田員外郎致仕。銘曰：

仕不苟合，安於賤貧。其難其豫〔一〕，由媲有人。維不終窶，又壽以康。有續孔辰，既庶而臧。世迫而求，獨優以取。世懦以處，獨肆而有。士也則然，女實作輔。考則錢媛，尚配於古。

〔一〕「難」，元刻本、《讀書記》、顧校本、章校本、吴校本、傅校本、《文粹》作「艱」。

天長縣君黄氏墓誌銘

夫人姓黄氏，福州福清縣人。祖諱某，考諱倫，皆仕閩越。夫人嫁同縣林氏，爲殿中丞諱某之冢婦，尚書屯田員外郎諱某之妻。有子曰槩，爲太常博士、集賢校理。有孫八人。曰希，宣州涇縣主簿，編校集賢院書籍。曰旦，明州象山縣令。曰邵，杭州南新縣令。曰顔，許州臨川縣令。曰稽，曰雄，未仕也。其二人早卒。有曾孫十有一人〔一〕，曰睿、虙、虞、虡、虔、膚、據、處，其三人亦早卒。夫人年七十有七，治平四年正月癸丑卒於京師之昭化坊，累封嘉興、天長二縣君。

始，殿中府君與其配福清縣太君鄭氏皆春秋高，安其鄉里不肯出。屯田府君乃從事漳州、泉州、興化軍，逾二十年，終養而後去。夫人能盡其力，治飲食、衣服以進，及喪，能盡其哀，皆如其夫之志。其子既就學，夫人常夜治絲枲，居其旁以勉之。至其後，其子遂以文學名天下。既而其子不克壽，屯田府君亦卒於官，諸孫皆幼，夫人已老矣，乃栖吴郡，斥賣簪珥以經理其家，絲蓄粒聚，至有田以食，有宅以居。平居日夜課諸孫以學，有不中程，輒扑之。及長，遂多知名，連以進士中其科，涇縣復校書集賢，世其父職。夫人乃顧諸孫謂曰：「吾始得事祖姑，今得弄曾孫。遂保有汝家起於既墜，吾老且死，不恨矣！」

涇縣既服夫人之喪，以其柩歸吴郡寶華山，某年某月某日，祔屯田府君之兆，而屬余銘。銘曰：

女職在宫，行止於柔。扶微救厄，則匪我謀。勢有孔棘，義不得寧。任重於己，振壞爲興。我儲我積，乃續烝嘗。我字我飭，乃襲印章。蒼顛秀眉，燕其作止。其燕伊何？維終受祉。莫仁且智，疇濟登兹。播告無極，視此銘辭。

〔一〕「一」，元刻本、正統本、嘉靖本作「二」。

仁壽縣太君吴氏墓誌銘

仁壽縣太君、撫州金谿吴氏，尚書都官員外郎、贈尚書刑部侍郎、撫州臨川王公諱益之夫人，衛尉寺丞諱用之之婦，年六十有六，嘉祐八年八月辛巳卒於京師，十月乙酉葬於江寧府之蔣山。

夫人好學强記，老而不倦，其取舍是非，有人所不能及者。然好問自下，於事未嘗有所專也。其平生養舅姑甚孝。蓋侍郎七子，而少子五人，吴氏出也。然夫人之愛其長子，甚於少子，曰：「吾愛之甚於吾子，然後家人愛之能不異於吾子也。」故其子孫已壯大，有不知爲異母者。居久之，二長子前死，夫人已老矣，每遇其嫠婦異甚，而身爲字其孤兒，忘其力之憊也。其處内外親疏之際，一主於恩，有讒訕踞駡己者，數困苦，常置之，不以動聲色，亦未嘗有所含怒於後也。有以窮歸己者，急或分衣食，不爲秋毫計惜，以其故至不能自給，然亦未嘗不自若也。其嫁三從之孤女如己女，而待長子之母族如己族，蓋篤行如此，而天性之所有也。其自奉養，未嘗擇衣食。其視世俗之好，無足累心者。方其隱約窮匱之時，朝廷嘗選用其子，堅讓至於數十，或謂可强起之，夫人曰：「此非吾所以教子也。」卒不强之。及處顯矣，其子嘗有歸志，而以不足於養爲憂。夫人曰：「吾豈不安於命哉？安於命者，非有待於外也。」其子爲知制誥，故事，其母得封郡太君，夫人不許言，故卒不及封。此夫人之德見於行事之迹，而余以通家，故熟於耳目者也。

夫人之考諱畋，畋之配黄氏，兩人者皆有善行，鄉里稱之。而黄氏兼喜陰陽數術學，故夫人亦通於其說。七子者，曰安仁、安道、安石、安國、安世、安禮、安上。安仁宣州司户參軍，安石尚書工部郎中、知制誥，安世太平州當塗縣主簿，安禮大名府莘縣主簿，餘未仕也。女三人，長適尚書虞部員外郎、沙縣張奎，次適前衢州西安縣令、天長朱明之，次適揚州沈季長。孫男九人，曰雱、旉、旁、斿、旊、防、斿、旂、放。孫女九人，長適解州安邑縣主簿徐公翊，次許嫁太廟齋郎吴安持，餘尚幼。銘曰：

嗟若人兮，洵好善兮。始終一德，仁七子兮。遺棄細故，篤九族兮。脱珥推食，光惠施兮。以義易利，能無累兮。縱心委命，志彌卲兮。謂宜百歲，奄忽逝兮。風有《采蘋》，經所首兮。原念美實，輯此辭兮。庶幾德音，與古對兮。

壽昌縣太君許氏墓誌銘

夫人許氏，蘇州吴縣人〔一〕。考仲容，太子洗馬。兄洞名能文，見國史。夫人讀書知大意，其兄所爲文，輒能成誦。父母衣食服御，待之而後安。既嫁，惇行孝謹，宜於其家。其夫爲吏有名，稱夫人實相之。及春秋高，於内外屬爲高曾行，而慈幼字微，愈久彌篤，故親疏懷附，無有惡斁。

昔先王之治，必本之家，達於天下，而女子言動有史，以昭勸戒。後世以古爲迂，爲政者治吏事而已。女子之善，既非世教所獎成，其事實亦罕發聞於後，其苟如此，其衰微所以益甚，則夫人之事，其可使無傳也哉？

夫人嫁沈氏，其夫諱周，太常少卿、贈尚書刑部侍郎。其舅諱某，贈兵部尚書，杭州錢塘人。夫人封六安縣君、壽昌縣太君，年八十有三，熙寧元年八月丁巳卒於京師，二年八月某甲子，合葬杭州錢塘縣龍車原。子曰披，國子博士，有吏材。曰括，揚州司理參軍，館閣校勘，有文學。其幼皆夫人所自教也。女二人蚤卒。銘曰：

生民之治，必本於身。教行於家，餘以爲人。世弊俗偷，恕於在己。內替常度，外强於理。淑惟壽昌，學與心成。篤於孝慈，匪勸而能。有翼於夫，有迪於子。尚類古人，其傳以此。

〔一〕元刻本、《讀書記》、顧校本、章校本、傅校本無「縣」字。

德清縣君周氏墓誌銘

夫人姓周氏，湖州長興人。曾大父諱某，大父諱某，父諱某。嫁同縣陳氏，爲秘書省著作佐郎諱某之妻。爲人柔嫕靜莊，在父母家至歸於夫氏，本於自修，而卒於能孚於屬人。陳氏有姒婦，寡居當家事，夫人常曲意下之，於事常退避不敢與。姒婦以其故，顧夫人甚歡，而親疏觀者莫不悦。著作有田數千畝，而愛士好施，夫人常悉力助之。以其故至不能自給，而夫人處之自若。遇子之非己出者，與己子無毫髮厚薄意，人以爲過人，而夫人若有所不及也。享年三十有五，封德清縣君。子曰樞，爲尚書屯田員外郎。曰楷，曰權，未仕也。卒於慶曆五年之二月辛丑，葬於熙寧三年之三月庚申，其墓在長興縣永昌鄉卞山之陽。銘曰：

嗟淑人，體明德。外惟均，內自克。不永年，隕嬪則。兆親宮，藏石刻。

夫人周氏墓誌銘

夫人諱琬，字東玉，姓周氏，父兄皆舉明經。夫人獨喜圖史，好爲文章，日夜不倦，如學士大夫，從其舅邢起學爲詩。既嫁，無舅姑，順夫慈子，嚴饋祀，諧屬人，行其素學，皆應儀矩。有詩七百篇，其文静而正，柔而不屈，約於言而謹於禮者也。

昔先王之教，非獨行於士大夫也，蓋亦有婦教焉。故女子必有師傅，言動必以《禮》，養其德必以《樂》，歌其行，勸其志，與夫使之可以託微而見意，必以《詩》。此非學不能，故教成於内外，而其俗易美，其治易洽也。兹道廢，若夫人之學出於天性，而言行不失法度，是可賢也已。其夫來乞銘，予與之親且舊，故爲之序而銘之。

蓋夫人之王父諱協，爲尚書刑部郎中。父約，今爲尚書虞部員外郎，青州益都人也。夫人嫁闞氏，爲徐州豐縣令景仁之妻，爲尚書職方員外郎、贈尚書都官郎中諱詹之子婦，生一男二女，年二十有六，卒於治平二年之九月某甲子，葬於杭州錢塘縣履泰鄉葛松原，實某年某月某甲子。闞氏錢塘人也。銘曰：

女有圖史，傳於師氏。其勸以樂，其康以禮。能此非他，由學而已。王政之興，蓋自此始。今孰登兹？維周之媛。學由自好，終之不倦。言循於矩，行循於典。尚配古人，輝光日遠。

永安縣君謝氏墓誌銘

宋故衛尉寺丞王公諱用之之夫人、尚書都官員外郎、贈尚書工部郎中諱益之母，姓謝氏，累封永安縣君。其卒皇祐五年之六月十四日，其葬於撫州金谿縣之某鄉某原，既卒之百有五十一日也。其子曰益，曰某，皆已卒。曰某，曰某，曰孟，楚州司理參軍，亦已卒。其孫曰安仁，宣州司户參軍，曰安道，皆已卒。曰安石，殿中丞，通判舒州，曰沆，荆南府建寧縣令，曰安國，曰安禮。其曾孫曰某，曰某，曰某。其墓，工部故人之子曾鞏誌之，曰：

王氏由工部之叔父、尚書主客郎中、贈太常少卿諱觀之始起家爲能吏，遂追榮其父諱某爲尚書職方員外郎，至於工部父子，遂皆進於朝爲聞人，其世浸大。夫人及拜其舅與夫之榮，而享其子與孫之禄，其壽至於九十，其卒於撫州之臨川，安於其寢。余既與夫人之諸孫遊，而嘗得拜於堂上，見其色和，其容謹，聞其言儉而勤，退而聞其爲婦順，爲母慈，知其所以享其福禄者，其宜也已。

余觀詩人之歌其后妃，至於諸侯、大夫之妻，内修法度，輔佐其夫，而其效之見，則《兔罝》之人至於《江漢》、《汝墳》之婦女，皆承其化而篤於禮。余固歎其當是之時，上下之間，内外相飭，何其至也。如夫人之資，而使出於其時，則必有歌於風而被之於無窮之事。若余之鄙，其亦曷能知其所至也哉？謝氏之祖曰某，考曰某。銘曰：

士顯其施，其行易知。女處於私，其有孰窺？嚴嚴秀眉，不見缺虧。曷以長之？視此銘辭。

永安縣君李氏墓誌銘

夫人姓李氏，其先燕人，而今家許州之長葛，贈太子太傅諱譚之曾孫，贈禮部尚書諱遹之孫，贈刑部尚書諱昌言之女，而母晉平縣君聶氏也。夫人嫁駱氏，駱氏亦家許州之長葛。其夫諱與京，爲某官，檢校某官，知某州。享年七十有九，封永安縣君。有子男四人，長吉、逢吉、元吉，皆三班奉職，早卒，嘉福今爲右班殿直。女三人，亦早卒。夫人以嘉祐八年十一月丙辰卒於其家之正寢，而以熙寧二年十月葬於許州長社之舞鸞鄉白兔里，祔駱侯之塋。

夫人仁孝慈恕，言動必擇義理。事父母不違其教，事舅姑不違其志，事夫順而有以相其善，遇子至於内外屬人，一以恩而不違於禮。初，刑部之兄昌齡，當太宗、真宗時輔朝政，李氏族大而貴，然刑部嫁女常擇寒士，而至其後多爲名臣，范文正公仲淹、鄭文肅公戩與駱侯是也。

夫人之弟光禄少卿禹卿，余妻父也，實葬夫人，故屬余銘。銘曰：

性有能否，行有失得。一當於理，士有不克。淑哉夫人，秉是壹彝。周旋大小，無過無虧。貴不稱德，壽則謂遐。維藏在許，永裕厥家。

試秘書省校書郎李君墓誌銘

君諱迂，字明遠，姓李氏。爲人孝友慈恕，讀書務大旨。生五代之際，再試明經，不合，退居楚丘。

有田百餘頃，皆推與其族人，獨留五頃而已，曰：「無令子孫以財自累也。」宋初，秘書監彭君薦其行義，詔以爲試秘書省校書郎，而君終不肯强起。淳化三年壬辰九月二十一日，以疾卒於家，享年八十有四。

維李氏遠出於皐陶，而其後李耳之孫曇爲秦司徒。曇子璣，璣子牧，事趙，始家趙郡。牧子汨，汨子左車，於趙號廣武君。廣武君子遐，涿郡太守。遐子岳，諫議大夫。岳子秉，潁川太守，又徙家潁川。秉七世子膺，河南尹。膺子瑾，復家趙。瑾曾孫楷，晉治書侍御史，有子五人，曰輯、晃、芬、勁、叡，以所居巷東西自別，故勁稱西祖。勁子隆，後魏阜城令。隆後九世栖筠，唐御史大夫贊皇文獻公。文獻公子吉甫相憲宗。吉甫子德修，楚州刺史；德裕相文宗、武宗。楚州子熅，宋州宋城令，君曾祖也，又徙家宋之楚丘，故今爲楚丘人。宋城子確，萊州膠水令，君祖也。膠水子譚，磁州邯鄲令，君考也。邯鄲之少子運，爲太常少卿。有子曰昌齡，太宗、真宗時爲尚書户部侍郎、參知政事，故膠水贈太子少保，邯鄲贈太子少傅。君娶丁氏、王氏。王氏有子曰昌震，爲建州松溪令，贈尚書駕部郎中。駕部有子曰漢卿，今爲諸王府侍講、尚書虞部員外郎。虞部有子曰彦龍，彦龍復有子四人矣。君卒後七十四年，治平三年丙午四月某甲子，虞部葬君於開封府開封縣保安鄉永寧里之原，以王夫人從。銘曰：

不累於物，全吾質兮。不羈於世，遂吾志兮。作宅新原，維孝孫兮。納銘幽扃，永淑聲兮。

試秘書省校書郎李君妻太原王氏墓誌銘

夫人姓王氏，太原人。嫁趙郡李氏，爲磁州邯鄲令、贈太子少傅諱譚之冢婦，試秘書省校書郎諱迂之妻。爲人明識强記，博覽圖籍，子孫受學，皆自爲先生。其行仁孝慈恕，始於爲女，中於爲婦，終於爲母，無不盡其道。享年八十，大中祥符三年庚戌十二月己巳，卒於虢州盧氏縣其子之官舍。子曰昌震，建州松溪令，贈尚書駕部郎中。駕部子曰漢卿，今爲諸王府侍講、尚書虞部員外郎。虞部嘗爲李氏九世譜，甚博而詳，多夫人之所爲言也。治平三年丙午四月丁酉，虞部以夫人之喪，從校書君葬於開封府開封縣保安鄉永寧里之原。銘曰：

嗚呼夫人！既有其質，又肆爾力。古有遺辭，罔不采獲。克踐以躬，亦畀爾息。維瘞有銘，尚以載德。

池州貴池縣主簿沈君夫人元氏墓誌銘

夫人姓元氏，錢塘人。祖諱德昭，事吴越國王錢氏，宋興，贈太保。考諱好文，尚書比部員外郎，贈某官。嫁吴興沈氏，其舅爲尚書屯田郎中諱某一作玉。其夫爲池州貴池縣主簿諱播。

夫人在父母家，內外上下、親疏長幼皆宜之。年十有七而嫁，既嫁，如在父母家時。貴池君早世，無兄弟，太夫人春秋高，諸子尚幼。夫人年三十餘，於羈旅單獨之中，闔門事姑，能盡其孝。教養諸子，至其後皆爲成材，能世其先人。方其憂戚艱厄之時，人恐其不能堪，夫人既奮厲經理，以保有其家，又退能自安，不亂其志，是人之所難，而其後世之不可以無述者也。

夫人年七十，以治平二年某月某日卒，卒之若干日，葬真州揚子縣甘泉鄉三城里北山之原。子男四人皆進士：曰伯莊，未仕；曰季長，越州司法參軍；曰叔通，秘書省著作佐郎；曰次通，試將作監主簿。

貴池君於先人爲同年友，而諸子又與余遊，故爲銘。銘曰：

元出於危〔一〕，於東得姓。有保有郎，重世之盛。允淑夫人，集享家慶。來嬪沈宗，作德維令。處平不盈，在險能正。姑曰微婦，余老誰據。子曰微母，余幼誰怙。自振單弱，卒持艱急。老肆而安，幼强以立。實保沈宗，自替而昌。有烈如此，何愧烝嘗。後世原美，孰可無述？刻辭幽宫，庶幾不没。

〔一〕「危」，《讀書記》、顧校本、傅校本注疑作「魏」；章校本作「魏」。

雙君夫人邢氏墓誌銘

夫人邢氏，無爲軍巢人也。嫁爲贈大理寺丞姓雙氏諱華之妻，封萬年縣太君。子男三人：曰漸，爲尚書屯田員外郎、通判吉州軍州事。餘未名，皆早夭。夫人年八十有六，嘉祐四年九月二十七日卒於宣州之官舍，六年十二月二十七日葬於無爲軍巢縣無爲鄉惲良里之原。

方大理府君之在隱約，屯田始就書學，夫人能經理其家，使無内憂，以卒就其志。及屯田有列於朝，夫人食其禄養，就封大縣，實受成報。天之施與善人，豈非信哉！

夫人之在疾也，屯田之配長壽縣君陳氏，供養營救，有過人之行。州上其事，天子聞而嘉之，勑州使致粟帛賜其家。於是人知夫人之善，不獨能成其子，又能化其家也。銘曰：

允淑夫人，秉是壺彝。有韠車服，維寵嘉之。葬有卜壤，其吉在斯。推求美實，視此銘辭。

旌德縣太君薛氏墓誌銘

夫人姓薛氏，累封旌德縣太君。爲故太子右清道率府副率致仕、贈右監門衛將軍姓段氏諱某之妻，今提點江南東路刑獄公事禮賓副使名某之母。某州某縣人也。大父諱某，當吴越錢忠懿王時，娶王女，爲王國官。父諱某，祥符初，爲東頭供奉官。供奉常將屯宫門，而監門之父、右班殿直諱某者，屯三陽，二人者，以意氣喜相得也，遂以夫人歸段氏。夫人性柔淑，能和其屬人，自珮服櫛珥，凡資己者，常出於儉而有餘，好施，雖盡費不以爲侈也。生男一人，禮賓也。女二人，長適開封黄思問，次適吴郡潘孝孫，皆進士。夫人年四十有三，大中祥符七年五月某甲子以疾卒於京師之敦教坊，某年某月某甲子祔其夫之柩，葬於某州之某縣某鄉某所之原。前葬，禮賓稱夫人之行與其世序封號之詳，託銘於南豐曾鞏，爲述而銘之曰：

約乎己，厚乎人。發其積，在子孫。韠兮翟，列封君。硈兮石，瑑銘文。

永興尉章佑妻夫人張氏墓誌銘

夫人姓張氏，建安人。父諱士龍，舉進士。嫁同郡章氏，爲永興尉佑之妻。所出三男四女，曰造、适、述，皆舉進士。造及第，爲清海軍節度掌書記。女嫁俞瑾、徐立之、陳震，亦皆舉進士，其一蚤死。

初，永興府君起家二十年，止於爲尉，及死，三男尚幼，造既起，又蚤死，已而适亦死。夫人維能忘其貧，所以使其夫能屈於小官而說；維能務其生，所以使其子能安於幼學而成；維能順其性，所以居流離顛頓之間，而不爲悲哀愁憂亂其志也。其爲人卑，極於順；其爲人尊，極於慈。推於其疏宗遠屬之間，極於愛，男之有不能葬者，爲葬之，女之有不能嫁者，爲嫁之，忘其力之匱而爲之也。此皆古今學士儒者所難，而女子之善能如此，此非可銘者歟？嘉祐二年十一月三十日卒於洪州之私第，即以其年十二月十八日葬於洪州某縣之某鄉某原。銘曰：

彼以吾窮，我以吾仁。二者皆天，吾樂其因。壽止七十，豈不得年？維其有之，愈遠彌傳。

福昌縣君傅氏墓誌銘

福昌縣君姓傅氏，會稽人。尚書職方員外郎霖之女，同郡尚書職方員外郎關公魯之妻。後關公五年，至和三年二月丙申卒於家，年六十有四。子男八人：景茱、景元、景仁、希聲、杞、景山、景宣、景良。女一人，景華，嫁著作佐郎史叔軻。

福昌君在家，爲父母所器異。既嫁而夫屬無退言，布衣惡食，身治細微。故關公之禄及其疏昆弟姊妹之孤。其事關公正以從，其教子慈以肅。關公起進士，爲郎，爲池、台兩州，年八十以歸，曰：「吾少得盡力於官，而老得自休於家，不以家事累吾志者，以有夫人也。」八子學行修立，景茱、希聲、杞同時皆中進士。夫人之卒，景茱爲江陰尉，希聲實應尉，杞和州判官，景元亦以父恩爲廣德尉，皆能其官。景仁而下，皆有聞於人，實受教於夫人也。始，闞公既貧而孤，其仕與婚又皆後，至其終有百口，爲大家。福昌君維厚勤薄養，所以經理其微，維可否以明，行止以公，善訓能使，誠恕愛人，所以使其家有節法，以有其成也。某月甲子從葬錢塘之某原，其子來屬以銘。景宣，予妹壻也，宜爲銘。其辭曰：

闞氏爰昔，始如萌芽。台州奮拔，垂實敷華。進勤退佚，不恤其家。由媿有人，作其内治。孰致其休？不懈於勤。孰致其隆？不簡於細。高明純約，坦坦其夷。無怨無疵，小大化之。有容有則，婦子順之。公爲朝老，子宦以成。象衣華軼，我止我行。巍冠文笏，我翼我承。公曰微子，誰據誰依。子曰微母，莫濟登兹。云誰無母，其孰無妻，爲妻爲母，如我誰伉。生雖有止，存也其長。鴻鴻號聲，垂此銘章。

沈氏夫人墓誌銘

夫人姓沈氏，其先家於越之會稽。曾祖仁諒，令海州之朐山，徙家於和州歷陽，故今爲歷陽人。祖平，贈尚書刑部侍郎。父立，今爲右諫議大夫，判都水監。母馮氏，濮陽縣君。董氏，仁壽郡君。夫人年二十有二，嫁揚州進士朱延之。有子三人：寅、萬、廣。女五人，尚幼。夫人年四十有五，卒於熙寧元年十一月之庚辰，葬於某年某月之某甲子，其墓在揚州天長之秦蘭里〔一〕。

夫人爲人柔閑静專，事父母盡子道，事姑長興縣太君賈氏盡婦道，事夫盡妻道，爲母及與内外屬人接，一皆盡其道。故其處也，愛於其家；其嫁也，夫之屬人上下遠近皆愛之；而其殁也，哭之者皆哀。

是不宜無銘。而朱君，余舅也，屬余銘。銘曰：

媛維沈女，經德以身。柔嫕静簡一作閑，孚於屬人。維祉在後，有子詵詵。瑑詩告美，愈遠彌新。

〔一〕元刻本、正統本、章校本「長」下有「間」字。

壽安縣太君張氏墓誌銘

夫人姓張氏，濟州鉅野人。嫁爲同郡尚書駕部員外郎、贈開府儀同三司、吏部尚書晁公諱遘之夫人，而爲贈太傅諱佺之子婦。有子男四人。曰宗曜，進士。曰宗恪，光禄少卿。曰宗愿，真州軍事推官。曰宗懿，尚書司門員外郎。女一人，嫁進士桑況。夫人初封清河縣君，累封清河、壽安縣太君，年八十有七，卒於熙寧二年之十一月某甲子，葬於某年之某月某甲子。其墓在開封府祥符縣旌孝鄉，合儀同之兆。卒時子宗曜、宗愿皆以死，既而光禄居喪，以疾亦死。而諸孫男女凡三十人，男多已仕，女多已嫁矣。

夫人爲人，仁厚莊静，自爲女及既嫁，處内外、尊卑、長幼、親疏之際，無不當於禮，而恩稱之。其長者皆以爲善事我，而平居爲等夷及少者，莫不願以爲歸也。雖老未嘗懈，而雖疾未嘗有墮容。維其初終，受養被封〔一〕，既壽而康，實備成福，可謂盛矣。

余之亡妻，於夫人之孫女爲第三，而光禄之長女也，知夫人之行爲尤詳，故爲之銘。銘曰：

女婉張氏，處躬以厚。來嬪晁宗，太傅維舅，儀同維夫，卿士維子。有孫詵詵，亦紹厥美。累封備養，維康以壽。德則既成，福亦多有。納詩新藏，尚告爾後。

〔一〕「被」，元刻本、正統本、《讀書記》、顧校本、傅校本作「收」。

曾鞏集卷第四十六

誌銘十五首　墓表一首

亡兄墓誌銘

君姓曾氏，諱曄，字茂叔，有智策，能辨説，其貫穿反復，人莫有能屈之者。身窮，爲生事，或毛密，應之無留，而讀書理筆墨，交賓客，又思事未至當如何，亦不廢也。歡愉憂悲、疾病行役、寢食之間，書未嘗去目。故自上古以來，至今聖賢百氏、騷人材士之作，訓教警戒，辨議識述，下至浮夸詭異之文章，莫不皆熟，而於治亂興亡、是非得失之際，莫不能議焉。其文章尤宏贍瓌麗可喜。三代遠矣。漢以來，世有成事業、就功名之時，則賢臣、謀士、材技之人，同世並出，常若有餘。至時或無所用之，則士雖往往有紀，而亦不俱見於世。蓋堙窮頓委於巖牆閭巷之中者豈少哉？如君之材知辨博，又其學如此，使得用其意於事，其施設必有異焉，然卒不克見於世，蓋亦豈非其命也夫？君年四十有五，皇祐五年以進士試於廷，不中，得疾歸，卒江州。

祖諱某，尚書户部郎中，贈右諫議大夫。考諱某，故太常博士。娶李氏。子曰覺，曰釁。女二人。卒之歲十二月某日，葬建昌軍南豐縣之某鄉某原某里也。弟鞏爲其銘曰：

世或須人，中士爲材。有非其應，聖不能諧。故君之學於己爲足，而材與世爲乖。刻銘幽石，維以告哀。

故高郵主簿朱君墓誌銘

君諱某，字齊卿，姓朱氏。其先家於彭城，五代之亂，徙於淮南，今爲淮南人。曾祖某不仕，祖某贈刑部尚書，父某贈殿中丞。君嘗試爲秘書省校書郎、蘇州之長洲尉、高郵軍之高郵主簿以卒，卒時乾興元年六月十九日也。後卒之若干年，其子象之、東之〔一〕、升之、延之奉君之喪，葬天長縣之秦蘭里。於是時，象之某官，東之某官，以材名。餘皆爲士。

某官以書命鞏曰：「子其爲我銘之。」而以狀言公之爲人，有智計，喜施與，少從師學問，已而捨學業其家。家之食口數百，仰於君，君能資之，皆出乎衣食，嫁娶皆有餘法。殿中之弟、工部侍郎巽，初舉進士，數困，欲不復往。君勸之曰：第行無以廢爲念。故侍郎得曲就其志，至爲達官，大其家，後卒官。君既居官，以材稱，其爲身務於廉，臨獄訟務爲恕。

母某氏，旌德縣太君。娶耿氏，又娶賈氏。女歸太常博士吳祥，柳州馬平知縣陳許，池州推官李樞。其季歸於曾氏，某之先君博士也。舅氏實命鞏銘，其敢辭？銘曰：

推心於家，其愛已孚。用力於官，蓋以其餘。得官於晚，壽五十四。故不太顯，以極其志。

〔一〕「東」，元刻本、《讀書記》、章校本作「柬」。下同。

江都縣主簿王君夫人曾氏墓誌

試校書郎、揚州江都縣主簿王無咎妻曾氏，建昌南豐人，先君博士第二女也。孝愛聰明，能讀書言古今，知婦人法度之事，巧針縷刀尺，經手皆絶倫。先君選其婿於里中，以歸王氏。王氏家故貧，曾氏爲家婦，而其姑蚤世，獨任家政，能精力，躬勞苦，理細微，隨先後緩急爲樽節，各有條序。有事於時節，朝夕共賓祭奉養，撫其門内，皆不失所時，將以恭嚴誠順，能得其屬人。其舅喜曰：「吾不以家爲恤矣。」其夫歎曰：「我能一意自肆於官學，不以私累其志，曾氏助我也。」生二女。年三十有三，嘉祐四年五月三日以疾卒，十二月葬建昌南城。

曾大考尚書水部員外郎，諱仁旺。大考右諫議大夫，諱致堯。先君太常博士，諱易占。將葬江都，告其兄鞏，使誌其墓。天乎！吾哭伯姊始逾期，又哭吾妹而誌之，其可哀也已！其可哀也已！

故太常博士吴君墓誌銘

君諱祥，字某，姓吴氏，事宋爲太常博士。年六十二，某年某月某日以官卒於家。卒之若干日，葬真州揚子縣之某鄉某原。

初，君從進士試，屢不中。年四十餘始中第，爲吉州軍事推官。歸，以選爲開封府開封縣丞。大臣稱其材，遂爲秘書省著作佐郎，知考城縣，又知河中府之龍門縣，再遷爲博士，知蘄州之蘄水縣。父喪除，朝京師，疾作，遂求歸真州。真州，君家也。

初，君之屢斥於進士也，既自力學問，充其業，又帥其弟，務刻苦，養其親。入其門内，尊安其卑，卑慕其尊，一時皆稱之。及從事於吉州，弟已死，君夫婦痛自節衣食，遂能嫁其孤女若干人，皆不失所時。其在開封，衣食常不自足，而親戚故舊之至京師者，多以君爲歸。其喪父也，以家之有無葬，故葬不緩。親戚或憂其貧，欲出錢爲基址，謂君一强出，可以取其贏。君嘆曰：「吾不敏，既位於朝，貧我素也，喪乃欲爲利乎？」平居恂恂，不與犯者校，及其自守，人亦不能移也。官歸，常僦屋以居，既卒，幾不能葬。

曾大父某。大父某。父某，以君之恩爲大理評事。妣某氏，某縣太君。太君之喪，君致其哀有過人者。妻朱氏，某縣君，余姨也，有助於君。子曰某，女嫁亳州觀察推官張天經。既葬，某爲碣於墓，而與天經來乞銘於鞏。天經以材名，人皆曰其尚能存君之家者。銘曰：

維吾先君，太王之嫡。禪聖圖民，於東竄迹。其後孔蕃，以國爲氏。君紹厥宗，其德則類。儉著於家，勤著於身。不苟其贏，卒死於貧。維時之人，命士大夫。縞冠素蓋，争利於塗。曾不君慕，顧或笑之。非彼可議，維世足欷。較於銘章，君有則多。以遺其孥，非厚如何。

知處州青田縣朱君夫人戴氏墓誌銘

知處州青田縣事、天長朱君諱某之夫人曰高郵戴氏，年七十有七，治平元年九月庚午，以疾卒于楚州監倉之官舍，某年某月某甲子〔一〕，葬于天長之某鄉某原。

夫人之考諱奎，娶徐氏女，夫婦皆有善行，聞於其鄉。夫人受教於始笄，從事於既嫁，少而行修於身，老而教行於家。故父母曰「不遺吾憂」，舅姑曰「能順吾志」。夫受其助，子賴以成。其平居深静有儀法，不妄笑言，就之色莊而氣仁。居貧，自薄衣食，而厚於施與。屬人之孤女爲收嫁者，蓋二人云。既老矣，女事不廢，而婦容益恭，雖少者有不及也。

有子四人，曰某，曰某，曰某〔二〕，早卒。某，某州録事參軍，監楚州裝卸米倉。某，衢州西安縣令。皆及進士第，好古而有文。夫人於某，外叔祖母也。故舅氏屬以銘。銘曰：

淑哉戴氏，青田之助。允直且仁，蓄德於身。爲下肅祇，爲上惠慈。安意處貧，薄己裕人。其承有子，以文起仕。秀髮垂領，享有多慶。卜壤之良，乃兆新堂。刻此幽文，美實長存。

〔一〕「某年」，《讀書記》作「其年」。

〔二〕《讀書記》、顧校本、吴校本、傅校本删去一處「曰某」，但又注「疑上四人當作五人」。

亡姪韶州軍事判官墓誌銘用石本校

覺姓曾氏，吾兄之子也。吾先人六子，吾兄諱曄爲最長，有材而不試以死。覺自少則勵志，力學問，知道理，善於屬文。及長，慨然慕有爲於世，不肯碌碌，爲人恭謹，循循寡言。治平二年及進士第，爲吉州司法參軍，有能吏名，用薦者爲韶州軍事判官。行至虔州得疾，卒於驛舍，熙寧三年十一月己丑日也，年三十有七。

覺字道濟，建昌軍南豐人。王考諱易占〔一〕，太常博士。曾王考諱致堯〔二〕，尚書户部郎中直史館，贈右諫議大夫。覺母李氏，妻鄧氏、夏氏、范氏，有子修偃。熙寧四年八月壬申葬于南豐龍池鄉之源頭。吾哀其若將有成也，而止於斯，故爲銘其墓曰：

德累則厚，方濟而隕。材引則達，未試而泯。志棄不獲，誰云非閔？墓石有文，尚永來信。

〔一〕「王」，原作「皇」，據元刻本、《讀書記》、顧校本、章校本、吴校本、傅校本改。

〔二〕「王」，原作「皇」，據元刻本、《讀書記》、顧校本、章校本、吴校本、傅校本改。

光禄少卿晁公墓誌銘

公姓晁氏，其先家濟州之鉅野〔一〕，今爲開封祥符人。皇考諱遘，尚書駕部員外郎，贈開府儀同三司、吏部尚書。皇祖諱佺，贈太傅。皇曾祖諱憲，贈某官。公諱宗恪，字世恭。少以世父太子少保、贈某官、謚文元、諱迥恩，補將作監簿，十四遷至光禄少卿，歷監單州應天府酒税，知蘇州之常熟、婺州之蘭溪縣事，通判安州、杭州事，知通州、虔州，提點廣南東路刑獄公事，又知信州、泉州。享年六十有三，熙寧二年某月某甲子卒於官，四年某月某甲子，與其夫人某縣君閭丘氏合葬於揚州江都縣之廣陵鄉。

公爲人樂易慈恕，寡言笑，人不見其喜怒，遇事果於有爲，人亦罕能及者。其爲常熟，修學校，理溝防，人賴其利。爲蘭溪，繩姦字窮，境内和洽。通判安州，州政待公而決〔二〕。通判杭州，州將矜己自肆，上下莫能變，公徐與之論可否，語平而氣和，將畏且從也。由是，上下倚公以治，至今杭人稱之。其爲虔州，州近鹽，多盜與訟，公至，修弛廢，督姦强，威信盛行，盜不敢發，而獄無繫囚。及在廣南，其用法常寬，而欲人自避，曰治有先後緩急者，謂此也。其視部吏，孜孜恐失一善，而惡人亦莫敢犯公法。其爲通判，如廣南，爲信州、泉州，如虔州，所至人皆安公之政，而去常思之。蓋公之行己居官而見於事者如此，而其大抵則於仁厚最隆也。

母張氏，壽安縣太君。子男二人，曰仲景，海州司理參軍；曰仲孺，試將作監主簿。孫男三人，曰端復，曰端儼，皆太廟齋郎；曰某，未仕也。女六人，長適太常博士、集賢校理曾鞏，銘公墓者也。次適某官劉某、某官高元振、某官燕若濟，今存惟燕氏婦，餘早世。閭丘夫人爲身治家皆應儀度，卒於公歿之明年某月某甲子。公歿，家無餘財，而仲景、仲孺皆謹厚自刻厲，能世其先人，於是又知公之教行於其家也。

銘曰：

晁世來西，大自文元，有卿有公，繼屬綿綿。曰卿謂誰？時維光禄，作其德音，光於外服〔三〕。其光伊何？有善自身，匪飾匪雕，璞玉之純。治有恩威，時其張弛，彼畏此懷，吾寧一理。於虔於泉，於嶺之南，里安户擾，罔有不咸。宜壽而昌，胡不百齡？尚兹介祉，維後之成。

〔一〕「先家」，原作「家先」，據《讀書記》、顧校本、章校本改。

〔二〕「州」上原有「安」字，據元刻本、《讀書記》、顧校本、章校本、吴校本、傅校本删。

〔三〕「光」，原作「先」，據《讀書記》、顧校本改。

夫人曾氏墓誌銘

夫人，吾從女兄也，姓曾氏。沉静謹約，不妄笑言。遇人一以恕，於其内外屬之間，孝友慈順，無不當於理，故與之處者皆愛，哭其死者皆哀。嗚呼！爲女如是，足以知其賢，又足以知吾之祖考以來，教行於其家也。夫人考諱某。王考諱某〔一〕，尚書户部郎中，直史館，贈右諫議大夫。曾王考諱某，尚書水部員外郎，建昌軍南豐人。夫人嫁爲同縣朱君某之妻。有子曰某，曰軾〔二〕，以文行稱於鄉。有孫曰京，曰彦。京爲真州司法參軍、亳州教授。夫人享年若干，某年某月某甲子卒於寢，某年某月某甲子葬於南豐之某鄉某原。將葬，軾以書來請銘。余曰：「銘莫如余宜爲。」乃爲其辭曰：

女德在幽，而始人倫。詩有顯揚，以立生民。尚類於古，淑爲夫人。壺有彝則，仔肩以身。曾不蕃寵，畀其子孫。曾不遐年，善則長存。維仲薦美，列辭墓門。

〔一〕「王」，原作「皇」，據元刻本、《讀書記》、顧校本、吴校本、傅校本改。

〔二〕「軾」上原有「某」字，據元刻本、正統本、顧校本、吴校本、傅校本删。

天長朱君墓誌銘

君姓朱氏，諱延之，字某。其先彭城人，今家於揚州之天長縣。曾祖某，贈尚書右僕射。祖某，贈尚書工部侍郎。考某，贈太子中舍。母賈氏，某縣太君。君年若干，卒於熙寧六年六月之丙申，葬於某年某月之某甲子，其墓在天長之同人鄉秦蘭里。

君聰明敏悟，少力學問，爲文章，數就進士試，不合，乃嘆曰：「與其屈於人，孰若肆吾志哉？」因不復言仕。方是時，朱氏世以仕宦顯於淮南，君居其家，尤孝謹慈良。然與人，非其意不肯苟合。既果於自爲，而其治見於家者，規畫纖悉備具，推之知其可任以事，然卒於無所遇，君亦未嘗不自得也。

君少孤，養母母之，父死歲久，其喪寓於遠，貧不能歸也。君居窮經營，卒能使之返葬。及晚而饒財，又能樂賑施，人以此多君也。

君娶沈氏，諫議大夫立之女，早卒；再妻王氏，殿中丞鼎臣之女。子男四人，寅、萬、廣、寓，皆有學行。女五人，許嫁進士滿希遠、太廟齋郎馬某，餘尚幼。君，余舅也，故爲之銘其墓。其辭曰：

勢不云泰，志則非屯。彼穀之丹，豈易吾仁。廩有餘粟，及里與鄰。藏有圖書，遺其子孫。己則無憾，尚畀後人。識美幽堂〔一〕，日遠彌新。

〔一〕「幽」，《讀書記》作「山」。

秘書省著作佐郎致仕曾君墓誌銘

君姓曾氏，諱庠，字明升〔一〕，建昌軍南豐縣人。曾祖諱某，尚書水部員外郎。祖諱某，尚書户部郎中、直史館、贈右諫議大夫。考諱某，舒州軍事推官。君進士及第，歷邵州司理參軍，用薦者爲衡州常寧縣令、福州福清縣丞，以疾自陳，遷秘書省著作佐郎致仕。卒於熙寧九年十月某甲子，年五十有九，以其年十一月某甲子葬南豐龍池鄉之源頭。母吴氏，妻黄氏、朱氏，有子曰擴，曰某，曰某，女四人。

君少孤，自感勵好學，能文章，爲人聰明敏達，喜事有大志，不肯少屈。爲吏以材稱，治獄能盡其情。爲令丞，易敝興壞，綱紀具修，吏不敢犯，而民安之也。有聲顯聞，薦者自許得人。不幸不壽，不克盡其用。將葬，擴來告曰：「願有紀也。」乃爲其銘曰：

發其華，見於文。收其實，見於事。于其小，綽有聞。於其卓，屈不試。尚不没，慰後昆。矢以辭，列幽隧〔二〕。

〔一〕「升」，元刻本、《讀書記》、顧校本、吴校本、傅校本作「叔」。

〔二〕「幽」，《讀書記》作「山」。

亡妻宜興縣君文柔晁氏墓誌銘

文柔姓晁氏，諱德儀，字文柔，年十有八嫁余。余時苦貧，食口衆，文柔食菲衣敝自若也。事姑，遇内外屬人，無長少遠近，各盡其意。仁孝慈恕，人有所不能及。於櫛珥衣服，親屬人所無，輒推與之，不待己足。於燕私，未嘗見其惰容。於與人居，未嘗見其喜愠。折意降色，約己以法度，學士大夫有所不能也。爲人聰明，於事迎見立解，無不盡其理，其概可見者如此。蓋天畀之德而夭其年，遺以相余而奪之蚤。余不知其所以，而又不自知其哭之之慟也。

文柔以嘉祐七年三月甲子卒於京師，年二十有六，余時校史館書。熙寧四年追封宜興縣君，十年二月庚申葬於建昌軍南豐縣龍池鄉之源頭，余時爲洪州。

文柔有子，男曰綰，太廟齋郎；曰琮，未仕也。女曰慶老〔一〕，三歲而死。晁氏世家澶州清豐縣，今爲開封府祥符縣人。文柔曾祖佺，贈太師中書令。祖遘，尚書駕部員外郎，贈開府儀同三司、吏部尚書。考宗恪，光禄少卿。余，南豐曾鞏子固也。銘曰：

人孰不貴？子逢其窮。世誰不壽？子罹其凶。維德日躋，生不見其止；維聲日遠，殁不見其終。子能自得，懟者在人。遺以輔余，曾不逡巡。歲云其逝，予悲孔新。其孰昭之？瑑此幽珉。

〔一〕「曰」字原無，據元刻本、顧校本、吴校本、傅校本增。

亡弟湘潭縣主簿子翊墓誌銘

熙寧十年春，予蒙恩予告，葬其弟子翊於南豐。維子翊姓曾氏，諱宰，字子翊，世魯人，今家建昌軍之南豐。子翊少力學，六藝百子、史氏記、鍾律地理、傳注箋疏、史篇文字，目覽口誦手抄，日常數千言，手抄書連榻累笥不能容。於其是非治亂之意既已通，至於法制度數、造物立器，解名釋象、聲音訓詁，纖悉委曲，貫穿旁羅，無不極其説。且老，未嘗一日易意。其爲文馳騁反復，能傳其學。爲人質直孝弟，抑畏小心，少年飲酒歌呼、饒樂放縱之事，未嘗一接焉。其學行如此，於世用宜如何也？然位不過主簿，壽止於四十七，其非可哀也夫？子翊嘉祐六年進士及第，歷舒州司户參軍，潭州湘潭縣主簿。所居官理，其去人思之。其學於古者，蓋未嘗試也。

有子經、綬、純、約，女適饒州軍事判官曹唐弼，次尚幼也。曾祖諱某，尚書水部員外郎。祖諱某，尚書户部郎中，直史館，贈右諫議大夫。考諱某，太常博士，贈尚書都官員外郎。先太夫人吴氏，吴興郡太君。今太夫人朱氏，南昌郡太君。妻張氏。

子翊熙寧元年四月乙巳卒於湘潭，十年三月庚申葬於南豐龍池鄉之源頭。銘曰：

好學不倦，以及其詳。力行不已，亦蹈其常。見於遺文，華衮之章。含其淳德，璞玉之良。於舒於潭，非試其有。方强而盡，又奪其壽。畜而不施，則既已矣。潛而益明，尚監於此。

曾氏女墓誌銘

先君太常博士、贈尚書都官員外郎曾公之第八女，諱德耀，字淑明。生而慧淑，於女工不學而能，於孝愛天成也。生二十歲，許嫁大理寺丞王幾，行有日矣。嘉祐六年九月戊寅以疾卒於京師，熙寧十年三月壬申葬南豐之源頭。其兄鞏爲銘曰：

孰訛爾質，而化其成〔一〕。尚千萬年，爾室之寧。

〔一〕「化」，元刻本、正統本、顧校本、章校本作「伐」。

二女墓誌

南豐曾氏，葬其二女。其父鞏爲誌曰：予校書史館凡九年，喪女弟，喪妻晁氏及二女。余窮居京師，無上下之交，而悲哀之數如此。

二女，曰慶老，吾妻晁氏出也。生三歲而夭，實嘉祐六年十一月壬申。方是時，吾妻晁氏病已革，慶老疾未作之夕，省其母，勉慰如成人，中夕而疾作，遂不救。蓋若與其母訣也。曰興老，吾繼室李氏出也，卒時始二歲，實治平三年九月甲寅。是時，余方鎖宿景德寺，試國子監進士，不得視其疾、臨其死也。二女生而值予之窮多故，其不幸又夭以死，所謂命非邪？

熙寧十年，予爲洪州，始以三月庚申瘞二女於南豐之源頭，同穴，慶老在右，興老在左，是爲誌。

仙源縣君曾氏墓誌銘

吾妹十人，其一蚤夭，吾既孤而貧，有妹九人皆未嫁，大懼失其時，又懼不得其所歸。賴先人遺休，嫁之皆以時，所嫁之者皆良士。謂宜皆壽而昌，以延光榮於父母家也，而十餘年間，死者四人。先人之盛德也，吾妹之懿也，曾不章顯於世而夭，吾故不知夫哭之之慟也。

諱德操字淑文者，吾之第九妹也，嫁江都王氏，爲殿中丞、贈尚書屯田員外郎諱某之子婦，殿中丞幾之妻，封仙源縣君。爲人柔嫕静顓，動止以儀度，平居温温，一言笑不妄也。與人羣居，自處者常取其後。與人共衣食，自與者常取其薄。王氏故貧，垢衣菲食，未嘗以爲歉。恭大慈小，輔其夫以義，無不得其宜者。不幸年三十有一以死。有子男二人，曰某，曰某。女二人，皆幼也。

曾氏其先魯人，今家建昌軍之南豐。吾妹爲尚書户部郎中、直史館、贈右諫議大夫諱某之孫女，太常博士、贈尚書都官郎中諱某之女，卒於熙寧七年三月庚子，葬於揚州江都縣東興鄉，元豐四年某月某甲子也。銘曰：

既艱其生，又不介之壽。維篤於仁，尚克臧厥後。

鄆州平陰縣主簿關君妻曾氏墓表

鄆州平陰縣主簿關君景暉妻〔一〕，姓曾氏，建昌南豐人，尚書水部員外郎諱某之曾孫，尚書户部郎中、直史館、贈右諫議大夫諱某之孫，太常博士諱某之女，而鞏之長妹也。

始，吾妹爲兒時，育於祖夫人，已不好戲弄。及長，喜讀書。於女工之事，不教而自能。爲人進退容止皆有法度，人罕見其喜愠之色，内外屬皆嚴重之。性儉素，於紛華盛麗之際無所好。其在父母及夫之家，或蔬食不給，處之晏然。其推之於人，雖資身之物，不爲秋毫顧惜計也。其治女事尤勤，雖勞不厭。治家人之業，雖煩細皆有條理。養父母姑舅皆至孝。姑久疾，晝夜候省，未嘗須臾去其側，藥食非親調不以進。其於内外屬，親疏皆盡恩意。人皆以爲宜富貴壽考，而卒不得至其所宜有。嗚呼，其豈非命也歟！

嘉祐二年，鞏與二弟得進士第南歸，而吾妹從景暉視余於淮南，至真州得疾，七月某日，卒於余之舟中，年三十有二矣。有女一人，曰某，始五歲。景暉以其喪歸，六年十月丁酉，葬於杭州錢塘縣履泰鄉龍井原。景暉之王考諱某，考諱某，皆尚書職方員外郎，而越之山陰人也。

吾妹既歿之六年，景暉得進士第。於是時，余校史館書籍〔二〕，皆會京師，而余於其間再哭妹，又哭女與哭妻，憂患之接於余者，可謂多矣。景暉之始葬吾妹也，來請銘不及，余與之皆恨焉。而其會京師以歸也，乃爲之書吾妹之事以遺之，而使表之於其墓上。

〔一〕元刻本、傅校本無「君」字。

〔二〕元刻本、正統本、顧校本、章校本、吴校本、傅校本「余」下有「被命」二字。

曾鞏集卷第四十七

碑銘三首　行狀一首

太子賓客致仕陳公神道碑銘

太子賓客致仕陳公既葬，其孤聃與其宗親屬人謀曰：公殁，所以原大追功，既有太史之狀，幽宅之銘，維墓道有碑，可以明著公之休德遺澤，章視萬世，以假寵陳氏之子孫於無窮。而其辭未立，於誼謂何？乃相與來請於余。余辭不能，既不獲，乃論具公胄出位序行治之實〔一〕，以爲碑辭，而屬之以銘。其辭曰：

惟陳氏其先虞舜之後，封於陳。春秋時陳滅入楚，其子孫以國爲氏，世爲顯姓，見於記録。至公之先，始家南康軍之星子。至公，又家江州之德化。曰知脱三字〔二〕，公曾祖考也。曰彦璩，公祖考也。曰累贈禮部尚書俊，公考也。

公諱巽，字公順，祥符八年進士及第，歷常州團練推官。盜有棄財走者，公以謂不應死，通判不肯用公言。是時，公起家少年，及遇事堅争，不可奪其守，老吏皆驚，盜卒得不死。以尚書憂去位，服除，補武安軍節度推官。侍御史李偕守武安，事倚公決，州賴以治。轉運使陳從易以公爲材，獄有久不決者，皆屬公治之。凡治二十四獄，人皆服其平。以皇妣嘉興郡太君馮氏憂去位，服除，補岳州軍事判官，舉監潭州茶米倉。天聖初，潭州茶課視景德虧十之六，公謹於繩吏，而果於去民之所素不便者，茶視舊課歲增九百萬斤。用薦者改秘書省著作佐郎，知吉州廬陵縣。廬陵人喜門訟，械繫常充縣庭。公除其害政者，人心大變，月餘，囹圄空虛，而人自得田里之閒。樞密副使姜遵嘗爲廬陵，民便之，至是，有「前姜後陳」之諺。移知資州資陽縣，遷秘書丞。用薦者通判戎州，州將武人，以州任屬公，民夷允附〔三〕，政以大和。遷太常博士、尚書屯田員外郎，通判潭州。溪洞諸蠻犯約，知州事劉夔、劉沆繼出行邊。公實總州任，内修民事，外奉師費，凡輸粟帛金錢四十有八萬，兵械稱之，用足於軍，而賦役不加於民。沆及荆南王居白、岳州滕宗諒與湖南北部使，凡十有二人，請卽用公爲轉運判官。會轉運判官廢，故不行。遷都官員外郎，知撫州，恩信行部中，奸强擾服，貧細得其職。遷職方員外郎，明堂恩遷屯田郎中，賜服金紫，去。知安州，以寬静順其俗，教民通溝洫，趨農桑。遷都官郎中，知蜀州，大興學校。遷職方郎中、太常少卿，知蘄州，居半歲，以目疾請老，遷光禄卿致仕，始家江州。英宗卽位，遷秘書監。今上卽位，遷太子賓客。

公少長閭巷，能自感發，强志力學。爲進士，一出遂收其科。爲吏明悟敏捷，見義敢爲，不少屈以求合。蓋從事於州郡，久之不進，而其志彌厲。其治，於惡人無所貸，至其過失，則無所不容，而於善人，惟恐失其所也。遇人豁然，不爲畦畛。於其所長，未嘗不薦藉成就之。於其急難與貧不能自存者，未嘗不賑而助之。公既好學，至於聲音星曆之伎，無所不知。及退而自休，日使家人誦書，常數千言，危坐聽之，未嘗有倦色。江於東南爲水陸之衝，賓客日湊，公廣於招納，與之釃酒高會，彈琴賦詩，曰：「是足以佚吾老也。」及間而言天下之事，於其是非得失之際，慨然奮勵，少者有所不能及，聞其言者，莫不壯其意。少客京師，有欲教公以化黄金者〔四〕，公辭不受，教公以寡欲，乃受而行之。蓋出事天子四十有八年，退老於家又十有五年，年八十餘，飲食倍人，儀狀甚偉，聲音滿堂，進拜公於前者，不知其已老也。前終十餘年，自爲冢於南康軍星子縣白鹿原，距尚書之兆千有八百步，棺槨衣衾，皆豫自製。屬疾至終，容止如常。遺言里中親疏，各盡其意。享年八十有五，殁於熙寧九年五月壬申，葬以是年八月壬寅。累階至朝散大夫，勳至上柱國，封至潁川郡開國侯，食邑至一千二百户。

娶張氏，尚書屯田員外郎詡之女，封清河縣君。再娶王氏，尚書都官員外郎告之女，封同安郡君。子男二人，曰耆，太廟室長，有易疾。次卽聃也，守江州瑞昌縣主簿。女五人，嫁太常博士文勸、進士吳隲、光禄寺丞曾軫、進士陶舜儀、吉州廬陵縣主簿薛縫。孫男一人，曰瓌。女三人。聃承德襲教，能世其家者也。銘曰：

允穆陳公，學繇自力。收科於少，其髦維特。于陪于貳，懿其壯畫。于附于顓，焯其偉績。驅之磔之，于其蝥賊。膏之嫗之，于其黍稷。彼疾而馳，我徐不亟。寧無爾諧，不渝我則。于郎于卿，進皆以序。疾集于微，乃謝而去。「日使家人」，「『日』字下舊本有『有晚』二字，『晚』或作『脕』，疑皆『脱』之訛耳。其下遂接『乃長書省』。『使』字至此凡四百六十八字，據宋本補入。」乃長書省，乃賓宫朝。寵則日躋，身焉逍遥。世狠而争，公裕有之。世惴而持，公恬處之。公有賓事，鼓瑟吹竽。公退燕私，左《詩》右《書》。年則大耄〔五〕，氣蓋坐人。

笑談待終，曾不嚬呻。有巋墓隧，豐碑螭首。勒辭告休，尚慰爾後。

〔一〕「論具」，《讀書記》、章校本作「具論」；顧校本、傅校本注「疑具論」。
〔二〕小注「脱三字」，元刻本、章校本、吴校本、傅校本作「下一字同濮王諱」。
〔三〕「允」，元刻本、正統本、顧校本作「悦」。
〔四〕「以」字原無，據元刻本、正統本、《讀書記》、章校本增。
〔五〕「耄」，原作「髦」，據元刻本、正統本、章校本改；吴校本作「耋」。

秘書少監贈吏部尚書陳公神道碑銘

祥符九年九月甲辰，秘書少監、知廣州陳公卒於位。以聞天子，官其二子，以慰寵其家。天聖中，今天子修先帝功臣，記之於史，而太史考公之謀議勞烈於朝，訪公之世族、州里、官次、行治之本末於家，以書於册。已，又有詔次其功，著之令典，布之天下，曰：維所以寵嘉陳氏之子孫者，其世世無絶。嘉祐三年，公子三人謀曰：吾先人之所既立，記德之史藏於有司，褒功之詔傳於天下。維墓有碑，後嗣所以載吾先人之休聲美實，而久廢不立，懼無以飭其子孫於千萬世，以爲己羞。則相與來乞銘文，以刻於石。其叙曰：

維陳氏，其先遠出於舜，至周武王之時，陳爲舜後媯滿之封國。至春秋之際，楚滅陳，而子孫之散亡者，因爲氏族。其後居長葛者，出於漢太丘令寔之後。唐之晚，長葛之陳氏徙南劍州之沙縣。

公諱世卿，字光遠，南劍州沙縣人也。曾太父昶，太父昂，父文餘。公貴，贈其父尚書駕部員外郎。公爲兒時，書木葉爲詩，其父見之大驚，遂使書學，以篤志聞於人。中雍熙二年進士，爲衡州軍事推官，改靜安軍節度推官。王小波、李順盜蜀，州縣多不能保，東圍靜安，公應變，爲篇笴兵械城守之具百餘萬，約其屬分城守之。圍既久不解，分城者疑懼意懈，出語動公，公以義譙數勉之。而問謂州長張雍曰：「此屬留之則潰人心，縱之使求外兵，則兩全。」雍聽其言。盜數萬人圍靜安八十日，公奮勵距敵，射其裨將一人，應手死。又射至數百人，無不輒死。盜以故不敢迫。而外兵來救，乃卒解靜安之圍。事聞，即其軍，以公爲掌書記，父喪不許去官。自宋興小吏勢〔一〕，盜起往往轉掠數百千里，吏輒棄城走。及公之保靜安，則若吏力皆可以有爲者。然公之於此時，蓋亦以無爲有〔二〕，以少勝衆，此材智烈丈夫之所爲。小拘常見之人，亦安能責其此出哉？公在靜安七年，還爲秘書郎。真宗即位，召公欲以補御史，而張鑑守廣州，乞公自助，乃以公與鑑，累遷尚書度支員外郎，賜緋衣銀魚，歷知河南府新安縣，通判廣州，知建州，改福建路轉運使，又改兩浙，入判三司勾院，復爲荆湖北路轉運使。澧州諸蠻奪澧旁地耕守，數縱兵入盜，積十餘歲莫能却。公至，諸蠻畏悅，皆還就溪洞。而歸故所掠地與人。公因築武□澧州三塞以備蠻〔三〕，詔書嘉獎。公去久之，而後吏不能善蠻，蠻亦輒復入盜。天子問公前所以服蠻者何爲，而今將治之者何出，公具對而刊其稿，世故莫知其何術也。公在荆湖歲餘，擢爲秘書少監，知廣州，賜金紫服，至則罷計口鬻鹽，人以休息。海外國來獻，多人徒以食縣官，而往往皆射利於中國也。天子問公所以綱理之者，公以謂以國之小大，裁其使員，授官之多少，通其公獻，而征其私貨，可以息弊止煩，從之。居南海四年，未及召而得疾卒，享年六十有四，某年某月某甲子葬於沙縣之龍山鄉崇仁里。

母夫人某氏，某縣君。繼母夫人蕭氏，某縣君。夫人羅氏，某縣君。子五人：曰儼，尚書比部員外郎。曰侃，福州古田縣尉。曰佩，衛尉寺丞。曰偉，同學究出身。曰偁，殿中丞。侃、偉皆早世〔四〕，而儼、偁之進於朝，累贈公吏部尚書。

公事繼母行純篤，其進膳飲藥物必經手，其執喪，人恐其不勝哀也。遺戒諸子，皆人之大節。好振人之窮，樂獎人之善。所薦士後多至大官，宰相張士遜，公所薦也。公常以謂：我之所以自著者在行事，故不必見於文章。所以事上者，不求人知，故其於謀議尤多，而人罕得而知也。噫！其可謂自信特立也已。其銘曰：

允淑陳公，生知書學。人就其華，我居以樸。盜驚西土，公在圍城。鄰有破亡，公守不傾。往視蠻荆，其得孰窺？蠻來受職，若與爲期。翼翼蜀州，士全純白。茫茫楚野，人復耕織。原念累功，進位南伯。内治何爲？與人休息。外治何爲？賓柔荒國。允淑陳公，文武之特。聲載於人，實告於册。又慰爾後，刻銘墓石。

〔一〕《讀書記》、顧校本云：「勢」下有脱文。隆慶本、章校本「勢」下有「弱」字。

〔二〕「以」，元刻本、《讀書記》、顧校本、傅校本作「易」。

〔三〕「武□澧州三塞」，元刻本、《讀書記》作「武□澧川三寨」，《曾文定公集》作「武陵澧州二塞」。

〔四〕「侃」，《曾文定公集》作「佩」。

刑部郎中張府君神道碑

府君諱保雍，字粹之。景德二年舉進士，中甲科。授山陰主簿，有能名。提點刑獄皇甫選上其狀，拜大理評事，監尉氏酒。逾年，知三泉，用故事，得假五品服專達。既至，嘆曰：「吾常所欲爲此，幾可試也。」縣以治聞，就改寺丞。久之，通判齊州。李丞相廸鎮永興，扳府君自贊，遂通判其軍府。李公去，寇萊公代之。詔易府君鳳翔，萊公雅知其賢，因奏留之。事有利害，未嘗不争，聽乃止。璽書奬之，遷殿中丞。錢思公惟演、李三司士衡薦任佐益州，避親嫌不拜。授鄜州，遷太常博士，尋换晉州。今上即位，以屯田員外郎、緋衣銀魚知漢州。夜中四卒叩府，告禁兵兩營變。佐吏駭，輩入府，府君徐出，獨械四卒掠之，趣作誣狀，徇兩營以安之。至明鞫得，乃實四卒與伍中謀，幸受己甲，捕兩營，因自以爲叛，遂棄之市，及謀者九人。因奏言蜀戍兵久合，往往叛，可因使臣去來番代之，行之至今。擢拜都官，還朝，莊獻太后面嘉之。聯拜職方度支判官、契丹國信使、荆湖北路轉運，章服金紫。有馮異以化黄金干太后，得奉職監鄂州税，知州歐陽穎事之曲恭。武昌置場中市民炭，常時吏先署入抄文爲足，而實尚留民家不入，比漕發，乃直取載之，以爲故。穎暴，又欲資異謀，使按之，坐盜死者十八人，當論，府君自荆南乘單船，六日夜入鄂，直之，笞守吏數人而已。同時，漢陽俚民販茶，得知軍駱與京誣民忤巡檢，應首死者二十人，隨者百餘人，與京暴甚穎，人莫敢相曲直〔一〕，府君遂亂江往慮之，二十人者得不死，隨者皆贄。漢陽距江爲城，潦至堤輒毁，歲調薪石，發民完之，工四千人，兩縣以病，府君身自護作〔二〕，省工費半，堤完至今。遷祠部郎中，滿歲，更兩浙轉運使，加刑部，行部至婺，刺得其守罪，留治之。未既，疾作，遂不起，明道二年九月五日也，享年五十九歲〔三〕，以景祐二年八月壬申葬汝南宣猷鄉之先塋。

張氏世爲顯姓，府君先居齊之禹城，及考諱制，官至庫部員外郎，贈吏部侍郎，過蔡州，樂之，家焉。府君娶彭城劉氏樞密直學士師道之姪，封本縣君。子定、察、彦博，仕有治聲。最少彦輔未仕。府君之喪，朝廷以察爲鄂州推官。府君甚愛考城劉待制，劉亦厚結之，子娶府君女。

慶曆三年，彦博爲撫州司法，爲予言："府君平生端重不怢，燕閒未嘗見其懈容，爲治威嚴，不擿細事。爲漢州，民趙昌以畫名，府君迄代不問。至劍門，昌追獻畫二幅曰：'前太守舉從昌取，又應朝貴人求汲汲，昌以技嘗自苦，德公不擾，敢獻。'府君强受之而歸之直。其使吴越，吴越匠巧天下，未嘗致一器一物。歷問其治己，雖小者如此。又稱其官次施設狀如前〔四〕，而曰，今史館修撰王質銘其德於壙中，校書郎王安石又序其詩，惟所以顯章於墓道之左者，其辭不立，懼無以畀四方人視聽，請予文張之於碑。"予不讓，銘曰：

爲天下之道，本諸得人。公卿内庸，諸侯部使者外治，其體兩重也，易知矣。今常患材難，不足布此位，故不能推其功惠及民，豈世所謂賢，天固嗇邪？抑其求弗切耶？蓋宜放而登，當取而遺，其施爲繆然也。如府君鍾材甚美，而進也得其時，自守及使，緒行既卓矣，使極其設修，可勝言耶？而止於斯，其可嗟也已。方今敝郡彫部相望，如府君其又可思也已。則凡蔡里之耋齓，惡得不嚴其墓耶？

〔一〕「人」，原作「又」，據元刻本、《讀書記》、顧校本改。
〔二〕「自」，原作「省」，據《讀書記》、章校本改。
〔三〕元刻本無「歲」字；顧校本、吴校本、傅校本注：「宋本無『歲』字。」
〔四〕「又」，原作「立」，據章校本、《曾文定公集》改；《讀書記》將「立稱」二字屬上句讀，並云「立字疑誤」。

故朝散大夫尚書刑部郎中充天章閣待制兼侍讀上輕車都尉賜紫金魚袋孫公行狀

曾祖恕皇任博州堂邑縣主簿，贈太子中舍。祖賁皇任尚書庫部郎中。父從革皇贈尚書職方員外郎。

公諱甫，字之翰。天聖五年同學究出身，爲蔡州汝陽縣主簿。八年進士及第，爲華州觀察推官。華州倉粟惡，吏當負錢數百萬，轉運使李紘以吏屬公，公令取斗粟舂之，可棄者十纔居一二。又試之亦然。吏遂得弛，負錢數十萬而已。紘以此多公，薦之，遷大理寺丞，知絳州翼城縣。樞密直學士杜公衍奏知永興軍司録，遷殿中丞。樞密直學士張公逸奏監益州交子務，遷太常博士。慶曆二年，杜公爲樞密副使，又薦之，得試爲秘閣校理。三年改右正言，知諫院。因災異，言應天所以譴告之意者，在誠其行。有其誠矣，所以順天者，在愛其民。於是遂請斥浮費，出宮女，除别庫之私以寬賦斂。初，李元昊反河西，契丹亦以兵近邊，謀棄約，任事者於西方益禁兵二十萬，北方益士兵亦二十萬，又益禁兵四十指揮。及羣盜張海、郭邈山等劫京西，江淮之間皆警，是時已更用大臣矣，又令天下益禁兵。公言曰：「天下所以大困者，在浮費；而浮費之廣者，兵爲甚。今不能損，又何益之邪〔一〕？且兵已百萬矣，不能止盜，而但欲多兵，豈可謂知所先後哉？」不報。於是極論古今養兵多少之利害以聞，語詆大臣尤切。既而保州有兵變，朝廷賞先言者。公以謂有先言者，而樞密院不以時下，不可以無責。天子曰：「某，吾方倚以治也，不可使去位。」公猶固請議其罰。邊將劉滬謀立水洛城，與部署狄青、尹洙議不合，滬違其節度，遂立之。青等械繫滬以聞。公言曰：「城之所以蔽秦，而通秦渭之援，宜不廢其功，而赦滬之輒。」遂從公議。燕王薨，大臣謂用不足，欲緩葬。公言曰：「燕王，上之叔父，葬不可以不如禮。」又言後宮事，又言宰相罪當罷，皆行其言。上既罷宰相，而用某爲參知政事。又言某不可任以政，天子難之，因求爲外官。而是時，朋黨之議亦已起，大臣相次去位，公上書論爭，語尤切。已而奉使契丹，還遷右司諫，知鄧州，徙安州。又徙江南東路轉運使，又徙兩浙，遷起居舍人、尚書兵部員外郎，改直史館。知陝府，館厨傳之費，陝人安之。鄜州歲時以酒相慶問，公命儲别藏，備官用，一不歸於己，至今遂爲法。徙晉州，近臣過晉，夜半叩城欲入，公曰：「城有法，吾不得獨私。」終不爲開門。徙河東轉運使，賜金紫服，入爲三司度支副使，輸物非土有者，公爲變其法，使之代輸。至和三年，遷刑部郎中，入天章閣爲待制，遂爲河北都轉運使。疾不行，又兼侍讀。嘉祐二年正月二十一日卒於位。

公博學强記，其氣温，其貌如不能自持。及與人言，反覆經史，上下千有餘年，貫穿通洽，不可窺其際。而退視其家，初未嘗蓄書，蓋既讀之，終身多不忘也。其居官，於其大者既可知已，於其小者，亦皆盡其意云。雖貴而衣食薄，無妾媵，不飾玩好，不與酬樂，泊如也。時從當世處士講評，以爲遂其好，而客或造其席者，與之言終日，不能以勢利及也。其於人少合，亦不求其詳，所與之合，亦不阿其意。蓋公與河南尹洙相友善，而尤爲杜丞相所知。慶曆之間，二三大臣又與公同心任事，然至於論保州之變，則所指者蓋杜公，非益兵之議，則所詆者蓋二三大臣。至於城水洛也，又絀尹洙而申劉滬，其不偏於所好如此。然已而朋黨之議起，大臣多被逐，公之争論尤切，亦不自以爲疑也。噫！可謂自信獨立矣，可以觀公之行也。所著《唐史記》七十五篇，以謂己之學治亂得失之説具於此，可以觀公之志也。公殁，有詔求其書。

公享年六十。其先開封扶溝人，至公之祖，徙許之陽翟，今爲陽翟人。母李氏，長安縣太君。妻某氏，某縣君。子宜，滑州觀察推官，實、寘皆將作監主簿。宜等以狀來屬鞏，謹序次其實可傳於後世者如右，謹狀。

〔一〕「何」，元刻本、正統本、《讀書記》、章校本作「可」。

曾鞏集卷第四十八

傳二首

徐復傳

徐復字希顔，興化軍莆田人。嘗舉進士，不中，去，不復就。博學，於書無所不讀，尤通星曆五行數術之説，世罕有能及者。爲人倜儻有大志，内自飭勵，不求當世之譽。樂其所自得，謂富貴不足慕也，貧賤不足憂也。故窮閻漏屋、敝衣糲食，或至於不能自給，未嘗動其意也。遇人無少長貴賤，皆盡恭謹。其言前世因革興壞是非之理，人少能及。然其家未嘗畜書，蓋其强記如此也。

康定中，李元昊叛，詔求有文武材可用者，參知政事宋綬、天章閣侍讀林瑀皆薦復，詔賜裝錢，州郡追趣上道。既至，仁宗見復於崇政殿，訪以世務，復所爲上言者〔一〕，世莫得聞也。仁宗因命講《易》「乾」、「坤」、「既濟」、「未濟」，又問今歲直何卦？西兵欲出如何？復對歲直「小過」，而太一守中宫，兵宜内不宜外。仁宗善其言。復又獻所爲《邊防策》、《太一主客立成曆》、《洪範論》。上曰：「卿所獻書，爲卿留中。」必欲官之，復固辭，乃官其子晞。留復登聞鼓院，與林瑀同修《周易會元紀》。歲餘，固求東歸。仁宗高其行，禮以束帛，賜號「冲晦處士」。

復久遊吴，因家杭州。州牧每至〔二〕，必先加禮，然復未嘗肯至公門。范仲淹知杭州，數就復訪問，甚禮重之。仲淹嘗言，西兵既起，復預言罷兵歲月；又斗牛間嘗有星變，復言吴當大疫，死者數十萬人。後皆如其言。復平居以《周易》、《太玄》授學者。人或勸復著書，復曰：「古聖賢書已具，顧學者不能求，吾復何爲，以徼名後世哉？」晚取其所爲文章盡焚之。今其家有書十餘篇，皆出於門人故舊之家。

復卒時，年七十餘。既病，故人王稷居睦州，欲往省之。復報曰：「來以五六月之交，尚及見子。」稷未及往，至期，復果已死。其終事皆預自處。子晞，年五十餘，亦致仕，官至國子博士，復贈尚書虞部員外郎。復死十餘年，而沈遘知杭州，榜其居曰「高士坊」云。贊曰：

復之文章，存者有《慎習贊》、《困蒙養》等篇，歸於退求諸己，不矜世取寵。余論次復事，頗采其意云。若復自拔污濁之中，隱約於閭巷，久而不改其操，可謂樂之者已。

〔一〕「所」下原有「以」字，據元刻本、《讀書記》、顧校本、章校本、吴校本、傅校本删。

〔二〕「牧」，元刻本、《讀書記》、顧校本、章校本、吴校本、傅校本作「將」。

洪渥傳

洪渥，撫州臨川人。爲人和平。與人遊，初不甚歡，久而有味。家貧，以進士從鄉舉，有能賦名。初進於有司，輒連黜。久之乃得官。官不自馳騁，又久不進，卒監黄州麻城之茶場以死。死不能歸葬，亦不能還其孥。渥里中人聞渥死，無賢愚皆恨失之。

予少與渥相識，而不深知其爲人。渥死，乃聞有兄年七十餘，渥得官時，兄已老，不可與俱行。渥至官，量口用俸，掇其餘以歸，買田百畝居其兄，復去而之官，則心安焉。渥既死，兄無子，數使人至麻城撫其孥，欲返之而居以其田，其孥蓋弱力不能自致，其兄益已老矣，無可奈何，則念輒悲之。其經營之猶不已，忘其老也。渥兄弟如此無愧矣。渥平居若不可任以事，及至赴人之急，早夜不少懈，其與人真有恩者也。

予觀古今豪傑士傳，論人行義，不列於史者，往往務摭奇以動俗，亦或事高而不可爲繼，或伸一人之善而誣天下以不及，雖歸之輔教警世，然考之《中庸》或過矣。如渥之所存，蓋人之所易到，故載之云〔一〕。

〔一〕《讀書記》云：「徐復、洪渥二傳爲一卷，疑其不完，宋本同。」

曾鞏集卷第四十九

本朝政要策五十首

考課

建隆初，始以户口增耗爲州縣吏歲課之升降。興國初，又定三等之法，以核能否。其後遂詔郭贄、滕中正、雷德驤典其事。雍熙間，上嘗閱班簿，欲擇用人，而患不能遍知羣下之材，始詔德驤以羣臣功過之迹引與俱對。淳化中，又分京朝官考課，使王沔主之；幕職州縣官考課，使張宏主之；三班考課，使魏廷式主之。沔既條奏其法，於是御史弋子元、郎吏張紳皆以負黜焉。然沔之法，亦以煩碎無待士君子之體，物議非之。久之，復廢京朝官考課，而置審官院，以錢若水主之；廢州縣官考課，歸之流内銓；以蘇易簡主之；唯三班無所改易。其後，天子又嘗欲自宰相修唐制書考之事，既而但欲責其稱職，遂不行焉。然親書考課最之意二十餘幅，以賜若水等，蓋其丁寧之意如此焉。

訓兵

古者四時田獵，以習武事。孔子譏不教民戰者，《周禮》司馬軍旅之政詳矣。戰國至於漢唐，兵法士居閒暇，則自爲生業，將乘勢重，則取其課直。至周世宗高平之退，遂收驍勇之士，命太祖習焉。取其尤者爲殿前軍，而禁衞之精，自此始也。

宋興，益修其法，壯鋭者升其軍籍，老懦者黜而去之，以至太宗、真宗屢自臨試而蒐擇。故興國有楊村之閲，咸平有東武之蒐。軍旅之盛，近世無比焉。然自此兵益以廣，議者以動衆爲疑，而簡練之網遂疏，黜廢之法益恕矣。雖天子丁寧，欲救其敝，而羣臣莫能奉其意焉〔一〕。

〔一〕「奉」，原作「本」，據元刻本、正統本、《讀書記》、顧校本、吴校本改；《曾文定公集》作「承」。

添兵

唐罷府兵，始置神武、神策爲禁兵〔一〕，不過三數萬人，以備天子扈從藩衞而已。故禄山之叛，驅市人以戰賊。德宗蒙塵，扈駕者四百餘騎。甲兵皆散在郡國，自河朔三鎮不統於京師，餘可舉者，太原、青社各十萬人，邠寧、武寧各六萬人〔二〕，潞、徐、荆、揚各五萬人，襄、宣、壽、鎮海各二萬人〔三〕，而觀察團練據要害之地者，亦各不下萬人。

五代之際，四方割裂，以區區中州之地，晉漢之兵嘗至於數十萬人，養之既費，教與用之又皆不得其理。周世宗高平之退，中國兵制始修列焉。

宋興，太祖監前世之敝，益修教習之法，始黜老懦之兵。至於邊鄙，務在擇用將帥，以折衝一方之難。故姚内斌領慶州，董遵誨領環州，二人所領之兵，纔五六千而已。當是之時，舉中國之兵，纔十六萬人，平五强國，不知兵之少也。至太宗伐劉繼元，駕前之兵蓋十餘萬，兵之稍稍益廣自是矣。其後曹彬之敗祁溝關也，在行之兵實二十萬。既而楊業敗於陳家谷口，劉廷讓敗於君子館，全軍殁焉。士卒前後戰死，沿邊瘡痍之兵不滿萬計，皆無鬥志。河朔震摇，悉科鄉民爲兵以守城。咸平之間，又集近京諸州丁壯以爲兵，而西北邊臣猶請益兵不已。張齊賢請調江淮丁壯八萬以益西師，天子憂之，謂吕蒙正曰：方事之警急，升衛亦可抽減〔四〕，其如衛兵，數亦不足。蒙正復請取河南丁壯以益兵，天子難其言，然不得已而卒聽焉。其後又請濟師不已，遂令劉承珪取環慶諸州役兵〔五〕，升爲禁兵，號振武軍以益焉。自此募兵之法益廣矣。天子延見近臣，屢歎兵數之倍，而思太祖之法，有減兵之意。嘗曰：雖議者恐其動衆，亦當斷在必行。然羣臣莫能承上意焉。

〔一〕「神武、神策」，《讀書記》、顧校本、章校本、傅校本作「龍武、神策」，疑當作「龍武、神武、神策」。

〔二〕「武寧」，原作「寧武」，據《讀書記》、顧校本、章校本、吴校本、傅校本改。

〔三〕傅校本删去「海」字。按上下句式，無「海」字較順。

〔四〕「升衛」，元刻本、章校本、傅校本作「衛兵」。

〔五〕「役」，萬曆本作「之」。

兵器

百工之事，皆聖人爲，而其於兵械尤重。弓矢之取諸睽，始見於經。至於《周官·考工》，所陳五兵之法，可謂詳矣。漢興，言兵者十三家，其要皆以便手足，利器械，立攻守之勝。語曰：器不堅利，與徒搏同。是兵械之不可不修也。

宋興，太祖將平定四方，命魏丕主作，責以稱職。每造兵器，十日一進，謂之旬課，上親閱之，作治之巧盡矣。國工署有南北作坊〔一〕，歲造甲鎧、貝裝、鎗、劍、刀、鋸、器械、箭笴籠、皮笠、弩檀、牀子弩，凡三萬二千。又有弓弩院，歲造弓、弩、箭、弦、鏃等，凡千六百五十餘萬。諸州歲造弓、弩、箭、劍、甲、兜鍪、甲葉、箭鏃等，凡六百二十餘萬。又別造諸兵幕、甲袋、鉦、鼓、炮、炒鍋、钁、行槽、鍬、钁、鐮、斧等，謂之什器。凡諸兵械，置五庫以貯之。戎具精勁，近古未有焉。景德中，以歲造之器可支三二十年，而創作未已。天子念勞費之宜省也，因遣内都知秦翰閲武庫所聚，令給用有餘，諸作治以權宜罷焉。

〔一〕「工」，原作「公」，據正統本、《讀書記》、顧校本、章校本改。

城壘

周世宗時，韓通築城於李晏口，凡立十二縣。又築束鹿，增鼓城，葺祁州。數年，又自浮陽至乾寧，補壞防，闕游口三十六〔一〕，遂通瀛莫。

宋興，王全斌葺鎮州西山堡障，劉過築堡州、威虜、静戎、平塞、長城等五城。太宗既平太原，以潘美守之，隳舊州，遷於榆次。又命美鎮三交。三交在西北三百里，地號故軍，溪谷險絶，爲戎人之咽喉，多由此入寇。美帥師襲之，僞軍使安慶以城降，因積粟屯兵以守之。久之，遷并州於三交，以美爲帥焉。

〔一〕「闕」，顧校本、章校本作「開」。

宗廟

堯舜禹皆立二昭二穆，與始祖之廟而五。商人祀湯與契，及昭穆之廟而六。周人祀后稷、文武，及親廟而七。漢初立廟不合古制。至晉，採《周官》，定七廟之數，而虚太祖之室。隋興，但立高曾祖禰四廟而已。唐初因其制，貞觀立七廟，天寶祠九室。梁氏以來，皆立四廟。宋興，采張昭、任徹之議，追尊僖、順、翼、宣四祖而立其廟，用近制也。

蓋自禰至於高祖，親親之恩盡矣，故有四廟之制。前世祖有功，宗有德，不可預爲其數，故有五廟、六廟、七廟之禮。先儒以謂有其人則七，無其人則五。此古今之文，損益之數昭昭可考者也。

邊糴

建隆元年，以河北仍歲豐稔穀賤，命高其價以糴之。

常平倉

淳化二年，詔置常平倉，命常參官領之。歲熟增價以糴，歲歉減價以糶，用賑貧民，復舊制也。

偵探

淳化中，柴禹錫、趙鎔掌機務，潛遣吏卒變服偵事。卒王遂與賣書人韓玉有不平，誣玉有惡言。禹錫等以狀聞，上怒誅玉，京師人皆冤之。自是廉得他事，上不復聽。至道中，又有趙贊，性險詖捷給，專伺中書、樞密及三司事，乘間言於上，上以爲忠無他腸，中外畏其口。既而天子覺悟，卒誅贊焉。

貢舉

貢舉之制，建隆初始禁謝恩於私室。開寶五年，召進士安守亮等三十八人對於講武殿下，詔賜其第。六年，又召宋準等覆試於講武殿。殿試自此始也。自隋大業中，始設進士科，至唐以來尤盛，歲取不過三十人。咸亨、上元中，增至七八十，尋亦復故。開成中，連歲取四十人，又復舊制。進士外以經中科者，亦不過百人。至太宗卽位，興國二年，以郡縣闕官，旬浹之間，拔士幾五百，以補闕員而振滯淹。又未命官，而賜之綠袍靴笏，使解褐焉。八年，進士萬二百六十人。淳化二年，萬七千三百人。始命知貢舉蘇易簡等受詔卽赴貢院，不更至私第，以防請託。至殿試，又爲糊名之制。

軍賞罰

天寶之後，將之廢置出於軍，則軍之驕可知也。五代之際，國之興亡出於軍，則軍之驕又可知也。及周世宗奮然獨見，誅敗撓之將，而軍之約束始修。太祖之爲將也，每有臨陣逗撓不用命者，必斫其皮笠以誌之，明日悉斬以徇。自是人皆死戰。及太祖受天命，謂征蜀諸將曰：「所破郡縣，當傾帑藏，爲朕賞戰士。國家所取，惟土疆爾。」故人皆用命，所至成功，如席卷之易。蜀旣平，擇其親兵得百二十人，隸殿前司，謂之川班殿直，廩賜優給，與御馬直等。其後郊祀優賞，太祖特詔賞御馬直，更增五十。而川班殿直以不在此例，擊登聞鼓訴之，太祖怒，立命中使執歸本營，各杖二十，明日盡戮於營中，餘八十人配諸州，遂廢其班。

初，太祖嘗問：「唐莊宗享國不久，何也？」飛龍使李重進對曰：「莊宗好畋，而將士驕縱姑息，每出近郊，衛士必控馬首曰：『兒郎輩寒，必望敕賜。』莊宗卽隨所欲給之，如此者非一。末年之禍，蓋令不行而賞賚無節也。」太祖撫手歎曰：「二十年夾河戰争取天下，而不能以軍法約束此輩，縱其無厭之求，誠爲兒戲。我今養士卒，固不吝爵賞，但犯法者，惟有劍耳。」及聞川班殿直之訴，使中使謂之曰：「朕之所與，便爲恩澤，又焉有例？」故盡誅之。

世宗、太祖之馭軍賞罰如此，故世宗取淮南、關南之地，太祖平五强國，如拾地芥。由是觀之，軍無驕否，惟所馭之術何如。若太祖之智，可謂神矣。

雅樂

周世宗患雅樂陵替，得王朴、竇儼考正之。宋興，儼定文舞爲文德之舞，武舞爲武功之舞，大朝會用之。又定十二曲名，以爲祭祀、會朝出入之節焉。朴、儼所考正，有未備者，和峴繼成之。然裁減舊樂，乃太祖之聖意。章聖用隨月之律，主上新皇祐之制，雅樂備焉。

佛教

建隆初，詔佛寺已廢於顯德中，不得復興。開寶中，令僧尼百人許歲度一人。至道初，又令三百人歲度一人，以誦經五百紙爲合格。先是泉州奏僧尼未度者四千人，已度者萬數。天子驚駭，遂下詔曰：古者一夫耕，三人食，尚有受餒者。今一夫耕，十人食，天下安得不重困？水旱安得無轉死之民？東南之俗，游惰不職者，跨村連邑，去而爲僧，朕甚嫉焉，故立此制。

史官

天子，動則左史書之，《春秋》是也；言則右史書之，《尚書》是也。漢武帝有禁中起居注。魏晉歸之著作，其後亦命近臣典其事。後魏始置起居令史，行幸宴會，則在御座前記君臣酬答之語，又别置起居注二人。北齊有起居省。隋置起居舍人二人，以掌内史。

唐起居之官隸於門下。顯慶中，卽與舍人分隸兩省，每天子御殿，則左右夾香案，分立殿下螭頭之側，和墨濡翰，皆就螭頭之坳處，有命則臨陛俯聽，對而書之。典禮文物、册命啟奏、羣臣薨免懲勸之事，悉載於起居注。季冬終[一]，則送於史官。長壽中，姚璹以爲帝王謨訓，不可使無紀述，若不宣自宰相，史官無由而書。請仗下所言軍國政要，命宰相一人專知撰録，季終付於史官[二]，卽今之時政記也。元和十二年，又委承旨宰相宜示左右起居注，令其綴録。大和九年，詔郎舍人准故事入閣，日齎紙筆，立於螭頭，以記言動，故文宗實録爲備焉。

至後唐，明宗亦命端明殿學士樞密直學士修日曆。世宗用陶穀之言，修明宗之制。

開寶中，扈蒙爲修撰，以謂内庭日曆，樞密院抄録送史官所記者，不過對見辭謝而已。蓋宰相虞漏洩，而史官限疏遠，故莫得而具也。請言動可書者，委宰相、參政，月録以送史官，使修日曆，遂以參知政事盧多遜專其事。

興國中，詔書病史氏之漏落，又以參知政事李昉專其任，而樞密院亦令副使一人專知纂述。昉請每月先以奏御，乃送史官。時政記之奏御，自昉始也。

淳化之間，從張佖之請，始置起居院，修左右史之職，以梁周翰掌起居郎事，李宗諤掌舍人事焉。

周翰、宗諤言：崇德殿、長春殿宣諭論列之事，時政記記之。樞密院事關機密，本院記之。餘百司封拜除改、沿革制撰之事，請悉使條送，以備論撰。月終皆送史官。從之。又令郎舍人分直崇政殿，記言動，別爲起居注，每月先以奏御。起居注奏御，自周翰、宗諤始也。

〔一〕「季冬終」，《讀書記》、顧校本、章校本、吴校本、傅校本云：「冬」字疑衍。《新唐書·百官志》作「季終」。

〔二〕「季終」，《新唐書·百官志》作「月」。

正量衡

建隆初，頒量衡于天下。淳化中，以太府之式，不足以合信取平，守藏吏緣爲奸，天下歲輸者，至於破産以萬數，守者更代，動必數歲計争〔一〕。於是天子詔有司，使爲新法。劉承珪、劉蒙言：權衡之法起於黍，十黍爲絫，十絫爲銖，四十銖爲兩。度之法起於忽，十忽爲絲，十絲爲毫，十毫爲氂，十氂爲分，爲一絫四黍。以開元通寶錢肉好周均者校之，十分爲錢，十錢爲兩，自分氂毫絲忽，轉轉十倍增之，凡一錢爲十萬忽，因取毫髮計之，皆有準。自一錢至半錢爲衡以較之，得錢二千四百，輕重等者爲十五斤，可施用，并以絲忽毫氂銖累之準。奏御，詔三司較之，以御書淳化三體錢二千四百，磨令與開元通寶錢輕重等，定其法爲新式，頒之天下，權衡之法得焉。

〔一〕「計争」，《讀書記》云「計字疑誤」，章校本云「別本争作事」。

户口版圖

太祖元年，有州一百一十一，縣六百三十，户九十六萬七千三百五十三。末年，州二百九十七，縣一千八百六，户二百五十萬八千九百六十五。興國初，有上言事以閏爲限，三歲一令天下貢地圖與版籍，上尚書省，所以周知地理之險易，户口之衆寡。至道初，又令更造天下州縣户口之版籍焉。

任將

太祖之置將也，隆之以恩，厚之以誠，富之以財，小其名而崇其勢，略其細而求其大，久其官而責其成。每朝必命坐，賜與優厚，撫而遣之。

嘗令爲郭進治第，悉用甋瓦，有司言非親王、公主不得用之，上曰：「郭進控扼西山十餘年，使我無北顧憂，我視進豈減兒女耶？」趣作無復言。此可謂隆之以恩矣。

取董遵誨於仇讐，取姚内斌於俘虜，皆用之不惑。郭進在西山，嘗有軍校訟其不法。上曰：「進馭下嚴，是必罪人懼進法，欲誣進以自免也。」使中人執以賜進，令詰而殺之。此可謂厚之以誠矣。

西北邊軍市之租，多賜諸將，不問出入，往往賞賚又輒以千萬。李漢超守關南，屬州錢七八萬貫，悉以給與，又加賜賚。漢超猶私販榷場，規免商筭。有以事聞者，上卽詔漢超私物所在，悉免關征。故邊將皆養士足以得死力，用閒足以得敵情，以居則安，以動則勝，此可謂富之以財矣。

李漢超、郭進皆終於觀察使，所居不過巡檢使之名，終不以大將處之，然皆得以便宜從事。郭進在西山，上每遣戍卒，必諭之曰：「汝等謹奉法，我猶赦汝，郭進殺汝矣。」其假借如此，故郭進所至，兵未嘗小衄，此可謂小其名而崇其勢矣。

王彦昇之好勇，馮繼業之自伐，然用彦昇守原州，繼業守靈州，皆邊境以安，此可謂略其小而求其大矣。

何繼筠屯棣州二十餘年，董遵誨屯通遠軍四十年，其餘皆不減十餘年，邊境賴之，此可謂久其官而責其成矣。

夫寵之以非常之恩，則其感深；待之以赤心，則其志固；養之以關市之租，則其力足；小其名而不撓其權，則在位者有赴功之心，而勇智者得以騁。略其過則材能進，久其任而功利悉，自古用將之術，不易於是。太祖兼用之，故以李漢超屯關南，馬仁瑀守瀛州，韓令坤鎮常山，賀惟忠守易州，何繼筠領棣州，以防北虜。郭進控西山，武守琪戍晉州，李謙溥守隰州，李繼勳鎮昭義，以禦太原。趙贊屯延州，姚内斌守慶州，董遵誨屯環州，王彦昇守原州，馮繼業守靈武，以備西戎。如姚内斌、董遵誨之徒，所領不過五六千人，而威名皆行乎戎狄。當此之時，建隆元年六月，誅李重進，收潞州。十一月，誅李筠，收揚州。四年，收湖南北。六年，收蜀。十三年，收南越。十七年，定江表之地。内則吴越閩海歲奉貢職，外則交州丁璉、高麗王伷請吏嚮化，而契丹修好之使，數至於闕庭。拱揖指麾，而天下一定，不知封疆之憂，蓋太祖用將之術如此，故養士少而蓄力多，操術簡而收功博也。

水災

周世宗嘗使竇儼論水沴所興。儼以謂陰陽者水火之本，陰之主始於淵獻，水之行紀於九六，凡千七百二十有八歲，爲浩浩之會。當此之時，雖有周唐之君，不能弭其患者，數也。若至於后辟狂妄以自率，權臣冒昧以下專，政不明，賢不章，則苦雨數至，潦水厚積。德宗壬申之水者，政也。漢以來言災異者亦然，然則誠古今之通論。

宋興，常雨之沴，間輒有之，然未嘗有百川沸騰、黎民昏墊之患也。而太祖開寶之間，常以霖雨之憂，出後宮以銷幽閉之感。太宗淳化之歲，嘗自七月至九月雨不止，崇明門外皆浮罌筏以濟，壁壘廬舍多壞，人多壓死，物價踴貴，秋斂用微，於是流移者衆，而陳潁宋亳之間，盜亦稍稍而起。太宗加給復之恩，賜糜淖之餉，以救其變。此祖宗所以懼天災、圖政務之遺事也。

汴水

昔禹於滎澤下分大河爲陰溝，出之淮泗，至浚儀西北，復分二渠。其後或曰鴻溝，始皇疏之以灌魏郡者是也。或曰浪宕渠，自滎陽五池口來注鴻溝者是也。或曰浚儀渠，漢明帝時，循河流故瀆作渠，渠成，流注浚儀者是也。或曰石門渠，靈帝時，於敖城西北累石爲門，以遏渠口者是也。石門渠東合濟水，與河渠東注，至敖山之北，而兼汴水，又東至滎陽之北，而旃然之水，東流入汴。滎陽之西有廣武二城，汴水自二城間小澗中東流而出，濟水至此乃絶。桓温將通之而不果者，晉太和之中也。劉裕浚之，始有湍流奔注，而岸善潰塞，裕更疏鑿以漕運者，義熙之間也。皇甫誼發河南丁夫百萬開之，起滎澤入淮，千有餘里，更名之曰通濟渠者，隋大業之初也。裴耀卿言江南租船〔一〕，自淮西北，泝鴻溝，轉相輪，納於河陰、含嘉、太原等倉，凡三年，運米七百萬石者，唐開元之際也，後世因其利焉。太宗嘗命張洎論著其興鑿漕運之本末如此，宋至道之間也。

〔一〕「耀」，原作「雄」，據元刻本、正統本、《讀書記》、顧校本、章校本改。

刑法

太祖始用士人治州郡之獄。太宗即位，尤重用典刑，哀矜之詔，歲輒有之。刑部設詳覆之員，諸路命糾察之使。至於淳化，又置審刑院於禁中，防大理、刑部之失。凡具獄，先上二司，然後關報審刑，事從中覆，然後下丞相府，又以聞，始命論。蓋其重慎之備如此焉。

管榷

太祖知百姓疾苦五代之政，欲與之休息，故詔書屢下，弛鹽禁於河北，實鹽價於海瀕。有司嘗欲重新茶之估以出於民。上曰：「是不重困吾人耶？」遂置其議。既平五强國，收天下之地，未嘗不去其煩苛，與百姓更始焉，故民始得更生於水火之中。當是之時，靡敝少而用約也。自時以來，兵籍既衆〔一〕，他費稍稍亦滋，錮利之法始急。於是言礬課則劉熙古，深茶禁則樊若水，峻酒榷則程能，變鹽令則楊允恭，各騁其意，從而助之者寖廣。自此山海之入，征榷之筭，古禁之尚疏者皆密焉，猶不能以爲足也〔二〕。

〔一〕「籍」，原作「簿」，據《讀書記》、章校本、傅校本改。

〔二〕「足」，原作「是」，據元刻本、正統本、顧校本、章校本改。

曆

察天時以授民事，則曆象不可不謹也。唐虞以來尚矣。唐高祖有戊寅之曆，高宗有麟德之曆，中宗有景龍之曆，明皇有大衍之曆，肅宗有至德之曆，代宗有五紀之曆，德宗有正元之曆，憲宗有觀象之曆，穆宗有宣明之曆，昭愍有崇元之曆。自時以後，至於梁唐，日官之任缺焉。晉高祖始用趙仁錡，有調元之曆。周世宗用王朴，有欽天之曆。當朴之成曆也，王處訥謂之曰：「此曆可且行，久則差矣。」既而果然。宋興，命處訥正之，於是有應天之曆，久之又差。而苗守信等承詔論定，於是有乾元之曆。至道、淳化之間，王睿、鄭昭晏之徒屢校其疏密，而日官韓顯符始定渾儀之器，楊文溢增用甲子之數，皆施行焉。

錢幣

興國初，絀江南鐵錢，鑄農器以給流民。而於江東之地，始鑄銅錢，民便之，自樊若水始。其後以鉛錫雜鑄，雖歲增數倍，而錢始粗惡，自張齊賢始。淳化之間，趙安易請鑄大錢行於蜀，自大臣皆以爲不可，而安易之辨不可屈，既鑄非便，天子卒斷而罷之焉。

宦者

淳化中，改黄門院爲内侍省，而置昭宣使，以王延德、王繼恩、杜彦鈞處之。繼恩收蜀有功，宰相欲以爲宣徽使，天子以爲宦官不可令預政事，切責宰相，而置宣政使以命繼恩。其後張洎居翰林，請以藍敏正爲學士，裴愈副之。上曰：「此亂政。朕方復古道，安得蹈此覆轍邪？」洎慚而退。蓋祖宗之明理亂、慎威福之漸如此焉。

學校

宋興，承五代之亂。建隆初，嘗命崔頌教國子，始聚生徒講學。天子使使者臨賜酒果，以寵厲學者。淳化中，上始視學，命孫奭講《説命》之篇，天子嗟異久之。

名教

唐氏五代之亂，教化之事久缺。雍熙初，始敕羣臣用通喪之制。至道之間，近臣有不能養者，上爲賜錢，使迎其母。而使者亦言蜀人有仕於中州，其父家居不能自存者，天子驚嘆。於是詔書遂下，稱人子之義，以風曉切責，而使執法舉不能養者，定著於令焉。

銓起〔一〕

建隆初，定考判之制，著循資之格。

〔一〕元刻本、正統本、王抒本、隆慶本、萬曆本題作「銓選」。

褙祭

博士和峴言：「褙始伊耆，而三代有嘉平清祀褙祭之名。褙，臘之別名也。漢乘火德，以戌日爲臘。臘，接也，言新故相接。故田獵取禽以報百神，享宗廟，旁及五祀，以致孝盡虔。晉魏同之。唐以土王，貞觀之際，尚用前寅褙百神，卯日祭社宮，辰日臘宗廟。至開元始定禮制，三祭皆於臘辰，以應土德，議者是之。宋興，推應火行，以戌日爲臘，而獨以前七日辛卯褙，不應於禮，請如開元故事，褙百神，祀社稷，享宗廟，同用戌臘，如禮便，制曰「可」。

感生帝

乾德初，用博士聶崇義之言，以赤帝爲感生，每歲正月祠，用壇。其後又以正月上辛祀昊天上帝，五帝皆從祀，與感生帝祭同日。既瀆，且從祀禮殺，失所以致崇極意。自此，感生帝始別祭，不從祀昊天。

西京郊配

太祖開寶元年，幸河南，定圜丘之位，以四月郊祀上帝。將行，躬告於太廟。既行，不載主焉。

祠太一

興國中，兆太一於城南〔一〕，用學士張齊賢、春官正楚芝蘭領祠事。齊賢等以爲太一者五帝之佐，天之貴神，祠宜半祀天之禮，又小損之。天子使加伶官百人，自昏祠至明，如漢制焉。

〔一〕《讀書記》、顧校本、章校本云「兆下疑有闕」。

郊配

太祖已尊四祖之廟，郊祀以宣祖配天，宗祀以翼祖配帝。及太宗繼大統，禮官以爲王業所興自太祖始，故興國之初，天子再郊，皆太祖配天。及欲封泰山，扈蒙建白，以謂嚴父莫大於配天，宜以宣祖配天，太祖配帝。其後封禪之禮輟，而雍熙之郊，遂用蒙議，學者病之。至淳化之春，合祭天地於圜丘，遂以宣祖、太祖同配，如永徽故事。自此，孟春祈穀，孟冬祀神州，季秋大饗明堂，用宣祖配。冬至祀昊天，夏至祀皇地祇，孟夏雩祀，用太祖配。如永泰之禮，皆禮儀使蘇易簡所定焉。

賦税

周世宗嘗患賦税之不均，詔長吏重定。潁州刺史王祚躬行部縣，均其輕重，補流民逋賦以萬數，增其舊籍，百姓詣闕稱頌焉。

三司

鹽鐵、户部、度支凡二十四案，吏千餘人。乾德定考課之法，興國增判官之員，淳化之間，或專置一使，或離爲二司，已又復之爲三，而副貳官屬之損益視焉。天子嘗召見其吏李溥等，問利害之理。溥等言七十餘事，多見聽納。於是三司使陳恕等，皆以不勝任見讓，而溥遂試用，顯於世焉。

俸禄

太祖哀憐元元之困，而患吏之煩擾，欲高吏之行以便民，於是定俸户之制，修益俸之令。太祖猶以爲煩民也，於是出庫財以賦吏禄。詔書屢出，欲吏之有餘而無内顧之憂，然後於義德備焉。蓋其任人之知所先後如此。

南蠻

南蠻於四夷，爲類最微，然動輒一方受其患。至覆軍殺將，與夫轉餉煩敝之久也，則他盜亦緣而有，大中、咸通之間，安南之變是也。故爲政者不得不戒焉。

宋興，嘗設廣捷之兵，習摽牌之器，其後又益澄海之師，皆以備蠻之爲疆埸害也。蓋及其輒動，而我之所以威附之術，可得而談者，有用兵深入，伐而克之，興國之初，翟守素之平梅峒是也；有兵已克破，赦而受之，咸平之間，曹克明之收撫水是也；有計能屈之，納以恩信，章聖之世，謝德權之靖宜州是也。

蓋兵不足以克，則赦不能以來；計不足以屈，則信不能以收。此古今之通理，而智謀者之所易睹也。今溪洞往往爲東南之憂，而議者不謀威略，一欲懷之以利，是見其一，未見其二也。

契丹

契丹既勝晉，歷漢、周，爲中國之患。

宋興，太祖明經綸之體，專擇用將帥，以折衝一方之難。自山西闕南，所屬任皆天下之材，委任專而聽斷明〔一〕，豪傑之士，得盡其智力以赴功，故養士少而形勢强。當此之時，疆境泰然，無北顧之憂。間有窺塞之謀，虜騎六萬，太祖命田欽祚以三千人破之，當世以爲諺。虜既屈服，於是叩關請吏，修書幣之使。天子見羣臣謙讓，不自以爲德也。其後向之宿將稍死，而天子伐晉，晉虜連兵，既破虜而平晉，遂用事於燕，不克而還。自此，虜復爲中國之患。

雍熙中，曹彬以十萬之衆，不能舉燕而退，有祁溝之敗。既而楊業敗於陳家谷，劉廷讓於君子館又敗。士多失亡，乘塞瘡痍之兵，至不滿萬。趙魏大震，虜遂深入，陷郡縣，殺官吏，執士民，將吏依壁自固，虜輒掠坰野，收子女之俘，掊金帛之積而去，自鄚而北，千里蕭然。天子下哀痛之詔，而邊吏屢請益兵，始科河内之民以戍邊〔二〕。不足，則又科河南之民。猶不足，則取役兵爲振武之軍以自助。然猶不能以爲足也。

咸平之間，命傅潛爲大將。虜既入塞，塞上皆飛檄請救。潛按兵不出，將卒人人欲戰，不許。天子屢使人督戰，又爲益發兵使進，而潛終不敢出。虜乘其隙也，連破州邑，遂越魏犯澶，百姓騷然，天子爲戎衣濟河，而虜之謀臣射死，兵遂解去。楊延釗以爲乘其敝痛殺，幽冀可收，天子抑其言，而講和之策遂定焉。自此邊境去矢石之憂，天下無事，百姓和樂，至今餘四十年，先帝之功德博矣。

〔一〕「任」，元刻本、正統本、《讀書記》、顧校本、吴校本、傅校本作「付」。

〔二〕《讀書記》、顧校本云「科疑作料」。

折中倉

折中之法，聽商人入粟，而趨江淮受茶鹽之給，公私便之。或以爲敝濫，既廢，而歲失百萬之入。端拱初復置，以歲旱而止。淳化中遂復之。

榷易

宋興，既收南越之地，而交阯奉貢職，海外之國亦通關市，犀象珠璣百貨之産，皆入於中國。府庫既充，有司遂言宜出於民，始置榷易之場，歲收其直數十萬貫，自此有加焉。

左藏

興國初，左藏之財既充斥，始分爲三，錢與金帛皆别藏，典守者亦各異焉。

賊盜

宋興，既斂兵於内，盜賊輒發，而州郡無武備，急則吏走匿自存，天子常薄吏罪，而言事者以爲適然。故盜起輒轉劫數百千里，非天子自出兵，往往不能格，愚固異焉。及覽近世之迹，若宋璫守益州，張雍守梓州，秦傳序守開州，何邴守象州，皆以區區一城抗賊之鋒，不爲不義屈，於是知天子待吏盡恕道矣。而吏之走匿自存者，何其不自力也？

漕運

宋興，承周制，置集津之運，轉關中之粟，以給大梁。故用侯贇典其任，而三十年間，縣官之用無不足，及收東南之地。興國初，始漕江淮粟四五百萬石至汴。至道間，楊允恭漕六百萬石，自此歲增廣焉。

文館

三館之設，盛於開元之世，而衰於唐室之壞。五代高武力，雖存西館之署，而法度卑矣。宋興，太祖急於經營，收天下之地，其於文儒之事稍集，然未能備也。太宗始度升龍之右，設署於禁中，收舊府圖籍與吳蜀之書，分六庫以藏之。又重亡書之購，而閭巷山林之藏，稍稍益出，天下圖書始復聚，而搢紳之學彬彬矣。悉擇當世聰明魁壘之材，處之其中，食於太官，謂之學士。其義非獨使之尋文字、窺筆墨也，蓋將以觀天下之材，而備大臣之選。此天子所以發德音、留聖意也。

屯田

自漢昭始田張掖，趙充國耕金城。曹操以區區之魏，力農許下。晉用鄧艾田壽春，羊祜田襄陽，杜預田荆州，荀羨田東陽。隋耕朔方之地。而唐起屯振武。皆内益蓄積，外有守禦之利，故能服夷狄，兼鄰國，或定南面之業焉。

宋興，當雍熙之間，强胡屢爲邊害。天子念守兵歲廣，而趙魏失寧，廢耕桑之務，於是方田之法自此始。是後開易水，疏雞距，修鮑河之利，邊屯以次立矣。然中國一統，内緝百萬之師，議者以爲豈晏然不知兵農兼務哉〔一〕？天子乃遣議臣東出宿亳，至壽春，西出許潁，轉陳蔡之間，至襄鄧，得田可治者二十二萬頃，欲修耕屯之業，度其功用矣。天子尤意嚮之，而任事者破壞其計，故功不立。

〔一〕《讀書記》、顧校本、章校本、吴校本、傅校本云：「議者以下疑尚有脱誤。」

水利

自史起溉鄴田，鄭國鑿涇水，李冰以區區之蜀，修二江之利。漢興，文翁穿煎溲，鄭當時引渭，莊熊引洛，兒寬奏鑿六輔渠，而白公注涇渭，邵信臣廣鉗盧之浸。自是後，王景理芍陂，馬臻築鑑湖。至晉，杜預疏荆兖之水〔一〕，張闓理曲阿之塘，宋人引淖，魏人引河。唐疏雷陂，築句城，除堰遏之害，皆代天施，長地力，衣食元元，而足公家之費。故三代溝澮之法替，而赴時務功，此不可不重也。聖宋當雍熙之間。以下並同《屯田》篇，但改「欲修耕屯之業」作「水之浸灌者，舊迹皆可理」。

〔一〕《讀書記》云：「兖，宋本兖。宜興本作衮，固非是。然杜元凱未嘗爲兖州，則兖字亦非也。恐當爲襄字。」

黄河 一作旅河

河自西出而南，又東折，然後北注於海。當禹之行水，功之所施者最多，自大伾而北，既釃爲二，至大陸又播爲九，然後爲逆河，以與海屬，非屢散裂而順導之，莫能爲功。蓋其難如此，故歷三代千有餘年，無河患者，以禹故迹未嘗變也。

至周定王之時，禹迹遂改，故河之爲敗自此始。自是之後，言治河者尤衆，有欲索故迹而穿之，許商、解光之説是也。有欲出之胡中〔一〕，齊人延年之説是也。有以爲天事可勿理者，田蚡、谷永之説是也。有以爲宜空水衝以縱其决，穿漕渠以通其勢者，關並、賈讓之説是也。有以爲宜弛灌溉之防，使水得自行者，張戎之説是也〔二〕。有以爲宜徙之寬平者，王横之説是也。有以爲宜計爲堤防，又以爲堤防非古義者，王延世、平當之説是也。凡此數者，各乖異。

總之，堤防之起自戰國，西漢以來，築作者輒復敗，故務壅塞居水者，最闇於用，而復二渠，則水之害去，絶屯氏之河，則害作，故言河宜散裂、仿於禹迹是當〔三〕。

盛宋之隆，河數爲敗。與國之間，房村之决爲甚。當此之時，勞十萬之衆，然後復理。天子爲賦詩比瓠子之歌，屬者雖有商胡之憂，非曩時比也，然天子大臣講求利害之理勤矣。愚既以爲堤防壅塞闇於用，仿禹之迹爲可，然水之爲迹，難明久矣，非深考博通，心知其詳，固難以臆見决策舉事也。宜博求能疏川浚河者，與之慮定，然後施功，則可以下安元元，上追禹績矣。

〔一〕「胡」，章校本作「湖」。
〔二〕「張戒」，《讀書記》、顧校本、章校本、傅校本作「張戎」。
〔三〕「是」，章校本作「最」。

邊防

周世宗之時，築李晏口，立縣十二，又築束鹿，增鼓城，葺祁州。遂自浮陽至乾寧之塞，補壞防，開游口三十有六，瀛莫以通，作治之功自韓通。宋興，葺鎮州西山保障，自王全斌。而築保州威虜静戎平塞長城寨，自劉遇。太宗既平晉，隳舊州，遷之榆次，又遷三交，奪故軍之險而守之，得胡人咽喉之地，自潘美。

平糴

使歲穰穀不賤出，歲凶民不病食，故平糴之令自此始。李悝修之，魏以富强。漢興，耿壽昌開常平之法，以至晉齊不能廢。後魏定和糴之制，北齊築富人之倉，隋人置監，唐人置東西市之糴，雖號名殊，其爲法一也。當盛宋建隆之間，始因河内之稔，修邊糴之事。至淳化，而天下之糴復大備。

義倉

使歲穰輸其餘，歲凶受而食之，故義倉之法自此始。長孫平修之，隋以富足。唐用戴胄之言，而復定著令。高宗又開雜用之禁。神龍之後，綱理疏闊，而義倉遂廢殆盡。至開元，自王公以下，至于商人，皆有入，故義倉之實至六千萬以上。自是後而衰。宋興，乾德之初，天子哀歲不登，而倉吏不以時出與民，於是著發粟之制，使不待詔令。其後，又病吏之煩擾，而民罹輸轉之困，又罷之。至今上而舊制復行。

茶

唐貞元初，趙贊興茶稅，而張滂繼之，什取其一，以助軍費。長慶初，王播又增其數。大中中，裴休立十二條之利。宋興，茶鹽之法屢有變易，而茶法幾至大壞。景德中，嘗乘邊備之急，而倉卒變法，高塞下入粟之虛直，易江淮茗荈之實，其厚利悉歸於商人矣。是時，議臣請以見緡入中。而天聖初，又設三說之法。入見緡金帛，則官雖爲便，而商者不通。用三說，則官有七倍之損，而香象之貨，居積停滯，公私皆失其利焉。景祐、康定之間，又增以鹽利，爲四說〔一〕。雖公家虧於半，而賈販者復壅。至皇祐中，又用見緡之法。雖壅滯稍去，然調視小失，固未免於乖迂也〔二〕。

〔一〕「說」，章校本作「稅」。

〔二〕「迂」，顧校本、吴校本、傅校本作「迕」。

曾鞏集卷第五十

金石録跋尾十四首

茅君碑

茅君碑　三茅者，盈，太元真君；固，定録真君；衷，保命仙君，皆漢景帝中元間人。盈天漢四年道成，至元帝初元五年來江左句曲之山，哀帝元壽二年乘雲而去，至梁普通三年，五百四十四年矣。固至孝元時拜執金吾卿。衷宣帝地節四年拜上郡太守、五更大夫，並解任還家修學。成帝永始三年，固爲定録真君，衷爲保命仙君。梁普通三年，道士張繹建此碑，孫文韜書。

常樂寺浮圖碑

常樂寺浮圖碑　周保定四年立，州人治記室曹胡逵撰。其辭云：襄州刺史王秉字孝直，建常樂寺磚塔七層。其碑文今仆，在襄州開元寺塔院。其文字書畫無過人者，特以後周時碑文少見於世者，故存之。

九成宫醴泉銘

九成宫醴泉銘　秘書監〔一〕、檢校侍中、鉅鹿郡公魏徵撰，兼太子率更令歐陽詢書。九成宫乃隋之仁壽宫也，魏爲此銘，亦欲太宗以隋爲戒，可以見魏之志也。

〔一〕「監」，原作「省」，據《讀書記》、吴校本、傅校本改。《新唐書》魏徵傳：「貞觀三年，以秘書監參豫朝政。」

魏侍中王粲石井欄記

魏侍中王粲石井欄記　貞元十七年山南東道節度使于頔撰，掌書記胡証書。記一，參謀太子舍人甄濟撰，判官彭朝議書。云上元二年，山南東道節度使來瑱移井欄，置於襄州刺史官舍，故爲記。甄濟者，韓愈所謂陽瘖避職，卒不污禄山父子事者也。其文得之爲可喜，而朝議書尤善，皆可愛者也。

襄州偏學寺禪院碑

襄州偏學寺禪院碑　黄門侍郎、修國史韋承慶撰，太子少詹事鍾紹京書，開元二年立。其文云：襄州人、將仕郎阮弘静與其屬人建偏學寺禪院，故立此碑。

承慶有辭學，張易之敗時，承慶以附託方待罪，衆推令草赦書，承慶援筆而成，衆壯之。紹京，景龍中以苑總監從討韋氏，有功。惟嗜書〔一〕，家藏王羲之、獻之、褚遂良書至數十百卷。以善書直鳳閣。武后時，榜諸宫殿明堂及銘九鼎，皆紹京書也。其字畫妍媚遒勁有法，誠少與爲比。然今所見，特此碑尚完，尤爲可愛也。徧學寺於宇文周爲常樂寺，於今爲開元寺。

〔一〕「惟」，《讀書記》、傅校本注「疑作性」；章校本改作「性」。

襄州興國寺碑

丁道護書啓法寺碑一，興國寺碑一，皆隋開皇中立。啓法寺今爲龍興寺，在襄陽城西；興國寺今爲延慶寺，在望楚山。歐陽永叔云：「興國寺碑不知所在，特見其模本於太學官楊裒家〔一〕。」而此碑陰又有道護書襄州鎮副總管府長史柳止戈而下十八官號姓名〔二〕，其字尤可喜〔三〕，得之自余始，世蓋未有傳之者也。

〔一〕「裒」，元刻本、章校本作「衷」；《讀書記》作「襃」；吴校本、傅校本注「宋本衷，一作襃」。

〔二〕「八」，《讀書記》云「疑作人」，章校本改作「人」；傅校本注「八下疑脱人字」。

〔三〕「尤」，原作「猶」，據《讀書記》、章校本、傅校本改。

韓公井記

韓公井記　開元二十二年初置十道採訪使，韓朝宗以襄州刺史兼山南東道。襄州南楚故城，有昭王井，傳言汲者死，行人雖暍困不敢視。朝宗移書諭神，自是飲者亡恙，人更號「韓公井」。楚故城今謂之故牆，即鄢也。此記今移在郡廨中。故城改爲「牆」者，由梁太祖父烈祖名誠，當時避之，故至今猶然。

晉陸禕碑

晉陸禕碑　此碑云：禕字元容，吴郡吴人。其先家於陸鄉，因氏姓焉。顯考吴故左丞相。禕赤烏六年召宿衛郎中，轉右郎中、左郎中、治書執法、平中校尉、平義都尉、五官郎中、騎都尉，遷黄門侍郎，封海鹽縣侯，加禆將軍，行左丞相、鎮西大將軍事。又云：「委戈執笏，入賓皇儲。」而《吴志》云，孫皓寶鼎元年以陸凱爲左丞相〔一〕。又云，凱子禕，初爲黄門侍郎，出領部曲，拜偏將軍，凱亡後，入爲太子中庶子，皆與此碑合。而此碑晉太寧三年立也〔二〕。

〔一〕「寶鼎」，原作「大鼎」，《三國志·吴書·陸凱傳》：「寶鼎元年，遷左丞相。」今據改。

〔二〕「太寧」，原作「泰寧」，今改。

尚書省郎官石記序

尚書省郎官石記序　陳九言撰，張顛書。記自開元二十九年郎官石名氏爲此序。張顛草書見於世者，其縱放可怪，近世未有。而此序獨楷字，精勁嚴重，出於自然，如動容周旋中禮，非强爲者。書一藝耳，至於極者乃能如此。其楷字蓋罕見於世，則此序尤爲可貴也。

桂陽周府君碑并碑陰

桂陽周府君碑并碑陰，歐陽永叔按《韶州圖經》云：「後漢桂陽太守周府君廟，在樂昌縣西一百一十八里武溪上。武溪驚湍激石，流數百里。昔馬援南征，其門人爰寄生善吹笛，援爲作歌和之，名曰《武溪深》，曰：『滔滔武溪一何深，鳥飛不渡，獸不能臨。嗟哉溪，何毒淫！』周府君開此溪，合湞水桂陽，人便之，爲立廟刻石。」又云：「碑在廟中，郭蒼文。今碑文磨滅，云府君字君光，而名已訛缺不辨。《圖經》但云周府君〔一〕，亦不著其名，《後漢書》又無傳，遂不知爲何人也。」

按武水源出郴州臨武縣鸕鷀石，南流三百里，入桂陽。而桂陽水、湞水、黎溪、盧溪、曹溪諸水，皆武水合流。其俗謂水湍浚爲龍溪〔二〕，退之詩云「南下樂昌瀧」，即此水也。碑首題云「神漢」者，如唐人云「聖唐」爾，蓋當時已有此語〔三〕，而史傳他書無之，獨見於此碑也。

熙寧八年，余從知韶州王之材求得此本，之材又以書來曰：「按《曲江縣圖經》，周府君名昕字君光。」則永叔云《圖經》不著其名者，蓋考之未詳也。又有碑陰，列故吏及工師官號、州里、姓名，之材并模以來，永叔蓋未之得也。其碑陰「曲江」字，皆作「曲紅」，而「蒼江」字、「江夏」字，亦作「紅」，蓋古字通用，不可不知，此學者所以貴乎博覽也。

永叔又記劉原父所得商洛之鼎銘云：「惟十有三月旁死魄」。君謨問：「十四月者何謂？」原父不能言也。以余考之，古字如「亦」作「灸」〔四〕、「人」作「戼」之類，皆重出，如此者甚衆，則此文作「三」者，特

「二」字耳。永叔、原父、君謨皆博識，而亦有所未達，學者又不可不知，故并見之於此也。

〔一〕「府」，元刻本、正統本、《讀書記》、傅校本作「使」。

〔二〕「其俗謂水湍浚爲龍溪」，《讀書記》作「其俗謂水湍爲瀧溪」。

〔三〕「有」，元刻本、《讀書記》、顧校本、章校本、吴校本、傅校本作「爲」。

〔四〕「灸」，原作「炙」，據《讀書記》改。

唐安鄉開元寺卧禪師淨土堂碑銘〔一〕

唐安鄉郡開元寺卧禪師浄土堂碑銘　監察御史張鼎撰，雍縣尉吴郁書，天寶九載庚寅立。稱卧禪俗姓辛氏，名順忠，隴西狄道人。隴右按察使崔昇進奏，住河州開元寺，右脅而卧，諸漏已無，開元中詔隴右節度使張守珪爲就寺造浄土堂，故爲銘。

自河隴没於羌夷，州縣城郭、官寺民廬莫不毁廢，唯佛寺與碑銘文字載佛寺者往往多在。世皆以爲四方幽遠，殊類異俗，不知禮義，出於天性，故夷之。然其於佛皆知信慕，以其有罪福報應之説。余以謂四夷雖恣睢甚者，及曉之以曲直是非，悦且從也，固不可謂其天性無欲善之端。是以虞夏之世，東漸於海，西被於流沙，朔南暨，聲教則能令其信慕者，亦非特有佛而已也。彼以罪福報應之説動之，未若不動之以利害而使之心化，此先王之德所以爲盛也。

〔一〕「元」，元刻本、正統本作「化」。吴校本、傅校本注「宋本作開化寺」。

江西石幢記

江西石幢記　觀察支使試左武衛兵曹參軍來擇撰，大和二年建。自採訪使班景倩兼知黔中道爲始，判官已下皆列次姓名。

後石幢記　都團練判官、試太常寺協律郎李方玄撰，大和七年建。自使檢校、右散騎常侍兼侍御史中丞裴誼爲始，副使已下皆列次姓名。

續石幢記　節度掌書記陳象撰，光化三年建。自使開府儀同三司、檢校太保兼侍中、潁川郡鍾某爲始，列副使已下如後記。

續立石柱題名記　知節度判官胡順之撰，天聖元年建。自太平興國元年，自殿中丞、通判軍州事李幹爲始，至熙寧九年祠部郎中、集賢校理葉均。

辱井銘

辱井銘　辱井有篆文云：「辱井在斯，可不戒乎？」并下文共十八字，在井石檻上，不知誰爲文。又有景陽樓下井銘，又有陳後主叔寶辱井記，云：江寧縣興嚴寺井石檻銘，莫知誰作也。歷序隋文帝命晉王廣伐陳，後主自投井中，令人取之，驚其太重，及出，乃與張貴妃、孔貴人三人同束而上。其末云：「唐開元二十二年三月十七日，前單父縣令、左轉此縣丞、太原王。」已下闕。

漢武都太守漢陽阿陽李翕西狹頌

漢武都太守漢陽阿陽李翕西狹頌　武都太守、漢陽阿陽李翕字伯都，以郡之西狹閣，道通梁、益，緣壁立之山，臨不測之溪，危難阻峻，數有顛覆霣墜之害，乃與功曹史李旻定策〔一〕，敕衡官掾仇審治東坂，有秩李瑾治西坂，鐉燒大石，改高卽平，正曲廣厄。既成，人得夷塗，可以夜涉，乃相與作頌刻石。其文有二，其所議一也〔二〕。其一立於建寧四年六月十三日壬寅，其一是年六月三十日立也。又稱翕嘗令澠池，治崤嶔之道，有黄龍、白鹿之瑞。其後治武都，又有嘉禾、甘露、木連理之祥。皆圖畫其像，刻石在側。

蓋嘉祐之間，晁仲約質夫爲興州，還京師，得郙閣頌以遺余，稱析里橋郙閣，漢武都太守、阿陽李翕字伯都之所建，以去沉没之患。而「翕」字殘缺不可辨得，歐陽永叔《集古録目跋尾》以爲李會，余亦意其然。及熙寧十年，馬城中玉爲轉運判官於江西〔三〕，出成州，所得此頌以視余，始知其爲李翕也。永叔於學博矣，其於是正文字尤審，然一以其意質之，遂不能無失。則古之人所以闕疑，其可忽歟！

近世士大夫喜藏畫，自晉以來，名能畫者，其筆迹有存於尺帛幅紙，蓋莫知其真僞，往往皆傳而貴之，而漢畫則未有能得之者。及得此圖，所畫龍、鹿、承露人、嘉禾、連理之木，然後漢畫始見於今，又皆出於石刻，可知其非僞也。

漢武帝元鼎六年，以汧隴西南接於巴蜀，爲武都郡，及其後始分而爲興州，爲成州，成州則武都之上禄也〔四〕。郙閣立於建寧五年，翕治嶠嶔、西狹、郙閣之道，有益於人，而史不傳，則頌之作，所以備史之闕，是則傳之亦不可以不廣也。

〔一〕「史」，原作「吏」，據《讀書記》改。
〔二〕「識」，元刻本、正統本、章校本作「識」。
〔三〕「城」，元刻本、正統本、《讀書記》、傅校本作「珹」；萬曆本作「瑊」。
〔四〕「禄」，萬曆本作「流」。

曾鞏集卷第五十一

南豐先生集外文卷上

長洲顧崧齡東巖蒐輯

國體辨

或曰：「事之弊，作而更之歟？安而弗顧歟？」曰：作而更之也。「人之不善，按而誅之歟？安而弗顧歟」？曰：按而誅之也。「然而作而更弊，世以爲紛紛也；按而誅不善，世以爲刻訐也。何謂歟」？曰：有以也。事之體有小大，罪之情有深淺。彼以繫者大而罪也深，任忠義者之視之也，則皦然反之，蹇然辨之，作而更之，按而誅之，恐未果也。何則？爲國家天下之計然也。人見忠義者之然也，不識其心而希之也，曰：「事皆然也，我顧不能然歟？」當其坐于府，立于庭，而議之以四方〔一〕。使彼其繫者小而罪也淺，而皦然反之，蹇然辨之，作而更之，按而誅之。恐不果也，甚者構而侈之也。爲國家天下之計乎？則未然也。於是歡然厭其紛紛也，病其刻訐也。豈惟厭且病歟？當世誠有任忠義者爲其所當然，則上必思彼紛紛者之所行，刻訐之所存，而皆讓焉。誠有任忠義者爲其所當然，則不之見信；幸而信，則姦與庸者，得扳厭且病之事而間之矣。嗟夫！事有似之而不然者，此是非之所以亂，虛實之所以昧，不可惡也歟！惡則如何？亦察焉。其請而更者利害也，大繫於國家天下也〔二〕，循之有理也，則固忠義者之事；其請而誅者，姦佞也，大繫於國家天下也，循之有理也，則固忠義之事也。反是也，則末矣。「然則弊之細也，惡之淺也，安而弗顧歟」？曰：考其弊而更之，得其大者焉；審其罪而誅之，當其深者焉。則細且淺者熄焉。睹細者淺者之可憂〔三〕，抑其不熄，則徐徐而治可也，豈安而弗顧也歟？

或曰：「彼雖紛紛也，刻訐也，然其於事也，情歟？」曰：或情不情焉雜也，然則凡彼之所美也〔四〕，有讓而不情，情而不以其地，則罪始讓者歟？否則彼之紛紛也，刻訐也，或情不情時也〔五〕，罪忠義亦可歟！

（輯自《聖宋文選》、《南豐文粹》）

〔一〕「以」，《文粹》、《曾子固集》作「於」。

〔二〕「於」字原無，據《文粹》增。

〔三〕《曾子固集》「憂」下有「也」字。

〔四〕《曾子固集》、《羣書校補》「所」下有「以」字。

〔五〕「或情不情」，《文粹》、《曾子固集》、《羣書校補》均作「或情或不情」。

邪正辨

正者一，邪者十〔一〕，烏知正者之爲正，邪者之爲邪歟？曰：考其實焉爾。言者曰：「某正人也。」必考焉，其言與行果正也，猶曰無乃其迹然歟？必也本其情，情果正也，斯正人也。曰：「某邪人也。」必考焉，其言與行果邪也，亦曰無乃其迹然歟？必也本其情，情果邪也，斯邪人也。必本其情者爲之，迹亦可以必信也〔二〕。迹之未可以信者，有無之，有似之，有構之者也。以正人焉，俟之勿疑之也，有間之必辨焉，不陰受之也。以邪人焉，處之勿邇之也，有助之必辨焉，不陰受之也。審邪正之術循是也，不失矣。

抑未盡於是也。孰謂未盡？任與責之之謂也。正者曰：「天下未治也。」以天下之事考之，見未治焉，安得不任之以救其未治也？邪者曰：「已治矣。」則思曰：我之天下未治也。正者曰：「用是策可以治。」以先王之道、人之情考之，見可以治焉，安得不用其策邪？邪者曰：「彼策也，不可用。」則思曰：我考之可用也，必也待其終而質其效。不戾於其始也，有賞，戾則有咎。未至於其終而質其效，賞與咎無所委焉。不苟然而易也，任與責之之術如是也。故正者得盡其道，邪者不得其間於冥冥之間，於計也素定，於信用也不輕以蔽，於號令也一，於賞罰也明，於治也幾矣。考之其實爾〔三〕，此之謂也。不知正者之爲正，邪者之爲邪，豈異焉？不此之尚而已。言者曰：「某正人也，某邪人也。」因亦曰「某正人也，某邪人也」，於其言與行則未之考也〔四〕。苟考焉，則亦其迹而已矣，或無之，或似與構之者也，於其情則未之考也〔五〕。以正人俟之，或疑焉，有間之者則陰受之，不之辨也；以邪人處之，或邇焉，有助之者則陰受之，不之辨也。正者曰：「天下未治也。」邪者曰：「已治也。」邪者勝正者十常八九。以天下之事考之耶？則未嘗也。任正者之策，邪者曰「可置」，則必置之。以先王之道、人之情考之，待其終而質其效，正者賞與咎耶？則未嘗也，其於是非用舍苟焉而已也。夫然，故正者不得盡其道，邪者得間之於冥冥之間，於計無必定也，於信用輕以蔽也，於號令也二，於賞罰也不明，於治也疏矣。正與邪兩尊焉，一日而有敗，烏有職其責者歟？

或曰：「大賢大佞之不可以考其實也。」〔六〕曰：子之言不可以考其實者，不以大賢之爲賢，大佞之爲佞，或無其迹歟？吾固言之也，無其迹則孰由而知之歟？必也本其情之謂也。本其情，是亦考其實矣〔七〕，豈不可歟？知不循其迹，又不本其情，而欲知其賢與佞，顧非不可歟？然則子之言者，惡其迹之難知也。吾云爾者，以其情而知之也，其意易者鮮矣。（輯自《聖宋文選》、《南豐文粹》）

〔一〕「十」，《羣書校補》、《曾文定公集》作「一」。

〔二〕「亦」，《曾子固集》作「未」。《曾文定公集》全句作「必本其情者爲迹之未可以必信也」。

〔三〕《曾子固集》、《羣書校補》無「之」字。

〔四〕《羣書校補》無「則」字。

〔五〕《羣書校補》無「則」字。

〔六〕「之」，《曾子固集》作「殆」。

〔七〕「亦」，《文粹》作「以」。

問堯

或曰：「堯之聖不逮舜，堯不能用九官、誅四罪，而舜能焉。」曰：「舜之所以聖，由堯之聖。舜之用與誅，宜也。」曰：「然則堯之時，獨不可用與誅乎？」曰：「將以遺舜也。」「其以遺舜奈何？」「堯信舜之聖久矣，將舉而禪焉，且以信於衆，因四岳之舉，遂試之。其試由是夫起，聖人不苟以名服天下，必信其德於衆〔一〕。德莫大於用賢誅惡，於是遂授以位焉，而天下率信，用與誅，蓋假之舜云耳。」曰：「然則堯之聖，將蔽賢縱惡乎？」曰：「否〔二〕。用與誅至於舜之時可也，故堯遲之云爾，以成乎舜也，則其德在堯者多矣。」曰：「然則堯其私於舜乎？」「非私舜也，私其所以爲天下也。」曰：「《左氏傳》所謂不能者，何也？」曰：「吾所論聖人之説，彼左氏何與焉！」（輯自《聖宋文選》）

〔一〕「德」，原作「聽」，據《羣書校補》改。

〔二〕《羣書校補》無「否」字。

論習

治亂之本在君之好惡，好惡在所習。少習也正，其長也必賢；少習也不正，其長難與共爲治矣。不幸而然，則將磨之。孰能磨之？擇人焉。朝夕相與俱，出入言動相綴接焉，是則可磨之也。主然而是者助之，主然而違者替之，不釋則極論之。勉焉。除其蔽欲而接之以道，不見邪者而變焉，其志素定矣，然後可與共爲治。其爲大體，不亦艱且勤與？然於習之也，有漸矣，古之所以爲治者，豈異焉？此衆官不有任也，豈必人之不材也？朝夕未嘗相與居也，出入言動未嘗相綴接也，是焉而不能助，違焉而不能替，不釋而莫之極論也。其蔽欲日益固，其爲道日益拙，所見寺人女婦邪者也。其志素定矣未也？其可共爲治乎？其爲大體，不亦怠且忽歟？

噫！宰相雖尊也，然其見也有間矣。置斯職也，不慎歟！使職此者不盡也，而寺人女婦得其心，其誰曰可也？噫！左右侍從之官，其非所謂常伯、侍郎、給事、諫議、司諫、正言歟！（輯自《聖宋文選》）

説勢

周之初，天下列爲諸侯而居者以千數〔一〕，力小易使也，勢便易治也，此所以不惟承號令、奉職貢而已，固實有以翼戴天子也。及其衰也，大國兼數千里而王〔二〕，令之不能，誅之不能〔三〕，加之并爲六國，合爲秦，而周亡矣。非封建罪也，地過王制也。漢興，襲其衰制，尋亦大亂。

秦人壤列國而郡縣之〔四〕，其勢誠小而易使也，尺兵不得制，斗粟不得專，視徙置守宰若弈棋然爾。勢甚便〔五〕，而治豈得行也？上之與吏，吏之與民，不異於燕趙之相觀〔六〕，一有變則翻而從寇爾，而能有以翼戴天子乎？故一夫唱叛而秦滅矣，非郡縣罪也，守宰亡具甚耳〔七〕。

今病封建者必曰用秦法，病郡縣者必曰用周制，皆不得其理也。且從而更其事，以爲天下可得更乎？否也。天下之存亡，視其大倫大法之治亂耳。其次惟其所制，制之使力小而易使，勢便而易治，皆善也。地過王制，勢奪於下，皆害也。借使韓、魏、燕、趙列爲百里之國而侯，雖至今存可也。秦之郡縣，勢足以自治，力足以自衛，雖以萬世無患可也。天下之勢豈不誠易知哉？後世矯前之敝法，寢藩鎮權，功成求遂矣。然而尚未反守宰之分職，伸州縣之幹翼，豈計之善也〔八〕？萬一水旱疾疫，其或有覬倖之人出者，州縣其胡以備之？徐樂、山濤之論，可不念耶？誠念之，不難擇人而任之，分勢而使之，

如斯而已矣。（輯自《聖宋文選》、《南豐文粹》）

〔一〕「居」，《羣書校補》作「君」。

〔二〕《曾子固集》「國」下有「或」字。

〔三〕《羣書校補》無「誅之不能」四字。

〔四〕「壞」，《羣書校補》作「壞」。

〔五〕「甚」，《曾子固集》、《羣書校補》作「豈」。

〔六〕「趙」，原作「越」，據《羣書校補》改。

〔七〕「亡具」，《羣書校補》作「忘其」。

〔八〕「豈計之善也」，《文粹》作「其計之未善也」。

説用

物有根而殖柯葉，而茂芽若穗，而實。翼而天飛，足而陸走，喙而鳴息，而食嚙者其形類多矣。非有主於虛空以蓄而息之者歟？吾觀其用亦密矣〔一〕。彼使之水而濡，火而焚，雷而動，風霆而鳴，霜雪而悴〔二〕，雨露而滋碩，則世得而知之矣。若其裁之爲形，散之爲聲，充之爲氣，始終之爲死生，則非水也、火也、雷也、風霆也、霜雪也〔三〕、雨露也所能使爲之也，世固不可測其所以爲也〔四〕。然而萬物相得以生，是則其用非密耶？

今夫羣而居，縫而衣，燧而食，築土石、構竹木而廬者，其嗜慾衆矣。非有制而一之者，則其争滋不息，吾觀其用也密矣。彼立之君臣、父子、夫婦、兄弟之序，爲之衣食飲用之物，節之以儀，通之以聲，習之以言，束縛之以刑，則世皆得而知之矣。若其擾之使相親，和之使相悦，厚之使相讓以不争，結之使樂出其死而不顧其私，遷之使去於利而就於誼，則非序也、物也、儀也、聲也、氣也、言也、形也所能使爲之也，世固不測其所以爲也。然而萬民相得以治，是則其用亦非密耶？吾有以而知之矣。

生而死萬物者，陰與陽也。運於内而莫顯於外，不可得而窮其妙也。世之以水、火、雷、風、雪、霜、雨、露而求之者，妄也。親而善萬人者，仁與義也。興於上而陰被於下，馴於其心而不可强通於其耳目，不可得而識其微也。世之侈於儀，繁於聲音，執於器，據於文字，以力驅而法縛者之求之也愈妄。《易》曰：「陰陽不測之謂神。」又曰：「顯諸仁，藏諸用。」善播萬物、善教萬民者爲之也。（輯自《聖宋文選》、《南豐文粹》）

〔一〕《羣書校補》無「亦」字。
〔二〕「霜雪」，《文粹》、《曾子固集》、《羣書校補》作「雪霜」。
〔三〕「霜雪」，《文粹》、《羣書校補》作「雪霜」。
〔四〕「世固不可測其所以爲也」，《羣書校補》作「世固不可以測其所爲也」。

説言

上之收羣言，其務當而已。誠使貴且信者，其言非必不可以聽也。賤且疏者，其言是則必可舍乎？否也，期爲有補於治而已〔一〕。夫然則豈惟上之失得可質焉？天下之邪正舉白矣。昔舜之達四聰、明四目也，故元凱在下不能抑也，四凶在上不能蓋也，其治由此而已。昧者反此，喜是其所用，不廣聽，於其所忽，雖然當否莫有主也。豈惟上之失得不聞焉？天下之陰狡者舉進矣。秦之敝以斯、高，漢之莽、禹，晉以荀、賈，唐以牛、李、裴、盧，其大效然已，可不懲歟？

或曰：「不已察耶？」曰：「繩其大慝，紓其小過，誅其實，弛其文，何察焉？」噫！吾有爲而言之也，使貴且信者皆得其人，兹説其不可以已耶？（輯自《聖宋文選》）

〔一〕「期」，《曾子固集》、《羣書校補》作「蘄」。

説非異

人不能相持以生，於是聖人者起，紹天開治。治者罔不云道德仁義禮智六達而不悖，然後人乃克羣游族處，生養舒愉。歷選列辟無有改此者也。

獨浮屠崛起西陲荒忽梟亂之地，假漢魏之衰世，基僭迹，文詭辯，奮醜行。至晉梁，破正擅邪，鼓行中國。有卑世主，輕海内之實，盛從詭譎嵬瑣恣睢之邪情，馳騖祓祥傾譎怪神之邪説，離君臣，叛父子，捐耒耜桑柘之務，髠而緇，不儷不嗣，辟而無用。意者在削滅典刑，劃學刮語，寢禮崩樂，塗民視聽。遂將除唐虞〔一〕，汨沉三代，杜塞仲尼之訓檢，自賢其淫，妄然使天下混然不知是非治亂之所存，爲言動居處皆變諸夷狄。緬惟在昔，尊禮義而尚失疇〔二〕，圮廢而克終。故聖明者稱唐虞，暴亂者蹈幽厲，況欲盡泛掃人之所以生息之道，漂蕩聖賢數千載功業，專遂己之私，而可以行之哉！雖宿儒碩生，緄其僻邪乖剌，勤懇於策書，然世主莫之寤，其波流汗漫無其救止。其徒相與唱而大之，習爲譸張幻惑，下禍降休，若探諸篋。與百姓交於道而接於市，悉天下之財什伍而奉焉。其廬益侈，其衆益蕃，其辯益枝葉，耗蠹無窮而怪亂無極，耗矣，衰哉〔三〕！孰抑而正之與？

或曰：「斯蔑其迹庶矣，盍究其源？其源情性爽然，與孔子異意，凡爲之者，不愛官爭能，賢失唯印組爲務，逐逐然相軋也。」曰：「否，明先王之道，內足以不惑，外足以行事。情性有不平歟？背而之他，將失其平，尚何有於孔子之意？官也以行吾道，能也以治，不能或爭。而軋之者，自其戾先王之道，而教義不行也。尊教興義，則上讓而下競，疇軋之乎？謀末而遺本，以售其辭，斯害也已。浮屠利心無足，而假無欲也；行偈險穢，而强高言淡泊也。惡在其爲賢哉！則又以謂爲愚者設之，故鬼神之相司察、冥報陰讁、災福相勝相摩之説，以震恐於其心，覬其惑懼而創艾，是又惑也。其以冥報陰讁之可畏，孰與畏刑而慕賞哉？謇謇者陳禮義，損益灼然著乎其前。當世之法，生殺、出入、升黜、成敗，焯乎迫於其心，而猶不知省而避也，奚暇顧未至之祓祥哉？若晉魏梁隋之間，蹈道者鄉勸，而抵觸者衰止歟？否也。則浮屠之説，無益已可知矣。

今者虞庠夏校之制未備，而塔廟叢於海宇，緣南畝、操機杼之民寡，而斷髮胡服之隸肩相摩、踵相交也；綴學立制、補禮改樂之道未極，而蠻貊之音眩中國者〔四〕，驪駕聯駟不足載，邃宇高棟不足容也；

聲明文物之具未完，而洪鐘疊鼓之聲鏗鏘於閭閻也。崇奉之侈，古之未極者，今復盡行之矣。民父子糲粱之食，褐衣之襲，舉損之矣〔五〕。是以在下不免乎有凍餓之民，操觚囊而爲溝中瘠也。

爲今之策，先民所謂復其人，廬其居，明先王之道以導之，出於中計，斥禱祠之末〔六〕，制厭勝之蒐，學自上先焉，場廟勿新也，誦試勿數也，冠而隸籍，五百髡其一人，爲老子學，捶提仁義，截絶禮法，亂人倫，耗桑農之務〔七〕，其源不可不深爲制，仿此頗損其數，亦創艾之一端也。王者正德以應天，純仁以得民，羣天下之智愚，而告之以往古，教之以至順，粲焉！寰宇之間，形氣之内，聖人之典章存焉。可以外運造化，内霑毫芒，寖之以純嘏矣！惡用胡夷之治〔八〕、荒唐之學哉？（輯自《聖宋文選》）

〔一〕《曾子固集》「將」下有「難」字。
〔二〕「尚失疇」，《羣書校補》作「上治疇」。
〔三〕「衰」，《曾子固集》、《羣書校補》作「哀」。
〔四〕「音」，《曾子固集》、《羣書校補》作「書」。
〔五〕「損」，《曾子固集》、《羣書校補》作「捐」。
〔六〕「祠」，《羣書校補》作「祀」。
〔七〕「桑農」，《曾子固集》、《羣書校補》作「農桑」。
〔八〕「治」，《曾子固集》作「法」。

治之難

以天下而行唐虞三代之道，不唐虞三代如者，無有也。然而治之難也，何故？治世非無小人也，其信正人也，固其相參非庸者也，雖有，正人弗病也。唐之時四罪立唐之朝，周之時三監在周之廷，唐堯、周公大聖人也，其辨之也不疑，其知之也果，彼雖幸而至乎大臣諸侯之間也，紬矣，於正人焉無病也。漢元之初，蕭望之相漢，劉向、周堪、張猛爲之腹心。東漢之末，李固、陳蕃、杜喬相漢，李膺、范滂之徒布據禁寺光大矣，天下仰而待治也。去斯時則已矣，使克其所施，功德萬計哉。孝元、桓、靈，常主也，主其相參者，史高、稚圭、韋成、胡廣、趙戒而下庸者也，而邪者嚚其間，其於辨衆賢之不明，而用之也不果，雖進而立於公卿之內，儽然而危矣，可得天下國家之安乎？嗚呼！治之難也。以此觀天下者，不觀小人、正人、貴賤、升黜，觀其用否如何耳，則治亂審矣。（輯自《聖宋文選》）

讀賈誼傳

余讀三代兩漢之書，至於奇辭奥旨，光輝淵澄，洞達心腑，如登高山以望長江之活流，而恍然駭其氣之壯也。故詭辭誘之而不能動，淫辭迫之而不能顧，考是與非若别白黑而不能惑，浩浩洋洋，波徹際涯，雖千萬年之遠，而若會於吾心，蓋自喜其資之者深而得之者多也。既而遇事輒發，足以自壯其氣，覺其辭源源來而不雜，剔吾粗以迎其真，植吾本以質其華。其高足以凌青雲，抗太虚，而不入於詭誕；

其下足以盡山川草木之理，形狀變化之情，而不入於卑污。及其事多，而憂深慮遠之激扞有觸於吾心，而干於吾氣，故其言多而出於無聊，讀之有憂愁不忍之態，然其氣要以爲無傷也，於是又自喜其無入而不宜矣。

使予位之朝廷，視天子所以措置指畫號令天下之意，作之訓辭，鏤之金石，以傳太平無窮之業，蓋未必不有可觀者，遇其所感，寓其所志，則自以爲皆無傷也。

余悲賈生之不遇。觀其爲文，經畫天下之便宜，足以見其康天下之心。觀其過湘爲賦以吊屈原，足以見其憫時憂國，而有觸於其氣。後之人責其一不遇而爲是憂怨之言，乃不知古詩之作，皆古窮人之辭，要之不悖於道義者，皆可取也。賈生少年多才，見文帝極陳天下之事，毅然無所阿避。而絳灌之武夫相遭於朝，譬之投規於矩，雖强之不合，故斥去，不得與聞朝廷之事，以奮其中之所欲言。彼其不發於一時，猶可託文以攄其藴，則夫賈生之志，其亦可罪耶？

故予之窮餓，足以知人之窮者，亦必若此。又嘗學文章，而知窮人之辭，自古皆然，是以於賈生少進焉。嗚呼！使賈生卒其所施，爲其功業，宜有可述者，又豈空言以道之哉？予之所以自悲者，亦若此。然世之知者，其誰歟？雖不吾知，誰患耶！（輯自《聖宋文選》、《南豐文粹》）

書魏鄭公傳

余觀太宗常屈己以從羣臣之議，而魏鄭公之徒，喜遭其時，感知己之遇，事之大小，無不諫諍，雖其忠誠所自至，亦得君以然也〔一〕。則思唐之所以治，太宗之所以稱賢主，而前世之君不及者，其淵源皆出於此也。能知其有此者，以其書存也。及觀鄭公以諫諍事付史官，而太宗怒之，薄其恩禮，失終始之義，則未嘗不反覆嗟惜，恨其不思，而益知鄭公之賢焉。

夫君之使臣與臣之事君者何？大公至正之道而已矣。大公至正之道，非滅人言以揜己過，取小亮以私其君，此其不可者也。又有甚不可者，夫以諫諍爲當揜，是以諫諍爲非美也，則後世誰復當諫諍乎？況前代之君有納諫之美，而後世不見，則非惟失一時之公，又將使後世之君，謂前代無諫諍之事，是啓其怠且忌矣。太宗末年，羣下既知此意而不言，漸不知天下之得失。至於遼東之敗，而始恨鄭公不在世，未嘗知其悔之萌芽出於此也。

夫伊尹、周公何如人也？伊尹、周公之諫切其君者，其言至深，而其事至迫也。存之於書，未嘗揜焉。至今稱太甲、成王爲賢君，而伊尹、周公爲良相者，以其書可見也。令當時削而棄之，成區區之小讓，則後世何所據依而諫〔二〕，又何以知其賢且良與〔三〕？桀、紂、幽、厲、始皇之亡，則其臣之諫詞無見焉，非其史之遺，乃天下不敢言而然也。則諫諍之無傳，乃此數君之所以益暴其惡於後世而已矣。

或曰：「《春秋》之法，爲尊親賢者諱，與此其戾也。」夫《春秋》之所諱者，惡也，納諫諍豈惡乎？「然則焚稿者非歟？」曰：焚稿者誰歟？非伊尹、周公爲之也，近世取區區之小亮者爲之耳，其事又未是也。何則？以焚其稿爲揜君之過，而使後世傳之，則是使後世不見稿之是非，而必其過常在於君，美常在於己也，豈愛其君之謂歟？孔光之去其稿之所言，其在正邪，未可知也，其焚之而惑後世，庸詎知非謀己之奸計乎？或曰：「造辟而言，詭辭而出，異乎此。」曰：此非聖人之所曾言也。令萬一有是理，亦謂君臣之間，議論之際，不欲漏其言於一時之人耳，豈杜其告萬世也。

噫！以誠信持己而事其君，而不欺乎萬世者，鄭公也。益知其賢云，豈非然哉！豈非然哉！（輯自《聖宋文選》、《宋文鑑》、《南豐文粹》）

〔一〕「以」，《羣書校補》作「而」。

〔二〕「何」，《羣書校補》作「無」。

〔三〕《曾子固集》「其」下有「爲」字。

曾鞏集卷第五十二

南豐先生集外文卷下

長洲顧崧齡東巖蒐輯

上田正言書

伏聞詔書以執事直諫院，不勝喜賀。夫以執事蓄才美，知古今，力學，善論得失法度，朝廷固以公卿待執事，不止爲諫官也。然鞏區區致喜賀者，亦有云也。方今内外居位之士以千數，貴者賤者舉措趨嚮一本於苟且，天下没没，日就衰缺，慮終不可更興起〔一〕，四方每見用一偉人，則皆曰：「是人也，天子特達用之，其能使古道庶幾可復見乎？」羣臣顒顒，思見其爲國家興太平也。天子既以此望之〔二〕，而又爲公卿大夫侍從司計謀持紀綱之臣，是宜朝拜職而夕建言，使四方聞之，皆曰：「天子明于知人，而羣君子不負天子之知、天下之望矣。」其久而默默而自欺也〔三〕，豈國家用賢者意適然哉？四方有司論而疑，且歎息者矣。

始者執事爲天下主軍畫在外，朝之士大夫，每禁林臺閣有虚位，則人人皆意執事宜爲之，至今而乃爲諫官，非大位，然論議一皆司之，則非大位，乃大任也。諫官剛果有氣節，不浮沉，則得失利病，上無不聞，下無不達也。諫官與時俯仰，則天下之事，上欲聞而不悉，下欲言而不通矣。非直如此，又且導其惡聞下之言，畏言上之事矣。

歷觀前世之得失，而察當時諫官有言與否，則爲諫官賢不肖立定是則：凡居其職者〔四〕，固以一人之身而繫天下之得失，當萬世之是非也，其重較然者。於内外之利病，主雖力行之，其事不可，則宜爭而捨之；主雖力止之，其事當然，則論而行之。不聽，則繼言之。又不聽，至于再三，則釋其位而去矣可也，固非謂從時重而鄉背者也。

今世有爲諫官者，設曰：「吾某日言某事，吾塞責矣。」及章下而省其言，不過趑趄簿書畦隴閒淺事，一紙之中尚十七八避就時人喜怒，不然則迂僻誕幻而不可世用者也。又有居其位而不聽，又不引去者，天下以爲是非固不論而易明也。

今如執事者，始自舉曰賢而能諫諍，天子以爲然而遂用之〔五〕。今用矣，雖欲因循畏避自同於衆人，固不可也。然世儻有不顧其不可而爲之者，則執事豈曰：「是人也，是徒以一時文字聲名傾四海而取進耳，乃世之以浮道相悦附而蹈利者之所爲，非有志者所忍肆也。」

昔漢有公孫、杜欽、鄴、谷永〔六〕，皆賢良選用，計其一時之名迹，不減於今世也，其才豈盡不及今人哉？當時既得名位，而終於無所開陳，以至於泯泯其始於人而以爲安矣〔七〕。由今觀之，則詆之迹固不可揜也，後人已見其如此，又忍循其邪徑乎？竊計須自擇也。

天下自唐天寶以來，上下汲汲，以謀相傾，材力相長，雄兵相制伏。百姓靡靡，日入於困窮。生於困窮，欲勿爲罪戾，不可得也。今刑日煩，而民愈薄，利愈竭，而用不足，人益困〔八〕，而斂未休〔九〕，可爲太息。

執事既居得言之任，將終爲身謀而已，則鞏言雖切何用？若欲興太平，報國家，則顧無容容而隨俗也。矧執事計當世之得失已詳矣，忿世俗之垢玩有素矣，士君子用捨、去就、輕重之分，又豈不盡知而熟曉也？鞏是以聞成命而不覺喜，且以爲賀也，想日夕當有言，故陳區區，少助思慮。今世布衣多不談治道，鞏未嘗一造而輒吐情實，誠有所發憤也。伏惟不甚怪怒而省察之〔一〇〕。（輯自《聖宋文選》）

〔一〕《羣書校補》無「更」字。

〔二〕「天子」，《曾子固集》作「天下」。

〔三〕《羣書校補》無前一「而」字。

〔四〕「職」，《羣書校補》作「位」，《曾子固集》作「選」。

〔五〕《曾子固集》「天子」之上有「故」字。

〔六〕「公孫杜欽鄴谷永」，《羣書校補》作「公孫鄴杜欽谷永」。

〔七〕「泯泯」，原作「岷岷」，據《曾子固集》、《羣書校補》改。「以至於泯泯」，《羣書校補》作「以至泯泯」。

〔八〕「益」，《羣書校補》作「愈」。

〔九〕「未」，《羣書校補》作「不」。

〔一〇〕「怒」，《曾子固集》作「恕」。

上歐蔡書

鞏少讀《唐書》及《貞觀政要》，見魏鄭公、王珪之徒在太宗左右，事之大小〔一〕，無不議論諫諍，當時邪人庸人相參者少，雖有如封倫、李義府輩，太宗又能識而疏之，故其言無不信聽，卒能成貞觀太平，刑置不以，居成康上，未嘗不反復欣慕，繼以嗟惜〔二〕，以謂三代君臣，不知曾有如此周旋議論否？雖皋陶、禹、稷與唐舜上下謀謨載於書者，亦未有若此委曲備具。頗意三代唐舜去今時遠，其時雖有謀議如貞觀間〔三〕，或尚過之，而其史不盡存，故於今無所聞見，是不可知，所不敢臆定。繇漢以降至於陳、隋，復繇高宗以降至於五代，其史甚完，其君臣無如此謀議决也，故其治皆出貞觀下，理勢然爾。竊自恨不幸不生於其時〔四〕，親見其事，歌頌推説，以飽足其心。又恨不得升降進退於其間，與之往復議論也〔五〕。自長以來，則好問當世事，所見聞士大夫不少〔六〕，人人惟一以苟且畏慎陰拱默處爲故〔七〕，未嘗有一人見當世事僅若毛髮而肯以身任之，不爲迴避計惜者。况所繫安危治亂有未可立睹，計謀有未可立效者，其誰肯奮然迎爲之慮而已當之邪？則又謂所欣慕者已矣，數千百年間，不可復及。

昨者天子赫然獨見於萬世之表，既更兩府，復引二公爲諫官。見所條下及四方人所傳道，知二公在上左右，爲上論治亂得失，羣臣忠邪，小大無所隱，不爲錙銖計惜，以避怨忌毁駡讒構之患。竊又奮起，以謂從古以來，有言責者自任其事，未知有如此周詳悃至，議論未知有如此之多者否？雖鄭公、王珪又能過是耶？今事雖不合，亦足暴之萬世，而使邪者懼，懦者有所樹矣，况合乎否，未可必也。不知所謂數百千年已矣，不可復有者，今幸遇而見之，其心歡喜震動，不可比説。日夜庶幾，雖有邪人、庸人如封、李者，上必斥而遠之，惟二公之聽，致今日之治，居貞觀之上，令鞏小者得歌頌推説，以飽足其心；

大者得出於其間，吐片言片辭〔八〕，以託名於千萬世。是所望於古者不負，且令後世聞今之盛〔九〕，疑唐舜、三代不及遠甚，與今之疑唐太宗時無異。

雖然，亦未嘗不憂一日有於冥冥之中、議論之際而行謗者，使二公之道未盡用，故前以書獻二公，先舉是爲言。已而果然，二公相次出，兩府亦更改。而怨忌毁罵讒構之患，一日俱發，翕翕萬狀。至於乘女子之隙，造非常之謗，而欲加之天下之大賢，不顧四方人議論，不畏天地鬼神之臨己，公然欺誣，駭天下之耳目，令人感憤痛切，廢食與寢，不知所爲。噫！二公之不幸，實疾首蹙頞之民之不幸也！

雖然，君子之於道也，既得諸内，汲汲焉而務施之於外。汲汲焉務施之於外，在我者也；務施之於外而有可有不可〔一〇〕，在彼者也。在我者，姑肆力焉至於其極而後已也；在彼者，則不可必得吾志焉。然君子不以必得之難而廢其肆力者，故孔子之所説而聘者七十國〔一一〕，而孟子亦區區於梁、齊、滕、邾之間。爲孔子者，聘六十九國尚未已。而孟子亦之梁、之齊二大國，不可，則猶俯而與邾、滕之君謀。其去齊也，遲遲而後出晝，其言曰：「王庶幾改之，則必召予。如用予，則豈惟齊民安，天下之民舉安。」觀其心若是〔一二〕，豈以一不合而止哉？誠不若是，亦無以爲孔孟。今二公固一不合者也，其心豈不曰「天子庶幾召我而用之」，如孟子之所云乎？肆力焉於其所在我者，而任其所在彼者〔一三〕，不以必得之難而已，莫大於斯時矣〔一四〕。況今天子仁恕聰明，求治之心未嘗怠，天下一歸，四方諸侯承號令奔走之不暇，二公之言，如朝得於上，則夕被於四海，夕得於上，則不越宿而被於四海，豈與聘七十國、遊梁、齊、邾、滕之區區艱難比耶〔一五〕？姑有待而已矣。此非獨鞏之望〔一六〕，乃天下之望，而二公所宜自任者也。豈不謂然乎！

感憤之不已，謹成《憶昨詩》一篇，雜説三篇〔一七〕，粗道其意。後二篇並他事，因亦寫寄。此皆人所厭聞，不宜爲二公道，然欲啓告覺悟天下之可告者，使明知二公志。次亦使邪者庸者見之，知世有斷然自守者，不從己於邪，則又庶幾發於天子視聽，有所開益。使二公之道行，則天下之嗷嗷者，舉被其賜，是亦爲天下計，不獨於二公發也，則二公之道何如哉？嘗竊思更貢舉法，責之累日於學，使學者不待乎按天下之籍，而盛須士著以待舉行，悖者不能籍以進，此歷代之思慮所未及，善乎，莫與爲善也。故詩中善學尤具，伏惟賜省察焉！（輯自《聖宋文選》、《南豐文粹》）

〔一〕「大小」，《曾子固集》作「小大」。

〔二〕「惜」，《文粹》、《羣書校補》作「唶」。

〔三〕《羣書校補》無「其時」二字。

〔四〕《羣書校補》無「不幸」二字。

〔五〕「議論」，原無「論」字，據《羣書校補》增。

〔六〕《曾子固集》「聞」上有「所」字。

〔七〕「慎」，《羣書校補》作「懼」。

〔八〕「片辭」，《文粹》、《羣書校補》作「半辭」。

〔九〕「且」，《文粹》、《曾子固集》作「不」。

〔一〇〕「於」字原無，據《羣書校補》增。

〔一一〕「説」，《曾子固集》作「就」。

〔一二〕《文粹》「心」下有「者」字。

〔一三〕上兩句，《羣書校補》無「所」字。

〔一四〕「於」字原無，據《羣書校補》增。

〔一五〕「難艱」，《羣書校補》作「艱難」。

〔一六〕「此」字原無，據《曾子固集》增。

〔一七〕「三」，《羣書校補》字迹不甚清楚，似爲「二」字，姑存疑。

代上蔣密學書〔一〕

夫蜀之奢聞天下，蜀之守前後相望，皆遂其俗而已，豈以儉爲不美耶？蓋蜀之守既貴重，而奢者人情之所便也，遂其俗者蜀人悦〔二〕，而美名之所歸也。彼席貴重之勢，行所便而得美名，蓋常人之所奔走也，夫誰肯捨而爲儉哉？

然不知夫推理而行儉者亦樂也。變其俗而治，其始也，民雖疑且恐，且指日以謗〔三〕；其終也，必化以服，則美名安得而不歸哉？是其爲美名也，君子之所名，窮萬世而不滅者也。

然世不推其所以然，而相與立論曰：「蜀易恐以動，俗既久以固，其不可以更也。」是大不然，夫不知民之難與慮始也，當事之更也必怨，豈惟蜀？子産之治鄭也，三年，鄭人有欲殺子産者，夫非怨哉？然鄭卒以大治，戴子産卒以如父母，其終也，化且服云。此其效尤章章者也，豈患其易動哉？

蜀也，皆天下之人也，一而治之，安有不同乎？至於俗也，有不變而治者，有變而治者，所宜所向〔四〕，不變而治者也，非禮義之歸〔五〕，變而治者也，若蜀之奢，豈禮義之歸乎？奚而不變也？必也，久且固焉，則遂之而已。世之事入於亂者衆矣，去治古遠矣，舉將遂之耶？必不然也。

然世所以莫或爲與或爲之而無其效者，是亦有二説，非如向之所云者一也。今之爲吏者，勢不得專且久，不專則謗易行，不久則化且服不可以俟也。是其所以莫或爲與或爲之而無其效也，可爲太息也已。

及昨者執事之入蜀也，獨欲出數百年之表，修之於躬而化其俗。某聞之喜且慕，不知其至也。既而卒以不專則謗易行，不久則化且服不可以俟也而罷。天下之望者，至今以爲過。某聞之嗟且恨，亦不知其至也。雖然，執事之推是心也，好古而非俗之願也可知。夫好古而非俗之願者，行於此亦必均於彼，推於一亦必應於萬。今執事之來餘杭也，其由是心歟？

某也仰聲義之舊，而其心有所迫切者，常人既不可以語，是以千里爲近，以險途畏暑爲廣厦清涼，而自致於執事之門，以歸計焉。豈惟以執事好古而非俗之願爲可也〔六〕？抑亦以某人嘗望輝光被收納〔七〕，有一日之素，而藉口以來，伏惟少垂聽。

某之家本窮空，迨某人而始得禄，不十年而某人没，没之日賴于友以葬。既葬，而其孥流離於鄉，數期之間，疾癘死喪，十口之所存者，惟老母與某也二而已。無田而耕也，無貨與技以爲商與工也，無力以傭也，無屋廬以居也，奉老母而寓食於人者，迨十年矣。噫！是誠子之不孝者也，人之天窮者也。每觀古人啜菽飲水亦養之説，而已尚不得有此，則晝而行，夜而卧，戄然而思，盡然而不知涕之交頤也。在上之君子聞是言也，知是人也，其哀之乎，抑不哀也？不哀之而曰仁可乎？哀之而不救之可乎？

今某也得有屋廬以居，十數畝之田以業，老農女之妻以爨，而身耕於外，以覬得菽水之資，而奉老母，給祭祀，則志願足矣。其爲事至細，其爲求至易與也，不過執事一器一會之所費而足濟之矣〔八〕，其忍有惜歟？十年而無可告者〔九〕，今也遇執事〔一〇〕，好古而非俗之願者也，有一日之素者也。若告而又不見哀，哀而又不見振焉，則斯人也卒窮而死耳，豈有望於此哉？伏惟少留意而念焉。（輯自《聖宋文選》、《南豐文粹》）

〔一〕黄希憲刻本卷十六有此篇，他本無。章校本抄補在卷十六後。《曾子固集》題作「代人上蔣密學」。
〔二〕《羣書校補》無「者」字。
〔三〕「日」，《曾子固集》作「目」。
〔四〕「向」，《文粹》、《曾子固集》、《羣書校補》作「尚」。
〔五〕「非」，《羣書校補》作「惟」。
〔六〕《曾子固集》、《羣書校補》「可」下有「望」字。

〔七〕章校本無「人」字。

〔八〕章校本、《文粹》無「濟」下之「之」字。

〔九〕章校本、《文粹》「者」下有「矣」字。

〔一〇〕「今也遇執事」，《曾子固集》「今」上有「以」字；《羣書校補》作「以今也執事」。

代人上石中允書〔一〕

人之去教化，不爲盜也，其幾矣！數十百年〔二〕，公卿大夫無完人，卽材與藝或薄於自修，卽今之所謂自修〔三〕，或薄於材，細謹細忠。今之所謂自修也，大節大行不如是其已也，而能者止於是。故自朝廷至於四方無治官〔四〕，上雖有善意善令不能行，民之窮濱於死無所告，天下之未治無他焉，由是而已耳。羣下相漸，靡靡成俗〔五〕，所爲戾道，過訐者乃取士於是焉，其無得也明矣。一有駭而動之者，不比而盜也，其幾矣。噫！可怪也！可懼也！

今者更貢舉法，善矣。人相從觀詔書，戾者矍然有意於懼，怠者皤然自強矣，數百年來未有此舉也。然吏趣修其文耳，未有能力行者也；士趣強其外耳，未有能心通者也。不心通，賞罰一不振焉，必解矣。

有聖人作，不易是法矣。然而云爾何也？聖人之爲教，以己爲之先，以法制之助。不以己爲之先，雖有善制，聖人不能行也。今能爲之先，不在於吾君與吾民之所耳目者，吾君固能爲之先矣。吾民之所耳目者，朝則公卿大夫，外則長若師，然而可法者殆少矣。太學化樞也，得執事爲之先，蔡學士過此，言太學之行漸行矣，誠甚盛矣。不識通之於心者爲誰，而能廣之於朝廷天下乎？

某四年時太學生也，今者欲往而依執事，會學之令，不五百日，則不得舉。某貧，父母待某然後養，不蚤得往也。今欲往焉，則恐後時不得舉，則望旦夕而事親者，毋所圖焉，遂未依執事而學也[六]。某之所就亦鄙矣，所不足于心亦大矣，某豈肯屑然哉？顧誠有不得已，謹書所作通論雜文一編以獻，并敍太學得執事之盛，以爲天下望。（輯自《聖宋文選》、《南豐文粹》）

[一]黄希憲刻本卷十六有此篇，他本無。章校本抄補在卷十六後。
[二]「十」，《羣書校補》作「千」。
[三]《羣書校補》「修」下有「者」字。
[四]《羣書校補》「故」上有「是」字。
[五]「俗」，《羣書校補》作「風」。
[六]章校本、《曾子固集》、《文粹》、《羣書校補》「未」下有「能」字。

代人上永叔書

大有爲之時不世得[一]，衆賢既已遭遇其時，方夙夜唯道深微之際，明王體，斷國論，建萬世之長策，佐明主于唐虞之盛，非闒茸曲士所能仰望其輝光也。然使百姓人衎户格，四夷軌道，上下禮義粲然，此時于用材亦無遺棄者矣。夫制闔運闢，尺樞之力耳；夷荒植善，五寸之鐵耳。二者皆微，有以用之，則人之興居，天之長養，待之然後安而有成，譬之偏材薄技，亦宜有所用之也。

某撒虛顓蒙，不曉于義，國家幸以世德之故，引之仕籍。伏自思念，可以自效，唯首公營職，故朝而出，暮而歸，讓易卽煩，有知必爲，圖所以展報而已。而州之守倅，部之使者，皆過引其長，而形之薦書，豈某之敢望？衆君子成就之使然耳。

執事旦夕輔天下〔二〕，居廟堂，其有意于偏材薄技耶？幸有意，則某願先出於門下，然非敢望也。儻以伯氏昔年京洛之舊，以庇其衰緒而振其子弟，則某不宜自後焉。（輯自《聖宋文選》）

〔一〕「大」，《羣書校補》作「夫」。

〔二〕「天下」，《曾子固集》作「天子」。

聽琴序

凡有貴于物者，豈特物不能勝之歟？抑亦無所待于物故也？世之有學者名占一藝，苟不期於徇物，則亦足貴矣。然以自售，然後人得而賤之。故工於藝者，常恐人之羞薄，則往往拂人之好，而自要其簡重。雖求之者愈勤，而拒之者愈堅，然不知人亦愈羞薄之也。

琴之爲藝，雖聖人所不廢也。其制作之意，蓋有所寓。而至其所聞者，不出乎几席之間，而所感者常在乎滄浪之濱，崔嵬之顛，亦已至矣。

雖然，聲自外入也，使聞於彼而應於此者猶且如此，況不自外入者乎？故樂之實不在於器，而至於鼓之以盡神，則樂由中也明矣。故聞其樂可以知其德，而德之有見于樂者，豈係於器哉？惟其未離於器也，故習之有曲，以至於有數，推之則將以得其志，又中於得其人，則器之所不及矣。故樂作而喜，曲終而悲，豈能易吾於須臾哉？若夫吾之心在於雁門，吾之目在於鴻鵠，則雖九奏於吾之前，猶不聞也。故琴之作，有厭乎人之耳者，豈非自外入，無有久而不倦者乎？

雖然，吾嘗學琴於師矣。反宮於脾，而聖亦不廢也；反商於肺，而義亦不廢也；反角於肝，而仁亦不廢也；反徵於心，而禮亦不廢也；反羽於腎，而智亦不廢也。方其時也〔一〕，非春也，求之於律則不中夾鍾，物安得而生哉？非夏也，求之於律則不中蕤賓，物安得而長哉？非秋也，求之於律則不中南吕，物安得而斂哉？非冬也，求之於律則不中應鍾，物安得而藏哉？故無出無内，無緩無急，無修無短，巧曆不能盡其數，豈止於十九八六而已耶？故聞者無聞也〔二〕。其神之遊，東不極於碣石，南不極於北户，西不極於流沙沈羽，北不極於令正之谷，則鳥何從而舞？魚何從而躍？六馬何從而仰秣？景風何從而翔？慶雲何從而浮？甘露何從而降？醴泉何從而出？吾之琴如是，則有耳者無所用其聽，尚何厭之有哉？

則凡貴者，且不足貴也。故在鄭則不淫也，在宋則不溺也，在衛則不煩也，在齊則不驕也。用之於祭祀，則鬼神亦菹乎其所矣，尚何煩於知音哉〔三〕？若乃當春而叩商，及秋而叩角，當夏而叩羽，當冬而叩徵〔四〕，雖知四時之行，在我未免乎有手動絃也。某人嘗與鞏適撫之金谿，因以琴稱，而不知吾之琴也。某人苟知所存不在絃，所志不在聲，然後吾之琴可得矣。雖然，他日祭酒之堂，樽俎之宴，追三代之遺風，想舞雩之咏歎，使聞者若有所得，則庶幾不愧於古人矣〔五〕，尚何恨於羞薄哉！（輯自《聖宋文選》、《南豐文粹》）

〔一〕「其」，《曾子固集》、《文粹》作「是」。

〔二〕「無聞」，《羣書校補》作「無厭」。

〔三〕「煩」，《羣書校補》作「須」。

〔四〕「當」，《曾子固集》作「以」。

〔五〕「古」，《文粹》作「昔」。

厄臺記

淮陽之南地名曰厄臺，詢其父老，曰：夫子絶糧之所也。

夫天地欲泰而先否，日月欲明而先晦。天地不否，萬物豈知大德乎？日月不晦，萬物豈知大明乎？天下至聖者，堯、舜、禹、湯、文、武、周公、孔子也。堯有洪水之災，舜有井廩之苦，禹有殛鯀之禍，湯有大旱之厄，文王有羑里之困〔一〕，周公有管、蔡之謗，孔子有絶糧之難。噫！聖人承萬古之美，豈以一身爲貴乎？是知合天地之德，不能逃天地之數；齊日月之明，不能違日月之道。泰而不否，豈見聖人之志乎？明而不晦，豈見聖人之道乎？故孔子在陳也，講誦絃歌，不改常性。及犯圍之出，列從而行，怡然而言，美之爲幸。又曰：君子不困，不成王業。果哉！身没之後，聖日皎然。文明之君，封祀不絶。有開必先信其然也。

於戲！先師夫子聘于時，民不否；迍于世〔二〕，民不泰也。否則否于一時，泰則泰于萬世。是使後之王者知我先師之道，捨之則後，因之則昌，習之則貴，敗之則亡，道之美此，孰爲厄乎？（輯自《聖宋文選》、《雞肋編》）

〔一〕「困」，《曾子固集》、《羣書校補》作「囚」。

〔二〕「迍」，《曾子固集》作「遁」。

雜識二首

一〔一〕

孫之翰言：慶曆中，上用杜衍、范仲淹、富弼、韓琦任政事，而以歐陽修、蔡襄及甫等爲諫官，欲更張庶事，致太平之功。仲淹等亦皆戮力自效，欲報人主之知。然心好同惡異，不能曠然，心無適莫。甫嘗家居，石介過之。問介適何許來，介言方過富公。問富公何爲，介曰：「富公以滕宗諒守慶州，用公使錢，坐法。杜公必欲致宗諒重法，曰：『不然，則衍不能在此。』范公則欲薄其罪，曰：『不然，則仲淹請去。』富公欲抵宗諒重法，則恐違范公；欲薄其罪，則懼違杜公。患是不知所決。」甫曰：「守道以謂如何？」介曰：「介亦竊患之。」甫乃歎曰：「法者，人主之操柄。今富公患重罪宗諒，則違范公；薄其罪，則違杜公。是不知有法也。守道平生好議論，自謂正直，亦安得此言乎？」因曰：「甫少而好學，自度必難用于世，是以退，爲唐史記以自見，而屬爲諸公牽挽，使備諫官。亦嘗與人自謀去就，而所與謀者適好進之人，遂見誤在此。今諸公之言如是，甫復何望哉？」自此凡月餘不能寐。

慶曆之間任時事者，其後余多識之，不黨而知其過如之翰者，則一人而已矣。

二

廣原州蠻儂智高以其衆叛，乘南方無備，連邕、賓等七州，至廣州，所至殺吏民，縱略，東南大駭。朝廷遣驍將張忠、蔣偕馳驛討捕，至州，皆爲智高所摧陷。又遣楊畋、孫沔、余靖招撫，皆久之無功。仁宗憂之，遂遣樞密副使狄青爲宣撫使〔二〕，率衆擊之。

翰林學士曾公亮問青所以爲方略者，青初不肯言，公亮固問之，青乃曰：「比者軍制不立，又自廣川之敗，賞罰不明，今當立軍制、明賞罰而已。然恐聞青來，以謂所遣者官重，勢必不得見之。」公亮又問：「賊之標牌殆不可當，如何？」青曰：「此易耳。標牌，步兵也，當騎兵則不能施矣。」

初，張忠、蔣偕之往，率皆自京師，六、七日馳至廣州，未嘗拊士卒，立行伍，一旦見賊，則疾驅使戰。又偕等所居，不知爲營衞，故士卒見敵，皆望風退走。而忠臨偕居，方卧帳中，爲賊所虜。楊畋、余靖又所爲紛亂，不能自振。而孫沔大受請托，所與行者，乃朱從道、鄭紓、歐陽乾曜之徒，皆險薄無賴，欲有所避免，要求沔引之自從，遠近莫不嗟異。既至潭州，沔遂稱疾，觀望不敢進。

青之受命，有因貴望求從青行者，青延見，謂之曰：「君欲從青行，此青之所求也，何必因人言乎？然智高小寇，至遣青行，可以知事急矣。從青之士，能擊賊有功，朝廷有厚賞，青不敢不爲之請也。若往而不能擊賊，則軍中法重，青不敢私也。君其思之，願行，則卽奏取君矣。非獨君也，君之親戚、交遊之士，幸皆以青之此言告之，苟欲行者，皆青之所求也。」於是聞者大駭，無復敢言求從青行者。其所辟取，皆青之素所與，以爲可用者，人望固已歸之矣。

及行，率衆日不過一驛。所至州，輒休士一日。至潭州，遂立行伍，明約束，軍行止皆成行列，至於荷鍾贏糧持守禦之備，皆有區處。軍人有奪逆旅菜一把者，立斬之以徇。於是一軍肅然，無敢出聲氣，萬餘人行，未嘗聞聲。每青至郵驛，四面嚴兵，每門皆諸司使二人守之，無一人得妄出入，而求見青者，無不卽時得通。其野宿皆成營栅，青所居，四面陳彀弓弩皆數重，所將精鋭列布左右，守衛甚嚴。方青之未至，諸將屢走，皆以爲常。至是，知桂州崇儀使陳英宗廟諱、知英州供備庫使蘇緘與賊戰，復敗走如常時。青至賓州，悉召陳與裨校凡三十二人，數其罪，按軍法斬之。惟蘇緘在某所，使械繫上聞。於是軍中人人奮勵，有死戰之心。

是時智高還守邕州，青懼崑崙關險阨爲所據，乃下令賓州具五日糧，休士卒，賊諜知不爲備。是夜大風雨，青率衆半夜時度崑崙關。既度，喜曰：「賊不知守此，無能爲也。彼謂夜半風雨時吾不敢來，吾來，所以出其不意也。」已近邕州，賊方覺，逆於歸仁廟。青登高望之，賊據坡上，我軍薄之，裨將孫節中流矢死，青急麾軍進，人人皆殊死戰。先是，青已縱蕃落馬軍二千人出賊後。至是，前後合擊。賊之標牌軍爲馬軍所衝突，皆不能駐。軍士又從馬上以鐵連加擊之，遂皆披靡，相枕藉。遂大敗智高，果焚城遁去。

青先爲公亮言立軍制，明賞罰，賊不可得見，標牌不能當騎兵，皆如其所料。青坐堂户上，以論數千里之外，辭約而慮明，雖古之名將何以加此，豈特一時武人崛起者乎？

方慶曆中，葛懷敏與李元昊戰于廣川，懷敏敗死，而諸校與士卒既敗，多竄山谷間，是時以權宜招納，皆許不死。自此軍多棄其將，不肯死戰。故青云「自廣川之敗，賞罰不行」云。翰林學士蔡襄亦言聞于青者如此。（輯自《宋文鑑》）

〔一〕「一」、「二」標目原無，今加。

〔二〕「使」，原作「史」，據《羣書校補》改。《宋史》狄青傳：「遂除宣徽南院使，宣撫荆湖南北路，經制廣南盜賊事。」

懷友一首寄介卿

聖人之於道，非思得之，而勉及之，其間於賢大遠矣。然聖人者不專己以自蔽也，或師焉，或友焉，參相求以廣其道而輔其成〔一〕。故孔子之師，或老聃、郯子云；其友，或子産、晏嬰云。師友之重也，聖人然爾，不及聖人者，不師而傳，不友而居，無悔也希矣。

予少而學，不得師友，焦思焉而不中，勉勉焉而不及，抑其望聖人之中庸而未能至者也。嘗欲得行古法，度士與之居或游〔二〕，孜孜爲考予之失而切劘之〔三〕，庶于幾而後已，予亦有以資之也。皇皇四海求若人而不獲。

自得介卿，然後始有周旋儆懇摘予之過而接之以道者〔四〕，使予幡然其勉者有中，釋然其思者有得矣，望中庸之域其可以策而及也，使得久相從居與游，知免于悔矣〔五〕。而介卿官于揚，予窮居極南，其合之日少而離别之日多，切劘之效淺而愚無知易懈〔六〕，其可懷且憂矣。思而不釋，已而敍之，相慰且相警也。介卿居今世行古道〔七〕，其文章稱其行。今之人蓋希古之人，固未易有爲也〔八〕。作《懷友》書兩通，一自藏，一納介卿家。（輯自《能改齋漫録》）

臨川吴曾虎臣《能改齋漫録》云：王荆公初官揚州幕職，曾南豐尚未第，與公甚相好也，嘗作《懷友》一首寄公，公遂作《同學》一首别之。荆公集具有其文。其中云：子固作《懷友》一首遺予，其大畧欲相扳以至乎中庸而後已云云。然《懷友》一首，南豐集竟逸去，豈少作删之耶？其曰介卿者，荆公小字介卿〔九〕，後易介甫。予偶得其文，今載此云。

〔一〕「求以」，《能改齋漫録》作「以求」。
〔二〕「士」，原作「土」，「游」字原無，據《羣書校補》、《能改齋漫録》增改。
〔三〕「爲」，《能改齋漫録》作「焉」。
〔四〕「儆」，《能改齋漫録》作「激」。
〔五〕《羣書校補》、《能改齋漫録》「知」上有「予」字。
〔六〕「易」，原作「是」，據《羣書校補》、《能改齋漫録》改。
〔七〕「道」字原無，據《羣書校補》、《能改齋漫録》增。
〔八〕「爲也」，《羣書校補》、《能改齋漫録》作「也爲」。
〔九〕「小」，《能改齋漫録》作「少」。

輯佚

詩三十三首　詞一首　文七十八篇

古詩一首

喜晴赴田中

自愁雨破西嶺出，只看水緣南澗生。青天忽從樹杪見，白日漸向谷中明。豳公滌場不可失，陶令負禾須自行。歸時小榼撈亦滿，固有阿連相伴傾。（輯自《南豐曾子固先生集》卷一。下面簡稱《曾子固集》。）

律詩三十二首

少年

不覆論心與少年，世間情僞久茫然。朱門如市方招客，獨守殘經自可憐。（輯自《曾子固集》卷二）

上杜相三首

天扶昌代得忠良，坐以材謀鎮廟堂。萬里聲名開學校，四方根本勸農桑。從容賢路通江海，慷慨公心貫雪霜。謙讓黑韜歸太早，空令終古愛餘芳。

翊戴唐虞旦暮中，忽將符節撫山東。憶歸慷慨無私計，抗疏頻煩有古風。世路一人知進退，士林當日計窮通。壽觴須祝年年喜，舊德華夷望更隆。

轉覺憂餘好尚孤，較量唯合老葭蒲。聖賢可是隨時拙，正直由來濟世迂。生事有親甘釣築，客情無力買山湖。天邊愁絶傷離苦，台象空看照宋都。（輯自《曾子固集》卷三）

寄王荆公介甫

數病門稀出，常貧客少過。經綸知齟齬，耕釣亦蹉跎。兩事艱難極，孤心感慨多。素交千里遠，誰聽此時歌？（同上）

送王補之歸南城

瘦馬君將去，清樽我謾開。眼看新雨露，身帶舊塵埃。但喜丹心在，休驚白髮催。窮通莫須問，功業有時來。（同上）

和酬王平甫道中見寄

安危魁柄倚誰操，斂笏千官拱赭袍。能有本根持國論，豈須毫髮問戎韜。征求藉藉人多困，羈旅皇皇我亦勞。栖宿與君何計得，半生飄蕩似風毛。(同上)

讀孟子

千載士椎無比擬，一編吾喜竊窺觀。苟非此道知音少，安有茲人得志難。機巧滿朝論勢利，瘡痍連室嘆飢寒。先生自是齊梁客，誰祚商巖渭水看？(同上)

聖賢

聖賢性分良難並，好惡情懷豈得同？荀子書猶非孟子，召公心未悅周公。況令樹立追高遠，而使裁量屬闇蒙。舉世不知何足怪，力行無顧是豪雄。(同上)

寄晉州孫學士

風標閑淡易爲安，晉陝應忘道路難。學似海收天下水，性如桂奈月中寒。素心已向新書見，大法常留後世看。自送西舟江上別，孤懷經歲未能寬。(同上)

送戚郎中

一心清淡本如秋，何必錙銖較兩州。身向宦名雖黽勉〔一〕，性於人事豈雕鎪。但思簿領忙時俗，便覺溪山靜處優。荔子滿盤寧易得，與誰頻宴嶺邊樓？（同上）

〔一〕「宦」，原本作「宧」，據文義改。

李供奉

一身得禄從孤客，千里還喪獲舊林。李數世爲客於此，至君能以悦喪南歸以葬。清節蕭條妻子計，白頭敦篤弟兄心。能抛印授高應少，自築丘墳達更深。我與往來無力薦，褒傳唯有北窗吟。（同上）

寄孫正之二首

兩人懷抱喜相投，初得青山一日遊。已聽高文吟太古，更開昏眼洗清流。共尋素壁題皆遍，欲去紅橋釣始休。回首至今嘉興在，夢魂猶擬奉觥籌。

隱似龍蛇應有待，清□冰雪更無雙。志留世外雖遺俗，文落人間或過江。峻節但期終老學，健詩猶愧一時降。風騷近亦思强伴，恨未高吟共北窗。（同上）

依韻和酬提刑都官寒食阻風見寄

畫舡齊泊倚青山，正值春風阻往還。江作鼓鼙聲浩渺，樹爲城障緑回環。幽花婀娜偏當眼，啼鳥交加亦解顔。使者文章工不淺，盡將模寫寄柴關〔一〕。（同上）

〔一〕「關」，原本作「開」，據文義改。

杜鵑

杜鵑花上杜鵑啼，自有歸心似見機。人各有求難意合，何須勤苦勸人歸？（同上）

雨中

愁煙苦雨今朝是，小屋深扉野性憐。偶似魯連能肆志，肯如劉備恥求田。貧諳親友難過飲，病笑詩書可枕眠。欲會此心何自適？平生消長任陶甄。（同上）

題祝道士房

悠悠行處是風波，萬事萬驚久琢磨。心逐世情知齟齬，身求閑伴恐蹉跎。功名自古時應少，山水輸君樂最多。争得有田收迹去，比中文酒數經過。（同上）

題寶月大師法喜堂

誰能懷抱信分明，擾擾相欺是世情。只有陋儒夸勢利，幾曾高位功名〔一〕。欲將志義期千載，只合溪山過一生。君向此堂應笑我，病身南北正營營。（同上）

〔一〕此句原本脱漏一字。

題關都官宅

麻衣少壯干時去〔一〕，朱紱康强得老歸。身世自知天下少，利名難退古來稀。更無俗事侵方寸，只與閑人話翠微。科第諸郎同日顯，高門當代有光輝。（同上）

〔一〕「干」，原本作「千」，據文義改。

題修廣房

世情衮衮利名閻，子有高情獨閉關〔一〕。萬事長年抛似夢，一堂終日静於山。幽花得地無妍醜〔二〕，好鳥窺人自往還。藥籙棋枰俱我好〔三〕，幾時能共此中閑？（同上）

〔一〕「關」，原本作「開」，據文義改。

〔二〕「妍」，原本作「研」，據文義改。

〔三〕「枰」，原本作「秤」，據文義改。

田中作

傍人應總笑爲生，病體朝朝踏雨行。紅飯白菹妻具餉，青秧緑水自催耕。止知索寞簞瓢計，豈論諠譁内素名。勝事山風吹木石，暫如韶夏管絃聲。(同上)

寄人

懶聽詩書散滿床，鬢鬚垂白坐茅堂。溪山入手何時見，塵土勞心繼日忙。氣味向人卑可耻，風波隨處險難當。羨君出處由胸臆，安穩將家水石傍。(同上)

首夏

亂崖蒸潤滴嵯峨，苒苒生雲雨意多。已愛破山泉漱玉，更憐垂壠麥翻波。妖紅落後新篁出，老緑濃時野鳥過。還與北窗添睡思，盡拋塵上養天和。(同上)

雹

窮谷結時雷已動，荒臺看處雪猶埋。崩騰沙礰乘風下，宛轉珠璣壓雨來。已激山聲如駭浪，更回天色

似寒灰。何繇得見晴輝上，愁放昏昏睡眼開。(同上)

初冬道中

潦退蛟螭不可逃，溪潭清澈見秋毫。欲霜日射西山赤，漸冷天騰北極高。秀色更濃唯竹柏，孤根先動是蓬蒿。感時一撫青萍嘆，馬踏西風氣自豪。(同上)

留山中諸君子見訪

茅舍開扉勝事稠，況携佳客此中遊。妖紅落後堅松在，南澗清時野潦收。林帶寒煙如水合，山含晴日似塵浮。不嫌淡薄幽人趣，欲進藜羹更少留。(同上)

豐年有高廩

盛德臨昭旦，多祥獲有年。嘉禾登羨溢，高廩積連延。田入豐維億，倉收富且千。夢魚諧素兆，如櫛比前篇。瑞貺神之與，休明頌所傳。粢盛繇此備，清廟薦恭虔。(同上)

疏山

一見雲山病眼清，野僧勤動水邊迎。蒼松翠竹東南道，亂石峰前踏月行。(輯自《康熙撫州府志》卷三十五)

石門

細草疏雲一徑涼，縱吟閒望興何長。僧歸入竹行隨意，野茹持錢得滿筐。江腹遠吞千螌翠，峽門高控兩崖蒼。乘秋更欲西山雨，一洗郊原晚稻香。（同上）

清風閣詩即清風門

百級危梯屈曲成，欄干朱碧半空橫。天垂遠水秋容靜，雪壓羣山霽色明。海燕力窮飛不到，郊園陰合坐猶清。風前有客須留醉，莫放歸時月滿城。（同上）

薛老亭晚歸

終日行山不出城，城中山勢與雲平。萬家市井魚鹽合，千里川原彩錯明。座上潮風醒酒力，晚來巖霧蓋鐘聲。歸時休得燃官燭，在處林燈夾道迎。（輯自郭柏蒼撰《光緒烏石山志》卷二）

詞一首

賞南枝

暮冬天地閉，正柔木凍折，瑞雪飄飛。對景見南山，嶺梅露、幾點清雅容姿。丹染蕚、玉綴枝。又豈是、一陽有私。大抵是、化工獨許，使占御先時。　霜威莫苦凌持。此花根性，想羣卉爭知。貴用在和羹，三春裏、不管綠是紅非。攀賞處、宜酒卮。醉撚嗅、幽香更奇。倚闌干、仗何人去，囑羌管休吹。（輯自唐圭璋編《全宋詞》。此首詞原見《梅苑》卷一。）

雜文七篇

號令辨

令必行，則民信上而尊其令，令二三則反此。天下之所以歸其上者，以令行也。今也，朝與一事焉，暮或奪之；暮奪一事焉，或不越宿而與之。二三孰甚焉？使民安所從而守之耶？又不務實也，故令發於朝，出於市，布於野，民則曰：「非必行也，非可信也。」脫然去之而莫顧，已而果不行不信也。是不獨道民二也，又滋之使易其上也。所以使民能一其歸者幾何？其不損焉，行之乎久，得無失執重以召敗耶，然則如之何？曰：要之議於朝也，稽其本末，審其利害，爲可久之意焉，如斯而已，可也。（輯自《曾子固集》卷四）

時俗辨

時之人，非皆不知事之本末、勢之治亂也，然而舉天下之務者，惟利而已。凶年野無其青草而租賦取盈也，徙人殺人以錮山澤之貨，與稅與酒而猶曰不嚴也。民之饉而死者相比，而不肯發義倉一粒，雖發常平之倉，斗不五十則六十其價也，强之輸絹而曰和買，不更其價而曰折發，變纖悉之財皆計而争之，如此者以爲利上也，無貴賤，無智愚，拘拘然窮身力而行之，猶恐不暨焉。曰復流亡，曰弛歲斂，曰勸耕殖，曰興水利，如此者皆益民也，雖詔書丁寧，皆使其文而已，莫有一綴一心者焉，況窮身力而行之也？此非其性工於利上而專於疾民也，以利者有司之所甚急，民者有司所甚忽也。成俗幾百年，所以百姓未厚而仁政未興也。爲時之計者，安得不損天下之浮費而下求其利之術焉？既然矣，則官者庶幾憂其本、愛其民，百姓可厚而仁政可舉也，先王之所以爲天下者，歸然而已矣。或曰：費不可損也已。而曰：布冠弋綈，丁時之匱也，有安之者，所以致足也，況其過於彼者乎？推是以在己也，至於他費，有不可損邪？（同上）

論貧

古者有常農無常兵，今也有常兵無常農，兵日以愈蕃，農日以愈貧，治之所以未孚者以此也。舉天下之地連千畝而不耕者何數？舉天下之民投爲兵者相望焉。莫若始今募兵者比而田，因弛舊兵也。或曰：何謂也？舊兵之享利也多，而病於政甚矣。惠養戒馭少不至焉，輒怨且戾不可止；不持一物而從出入，往往有怠色；以之值敵焉，則懼而潰；使之田與，廢之不可也。識其敝之所以然且存之，害不有大於此者耶？莫若擇曠田，募今投而爲兵者伍而耕，暇而隸武，遞入而衞，舊兵之耗也勿完焉？如斯而已

矣。井甸田車之制未可復也，宜於今者非此歟？謀於廟，行於天下，不先此，吾不識其能爲治也已。（輯自《曾子固集》卷五）

書虜事

妾之移人，自至也者，人弗自知其身之至也。如知之，古今豈有敗哉？予嘗悲漢高帝之英偉絶特，光武之仁明，而至於愛惡於其子。以及魏武，忮險絶世，其心非復人也，至其且終，眷眷於所昵，與小夫懦豎無異。此二誼主、一暴臣，皆非常之人也，及蔽之來，雖英偉之量、仁明之器、忮險之性皆不能免，況中材乎？故曰：妾女之移人自至也。自至也者，人弗自知其身之至也，非信哉？及覩向之書虜事，則又知虜之陸梁，暴恣而蔽於帷帳之間，不能自知，死之日卒大亂其國，然後知妾女之禍，非特甚於中國也。吁，可畏哉！吁，可畏哉！（同上）

書與客言

居十日，求文於某者四人，義不克與也。客至曰：「盍與之？不然，子其戒，毁且至矣。」應之曰：「與非義，吾不敢違義也。雖然，君子者未嘗不戒也，毁何患？」「吾聞君子之不志於毁譽也久矣，其何以應之？」曰：「君子之於道德，力行不倦而已矣，内顧不愧而已矣。譽，惡乎喜而慕；毁，惡乎懼而避。古之人如吕尚者，覩其成功，其道德可知也。方其渭水於漁，自修於己而已耳，天下之不已知無以爲也。蓋嘗窮困且老矣，及周之逢，而天下乃克知其懿。由是觀之，其自守如何也？力行不倦而已矣，內顧不愧而已矣，其不志於毁譽也，以此。」曰：「彼自守其如是也，孔孟何以不如彼？」應之曰：「子以孔孟之汲汲於行其道爲其自守歟？孔子拒王孫賈，而孟子亦不枉尺以直尋，夫不自守乎哉？君子者未嘗不自守也。」「然則彼何以不汲汲於行其道也？」應之曰：「彼有文王以爲之歸也，何汲汲哉？卒武王之相而東也，非汲汲哉，惟其時而已矣。」「然則士奚師？」「師孔孟與，彼之自守而爲其所汲汲可；師所汲汲而不爲孔孟與，彼之自守其可哉？」客曰：「然。盍書之？」遂書。（同上）

書唐歐陽詹集

韓愈作《歐陽生詹哀辭》，其序曰：「讀其書，知其於仁孝最隆也。」余觀其《出門》、《懷歸》等賦，思曰：愈之所稱，豈謂此耶？又觀其《陶器銘》、《鶩驥》詩等，則悲生之志焉。至《棧道銘》，觀其鑄金蒸雲之論，至《珍詳論》，觀其反復風論，則又知生之尤魁怪於文，而其材果奇也。最後觀其《自明誠論》〔一〕，卒曰：「知之者知之。」知之者知之，知生於此甚自負。其説三四，觀之而其説皆不出於舊。生卒無已見者，不知生於此何其自大也。

則又思余舅氏吴君，嘗論斥生之所謂「尹喜自明誠而長生，公孫弘自明誠而爲卿，張子房自明誠而輔劉，公孫鞅自明誠而佐嬴」之者爲非〔二〕，是明誠之非爲長生、爲卿，非尹喜、公孫、子房、商君之所能至，其理較然，舅氏之論無疑矣。此於生爲一失，於舅氏非其意，所極也與。生材高下如何，故不可知，其可知者，舅氏之從事於明誠，可謂知所守矣。其不溺而趨於爲長生、爲卿、爲子房之譎、商君之刻薄可必也，則其材亦誠卓然可畏者也。惜乎死矣，不得見其施之於行事，而其論與其集今皆亡，使其有補於生與，後世者獨余知之，而世不得盡知也。故書於生集之末，以見其意焉。

舅氏臨川人，諱適，字明遠，死時年三十四。（同上）

〔一〕「自明誠論」，原本作「明誠論」，據《歐陽行周文集》增改。

〔二〕「公孫鞅」，原本作「公孫鞅」，據《歐陽行周文集》改。

講周禮疏

《周禮》之書於漢最晚出，劉歆以爲聖人之迹，世亦皆以爲然。然其有難合者，則自漢之學士往往疑之。余觀其大法，成天下之務者，不能改也，非出於聖人，豈能如是哉？而班固稱孟子之言，以謂周衰，諸侯惡其害己，滅去其籍，自孔子時而不具。至余考於《書》之《武成》，與《孟子》所稱周之爵禄之法，則皆與今《周禮》異，豈其亦有所損益者邪？又觀其反復其文，至數萬餘言，上下亦已廣矣。其中或一事散於數篇，一篇散於數職，而用意之密若符然，其思慮豈不誠深矣哉？其書如此，注義又數十萬言，非深考而精通者，不得其終始之詳，數製之要，則未可以傳之人，而學者不得人之傳，則亦未可以進於此。

南城王君補之，於此書深考而精通者也。今歲之冬，可以羣居，余欲共過此，而與州之君子者相從

聽其口講，觀其指畫，以釋所未寤，不識其可乎？苟不以爲否者，各著其名氏焉。（同上）

雜說六篇

說學

古者鄉黨學校少長爲序，以州處，其有司所施用十有二教，舉用六德六行六藝，節用五禮六樂，糾用八刑，論用其鄉之老，其體惟以化民成俗爲教之意。故其士之入朝、在鄉、居家皆有法度而不爲非，所以勵世而育材也。周之所以垂七八百年而治爲稱首者用此。

自鄉黨之制廢不行，學校雖存者亦非古。故其處無長少，施無十有二教，舉無六德行藝，節無禮樂，糾無八刑，論無其鄉之老，惟課試文字之習否以爲務，其體未嘗志於化民成俗，故其士之入朝、在鄉、居家皆無法度，而爲亦無所不至，求其所以勵世而育材可乎？

今議者曰：宜郡立學校，使天下士師弟子爲位以居學。曰：講古傳業亦周之盛也，予獨以謂教之之意不如古，雖設學無益也。噫！古之制不必盡用也，其意不可改也，故原古之事以存之，庶夫有通治亂者能用之。（輯自《曾子固集》卷七）

說官

古者命官各因其材，而致於久也，則必總核而升絀之，所以適於治之要也。帝王之法皆然，而尤詳於舜。舜之分任九官，其人皆禹、稷、臯陶仁智大人也〔一〕。然而卽知水土，必以爲司空，不以爲虞；知五教，必以爲司徒，不以爲士師，以有宜也。三年一考績，九年一絀陟。水土不治責司空，蠻夷奸宄不禁責士師，以有守也。其法之大較，鮌一以不勝任而殛死焉，蓋明其材，分付責任，久其歲時，嚴其誅賞也如此。故百官各盡其能，務治其業而以赴功，則舜無爲已。

後世不然，自公卿大夫至於百執事，每一官之闕，則有司詘指計資之先後而升之，不然則擇其或有執重、或得人間之譽者而升之。升之者一塗人之材，而偏歷羣有司之任，未嘗計其能否、優劣、宜不宜也，用人之敝至不精於大臣，況其他耶？此苟全其私而忘其所以公進賢退不肖之弊也，深戾所謂各因其材也。而當遷者概以三歲爲限斷，少者再歲、一歲，甚者不窮月盈時而遷耳，非可以至夫三年、九年、屢考而又絀陟也。卽天下遷舉，每歲得失可責吏部乎？天下錢穀，每歲登耗可責度支乎？自公卿大夫至於州縣吏，莫非居其位而不任其責者也。萬事之衆，王者獨治而已。而吏之輸錢贖罪，或免於位，或徙或誅者，一切觸法耳，非爲不勝任也。是一皆違古，進之不循其材，用之不久其時，侵其職而忘其責，故百官之於萬務也，皆怠而忽，爲國或百年，上之事繁且勤，而不足以致治也。噫！何久而不思變也？曰：如之何而可？曰：求庶於古而變之。（同上）

〔一〕「臯陶」，原本作「陶臯」，今改。

說宮

室堂奥備然後爲宫。宫，賢有力者之所有也。若乃爲之，則非賢有力者之所能也。故有材木於此，雖累千萬，必待匠人焉。爾匠人之爲之也，廣輪高下、横邪曲直，一板以上皆有法也。巧既發於心，繩墨刀尺皆應於手，其成也必善。巧既奪於心，繩墨刀尺皆戾於手，且以高者爲庳，直者爲鈎也，其卒可以成自善乎？有若公輸在，肯舍法度而利之乎？不肯，則將得拙工，而嗜利者從之，爲之窮歲月，耗材與力，至竭而已耳。

今夫天下之爲公也，人主之所安而有也，州縣有司之爲室堂隅奥也，萬機之爲材木也，人主之所不能自治也，其勢必付之人。付之而當且顯，則輯矣。付之而當否未前定，又一一束縛之，其異於戾匠人也亡矣。有聖且賢，肯枉道而就之乎？不肯，則易而他使。使聖且賢則猶是也，又易而他使，則得庸者邪者而從之與之，日夜力爲之，至盡敗萬事而已耳。秦之亡其宫也，以此。（同上）

説内治

古者公侯卿大夫士，非惟外行淑也，蓋亦有閨門之助焉。考《詩》之二南，言后夫人之事，明婦人之於夫也，不獨主酒食、奉巾櫛而已，固實有以輔佐之也。先王之制，閨門之内，姆保師傅，車服珮玉，升降進退，起居奉養，皆有條法。婦人少習而長安焉，故禔身正家莫有過也。

近世不然，婦人自居室家，已相與矜車服，耀首飾，輩聚歡言以侈靡，悍妬大故，負力闒貴者，未成人而嫁娶，既嫁則悖於行而勝於色，使男事女，夫屈於婦，不顧舅姑之養，不相悦則犯而相直，其良人未嘗能以責婦，又不能不反望其親者，幾少矣。其於舅姑然爾，而況於夫之昆弟、相與爲等夷者乎？有祀祭、賓客之禮，不自爲具，而使人爲之。浣濯之服，蠶桑之務，古天子后禮安而常行者也〔一〕，而今之庶人孽妾羞言之。姆保師傅、佩玉儀節、采蘋蘩、贄棗脩之事，則族而笑曰：「我豈能是？是非我宜也。」一切悖禮，相趨於驕驁淫僻而已，求其所以輔佐夫，可乎？

噫！古士庶人之妻，知秉禮義，服訓導，而今王公大人之匹反不能，可怪也。剪縷之不工，刻畫之不善，則恥而擧焉；至大倫大法之不修，則瞷然安之，吾未見其可也。古語曰：福之興，莫不本乎室家；道之衰，莫不始乎閫内。豈非風俗之厚薄，人道之邪正，壽夭之原繫於此歟〔二〕？其可以忽然流恣而不返歟？曰：如之何而可返？曰：放今之敝，考古之制，而先之於公卿大夫之家，茲可也。《易》曰：正家而天下定。吾説豈疏乎？（輯自《曾子固集》卷八）

〔一〕「禮」，疑當爲「妃」。

〔二〕「夭」，原本字迹不清，形似「夭」，疑爲「夭」。

説遇下

王者之貴，普天之下，其義莫不爲臣妾，尊至極也。然而三公也進見，在輿爲下御，坐卽起。其於諸侯，曰伯父伯舅而不名也。至於羣臣，皆變容色，正冠服而俟之。其於進退疾病死喪之事〔一〕，雖小未嘗不勤，義至厚而恩至亡量也。非徒用其禮而已，乃所以推其情而見於下也。上下之情交，則治道之所由出也。

近世自王公大臣之進見，皆俯首側身，屏息以聽儀相者疾呼姓名敕進，使拜舞已，則立而侍。設有宴享，則郎中以降皆坐於廡下，與工祝爲等仵，王者遇之，體貌顔色未嘗爲之變也〔二〕，而曾起且下，又不名乎。其於進退疾病死喪，未嘗皆備其禮也。自公卿莫能得其從容，而況於疏遠之臣庶乎？上下之情間然可知矣。至有罪故，則又困辱而刑之。此所以使偷安倖進之利深，無節自薄之俗勝，百官之於上，苟若而已，能無因敗而利之者邪？國家之治最甚已，可無變歟？（同上）

〔一〕「其」，原本作「甚」，今改。本文另一處作「其」。

〔二〕「貌」，原本字迹不清，形似「皀」，據字形和文義定爲「貌」。

説夷

夷狄負其險力蓄鷙也，輒引而窺中國。議者曰：不蚤痛剪其株枿，浸淫至此不禁也。或者又曰：有數。夫壤之有蟻也，與木之有蠹也，與肉之有蟲與人體膚之有疾也，是豈不以先有敗而生耶？推而觀之，則凡孽之生，皆以物先有敗也，而獨夷狄爲病非中國之先有敗耶？故凡孽之生，則物滋不善，夷狄之病攻而中國亦益不寧。或曰不蚤殺，或曰有數，是皆妄，啻獨以敝生於不自治爾。天下之敝，常生於不自治。既而豈不思復治之？誠尚有可治之時，即能修其政令，擇材而任職，使百姓樂於爲上用，則彼豈獨不識也？之無間可窺乎，然而且肯妄寇犯以觸死乎？《詩》、《書》以來可質也，未有内自治而夷狄汩之者也，其汩於夷狄者，率不自治者也。善也，嚴尤之論之也。不自治而至乎禦者，其有上策乎？

（同上）

雜議十篇

太學

郡立刺史，所以主其治也。郡之不治，刺史之過也。黜一刺史、立一刺史而已矣，夫豈遂污其郡哉？邑有縣令，亦所以主其治也。邑不治，縣令之過也。黜一縣令、立一縣令而已矣，豈遂污其邑哉？今有人曰，郡不治則污其郡，邑不治則污其邑，則以爲狂惑之人也。

今夫太學之設，何以異於是？天子立太學，立官以掌之，立師以教之，所以興教化也，所以出禮樂，所以萃賢材也，所以養俊髦也。俊髦不能養，賢材不能萃，禮樂不能出，教化不能興，則官師之過也。當黜其爲官而屏其爲師者，而別置其能官能師，則豈遂隳其學哉？向者國家興學校自京師始，天下之人傾耳而聽，竦目而視，其皆以爲三代之治復起於今日，而今日之治復爲於三代也。既而官師非其人，措置非其宜，怨謗並起而天下竊笑，其實皆官師之過也。黜一官師、立一官師可矣，而議者皆以爲太學之過，官師未出而太學廢。嗚呼！太學何過哉？

今愚願立一官師，使居其職，以恢大其業，而無罪太學，前所謂養俊髦、萃賢材、出教化、興禮樂無所不可者。若不度其本，不推其源，案而責之曰〔一〕：此學之過，廢之而已矣。是刺史不治而污其郡，縣令不治而污其邑也。治天下者當爲如何？（輯自《曾子固集》卷九）

〔一〕「責」，原本作「青」，據文義改。

議茶

農桑貢賦，王道之本也；管榷雜稅，王道之末也。善爲國者，重其本而輕其末，不善爲國者反是。由堯舜至文武皆重其本者也。由秦漢至隋唐，重其本故薄征輕斂，而天下有仁義之俗焉；重其末故急徭横賦，而縣官遂興管榷之利焉。管榷之利，茶其首也。當漢武之時，其食國用皆不足，雖羣臣獻策，盡籠天下之貨，然茗荈之利猶不之取，歷代議者亦未嘗一言及之。至唐永泰中，天下耗竭，莫或爲計，乃有趙贊首陳税之策。貞元之後，又兼張滂之謀，雖權宜立制，功不合於古，然亦未至於榷也。逮乎文宗，當李訓輔之，恣爲詭説以惑其聽，内則協鄭注姦邪之議，外則資王涯刻暴之苦，始立使號以榷茶爲名。茶之有榷，自此始也。于時新令一出，所暴虐者甚衆，以是故身伏大誅。爾後賢臣繼世，一興一廢，或以慘急而行之，或以仁慈而議之。如裴休者，則欲去榷復税以十二之法；如令狐楚者，則欲通商惠衆，以增上下之便。雖深究利害各極當時之宜，然行之一朝，流弊千載。

我國家勃興昌運，撫有方國，四聖接武，澤流生民。所先者仁義之化也，所行者禮樂之教也，所敦者農桑之業也，所後者管榷之利也。然卒所以資國用而足兵食者，唯貨一局尤爲劇大。自曩歲羣臣定議隨土宜而制之，或禁其私鬻以充郡縣之課，或通商人以洩縣官之利，各任其俗，成乎便宜。

以今觀之，則禁者誠非，而通者誠是也。何則？茗者山林之所產也，山林者人力之所營也。所營者博，則所生者衆。所生者衆，則所賦者餘。所賦者餘，則常生之業畢出於是矣。今乃申嚴號令，窒其私鬻之路，欲使民利一歸于公，雖斂之計誠得其術，曾不知敝生於下而抵冒之獄闐然而起矣。及其不勝也，然後從而加之，民或至死亡而不懼令，或至峻烈而無益，久不易則無乃傷仁慈之政乎？而又上之而急，繼以千艘，一歲之庸，動逾百倍，傷財暴衆，無大於此，故曰禁者誠非也。今若普治天下，均其常法，上則蓄之以大扃，下則通之於商人。其直也，就中都而入之；其茗也，由外郡而與之。俾夫周旋海內，自受其益，所過關市〔一〕，則悉增其稅，所至郡國，則悉弛其禁。大可以減縣官每歲之用，小可以息生民抵冒之獄，此謀一立，萬世利之。故曰通者誠是也。二者之論，期於一擇。（同上）

〔一〕「關」，原本作「開」，據文義改。

議酒

榷酤之興久矣，桑羊建白之，武帝力行之，千秋奏罷之，新莽重立之，絕於魏，起於陳，盛於唐，大備於當今之世，其源益深，其本益固，其所害者多，所利者寡。雖有非常之智，弗能去其害也；雖有不世之略，弗能益其利也。盜濫日益起〔一〕，爭奪日益繁，獄訟日益長〔二〕，刑辟日益峻。非酌以便宜而建以中道，則淳厚之化其何以致哉？昔武帝之世，騁志四夷，兵資國用皆所不贍，則置之者乃其權也。孝昭之世，海內休息，務以仁政，綏懷於民，則廢之者亦其宜矣。雖新莽詭制，强復其法，然歷東漢魏晉，數百年間而弗復用焉。及陳氏膺統，文帝當御，始下詔令恢而襲之。至于有唐，厥制漸備，或定其酤之稅，或別爲三等之目，可否相半，損益相兼，行於一時，稍得其便。厥後京都免榷，以優乎大衆之聚，五州榷麴，以當乎鬻賣之利，隨所利害，以爲定法。載在前史，灼有明驗。

我宋紹位，有三制焉。王城之中，則征其蘖而不征其市；閩蜀之地，則取其稅而不禁其私；四方郡國，則各有常榷。軍旅之餉，非是不能給也；帑藏之實，非是不能充也；歲時之課，非是不能足也；醢茗之扃，非是不能並也。其名雖異而其課則同，其法則三而其利則一。課既同，利既一，則天下之制可以盡一矣。然朝廷所以不一者，蓋將優遐邇之徼而重畿內之民。誠深利矣，孰若兼四海而利之？且盜濫爭奪，天下之公患也；獄訟刑辟，天下之大殃也。今使王城之中則亡其公患，閩蜀之地則棄其大殃，其餘郡國則兼殃患而有之。嗚呼！亦仁者之所非也。

愚以謂京都之內則宜遵舊常之法；天下郡國則宜通閩蜀之制。無損於課而課以之集，不煩於刑而刑以之省。可以導仁政，可以消爭心。前所謂酌其便宜而建以中道者，莫大於此。（同上）

〔一〕「盜」，原本作「恣」，今據下文「盜濫爭奪」句改。《議錢》篇亦作「盜濫」。

〔二〕原本「獄」下無「訟」字，據下文「獄訟刑辟」句增。

財用

荀卿言富國之道曰節用裕民而善藏其餘，節用以禮，裕民以政。所謂裕民者，取之有制，使之優厚之謂也；所謂節用者，使之出入有度，足以相掩之謂也。善哉！荀卿言富國而先及民者，知本歟！比咸平、景德雖有北警之役，而國用民力上下交足者，其是道哉？

今日無向者之警役，而藏于國者或寡，賦于民者或多。何哉？且節用經制、百官謹職皆如向之時，胡爲國用民力不加焉？是亦天時之水旱，兵食之多冗，管榷之未通。姑當乘豐而儲備，利商而通貨，練兵而去冗。昔堯湯水旱而民無捐瘠者，備先具也。唐大曆後，國費能給者，劉晏輩利商轉貨也。兵貴精，昔曹公以五千敵衆萬，故冗食可省也。如是，其民賦少省，國用少充，庶幾民裕國足如荀卿之言也。（同上）

兵乘一

可以均天下之土地而定軍賦之法，唯井田爲最備。其法之可見，唯周爲最著。《周官》：王畿千里，天子正位於其内，而卿遂分治於其外。必以土均之法稽其人民，故小司徒以九地之别，爲其三等任人之制。凡役之起，則家無過於一人，而其餘爲羨。故六卿六遂之中，有正卒、有羨卒五等。建國之制雖殊，而出軍之數固不易於是也。蓋天子六軍，而成國半之。若魯者有因周之成國，宜有三軍者也。然僖公之頌曰「公車千乘」，又曰「公徒三萬」，夫其徒三萬者，固合於三軍之制矣，其車千乘者，兵車一爲卒七十五人，千乘常七萬五千人〔一〕，此六軍之制也，魯安得而有之？故明策以訪於學者。夫魯雖侯國，而出軍之法不殊於畿內，故其三郊三遂之中，亦有正卒，有羡卒。頌之稱曰「公車千乘」者，兼其正卒、羡卒之數而言之也。又曰「公徒三萬」者，舉其正卒之成數而言之也。僖公能復先君之土宇，而其車徒之盛如此，故頌者盡之，非兵賦之異也。（同上）

〔一〕「常」疑爲「當」字之誤。

議錢上

夫制世御俗非一謀可盡也，便民益國非一術可該也。是以聖人在上，隨輕重而御之。民所重則御之以輕，民所輕則御之以重。有刀布之法，有幣帛之制。刀布者，貨之流也；幣帛者，貨之源也。流非源不蓄，源非流不行。二者循環，迭相爲救，此聖人有國御天下之大柄也。堯以是傳之舜，舜以是傳之禹，禹以是傳之湯，湯以是傳之文王。文王已前德之盛者也，故其道雖立而其迹不傳。

逮乎武王建祚，師望佐業，外則通三幣之貨，內則制九府之常，或名之刀，或名之布，或名之泉。刀者取其利也，布者取其散也，泉者取其流也。流則天下之用足，散則天下之財阜，利則天下之民和。民和而後廉取興，財阜而後禮義浹，用足然後德化被。管子用之，所以輔桓公而成開塞之術也。周景變之，所以隳祖構而忘小大之法也。緣此而下，廢興不常。西漢以來，其制屢易，陳七福者有焉，述操柄者有焉，錫銅山者有焉，廢五銖者有焉，創鹿幣者有焉，建三官者有焉。晉宋而後，俗化愉薄，上先其制，下成其私，有風飄水浮之輕，有綫環赤郭之異。百名千品，莫可勝述。遠近流俗，益用苦之。李唐受命，盡掃其轍，文之以年紀，創之以事宜，規模小大，最爲折衷，天下得以從其便，人主得以操其權，較之古先，誠得其術。

我國家剗去僞亂，襲有唐休烈，鼓鑄有常職，輦運有常數，盗濫有常禁，出納有常經，稽其本末可謂詳矣。然比歲以來，邦用頗乏。於民也，有困窮耗費之苦；於國也，無豐盈羡給之餘。議者紛起，莫從其便。或曰：宜鑄爲大錢，以加千百之直。或曰：宜兼造鐵制，以同閩蜀之法。大可以益國，小可以便民。行於一時，足見其利。鑄爲迂遠之談，苟簡之謀也，非所謂利於經人也。夫久爲大錢，則民失其用，用失其用則衆易其業，易其業則困匱生而姦濫起矣〔一〕。兼造鐵則國重其禁，重其禁則俗違其便，違其便則抵冒作而刑辟煩矣。且今之刀布有四患焉：蓄而不行，一患也；盗鑄日積，二患也；於用甚輕，三患也；歲鑄不給，四患也。夫伐山取谷鼓鑄，而泉有不行者，兼并聚之也；法令峻烈，甚於水火，而民或盗鑄者，薄利誘之也；大小之法，與前無異，而用之甚輕者，異物害之也；寶貨之路出於羡餘，而歲鑄不給者，浮費奪之也。爲今之策，不若去四患而立四利。何謂四利？塞兼并一也，嚴法令二也，禁異物三也，節浮費四也。四利既立，四患可除。當今之宜，莫便於此。（輯自《曾子固集》卷十）

〔一〕「生」，原本字迹不清，形似「土」字，以文義定爲「生」字。

議錢下

問：自古錢法，未有如國家之折衷者。然比年以來，銅產耗竭，鼓鑄不能供。欲案其舊法而弗變，則患乎銅之不給；欲鑄乎大者以兼乎小者，則患乎民之竊鑄也。敢問何行而後可？

對：自古錢法，輕與重，大與小，誠莫如國家之折衷也。然所以制之之術，行之之道，有所未至焉。何以言之？今夫淮浙之間，盜鑄盈市而法令不能嚴，有司不能知，天下之獄，未嘗聞梏一鑄錢者。故公錢益少而私錢益多，此未至者一也。

海外之郡，如高麗、交趾之國，一器一皿皆銅爲之。彼以銅非己地所出，乃多聚奇產無名之貨來鬻於中國。中國之人愛其異而貪其寶，爭以泉貨而市之。彼得泉以歸，則鑄爲銅器以便其俗。故錢日益以少，而民日益以貧，而國家不知禁焉，此未至者二也。

邊要之地，宿兵者三世矣；河汾之間，興師者數年矣。所以充彼之求，足彼之用者，莫先乎泉也。鼓之鑄之不絕於時，一至塞下無復返者，此中國之泉所以耗而邊民之豪得以聚而積之也。故中國之物其直輕，由於錢寡也；塞下之物其直重，由於錢多也。國家誠能止錢貨之運而若穀若帛，募富商巨賈致於塞下，使就取其符於江淮京洛間，或泉或貨，雜支以償之。若此二三歲，而中國之泉不營而自給矣。當今之策，莫此爲便，而國家不知行焉，此未至者三也。

夫釋老之徒以銅爲器，其徒日益廣，其器日益增。所增之器，有銷錢而鑄焉者，有市銅而鑄焉者。

國家雖有其禁，又寬而不舉。以日銷之錢而供日增之器，以日耗之銅而給日興之鑄，是何異拔樹而附枝乎？今誠能稍嚴其禁，以爲之限，是亦策之一得也，而國家不知行焉，反謂於國體有纖削之謂，此未至者四也。

此四者，泉貨之弊根在焉。泉之有此四者，猶水之有四竇，木之有四蠹也。今誠能窒其四竇，拔其四蠹，則不變舊法而泉可足矣。苟四竇未能窒，四蠹未能拔，雖一變其法而爲苟且之利，愚恐有損而無益也。且變法者謂銅之耗竭矣，苟爲銅之耗竭，則雖以一大者當百小者，然後可行焉。其次則以一大者當五十小者，然後可行焉。其下則以一大者當二十小者，然後可行焉。夫民誘於薄利，雖銷一爲二，猶且爲之，況百十之多乎？使兵在其頸，猶將竊鑄而不已也。欲嚴其禁，則抵冒盈天下；欲寬其禁，則姦濫盈天下。若之何而可爲哉？且變法之禍見於前世矣。漢武時改錢法而鑄白金，於是吏民盜鑄而死者不勝數。王莽之世，又爲泉貨六品，與貝化龜寶之類參而行之，天下破業而陷刑者相望於道。吳孫權亦鑄大錢，爲千百之直，上下非便，從而罷之。唐明皇時，從弟五錡之策，鑄爲三品，法愈嚴而犯愈多，商農之業皆失其利，有餓而死者，有刑而死者，此皆變法之禍也。今不窒其四竇而拔其四蠹，而欲襲前世已然之禍，愚未知其可也。（同上）

議倉

世之言治法者，莫不以三代唐虞爲之本而兩漢隋唐爲之末。然三代唐虞之法未必行於今而皆得其便，兩漢隋唐之法未必行於今而皆失其利也。故善言治者，不在乎援古高論，在乎當而已矣；善言法者，不在乎超世邁俗，在乎宜而已矣。

夫義倉者不興於唐虞之世也，不建於三代之君也，不起於兩漢之時也，蓋始於隋而盛於唐者也。其道以振乏爲本，以恤民爲先，以博施爲法，以樂輸爲率，以衆賴爲便，以義和爲名。各於其社樹之以倉，各令其民入之以穀。設其官守，嚴其戒令。豐歲則勸課而輸之，凶年則發徹而散之。不煩於刑而民樂從，不費於國而民無困。於上有救貧恤飢之政，於下無轉溝殞壑之苦。以言其濟施，則仁之厚者也；以言其輸入，則義之廣者也；以言其取與，則和之至者也。其在隋則長孫倡而始之，其在唐則戴胄舉而行之。文帝從長孫之計，於是民俗以安，國費以省，邦儲以厚，而卒能成大業之治焉。及太宗從戴胄之言，於是和氣以洽，仁風以暢，王業以固，而卒能成貞觀之風焉。降及天皇，其法始敝，弗以爲博施之本而爲軍國之費，弗以樂輸之賦而爲征取之科。自是之後，名存而實廢矣。由此觀之，前世所以恤民而後世所以暴民，明主所以爲治而昏主所以爲亂者，其義倉之謂乎？

國家革五代之苛，建一王之治，于兹有年矣。租賦之調不爲不中也，配斂之科不爲不節也，賑恤之政不爲不行也，敝濫之源不爲不究也。然此歲以來，急於邊費，以征以取，浸暴於常。而又有聚斂之臣，貪殘之吏，剥下以奉上，刻私而徇公，往往竊前世恤民之法而爲當今斂民之調者，累累皆是，則義倉者亦其一端也。夫昔之所謂義倉者，以義爲本而行乎賑恤者也〔一〕；今之所謂義倉者，以義爲名而務於誅求者也。昔之義倉，務所以安之；今之義倉，務所以揺之。昔之義倉，則立倉於社，聚穀於衆，年豐則取之，民飢則與之，不令而民從，不督而民勸，故曰以義爲本而行乎賑恤也；今之義倉，則有倉之號而無倉之制，有義倉之名而無義倉之實，約租之多寡而增其數，計人之豐約而定其籍，年豐則有以取之，民飢則無與振之，故曰義爲名而務於誅求者也。誠能復隋唐之法而建其倉，探隋唐之本而行其義，則恤災弭患、安民泰俗無大於此者。苟不如是而徒立其號，以爲征取之術，則不若勿行之愈也。（同上）

〔一〕「行」，原本作「仁」，據下文「故曰以義爲本而行乎賑恤也」一句改。

廢官

傳曰：修廢官，四方之政行焉；舉逸民，天下之民歸心焉。明策謂修廢官者，如何而爲廢耶？逸民者，如何而爲逸耶？施之於今，修其官者何職？招其人者何方？以考於承學之人。

夫無其官而不補，有其官而不修，皆廢官也。無其官而不補，則五官廢而五行失其性之類是也；有其官而不修，則樂官不陳詩，國史不明及之類是也。士之術業修、道德備而不見於天下者，此逸民也。伊尹之於莘、太公之於北海是也。修廢官則事無不舉矣，舉逸民則人樂爲用矣〔一〕，故曰天下之人歸心焉。宜於今者，莫若修先王法度之政而備其官，其責任也明，其絀陟也果。修先王責任之制而興其賢，使豪桀之士不遺佚於閭巷窮僻之中，如此則任者舉汲汲於成天下之務，處者舉欣欣於赴天下之用矣〔二〕。所修者不在一職，所招者不必異禮，而聖人之意得，當今之務適矣。（同上）

〔一〕「矣」，原本作「忿」，據文義改。

〔二〕「奚」，原本作「奚」，據文義改。

黄河

知今者莫若考古，知古者莫若師經。經者，萬世之法也。自教學廢而經術不盛行於天下，言理者捨經而各師其意，此後世之患也。

若治水之説亦有焉，昔是之時，水害遍於中國，堯能得禹之材而屬任之，禹能知水之性而順導之，然後水之害熄。其法之可見者，《禹貢》是也。自禹功立而更三代，千有餘年無水害。周定王之時，河始徙禹之迹，自此水之爲中國害者特河耳。

漢以來言治河者衆矣。齊人延年則以謂宜出之匈奴。許商、韓牧則以謂宜復其故道。田蚡、谷永則以謂宜屬之天事。關並〔一〕、賈讓則以謂宜棄水衝之地以肆其行，穿溉漕之渠以短其勢。王横則以謂宜徙之寬平。王延則以謂宜爲堤防。平當則以謂堤防不可以爲固。張戒則以謂宜弛灌溉之防〔二〕，使水得自去。

數説者各異，然未嘗知圖患者莫若究其原，究原者莫若求之經，求經者莫若《禹貢》之可信，而各率私意，次進其説，故考之而無本，推之而難行，此捨經之害也。

方漢之時，經術雖不盛行於天下，然學經者猶不盡廢，而害已然。至今千有餘年，言經者益少矣，決事者用私見耳。故明策以謂《禹貢》之學久廢，而以訪問於學者，此可謂於千載之論中其所大蔽，當今之務明其所大本也。

夫《書》稱五行，水曰潤下，則就下者水之性也〔三〕。禹知其然而治之，欲使順其歸。蓋地之形，雍州高而兗冀下，故其有事也，始兗冀而終於雍，此高下先後之異也。天下至廣，百川至衆矣，使小水皆致其力，則功有所不逮而日有所不給也。故治江之道，使之順則河、潛皆得合而行；治河之道，使之順則漳、滏皆得附而泄。它水皆然。故用力少而敗功多，用日近而見效遠。故所謂治其大而小者從之，能知其要者也。曰江、曰淮、曰河、曰濟，經瀆之所最大而施功之所最多，此其名之尤章章可見者也。計其力則州十有二師，九州當二十七萬人，計其日則四年而畢，此用力多少之數也。夫禹之於水，知其地形高下、所治先後，又知其法之要，又能審其名，揆其功，定計於此，然後施功於彼，此所以能去水之敗也。

宋興，百川循道，爲敗者不過於河，興國之間防村之決爲尤甚。當此之時，勞十萬之衆，然後復理，天子爲賦詩，比《瓠子》之歌。今横胡、商胡再決，自天子大臣謀救講利害之勤矣，明策訪《禹貢》之法於學者，必將要之可行。夫古今之變雖殊然也，形之高下不易，至於明其所治之先後小大與其法之要，而辨其名、審其用人之多少，定計於此，然後施功於彼，則禹之迹有不得盡循，禹之法有不得而改也，在詳酌而法之耳。（同上）

〔一〕「闕並」，原本作「閞並」，今改。原本「闕」常作「閞」。

〔二〕「張戒」，原本字迹漫漶，今據本書卷四十九《黄河》篇定爲「張戒」。

〔三〕「性」，原本作「恠」，據《書》改。

雜論二篇

爲治論

夫修先王之法度，而先之以篤好力行之義以成其化，則其體雖大，四海九州雖廣，其治不難至也。不先之以篤好力行之義，則雖有良法不能行。不守之以法度之具，則雖有篤好之能，至與兩者之皆廢。則其體雖小，其去人雖近，有不能集於治者。

或謂：先王之法度去今千有餘歲，不可行也。夫修先王之法度，非必服古衣冠，乘車出入，席地而坐，用俎豆之器、儷皮之聘，然後爲治也。復農於田，復士於學，復官於職，復兵於耕，復佛老於無，以正民之業，制禮節用以養民之財，修仁義之施以教民之俗，先王之法度，大者不過乎此。而因今之器，順今之變以行之，歸之乎不失其所爲之本，不務其末而已，時之相去雖萬歲可行也。

楚漢陳隋之際，天下争於戰攻，人之在者少矣，耕之廢孰有甚於此時？而文帝、太宗能養之以少求廣愛之思，誘之以自然之勢，則數歲之間，耕者有餘食，然則農非不可復於田也。

秦既焚書册，絀禮義，絶天下之學，未有酷於此時。而漢武以來立學校，專之以經，勵之以行，其制未可謂備也。其中間又或存或熄，然而士皆蒸薰漸漬，至于東漢之日，懷道德、救衰微之君子皆由大學而出，然則士非不可以復於學也。

秦、隋之亡，在位者皆不稱其任，人才之不見，未有甚於此時也。及漢、唐受命，高祖、太宗設百職之員，充其選者皆向時之士，非借才於異世也。用變業而示之，則人人自奮，争出其才，求將相則得將相，求百執事則得百執事之才，欲除敝則敝革，欲修政則政舉，無求而不得，無爲而不成。由是觀之，顧所以厲之而所以用之如何耳。漢武之末，綱紀大壞矣，官之秏亂未有甚於此時也。及宣帝總核名實，信賞必罰，而公卿百官皆稱其職，然則官非不可復其職而使也。

隋唐之際，無井田之法千有餘歲，兵之易農未有久於此時。天寶之後，將立於軍二百餘年。而至周，天子又軍中之所立。天下之勢刼於兵之驕，患於兵之不可用，未有極於此時。而太宗能開府設衛，則兵歸於田。世宗能誅其奔軍之將，則行師四方無不如其意者。然則兵非不可復於耕而使也。

武宗之時，佛入中國千年，人之相化，家酣而户溺矣。然而一朝去之，受冠帶而爲民者幾五十萬，曾無一人之阻，然則佛老非不可復於無也。

魏、唐之際，毛玠、楊綰之勢耳，然而變千歲之奢，不旋日而效，然則何患乎制禮節用之不可行也。秦、隋之後，滅廉耻、扞文網，未有如此之熟爛也。然而文帝、太宗一日變之，則人人自厚，大臣至耻言人過，百姓至不煩於刑，然則何患乎仁義之不可施、俗之不可變也。

凡吾之欲行者，此各引一端，崇其所善，擇之而未精，爲之而未詳，然而亦各隨其小大深淺而如其計，見其效。苟有大有爲之心，則知明先王之法度而用之，先之以篤好力行之義以成其化，其説非迂，其道易行也。

昔秦設首功之科，驅人於敵場，非傷卽死然，而士皆靡然樂鬥而喜戰，此豈徒畏法哉？以秦之篤好力行之以移其俗也。今爲治不改其業，不違其欲，所行者常禮，所爲者常道，謹其節文而尊其行，養之以學校，而率之以身行，示之以所好惻怛懇誠之心，其亦孰有不從而勸者乎？且民之生不見先王之法度，不聞其教而日習於今之俗，故不能無惡也。使皆粲然日見恭儉之節、仁義之施，曉然皆知其行之易成，其物之易足，上之所好之在此也，則亦何爲而不率乎古之人？

得其時、推此道以行於天下者，唐、虞、禹、湯、文、武之君，皐、夔、益、稷、伊尹、太公、周公之臣是也。不得其時，守此道以俟後世者，孔孟是也。其法已行，其效已見，告後之人使取而則之者，六經是也。然而士之欲有爲者，言之欲切而反疏，行之欲通而反泥，遂若不可以爲者，何也？昔周之衰，諸子之徒散之諸侯，管、晏、孫、吳、申、商之徒是也。諸侯用之，或伯或彊，儀、秦之說至傾覆也，亦安中國者各十餘年，彼豈不效見於一時哉？然而孔子惡其小，曾子耻其卑，至於孟子，尤獨患之，何也？蓋以其非盡愛人之意，非極於治人之體，非醇於教人之法，非備於防人之具，爲之以亟而見於事者陋，歐之以勢而强於民者薄，偷合於諸侯而用，焉可也？本之以先王之法度，推之以化導之方，則彼惡足以論乎？

今其爲失固已明矣，非必過人之智而後知也。天下之士固盡學於孔子矣，而欲有爲者復不能自信，此亦千歲以來學者之患也。何哉？世之學孔子者，讀書求治亂之際，未嘗不知其治由先王之道，其亂由後世之失也。欲有爲於當世，莫若推其所學於孔子，而知者力行之，就其所以爲治亂之故，其於公事最切，而於計最通也。而先王之道，有非俗之所能就；後世之失，有非俗之所能去。方其勢牽於上下也，不能去之而不苟，一則僕僕焉而求進其説，一則樂其與之合而自小也。於是則寧貶道而隨其失，不從先王而從近世，至不勝其弊也。欲治人之所爲者反病之，欲正人而自我者反違之，其爲之以亟，其歐之以薄，舉其一，遺其二，急其末，忘其本，一切不異於諸子之爲，又從而爲説，曰近俗而易行者，尚無可奈何，安能以迂遠之道爲？嗚呼！何其惑也。

夫所爲者得，固可以救其失，所行者大，固可以兼其小，未有所爲者失而其效反得，所行者小而其至反大。此所謂言之欲切而反疏，行之欲通而反泥也。

爲此者有原講之而不明，守之而不固，汲汲乎欲有爲者，固不可以爲者是也。使其得君矣，則先王之法度，其説非高，其具甚易，何顧而爲彼乎？孔子於周之末世，守二帝三王之道而不苟，孟子亦於其後守孔子之道而不苟。二子者，非不欲有爲也，知不本先王之法度則不可以行，不得可爲之勢則不可以行〔一〕，不得可爲之勢則不可以强通。故曰「用之則行，舍之則藏」。又曰可以進則進，可以止則止。守之以終身，傳之以待後之學者，此二子之見所以異於衆也。

故閭巷之匠，規矩指畫不可以非，不可以苟作而妄從，雖不用於世，其法度猶存，其爲技猶良者，天下之知爲匠者也；規矩指畫既非矣，苟作而妄從矣，雖用於世，其法度已亡，其爲技已卑者，天下之賤工也。天下之士亦若是自守而不苟者，天下之知爲治者也，樂其與之合而自小者，天下之賤士也。天下之知爲治者，有不用則非在乎人，；天下之賤士有用有不用，非常在乎己。士之欲學聖人之道而仕者，得

吾言而考之，其庶矣。（輯自《曾子固集》卷十一）

〔一〕「不得可爲之勢則不可以行」，此處疑有誤。

刑賞論〔一〕

《書》記皐陶之説曰：「罪疑惟輕，功疑惟重。」釋者曰：刑疑附輕，賞疑從重，忠厚之至也！夫有大罪者，其刑薄則不必當罪；有細功者，其賞厚則不必當功。然所以爲忠厚之至者，何以論之？

夫聖人之治也，自閨門、鄉黨至於朝廷皆有教，以率天下之善，則有罪者易以寡也；自小者、近者至于遠大皆有法，以成天下之務，則有功者易以衆也。以聖神淵懿之德而爲君於上，以道德修明之士而爲其公卿百官於下，以上下交修而盡天下之謀慮，以公聽並觀而盡天下之情僞。當是之時，人之有罪與功也，爲有司者推其本末以考其迹，核其虚實以審其情，然後告之于朝而加其罰、出其賞焉，則其於得失豈有不盡也哉？然及其罪麗於罰、功麗於賞之可以疑也，以其君臣之材非不足於天下之智，以其謀慮非不通於天下之理，以其觀聽非不周於天下之故，以其有司非不盡於天下之明也。然有其智而不敢以爲果有其通，與周與明而不敢以爲察也。必曰罪疑矣而過刑，則無罪者不必免也；功疑矣而失賞，則有功者不必酬也。於是其刑之也，寧薄而不敢使之過；其賞之也，寧厚而不敢使之失。

夫先之以成教以率之矣，及其有罪也，而加恕如此焉；先之以成法以導之矣，及其不功也，而加隆如此焉。可謂盡其心以愛人，盡其道以待物矣，非忠厚之至則能然乎？皐陶以是稱舜，舜以是治其天下。

故刑不必察察當其罪；賞不必予予當其功，而天下化其忠，服其厚焉。故曰：「與其殺不辜，寧失不經，好生之德洽于民心。」言聖人之德至於民者，不在乎其他也。

及周之治，亦爲三宥三赦之法，不敢果其疑，而至其政之成也，則忠厚之教行於牛羊而及於草木。漢文亦推是意以薄刑，而其流也，風俗亦歸厚焉。蓋其行之有深淺，而其見效有小大也，如此，《書》之意豈虚云乎哉？（同上）

〔一〕「賞」，原作「嘗」，據文義改。

策問二十四道

擬試制科王平甫策問一道

問：蓋聞至治之世，教化明而風俗美，士之處者皆篤於自治，而仕者皆能稱其官。當是之時，百度修而萬事理，故上下富足，百姓和樂而臻於仁壽，施及鳥獸草木，皆遂其性，至於蠻夷戎狄莫不欣欣附焉。其所繇者何術而至於斯歟？今士寡廉耻，而希合苟且之俗盛，至於舉選甚弊而百職未修，上下之財不贍於用，元元匱急而輕於抵罪，鳥獸草木未盡遂其性，蠻夷戎狄至勤於禦備之策焉。其不能方古者何謂歟？夫事其末而欲及其本，與泥其迹而求合其變，皆不可也。然則彷於古而不迂，近於今而不卑，必有其道可得而言焉。昔孔子語爲邦曰：「乘商之輅，服周之冕，樂則曰韶舞。」今考其事尚可復於當世歟？如不可復，則與今之禮樂者將何說歟？子大夫其悉陳焉。（輯自《曾子固集》卷十二）

策問十四道

問：孔子曰：「德之流行，速於置郵而傳命。」而孟子亦曰：「事半古之人，功必倍之。」如此則用先王之道以治國家天下，其見效豈不速哉？然而又曰：「如有王者，必世而後仁。善人爲邦百年，可以勝殘去殺矣。」如是則積德累善，曠世綿祀而後有成，又何其迂且久也？夫憔悴之民望其恩德，與願治之主望其治之效〔一〕，期月猶且遲，而可以一世百年期哉？豈聖人之道大，施用之際難歟？抑遲速之間繇所遭之時異歟？二三子可辨之。

問：官有德，爵有功，所從來尚矣。今爵虛器也，凡有功者固以官賞之矣。其可乎？其亦有不可者乎？

問：「非禮勿視，非禮勿聽，非禮勿言，非禮勿動。」然而視聽言動一於禮，則不合於俗者有矣。順俗則自枉，不合於俗則怨且怒，且指目以謗者行焉。謗怒非君子之所憂也，然君子之於道德非獨自足而已，將以有爲也。如與一世人不合不識，其能有爲乎？是則其所積累者小而爲害於事也大矣。孟子亦曰：「枉尺而直尋者，以利言也。如以利言，則枉尋而直尺亦可爲歟？」又曰：「枉己者，未有能直人者也。」如孟子之意，則亦自信而已矣。然則君子之道，其無以紓謗怒，便於時，合於衆人之心者乎？今觀孔子、孟子之所以自爲者，則亦從優遊，不皆不合於世也。是亦何道乎？二子者豈無説乎？吾子其言之。

問：錢爲物，非無形而不可見者也。不藏於國，必藏於民；不在於民，必在於國；出於此，必在於彼，勢理然也。今大農之錢常不足，而民間尤甚。是物也，不外天而沉泉，其安所歸？而孰繇致其然歟？將欲使上下之用俱足，有無之求兩通，豈無説乎？

問：《易》曰：「天地之道簡易。」而於《乾》則曰：「天行健，君子以自强不息。」又曰：「大哉乾元，萬物資始。」其於《坤》亦曰：「牝馬地類，行地無疆。」又曰：「承天而時行。」又曰：「至哉乾元，萬物資生。」夫至健以動於上而不息，至柔以承之于下，勤孰甚焉？始萬物生萬物焉，不爲不煩也，其於大體，不與夫簡易云者戾耶？而孔子之云爾何也？又曰：「易簡之善配至德。」又曰：「易簡而天下之理得矣。」其又可屬之於人事邪？願質其所以然而見教。

問：三王之世，用當歲之入，其餘以禦凶荒。下而至漢，其用度亦不加少焉。然孝文時悉弛租税與民，民與國皆有餘。今之用度視漢固若無異然，然租税之外，山澤關市之利取之殆既焉而不足，國與民平歲皆甚病，此其故何也？其有以救乎否也？

問：《春秋左氏傳》説晉文公之入也，利其民而歐之以禮信之教，然後用之，一戰而霸。夫能使其民得其利而入於禮義信之教，聖人之所以爲治之具豈易此耶？然而不曰斯道也王道然也，何以哉者？其道固亡異而説者卑之邪？抑不然也？欲釋其所以然，則將孰質焉而可矣？而王道之本末深淺何如也？

問：教之不洽於人也，曰處於位者莫爲之先也。欲爲之先則何施焉而可？古之道何者近於今？今之所當始者何事焉？吾子其言之也。

問：移風易俗莫善於樂，安上治民莫善於禮。孔子云然，其無不然也，不疑矣。既然，則功美豈寡哉？而於《記》則曰：功成作樂，治定制禮。信其如是也，則夫禮樂云者，不足以就功治耶？不然，何功成治定矣，而始區區爲也？無亦與孔子異意哉？孟子又曰：今樂猶古樂也，而唐太宗亦指陳聲以明悲樂，柳子厚又稱孟子，是則制作云者，其不必事耶？抑雖事之而非所以爲本邪？黄帝以來孰爲而不相沿襲也？本之要如何也？爲今議者，於吾子意孰安？

問：周下文武至於夷王未久也，而其治已替。漢與唐也，治不掄亂。於戲！天下之於治也何寡，而亂數如此。今固承大敝之後，而所承者將緬而戾於周歟？抑止於漢與唐也？漢與唐也，其治孰愈？其當時之制，有合於周乎？抑皆不合也？求其可以尚行於今者，儻有之乎無也？欲如周之盛時，其道易施而其驗易見者，願以開於今。

問：乾六位，未嘗有陰焉，而坤之爲體，不可以爲剛也。然《繫辭》則曰：立天之道曰陰與陽，立地之道曰柔與剛。信夫陰與陽、剛與柔也，天地當並用之也，則將於乾坤何合焉？又曰「兼三才而兩之」，今之人其信於天地，通乎不也？吾子當習於其説。

問：伊尹亡夏而歸湯。湯，聖人也，知伊尹足信不疑，故以之相，而商爲大治焉。世頌湯與伊尹無窮也。令湯雖聖人，不得伊尹之助，未可以有爲也；伊尹雖自任以天下之重，不與湯相值，亦未得志也。下湯與伊尹，其治未嘗非主與臣相值也，其亂亦未嘗非主與臣相戾。主與臣固常相須，而其合何少也？欲主之無不知賢足信不疑，而賢臣之必得行其道於天下，如之何而可？世之所以治亂之本不於是在耶？

問：《論語》曰：「苟有用我者，期月而已可也，三年有成。」又曰：「如有王者，必世而後仁。」又曰：「善人爲邦百年，可以勝殘去殺。」是皆聖人之言也，聖人之言也宜壹，今其不合如此，不可考據也，豈其記者之妄歟？抑信然也？信其然也，則將何質焉而可以壹也？古之遠者難道矣，唐太宗至於今未久也。唐太宗之爲治也，甫三年爾，人之産皆有餘。越之望隴爲絶域也，其相之者，不持糧與兵而足無患。天下斷獄，歲三十人而已，爲安且治至此盛也。「三年有成」云者，非已然歟？今治天下以累世之漸，然而人之産皆不足，盜或襲州縣，斷獄歲以千數，必世、百年云者或過而幾矣，然而不至於安且治也。所貴乎學者非徒習於文而已，今其可行也，吾子盍言所以得失之繇，而通於聖人之所云爾以諗於時耶？

問：李德裕曰：「正必去邪，邪必害正。」德裕之自道固不然也，其道邪正之勢則適然矣。天下之所以治非它焉，用捨邪正是而已矣；其不治非它焉，用捨邪正惑而已矣。人主未嘗不欲治，然於惑也，不終有焉，則間有焉者多矣。終有焉者何議焉？間有焉者則可諗之矣。以天下之大也，行之於國與民非一事也，羣臣之多也，其言與行非一迹也。邪正之歸，何以與知而不惑也？可以聖與賢而不言，學者而不知乎？（同上）

〔一〕「共」，原本字迹不清，似爲「共」字，據文義定爲「共」，下文「吾子其言之」之「其」，情况同此。後一篇「曳其輪」句，亦將「其」字印成「共」。

策問一十道〔一〕

《乾》之二五皆曰「利見大人」，《屯》之二六皆曰「乘馬班如」，《歸妹》、《泰》之六五皆曰「帝乙歸妹」，《損》之六五、《益》之六二皆曰「或益之，十朋之龜」，《履》之六三曰「眇能視，跛能履」，而《歸妹》則初九曰「跛能履」，九二曰「眇能視」，《既濟》之初九曰「曳其輪〔二〕，濡其尾」，而《未濟》則初六「濡其尾」，九二曰「曳其輪」，或有離之象，而多曰利用獄，或有巽之象，而多曰「利涉大川」。凡此者，其辭或離或合，或同或異，其象各有繫，其義各有所當，《易》學者之所宜盡心也，宜别白其旨，而是著於篇。

問：孔子曰：「志於道，據於德，依於仁，游於藝。」老子曰：「失道而後德，失德而後仁〔三〕，失仁而後義。」韓子曰：「道與德爲虚位，仁與義爲定名。」老子、韓愈亦各以其所得於聖人者自爲一家之言邪？抑其有所激抗而其言不得不然邪？抑會其歸不與孔子異意邪？其辯二子之得失，而推孔氏之意，凡四者之所謂如何？悉書以對。

問：二帝三王之治天下，豈出於求之材，開言路，用賞罰，明好惡？而當時大治，後世稱之至今。今之所以别賢不肖而進退於朝廷，未嘗有一士或遺於下；廣諫諍之塗而聰明視聽，未嘗有一言不通於上；罰罪而賞功，以懲勸之意〔四〕，未嘗有一事不以其宜；好善而惡惡，以明化道之方，未嘗有一事動不求當，與古之所以治天下者豈異？而今之治未足以迹於二帝三王之盛，其何謂邪？盍亦言焉？

問：韓愈曰：「吾讀孟軻書，然後知孔子之道尊，得揚雄、荀卿之書，而益尊孟子，以謂二子者皆聖人之徒。」然今世學者好詆詘三子之説者甚衆。三子者誠詭於道，而愈之書又過於言乎？抑今之學者未達於三子之説而好辯以妄議乎？如三子之説不詭，韓愈之所謂者不過，而今之學者皆是，其不有害於世、亂於聖人之道？欲使其能達於三子之説，而以其好辯妄議之心抑有達乎？自古至今，百家之説衆矣，其亦有可取者乎？抑皆無可取者乎？聖人之所以自得而不同於百家者於經何説？百家之所以失而不合於聖人者於經何謂？而三子之書，尤惡百家之學者，又何也？願聞其所以。

問：《中庸》曰：「君子尊德性而道問學，致廣大而盡精微〔五〕，極高明而道中庸。」子學禮，能言六者之所謂，其著於篇。

問：今舉天下之士，開間歲之制以收遺滯，定保行之法以革騖悖，修士著之令以息姦妄。策問之試，使明於治亂之體者得畢其説。設明經之科，使通於聖人之意者得申其學。子以謂如此可以得天下之賢材而變近世之風俗乎？

問：六經之書，太極以來至於天地人神事物之變、遠近小大微顯之際、異同之旨無不備者，而其要則在於使學者知順性命之理、正心修身、治國家天下、盡天地鬼神之宜、遂萬物之性而已。然其言不一，其意難知。今欲聞太極以來至於天地鬼神之際與學者之所以順性命之理，而正心修身者其要安在，至於國家天下者之其本末先後如何，盡天地鬼神之宜、遂萬物之性者何方而可，此學者之務也，其勿務於虚詞，而據經之言，以其遠近大小微顯之義、異同之説以對。

問：《書》曰：命夔典樂教胄子，直而温，寬而栗，柔而立，愿而恭，剛而無有虐，簡而無有傲。又曰：神人以和，祖考來格。又曰：鳥獸蹌蹌，百獸率舞，鳳皇來儀。《記》曰：國君無故不徹鐘磬，士無故不徹琴瑟。又曰：功成作樂，事與時並，名與功偕。又曰：知禮樂之情者能作，識禮樂之文者能述。孔子曰：移風易俗，莫善於樂。今樂猶古樂也。夫禮樂刑政皆治天下之具，而有虞氏以來，教人者必本於樂，何也？其救人之性，使之直温寬栗柔立愿恭，而剛簡者無虐與傲，是果何以哉？鐘磬琴瑟無故則不徹，然則樂之急如是邪？功成作樂，事與時並，名與功偕，則樂者象功德而已，其使之風移而俗易，至於動天地、感鬼神而及於飛走異類無知之物，莫不皆化，是出於至治之極，所感者如此，樂者文之而已邪？抑感之者非他，固獨在於樂邪？如欲作禮樂，則其情之可考於古者何近？如欲述禮樂，則文之可用於今者何宜？孟子以謂今古之樂同者，其合於經邪？生其務極其意而各以經言。

問：《詩》之序曰：太平之君子能長育人材，則天下喜樂之。而《孟子》亦曰：得天下之英材而教育之，一樂也。今之君子有長育人材之勢，而又能有其志者，固少矣。有其志而以士之難知也，進以文辭而不奉於理，則浮華以亂實、險怪以亂正者將有取焉，是不害於道邪？進之以行義而本於理，則繁禮而飾貌、好奇以詭衆者將有取焉〔七〕，是不害於道邪？夫育人材者固將長育成就人之材，以勸天下而移風俗也。今其害若是，知其溺於浮華之可患而寧進繁禮飾貌好奇之人，庶乎其有激，而幸乎其有實也，其可乎？抑其猶不可也乎？古之君子長育人材而能本於理者，其要如宜，具書以對。（輯自《曾子固集》卷

十三)

〔一〕本文題作「一十道」，實只九道，疑有誤。

〔二〕「共」，原本作「共」，據《易》改。

〔三〕「亡」，原本作「亡」，據《老子》改。

〔四〕此句「以」下似缺一字，當與下文「以明化道之方」句式同。

〔五〕「德」，原本作「聽」；「微」，原本作「徵」，據《中庸》改。

〔六〕「貌」，原本字迹不清，形似「皃」，據文義和《說過下》篇定爲「貌」；下文「繁禮飾貌」句情况同此。

表五篇

代上皇帝表

右臣竊以上聖之心遍應萬物，至公之道無隱人情，是以惓惓之私輒敢疏露。伏念臣在郎官中，嘗持使節參省，計皆陛下選於衆流，拔而授之。尋值潭州闕人，聖恩以臣出守。及在任一年有餘，蒙差龍圖閣直學士劉某爲代，未赴朝參就移今所領郡。臣於兩處治所，奉承陛下寬仁之化，拊循吏民。凡辨獄訟，未嘗專信掾屬，必經心手，得情應法，乃敢區處。至於督賦租、定徭使，一一又與簿書朝會無違。在潭州日閲買茶荈調，計金帛佐大農之用，前後累萬。今任之中，建置場冶，採取金貨，亦及二千餘兩。漕發久歲積粟，數過二十萬石，出當郡高源，水路至洪州，便於轉輸。又於營屯，甲兵之備皆使繕修，無有愆闕。計謀雖拙，爲效亦勤。

而伏思臣前所領潭州，於三湘之地爲一都會，朝廷擇守，不與三司判官轉運使差遣相視。今於臨川，乃江外支郡，與舊任頓殊。在臣之心，豈敢有所不足？然當陛下至治之朝，未嘗輕退一士，是以曾形奏述，上瀆宸慈，乞以臣兩任，慶曆二年五月知潭州，至今任，通計參於日月，就移荆湖北一路，一次差遣，或賜臣除替，許至闕廷。螻蟻之誠，未蒙省答，輒敢再干旒扆，儻非陛下哀而念之，雖没齒何望。

且臣賦性顓蒙，能行無異，自束髮爲吏，至今三十四年，惟以清苦自守，忠勤自勉，未嘗須臾敢懈，亦無毫髮之過，故在班列之中，實爲衆議以此見稱。非敢誣罔天聽，儻若得允所乞，復效惰志，則草茅之質，萬死爲足。

伏惟陛下日星之照，下飾幽微；天地之仁，平施萬彙。即其言而觀其意，必當察而憐之。（輯自《曾子固集》卷十四）

謝曆日表

觀天察變，杓衡肇運於東方；頒朔授民，寰宇咸歸於正統。臣誠歡誠慶，頓首頓首。

伏惟皇帝陛下軫憲於俗，求端自天。驗厥麟經，重體元而居正；質諸犧易，貴治曆以明時。縱觀精祲之原，密步盈虚之數。將布和於魏闕，頓頒令於侯邦。日月星辰，式謹四時之會；教條正朔，庶同萬國之心。惟是遐封，亦被寵賜。敢不奉將天意，欽若人時，告諸廟而爲號令之資，示於民而爲農桑之

務，用酬洪造，庶免曠官。(同上)

福州謝上[一]

列職内朝，分符督府。荷收憐之俯及，揆昏塞以何堪。中謝。伏念臣自守拙愚，常存静退。方羣能競爽，未嘗飾薄藝以動人；當衆議争先，未嘗出斥言而頗辨[二]。每自甘於駑鈍，已難合於要權。累换歲期，常從外徙。四臨州部，曾未代還。兹者甫自書林進登内閣，守福唐之封略，總歐越之師徒。乃眷天倫，亦更藩服。退省弟兄之陋，最居疏賤之中。蒙誤寵之逾涯，豈捐軀之可報。

然臣幸叨薄禄，獲奉偏親。蓋臣弟既適於遐陬，則臣愚當辭於遠役。在人情之可念，况著令之久行。輒露懇悰，未迴恩旨。頗識事君之義，敢忘奔命之恭。侯吏甫來，輕車遄邁。白頭老母，嬰宿疹以北歸；多難餘生，割私恩而南向。牽衣辭訣，泣涕分馳。計音信之往來，殆將萬里；阻晨昏之定省，各在一涯。足感動於旁人，况親逢於孝治。草茅弱質，常依樂育之仁；犬馬微情，終冀曲成之賜。惟惷冥之寡偶，絶先後之爲客。如臣不自上聞，誰肯爲臣言者。再念撫臨境内，勞問民間，皆狎處於太寧[三]，但遵行於明詔。則臣固嘶尸於廩食，難報稱於寵靈。皆出過恩，致斯冒處。

此蓋伏遇皇帝陛下多能天縱，盛德日新。恭聖神之姿，而兼容小善；履四海之極，而兼達下情。在於隱恤之心，豈間孤平之迹？敢不誓殫勤瘁，匪懈夙宵。慰海徼之幽荒，布德音之寬大。承流寵任，方自效於驅馳；反哺愚誠，冀尚蒙於惻惻云云。(同上)

〔一〕本文與卷二十七《福州謝到任表》文字内容有異。
〔二〕「斥」，疑當爲「片」；頎，疑當爲「頨」。
〔三〕「狎」，原本作「[彳甲]」，今改。

謝實録院賜研紙筆墨表

陰山堅石之璞，易水芳松之煙。妍妙暐光〔一〕，水苔之質。圓和正直，秋兔之毫〔二〕。（輯自《羣書校補》）

〔一〕「暐」，《緯略》作「暉」。
〔二〕「毫」，原本作「毿」，據《緯略》改。

聖節進絹表

自天生德，與世爲歸，屬當毓育之期，敢薦無疆之祚。前件物，輒備土毛之末，用參篚貢之餘。遠守蠻荆，莫預造庭之會；仰懷象魏，但期難老之祥。（同上）

書六篇

上歐陽龍圖

某頓首再拜啓：拜别後，其心焦然如渴飢不見飲食，於今三年矣。得前年秋所賜教，後尋聞外補，欲寓一書以布惓惓之意，而其罪釁招禍。其冬祖母棄館舍，哀摧之餘，僅存微息，至去秋復奉祖母、亡母葬。南豐貧賤也，乞丐以供事，故常奔走於道路，無須臾之暇能果其所欲。即又欲葬祖母後一至執事之側，少慰其心，而自去夏屬疾，至冬益甚，抵今未盡平復，未堪遠役，又未能成其意。蹇拙之人，謀事多然，況欲行其它耶？然其心亦未嘗去門下。豈獨以愚蒙之質、動作語默與俗多違，而忌且怨謗之者多，而獨大賢知遇之最深，欲成其區區乎？誠以素頗有志於古君子之道，忘其力之不足而趨之，求今有古君子之道而可爲依歸，捨門下安往哉？是以未嘗一日而不在也。不識賜見亮否？

春暖，伏惟尊侯萬福，慎起居飲食以終福禄，此嗷嗷之民之望，而愚陋慕仰之願，不勝至到。祖母、亡母墓誌，輒往一本幸垂覽焉。（輯自《曾子固集》卷十五）

答蔡正言

某頓首再拜啓：孟秋猶熱，伏惟知府、正言、學士尊體動止萬福。

五月中，伏奉所賜手教，獎愛重疊，且日策之不已，必至乎世馬之所不能至者。某材性下下，不能任此，實恐期之大過，不知其爲愧且懼也。執事自言在閩，於身無不如意，誠如來諭，然執事之素所自任與人之望執事，則固異此，此愚心之所以惓惓也。卒曰：作州以來，自以食其食者空厥職，蚤夜以之，誠理之所當爾。夫古之以道事君者，不可則去之，假如於魯，則去而之衛，於衛則去而之晉、之秦無不可也，不去其國則歸焉可也。今之以道事君者，不可則去而無所之，歸而無所託也，使賢者曷所嚮乎？

去朝廷則州郡矣，在州郡亦各守其守，不空食其食，是亦自處之宜也，與古之云其大任者其迹雖不同，其理豈異耶？故曰誠理之所當爾。

自南出者，亦人人贊執事之治，以爲莫及。此固不足論，彼知之施於此之宜，不知施於天下之無不宜，此無牽制難行，故難見也，則彼之不知也宜。況此豈能盡無牽制以出執事之所有哉？直就文法而爲之耳，已足出一世，矧極執事之意耶？是固無如之何，徒使憔悴者日企而望焉爾。（同上）

上王轉運

某啓：伏念某所守朴愚，與時不對，力求聖人之道，苦心并日夜，每見義理之所當然，則推而行之，未嘗求信於人，亦誠無以使人見信。所爲益久，處身益窮，亦不自悔於心。家貧，親老食口僅三十，四海之大，無寸土狹廬可以自立，誠世之窮人，其狀可謂有不堪之憂。伏處草茅，非敢望人之顧己也，不謂執事視聽之遠，得其姓名，收召撫循，誠意備到，每臨而見之，未嘗不優爲之禮，非今微官之於賤士、前進之於後輩所常行者。其愛之也，汲汲乎憂其衣食之不足以事親，則謀振之；勤勤乎欲成就其材，則昌言於朝以發之。凡賜之可以及某者，無不爲焉，顧何足以當之。

夫人之懷道德者果於自守，不肯妄干於人，與人雖知之而非其意，亦誠不肯就之。而世之言相知者，皆以自衒飾爲能，勤候伺請謝爲宜，其去於自守而不肯妄干於人也，遠矣。幸人之一顧，則僕僕然而逢之，唯恐不當其心；翦翦然而奔走之，惟恐其後時。其去於非其意而不肯就之也，亦遠矣。然世之言相知者，得其所比肩，而懷道德者得其所無幾人。

今執事之所部三州四軍之地，四面各數千里，爲屬吏者累百人，韋布之士，負抱其業於門下者，衣裾相屬，足迹相踐也。彼孰不欲徹其能於執事，而執事未有及之者。獨某辱先及之，其迹亦未嘗素一造門下，其材未嘗自衒飾，其禮未嘗爲候伺謝請，其可謂不失其所以自守之操矣。至於進退之也，又一當於義，使之不拂撓其心而負其所學，其可謂無非其意者矣。夫然則某之進於道德也雖淺，然稱之於四方，曰執事之遇曾某也以道，曾某受執事之遇，無所非其道，其可以無愧矣。四方之人聞之者曰：如某且然，況深於道德者如何哉？則其爲補於世豈少歟？則其章明執事之心公於進善信，其所職守孜孜於國家，豈不盛歟？而某也，圖所以爲報之心，敢不稱其遇之之義歟！（同上）

上王刑部

使至，伏奉所賜書教，反復申誦，歡悸慚感不可比説。

切自惟念前世顯官重禄〔一〕，則有與布衣韋帶之子應答唱和，如己匹輩之事，所以使上下先後情志通洽，而四方之人莫不知道德之可重、節行之可達焉。降戾近世，公卿大夫所習則皆不然，而士之汲汲於進者猶奔走之，惟傑然自重者則甘意於退伏而無所屈焉。甚矣！風教之熄也，道德節行之賤絀也。

伏蒙執事穎然自抗於衆見之表，扳古之道，行之於己，而賜之所被，某辱當焉，真耳目之際所罕曾有。顧愚蒙也，何以堪此見諭寄任之體，固如來謂，然居今分部而使者，莫有以此自任而力行焉。自任而力行，又獨見於執事，可謂非苟知之，亦允蹈之，魁偉殊絶之美，凜凜乎實在門牆之下矣。至於獎勵之意。實恐期之大過，然敢不佩服矜式，勇於自效，以圖報補。(同上)

〔一〕「切」，疑當爲「竊」。

上王刑部

今日得於州吏，伏審執事移使湖北。切以江陵之地實楚之故國〔一〕，巴蜀甌越三吴之出入者，皆取道於是，爲一郡會。其山川之勝，蓋歷代嘗用武焉，其間吴蜀魏氏尤悉争之。宋有天下，王師平高繼沖，至於降孟昶，定周保權，又皆出此。其人才之秀、風物之美，有屈宋王褊之賦詠存焉。建節旄而使者，專有是土，其見倚之重，爲吏之樂，豈細也哉？

然説事處之則未足賀〔二〕。誠以執事之才力地望，宜進任於時，不宜任於此也。或者以謂蠻反，南方用兵，湖北鄰也，宜擇人撫之，故以屬執事。使誠有是議，當出於廟堂，非愚所得知，所不敢臆定。所敢伏思者，人患才不足施或不得施，豈以位之彼此大小爲擇哉？於執事之心當亦若是，肆吾力、充吾職而已，豈以位之彼此大小動吾意哉？固執事之所務也。

秋冷進涉道塗尊用何似，惟善保寢飯。辱顧深厚，仰望門下，伏限疾病所縈，不獲走送，不任依戀。(同上)

〔一〕「切」，疑當爲「竊」。

〔二〕「説」，疑當爲「執」。

代人上州牧

閣下之來，政事之行固有日矣。某與州民食息耕蓺，凡有賴於上者，皆閣下之賜也。而某又於此時亡以自敍於銓，必得州檄爲之明據，然後可以取信於公而得禄於家，至於文移屢干視聽，是則居部屬不爲不幸，煩庇覆不謂不深。然未嘗敢造屏户之間，望凡筵之末者，豈以怠墮而致曠闕？蓋罪廢之久，未敢自預於士大夫之行；孤危之中，固頗不追人事之好。其於退伏，祇欲自省而補其將來。所賴至仁照以餘光，而恕其不及。今者，忽以歲盡，迫將西行而公檄未臨，理當自請，故不復避塵瀆之咎，而因輒自敍懇悃之誠。伏惟撫臨四民重失一物，寬其慢弛之罪，憐其屯躓之情，於符移不惜其行，於刺謁不求其至，既終公議，亦慰私懷。（輯自《曾子固集》卷十七）

啓四篇

代上張學士

天下共論閣下之才、諒直之節形於朝廷，而廉退之行加於上下，爲日舊矣。及擁節旄分一面而使，當國家經費之廣，而諸路争出計策以求餘財而自爲功之時，閣下方悼百姓之窮，惡俗吏之薄，以出入期會之常奉貢賦之事，而以兼吏博愛之政被於綿地數千里之人，其明於輕重之間、利害之際，而其心豈近也哉？故天下之士不遠江海山陸之塗，不顧自進之嫌，而以爭歸閣下爲事，誠以義之所在則天下之所向也。況於十州十縣之地，百執事之人以身得察於左右者，其欣附復何如哉？而閣下又方不以位勢之尊，不難詘降於人，以以四面進之〔一〕，故自歸者之日衆，欣附者之日傾。

夫何繇哉？理則然也。夫去小惡則大惡懼，舉小善則衆善興，此非由他，蓋人之情，謂上之人於善惡之别，且不遺其小者，而況於其遠大者乎？雖然，去惡以止惡，不若舉善以勵善，使人自趨，則不爲惡可以止惡之愈也。

今使者之務宜無意於此者，而吴越之大，吏可謂有小善之資在可舉之勢者，豈無人哉？若某之微闇者，得以姓名徹閣下，而所以致其心力之勞過，蒙執係者之見識，嘗賜之一言之獎，亦已久矣。某者不敏於事，徒以先世之故，得有禄食之賜，又用舉者之言且方竊邑於此，夙夜之所自勵於此，邑之人曲直損益、沮勸廢置之宜，而至於賦税發召、出入要會之故，未嘗敢不盡其心焉。理之所在，惟其不達，苟達焉，未嘗敢不循也；理之所去，惟其不達，苟達焉，未嘗敢不避也。若此自强，雖不足謂美，然始終庶幾無大曠，自亦蒙鄙之分所竭之至也。伏惟執事者之貴聽覽之遠，在其事亦已察矣。而某之不偶，一來爲吏，飢寒駿奔十餘歲中，雖數枉有司之薦，而其窮固未動也。

今者幸遇閣下之仁，嘗蒙一顧之重，若不進而言焉，則有自棄而已。誠以閣下之材德，天下以謂宜大用於朝，而不宜淹此一方也。如一日去而坐廊廟之上，方當於天下之治，圖其大者，則某之賤，或有所未暇及焉，是某之窮，無振之者。

伏惟采其傾附之情，察其自竭之效，而矜其地勢之若此，成以一言之奬，許以小善之進，則豈獨孤陋之幸，亦所以使四方聞之，謂如某者且不棄於門下，則衆善之勸必自此始焉，惟閣下留意。（輯自《曾子固集》卷十八）

〔一〕此句當有誤。

賀正字啓

奉被詔函，進登册府，伏惟慶慰。竊以某官材資秀峙，識度淹冲，富華國之懿文，劇抱經之宿學。一人嗟異，欽相如之同時；多士推先，服桓榮之稽古。果允時望，特被朝恩。流馬木牛，方佐中都之費；金匱石室，遂窺廣内之書。竊惟寵數之行，兹實要途之漸。伫躋法從，用協僉言。某獲在下風，側聞成命。分符海徼，幸依德庇之餘；寓直書林，更託雋遊之末。其爲欣慶，曷有縷陳。（輯自《羣書校補》）

賀方正字啓

賜對中宸，升華内閣。上恩優異，賢業光亨。國家憲奎，壁以右文。敞蓬瀛而巤俊，匪獨圖書之寄，實爲公輔之儲。任惟繫于才能，官不拘于階陛。凡膺妙選，允謂清流。伏以某官蚤擅英聲，素推奥學。金門射策，風采動于諸公；玉殿昌言，論議開乎明主。墨未乾于黄甲，身已出于青雲。豈稽古之無功，宜致君之有術。側聞新命，遠慰私誠。未修贊喜之儀，遽枉相先之問。謙勤滋至，佩荷奚

勝。(同上)

與俞叔通教授

辱文采甚盛,所以應今之科選者,宜無不合,而乃爾滯淹, 此鄙鈍所未諭。 迫行不得迎接,謹奉啓陳謝。(同上)

序一篇

喜似贈黄生序〔一〕

五年時,某送别介卿於洪州。 黄生年十四五,在舟中出入吾二人之間, 與衆童子無異。 其時從介卿於淮南,至者獨言黄生敏且勤,自此黄生之能浸浸聞。 至介卿之門者,歸莫不愛其爲人,而異其業之進。 介卿以書抵黄生之親,亦驟稱之。 於是黄生之里人皆嘆其善自致, 而畏且慕之。 其大父雖已老,其母雖久寡居,聞黄生之進如此,雖在千里之外,猶朝夕侍其旁也。 雖書信歲不過三四至,猶朝夕與之上下語也。 非特如是也,其喜殆甚於朝夕侍其旁,朝夕與之上下語也。何則? 黄生在其家,無以異於衆童子, 一出而得大賢爲之依歸,遂以能聞於人, 爲其大父與母者, 其獨能勿喜乎? 其不愈於朝夕侍其旁,朝夕與之上下語乎? 予聞之亦喜甚。

而予自洪州歸，雖其身去介卿之側，其心焦然，食息坐作，無頃焉不在介卿也。人有至自介卿之門者，雖奴隸賤人，未嘗不從之委曲反復問介卿起居狀與其行事，得其所施爲，雖小事皆識之，以自警且自慰也。初如此，時以謂介卿雖繫職於揚，不可以來視我，我幸布衣，有兄弟以養，可去而視介卿，或一年或二年，當復見之也。既別之明年，則欲經營家事而後去，不幸祖母病不起，遂不果行。明年返葬祖母於南豐，行事益以闊，而未之南豐時，予已病，雖病猶謂且夕且愈，南豐歸，可必於行也。既歸，病幾不可治，至于今且三年，雖幸可治，然氣閉胸中，既食則不可坐，不可騎，而介卿方爲縣於鄞，自撫之鄞，不可以舟通行，事愈未合也。然日孜孜念之，凡詢介卿之事於人，雖奴隸賤人加詳焉。於奴隸賤人猶然，況衣冠降登，絜然爲士者乎？況吾介卿朝夕所與居，教誨而稱之者乎？故聞黄生之歸也，日企而望之，庶乎其來視我也。

居一日，黄生來。望其表，其步趨之節，揖讓之容，固有似乎介卿者。入而視其色，聽其言，其氣愉愉而其音淳淳，不似乎介卿者少矣。其學其歸，得之乎介卿何多也。問而省其書，則又如出諸介卿之手。問介卿之事，皆能道其遠者，大者焉。甚矣！黄生之似吾介卿也。吾得之，廢食與寢而從之。吾喜也，惟恐其去我，而尚恨其來之不早也。莊生言見似人者而喜矣，信然哉！嗟乎黄生，豈特一時慰我也！於是知介卿之德，入人之深、化人之速也如此，使得其志於天下，何如哉？

以從介卿於淮南者數人較之，不人人皆然，而黄生獨然，則又知黄生之所自致者亦犖犖絶衆，使堅且久，其所至如何哉？因介卿之教誨、黄生之自致而思乎人莫不欲有立，然而有賢父兄之漸澤，而卒不入於善者，其自反於心如何也？亦思介卿之道德，於今爲大備，而黄生爲日進，獨予斷然不一二備而不尺寸進，比其少之時缺且忘者衆矣，其自愧於心如何也？以心之愧也，則欲重警戒自修。是介卿之教不獨裕於黄生，黄生之自致不獨裕於己，而皆有以及予也，其喜不又多乎？

黄生勉之。如介卿者，方駕周孔之道行乎百代之下，而追于百代之上者也，生之似介卿，宜求至乎是而止也。若予者，將從事於左右焉，介卿與生也，其能勿助乎？因其然也，故歷道之，作《喜似贈黄生》而示介卿，且將自省焉。（輯自《曾子固集》卷二十二）

〔一〕原本標題作「喜似時黄生」，目録題爲「喜似贈黄生序」，今據目録改定標題。

記三篇

遊山記

余與南陽張僑、潁川晁仲升九月壬子會太平觀宿，癸丑過東西林寺，與道士任禹恭、丁宗元、僧本全俱過化成護國石盆寺、寶興巖，宿普照寺，甲寅止峯頂、大林、天池寺、佛手巖，至定心石，還大林寺宿，乙卯乃歸。

凡觀遊之得石有名者十〔一〕：劉仙、峯頂、文殊、頭陀、把針、睡魔、定心、南北石柱。峯有名者三，峯頂、擲筆皆至，其上香爐。坐峯頂下視之，谷一錦繡。坐擲筆下視之，池四白蓮〔二〕，白氏草堂東南天地臺二。講經十八賢煮茶試泉二：虎跑，石盆。書姓名刻石二：擲筆峯、佛手巖。

余既遊其間，而因思彗遠等十八人，相與避晉於此者，誠山水之佳處也。然十八人者，知避晉而自肆於山水之間，而不知自溺於異學，此陶令所爲不取也。自文武没，君臣相得之際少，士之有道者所以難仕。若陶令者，從容於濁世，以道自守，進不受污，知時之去，隱不離正，非十八人者所能到也。若予者雖能知其是非，而豈能仿佛及之，而徒知山水之爲樂。將歸，遂書之，所以使余心與後之遊者有考焉。（輯自《曾子固集》卷二十七）

〔一〕此句數字與下文名稱不符，似有誤。

〔二〕「四」，疑當爲「曰」。

全真庵〔一〕

九牧獻金，夏禹鑄以爲鼎，九州山川草木百怪之象，莫不在焉。其歷乎萬世，有時而隱，有時而顯，其隱也莫知所去，其見也莫知所來，世以爲神鼎云。人神其鼎，而鼎不知其神，此其所以爲神也。人視其鼎，欷歔咨嗟，有愛其鼎之爲器而不精察其鼎之文象者，有愛其鼎之文象而不究其鼎之全質者，皆非善觀鼎者也。且文象百變，其爲鼎象則一也；文象雖假，其爲金則真也。一變而百，百歸乎一，假不異真，真不異假。知乎此者，其亦庶乎善觀鼎者耶？惟善觀鼎者，然後可以議乎全真矣。夫六合内外，萬物洪纖，有形無形，有識無識，生死去來，喜怒哀樂，皆一真之所融也，亦猶神鼎之上，一山一川，一草一木，一鳥一獸，莫非一金之所爲也。視一象則可知一鼎之全質矣，視一法則可知一真之全體矣。故鼎金常一而無象可擇，真理常全而無法可除，極六合内外，盡萬物洪纖，孰非全哉？孰非真哉？

江西老人結草庵乎福山，太守黄公題曰「全真」，命某以文，故叙而銘之曰：

其行徐徐，其覺于于。渴焉而飲，飢焉而哺。全真庵乎，達者以爲籧廬。（同上）

〔一〕「庵」，原本作「菴」，據文義改。下同。

遊雙源〔一〕

縣郊之東北，有山支爲三峯，下會于平阪。兩腋之間，修竹重蓮，桃花流水，隨人耳目之所及。三峯之前，斷流爲池，凡五十丈〔二〕。揖中一峯爲澄心堂，于堂之背爲濯纓軒，去軒之西爲日亭。引流而下，左右方沼。峻宇畫閣，置于峯之麓。飛橋走階，雕欄曲檻，簾隅翼翼，紅緑相照。

雙源之會，澄心堂爲磯以釣。相望之間，仰有翠陰，俯有清淺。風色動静，禽聲語默。水涵太虚，形影上下。忘機之鱗，一游一濯。

庚申之秋，予來尤川，因拜之。辱才華物象適然而相值，且歎迷誤之流，役爲年之期，而致千歲之憂，忘不可過之分，而徇不可必之物，以貧作憂，而以理養心，以憂作老，而不以時受形，心與形化，共還塵壤。雖然，我庚如坻，黄金滿贏〔三〕，泉石之間，松雲之下，不能笑歌自若，以爲勞生之夢幻〔四〕，予嘗悲之。

君不然，賓客至，正捕魚于池，摘果于林，破穀于場，趣雉于野，盤有嘉餚，樽有旨酒，詩箋棋局，爲賓客歡漣猗之上，盡日而後去。分内之物，外之亦足注者，故予樂爲君記之，又爲數詩以次其後，孜孜爲利髮皓而情淡者，得予之言而有感焉。（同上）

〔一〕原本總目録題爲「遊雙流記」，卷前目録題爲「遊雙流」。正文前題爲「遊雙源」。
〔二〕「丈」，原本作「文」，據文義改。
〔三〕「羸」，原本作「贏」，據文義改。
〔四〕「幻」，原本作「幼」，據文義改。

詞疏二篇

請文慧和尚住靈巖疏

伏以道本無言，理惟盡性，非得圓通之士，孰開方便之門？長老夙悟宗乘，深明行相，家唱天衣之曲，印傳達磨之心，自建法幢，久□□價。今覽闔郡之請，延居古佛之場，幸結衆緣，時垂重諾。謹疏。（輯自《曾子固集》卷三十一）

請文慧和尚開堂疏

竊以心雖離相，因相始可明心；道固無言，藉言所以顯道。若投聲於空谷，求應繫於洪鍾，感而遂通。欲其自得此者，三學並湊，四衆齊臻，咸伸半偈之咨，共望一言之益。幸提海印，直示真詮，開悟迷徒，光揚拂事。謹疏。（同上）

祭文八篇

祭漢徐孺子文

年月日，具官曾某，謹以少牢清酌，致祭於漢聘君徐孺子之靈。維君見幾遁世，降德在人。此邦所仰，千載彌新。是用訪舊作室，設象依神。尚昭潛美，開警聾嚚。敢偕賓屬，躬薦蘩蘋。（輯自《曾子固集》卷三十二）

秋祭

年穀登，所以祀山川鬼神報成也。刺史不敢墮舊典，惟神歆之尚享。（輯自《曾子固集》卷三十三）

祭王益都官

嗚呼！鍾山南下，百里平野。江流洊洊，從此東瀉。昔公來臨，諸侯是監。何荒不耕？何蕘不芟？人樂公德，公樂其和。公與邦人，從容笑歌。今公之謝，傷懷孔多。即起幽宅，其封坡坨。公靈不忘，豈去而他。公退於家，自克以寬。人誰如公，内外行完。人皆望公，壽考而貴。若可以諧，而止於是。公卿穰穰，十百爲輩。朝門一開，巷滿車蓋。可耻之事，多於所得。公不爲彼，其又何感。維公有子，實天啓之。文可爲法，行可爲師。某之不肖，辱遇山交。相從於今，古道是守。公之方葬，某在哀荒。執事不獲，寓薦一觴。（同上）

祭王元澤文

自周爲秦，六藝散亡。泯泯紛紛，更漢終唐。詖行淫辭，誖離經常。天生相君，典領斯文。篤生我公，達觀博聞。左右元后，遂迪天民。皇帝曰咨！汝實大器。方見相君，汝嗣講求，輔訓厥遺，以悟後覺。三年書成，賜在太學。皇帝曰俞，道廢千年，乃昭于今，亦推汝賢。汝登龍圖，以對文功。公孫不居，道則彌沖。昔者孔孟，子實克嗣。紹向被鑿，自爲問異。問時述作，惟我公是。道德之澤，遂及後然。嗚呼公才〔一〕，其得自天〔二〕。不自彫携，其中塞淵。湛然清明，毁文言不驚〔三〕，出没縱横，淵默雷聲。我意彼天，以繼有爲。命難諶哉，而不耆之。己酉訃聞，皇帝曰吁！天與汝能，聖女衡樞。今其亡矣，人孰助予？吾豈能忘？贈諫大夫，相君白首，隕涕悲創，歸公朝夕，曰予天喪。某等備數膠庠，辱賜則深。聞問惻然，疾首薰心。循祭以辭，其或來歸。（輯自《曾子固集》卷三十四）

〔一〕「公」，原本作「厶」，據文義改。

〔二〕「天」，原本作「夫」，據文義改。

〔三〕此句疑有誤。

祭曾太博文

嗚呼！公以罪廢，實以不幸。卒困以天〔一〕，亦惟其命。命與材違，人實知之。名之不幸，知者爲誰？公之閭里，宗親黨友，知公之名，於實無有。嗚呼公初，其志如何？孰云不諧？而厄孔多。地大天穹，有時而毁。星日脱敗，山傾谷圮。人居其間，萬物一遍。固有窮通，世數之然。至其壽夭，尚何憂喜。要之百年，一蜕以死。方其生時，窘若囚拘。其死以歸，混令空虚。以生易死，死者不祁。唯其不見，生者之悲。公今有子，能隆公後。雖彼生者，可無甚悼。嗟理則然，其情難忘。哭泣馳辭，往侑奠觴。嗚呼哀哉！（同上）

〔一〕「天」原本作「夫」，據文義改。

祭吴彦弼文

維年月日，某謹以庶羞之奠，致祭於彦弼吴兄之靈。子之爲人，温良沉實，寡笑與言，不隨衆浮，其擧軒軒。書無不講，尤精左氏。連辭累句，浩浩能記。秦漢至今，千載所録。子以一心，萬事渟滀。識能議論，文可傳道。偶章刻句，獨棄於子。自皆取士，歸之有司。今獨不然，左繩右規。愚庸不肖，得以達進。優材秀行，往往而擯。故子之生，不薦於鄉，不試於位，鬱塞埋藏。子於衆人，意尤少可。病寫其文，獨以示我。意謂予能，可以存子。子望則然，予豈堪此？惟昔與子，齒於學官。京師之旅，江南之還，離行旅食，嘗同苦艱。繾綣之義，兩是以親。憶問心病，去歲之春。子形已革，謝我猶勤。謂其母妻，曰我知子。子母吾姑，祇益其悲。江冬之仲，日絜風恬。有弟有子，殯子居南。我命爲具，觴豆具設。與言涕隨，長與子別。(同上)

祭柳子玉文

嗚呼子玉，南國之秀。甚敏而文，聲發自幼。縱横武庫，炳蔚文囿。獨以詩鳴，天錫雄咮。元輕白俗，郊寒島瘦。嘹然一鳴，衆作卑陋。凡今卿相，伊吕朋舊。平視青雲，可到寧驟。孰云坎軻，白髮垂脰。才高絶俗，性疏來詬。謫居窮山，遂是猩狖。夜衾不絮，朝甑絶餾。慨然懷歸，投畀纓綬。灊山之麓，往事神后。道味自怡，世芬莫嗅。凡世所欲，有辟無就。謂當乘除，併畀之受。云何不淑？命也誰咎？頃在錢塘，惠然我覯。相從半歲，曰飲醉酗。朝遊南屏，暮宿靈鷲。雪窗虛坐，清闕間奏。沙河夜歸，霜月□酉。綸巾鶴氅，驚笑美婦。會合之難，沁刺組繡。翻然失去，覆水何救。□□耆老，名□□茂。嗟我後來，匪支誰媾。子有令子，將大子後。頎然二孫，則謂我舅。念子來歸，涕如縣霤。歌此奠詩，一樽往侑。(同上)

祭壽陽縣君文

賢矣夫人，善揚門閭。皓若玉雪，一其終初。允孝□婦，□□維姑。實生才子，一乃嘆礜。秉義率法，困而不渝。夫人之致，著□□□。歸殯□穹，□□實愉。惟子之故，具以俎壺。（同上）

附録

一　傳記資料

行狀

曾肇

公諱鞏，字子固，建昌軍南豐人。曾祖諱仁旺，贈尚書水部員外郎。祖諱致堯，尚書户部郎中，直史館，贈右諫議大夫。考諱易占，太常博士，贈光禄卿。母吴氏，文城郡太君。母朱氏，仁壽郡太君。公嘉祐二年進士及第，爲太平州司法參軍。召編校史館書籍，歷館閣校勘、集賢校理，兼判官告院。嘗爲英宗實録檢討官，不踰月罷。出通判越州，歷知齊、襄、洪州，進直龍圖閣，知福州，兼福建路兵馬鈐轄，賜緋衣銀魚，召判太常寺，未至，改知明州，徙亳州，又徙滄州，不行，留判三班院。遷史館修撰、管勾編修院，兼判太常寺。元豐五年四月，擢試中書舍人，賜服金紫。九月丁母憂。明年四月丙辰終于江寧府，享年六十有五。自大理寺丞，五遷尚書度支員外郎，授朝散郎〔一〕，勳累加輕車都尉。元配晁氏，光禄少卿宗恪之女。繼室李氏，司農少卿禹卿之女。子男三人：綰，太平州司理參軍；綜，太廟齋郎；綱，承務郎。二女蚤卒。孫男六人：愨、悳、愈、恳、忞、憇。愨，假承務郎，餘未仕。孫女五人。元豐七年六月丁酉葬南豐從周鄉之源頭。

曾氏姒姓，其先魯人。至其後世，避地遷于豫章，子孫散處江南。今家南豐者，自高祖諱延鐸始也。初，蒧及參父子俱事孔子。蒧樂道忘仕，孔子與之。參以孝德爲世稱首。而參孫西，耻自比於管仲。其世德淵源所從來遠矣。至皇祖大夫以直道正言爲宋名臣，皇考光禄博學懿文，惇行孝友，明古誼，達時變，位不配德，著書垂後，畜厚流長。天以道德文章鍾于公身，以侈大前烈，開覺後嗣，實命世之宏材，不待文王而興者歟！

公生而警敏，不類童子，讀書數百千言，一覽輒誦。年十有二，日試六論，援筆而成，辭甚偉也。未冠，名聞四方。是時宋興八十餘年，海内無事，異材間出。歐陽文忠公赫然特起，爲學者宗師。公稍後出，遂與文忠公齊名。自朝廷至閭巷海隅障塞，婦人孺子皆能道公姓字〔三〕。其所爲文，落紙輒爲人傳去，不旬月而周天下。學士大夫手抄口誦，唯恐得之晚也。蓋自揚雄以後，士罕知經，至施於政事，亦皆卑近苟簡，故道術寖微，先王之迹不復見於世。公生於末俗之中，絶學之後，其於剖析微言，闡明疑義，卓然自得，足以發六藝之藴，正百家之繆，破數千載之惑。其言古今治亂得失是非成敗，人賢不肖，以至彌綸當世之務，斟酌損益，必本於經，不少貶以就俗，非與前世列於儒林及以功名自見者比也。至其文章，上下馳騁，愈出而愈新，讀者不必能知，知者不必能言。蓋天材獨至，若非人力所能，學者僶精覃思，莫能到也。世謂其辭於漢唐可方司馬遷、韓愈，而要其歸，必止於仁義，言近指遠，雖《詩》、《書》之作者未能遠過也。

其爲人惇大直方，取舍必度於禮義，不爲矯僞姑息以阿世媚俗。弗在於義，雖勢官大人不爲之屈；

非其好，雖舉世從之，不輒與之比。以其故，世俗多忌嫉之，然不爲之變也。

其材雖不大施，而所治常出人上。爲司法，論決重輕，能盡法意，繇是明習律令，世以法家自名者有弗及也。爲通判，雖政不專出，而州賴以治。初，嘉祐中，州取酒場錢給牙前之應募者，錢不足，乃俾鄉户輸錢助役，期七年止。後酒場錢有餘，應募者利於多入錢，期盡而責鄉户輸錢如故。公閲文書，得其姦，立罷輸錢者二百餘户，且請下詔約束，毋擅增募人錢。歲饑，度常平不足仰以賑給，而田居野處之人，不能皆至城郭，至者羣聚，有疾癘之虞。前期喻屬縣召富人〔三〕，使自實粟數，總得十五萬石，視常平賈稍增以予民，民得從便受粟，不出田里而食有餘，粟賈爲平〔四〕。又出錢粟五萬貸民爲種糧，使隨歲賦入官，農事賴以不乏。爲州務去民疾苦，急姦强盜賊而寬貧弱，曰：「爲人害者不去，則吾人不寧〔五〕。」齊曲堤周氏，衣冠族也，以貲雄里中。周氏子高横縱淫亂，至賊殺平民，污人婦女，服器擬乘輿。高力能動權貴，州縣勢反出其下，故前後吏莫敢詰。公至，首取高置於法。歷城章丘民聚黨數十，横行村落間，號霸王社，椎埋盜奪篡囚縱火〔六〕，無敢正視者。公悉擒致之，特配徙者三十一人〔七〕，餘黨皆潰。是時州縣未屬民爲保伍，公獨行之部中，使譏察居人，行旅出入經宿皆籍記，有盜則鳴鼓相援。又設方略，明賞購，急追捕，且開人自言，故盜發輒得。有葛友者，屢剽民家，以名捕不獲。一日自出，告其黨。公予袍帶酒食，假以騎從，輦所購金帛隨之，徇諸郡中。盜聞多出自言。友智力兼人，公外示章顯，實欲携貳其徒，使之不能復合也。齊俗悍强，喜攻劫。至是豪宗大姓斂手莫敢動，寇攘屏迹，州部肅清，無枹鼓之警，民外户不閉，道不拾遺。閩粤負山瀕海，有銅鹽之利，故大盜數起。公至部時，賊渠廖恩者既赦其罪，誘降之，然餘衆觀望，十百爲群，既潰復合，陰相推附，至連數州。其尤桀者，隸將樂縣，縣嘗呼之不出，愈自疑，且起踵恩所爲，居人大恐。公念欲緩之，恐勢滋大，急之是趣其爲亂，卒以計致之。前後自歸若就執者幾二百人。又擒海盜八人，自殺者五人，老姦宿偷相繼縛致者又數十人。吏士以次受賞。公復請並海增巡檢員以壯聲勢。自是幅員數千里無敢竊發者，民山行海宿，如在郛郭。亳亦號多盜，治之如齊，盜爲引去。

公爲人除大患者既如此，至於澄清風俗，振理頹壞，鬥訟衰熄，綱紀具修，所至皆然也。其餘廢舉後先，則視其時，因其便爲之。在齊，會朝廷變法，遣使四出，公推行有方，民用不擾。使者或希望私欲有所爲，公亦不聽也。河北發民浚河，調及他路，齊當出夫二萬。縣初按籍，二丁三丁出一夫，公括其隱漏，後有至九丁出一夫者，省費數倍。又損役人以紓民力，弛無名渡錢，爲橋以濟往來。徙傳舍，自長清抵博州，以達于魏，視舊省六驛，人皆以爲利。其餘力比次案牘簿書，藏之以十五萬計，他州亦然。既罷，州人絕橋閉門遮留，夜乘間乃得去。襄州繼有大獄，逮繫充滿，有執以爲死罪者，公至，閱囚牘，法當勿論，即日縱去，并釋者百餘人。州人譟呼曰：「吾州前坐死者衆矣，孰知非冤乎？」在洪，會歲大疫，自州至縣鎮亭傳，皆儲藥以授病者。民若軍士不能自養者，以官舍舍之，資其食飲衣衾之具〔八〕，以庫錢佐其費，責醫候視，記其全失多寡，以爲殿最，人賴以生。安南軍興，道江西者，詔爲萬人備。州縣暴賦急斂，芻粟價踴貴，百姓不堪。公獨不以煩民，前期而辦，又爲之區處次舍井爨什器，皆有條理，兵既過而市里不知也。福州多佛寺，爲僧者利其富饒，爭欲爲主守，賕請公行。公俾其徒自相推擇，籍其名，以次補之，授文據廷中，却其私謝，以絶左右徼求之敝。民出家者三歲一附籍，殆萬人，闔府徼賂，至裒錢數千萬，公至不禁而自止。廢寺二，皆囊橐爲奸者，禁婦女毋入寺舍。明州有詔完城，既程工費，而會公至，初度城周二千五百餘丈，爲門樓十，故甓可用者收十之四，公爲再計，城減七十餘丈，門當高麗使客出入者，爲樓二，收故甓十之六，募人簡棄甓可用者，量酬以錢，又得十之二，凡省工費甚衆，而力出於役兵傭夫，不以及民。城成，總役者皆進官，而公不自言也。公嘗以謂州縣困於文移煩數，民病於追呼之擾也，故所至出教，事應下縣，責其屬，度緩急與之期。期未盡，不復移書督趣；期盡不報，按其罪；期與事不相當，聽縣自言，別與之期。而案與期者，即有所追逮，州不遣人至縣，縣毋遣人至田里〔九〕。縣初未甚聽，公小則罰典史，大則并劾縣官。於是莫敢慢，事皆先期而集，民不知擾，所省文移數十倍。事在州者，督察勾稽，皆有程式，分任僚屬，因能而使，公總覽綱條，責成而已。蓋公所領州多號難治，及公爲之，令行禁止，莫敢不自盡。政巨細畢舉，庭無留事，囹圄屢空。人徒見公朝夕視事，數刻而罷，若無所用心者，不知其所操者約且要，而聰明威信足以濟之，故不勞而治也。吏民初或憚公嚴，已而皆安其政，既去，久而彌思之。其於内所更官告院、三班、太常，遇事不爲苟簡，革官告院宿敝尤多，凡所規畫，至今守之不改。

蓋公自在閭巷〔一〇〕，已屬意天下事，如在朝廷。而天下亦謂公有王佐之材，起且大任，庶幾能明斯道，澤斯民，以追先王已墜之迹。然晚乃得仕，仕不肯苟合，施設止於一州。州又有規矩繩墨，爲吏者不敢毫髮出入。則其所設弛〔一一〕，特因時趣宜，固不足以發公之藴，又況其大者乎！

公自爲小官，至在朝廷，挺立無所附，遠迹權貴，由是愛公者少。爲編校書籍，積九年，自求補外，轉徙六州，更十餘年，人皆爲公慊然，而公處之自若也。公於是時，既與任事者不合，而小人乘間又欲擠之。一時知名士，往往坐刺譏辭語廢逐。公於慮患防微絶人遠甚，政事弛張操縱雖出於己，而未嘗廢法自用，以其故莫能中傷，公亦不爲之動也。

賴天子明聖，察公賢，欲用公者數矣。會徙滄州，召見勞問甚寵，且諭之曰：「以卿才學，宜爲衆所忌也。」遂留公京師。公亦感激奮勵，欲有所自效。數對便殿，所言皆大體，務開廣上意，上未嘗不從容領納，期以大任。一日手詔中書門下曰：「曾鞏以史學見稱士類，宜典五朝史事。」遂以公爲修撰〔一二〕。既而復諭公曰：「此特用卿之漸爾。」近世修國史，必衆選文學之士，以大臣監總，未有以五朝大典獨付一人如公者也。故世不以用公爲難，而以天子知人、明於屬任之爲難也。公夙夜討論，未及屬稿，會正官名，擢中書舍人，不俟入謝，使諭就職。時自三省至百執事〔一三〕，選授一新，除吏日至數十人，人人舉其職事以戒，辭約義盡，論者謂有三代之風，上亦數稱其典雅。皇子延安郡王傭奏，故事命翰林學士典之，至是上特以屬公。在職百餘日，不幸屬疾，遭家不造，以至不起。

始，公之進，天下相慶以爲得人，謂且大用。及聞公歿，皆嘆息相吊，以謂公之志，卒不大施於世，其命也夫！

公性嚴謹，而待物坦然，不爲疑阻。於朋友喜盡言，雖取怨怒不悔也。於人有所長，獎勵成就之如弗及。與人接，必盡禮。有懷不善之意來者，竢之益恭，至使其人心悅而去。遇僚屬盡其情，未嘗有所按謫，有所過誤抵法者，力爲辨理，無事而後已。在官有所市易，取賈必以厚，予賈必以薄，於門生故吏以幣交者，一無所受。福州無職田，歲鬻園蔬收其直，自入常三四十萬。公曰：「太守與民争利可乎？」罷之，後至者亦不復取也。

平生無所玩好，顧喜藏書，至二萬卷，仕四方，常與之俱，手自讐對，至老不倦。又集古今篆刻，爲《金石録》五百卷。公未嘗著書，其所論述，皆因事而發。既殁，集其稿爲《元豐類稿》五十卷、《續元豐類稿》四十卷、《外集》十卷。後之學者因公之所嘗言，於公之所不言，可推而知也。

初，光禄仕不遂而歸，無田以食，無屋以居，公時尚少，皇皇四方，營飦粥之養。光禄不幸蚤世，太夫人在堂，闔門待哺者數十口，太夫人以勤儉經理其内，而教養四弟，相繼得禄仕，嫁九妹皆以時，且得所歸，自委廢單弱之中，振起而亢大之，實公是賴。平居未嘗遠去太夫人左右，其仕於外，數以便親求徙官，太夫人愛之異甚。

嗚呼！天奪吾母，不數月又奪吾兄，何降禍之酷至於斯極也！豈其子弟積惡，罰不於其身，而及其母兄，使之抱終天之痛，爲世之所大僇耶？不然，吾母之賢也，吾兄之盛德也，相繼而殞，所謂天道常與善人，果何如也？爲子弟者，不自滅身，罪固大矣。又不能推原前人德善勞績，托于當世之文章，以明著之無窮，是又罪之大者也。矧公於肇，屬則昆弟，恩猶父師，其於論次始終所不敢廢。維公於葬宜有銘，於墓隧宜有碑，於國史宜有載。輒不自知其迷謬，忍痛輟泣，謹述公歷官行事如左。至於論議文章見于公集者，後當自傳，此弗著。特著其大節，弗敢畧，弗敢誣，以告銘公葬若碑者，且以待史官之訪焉。

〔一〕「授」，原作「换」，據《墓誌》改。

〔二〕「能」字原無，據元刻本、正統本、《讀書記》、傅校本增。

〔三〕「召」字原無，據《讀書記》、顧校本、章校本、吴校本、傅校本增。《讀書記》云：「『縣』下宋本闕一字，今以《名臣言行録》補一『召』字。元刻本『縣』下亦闕一字。」

〔四〕「爲」字原無，據元刻本、《讀書記》、顧校本、章校本、吴校本、傅校本增。

〔五〕「人」，吴校本、傅校本作「民」。

〔六〕「纂」，原作「纂」，據元刻本、正統本、章校本改。

〔七〕「徙」，原作「從」，據《墓誌》改。

〔八〕「食飲」，原作「飲食」，據《墓誌》改。

〔九〕「至田里」，《讀書記》云，《名臣言行録》作「呼其門」。

〔一〇〕「自」，原作「至」，據元刻本、正統本改。

〔一一〕「弛」，原作「弛」(同「弛」)。正統本、章校本作「施」。

〔一二〕「公」字原無，據《讀書記》、顧校本、章校本、吴校本、傅校本增。

〔一三〕「事」，原作「中」，據正統本、章校本改。下文《墓誌》中亦作「事」。

墓誌〔一〕

林　希

公曾氏，諱鞏，字子固。其先魯人，後世遷豫章，因家江南。公之四世祖延鐸，始爲建昌軍南豐人。

曾祖諱仁旺，贈尚書水部員外郎。祖諱致堯，太宗、真宗時，上書言天下事，嘗見選用，仕至尚書户部郎中，直史館，贈右諫議大夫，文忠歐陽公爲銘其墓碑。考諱易占，太常博士，贈光禄卿。

公生而警敏，讀書過目輒誦。十二歲能文，語已驚人，日草數千言。始冠遊太學，歐陽公一見其文而奇之。公於經，微言粤旨，多所自得。一不蔽於俗學，隨問講解，以開學者之惑。其議論古今治亂得失賢不肖，必考諸道，不少貶以合世。其爲文章，句非一律，雖開合馳騁，應用不窮，然言近指遠，要其歸必止於仁義，自韓愈氏以來，作者莫能過也〔二〕。

由慶曆至嘉祐初，公之聲名在天下二十餘年，雖窮閻絶徼之人，得其文手抄口誦，惟恐不及，謂公在朝廷久矣。而公方以鄉貢中進士第，爲太平州司法參軍〔三〕。歲餘，召編校史館書籍，爲館閣校勘，集賢校理，兼判官告院，爲英宗實録院檢討官。

出通判越州。初，嘉祐中，州取酒場錢給牙前之應募者，錢不足，乃使鄉户輸錢助役，期七年止，期盡而責鄉户輸錢如故。公閲文書，得其姦，立罷之，且請下詔約束，毋得擅增募人錢。歲饉，度常平不足以賑。前期諭屬縣，使富人自實粟，得十五萬石，視常平價稍增以予民。又出錢粟五萬，貸民爲種糧，使隨歲賦以入，民賴以全活。

徙知齊州。齊俗悍，喜攻劫，豪宗大姓多撓法。曲隄周氏世衣冠，以資雄里中。其子僭横，至賊殺平人，州縣莫敢詰。公至，首置之法。歷城章丘民聚黨數十百人，椎埋盜奪横行，無敢正視者。公禽致，悉黥徙之〔四〕。弛無名渡錢，爲橋以濟往來。是時，州縣未屬民爲保伍，公獨行之。設方畧，明賞購，急追捕，且開人自言，盜發輒得。由是奸寇屏迹，民外户不閉，道至不拾遺，獄以屢空。會朝廷初變法，公推法意施行之，有次第，民便安之。後使者至，或希望私欲有所爲，公不聽也。

徙襄州，州繼有大獄，久不決。有當論死者，公閱其狀曰：「是當勿論，何得留此？」吏不能對。即出之，緣而釋者百餘人。州人叩頭曰：「吾州前坐死者衆矣，寧知非冤乎？」

又徙洪州，歲大疫，自州至縣鎮亭傳，皆儲藥以授病者，其不能具食飲衣衾者〔五〕，佐以庫錢。師出安南，道江西者，詔爲萬人備。公獨不以煩民，爲之區處次舍井爨什器，皆前期而辦，兵既過，市里有不知者。已而它州以不蚤計擾民者皆得罪。

進直龍圖閣，知福州，兼福建路兵馬鈐轄，賜緋章服。時部中大盜數起，南劍州賊渠廖恩者，既赦其罪，誘降之，餘衆猶覬望，陰相推附，至連數州，其尤桀者，隸將樂縣，縣呼之不肯出，居人大恐。公遣使者以謀致之，前後自歸若就執者幾二百人，海盜自殺與縛致者又數十人。吏士以次受賞。復請並海增巡檢員，以壯聲勢，自是無敢竊發者。

召判太常寺，未至，改知明州。有詔完城，役有期。公親巡行，裁其工費甚衆，其力出於籍兵傭夫，而不以及民，城由是亟就。

數月徙亳州，亳亦多盜，公治之如在齊時。

公素慨然有志於天下事，仕既晚，其大者未及試。而外更六州皆劇處，然公爲之無難。始至，必先去民所甚患者，然後理頹弊，正風俗。凡所措畫，皆曲折就繩墨。其餘力比次案牘簿書。與屬縣爲期會，以省追呼，皆有法，終其去州，未嘗有一人至田里者。故所至有惠愛，既去，民思之不已，所爲法後終不可改。寮屬聞公名，始皆嚴憚之，久而察公廉平無私，又未嘗有所按擿〔六〕，卒皆愧服。福州無職田，州宅歲收菜錢常三四十萬，公獨不取，以佐公錢，後至者亦不敢取。平居推誠待物，坦然無疑，於朋友喜盡言，雖取怨怒亦不悔。自其求補外凡十二年〔七〕，而不悦公者屢欲有以擠之。然公奉法循理，終莫能中傷。

賴天子聖明，察公賢，欲召用者數矣。元豐三年，徙知滄州，過都，召見勞問久之，留勾當三班院。公亦感激奮勵，思有所自效。數對便殿，其所言，上每嘉納之。四年，手詔中書門下曰：「曾鞏史學見稱士類，宜典五朝史事。」遂以爲史館修撰、管勾編修院、判太常寺、兼禮儀事。近世修國史，必衆選文學之士，以大臣監總，未有以五朝大典獨付一人如公者。公入謝曰：「此大事，非臣所敢當。」上曰：「此用卿之漸爾。」因諭公，使自擇其屬。公薦邢恕，以爲史館檢討。五年四月正官名，擢拜中書舍人，賜紫章服，始受命，促使就職。時自三省至百執事，選授一新，除吏日至數十，人人舉其職事以戒，上數稱其典雅，天下翕然傳之。皇子延安郡王傛奏，故事命翰林學士典之，上特以屬公。

九月遭母喪，罷。六年四月丙辰卒于江寧府，享年六十有五。公自大理寺丞五遷尚書度支員外郎，授朝散郎〔八〕。母曰文城郡太君吴氏，仁壽郡太君朱氏。娶晁氏，宜興縣君。又娶李氏，嘉興縣君。三男子：綰，太平州司理參軍；綜，太廟齋郎；綱，未仕。孫六人：愁、悳、愈、㥳、恷、慜。公既卒，上以綱爲承務郎，愁爲假承務郎，敕所在量給其喪事。以七年六月丁酉葬公南豐從周鄉之源頭。

公於取舍去就必應禮義，未始有所阿附。治平中，大臣嘗議典禮，而言事者多異論，歐陽公方執政，患之。公著議一篇，據經以斷衆惑，雖親戚莫知也。後十餘年，歐陽公退老于家，始出而示之，歐陽公謝曰：「此吾昔者顧見而不可得者也。」

所著《元豐類稿》五十卷、《續元豐類稿》四十卷、《外集》十卷。性嗜書，家藏至二萬卷，集古今篆刻，爲《金石録》又五百卷，出處必與之俱。平生論事甚多，與夫所下條教可以爲世法者，不可悉著。

公少事光禄，家甚貧，奔走四方以致養。既孤，奉太夫人孝，鞠其四弟九妹，友愛甚篤，宦學婚嫁，一出公力。公既以文章名天下，其弟牟、宰、布、肇又繼中進士科，布嘗任翰林學士，肇以選爲尚書吏部郎中，與公同時在館閣，世言名家者推曾氏。公方遭時得君，未及有爲，而不幸以殁。士大夫爲之相吊，公之盛德，抑復有以遺于後乎！嗚呼，曾氏其顯矣！銘曰：

曾氏在南，三世有聞。維祖維考，始亨復屯。畜厚潛深，儒學之門。迨公之興，益顯於文。奮躬力行，道義之存。公自布衣，譽望四出。既位於朝，其剛不屈。公久於外，或留或徙。誰其知之？惟聖天子。天子曰咨，予惟汝賢。典予史事，五聖之傳。公拜稽首：臣敢不勉？肇新有官，左右慎選。於時中書，命令所在。帝曰往哉，予言汝代。凡百執事，分屬列職。肅然盈庭，俯聽訓敕。靖共夙夜，以出謀猷。四方鼓舞，天子之休。昔蒧父子，見稱仲尼。淵源有來，公則承之。矧公親逢，聖人之時。帝察其忠，從容眷睞。赫然榮名，受祉未艾。奄以艱去，訃聞何亟〔九〕。搢紳咨嗟，相顧失色。有存者言，有遺者直。惟茲之銘，是謂不没。

〔一〕一九七〇年冬曾鞏墓誌在南豐縣南郊七公里源頭村崇覺寺側出土。據石刻墓誌補作者「林希」。

〔二〕「也」字原無，據石刻墓誌增。

〔三〕「法」，原作「馬」，據石刻墓誌、元刻本、正統本、章校本改。

〔四〕「徙」，原作「徒」，據石刻墓誌、正統本、章校本改。

〔五〕「食飲」，原作「飲食」，據石刻墓誌改。

〔六〕「擿」，原作「摘」，據石刻墓誌改。

〔七〕「其」字原無，據石刻墓誌增。

〔八〕「授」原作「换」，據石刻墓誌改。

〔九〕「何」，原作「訐」，據石刻墓誌改。

神道碑

韓維

公姓曾氏，諱鞏，字子固。其先魯人，後世遷豫章，因家江南。其四世祖延鐸，始爲建昌軍南豐人。曾祖諱仁旺，贈尚書水部員外郎。祖諱致堯，尚書户部郎中，直史館，贈右諫議大夫。考諱易占，太常博士，贈右銀青光禄大夫，其履閲行實，則有國史若墓銘在。

公生而警敏，自幼讀書爲文，卓然有大過人者。嘉祐二年登進士第，調太平州司法參軍。歲餘，召編校史館書籍，歷館閣校勘、集賢校理，兼判官告院，又爲英宗實録院檢討官。出通判越州，屬歲饑，公興積藏，通有無，老稚怡怡，不出里閭，鼓腹而嬉〔一〕。擢知齊州，齊俗悍强，豪宗大姓抵冒僭濫，其尤無良者，羣行剽劫，光火發塚，吏不敢正視。公屬民爲伍，謹幾察，急追胥，且捕且誘，盜發輒得，市無攫金，室無冗坏，貨委于塗，犬不夜吠。徙知襄州，州有大獄，久不決，公一閱，知其冤，盡釋去，一郡稱其神明。又徙洪州，歲大疫，公儲藥物飲食，在所授病者，民以不夭死。師出安南道江西者〔二〕，且萬人，公陰計逆具，師至如歸，既去而市里有不知者。進直龍圖閣，知福州，兼福建路兵馬鈐轄，賜五品服。時閩有大盜數千人，朝廷赦其罪降之，餘黨疑不順，往往屯聚，居人惴恐，瀕海山林阻深，椎埋剽盜，依以爲淵藪。公以方畧禽獲募誘，亡慮數百人，增置巡邏，水行陸宿，坦如在郛郭。召判太常寺，未至，改知明州，有詔完州城，公程工賦，裁省費十六，民不知役而城具。數月，徙亳州。元豐三年，知滄州，道由京師，召對，神宗察公賢，留勾當三班院。數對便殿，其所言皆安危大計，天子嘉納之。四年手詔中書門下曰：「曾鞏史學見稱士類，宜典五朝史事。」遂以爲史館修撰，管勾編修院，判太常寺，兼禮儀事。公入謝曰：「此大事，非臣所敢獨當。」上諭：「以此特用卿之漸耳，毋重辭。」五年，大正官名，擢拜中書舍人，賜三品服。時除授日數十百人，公各舉其職以訓，丁寧深厚，學者以爲復見三代遺風。今天子爲延安郡王，其牋奏，故事命翰林學士典之。先帝特以屬公。九月，以母喪罷。六年四月丙辰，卒于江寧府，年六十有五。七年六月丁酉，葬于南豐從周鄉之源頭，敕在所給其喪事。

公剛毅直方，外謹嚴而內和裕。與人交，不苟合。朋友有不善，必盡言其過，有善必推揚其所長。獎誘後進，汲汲惟恐不逮。其爲政，嚴而不擾，必去民疾苦而與所欲者。未嘗按劾官吏，所蒞至于今思之。天子且欲大用，而公不幸死矣。自大理寺丞，五遷尚書度支員外郎，授朝散郎〔三〕，勳累加輕車都尉。

母周氏，豫章郡太夫人；吳氏，會稽郡太夫人；朱氏，遂寧郡太夫人。元配晁氏，光禄寺少卿宗恪之女[四]。繼室李氏，司農少卿禹卿之女。子男三人：綰，瀛州防禦推官，知揚州天長縣事；綜，瀛州防禦推官，知宿州蘄縣事；綱，右承務郎，監常州税務。二女蚤卒。孫男六人：悊、恴、愈、憑、忲、憇。悊，假承務郎。餘未仕。孫女五人。

公平生無所好，惟藏書至二萬卷，皆手自讐定。又集古今篆刻爲《金石録》五百卷，出處必與之俱。既殁，集其遺稿，爲《元豐類稿》五十卷，《續元豐類稿》四十卷，《外集》十卷。自唐衰，天下之文變而不善者數百年。歐陽文忠公始大正其體，一復於雅。其後公與王荆公介甫相繼而出，爲學者所宗，於是大宋之文章[五]，炳然與漢唐侔盛矣。

初，光禄公歸，家甚貧，公竭力以養，温凊旨甘，無一不如志者。既孤，奉太夫人如事光禄，教養弟妹曲有恩意，四弟牟、宰、布、肇繼登進士第，布、肇以文學論議有聲當世。九妹皆得其所歸。

嗟乎，子固！而位止於斯，而壽止於斯，然其所以自立者，可以爲不亡矣，亦可以無憾矣！銘曰：

猗嗟子固，文與質生。不勤其師，幼則大成。學富行茂，其蓄淵淵。發爲文章，一世大驚。哲人既萎，邪説嘷吠。公不聽瑩，徑前無閡。砭廢藥瘍，抉昏剔瞶。波濤沄沄，東入于海。姬淪劉亡，文弊辭靡。引商召羽，偶六駢四。組綉芬葩，不見粉米。公於其間，鷹揚虎視。發揮奥雅，擯斥浮累。巍然高山，爲衆仰止。栖遲掾曹，翱翔書府。如鶯之鶚，如薪之楚。出貳于越，究問疾苦。屬歲大歉，稼荒于畝。輿積于民，發藏于庾。既助既補，褎糧含哺。或歌或呼，謂公父母。一麾出守，六上郡計。振張領目，補葺刓弊。庭不留訟，獄無濫繫。勞之來之，鰥寡以遂。公殿海服，有命來覲。帝曰汝賢，毋遠王室。其代予言，汝且輔弼。五聖大典，唯公紬繹。百官正名，唯公訓敕。忠言嘉謀，入則造膝。公用不既，公至不卒。偉望廣譽，如星如日。石可磷兮，公名不没。

〔一〕「鼓」，正統本、《讀書記》、章校本作「果」。
〔二〕「安」字原無，據《行狀》、《墓誌》增。
〔三〕「授」，原作「換」，據《墓誌》改。
〔四〕元刻本、正統本、章校本無「寺」字。
〔五〕「宋」，原作「家」，據元刻本、正統本改。

哀詞

秦觀

皇受命而熙洽兮，實千祀而一時。協氣鬱而四塞兮，與盛德其俱升。麟鳳出而旁午兮，猶氤氳而扶輿。篤生我公兮，以文章爲世師。公神禹之苗裔兮，肇子爵而鄫封。逮去邑而爲氏兮，季葉汨其南征。祖騫翔而績著兮，考踡跼而文鳴。公既生而多艱兮，踵祖武而好修。既輕車又良御兮，遂大放乎厥詞。發天人之奥秘兮，約六藝而成章。元氣含而未泄兮，洞芒芴而窅冥。挽天河而一瀉兮，物應手而華昌。揖揚馬使先路兮，咸告公曰不敢。彼崔蔡之紛紛兮，孰云窺其藩翰。辰來遲兮而去速兮，固前修以跋疐。方盤礴而上征兮，遽相羊而補外。皇揆公之忠誠兮，即商墟而賜環。紬史牒乎東觀兮，裁誥命乎西垣。典章絶而復作兮，世争睹而快先。正經緯乎終古兮，配維斗而昭然。變化詭而難常兮，雖司命其或昧。忽遭艱而去國兮，遂御哀而即世。述作紛其具存兮，悵爽靈之焉詣。信百年纔斯須兮，遽電滅而欻逝。天不慭遺一老兮，固縉紳之所傷。矧不肖以薄技兮，早獲進於門牆。路貫江而修阻兮，曾莫奠乎酒漿。悲填膺而弗鬱兮，聊自託於斯文。

挽詞〔一〕

蘇　轍

少年漂泊馬光禄，末路騫騰朱會稽。儒術遠追齊稷下，文詞近比漢京西。平生碑版無容繼，此日銘詩誰爲題？試數廬陵門下士，十年零落曉星低。

〔一〕此詩底本原無，係點校時增入。見《欒城集》卷十三。

挽詞

陳師道〔一〕

早棄人間世，真從地下游。丘原無起日，江漢有東流。身世從違裏，功名取次休〔二〕。不應須禮樂，始作後程仇〔三〕。

又

精爽回長夜，衣冠出廣庭。勳庸留琬琰，形像付丹青。道喪餘篇翰，人亡更典刑。侯芭才一足，白首

《太玄經》。

〔一〕「師」，原作「思」，據吴校本、傅校本改。

〔二〕「功名」，《讀書記》、章校本作「功言」。《讀書記》云：「《陳後山集》作功言，指立功立言。」

〔三〕「作」，《讀書記》、顧校本、吴校本、傅校本注「作疑怍」。章校本改爲「怍」。

宋史本傳

曾鞏字子固，建昌南豐人。生而警敏，讀書數百言，脱口輒誦。年十二，試作《六論》，援筆而成，辭甚偉。甫冠，名聞四方。歐陽修見其文，奇之。

中嘉祐二年進士第。調太平州司法參軍，召編校史館書籍，遷館閣校勘、集賢校理，爲實録檢討官。

出通判越州，州舊取酒場錢給募牙前，錢不足，賦諸鄉户，期七年止；期盡，募者志于多入，猶責賦如初。鞏訪得其狀，立罷之。歲饑，度常平不足贍，而田野之民，不能皆至城邑。諭告屬縣，諷富人自實粟，總十五萬石，視常平價稍增以予民。民得從便受粟，不出田里，而食有餘。又貸之種糧，使隨秋賦以償，農事不乏。

知齊州，其治以疾姦急盗爲本。曲堤周氏擁資雄里中，子高横縱，賊良民，污婦女，服器上僭，力能動權豪，州縣吏莫敢詰，鞏取置于法。章丘民聚黨村落間，號「霸王社」，椎剽奪囚，無不如志。鞏配三十一人，又屬民爲保伍，使譏察其出入，有盜則鳴鼓相援，每發輒得盜。有葛友者，名在捕中，一日，自出首。鞏飲食冠裳之，假以騎從，輦所購金帛隨之，夸徇四境。盜聞，多出自首。鞏外視章顯，實欲攜貳其徒，使之不能復合也。自是外户不閉。

河北發民浚河，調及他路，齊當給夫二萬。縣初按籍三丁出夫一，鞏括其隱漏，至于九而取一，省費數倍。又弛無名渡錢，爲橋以濟往來。徙傳舍，自長清抵博州，以達于魏，凡省六驛，人皆以爲利。

徙襄州、洪州。會江西歲大疫，鞏命縣鎮亭傳，悉儲藥待求。軍民不能自養者，來食息宮舍，資其食飲衣衾之具，分醫視診，書其全失、多寡爲殿最。師征安南，所過州爲萬人備。他吏暴誅亟斂，民不堪。鞏先期區處猝集，師去，市里不知。

加直龍圖閣、知福州。南劍將樂盜廖恩既赦罪出降〔一〕，餘衆潰復合，陰相結附，旁連數州，尤桀者呼之不至，居人慴恐。鞏以計羅致之，繼自歸者二百輩。福多佛寺，僧利其富饒〔二〕，争欲爲主守，賕請公行。鞏俾其徒相推擇，識諸籍，以次補之。授帖于府庭，却其私謝，以絶左右徼求之弊。福州無職田，歲鬻園蔬收其直，自入常三四十萬。鞏曰：「太守與民争利，可乎？」罷之。後至者亦不復取也。

徙明、亳、滄三州。

鞏負才名，久外徙，世頗謂偃蹇不偶。一時後生輩鋒出，鞏視之泊如也。過闕，神宗召見，勞問甚寵，遂留判三班院。上疏議經費，帝曰：「鞏以節用爲理財之要，世之言理財者，未有及此。」帝以三朝兩朝國史各自爲書，將合而爲一，加鞏史館修撰，專典之，不以大臣監總，既而不克成。會官制行，拜中書舍人。時自三省百職事，選授一新，除書日至十數，人人舉其職，于訓辭典約而盡。尋掌延安郡王牋奏。故事命翰林學士，至是特屬之。甫數月，丁母艱去。又數月而卒，年六十五。

鞏性孝友，父亡，奉繼母益至，撫四弟、九妹于委廢單弱之中，宦學婚嫁，一出其力。爲文章，上下馳騁，愈出而愈工，本原《六經》，斟酌于司馬遷、韓愈，一時工作文詞者，鮮能過也。少與王安石遊，安石聲譽未振，鞏導之于歐陽修，及安石得志，遂與之異。神宗嘗問：「安石何如人？」對曰：「安石文學行義，不減揚雄，以吝故不及。」帝曰：「安石輕富貴，何吝也？」曰：「臣所謂吝者，謂其勇于有爲，吝于改過耳。」帝然之。呂公著嘗告神宗，以鞏爲人行義不如政事，政事不如文章，以是不大用云。

論曰：曾鞏立言于歐陽修、王安石間，紆徐而不煩，簡奥而不晦〔三〕，卓然自成一家，可謂難矣。宋之中葉〔四〕，文學法理，咸精其能，若劉氏、曾氏之家學〔五〕，蓋有兩漢之風焉。

〔一〕「南」字原無，據本書《附録一・墓誌》、《宋史》增。「恩」，原作「師」，據《墓誌》、《宋史》改。

〔二〕「利」，原作「剎」，據《行狀》、《宋史》改。

〔三〕「晦」，原作「悔」，據《宋史》改。

〔四〕「宋」，原作「宗」，據《宋史》改。

〔五〕原無「劉氏曾」三字，據《宋史》增。

二　主要版本序跋

南豐先生文集序

南豐先生以文章名天下久矣。異時齒髮壯，志氣鋭，其文章之慓鷙奔放，雄渾瓌偉，若三軍之朝氣，猛獸之抉怒，江湖之波濤，煙雲之姿狀，一何奇也。方是時，先生自負要似劉向，不知韓愈爲何如爾〔一〕。中間久外徙，世頗謂偃蹇不偶。一時後生輩鋒出，先生泊如也。晚還朝廷，天下望用其學，而屬新官制，遂掌書命。於是更置百官，舊舍人無在者。已試卽入院，方除目填委，占紙肆書，初若不經意，午漏盡，授草院吏上馬去。凡除郎御史數十人，所以本法意，原職守，而爲之訓敕者，人人不同，咸有新趣，而衍裕雅重，自成一家。予時方爲尚書郎，掌待制吏部。一日得盡觀，始知先生之學，雖老不衰，而大手筆自有人也〔二〕。嗚呼！先生用未極其學已矣，要之名與天壤相弊，不可誣也。客有得其新舊所著而哀録之者，予因書其篇首云。宋元豐八年季春三月朔日，中書舍人王震序。

〔一〕《曾子固集》「不知」下有「以」字。
〔二〕「有」，章校本、《四庫全書》本作「過」。

元豐類稿後序

僕嘗讀舍人王公所著《南豐先生文集序》，喜其有波濤、煙雲、三軍朝氣之語，足以摹寫斯文之妙。

及觀紫陽夫子序公家譜，甚恨世之知公者淺，而後未敢以前言爲可喜也。

公先世亦魯人，嘗欲抽瓣香，修桑梓，敬而未能。大德壬寅春，假守是邦。既拜公墓，又獲展拜祠下，摩挲石刻，知爲魁樞千峰陳公名筆。至品藻曾、蘇二公文，則獨以金精玉良許曾文之正。信乎！曾文定之文價，至陳文定而後論定也。公餘進學，官諸生訪舊本，謂前邑令黄斗齋嘗鏽諸梓，後以兵燬。夫以先生文獻之邦，而文竟無傳，後守烏得辭其責〔一〕。乃致書雲仍留畊公〔二〕，得所刻善本，亟捐俸倡僚屬及寓公、士友協力鳩工摹而新之〔三〕，逾年而後成，其用心亦勤矣。後必有不汲汲於它務者，憫其勤而壽其傳，斯無負雪樓先生品題云。大德甲辰良月，東平丁思敬拜手書于卷尾。

〔一〕正統本、王忬本、《四庫全書》本無「後」字。

〔二〕「仍」，正統本、《四庫全書》本作「礽」。

〔三〕「摹」，原作「募」，據正統本、王忬本、《四庫全書》本改。

重刊元豐類稿序

文章與氣運之隆替相關，信不偶然也。宋興，五星聚奎，文運大盛。然猶至於六七十年而後，歐陽公卓然以古文振起於天下。當是時，又有如蘇老泉父子、王介甫、曾南豐諸賢相與和之，故能丕變五代之陋，上追西漢、先秦之古雅也，斯豈偶然哉？

南豐先生天資高，學力超詣，其所得宏博無津涯，所趨則約守而恕行之，其言之而爲文，亦雄偉奔放，不可究極。要其歸，則嚴謹醇正，推其所從來，實嘗師友於歐公之門，而其所自負，則先正謂其要似劉向，不知韓愈氏爲何如。於戲！先生所際如是，所學、所行如是，所從來、所抱負又如是，其文足以鳴世，而並稱歐、蘇、王、曾四大家，又豈偶然哉？

洪家食時，嘗睹先生《元豐類稿》於邑之元氏，欲手鈔之而未暇，及期則已爲有力者所取去矣。其後宦游京師，閱館閣，雖有此書目，而其帙皆留玩於他所。因又竊嘆不獨其文不偶然，雖讀之亦不可偶得也。歲之四月，洪疾，得告南歸。過宜興，訪友人鄒大尹孟旭，宿留累日，爲洪道其始得《類稿》寫本於國子司業、毘陵趙公琬，謀刻之，繼又得節鎮南畿、工部左侍郎、廬陵周公忱示以官本，彼此參校，刻梓成矣，試爲我序之。

洪曰：嗟夫！是書之行，亦豈偶然哉？有數存焉耳。蓋唐自韓、柳至宋三百餘年，始有歐、蘇、王、曾出而繼之。自宋歐、蘇、王、曾至今大明，又三百餘年矣〔一〕，而我列聖誕布文命於四海，亦八十年，於茲所謂文運與氣運正當會合，亨嘉之日也，得無名世者出以繼歐、蘇、王、曾歟？此先生之文所以始於周、趙二公而刻成於大尹，以盛行於世，而爲世學者之楷模也〔二〕，豈復有區區不得讀斯文之歎哉？洪不能序斯文，亦有不待序而行者，獨惟大尹之刻本，不爲無補於世，無功於學者，不可使其無聞也，故忘其淺陋，爲僭書此於篇端焉。

大尹名旦，孟旭字也，世爲樂安故家，知碭山、宜興二縣事，所至多惠愛及民，而律己尤嚴，若大尹可謂賢也矣。時正統十二年歲舍丁卯夏五月辛亥，賜進士、翰林修撰、樂安姜洪序。

〔一〕「三」，原作「五」，據正統本改。

〔二〕「模」，正統本原作「範」，今從底本。

重刊元豐類稿跋

昔南豐曾氏之文，與廬陵歐陽氏、眉山蘇氏、臨川王氏並稱名家，而皆有集，板行于世。顧今歐、蘇、王三集世有印本，獨曾集散逸無傳，近世士大夫家蓋少得見其全集者。予鈔録此本，藏之巾笥久矣，嘗議重刻諸梓，與三集並傳，而力不逮。比宜興縣尹、樂安鄒旦孟旭考秩來京，訪予太學，間論及曾文，而孟旭亦以世不多見爲憾。予因出所藏以相示，孟旭閲之而喜曰：「宜廣其傳。」遂屬其回任所梓刻焉〔一〕。板成，徵言以識其後。

嗟乎！曾氏之文，粲然如日星之麗天，而光耀不可掩焉者，固無俟乎予言。然後之君子不爲古文則已，苟欲爲之，要不可不取法於此，猶離婁、公輸子之欲成方圓，而必以規矩也。孟旭尊崇先正，篤意斯文，而爲此義舉，其好善懿德，何可以不書哉？庸題末簡以識其成云。正統十二年七月七日，毘陵後學趙琬識。

〔一〕「所」，正統本原作「取」，今從底本。

重刻元豐類稿附録〔一〕

聞刻南豐文集，喜而賦詩，以促其成。録似大尹鄒侯鄉契：

「曾子文章世希有，水之江漢星之斗。」吾聞先儒有此言，盛事至今傳不朽。南豐刻本兵燹餘，内閣所藏天下無。世儒欲見不可得，誰是世南行秘書？義興茂宰江西彦，兩度鳴琴宰花縣。首捐官俸再刊行，要使流傳天下遍。晝長公退親校讎，良工鐵筆重雕鎪。更煩精鑒正亥豕，使有文光冲斗牛。知君此舉非小補，書成速寄争先睹。名姓長留天地間，千古清風播盱汝。鄉生大年稿呈。

右常州郡學司訓、臨川聶君大年聞予重刻《類稿》，以詩促其成。予愛其首稱先輩，謂「曾子文章世希有，水之江漢星之斗」。以「江漢」喻先生之文，則其雄放閎深可知。繼喻以「斗」，則其正大高明、芒寒麗天可見。夫以七字説盡先生文章之妙，可謂簡約有法矣。孰不愛之乎？況司訓此詩，亦通篇清麗，蓋才子之傑作也。且欲予親校讎，正亥豕，不致譌謬〔二〕，是又有益於予者也。書成，謹附于篇末云。

時正統丁卯夏六月望日，文林郎、知宜興縣事、樂安鄒旦謹識。

〔一〕標題原無，據正統本增。

〔二〕「致」，正統本原作「至」，今從底本。

元豐類稿序

昔濂溪周子曰：文以載道也，不深於道而文焉，藝焉而已。聖賢者，深於道者也。六經之文，所以載道也。爲天地立心，爲生民立極，爲萬世開太平也。必如是而後可以謂之文焉。第以文辭爲能，而不深於道，雖奔放如遷、固，高古如柳、韓，沈着縱肆如歐、蘇，亦不免周子「藝焉」之譏，尚得謂之文哉？

若南豐曾先生之文，其庶幾於道者歟！

先生諱鞏，字子固，魯國復聖公之裔，遠祖徙吾江右之南豐邑。先生生而警敏，讀書過目輒成誦，年十二即能文，日草數千言，多驚人語。甫冠遊太學，歐陽并齋一見其文，即大奇之。登嘉祐進士第，歷官外郡居多，最後始擢中書舍人。不逾年，丁内艱以卒。所至文章政事，卓卓爲人所傳誦欣慕。惜時不能大用，而徒昌其文〔一〕。先生之文，雖未始六經之襲，而未嘗不與六經合也。善乎！宋㵎溪評先生之文，謂如姬、孔之徒復出於今世，信口所談，無非三代禮樂，此可謂知先生之深者。彼三軍、朝氣、猛獸、江湖、煙雲譬者，尚得謂之知先生哉？

先生所著文，有《元豐類稿》五十卷，已板行於世。屬者南靖楊君參來令南豐，乃先生故邑，因求全集，正其譌漏，將鋟梓以廣其傳，乃介教諭句容王鐸，求予文以引其端。於戲！一夔何敢序先生文哉？昔歐陽公作《五代史》，陳師錫序之，而半山誚焉。以一夔而序先生之文，其蹈師錫之誚必矣。一夔何敢序先生文哉？雖然，師錫之序《五代史》，固不能免半山之誚，師錫之名，亦藉是以有聞於今日。先生文在天地間，如景星，如慶雲，如麒麟、芝草，而天下之人争睹之者唯恐或後，一夔之名，誠得藉之以有聞於後世，亦何幸歟！爲是不拒其請，而僭序之首簡。

成化六年庚寅歲冬十月望日，賜進士及第、奉訓大夫、左春坊左諭德、經筵官、兼修國史、後學豫章王一夔序。

〔一〕「徒」，原作「徙」，據成化本改。

重刻元豐類稿跋

南豐曾先生所著《元豐類稿》詩凡五十卷〔一〕，宜興原有刻本傳於世。知南豐事楊君參謂先生邑人也，流風餘韻猶有存焉，況文乎？乃以宜興舊本命工翻刊以傳，蓋欲邑之學者人人有而誦之。孟軻氏所謂誦其詩，讀其書，不知其人可乎？學者誦先生之文，則知先生矣。知先生則於感發也，特易易焉耳。參身任師帥，欲學者景行鄉之先哲，可謂善於教歟！書之末簡，豈徒識乎歲月，亦著參所存所施異於人云。後學長樂謝士元書於思政堂，時成化壬辰六月也。

〔一〕「詩」下當有「文」字。

南豐先生文集後序

南豐先生曾氏之文，與廬陵歐陽氏、眉山蘇氏、臨川王氏並稱名家，而皆有集行於世。先生之集，蓋刻自元大德甲辰。此爲《元豐類稿》。宜興有刻，爲樂安鄒君旦〔一〕。豐學重刻，爲南靖楊君參。縉紳章縫，遂有善本争相摹印，人人得而觀之。鄒孟氏所謂誦其詩，讀其書，不知其人可乎？學者觀先生之文，則知先生矣，知先生則於感發也，特易易耳。歷歲兹遠，板畫多磨，雖嘗正於謝簿普，再補於莫君駿，顧旋就湮至不可讀。予謫盱之再稔，公暇輒留意於斯。而郡齋所存，若《李盱江先生集》、《養生雜纂》、《耕織圖》、《和唐詩》，昔所殘缺，悉爲增定。既又取是集讎校焉，易其敝朽，剔其污漫，更新且半，庶幾全録，閲三月始就緒。

嗚呼！先生之文何事於予，顧誠有不容已者，而亦學者誦法所在，高山仰止，景行行止，顧相與勉之。若徒以其文焉爾也，淺之乎求先生者矣。嘉靖甲辰仲春，前參議、仁和後學陳克昌識。

〔一〕「樂安」，原作「樂昌」，據《四庫全書》本及本書姜洪、趙琬、鄒旦序改。

序刻南豐先生文集〔一〕

南豐先生之自敍文云爾〔二〕，其言以一道德、同風俗爲盛，由當理故無二；由不當理故二。後之評贊者亡慮十百，其不知者風影形似，知之者卮言無當，蔓衍而反蓋厥指，讀者輒病。敍南豐曾氏者，孰與其自敍文甚確也？故今揭而論敍。

夫曾氏之文，蓋庶幾乎孔門之文章也。《中庸》曰：「喜怒哀樂之未發謂之中，發而皆中節謂之和。」和也者，中也，天下之達道也。孔子曰：「辭達而已矣。」辭，喜怒哀樂之成章也。達，達其由中出也。辭達而道達也，故通之天地萬物無二也。曾氏當理故無二，以此，夫子之文章，可得而聞。

自七十子喪而微言絶，其可得而聞者，卑弱者溺近，詖邪者荒遠，百家舛錯，如亡羊迷珠，即可得而聞者猶然，況不可得而聞者乎？

漢興，庶幾乎道者，得一董仲舒。論政則明教化而重禮樂，論學則崇道誼而詘功利，而其指曰：「道之大原出於天，天不變，則道亦不變。」天即天命之中，道惟達故不變也，當理無二非歟？諸不在六藝之科、孔氏之術者，請絶勿通，非一德同俗歟？是孔門文章之支流也。

由漢而宋，數百年而後得南豐曾氏，反約以闡其指，詳整以明其法。《敍戰國策》言道以立本，法以適變。《敍聽琴》詳五禮六樂其用，至於養才德、合天地而後已。《筠州學記》則詳次《大學》誠正修身，而本之致知。《新序》之作，又深明學有統，道有歸，而斥衆説，大較以一德同俗、當理無二爲旨趣。蓋二子者之文章，可謂至正矣。夫董仲舒之明一統，學海者也。仲尼日月也，水則海也。南豐子亦水之江漢乎？海之支委也；星之斗乎？是借日之光也〔三〕。是故偏全者智識，醇駁者造詣，其辭指一也，未見大原之嘆，非文王、孔子之文之評，則所謂道德禮樂教化者皆非歟？噫！諒哉難矣。廉非敢以鄉曲後生與知公文事，而深有慨於知之者難也。序而刻之〔四〕。隆慶五年辛未秋八月之吉，南豐後學邵廉謹題〔五〕。

〔一〕標題原作「南豐先生文集序」，據隆慶本改。

〔二〕「自敍」，當作「敍王子直」，章校本、乾隆本、《曾文定公集》作「敍王子直」。

〔三〕「夫董仲舒之明一統」至「是借日之光也」，原作「夫孔門之文章，崑崙黄河也。董子，龍門底柱也。曾氏，則涇渭洛汭也。皆河之支也，巨細清濁由所經，注原無二也」。據隆慶本改。

〔四〕原無「序而刻之」四字，據隆慶本增。

〔五〕末句原作「隆慶五年辛未秋八月，南豐後學邵濂謹序」，據隆慶本改。

重刻曾南豐先生文集序

余不佞，亦嘗誦先生之文矣。頃釋褐承乏豐土，私竊幸溯前哲徽音，獲寄仰止。入境久之，復耳三文公之迹爲詳，蓋相國文肅公子宣、史館文昭公子開，皆先生季仲，而先生諱鞏，字子固，則世所推文定公者。先生文舊刻縣署，存者陶陰亥豕，闕者首尾決衡。余悵然欲一新諸梨，而簿書倥偬，居鮮暇日。會邑庠士曾敏才、敏道、國彥、敏行、國祚、育秀、能先等詣余，請曰：「祖南豐先生倡道宋嘉祐間〔一〕，爲時儒宗，所著文集若干卷，學士大夫交傳誦之。茲欲仰承雅意，摹刻佳本，藏之祖廟，以志不朽。乞賜一言之辱，弁之首簡，幸甚。」余維夙昔嚮往之勤，孜孜誦法，其可以不文辭〔二〕？

蓋先生之文至矣，乃六經之羽翼，人治之元龜，自孟軻氏以來，未有臻斯盛者也。夫其矢口成謨，摛詞樹幟，彼曷嘗雕鏤鍛煉，字櫛句比，規規然矜一隅，工累黍哉！辟之三垣九野，嚮夕而光章；萬壑羣川，歸虛而沛艾。至錯經緯而渙淪漪，天地不爲文而不能使之不文，亦其勢然也。先生生崑體浸淫之後，洛學未興之前，識抱靈珠，神超象帝，致知誠意之説，率先啓鑰，功良偉矣。嘗試取先生書詳讀之，張皇幽渺，則天地萬彙靡遁其情；商訂運代，則曩疇風俗曲盡其變。條國家盈縮災眚，隨計蠹耗圖回之安在；規官守刑名法度，壹令錢穀獄訟之兼籌。旁至篇什賦詠，罔不温潤春容，可絃可誦。蓋先生於義理，繭絲牛毛，於學，貫道與器，故文章卓絕若此。

考神宗時，屬新官制，除目填委，先生下馬口占敕詞，日除數十人，各極命官法意，神宗簡注特隆，有史學見稱士類之許。踐更中外，所至有聲。即父兄鼎貴，中朝故人，舒國秉均軸，先生進止泊如也。則先生自任，實貞且重，獨以文章致大名耶？故觀先生者，於道不於文，政以文論，亦自歸然諸名家中。何者？昌黎貽論於格致，柳州謬稱於羅侯〔三〕。舒國新經字説之見疵，眉山縱横習氣之未遣。唯是六一紆餘典重，先生並之。至《爲人後議》一出，六一且有當時未見此論之歎，蓋追憶濮議云。然則先生在諸公間，有過之無弗及也。儻所謂六經羽翼，人治元龜，直接孟氏之傳，豈虛也哉？

它時文昭公裔思孔氏爲余言：厥先祖世藏先生《隆平集》數十卷〔四〕，别無副本，未敢輕示人，豐人士郎不知先生復有是書。雅欲手寫全編，傳之好事，以困公車未能也。則並梓以垂示來者，非兹邑一快書與？諸生祖諱忞，先生再世孫，死金將之難於越，遺子峦，事聞，以恩澤補將仕郎，終南安軍守，由撫轉徙桑梓之查溪，世建廟貌，瞰溪流數武，余道盱舟次，往往爲之低回而謁其祠焉。思孔氏業古辭賦，已卓登作者之壇，而諸庠士英奕濟濟，咸質有其文，可謂能世其家者，余故樂爲之序，并致《隆平集》遺之。　明萬曆丁酉歲季夏月穀旦，賜進士出身、知南豐縣事、桐汭甯瑞鯉撰。

〔一〕「嘉祐」，原作「元祐」，據乾隆本改。元祐時曾鞏已去世。

〔二〕「可」，章校本作「又」。

〔三〕「羅」，原作「罷」，據章校本、乾隆本改。參見《韓昌黎文集·柳州羅池廟碑》。

〔四〕「數十」，乾隆本作「二十」。

重刻南豐先生文集序

文以載道，道管於性，性定於一。六經以一爲宗，聖人以一爲極，先師之一貫，宗聖之一唯，立言經世，萬古不磨。下此諸子百家，樊言不一，鑿性畔道，不可以訓，則文實未易言也。

吾豐據西江上游，人文代有，特競詞章，而性學不明，敝也久矣。南豐曾先生諱鞏者，其文章根自性學，遠追乃祖宗聖，一貫忠恕大學格致心法，以六經繕性，抱真守一，蓋接乎參而達乎孔者也。其有關道統，豈淺鮮哉？當時讀其文者，或世數相懸，或壤地相隔，皆獵其詞而未罄其行，誇其文而未得其性，是採花而忘實者也。予生先生數百年之後，尤幸得近先生之居，其性學淵源，忠孝廉節，滿著鄉評，超於文章之表者，得稔知而縷數。先生蚤負英敏，日記數千言，而博學詳說，反約之乎一心。善養祖姑，本於純孝，以經術課子弟，使知其一以定其性，會其道，以故諸弟以文學顯，冢孫以忠義名。歷任六州，所在料理，弭盜戢奸，惠政四溢，民風鼓鬯。兩遷史館，編次實録，斷自獨心，不以貴倨遷就。奈忠直忤時，撓於新法，相業未就，遂解組歸田，結興魯書院，與歐、蘇諸君子發明一貫定性之旨。所著《元豐類稿》、《隆平》、《金石》、《羣史》諸書，總皆發自性靈，真得孔門心法，克紹宗聖家學者乎！迄今子姓蔓延，撫、建名設廟祀，而查溪後裔彬彬，人文稱盛，始信道脉所流也。

先時《元豐類稿》，九世孫居查溪諱文受〔一〕、文忠者已經校刻，第原本存縣久，多殘缺〔二〕。予方捫心感慨，倏裔孫才、行、道、思、秀、先等謀修先業，來屬予言。予雖不敏，嘗怪世之毁道滅性，專以定性主一之訓，私心向慕，而踵芳之志未諉也，輒起而言曰：爾諸士此舉甚盛心也，然克振箕裘者，不在浮慕其迹，要在遠契其心，誠以道爲型軌，心爲嚴師，則定性中自是法祖也。宗聖之一，先生衍之，先生之一，後胤當宗之，則兹集爲傳心令典可也。不爾無以暢明性道，何以光昭祖德哉？不佞爲先生後學，愧未能盡性至道，漫以一自持，朝夕乾乾，亦以此屬爾後士云。大明萬曆丁酉歲季夏月上浣之吉，賜進士、嘉議大夫、廣東提刑按察司按察使、前欽差撫苗、兩奉敕提督學政、知直隸太平府事、户禮二科左右給事中、使朝鮮國、賜一品服、侍經筵官、題准纂修世宗實録、翰林院庶吉士、乾乾道人、南豐里東後學見竹王璽撰。

〔一〕「受」字原缺，據萬曆本補。

〔二〕「多」字原缺，據萬曆本補。

曾南豐先生文集序

予自束髮受書，長而策名登朝，海内升平，天下乂安，讀書中秘，於今二十有餘年，凡古今文章升降之變，竊嘗窺之矣。

自東漢以來，道喪文敝，雖以唐貞觀致治，幾於隆盛，而文章不能革五代之衰。昌黎韓子起布衣麾之，天下翕然復歸於正。愈之後二百有餘年而得歐陽子，其學推韓愈，以達於孟子。士無賢不肖，不謀而同曰：歐陽子，宋之韓愈也。時予鄉曾文定公橐其文數十萬言來京師，京師之人無知之者，歐陽公見而獨異之，初駭其文，復壯其志，由是而子固之名動天下。嗟乎！彼文公者，豈徒以其文章哉？方其迎骨於鳳翔也，王公士庶奔走膜唄，而文公冒死極諫，攖萬乘之怒而不悔。則文公衛道之嚴，正氣所磅礴，固已參天地，關盛衰，浩然而獨存矣。其手扶雲漢，章分裳錦，豈偶然哉？歐陽公立朝讜直不回，至其論文，則曰：「道勝者文不難而自至，若道之充焉，雖行乎天地，入於淵泉，無不之也。」不然，以歐公之才，豈不能争裂綺繡，若子雲、仲淹輩，誠衛道之心嚴耳。

曾子固、子開伯仲皆以文名於時，而子固文尤著。其《元豐類稿》言近指遠，大者衷於謨訓，而小者中於尺度。至論古今治亂得失、是非成敗、人賢不肖，以及彌綸當世之務，斟酌損益，必本六經。衛道之心，實與昌黎、永叔相表裏，非僅以文章名後世也。後之君子讀子固之文，而得歐陽子之志，與韓子當年抵排異端、張皇幽眇之深心，以上溯於子輿氏知言之教，則斯稿之傳，不爲無補於天下後世，乃足以明吾鄉之學，障百川而迴狂瀾，以庶幾於鄒魯之遺業也，有如是爾。同邑後學趙師聖題。

曾南豐全集跋〔二〕

南豐先生《元豐類稿》五十卷，前明遞刻以傳，宜興令鄒氏乃刻於正統間，最先出，其中譌謬已多，況後焉者乎？崧齡喜誦先生文，苦無善本，又慮其愈久愈失其真，於是參相校讐，佐以《宋文鑑》、《南豐文粹》諸書，手自丹黄，謀重刻之有年矣。

側聞屺瞻何太史焯每慨藏書家務博而不求精，故即近代通行之書多所是正，而先生集亦嘗假崑山傳是樓大小字二宋本相參手定，其副墨在同年友子遵蔣舍人杲所，因請以歸，於是復參相校讐。凡宋本與諸本異同者，僭以鄙意折衷其間。如第七卷脱《水西亭書事》詩一首，第四十七卷《太子賓客陳公神道碑銘》脱四百六十八字，諸本皆然，則據宋本補入。類此頗多，未易悉數。至於先生《續稿》及《外集》，南渡後已散軼，見於吴曾《能改齋漫録》、莊綽《雞肋編》與《文鑑》、《文粹》中者得二三首，擬附於後。舍人聞而韙之，因又出《聖宋文選》見示，復得七首。共二十首，分爲上下卷，題曰《南豐先生集外文》。刻既成，乃喟然而歎。蓋歎舍人不吝之雅意與太史是正之苦心，俾是刻得免踵謬承譌之誚，抑且搜取遺珠，幽而復光，以遂崧齡修瓣香之敬，於先生寧非厚幸哉？

先生之文，自宋以來，序而頌揚者衆矣，以崧齡荒陋，卽欲置喙，寧有加焉？因次王震以下序十二首，總冠簡端，唯自述其重刻緣起如此。康熙五十六年丁酉夏四月日，長洲後學顧崧齡謹跋。

〔一〕標題原無，據原本封面所題書名增。